《启颜录》研究（全二卷）

《启颜录》
流传与文史价值

刘昶 —— 著

社会科学文献出版社
SOCIAL SCIENCES ACADEMIC PRESS (CHINA)

致 谢

非常感谢恩师对我的谆谆教导，感谢对本书提供过资料和指导意见的所有老师，感谢贵阳学院的资金支持，感谢社会科学文献出版社的鼎力相助！

目　录

文本研究篇

价值研究篇

地位影响篇

绪　论

一　研究现状

在对《启颜录》进行研究之前，首先要做的是将《启颜录》留存至今的内容尽量辑佚完整。对《启颜录》的整理工作，前人已做很多，在下文会有详述。因笔者期待研究可以更深一步，故在前人对《启颜录》整理的基础上，以封存于敦煌藏经洞中的敦煌卷子 S.610《启颜录》为主要依据，同时对其他各文献典籍中收录的《启颜录》内容进行搜罗和整理，以此辑录成《〈启颜录〉各则内容版本源流及其类型分析》，见下册内容。笔者现将有关《启颜录》的整理和研究现状叙述如下。

（一）对《启颜录》的整理

今人对《启颜录》的整理，最先始于王利器，在其 1956 年出版的《历代笑话集》之《启颜录》中，根据"敦煌卷子本"[1]、"明谈恺刻《太平广记》"、"明刊《类说》卷十四"、"明吴永辑《续百川学海》广[2]集"、"明万历甲寅（1614）陈禹谟辑《唐[3]滑稽》卷二十二"和"明刊本许自昌《捧腹编》"六种本子，对《启颜录》进行辑录和整理。在《历代笑话集》的目录中，《启颜录》有六个条目，分别是："敦煌卷子本三十六则，《太平广记》引二十五则，《类说》本十则，《续百

川学海》本九则,《广滑稽》本二十一则,《捧腹编》本一则"。[1]该目录中所录书目和后面实际收录的《启颜录》数目,有不符之处,如对"敦煌卷子本……全录"[2],但敦煌卷子 S.610 是四十则,非"三十六则";从《太平广记》辑出者共二十五则",而其实际收录的内容却是二十六则。其"《捧腹编》一则"《典琴》内容基本同"《续百川学海》……今省并重复得九则"中的一则《王元景》,如按其"省并重复"原则的话,可以删除两种中的一则。其收录的各书中所载《启颜录》的内容数目与原书中实际所载内容的数目稍有出入,因各书的分则标准不一致,在遵从原书分则标准的情况下,陈禹谟辑《广滑稽》卷二十二中所载《启颜录》共是五十二则,而《历代笑话集》中认为"《广滑稽》卷二十二所载,原共四十五则";明吴永编《续百川学海》庚集中所载《启颜录》共十一则,而《历代笑话集》中认为"《续百川学海》广集载十则"。关于《历代笑话集》之《启颜录》各则笑话的命名,王利器在辑录时依据其整理的原书中的命名情况,如原书中未命名的,仅录内容,不对其进行命名;如原书中有命名的,照录其名和内容。

　　其后是曹林娣和李泉于 1990 年出版的古代笑话专集《〈启颜录〉辑注》(亦称"辑注本《启颜录》")。从其"前言"中的介绍可知,其辑录的《启颜录》内容是从"唐敦煌写本残卷""北宋《太平广记》人民文学出版社本""南宋曾慥辑《类说》明刊本"三个本子中辑录,并从"元末陶宗仪辑《说郛》宛委山堂本""明陈禹谟辑《广滑稽》万历甲寅(1614)本""明许自昌辑《捧腹编》万历己未(1619)本""明吴永辑《续百川学海》本""王利器辑《历代笑话集》"的"后世旧辑本"中进行参校,但诸如"元末陶宗仪辑《说郛》宛委山堂本""明陈禹谟辑《广滑稽》万历甲寅本""明许自昌《捧腹编》万历己未(1619)本""明吴永辑《续百川学海》本"等参考用书的书名和版本等信息,并未出现在其书后的附录三"主要参考书目"中。其对敦煌卷子 S.610 的整理内容,在文字的采录以及标点的点注方面,基本同王利器的《历代笑话集》中对 S.610 的整理结果,

---

1　王利器:《历代笑话集》,古典文学出版社,"目录"第 1 页。
2　王利器:《历代笑话集》,第 9 页。

只是在王利器整理结果的基础上，加入了辑注者的"按"和"校注"两个方面。《〈启颜录〉辑注》中对辑录的《启颜录》各则的命名原则是"按则标目外，又加标细目"[1]，但各则细目仅在书的"目录"中可见，在正文的各则内容之前未见。

　　之后1999年出版的《中华谐谑十大奇书》之（二）《启颜录》（以下简称"奇（二）本《启颜录》"），从其"前言"对《启颜录》简介的失误一同《历代笑话集》中对《启颜录》简介的失误，如将"庚集"作"广集"、将《广滑稽》作《唐滑稽》[2]等，再加上书中对敦煌卷子S.610等书的整理和对《启颜录》各则的命名情况来看，其只是将王利器《历代笑话集》中辑录的《启颜录》的内容，一一抽离，单独成册。在抽离的同时，将《历代笑话集》中的繁体字转换为简体字，但在转换过程中，有舛误之处。

　　陈尚君于2000年"参今人王利器及曹林娣、李泉两种辑本，重新辑录校点"的《启颜录》，"分为两卷，以敦煌本为上卷，以《太平广记》等书所引为下卷"[3]，收录在《中华野史》中。

　　董志翘于2014年出版的《〈启颜录〉笺注》，认为"存世的《启颜录》残本或收录遗文者有八种"："敦煌写本""宋初李昉等编《太平广记》""南宋曾慥编《类说》卷十四""明代陈禹谟《广滑稽》卷二二""许自昌《捧腹编》卷六""吴永辑《续百川学海》庚集""陶珽重编宛委山堂本《说郛》""清末民初吴曾祺编《旧小说》乙集"；另，"清代王仁俊辑《经籍佚文》中也收录了一则'路励行'"；且"王利器先生汇辑六种本子的部分笑话编入《历代笑话集》，为我们的研究提供了极大的方便"[4]。

　　专注于对敦煌卷子S.610《启颜录》的整理，见郝春文在《历代笑话集》等的基础上，于2003年出版的《英藏敦煌社会历史文献释录》（第三卷）中对敦煌卷子S.610《启颜录》进行的释录。[5]张涌泉在《历代笑话集》和《英藏敦煌社会历史文献释录》等的基础上，于2010年出版《敦煌小说合集》中对敦煌卷子

1　曹林娣、李泉辑注《启颜录》，上海古籍出版社，1990，前言，第8~9页。
2　老根编《启颜录》（《中华谐谑十大奇书》第二部），中国戏剧出版社，1999，导读第1页。
3　车吉心总主编《中华野史》，泰山出版社，2000，第889~899页。
4　旧题（隋）侯白撰，董志翘笺注《〈启颜录〉笺注》，中华书局，2014，前言第4页。
5　郝春文编著《英藏敦煌社会历史文献释录》第三卷，社会科学文献出版社，2003，第259~277页。

S.610 作的"题解"，对其全文的"论难""辩捷""昏忘""嘲诮"四类共计四十则进行录入和整理，并一一给予"校注"[1]。

（二）对《启颜录》的研究

有对《启颜录》进行总体研究的；有专门对敦煌卷子 S.610《启颜录》进行研究的；有对《启颜录》的辑注本进行研究的；有以《启颜录》为据的研究；有将《启颜录》与其他作品进行比较的研究；也有在研究其他内容时，兼涉《启颜录》的研究，等等。

1. 对《启颜录》的总体研究

对《启颜录》进行总体研究的，有曹林娣的《〈启颜录〉及其遗文》[2]，张继红的《浅论〈启颜录〉》[3]，朱瑶的《〈启颜录〉研究》[4]和《〈启颜录〉成书考》[5]，马培洁的《〈启颜录〉版本流传考述》[6]。

《〈启颜录〉及其遗文》由《启颜录》追溯"笑话"文学诞生的渊源历程，从经籍记载、版本流传和侯白本传，以及"尺八"等一些特定的名物对《启颜录》的作者和成书时间进行考订，对其内容取材所涉及的政治性、真实性，尤其是谙熟佛经的情况予以论述。[7]

《浅论〈启颜录〉》对《启颜录》的版本和作者进行考证，对其不同于《笑林》的称谓、笑话发生的时间和地点等因素，以及其"倾向于文人化"[8]的文字特点，予以总体论述。

《〈启颜录〉研究》分别"从《启颜录》的流传版本和后世辑录、其文学价值、其所体现的社会习尚，尤其对敦煌本《启颜录》给予重点研究"。通过对

1　张涌泉主编审订，窦怀永、张涌泉汇辑校注《敦煌小说合集》，浙江文艺出版社，2010，第 1~45 页。
2　曹林娣：《〈启颜录〉及其遗文》，《苏州大学学报》（哲学社会科学版）1989 年第 2、3 期合刊。
3　张继红：《浅论〈启颜录〉》，《齐鲁学刊》1991 年第 6 期。
4　朱瑶：《〈启颜录〉研究》，四川大学，硕士学位论文，2008。
5　朱瑶：《〈启颜录〉成书考》，《四川大学学报》（哲学社会科学版）2011 年第 2 期。朱瑶：《〈启颜录〉成书考》，四川大学中国俗文化研究所：《第三届中国俗文化国际学术研讨会暨项楚教授七十华诞学术讨论会论文集》，四川大学中国俗文化研究所，2009。
6　马培洁：《〈启颜录〉版本流传考述》，《图书馆理论与实践》2010 年第 11 期。
7　曹林娣：《〈启颜录〉及其遗文》，《苏州大学学报》（哲学社会科学版）1989 年第 2、3 期合刊。
8　张继红：《浅论〈启颜录〉》，《齐鲁学刊》1991 年第 6 期。

《启颜录》的"编写者、成书时代、原本体例、版本源流等问题进行考证",对笑话文学的特点进行阐释,并对其所反映的"隋唐间口语、民俗民风以及其他中古社会文化"进行梳理和论证,"理清其版本源流,基本恢复《启颜录》在中古时期的原貌;揭示此类笑话文学的特点及其对古代文学的影响;阐明其中所包含的俗文化因素"[1]。《〈启颜录〉成书考》(期刊论文和会议论文一并论述)因《启颜录》"作者、版本源流、成书时间等问题,鲁迅、王利器、陈祚龙等学者做了一些研究,众说纷纭,然皆论述不深,考订不详"[2],故"利用敦煌本《启颜录》的资料,结合史志、目录记载和《太平广记》引文对《启颜录》的作者、版本源流、成书时间等问题进行再考证"[3]。

《〈启颜录〉版本流传考述》将《启颜录》分为"敦煌本和《太平广记》本两个系统",对《启颜录》的"作者、成书年代、中古时期笑话集的编纂和流传等问题"予以论述,认为《启颜录》的研究对"中古时期笑话集的编纂和流传等问题提供了重要线索和资料,是中国古代笑话研究的重要文本,对于后代笑话集的编纂具有启示性意义"[4]。

2. 对敦煌卷子 S.610《启颜录》的研究

对敦煌卷子 S.610《启颜录》的研究,有小林博臣的《敦煌文学口语资料——〈启颜录〉敦煌卷子本考察》[5],张鸿勋的《谈敦煌本〈启颜录〉》[6]和《敦煌本〈启颜录〉的发现及其文献价值》[7](后收入其专集《敦煌俗文学研究》[8]中时,有所修改),潘灵芝的《论敦煌本〈启颜录〉中关于佛教的笑话》[9]。

---

1 朱瑶:《〈启颜录〉研究》,硕士学位论文,四川大学,2008。

2 朱瑶:《〈启颜录〉成书考》,四川大学中国俗文化研究所:《第三届中国俗文化国际学术研讨会暨项楚教授七十华诞学术讨论会论文集》,四川大学中国俗文化研究所,2009。

3 朱瑶:《〈启颜录〉成书考》,《四川大学学报》(哲学社会科学版)2011年第2期。

4 马培洁:《〈启颜录〉版本流传考述》,《图书馆理论与实践》2010年第11期。

5 〔日〕小林博臣:《敦煌文学口语资料——〈启颜录〉敦煌卷子本考察》,《中国研究》1958年第6期。

6 张鸿勋:《谈敦煌本〈启颜录〉》,《学林漫录》1985年第11期。

7 柳存仁等:《庆祝潘石禅先生九秩华诞敦煌学特刊》,台北文津出版社,1996。

8 张鸿勋:《敦煌俗文学研究》,甘肃教育出版社,2002,第360~388页。

9 潘灵芝:《论敦煌本〈启颜录〉中关于佛教的笑话》,《东南大学学报》(哲学社会科学版)2008年第2期。

《谈敦煌本〈启颜录〉》认为敦煌卷子 S.610《启颜录》是"现存年代早的一个抄本",其对"探讨久佚之《启颜录》原本面目、作者与成书年代、内容价值诸问题,多有裨益"[1],将其内容与《太平广记》中对《启颜录》的记载内容做对比,发现两本之内容各有优劣,肯定"敦煌本《启颜录》"对讲唱文学和《金瓶梅词话》等小说的重要影响。《敦煌本〈启颜录〉的发现及其文献价值》再次肯定敦煌本《启颜录》"这一古抄的发现,对长期有争议的该书撰写者、成书时代、原本体例,以至中古某些社会情状、隋唐间口语、民俗、文艺等研究,都有很高的价值","从敦煌本《启颜录》考察其编著者",肯定"敦煌本《启颜录》在校勘上的价值",认为"敦煌本文句有更多朴实活泼神情,《广记》本就有些逊色",对"敦煌本《启颜录》所反映的社会历史"进行考证,并从"佛家讲经'论议'到优人'论难'""从敦煌本《启颜录》看宋人'说诨话'等""一个故事的演变"三个方面论述"敦煌本《启颜录》与文学研究"的关系。[2]

《论敦煌本〈启颜录〉中关于佛教的笑话》认为敦煌本《启颜录》中"佛教的共计 10 则("论难"5 则、《辩捷》2 则、《昏忘》1 则、《嘲诮》2 则),占四分之一",对"崇佛背后的疑佛"现象给予了解析,并且对"佛教和儒学都被调侃了,但独不见道教"[3]的文本现象,从历史背景上进行分析,认为是"佛教势力较大,而道教有道士维护其政敌,所以大力打压道教"而形成这种社会现象。其实,《启颜录》中虽无有关"道教"论难方面的笑话,但是《启颜录》中有关于"道教"方面的笑话,如第 9 则《师公之义》中关于"师公"的笑话和《买奴变婢》中关于"师婆"的笑话。

3. 针对辑注本《启颜录》的研究

针对辑注本《启颜录》的研究,有黄征的《辑注本〈启颜录〉匡补》[4],董志翘的《辑注本〈启颜录〉词语注释商兑》[5]、《辑注本〈启颜录〉商补》[6]和

1　张鸿勋:《谈敦煌本〈启颜录〉》,《学林漫录》1985 年第 11 期。

2　张鸿勋:《敦煌俗文学研究》,甘肃教育出版社,2002,第 360~388 页。

3　潘灵芝:《论敦煌本〈启颜录〉中关于佛教的笑话》,《东南大学学报》(哲学社会科学版)2008 年第 2 期。

4　黄征:《辑注本〈启颜录〉匡补》,《俗语言研究》1995 年第 2 期。

5　董志翘:《辑注本〈启颜录〉词语注释商兑》,《南京师范大学文学院学报》2006 年第 1 期。

6　董志翘:《辑注本〈启颜录〉商补》,《2006 年海峡两岸古典文献学国际学术会议论文集》,上海古籍出版社,2006。同见刘进宝、高田时雄主编《转型期的敦煌学》,上海古籍出版社,2007。

《敦煌写本〈启颜录〉笺注（选）》[1]。

《辑注本〈启颜录〉匡补》认为"曹林娣、李泉辑注的古代笑话专集《启颜录》""完全照抄了王利器所辑录的《历代笑话集》中校录的敦煌本《启颜录》"，且"没有核校敦煌写本原卷真迹，甚至连该写本的原编号码都没有查出来（因为王录本只说'敦煌卷子本'、'以上据敦煌写本'，而没有标明 S.610 的卷号，所以辑注本自始至终就没能说明该卷编号出处）"，对辑注本中诸如"论难""买奴合婢来，一个分成两""荡荡朗朗铛铛"等"误校误注、漏校漏注（当校而失校、当注而未注）和标点不当等，现按该书页码顺序、条目顺序和校注顺序为先后匡补和商榷"，从而便于"读者覆核"。[2]后以同名论文收录于 1997 年出版的香港敦煌吐鲁番研究中心丛刊之六的《敦煌语文丛说》中，但有所增补。如其对辑注本"没有核校敦煌写本原卷真迹"做出合情合理的推理："由此可见辑注者虽然已知有敦煌本《启颜录》，但可能不懂敦煌学、不熟悉敦煌资料，或者对王录本过于迷信。"[3]同时，在论文后附录《曹林娣、李泉〈启颜录〉补校》。

《辑注本〈启颜录〉词语注释商兑》认为曹林娣和李泉辑注的古代笑话专集《启颜录》"完全照抄王利器所辑录《历代笑话集》中校录的敦煌本《启颜录》"，而"根本没有核对敦煌唐写本原卷真迹（卷号：S.610）"，虽然"黄征已撰《辑注本〈启颜录〉匡补》一文加以指正"，但"该书校点、注释方面存在的问题仍有不少为黄文尚未言及者"[4]，故"再次校核敦煌本原卷，研读录文及注释，略举该书校点、注释可商补者 25 条"。《敦煌写本〈启颜录〉笺注（选）》是因曹林娣、李泉辑注本《启颜录》对英藏敦煌文书中编号为 S.610 的写卷的"注释错误甚多"[5]，故选取其中的"论难"类的 7 则，"重新给予笺注"。

4. 以《启颜录》为据的研究

利用《启颜录》内容做分析的研究论文有王虎的《〈启颜录〉中"豆"字

1　董志翘：《敦煌写本〈启颜录〉笺注（选）》，《西南民族大学学报》（人文社会科学版）2012 年第 3 期。

2　黄征：《辑注本〈启颜录〉匡补》，《俗语言研究》1995 年第 2 期。

3　黄征：《敦煌语文丛说》（香港敦煌吐鲁番研究中心丛刊之六），台湾新文丰出版公司，1997，第 483 页。

4　董志翘：《辑注本〈启颜录〉词语注释商兑》，《南京师范大学文学院学报》2006 年第 1 期。

5　董志翘：《敦煌写本〈启颜录〉笺注（选）》，《西南民族大学学报》（人文社会科学版）2012 年第 3 期。

考》，该论文以《太平广记》中收录"出《启颜录》"之嘲酒语中所用的"豆"字，去探求"涟水话的特殊系词""斗"的历史来源。[1]

5. 利用《启颜录》与他书做比较研究

将《启颜录》和其他作品做比较研究的论文有《中国敦煌话本小说与韩国古代小说的比较研究》[2]《〈启颜录〉与中古时期的笑话集》[3]和《雅俗文化的两相对照——〈世说新语〉与〈启颜录〉》[4]。

《中国敦煌话本小说与韩国古代小说的比较研究》把《花王戒》和《启颜录》分别定位为韩国古代小说和"中国敦煌话本小说"中"世态心理和讽刺文学"的代表，认为："从世态心理和讽刺文学的角度来看，韩国的讽刺文学始于新罗时期薛总的《花王戒》，后经高丽时期的《麴醇传》、《麴先生传》、《孔方传》等假传体文学而丰富起来的。敦煌话本小说中最具代表性的讽刺文学有《启颜录》。"[5]

《〈启颜录〉与中古时期的笑话集》中用《启颜录》与中古时期其他的笑话集进行比较，认为《启颜录》有"敦煌本和《太平广记》本两个系统版本"，且"互有异同"，"对《启颜录》作者和成书年代进行考证……对其思想内容和艺术手法进行细致剖析，对其文化意义进行深入的思考，通过古今中外幽默的纵横比较凸显其在笑话艺术发展史上所处的地位。并以《启颜录》两个系统版本的流传为基点，探讨中古时期笑话集编纂流传的一般情况"，肯定《启颜录》在文献学、通俗文学、语言学、民俗学、美学、文化研究等方面都具有重要的价值"[6]。《雅俗文化的两相对照———〈世说新语〉与〈启颜录〉》中从雅俗对照的层面，将《世说新语》和《启颜录》分别定位为"文人幽默语录的集锦"和"民间笑话集中的精品"，"选择两书中的幽默笑语作为比较对象，探讨两者在语言特色、题材内容、取笑对象、审美趣味等方面存在的诸多不同，突出雅、俗文化的

1　王虎:《〈启颜录〉中"豆"字考》,《中国语文》2014 年第 1 期。
2　申相星、李芳:《中国敦煌话本小说与韩国古代小说的比较研究》,《中外比较文学与比较文化（国际）研讨会论文集》,《世界文化》编辑部,2004,第 48~53 页。
3　马培洁:《〈启颜录〉与中古时期的笑话集》,硕士学位论文,西北师范大学,2009。
4　马培洁:《雅俗文化的两相对照——〈世说新语〉与〈启颜录〉》,《民族文学研究》2011 年第 6 期。
5　申相星、李芳:《中国敦煌话本小说与韩国古代小说的比较研究》,《中外比较文学与比较文化（国际）研讨会论文集》,《世界文化》编辑部,2004,第 53 页。
6　马培洁:《〈启颜录〉与中古时期的笑话集》,硕士学位论文,西北师范大学,2009。

特异之处"，认为《世说新语》个别篇章带有俗文化影响下的因子，以及《启颜录》将《世说新语》的幽默言辞作为笑话创作的素材"是"两者并非截然不同，在保持自身特色的前提下，文化传播过程中的沟通与融汇是必然趋势"的"鲜明例证"[1]。

6. 研究其他内容时兼涉《启颜录》的研究

在研究其他内容时，兼涉及《启颜录》研究的，始于鲁迅，其在《中国小说史略》第七篇的《〈世说新语〉与其前后》，将《启颜录》作为"《世说》之流"[2]进行概述。

《〈太平广记〉析疑——看了〈古典小说论评〉以后》是从史书的角度进行考证和质疑，针对叶庆炳文中关于《启颜录》的论述发表自己的见解。

《敦煌小说研究》在其章节《敦煌志人小说叙录》（后出版时名为《敦煌小说及其叙事艺术》）中对《启颜录》进行叙录。[3]

《〈启颜录〉：民间笑话的集大成》是《唐代幽默文学研究》（后出版时名为《唐代幽默文学论》）第三章"唐代的幽默小说"第一节，从"《启颜录》中的笑话类型"、《启颜录》"政治性笑话比较少"的特点对《启颜录》进行分析，认为"《启颜录》保存了不少民间故事，反映了隋唐时期的社会生活和中古汉语的文献资料，又比较接近口语，可以作为研究隋唐社会习俗和中古汉语的文献资料"[4]。

《六朝笑话文学研究》认为《启颜录》"由于内容有昏忘笑话，用语较为浅显，非专载上层人士的笑语，使此部笑书有俗化的倾向"，对其"作者与版本""内容主题与表现形式"[5]等方面予以探讨和研究。

《隋唐时代笑话书之研究》中亦对"隋唐时代之笑话书"[6]《启颜录》在著者和版本方面进行研究和综述。

1　马培洁：《雅俗文化的两相对照——〈世说新语〉与〈启颜录〉》，《民族文学研究》2011年第6期。

2　《鲁迅全集》第九册，人民文学出版社，2005，第67~68页。

3　王昊：《敦煌小说研究》，博士学位论文，中国社会科学院，2003；王昊：《敦煌小说及其叙事艺术》，安徽人民出版社，2005。

4　李锦：《唐代幽默文学研究》，博士学位论文，陕西师范大学，2006；李锦：《唐代幽默文学论》，陕西人民出版社，2006。

5　苏品文：《六朝笑话文学研究》，硕士学位论文，台湾高雄师范大学，2011。

6　王丽惠：《隋唐时代笑话书之研究》，硕士学位论文，台湾云林科技大学，2012。

二　研究创新

本书的研究创新有以下十点。

（一）重新整理《启颜录》，并梳理各则内容的版本源流

笔者将各文献典籍中收录的《启颜录》内容进行爬梳整理，整理成《〈启颜录〉各则内容版本源流》，见下册内容。在笔者整理之前，在《历代笑话集》中已经有对《启颜录》的整理，有奇（二）本《启颜录》的单行本面世，有辑注本《启颜录》和《〈启颜录〉笺注》对《启颜录》辑注和笺注。

笔者对《启颜录》进行重新整理，原因如下：1. 前人整理本中给《启颜录》加注的标点符号，笔者有些不同的观点和看法，需要重新加注标点符号；2. 前人的整理本中，大多是只选取了其中一个版本的内容进行整理，笔者需要的是将不同版本中的同一则内容进行反复对照、比较和研究，故笔者将各个版本中的相同内容摘出并以表格形式呈现，以备内容的对照、比较和研究所需；3. 笔者从《启颜录》各则内容笑点的角度，对其进行命名，同时对《启颜录》各则内容的版本源流进行梳理。

（二）对《启颜录》各则内容进行溯源的考证

笔者对《启颜录》的各则内容进行溯源，考证结果如下：《启颜录》中源自《史记》的有第 45 则《始皇议苑》[1] 和第 46 则《二世漆城》；源自《后汉书》的有第 51 则《韶梦周孔》；源自《三国志》的有第 47 则《酿具同罪》、第 52 则《裔辩孙权》、第 53 则《署潞涿君》和第 54 则《无犬为蜀》；源自《诸葛恪别传》的有第 56 则《所出同耳》和第 57 则《梧桐待凤》；源自《晋书》的有第 65 则《短尾为刁》；源自《晏子春秋》[2] 的有第 48 则《非使狗国》、第 49 则《使不肖王》和第 50 则《水土使然》；源自《殷芸小说》[3] 的有第 55 则《子前字父》；源自《裴启语林》[4] 中的有 第 63 则《风起鸟集》、第 112 则《傍河牵船》、第 113 则《两猪一

1　《启颜录》各则内容的标题使用的是本书下册《〈启颜录〉各则内容版本源流及其类型分析》中笔者对《启颜录》各则内容进行命名的标题，特此说明。下同，不再说明。

2　吴则虞：《〈晏子春秋〉集释》，中华书局，1982，第 389~392 页。

3　（南朝·梁）殷芸编纂，周楞伽辑注《殷芸小说》，上海古籍出版社，1984，第 126~152 页。

4　（晋）裴启撰、周楞伽辑注《裴启语林》，文化艺术出版社，1988，第 37~54 页。

槽》和第114则《神锥神槌》；源自《世说新语》的有第58则《谁当卿卿》、第59则《夫子家禽》、第60则《漱石枕流》、第61则《顽民苗裔》、第62则《何敌羊酪》、第64则《驴宁胜马》和第110则《亦有丹朱》；源自前人笑话集邯郸淳《笑林》的有第139则《煮箦为笋》和第140则《羊踏菜园》。

（三）从新角度对《启颜录》"滚雪球"式的成书过程给予论述

《启颜录》是众人编撰的结晶，非一人之力，且非一时之作。此点前人有所论述。笔者从《启颜录》的内容入手，对其中记载的人物和人物之间的关系进行新的解析和阐释，以此对《启颜录》"滚雪球"式的成书过程予以论述。

（四）对《启颜录》托名侯白的原因给予深入剖析

从史书文献中对侯白性格方面的记载和《启颜录》中对侯白内容选录的侧重点两个方面入手，对《启颜录》著者托名侯白进行深入剖析发现：《启颜录》首先应该是为记录侯白的言行而存在，侯白的早亡，为《启颜录》托名侯白提供了客观上的便利；侯白的性格，为托名侯白提供了主观上的可能，也是托名侯白最主要的原因。

（五）将民间故事中对类型的研究引入笑话的研究

笔者将民间故事中"类型"的概念引入笑话的研究中，但分类的依据稍有不同。笔者对《启颜录》分类依据的是每则内容中的"笑点"，因为"笑点"是一则笑话生存价值的体现，是一则笑话存在之本。

（六）对《启颜录》中的人物形象与其在正史中的原型形象做对比研究

对《启颜录》进行溯源，可知其有些内容来自于正史中的记载，笔者通过对《启颜录》中的人物形象与其在正史中的原型形象做对比，发现"秉笔直书"的正史中的原型形象是通过将一个个流动画面的描摹串联成该人物的一生，而《启颜录》中的人物形象是其生活中某个特定画面的定格。

（七）通过题材、结构模式看《启颜录》在笑话史上的作用和影响

从笑话中所选的题材和所用的结构模式入手，对《启颜录》在笑话史上的作用和影响进行研究。

（八）对《启颜录》中使用的艺术手法的承传进行分析

《启颜录》从前人书籍中摘录内容入笑话集的编撰手法为后世笑话集所承继，

这种手法不但开启了后世笑话集直接从前人书籍，尤其是正史中选取笑谈摘录而成笑话的编撰手法，还开启了后世笑话集直接从笑话集中摘录笑话的编撰手法。《启颜录》将笑话中"愚人的地域化"固定为"鄠人"，并进一步将地域化的人特定化为某个人，即"托名于一人"，这种托名的手法亦为后世所承继，如托名艾子等。

（九）《启颜录》可以作为"嘲"史的一部活教材

通过对《启颜录》中"嘲"的研究，发现《启颜录》中有关记载"嘲"的笑话，串成一部活生生的"嘲"史。"解嘲"是对"嘲"在成熟状态的特指，是一种定型化、模式化的"嘲戏"活动。历史名人可入嘲戏，风俗人情可入嘲戏，身体特征可入嘲戏，常见之物可入嘲戏，所见之景亦可入嘲戏。事事皆可嘲，物物皆可戏。

（十）对《启颜录》中"笑"的美学范畴进行提炼

笔者对《启颜录》中"笑"的美学范畴进行提炼：对于"笑人"一方是"捷"，其审美内涵表现为"辩捷"和"机捷"；对于"笑于人"一方是"痴"，其审美内涵表现为"愚痴"和"痴钝"；对于"看笑人"一方是"叹"，其审美内涵表现为"惊叹"和"雅叹"。

三　研究方法

本书使用的研究方法多样，但以文献整理法、排除法和文本细读法三种方法为主。

（一）文献整理法

文中使用文献归纳、分类整理的研究方法，笔者本着尊重历史、还原本真的学术态度，将各文献典籍中所记载的《启颜录》内容一一整理。

（二）排除法

史书文献中所记载的《启颜录》著者不一，有"隋侯白"等几个不同的著者，笔者从他们各自的著述入手，对史书文献中所载的《启颜录》著者，用排除法进行考证，将侯白等一一排除，得出《启颜录》是集体创作的结论。

（三）文本细读法

文中使用文本细读、比较分析的研究方法，从文本出发，通过文本细读，遵循让文本说话的研究原则。从史料阐释、比较研究的角度，对《启颜录》中的内容进行解析，不论是对敦煌卷子 S.610 的研究，还是对《启颜录》整体流传过程的结论，以及对笑话类型、笑话题材和笑话模式的研究分析，一切都以文本为依据。

基础考证篇

第一章 《启颜录》的成书

《启颜录》的著者不明，然"作者的朦胧并不等于作品的晦涩，作者的难以考订并不意味着作品的不可思议"[1]。本章就《启颜录》在古今文体分类法中的文体定位进行论述，并对其内容的渊源进行考证，对其"滚雪球"式的成书过程给予考述。

第一节 《启颜录》的文体定位

关于《启颜录》的文体，"两唐书"《通志》《宋史》《直斋书录解题》《文献通考》均将其归入子部"小说家"类，即其文体被定位为小说。"说"作为一种文体，首见于陆机《文赋》："奏平彻以闲雅，说炜晔而谲诳"[2]，此时的"说"是指与"奏"相对的一种文体，其文体特征是"炜晔而谲诳"。"说"与"小"连用，见《庄子·外物》："饰小说以干县令，其于大达亦远矣。"[3] 古代的"小说"，是指"出于稗官"的"街谈巷语，道听途说"的内容，《汉书·艺文志》云："小说家者流，盖出于稗官，街谈巷语，道听途说者之所造也。"[4] 即"小说家，以纪刍辞舆诵"[5]。"小说"是与儒家的"大达"背道而驰的。也就是说，举凡与"大达"内

---

1 项楚:《王梵志诗论》,《浙江与敦煌学》,浙江古籍出版社, 2004, 第 574 页。
2 陆机著, 张少康集释《〈文赋〉集释》, 人民文学出版社, 2002, 第 99 页。
3 庄周著, 郭庆藩辑, 王孝鱼点校《〈庄子〉集释》, 中华书局, 1961, 第 925 页。
4 （汉）班固:《汉书》, 中华书局, 1962, 第 1745 页。
5 （后晋）刘昫等撰《旧唐书》, 中华书局, 1975, 第 1963 页。

容相背的内容，就被认为是"小说"，即"诸凡志怪传奇、琐语异闻、杂录笔记、考证辨订，以至箴规诗评之类，无不视为小说"[1]。这是广义上对"小说"的定义。可见，《启颜录》在文体上，属于广义上的"小说"。

一　《启颜录》是笑话集

今人研究中又将《启颜录》的文体，进一步定义为"志人小说"。《〈世说新语〉与其前后》中认为《启颜录》是"《世说》之一体"[2]。《敦煌小说及其叙事艺术》中也把《启颜录》归为志人小说一类。《敦煌小说合集》中亦将《启颜录》归为古体小说的志人类，认为"将古体小说视为魏晋南北朝小说在隋唐时期的延续发展……志人类大抵以《世说新语》为旗帜，着重记载时人琐闻逸事……如斯六一〇号《启颜录》"[4]。

在"志人小说"的基础上，《启颜录》进一步被定义为"笑话类志人小说"。"《启颜录》是继《笑林》之后又一部有影响的笑话类志人小说"，"是笑话类志人小说的最后一部作品"[5]；"与邯郸淳《笑林》同为笑话类志人小说"[6]。此时，"笑话"与"小说"同时出现在对《启颜录》的文体定位中，见《中国敦煌话本小说与韩国古代小说的比较研究》中《中国文言小说总目提要》中将《启颜录》的文体定义为小说"谐谑类"的"文言笑话"[7]。

从标明抄录为"开元十一年"的《启颜录》的书名可知，"启颜"作为一个

1　张鸿勋：《谈敦煌本〈启颜录〉》，《学林漫录》1985 年第 11 期。

2　《鲁迅全集》第九册，人民文学出版社，2005，目录。

3　王昊：《敦煌小说及其叙事艺术》，安徽人民出版社，2005，第 49 页。

4　张涌泉主编审订，窦怀永、张涌泉汇辑校注《敦煌小说合集》，前言第 6 页。

5　张继红：《浅论〈启颜录〉》，《齐鲁学刊》1991 年第 6 期。

6　朱瑶：《〈启颜录〉成书考》，《四川大学学报》（哲学社会科学版）2011 年第 2 期。

7　宁稼雨撰《中国文言小说总目提要》，齐鲁书社，1996，目录第 3 页，前言第 9 页，正文第 47 页。宁稼雨在《中国文言小说总目提要》中认为："全书都是笑话故事，而且书名往往冠以'笑'、'谐'、'启颜'、'喷饭'之类字样的，即列在笑话类中；全书多为志人故事，只有一部分内容与笑有关，或列有'排调'、'谐隐'一类的，则仍归志人一类。"按此说则《启颜录》当归为"笑话类"，然此处的"笑话"，如"从小说角度看……是文言笑话。它占了谐谑小说的绝大部分"。而"文言笑话和志人小说最易相混，因二者都记载人间琐事。有的志人小说如《世说新语》中还列有《排调》一类，本身就是笑话。我们的原则是从古全书看"。《启颜录》……继邯郸淳《笑林》后，将笑话文学传统发扬光大，对此类小说发展意义重大。"

词组，早已存在。"启"有"打开"之意，"颜"有"面容、脸色"之意，"启颜"即"打开容颜""启开笑颜"，一字以括之"笑。"唐卢仝《玉川子诗集·走笔追王内丘》："夫子一启颜，义重千黄金。"其注中言："启颜者，开颜启齿也。古诗：'一笑双白璧，再顾千黄金。'"[1]"录"，是对言行或事物等的记载。故"启颜录"的意思是对生活中可以让人展开笑颜事情的记载，属于笑话集。

所谓"笑话"，指能引人发笑的话语或故事。"笑话"这种文体产生很早，而其独立相对较晚。先秦诸子散文中保存大量的笑话，如《孟子》中的《拔苗助长》《月攘一鸡》《齐人有一妻一妾》，《庄子》中《望洋兴叹》《井底之蛙》《东施效颦》，《战国策》中《画蛇添足》《狐假虎威》，《吕氏春秋》中《刻舟求剑》《狐假虎威》，《论语》中《割鸡焉用牛刀》等，此时的笑话是为方便其说理而存在的，属于依附性质。"直至曹魏时期邯郸淳的《笑林》，才作为我国第一部笑话专集"，笑话结集的出现，标志着笑话作为一种独立的文体样式，从广义上的"小说"中独立出来。但由于"小说"的广收并蓄，笑话依然被纳入小说的范围，"笑话集就成为小说家的作品被历代史书收录"[2]。故作为笑话集的《启颜录》依然被收入"小说"类中，然按今天的文体分类，《启颜录》当属笑话集无疑。如曹林娣认为："传为隋侯白的《启颜录》，则是继邯郸淳《笑林》之后，现存第二部笑话专书。"[3]王利器的《历代笑话集》将其收录，说明王利器认可其作为笑话集的文体定位，《〈启颜录〉笺注》也认可此观点。

二 一则完整笑话的构成

一则完整的笑话是由"笑话的核心要素""笑话背景的介绍"和"笑话效果的描述"共同完成。其中，笑话的核心要素是由"笑点""使人发笑的方式""笑点制造者"和"笑话指向者"构成。

"笑点"是衡量一则笑话的核心，指一则笑话中最能够引人发笑、让人捧腹

---

1 （唐）卢仝著，（清）孙之騄撰《玉川子诗集注》，清刻晴川八识本。"一笑双白璧，再顾千黄金"，此两句出自李白《古风》，原句是："一笑双白璧，再歌千黄金。"
2 薛宝琨著，方成插图《中国的相声》，人民出版社，1985，第18页。
3 曹林娣：《〈启颜录〉及其遗文》，《苏州大学学报》（哲学社会科学版）1989年第2、3期合刊。

不止的美妙之处。"笑点"是一则笑话不能破坏和变更的根本，这是其最根本的特点。一则笑话在流传中，其他因素都可以变动，但笑点不能变更，一旦变更，则变成了另一则笑话。其在笑话中的表现形式可以是一个结构，也可以是一句话。笑点越醒目，笑话就越醇厚。

如何在一则笑话中很好地体现"笑点"，需要"使人发笑的方式"，即笑话中运用谐音、引经、据典、作谜等方式，将生活中的平淡无奇提炼为可以引人发笑的"笑点"。

"笑点"的提炼需要"笑点制造者"和"笑话指向者"的共同协助才能完成。"笑点制造者"是指笑话中制造笑话的人或物，在笑话中是能说话、会说话，多数时候是能言善道之人。而"笑话指向者"指笑话中被笑的对象，其多数是人，也可以为物，不管其是人还是物，其最终指向均为人。

如果一则笑话想要更为丰满的话，其一定要有"笑话背景的创设"和"笑话效果的描述"。

"笑话背景"指适合笑话生存的地理位置、人文环境和历史变迁等外部环境。是否可以引人发笑，是对一则笑话最直接的考验。"笑点制造者"和"笑话指向者"共同提炼的"笑点"是否能随着地理位置、人文环境、历史变迁等外界的改变而始终保持可以引人发笑的功能，需要"笑话背景的创设"，如有关"方言"的笑话，如果没有对相关方言知识的介绍和熟识，则无法感知此则笑话的"笑点"。

一则笑话是否成功的标志是"笑话效果的描述"。如《启颜录》中描述北齐高祖对笑话的反应是"抚掌大笑"，虽然只比"大笑"多了"抚掌"两个字，但是"抚掌"非常形象地刻画了人因为内心过于欢悦而表现出来的行为举止的高兴，其"笑话效果"肯定比后一种好得多，也成功得多。

第二节　《启颜录》的内容溯源

本节对《启颜录》的内容进行溯源，通过对《启颜录》的内容与其前的各文献典籍中的内容进行比对和分析，查找踪迹。

一　源自史部[1]

《史记·滑稽列传》中记载：

> 始皇尝议欲大苑囿，东至函谷关，西至雍、陈仓。优旃曰："善。多纵禽兽于其中，寇从东方来，令麋鹿触之足矣。"始皇以故辍止。二世立，又欲漆其城。优旃曰："善。主上虽无言，臣固将请之。漆城虽于百姓愁费，然佳哉！漆城荡荡，寇来不能上。即欲就之，易为漆耳，顾难为荫室。"于是，二世笑之，以其故止。[2]

从上可知，第45则《始皇议苑》和第46则《二世漆城》的内容源自《史记》。

《三国志·蜀书·简雍传》中记载：

> 时天旱禁酒，酿者有刑。吏于人家索得酿具，论者欲令与作酒者同罚。（简）雍与先主游观，见一男女行道，谓先主曰："彼人欲行淫，何以不缚？"先主曰："卿何以知之？"雍对曰："彼有其具，与欲酿者同。"先主大笑，而原欲酿者。[3]

从上可知，第47则《酿具同罪》的内容源自《三国志》。

《后汉书·边韶传》中记载：

> 边韶字孝先，陈留浚仪人也。以文章知名，教授数百人。韶口辩，曾昼日假卧，弟子私嘲之曰："边孝先，腹便便。懒读书，但欲眠。"韶潜闻之，

1　笔者基本以《四库全书》的经史子集分类为据，但也参考其他书的分类标准。如《晏子春秋》，在《四库全书》中被列入"史部"，但在《四库全书》之前的《隋书·经籍志》等诸书中的分类是"子部"，故笔者将《晏子春秋》列入"子部"。

2　（汉）司马迁：《史记》，中华书局，1959，第3202~3203页。

3　（晋）陈寿撰，（南朝·宋）裴松之注，陈乃乾校点《三国志》，中华书局，1959，第971页。

应时对曰："边为姓、考为字。腹便便，《五经》笥。但欲眠，思经事。寐与周公通梦，静与孔子同意。师而可嘲，出何典记？"嘲者大惭。[1]

从上可知，第51则《韶梦周孔》的内容源自《后汉书》。

《三国志·蜀书·张裔传》中记载：

会先主薨，诸葛亮遣邓芝使吴，亮令芝言次可从权请裔。裔自至吴数年，流徙伏匿，权未之知也，故许芝遣裔。裔临发，权乃引见，问裔曰："蜀卓氏寡女，亡奔司马相如，贵土风俗何以乃尔乎？"裔对曰："愚以卓氏之寡女，犹贤于买臣之妻。"[2]

从上可知，第52则《裔辩孙权》的内容源自《三国志》。

《三国志·蜀书·周群传》附《张裕传》中记载：

初，先主与刘璋会涪时，裕为璋从事，侍坐。其人饶须，先主嘲之曰："昔吾居涿县，特多毛姓，东西南北皆诸毛也，涿令称曰'诸毛绕涿居乎'！"裕即答曰："昔有作上党潞长，迁为涿令（涿令）者，去官还家，时人与书，欲署潞则失涿，欲署涿则失潞，乃署曰'潞涿君'。"先主无须，故裕以此及之。[3]

从上可知，第53则《署潞涿君》的内容源自《三国志》。

《三国志·吴书·薛综传》中记载：

西使张奉于权前列尚书阚泽姓名以嘲泽，泽不能答。综下行酒，因劝酒曰："蜀者何也？有犬为独，无犬为蜀，横目苟身，虫入其腹。"奉曰："不

---

1 （南朝·宋）范晔撰，（唐）李贤等注《后汉书》，中华书局，1965，第2623页。
2 （晋）陈寿撰，（南朝·宋）裴松之注，陈乃乾校点《三国志》，第1012页。
3 （晋）陈寿撰，（南朝·宋）裴松之注，陈乃乾校点《三国志》，第1021页。

当复列君吴邪？"综应声曰："无口为天，有口为吴，君临万邦，天子之都。"于是众坐喜笑，而奉无以对。[1]

从上可知，第54则《无犬为蜀》的内容源自《三国志》。

《诸葛恪别传》中记载：

> 太子尝嘲恪："诸葛元逊可食马矢。"恪曰："愿太子食鸡卵。"权曰："人令卿食马矢，卿使人食鸡卵何也？"恪曰："所出同耳。"权大笑。[2]

从上可知，第56则《所出同耳》的内容源自裴松之对《三国志》所作注中得以保存的《诸葛恪别传》。

《诸葛恪别传》中记载：

> 权尝飨蜀使费祎，先逆敕群臣："使至，伏食勿起。"祎至，权为辍食，而群下不起。祎啁之曰："凤皇来翔，骐驎吐哺，驴骡无知，伏食如故。"恪答曰："爰植梧桐，以待凤皇，有何燕雀，自称来翔？何不弹射，使还故乡！"[3]

《金楼子·捷对》中记载：

> 费祎使吴，孙权飨之。逆敕群臣，使至伏食勿起。祎至，权为辍食。祎嘲之曰："凤凰来朝，麒麟吐哺。钝驴无知，伏食如故。"诸葛瑾辍食反嘲之曰："爰植梧桐，以待凤凰。有何燕雀，自称来翔。何不弹射，使还故乡。"[4]

1　（晋）陈寿撰，（南朝·宋）裴松之注，陈乃乾校点《三国志》，第1250~1251页。
2　（晋）陈寿撰，（南朝·宋）裴松之注，陈乃乾校点《三国志》，第1430页。
3　（晋）陈寿撰，（南朝·宋）裴松之注，陈乃乾校点《三国志》，第1430页。
4　（南朝·梁）萧绎撰，许逸民校笺《〈金楼子〉校笺》，中华书局，2011，第1121页。

与蜀使对嘲的人物,《启颜录》和《诸葛恪别传》中所载是诸葛恪,而《金楼子》中所载是诸葛恪之父诸葛瑾。由此可知,第57则《梧桐待凤》的内容源自《诸葛恪别传》,而非《金楼子》。

《晋书·张轨传》附《张天锡传》中记载:

> 时符坚强盛,每攻之,兵无宁岁。天锡甚惧……献书大司马桓温,克六年夏誓同大举。遣从事中郎韩博、奋节将军康妙奉表,并送盟文。博有口才,温甚称之。尝大会,温使司马刁彝嘲之,彝谓博曰:"君是韩卢后邪?"博曰:"卿是韩卢后。"温笑曰:"刁以君姓'韩',故相问焉。他自姓'刁',那得'韩卢后'邪!"博曰:"明公脱未之思,短尾者则为'刁'也。"一坐推叹焉。[1]

第65则《短尾为刁》在《太平广记》《说郛》《续百川学海》《御定佩文韵府》《御定骈字类编》中均有载,关于"推叹"二字,除《御定佩文韵府》卷五十五使用外,其余处均使用的是"雅叹"从语意上分析,此处乃为"雅叹"。而《晋书》中用"推叹",且《晋书》中的用语与《启颜录》中的用语,在细节处颇有不同。再加上,不能明确《晋书》与《启颜录》成书时间的先后。所以,严格意义上来说,此则材料的来源与《晋书》中所载相关内容的材料来源相同,却不能说此则内容源自《晋书》。此种情况,亦见下文有关第114则《神锥神槌》内容的溯源。

总之,《启颜录》中源自《史记》的有第45则《始皇议苑》和第46则《二世漆城》;源自《后汉书》的有第51则《韶梦周孔》;源自《三国志》的有第47则《酿具同罪》、第52则《裔辩孙权》、第53则《署潞涿君》和第54则《无犬为蜀》;源自《诸葛恪别传》的有第56则《所出同耳》和第57则《梧桐待凤》。总之,《启颜录》中受《史记》《后汉书》《三国志》等正史影响的内容有七则,受别传《诸葛恪别传》影响的内容有两则。

1　（唐）房玄龄等:《晋书》,中华书局,1974,第2251页。

二　源自子部

《晏子春秋·晏子使楚楚为小门晏子称使狗国者入狗门第九》中记载:

晏子使楚,以晏子短,楚人为小门于大门之侧而延晏子,晏子不入,曰:"使狗国者,从狗门入;今臣使楚,不当从此门入。"傧者更道从大门入,见楚王。王曰:"齐无人耶?"晏子对曰:"临淄三百闾,张袂成阴,挥汗成雨,比肩继踵而在,何为无人?"王曰:"然则子何为使乎?"晏子对曰:"齐命使,各有所主,其贤者使使贤王,不肖者使使不肖王。婴最不肖,故直使楚矣。"[1]

《晏子春秋·楚王欲辱晏子指盗者为齐人晏子对以桔第十》中记载:

晏子将至楚,楚闻之,谓左右曰:"晏婴,齐之习辞者也,今方来,吾欲辱之,何以也?"左右对曰:"为其来也,臣请缚一人,过王而行,王曰:'何为者也。'对曰:'齐人也。'王曰:'何坐?'曰:'坐盗。'"晏子至,楚王赐晏子酒,酒酣,吏二缚一人诣王,王曰:"缚者曷为者也?"对曰:"齐人也,坐盗。"王视晏子曰:"齐人固善盗乎?"晏子避席对曰:"婴闻之,橘生淮南则为橘,生于淮北则为枳,叶徒相似,其实味不同。所以然者何?水土异也。今民生长于齐不盗,入楚则盗,得无楚之水土使民善盗耶?"王笑曰:"圣人非所与嬉也,寡人反取病焉。"[2]

由上可知,第48则《非使狗国》、第49则《使不肖王》和第50则《水土使然》的内容源自《晏子春秋》。

《殷芸小说》卷六《吴蜀人》中记载:

1　吴则虞:《〈晏子春秋〉集释》,第389页。
2　吴则虞:《〈晏子春秋〉集释》,第392页。

诸葛恪对南阳韩文晃，误呼其父子。晃曰："向人子前呼其父字，为是礼邪？"恪笑而答曰："向天穿针，不见天怒者，非轻于天，意有所在耳。"[1]

由上可知，第55则《子前字父》的内容源自《殷芸小说》。

《世说新语·惑溺》中记载：

王安丰妇，常卿安丰。安丰曰："妇人卿婿，于礼为不敬，后勿复尔。"妇曰："亲卿爱卿，是以卿卿；我不卿卿，谁当卿卿？"遂恒听之。[2]

由上可知，第58则《谁当卿卿》的内容源自《世说新语》。

《世说新语·言语》中记载：

梁国杨氏子九岁，甚聪惠。孔君平诣其父，父不在，乃呼儿出。为设果，果有杨梅。孔指以示儿曰："此是君家果。"儿应声答曰："未闻孔雀是夫子家禽。"[3]

《金楼子·捷对》中的内容是：

杨子州年七岁甚聪慧，孔永诣其父，父不在，乃呼儿出，为设果，有杨梅。永指示儿曰："此真君家果。"儿答曰："未闻孔雀是夫子家禽。"[4]

由上可知，第59则《夫子家禽》的内容在《世说新语》和《金楼子》中都有载，据前文第57则《梧桐待凤》排除受《金楼子》影响的可能性，

1　（南朝·梁）殷芸编纂，周楞伽辑注《殷芸小说》，第126页。
2　（南朝·宋）刘义庆撰，徐震堮校笺《〈世说新语〉校笺》，中华书局，1984，第492页。
3　（南朝·宋）刘义庆撰，徐震堮校笺《〈世说新语〉校笺》，第48页。
4　（南朝·梁）萧绎撰，许逸民校笺《〈金楼子〉校笺》，中华书局，2011，第1116页。

此则内容虽与《世说新语》中所载内容相似，但涉及人物却略有不同，这说明《启颜录》或是受《世说新语》的影响，或是其内容的材料来源与《世说新语》相仿。

《世说新语·排调》中记载：

> 孙子荆年少时欲隐，语王武子"当枕石漱流"，误曰"漱石枕流"。王曰："流可枕，石可漱乎？"孙曰："所以枕流，欲洗其耳；所以漱石，欲砺其齿。"[1]

由上可知，第 60 则《漱石枕流》的内容源自《世说新语》。

《世说新语·言语》中记载：

> 蔡洪赴洛，洛中人问曰："幕府初开，群公辟命，求英奇于仄陋，采贤俊于岩穴。君吴、楚之士，亡国之余，有何异才而应斯举？"蔡答曰："夜光之珠，不必出于孟津之河；盈握之璧，不必采于昆仑之山。大禹生于东夷，文王生于西羌。圣贤所出，何必常处。昔武王伐纣，迁顽民于洛邑，得无诸君是其苗裔乎？"[2]

由上可知，第 61 则《顽民苗裔》的内容源自《世说新语》。

《世说新语·言语》中记载：

> 陆机诣王武子，武子前置数斛羊酪，指以示陆曰："卿江东何以敌此？"陆云："有千里莼羹，但未下盐豉耳。"[3]

由上可知，第 62 则《何敌羊酪》的内容源自《世说新语》。

---

[1] （南朝·宋）刘义庆撰，徐震堮校笺《〈世说新语〉校笺》，第 419 页。
[2] （南朝·宋）刘义庆撰，徐震堮校笺《〈世说新语〉校笺》，第 45~46 页。
[3] （南朝·宋）刘义庆撰，徐震堮校笺《〈世说新语〉校笺》，第 48 页。

《世说新语·排调》中记载：

　　　　诸葛令、王丞相共争姓族先后。王曰："何不言葛、王，而云王、葛？"令曰："譬言驴马，不言马驴，驴宁胜马邪？"[1]

由上可知，第64则《驴宁胜马》的内容源自《世说新语》。

《世说新语·排调》中记载：

　　　　诸葛瑾为豫州，遣别驾到台，语云："小儿知谈，卿可与语。"连往诣恪，恪不与相见。后于张辅吴坐中相遇，别驾唤恪："咄咄郎君！"恪因嘲之曰："豫州乱矣，何咄咄之有？"答曰："君明臣贤，未闻其乱。"恪曰："昔唐尧在上，四凶在下。"答曰："非唯四凶，亦有丹朱。"于是一坐大笑。[2]

由上可知，第110则《亦有丹朱》的内容源自《世说新语》。

《裴启语林》卷四《西晋人》第70则的内容是：

　　　　士衡在座，安仁来，陆便起去。潘曰："清风至，尘飞扬。"陆应声答曰："众鸟集，凤皇翔。"[3]

《殷芸小说》卷九《晋江左人》中记载：

　　　　士衡在座，安仁来，陆便起去。潘曰："清风至，尘飞扬。"陆应声答曰："众鸟集，凤皇翔。"[4]

1　（南朝·宋）刘义庆撰，徐震堮校笺《〈世说新语〉校笺》，第425页。
2　（南朝·宋）刘义庆撰，徐震堮校笺《〈世说新语〉校笺》，第417页。
3　（晋）裴启撰，周楞伽辑注《裴启语林》，文化艺术出版社，1988，第47页。
4　（南朝·梁）殷芸编纂，周楞伽辑注《殷芸小说》，第151~152页。

由上可知，第 63 则《风起鸟集》与《殷芸小说》和《裴启语林》中记载的内容相比，字句稍有变动。《裴启语林》的成书时间早于《殷芸小说》，故推第 63 则《风起鸟集》的内容源自《裴启语林》。

《裴启语林》卷四《西晋人》第 52 则的内容是：

> 刘道真少时遭乱，尝与人牵船，见一老姬，在河边采柴，刘嘲之曰："女子何不调机治杼而傍河采薪？"女答曰："丈夫何不跨马挥鞭而牵船乎？"[1]

《裴启语林》卷四《西晋人》第 53 则的内容是：

> 道真尝与一人共索祥草中食，见一姬将二儿过，并青衣，调之曰："青羊将二羔。"姬答曰："两猪共一槽。"[2]

第 113 则《两猪一槽》的内容又见于《金楼子》中，《金楼子》卷五《捷对篇》十一的内容是：

> 刘道真常与一人，共素拌草中食，见一姬将二儿过，并青衣，调之曰："青羊将二羔。"姬答曰："两猪共一槽。"[3]

由上可知，《裴启语林》中有第 112 则《傍河牵船》和第 113 则《两猪一槽》大体一致的内容，而《金楼子》中只有与第 113 则《两猪一槽》相似的内容，故据此排除《刘道真》受《金楼子》的影响，虽第 112 则《傍河牵船》和第 113 则《两猪一槽》中的内容与《裴启语林》相比，有字句的改变，但仍可推其内容源自《裴启语林》。

《晋书·祖逖传》附《兄纳传》中记载：

---

1 （晋）裴启撰、周楞伽辑注《裴启语林》，第 37 页。
2 （晋）裴启撰、周楞伽辑注《裴启语林》，第 38 页。
3 （南朝·梁）萧绎撰，许逸民校笺《〈金楼子〉校笺》，第 1118 页。

　　时梅陶及锺雅数说馀事，纳辄困之，因曰："君汝颍之士，利如锥；我幽冀之士，钝如槌。持我钝槌，捶君利锥，皆当摧矣。"陶、雅并称"有神锥，不可得槌"。纳曰："假有神锥，必有神槌。"雅无以对。[1]

《金楼子》卷五《捷对篇》十一的内容是：

　　祖士言与锺雅相调，祖语锺曰："汝颍川之士利如锥。"钟答曰："卿燕代之人钝如槌。"祖曰："以我钝槌打汝利锥。"钟曰："吾有神锥。"祖曰："既有神锥，亦有神槌。"[2]

《裴启语林》卷五《东晋人》第78则的内容是：

　　祖士言与锺雅相调，锺语祖曰："我汝、颍之士利如锥，卿燕代之士钝如槌。"祖曰："以我钝槌，打尔利锥。"钟曰："自有神锥，不可得打。"祖曰："既有神锥，必有神槌。"钟遂屈。[3]

　　由上可知，第114则《神锥神槌》的内容，虽在《晋书》和《金楼子》亦可见，然据其内容的相似度来推断，与《裴启语林》中内容的相似度更高，故第114则《祖椎神槌》的内容源自《裴启语林》。
　　陆机《笑林》中记载：

　　陆云字士龙，为性喜笑。《笑林》云："汉人有适吴，吴人设笋，问是何物，语曰：'竹也。'归煮其床簀而不熟，乃谓其妻曰：'吴人轫辕，欺我如此。'"（《宋释赞宁笋谱四之事》）

1　（唐）房玄龄等撰《晋书》，第1699页。
2　（南朝·梁）萧绎撰，许逸民校笺《〈金楼子〉校笺》，第1119页。
3　（晋）裴启撰，周楞伽辑注《裴启语林》，第54页。

邯郸淳《笑林》中记载：

> 汉人有适吴，吴人设笋，问是何物？语曰竹也！归煮其床箦而不熟，乃谓其妻曰："吴人辘辘，欺我如此！"

邯郸淳《笑林》中记载：

> 有人常食蔬茹，忽食羊肉，梦五藏神曰："羊踏破菜园！"

由上可知，第139则《煮箦为笋》和第140则《羊踏菜园》紧邻，说明它们出自同一本书的可能性比较大，故由此排除第139则《煮箦为笋》受陆机《笑林》影响的可能，《启颜录》应是受邯郸淳《笑林》的影响。

总之，《启颜录》中源自《晏子春秋》的有第48则《非使狗国》、第49则《使不肖王》和第50则《水土使然》；源自《殷芸小说》的有第55则《子前字父》，源自《裴启语林》的有第63则《风起鸟集》、第112则《傍河牵船》、第113则《两猪一槽》、第114则《神锥神槌》；源自《世说新语》的有第58则《谁当卿卿》、第59则《夫子家禽》、第60则《漱石枕流》、第61则《顽民苗裔》、第62则《何敌羊酪》、第64则《驴宁胜马》和第110则《亦有丹朱》；源自前人笑话集邯郸淳《笑林》的有第139则《煮箦为笋》和第140则《羊踏菜园》。总之，其受子部《晏子春秋》《殷芸小说》《世说新语》《裴启语林》和邯郸淳《笑林》影响的内容共计17则。

笔者据前文分析，整理如表1所示。

表1 《启颜录》部分内容渊源

《启颜录》	渊源出处	
	源自史部	源自子部
第45则《始皇议苑》	《史记》	
第46则《二世漆城》		
第47则《酿具同罪》	《三国志》	

续表

《启颜录》	渊源出处	
	源自史部	源自子部
第 48 则《非使狗国》		《晏子春秋》
第 49 则《使不肖王》		
第 50 则《水土使然》		
第 51 则《韶梦周孔》	《后汉书》	
第 52 则《裔辩孙权》	《三国志》	
第 53 则《署潞涿君》		
第 54 则《无犬为蜀》		
第 55 则《子前字父》		《殷芸小说》
第 56 则《所出同耳》	《诸葛恪别传》	
第 57 则《梧桐待凤》		
第 58 则《谁当卿卿》		《世说新语》
第 59 则《夫子家禽》		
第 60 则《漱石枕流》		
第 61 则《顽民苗裔》		
第 62 则《何敌羊酪》		
第 63 则《风起鸟集》		《裴启语林》
第 64 则《驴宁胜马》		《世说新语》
第 110 则《亦有丹朱》		《世说新语》
第 112 则《傍河牵船》		《裴启语林》
第 113 则《两猪一槽》		
第 114 则《神锥神槌》		
第 139 则《煮箦为笋》		《笑林》
第 140 则《羊踏菜园》		

由表 1 可知，在《启颜录》141 则内容中有 26 则出自前人书籍，由此可推：《启颜录》在成书时，使用了从前人书籍中摘录笑话的编撰手法，这种编撰手法对后世笑话集的影响，在后文论述。

第三节 《启颜录》"滚雪球"式的成书过程

笔者由敦煌卷子 S.610《启颜录》入手，对其中人物之间的关系和内容之间的联系等方面进行解析，以新角度对《启颜录》"滚雪球"式的成书过程给予诠释。

一 "滚雪球"式成书的见证：敦煌卷子 S.610《启颜录》

敦煌卷子 S.610《启颜录》没有分卷、无目录，但有类别（"论难""辩捷""昏忘""嘲诮"四类），从该写卷各类内容的安排顺序和内容之间的紧密联系可以依稀分辨出《启颜录》"滚雪球"式的成书痕迹，以下就此问题进行论述。

1. "论难"类

"论难"类尤能凸显《启颜录》"滚雪球"式成书的痕迹。

"论难"类的前六则：第 1 则《佛常骑牛》、第 2 则《总有几斤》、第 3 则《无是无非》、第 4 则《天本姓也》、第 5 则《冠者几人》和第 6 则《佛是日儿》，均是有关北齐优人石动筩的内容。著者以"又"字将它们统合在一起：第 1 则《佛常骑牛》中是"北齐高祖尝以大斋日设聚会……石动筩最后论义"，第 2 则《总有几斤》中是"（动筩）又谓法师"，第 3 则《无是无非》是"高祖又尝作内道场……动筩即请难此僧"，第 4 则《天本姓也》是"高祖又尝集儒生会讲……动筩后来问博士曰"，第 5 则《冠者几人》是"动筩又尝于国学中看博士论难"，第 6 则《佛是日儿》是"高祖又尝以四月八日斋会讲说……动筩后来乃问僧"。

一个"又"字将它们统合，貌似天衣无缝的安排，然这六则的安排顺序，亦有玄妙之处：第 1 则《佛常骑牛》、第 2 则《总有几斤》、第 3 则《无是无非》、第 4 则《天本姓也》和第 6 则《佛是日儿》是有关石动筩和僧人之间的内容，按以类相从的编撰原则，会放一起。而第 4 则《天本姓也》和第 5 则《冠者几人》，则是有关石动筩和儒学博士之间的内容，这两则的内容穿插在第 6 则《佛是日儿》的内容之前，可见是有意混淆、故意为之。

故有关石动筩的第 1 则《佛常骑牛》、第 2 则《总有几斤》、第 3 则《无是无非》、第 4 则《天本姓也》和第 6 则《佛是日儿》是编撰的一站，而故意穿插在第6则《佛是日儿》之前的第4则《天本姓也》和第5则《冠者几人》是在其基础上编撰的后一站。

"论难"类的最后两则：第7则《秃不敌卢》和第8则《截鼻补眼》分别是隋卢嘉言与僧人之间和十三岁的赵小儿与三藏法师之间的论难，是世俗之人与僧众论难的内容，与石动筩内容无关，可视为编撰的又一站。

因石动筩是优人，优旃也是优人，故《太平广记》本中从《史记·滑稽列传》中选录第45则《始皇议苑》和第46则《二世漆城》。东方朔虽非优人，但汉武帝曾视其言为俳优之言，故《类说》本中收录了第141则《命臣大言》。虽然东方朔也是箭垛式人物，但《启颜录》为何没有托名东方朔？由选录其内容比较靠后的情况可知，其内容应该是在托名侯白之后加的，所以，《启颜录》的著者不会托名东方朔。

"论难"类可看出《启颜录》内容一站一站添加的成书过程。

2."辩捷"类

"聘"是国家外交的一种途径和手段："诸侯使大夫问于诸侯曰'聘'"[1]，《说文解字》中云"聘，访也"[2]，"聘"的主要作用是"以结诸侯之好"[3]。"辩捷"类主要记录的是此类内容，一个"聘"字交代出人物的主要任务和担负的主要使命。

第10则《陵对寒暑》和第11则《徐陵年几》的内容是代表陈朝"聘隋"的徐陵两次取胜隋朝官员，第12则《思道辩陵》的内容是徐陵被隋朝卢思道言败，这三则是南朝陈徐陵"聘隋"时发生的内容。正史中没有徐陵"聘隋"的记载，《陈书·徐陵传》或《南史·徐陵传》中的记载是"使魏"。《启颜录》中记载的"隋官一人"，在正史中是"主客魏收"。《南史》中记载"魏收"言败后的下场："齐文襄为相，以收失言，囚之累日。"[4]从"囚之累日"可知"聘"中对论辩才能

---

1 （汉）郑玄注，（唐）陆德明音义，孔颖达疏《〈礼记〉注疏》（四库备要本），中华书局，1989，第56页。

2 （东汉）许慎撰，（清）段玉裁注《〈说文解字〉注》，中华书局，2013，第598页。

3 （汉）郑玄注，（唐）陆德明音义，贾公彦疏《〈周礼〉注疏》（四库备要本），中华书局，1989，第203页。

4 （唐）李延寿：《南史》，中华书局，1975，第1522~1525页。

和论辩胜负的看重。虽说"胜负兵家常势"[1]，但两国官员间的唇枪舌剑，事关国体。《启颜录》中对徐陵当时出使隋朝时官职的记载是"散骑常侍"，这点在正史中亦可寻出蛛丝马迹：太清二年（548）"使魏"时是"兼通直散骑常侍"，绍泰二年（555）"又使于齐"后"高祖受禅，加散骑常侍"，故《启颜录》以此为背景，有真有假，给人一种貌似真实的感觉。

第 14 则《久服无效》和第 15 则《漂堕鬼国》是卢思道"聘陈"的内容，《隋书》中有薛道衡"接对周、陈二使"[2]的记载，《启颜录》中"聘陈"应是故意与徐陵"聘隋"遥相呼应，使内容在整体上的联系更为紧密。卢思道聘陈时，陈朝寺中僧人和陈主均未能取胜卢思道，由文中"陈主敕：'在路诸处，不得共语，致令失脱'"[3]之语可见陈朝对卢思道的惧惮，由此可知，卢思道"聘陈"是在徐陵"聘隋"之后，因为徐陵第一次和卢思道见面时，"笑曰：'此公甚小'"，不觉得卢思道可惧。

卢思道在陈朝大获全胜之后，陈朝急需在外交方面挽回自己的面子，"陈朝又尝令人聘隋"[4]，故有第 16 则《马价贵贱》的发生，侯白被派遣"诈为贱人供承"以探陈使"机辨深浅"。侯白将马分为三等的论辩才能令陈朝使者"大惊"，侯白以最下等的、"一钱不值"的马暗讽陈朝使者"旁卧放气，与之言语"的不雅举动。从隋朝侯白对陈使的试探去反观僧人"蜜汤益智"一事，也是对卢思道的试探，否则僧人不会有"惧"和"惭"的神态出现。"蜜汤"在《金匮要略》《备急千金要方》和《妇人大全良方》等医术中均有记载，从第 43 则《香槌毒槌蜜》中"买得一瓶蜜……于房中私食"和"床底瓶中是极毒药，吃即杀人"[5]之语来看，"蜜"在当时可能是很珍贵的一种食材。"益智"，亦是另一种食材。《资治通鉴》中有"益智粽"[6]的记载：《本草》曰：'益智子生昆仑国，今岭南州郡往往

1 （后晋）刘昫等《旧唐书》，第 456 页。
2 （唐）魏徵、令狐德棻撰《隋书》，第 1406 页。
3 中国社会科学院历史研究所等合编《英藏敦煌文献》（汉文佛经以外部分），四川人民出版社，1990，第 66 页。
4 《英藏敦煌文献》第二册，第 66 页。
5 《英藏敦煌文献》第二册，第 70 页。
6 （宋）司马光：《资治通鉴》，中华书局，1956，第 3583 页。

有之。顾微《交州记》曰：'益智叶如蘘荷，茎如竹箭，子从心出，一枝有十子，子肉白滑，四破去之，蜜煮为粽，味辛。粽，作弄翻，角黍也。'"此则中，卢思道将"益智"拆解为"益增智慧"之意，用以反击僧人。

"聘"自周始，多用诗词歌赋以显使者之才，南北朝正史中记载的"聘"，亦是如此，如"隋文帝夙闻其（阮卓）名，遣河东薛道衡、琅邪颜之推等，与卓谈宴赋诗，赐遗加礼"[1]，再如"陈使傅縡聘齐……赠（薛道衡）诗五十韵，道衡和之，南北称美。魏收曰：'傅縡所谓以蚓投鱼耳。'"[2]而敦煌卷子 S.610《启颜录》中多用佛语在"聘"中一决高下，巧用佛语，问的机巧、答的辩捷，以显示其雄辩之才。《南史》《北史》《陈书》《北齐书》《隋书》等正史中均没有在"聘"中使用佛语的记载，但《启颜录》中塑造的诸如陈主、卢思道、薛道衡等人物形象的佛学修为却很高，如第 15 则《漂堕鬼国》中陈主和卢思道，均以出自《观音经》之语互相嘲弄，而第 13 则《毗舍阇鬼》中以隋朝的薛道衡为聘南朝，表面上是薛道衡和南朝僧人的较量，但从文中"无问道、俗，但是有机辩者，即方便引道衡见之"之语可知，是暗受南朝指使对薛道衡机辩深浅的试探。僧人大声引用佛经《法华经》中的语句"鸠盘荼鬼"，薛道衡同样也引用《法华经》中的语句作答"毗舍阇鬼"[3]，一里一外的对应答话，使僧人"愧服"。

由《启颜录》中有关隋陈互聘的记载可知：陈使徐陵聘隋，先占上风；后被卢思道辩，占下风；然后隋使卢思道聘陈，陈朝僧人和陈主落败；接着，陈使再次聘隋，侯白大败陈使，相互之间衔接比较紧密、安排的非常紧凑。此几则内容之间的内部联系较为紧密，编撰时应同属一站。

在这联系比较紧密的几则中间，为何要插入第 13 则《毗舍阇鬼》呢？由以上分析可知，应是与佛语的使用和"聘"的外交背景有关系，此则应是在编撰上的下一站。

第 17 则《问一知二》是侯白与杨素之间有关方言的戏谈。从人物关系上来讲，与紧跟第 16 则《马价贵贱》中侯白内容的基础上增加的，亦是编撰的另

1　（唐）李延寿:《南史》，第 1792 页。
2　（唐）魏徵、令狐德棻撰《隋书》，第 1406 页。
3　《英藏敦煌文献》第二册，第 66 页。

一站。

敦煌卷子 S.610《启颜录》对出聘国的记载，与正史中记载的总有些出入，这种现象说明：《启颜录》中这部分内容的记载是坊间流传的野闻轶事；对这些内容进行记录的著者，其生活年代应与《启颜录》中所载的这些南北朝时人的生活年代相仿。其后对《启颜录》的编撰之人，在将其所生活时代之人的野闻轶事记载的同时，亦从正史、别史中以及政论性著作中摘录前人的事迹，即后文中所讨论的《启颜录》从正史、别史中摘录的内容。

因"辩捷"类隋陈之间互聘的内容记载来看，这几则之间的联系较为紧密。从上文的分析可知：徐陵内容是在以其生活中"使魏"为背景，之所以将其"使魏"改为"使隋"的目的，是为下文侯白的出场做铺垫，由此，可看出编撰者托名侯白的期望。第9则《师公之义》在"辩捷"第一则，是徐之才和王元景之间的戏谈，此则与其他则在内容上联系不明显。应是因徐之才与侯白同属"捷辩"式人才，此则应是编撰的另一站。

3."昏忘"类

单从时代而言，"昏忘"类貌似是隋时和不知朝代的笑话杂列在梁、陈的笑话中间，但仔细查看后，发现有关"隋初"的笑话被杂放在"梁时"和"隋时"的中间，且不断有"不知朝代"的笑话杂陈其中，可见其内容上塞加的痕迹。

第18则《作官几番》、第20则《厅边觅虱》、第30则《痴汉送枣》和第31则《青奴通马》是有关"官场"的事：第18则《作官几番》是"从朝堂还"发生的事，第20则《厅边觅虱》是洛阳令审犯人的事，第30则《痴汉送枣》是卢录事让其弟给刺史送枣的事，第31则《青奴通马》是"养官马"的常青奴"通马毛色"的事，它们同属于"为官"方面事情的记载。第20则《厅边觅虱》和第31则《青奴通马》是因未能对职务负责而产生的笑话，这两则内容更加接近。第18则《作官几番》和第30则《痴汉送枣》是对官员私生活的记载，这两则内容更加接近。

在第18则《作官几番》和第20则《厅边觅虱》中间插入的是第19则《见斧忘妻》，是对一个"多忘"之人事情的记载。

第21则《买奴变婢》、第22则《痴戴瓮帽》和第25则《乌豆不识》讲述的是"痴"人的事情。第 21 则《买奴变婢》是"鄠县董子尚村""痴人"的事情，第 29 则《鞍桥下颌》讲述的是鄠县"愚钝"人的事情，从地域的角度而言，此两则均是发生在"鄠县"的事情，关系较近。第 22 则《痴戴瓮帽》是"梁时""痴人"的事情，第 23 则《书生咏羊》是"梁时""痴"书生的事情，从事情发生的时空角度，此两则的关系较近。第 25 则《乌豆不识》是"痴人""入京枭"乌豆的事情，第 24 则《穿冰和饭》是同州人"入京枭"麦饭的事情，从同是"入京枭"东西的角度，这两则关系较近。

第 26 则《仓曹哺饭》是陈朝长沙王的事情，第 27 则《煮着嘴馇》是山东望族的事情，第 28 则《阿家宜儿》是有关河东下里风俗的事情。这三则与此类中其他则没有明显的关系，但因主人公行事方式的怪异和不合时宜的话语表达，有相近之处。

从以上分析可知，"昏忘"类的各则，在内容安排方面，也有其一定的内部逻辑关系，也可看出《启颜录》"滚雪球"式成书的痕迹。

4."嘲诮"类

第 32 则《之才嘲王》和第 33 则《嘲卢元明》是有关徐之才的内容，这两则内容的加入时间，应与"辩捷"类第 9 则《师公之义》加入《启颜录》中的时间相同。

第 34 则《马王互嘲》、第 36 则《破皮不韵》和第 37 则《嘲酒酸淡》都是记载"隋"时的内容，而明言发生在"隋末"的第 35 则《无耳有面》有关刘黑闼的事情，夹在它们中间。由此可推知，第 35 则《无耳有面》是后加的。

第 38 则《嘲竹语墙》和第 39 则《须多鼻大》的时间是"国初"，分别是关于房玄龄、杜如晦和贾元逊、王威德的，据人物可推，"国初"，即"唐初"。从隋到唐的时间排序来看，此两则在"嘲诮"类的契入，符合时间的排序。

第 35 则《无耳有面》、第 38 则《嘲竹语墙》和第 39 则《须多鼻大》这三则乃是侯白亡后，方才发生，故侯白不可能听闻并给予记载。第 40 则《唯声不同》、第 41 则《吹勃逻回》和第 42 则《就胡眼看》是有关侯白的内容，第 42 则《就胡眼看》的朝代记载是"隋开皇初"，前两则无朝代时间的记载，从未明言时间的做法可推知，有关侯白内容的前两则是后加的。

第43则《香馄毒蜜》和第44则《铃声有别》有关僧人的两则内容。第43则《香馄毒蜜》是和尚"私"用馄"揾"蜜"食"的内容，第44则《铃声有别》是老僧吃温酒的内容。最后两则有关僧人的内容，同"论难"类的最后两则，可能是佛教僧徒后加，抄写者"刘丘子"亦有可能是僧人的名字，敦煌卷子S.610《启颜录》能被封存于藏经洞中，说明其与僧人有着某种关系。由其他书中收录的《启颜录》中有关僧人的内容，亦可看出不同，如《太平广记》收录的《启颜录》中有关僧人的内容，则多集中在对其外形特征的嘲弄，而非敦煌卷子S.610《启颜录》中有关僧人生活的叙述，这说明《太平广记》收录的《启颜录》中有关僧人的内容，乃是在敦煌卷子S.610《启颜录》中有关僧人内容的基础上后加的。《启颜录》中对"嘲"内容的记载，亦是如此。

综上分析，《启颜录》最初的编排应是有一定的内部逻辑和先后次序，以时间为序的可能性是存在的。后人在加的时候，不希望被人发现，会在同类中加进一些笑话，尤其是那些不知朝代的笑话，这样一般不会被人一下子就发现。但这样做，仍不可避免地会打乱原编撰者的编撰体例，打乱其内部逻辑和原有次序。由其中的时代排序混乱，可知内容非一人所添，明显看出《启颜录》"滚雪球"式的成书痕迹。

二　与正史内容的比对推《启颜录》的成书

《启颜录》的内容，与《史记》《后汉书》《三国志》等相比，所载几乎无异；与《魏书》《陈书》《南史》《北齐书》《北史》《隋书》"两唐书"等相比，情况比较复杂，一一论述。

第9则《师公之义》徐之才与王元景的对话内容，在《北史》中是徐之才与郑道育的对话（《北齐书》中亦是）。敦煌卷子S.610《启颜录》中"尚书王元景骂之才为'师公'"，《北史》中是"郑道育常戏之才为师公"[1]。由此可知，敦煌卷子S.610《启颜录》所载此则是野闻。

王昕，即王元景，"少笃学读书"。王元景有"德"的一面，"昕体素甚肥，遭

1　（唐）李延寿：《北史》，第2972页。

丧后，遂终身羸瘠。杨愔重其德业，以为人之师表"；有"严"的一面，"武帝或时袒露，与近臣戏狎，每见昕，即正冠而敛容焉"；亦有"诞"的一面，"显祖以昕疏诞，非济世所须，骂之曰："好门户，恶人身。"[1]

徐之才"幼而俊发""既博识多闻""聪辩强识""少解天文，兼图谶之学""医术最高""于方术尤妙""应手便愈""大善医术，兼有机辩"。徐之才"历事诸帝"："武定四年（546），自散骑常侍转秘书监，天统三年（567）"闰六月……壬午……中书监徐之为为右仆射"，"天统四年（568），累迁尚书左仆射，俄除兖州刺史"，武平元年（570）"三月辛酉，以开府仪同三司徐之才为尚书左仆射"，武平二年（571）"二月壬寅……左仆射徐之才为尚书令""封西阳郡王"[2]。徐之才"尤好剧谈体语，公私言聚，多相嘲戏""又戏谑滑稽，言无不至，于是大被狎昵"，被认为是"以戏狎得宠""见文宣政令转严，求出，除赵州刺史，竟不获述职，犹为弄臣"。在《启颜录》中塑造的徐之才是一个善于反击、喜于嘲弄的笑话人物形象，正史中亦是"明悟多通"的形象："之才药石多效，又窥涉经史，发言辨捷，朝贤竞相要引，为之延誉[3]。"

敦煌卷子 S.610《启颜录》中载：

> 北齐徐之才，后封西阳王。尚书王元景尝戏之才曰："人名'之才'，有何义理？以仆所解，当是'乏才'。"之才即应声嘲元景姓曰："'王'之为己，在言为証，往近犬便狂，加颈足而为马，施角尾而成羊。"元景遂无以对。

> 徐之才又尝宴人客，时有卢元明在座，戏弄之才姓云："'徐'字，乃未入人。"之才即嘲元明姓"卢"字曰："安亡为虐，在丘为虚，生男为虏，配马成驴。"元明嘿然，一坐欢笑。[4]

---

1 （唐）李百药：《北齐书》，第 415~416 页。
2 （唐）李百药：《北齐书》，第 100~447 页。
3 （唐）李延寿：《北史》，第 2969~2974 页。
4 《英藏敦煌文献》第二册，第 68 页。参见黄永武主编《敦煌宝藏》第五册，第 125 页。

《北史》中载：

> 又嘲王昕姓云："有言则訢，近犬便狂，加颈足而为马，施角尾而成羊。"
>
> 卢元明因戏之才云："卿姓是未入人，名是子之误，之当为之也。"即答云："卿姓，在上为虐，在丘为虚，生男则为虏，配马则为驴。"[1]

敦煌卷子 S.610《启颜录》比《北史》中的记载多王元景嘲徐之才的内容和徐之才与卢元明对话场景的描述。在《太平广记》所引的《启颜录》中比敦煌卷子 S.610《启颜录》中又多徐之才对"元明"二字的嘲，即：

> 嘲"元明"二字："去头则是'兀明'，出颈则是'无明'，减半则是'无目'[2]，变声则是'无盲'。"[3]

由此可知，此则在《启颜录》中比在《北史》中，记载的内容还要丰富。同时，《太平广记》中所引《启颜录》的内容比敦煌卷子 S.610《启颜录》中的内容多了对"元明"二字的"嘲"，亦可见《启颜录》"滚雪球"式的添加过程。

第 11 则《徐陵年几》和第 12 则《思道辩陵》有关徐陵"聘隋"的内容，不见正史有载。第 10 则《陵对寒暑》徐陵与隋官人的对话在《南史》中是徐陵"使魏"时与魏收的对话（《陈书》中亦是）。太清二年（548），魏收因徐陵"答曰：'昔王肃至此，为魏始制礼仪；今我来聘，使卿复知寒暑。'"而被"囚之累日。"[4]从敦煌卷子 S.610《启颜录》中"昔王肃入洛，为彼制仪"中的"彼"推徐陵当时应是"使魏"，而非"聘隋"，因为"昔王肃""为魏始制礼仪"。据前文分析，敦煌卷子 S.610《启颜录》是有意为之，是为侯白的出场做铺垫。由此可知，敦

1　（唐）李延寿：《北史》，第 2972~2973 页。
2　由此句的拆字逆推：当时的"明"有"眀"的写法。
3　（宋）李昉等编《太平广记》第六册，第 1967 页。
4　（唐）李延寿：《南史》，第 1523 页。

煌卷子 S.610《启颜录》所载此则亦是野闻。

第 66 则《戏尊者名》是有关王绚的记载，基本同《南史》中的记载。

第 67 则《年老卿少》中的大部分内容见于《北史》（《魏书》中亦是）。《启颜录》结尾处多孙绍因其敏捷的辩语而获得"正卿"的记载，正义中的孙绍"自太府少卿迁右将军、太中大夫，非正卿也，孝庄建义初，复除卫尉，少卿将军如故。永安中，方拜太府卿"[1]。

第 119 则《问讯刘二》的部分内容见于《隋书》，其余内容，几乎不见《隋书》和"两唐书"中有载。

第 119 则《问讯刘二》在《太平广记》中的记载：

> 魏高祖山陵即就，诏："令魏收、祖孝征、刘逖、卢思道等，各作挽歌词十首。"尚书令杨遵彦诠之：魏收四首，祖、刘各二首被用，而思道独取八首，故时人号"八咏[2]卢郎"。思道尝在魏收席，举酒劝刘逖，收曰："'卢八'劝'刘二'邪？"中书郎赵郡李愔，亦戏之曰："'卢八'问讯'刘二'。"逖衔之。及愔后坐事被鞭扑，逖戏之曰："高棰两下，熟鞭一百，何如言'问讯刘二'时？"[3]

《北史》中有相似故事情节的记载：

> 文宣帝崩，当朝文士各作挽歌十首，择其善者而用之。魏收、阳休之、祖孝征等不过得一二首，唯思道独有八篇。故时人称为"八米卢郎"。[4]
> ……
> 及文宣崩，文士并作挽歌，杨遵彦择之，员外郎卢思道用八首，逖用二首，余人多者不过三四。中书郎李愔戏逖曰："卢八问讯刘二。"逖衔之。

1　（宋）赵与时：《宾退录》（《景印文渊阁四库全书》第八五三册），台湾商务印书馆，1986，第 704 页。

2　"咏"字，中华书局本《太平广记》为"咏"字；四库本《太平广记》为"米"字。

3　（宋）李昉等编《太平广记》第六册，第 1969 页。

4　（唐）李延寿：《北史》，第 1075 页。

......

时李恺献赋，言天保中被谮。逖摘其文，奏曰："诽谤先朝，大不敬。"武成怒，大加鞭朴。逖喜复前憾，曰："高捶两下，执鞭一百，何如呼刘二时。"[1]

故事情节的发生背景，《启颜录》中是"魏高祖山陵即就"，《北史》中是"（齐）文宣帝崩"。皇帝驾崩，国之大事，《北史》记载应是史实，《启颜录》记载应是野闻。

从同南北朝前正史内容的比对推知，《启颜录》中相同的内容应是从正史直接摘录。这些内容，均不见于敦煌卷子 S.610《启颜录》，而只见于《太平广记》中所引的《启颜录》，从中可见《启颜录》"滚雪球"式的添加过程。

《魏书》成书于天保五年（554），《陈书》《北齐书》成书于贞观十年（636），《隋书》成书于显庆元年（656），《南史》《北史》成书于显庆四年（659），《旧唐书》成书于开运二年（945），《新唐书》成书于嘉祐五年（1060）。《启颜录》中没有同于"两唐书"的内容。《启颜录》与南北朝时的正史内容有相同的，也有同中有异的。从这些同中有异的内容，可推知，《启颜录》的编撰者对南北朝时的内容熟悉，但不确知，从其对出使国记载的张冠李戴来看，其不是在朝的文人，而是在野的学子；《启颜录》虽是"滚雪球"式的成书，但其最终成书年代不会晚于"两唐书"的成书年代，应与南北朝时的正史成书年代相仿，不会超出其所载的南北朝人生活的年代，大约在公元 6 世纪初至中叶的这段时间。

---

1 （唐）李延寿：《北史》，第 1551~1552 页。

第二章 《启颜录》的著者

敦煌卷子 S.610《启颜录》（Giles 对此卷的编号为 7239[1]），"抄写于唐玄宗'开元十一年（723）捌月五日'，是该书的最早抄本"[2]，现藏于英国伦敦博物院图书馆，在被发现之前，一直封存于藏经洞，没有和后世的其他版本交互影响，保存着其最本真的状态，因此有助于解决《启颜录》的著者等问题。

第一节 《启颜录》是集体创作

本节主要针对史书文献中对《启颜录》著者的记载进行甄别，进而探讨《启颜录》的著者问题。

一 史书文献中记载的《启颜录》著者

《启颜录》的著者是谁，说法众多，《中国文言小说总目提要》中提到《启颜录》有"十卷"本、"八卷"本和"六卷"本三种（这三种《启颜录》，实则是同一种《启颜录》流传过程中发生的不同变化，关于此，笔者后文有详细论述），著者分别为隋侯白、五代吴越皮光业和宋无名氏；[3]《说郛》和《续百川学海》中

1　*Descriptive Catalogue of the Chinese Manuscripts from Tunhuang in the British Museum*（黄永武主编《敦煌丛刊初集》之一），台北新文丰出版公司，1986，第 240 页。

2　张涌泉主编审订，窦怀永、张涌泉汇辑校注《敦煌小说合集》，前言第 6 页。

3　宁稼雨：《中国文言小说总目提要》，齐鲁书社，1996 年，目录第 3，8，13 页。

是唐侯白和刘焘：在书的总目录页署名"刘焘"，在《启颜录》正文前署名"唐侯白"（王利器也注意到这个现象："明吴永辑《续百川学海》广集载十则，署'唐侯白'撰，清顺治刊本《说郛》所载全同，正文仍署'唐侯白'，目录却署'刘焘'"[1]）。

据笔者整理的《启颜录》可知，各史书文献中记载的不同卷数的《启颜录》是同一书，这不同著者中，哪个才是真的著者？是一人所著，还是几人合著，或是托名著者，抑或是不同时间、不同地点的众人添砖加瓦式的合力之作？

1. 皮光业

《十国春秋》载："皮光业，字文通……生于姑苏，十岁能属文……美容仪，善谈论，见者或以为神仙中人。"《吴越备史》卷三中载："（天福）八年（943）……二月……丙辰丞相皮光业卒。"且看皮光业的个人著述。

皮光业著《妖怪录》，见《宋史·艺文志》中载："皮光业《妖怪录》五卷。"《通志》中亦云："《妖怪录》五卷。皮光业撰。"

皮光业著《皮氏见闻录》，见《宋史·艺文志》中载："皮光业《皮氏见闻录》十三卷。"《十国春秋》中亦云："皮光业……所撰《皮氏见闻录》十三卷行世。"《崇文总目》中亦载："《皮氏见闻录》十三卷。"然未注录其著者信息。又见宋《通志》卷六十五之《右唐》中载："《皮氏见闻录》十三卷。皮光业撰，记唐乾符至五代时事。"十三卷的《皮氏见闻录》后剩五卷，见《郡斋读书志》中云："《皮氏见闻录》五卷。'右唐'皮光业撰。光业，唐末为钱镠从事，记当时诡异见闻。"《文献通考》中亦跟随晁氏错云："《皮氏见闻录》五卷。晁氏曰：'五代皮光业撰，唐末为钱镠从事，记当时诡异见闻。'自唐乾符四年迄晋天福二年。自号鹿门子。'"

皮光业著《三余外志》，见《宋史·艺文志》中载"皮光业……《三余外志》三卷"，仅见于《宋史》。

认为《启颜录》著者是皮光业的源头可追溯至《宋史》，见《宋史·艺文志》中载"皮光业……《启颜录》六卷"。然除此之外，不见他书中有皮光业著有《启

1　王利器：《历代笑话集》，第9页。

颜录》的记载。

从以上分析来看，《妖怪录》和《皮氏见闻录》为皮日休所著，而《启颜录》和《三余外志》是否为皮光业所著，还需要进一步商榷。且看后世认定为皮日休所著的这四部作品在《宋史·艺文志》中的位置：

> 皮光业《妖怪录》五卷
>
> ……
>
> 皮光业《皮氏见闻录》十三卷
>
> 《启颜录》六卷
>
> 《三余外志》三卷[1]

《妖怪录》《皮氏见闻录》《启颜录》《三余外志》同位于《小说》类下，但分列两处：《妖怪录》在一处，《皮氏见闻录》《启颜录》《三余外志》在另一处。著者皮光业的位置，第一处是在《妖怪录》前，第二处是在《皮氏见闻录》之前。这说明《宋史·艺文志》认同这两本著述是皮光业所著。

但是否亦认同《启颜录》和《三余外志》是皮光业所著呢？答案是否定的。原因有二：其一，根据《宋史·艺文志》中在皮光业两本著述之前，均加有著者名字的编撰体例，那么，在《启颜录》和《三余外志》之前亦要加上著者名姓，但此二书前面却没有。其二，根据《宋史·艺文志》中他处对同一人所著不同著述所用的编撰用语，在后面的著述前面会加一"又"字，而在《启颜录》和《三余外志》的前面，均未见"又"字。《敦煌本〈启颜录〉的发现及其文献价值》中亦认为："细查《宋史·艺文志》体例，凡著录其作者著作不止一种时，仅于其人第一项著作前列出姓名，其余之作，加'又'字以示承上，尔后低格列出。但看《启颜录》的著录，虽亦低格紧列《皮氏闻见录》之后，却并未加'又'字，因而很难说它就是皮氏之著作；就是清吴任臣撰《十国春秋》卷八十六'吴越'十·皮光业本传，亦仅谓其撰有《皮氏闻见录》《妖怪录》而已。这表明，

1　（元）脱脱等：《宋史》，中华书局，1977，第5223页。

前代学者也并不认为皮氏有此一书。"[1]

故《启颜录》的著者非"皮光业"。

2. 刘焘

关于《启颜录》著者署名为刘焘的记载，除见于《说郛》和《续百川学海》中，不见于其他书中。《说郛》中收录的《启颜录》是陶珽重辑时，仿《续百川学海》中的《启颜录》而成。

笔者查考《隋书》、"两唐书""两五代史"，均不见有刘焘其人其事的记载，而仅在《宋史》《明史》中有记载。

宋代刘焘见钱塘厉鹗撰《宋诗纪事》卷三十二中有载："刘焘，字无言，长兴人，谊之子，元祐三年进士，仕为秘阁修撰。"据《明史》所载，明代刘焘曾任"蓟辽总督都御史"一职。故从两代刘焘的出生时间和封存于藏经洞的敦煌卷子 S.610《启颜录》的抄写时间，可推知，无论是宋代刘焘，还是明代刘焘，均不是《启颜录》的著者。然他们是否著过如《启颜录》类的笑话集呢？

刘焘著有《诗集》，见《宋史》卷二百八《艺文志》第一百六十一《艺文》（七）中记载："刘焘，《诗集》二十卷"。[2] 此刘焘是宋代刘焘。

刘焘著有《树萱录》，见《直斋书录解题》卷十一《小说家类》中记载："《树萱录》一卷，不著名氏……或云刘焘，无言所为也。"[3]《文献通考》中亦沿用"陈氏曰"。此刘焘是宋代刘焘。而"《树萱录》一卷"在《新唐书》中已见有载，而陈振孙认为"虽见唐志，今亦未必真本"，故可知唐时所载《树萱录》，必不是刘焘所著，而宋代刘焘或许有过同名的著述。

刘焘著有《见南山集》，见《直斋书录解题》卷二十《诗集类》（下）中记载："《见南山集》二十卷，秘阁修撰吴兴刘焘无言撰。案：刘焘，字无言，原本作'刘焘言'，误，今改正。"[4]《浙江通志》载："《见南山集》二十卷。《书录解题》：'吴兴刘焘无言撰。'"《文献通考》中亦沿用此说："陈氏曰：'秘阁修撰。吴兴刘寿无言撰。'"《万姓统谱》《六艺之一录》《御定佩文斋书画谱》《御选历代

---

1 柳存仁等：《庆祝潘石禅先生九秩华诞敦煌学特刊》，台北文津出版社，1996，第 136 页。

2 （元）脱脱等：《宋史》，第 5383 页。

3 （宋）陈振孙撰，徐小蛮、顾美华点校《直斋书录解题》，上海古籍出版社，1987，第 339 页。

4 （宋）陈振孙撰，徐小蛮、顾美华点校《直斋书录解题》，第 600 页。

诗馀》，以及《宋诗纪事》中均有刘焘著《见南山集》的记载。此刘焘是宋代刘焘。

刘焘著《蓟辽奏议》，见晋江黄虞稷撰《千顷堂书目》卷三十《制诰类》："刘焘《蓟辽奏议》缺卷，十册。"此刘焘是曾任"蓟辽总督都御史"的明代刘焘。

由以上分析可知，宋代刘焘著有《诗集》和《见南山集》，而是否著有《树萱录》，则不可下定论。明代曾任"蓟辽总督都御史"的刘焘著有《蓟辽奏议》。然无论是宋代刘焘，还是明代刘焘，不但均非《启颜录》的著者，而且均未著过类似《启颜录》的笑话集。或许其曾是《续百川学海》中所录《启颜录》的提供者，或许其曾是《启颜录》的辑录者，具体何因，则无可考。

3. 侯白

"两唐书"中载《启颜录》著者为"侯白"，宋朝《通志》《容斋随笔》《〈古今事文类聚〉续集》《绀珠集》和清朝《御定佩文韵府》均沿用此说。关于侯白生平的论述，详见下节。此处主要对侯白的著述进行考证，查其是否著有《启颜录》。《隋书·侯白传》中载侯白"著《旌异记》十五卷行于世"，然其他书中还记载侯白著有其他带有"旌异"二字的书，详见表2-1。

表2-1

出处	《隋书》卷五十八《陆爽传》附《侯白传》	《隋书·经籍志》三十三《志》第二十八	《北史》卷八十三《李文博传》附《侯白传》	《通志》卷一百六十三《陆爽传》附《侯白传》	《册府元龟》卷五百五十六《国史部》三《采撰》第二	《法苑珠林》卷一百《杂集部》第三	《河南通志》卷六十五
内容	侯白……著《旌异记》十五卷。[1]	《旌异记》十五卷。侯君素撰。	侯白……著《旌异记》十五卷行于世。[2]	侯白……著《旌异》十五卷。[3]	侯白为儒林郎，著《旌异记》十五卷行于世。[4]	《旌异传》一部，二十卷。隋朝相州秀才儒林郎侯君素奉文皇帝敕撰。[5]	侯白……著《旌异记》十五卷行于世。[6]

1　（唐）魏徵、令狐德棻：《隋书》，第1421页。

2　（唐）李延寿：《北史》，第2807~2808页。

3　（宋）郑樵：《通志》，中华书局，1987，第2645页。

4　（宋）王钦若等编撰，周勋初等校订《册府元龟》，凤凰出版社，2006，第6374页。

5　（唐）释道世撰，周叔迦、苏晋仁校注《〈法苑珠林〉校注》，中华书局，2003，第2881页。

6　（清）孙灏等编纂《河南通志》（《景印文渊阁四库全书》第五三八册），台湾商务印书馆，1986，第134页。

从表 2-1 中可知,侯白所著带有"旌异"二字的书,在《隋书》《北史》《册府元龟》《河南通志》中名为《旌异记》,在《通志》中名为《旌异》,在《法苑珠林》中名为《旌异传》。

从著者"侯白"和卷数"十五卷"来看,《旌异记》和《旌异》为同一书。《法苑珠林》中记载的二十卷本《旌异传》,与十五卷本的《旌异记》相比,多五卷,书名不同、卷数也有差异的两书是同一书吗?经过对《法苑珠林》前后内容的对照发现,《法苑珠林》中他处也有称呼此书为《旌异记》,从《法苑珠林》中他处节录"出自《旌异传》"的内容与十五卷本的《旌异记》的内容相似度很高,故它们当为同一书。然《法苑珠林》中注明此书是"奉文皇帝敕撰",不知其凭据为何。

《新唐书》中载侯白著有"《杂语》五卷",其他书中亦有载,见表 2-2。

表 2-2

出处	《新唐书·艺文志》	《容斋随笔》之《四笔》卷九	《〈古今事文类聚〉续集》卷十四
内容	侯白……《杂语》五卷。[1]	《唐·艺文志》:"白有……《杂语》五卷。"[2]	"《唐·艺文志》:'白有……《杂语》五卷……'"(出自)《容斋随笔》

1 (宋)欧阳修、宋祁:《新唐书》,中华书局,1975,第 1539 页。
2 (宋)洪迈:《容斋随笔》(《景印文渊阁四库全书》第八五一册),台湾商务印书馆,1986,第 731 页,(宋)洪迈《容斋四笔》,明刻本,卷九。

其实,"《杂语》五卷",在《隋书》中有载,但没有著者的记载。这说明隋时《杂语》的著者不明。"《杂语》五卷",在《旧唐书》中无载。而从表 2-2 可知,注明《杂语》五卷的著者是侯白,其源头是《新唐书》。

然按《隋书》中的记载惯例,如知著者,必会明言,上文中对《旌异记》的考证,如侯白著有《杂语》,则会在其传和《隋书·经籍志》中明言。但是,在《杂语》五卷的后面则没有。这说明始自唐时"侯白著《杂语》五卷"的观点是后人误传,侯白未著《杂语》五卷。

《齐东野语》中有侯白"注《论语》"的记载,《两般秋雨庵随笔》中亦认同此观点,见表 2-3 所示。

表2-3

出处	《齐东野语》	《两般秋雨庵随笔》
内容	尝见侯白所注《论语》，谓"昼"字当作"画"字，盖夫子恶其画寝之侈，是以有朽木粪墙之语。……侯白，隋人，善滑稽，尝著《启颜录》，意必戏语也。[1]	宰予"昼寝"，侯白《《论语》注》及李习之《笔解》俱作"画寝"解。[2]

1　（宋）周密撰：《齐东野语》，中华书局，1983，第326~327页。

2　《两般秋雨庵随笔》中亦言："宰予'昼寝'，侯白《论语注》及李习之《笔解》俱作'画寝'解。"

由表2-3可知，《齐东野语》在释"昼寝"时，引用的佐证中有"侯白所注《论语》"的记载，有关"宰予画寝"的记载很多，然均与侯白没有什么关系，虽不知《齐东野语》中的"侯白所注《论语》"据何，然从其所用"尝"字，可知其未核校原书，乃属记误。

一如对"侯白著《杂语》五卷"的考证，如侯白对《论语》有注，则必见他书中有载，这说明侯白没有"注《论语》"的著述传世。

《苏氏演义》中有侯白著"《酒律》"的记载，其他各书中亦见，详见表2-4所示。

表2-4

出处	（唐）苏鹗《苏氏演义》	（元）陶宗仪《说郛》卷九十四（下）《酒乘》韦孟	（宋）叶梦得《石林燕语》	（明）陈耀文《天中记》卷四十四	（明）胡震亨《唐音癸签》卷二十《蓝尾酒》	归安吴景旭《历代诗话》卷五十《蓝尾》
内容	侯白……撰《酒律》[1]	侯白《酒律》[2]	侯白《酒律》[3]	侯白《酒律》……（出自《石林燕语》）[4]	侯白《酒律》[5]	侯白《酒律》[6]

1　（唐）苏鹗撰，吴企明点校《苏氏演义：外三种》，中华书局，2012，第37页。

2　（明）陶宗仪等编《说郛三种》（一百二十卷本）第七册，上海古籍出版社，1988，第4328页；（明）陶宗仪编《说郛》（《景印文渊阁四库全书》第八八一册），台湾商务印书馆，1986，第384页。

3　（宋）叶梦得撰，宇文绍奕考异，侯忠义点校《石林燕语》，中华书局，1984，第117页。

4　（明）陈耀文：《天中记》，清听雨山房本。

5　（明）胡震亨撰《唐音癸签》（《景印文渊阁四库全书》第一四八二册），台湾商务印书馆，1986，第643页

6　（清）吴景旭：《历代诗话》（《景印文渊阁四库全书》第一四八三册），台湾商务印书馆，1986，第465页。

从表2-4可知，除《苏氏演义》和《说郛》中有侯白著《酒律》的记载，从《石林燕语》开始，均是引用出自侯白《酒律》中的某段语句，从而可以证明侯白曾著过《酒律》。

从《石林燕语》到《天中记》，到《唐音癸签》，再到《历代诗话》中所引出自侯白《酒律》的，摘录如表 2-5。

表 2-5

出处	（宋）叶梦得《石林燕语》	（明）陈耀文《天中记》卷四十四	（明）胡震亨《唐音癸签》卷二十《蓝尾酒》	归安吴景旭《历代诗话》卷五十《蓝尾》
内容	云出于侯白《酒律》，谓"酒巡匝末坐者，连饮三杯为'蓝尾'"。	侯白《酒律》云："酒巡匝末坐者，连饮二杯为'蓝尾'。"（出自《石林燕语》）	侯白《酒律》又言："此酒巡匝到末，连饮三杯以慰之，亦名'婪尾'。"	此即侯白《酒律》所谓"酒巡匝末坐者，连饮三杯以慰之"之说也。

从表 2-5 可知，虽各书用语不尽相同，然均为意思大致相同的一句话，即"酒巡匝末坐者，连饮三杯"。笔者对此句话的出处进行查证，发现侯白另有著"《酒令》"一书的记载，见表 2-6 所示。

表 2-6

出处	明王世贞撰《弇州四部稿》卷一百六十《说部》	明顾起元撰《说略》卷二十五《食宪》	明徐应秋撰《玉芝堂谈荟》卷二十一《饮屠苏酒》	明彭大翼撰《山堂肆考》卷八《时令》之《婪尾酒》
内容	一云出侯白《酒令》："巡匝末坐者，连饮三杯。"	一云出侯白《酒令》："巡匝末坐者，连饮三杯。"	一云出侯白《酒令》："巡匝末坐者，连饮三杯。"[1]	或谓此出侯白《酒令》："巡匝至末坐者，连饮三杯。"

1　（明）徐应秋：《玉芝堂谈荟》（《景印文渊阁四库全书》第八八三册），台湾商务印书馆，1986，第 500 页。

从出自《酒律》和《酒令》内容的相似度可推知，《酒令》，即《酒律》。除见有对《酒律》或《酒令》此句的征引之外，不见有对出自此书的其他只言片语的记载，故有对侯白著《酒律》提出怀疑的记载，见表 2-7 所示。

表 2-7

出处	宋洪迈《容斋随笔》之《四笔》卷九《蓝尾酒》	宋祝穆撰《古今事文类聚》续集卷十四《蓝尾酒》
内容	叶少蕴《石林燕语》云："……出于侯白《酒律》……"侯白……不闻有《酒律》之书也。苏鹗《演义》亦引其说。[1]	叶少蕴《石林燕语》云："……出于侯白《酒律》……"侯白……不闻有《酒律》之书也。苏鹗《演义》亦引其说。（出自《容斋随笔》）[2]

1　（宋）洪迈：《容斋随笔》（《景印文渊阁四库全书》第八五一册），台湾商务印书馆，1986，第 731 页；（宋）洪迈《容斋四笔》，明刻本，卷九。

2　（宋）祝穆：《古今事文类聚续集》（《景印文渊阁四库全书》第九二七册），台湾商务印书馆，1986，第 283 页。

由表 2-7 可知，在《容斋随笔》和《〈古今事文类聚〉续集》中虽均有对侯白著《酒律》持怀疑的观点，然此二书可视为一书，因为《〈古今事文类聚〉续集》是对《容斋随笔》中洪迈观点的直接摘录。

出自侯白《酒律》（或《酒令》）"连饮三杯"的记载，后世多书引用，考其源头是宋叶梦得的《石林燕语》，《石林燕语》的解释，也屡为后人引用，《天中记》中标明出自《石林燕语》，《唐音癸签》和《历代诗话》亦同《石林燕语》之说。在《石林燕语》中，未有叶梦得于何时何地得见"侯白《酒律》"的记载。笔者考，记载"侯白《酒律》"的源头是《苏氏演义》，而在《苏氏演义》中亦有"今人以酒巡匝为'梦尾'，又云'婪贪'也，谓'处于座末得酒'为贪婪"之语的记载，将其二者合一，便与《石林燕语》中出自侯白《酒律》的"酒巡匝末坐者，连饮三杯为'蓝尾'"之语大体类似，这说明《石林燕语》对侯白《酒律》记载的蓝本应为《苏氏演义》，是在《苏氏演义》的基础上的误加。

对侯白著《酒令》的最早记载是明人王世贞《弇州四部稿》之《说略》《玉芝堂谈荟》和《山堂肆考》。明人多喜篡改书籍，宋人叶梦得和洪迈两人关于侯白著《酒律》的观点相左，而明人王世贞在其基础上，另辟奇径，将《酒律》改为《酒令》，以混淆视听。

确如洪迈所指，侯白著《酒律》的最早记载见于苏鹗的《苏氏演义》，虽不知苏鹗据何所录，然笔者查考史书，发现正史中，不但没有侯白著有《酒律》的记载，连《酒律》一书的记载，也不见有。一如对"侯白著《杂语》五卷"和"《启颜录》十卷"的考证，如侯白著有《酒律》，则《隋书》中必载，正如洪迈在其《容斋随笔》中表示出对侯白著《酒律》的怀疑，"侯白著《酒律》（酒令）"的观点，亦是谬误。侯白没有著《酒令》。

《苏氏演义》中有侯白著"《笑林》"的记载，《梅磵诗话》中亦见，见表 2-8。

表 2-8

出处	（唐）苏鹗《苏氏演义》	（元）韦居安《梅磵诗话》
内容	侯白……撰……《笑林》[1]	隋唐书亦有侯白《笑林》十卷，世为优者多附益之。

1　（唐）苏鹗撰，吴企明点校《苏氏演义：外三种》，中华书局，2012，第 37 页。

史书文献中对《笑林》著者的记载，有邯郸淳、何自然等，无侯白的记载，详见表2-9。

表2-9

出处	《隋书》	《旧唐书》	《新唐书》	《通志》	《宋史》	（宋）王尧臣等撰《崇文总目》卷六
内容	《笑林》三卷。后汉给事中邯郸淳撰。	《笑林》三卷。邯郸淳撰。	邯郸淳《笑林》三卷。……何自然《笑林》三卷。	《笑林》三卷。后汉给事中邯郸淳撰。又三卷。路氏撰。	何自然《笑林》三卷。路氏《笑林》三卷。	《笑林》三卷。何自然撰。《笑林》三卷。路氏撰。

侯白著《笑林》的记载，最早见于《苏氏演义》中，后有《梅磵诗话》跟随观点。

虽不知苏鹗所据何书，然通过上面的考证可知，侯白著《笑林》的考证结果，一如对同出自《苏氏演义》中"侯白撰《酒律》"的考证结果，侯白不但没有著过《酒律》，亦不曾著有《笑林》。

"两唐书"中有侯白著"《启颜录》十卷"的记载，其他各文献典籍中亦跟随此观点，详见表2-10。

表2-10

出处	《旧唐书·经籍志》	《新唐书·艺文志》	《通志·艺文略》	《容斋随笔·四笔》	《〈古今事类聚〉续集》	《齐东野语》卷十八	（清）张玉书等《御定佩文韵府》卷九十一之二
内容	《启颜录》十卷，侯白著。[1]	侯白《启颜录》十卷。[2]	《启颜录》十卷，侯白撰。[3]	《唐·艺文志》：白有《启颜录》十卷。[4]	《唐·艺文志》：《启颜录》十卷……（容斋随笔）[5]	侯白，隋人，善滑稽。尝著《启颜录》。	启颜录《唐书·艺文志》：侯白《启颜录》十卷。[6]

1 （后晋）刘昫等：《旧唐书》，中华书局，1975，第2036页。

2 （宋）欧阳修、宋祁：《新唐书》，第1539页。

3 （宋）郑樵：《通志二十略》，中华书局，1995，第1656页。

4 （宋）洪迈：《容斋随笔》（《景印文渊阁四库全书》第八五一册），台湾商务印书馆，1986，第731页；（宋）洪迈：《容斋四笔》，明刻本，卷九。

5 （宋）祝穆：《古今事文类聚续集》（《景印文渊阁四库全书》第九二七册），台湾商务印书馆，1986，第283页。

6 （清）张玉书、陈廷敬等奉敕撰《御定佩文韵府》（《景印文渊阁四库全书》第一零二六册），第71页。

《杂语》在《隋书》中有载，说明《杂语》在隋时已经面世。而《启颜录》

不似《杂语》，笔者查考《隋书》，无任何有关《启颜录》的记载，对其最早的记载见于《旧唐书》，即注明"十卷"本《启颜录》著者是侯白的源头记载。《旧唐书》中的观点，为后世所沿用。

由此可推知，"十卷"本《启颜录》的面世时间应是在《隋书》和《旧唐书》成书时间之间。如侯白著有《启颜录》的话，按侯白"人皆悦之，或买酒馔求其言论，必启齿发题，解颐而返。所在，观之如市"的受欢迎度，则不可能不为世人所知，这只能说明一如对"侯白著《杂语》五卷"的考证，如侯白著有《启颜录》，则《隋书》中必载，这说明"侯白著《启颜录》"的观点，亦是谬误。侯白没有著《启颜录》。

从以上的分析可知，《旌异记》是侯白所著，《杂语》《酒律》（或《酒令》）和《〈论语〉注》是后人误加，非侯白所著。至于笑话集《启颜录》和《笑林》托名于侯白，应与侯白"通悦"的性格有关。《唐代小说史话》中认为"《笑林》，恐怕是《启颜录》的原名……《启颜录》的书名也可能是后人所题，最初只是沿用了《笑林》的书名"[1]。笔者目前尚不能证明这个命题的真伪。但是，通过以上的考证，确知《启颜录》的著者非隋代侯白。

正史记载有隋朝侯白，无唐朝侯白。自标注"唐侯白"出现之后，后世一直延续至今：清末《旧小说》中，虽未明言著者侯白[2]是唐人，但将《启颜录》编入唐代小说中；现在的整理本老根于1999年编著的《中华谐谑十大奇书》之（二）《启颜录》，虽在《导读》中告知"《启颜录》多半为隋初侯白草创"[3]，但其封面还是署名"（唐）侯白撰"。

至于为何将侯白的所属朝代误标为"唐"，笔者认为原因有二：其一，"两唐书"中载侯白著有《启颜录》，而《隋书》中无载，故侯白可能被误认为是"唐人"；其二，后世流传的《启颜录》有"白仕唐"[4]之语，此语乃是《启颜录》在其文学加工，即其艺术上的二次创作中的用语，非史实。据《隋书》记载，侯白

1　程毅中：《唐代小说史话》，文化艺术出版社，1990，第71~73页。
2　吴曾祺：《旧小说》第三册，商务印书馆，1914，目录第5页。
3　老根编《启颜录》，导读第1页。
4　（宋）李昉等编《太平广记》第五册，中华书局，1961，第1920页。

在隋亡之前已死，断无出仕唐朝的可能，侯白"仕唐"之说，乃是谬语。而不加辨别之人，以讹传讹，故有"唐侯白"著《启颜录》的说法传世。记载"唐侯白《启颜录》"[1]观点的《说郛》《续百川学海》和《山堂肆考》均系明代书籍，说明这种观点始于明人，这种谬误或许与明人的习惯有关，"盖明人刻书，好以意为刊削"[2]，"好以意窜乱"[3]，"好增删古书，逞臆私改"[4]，"凡刻古书，多以私意窜乱之，万历以后尤甚"[5]，"明人诡薄，好为大言以售欺，不足信也"[6]。将"隋侯白"标为"唐侯白"的谬误观点，后人需加以警戒。

综上，不论是皮光业，还是宋朝刘焘，或是明朝刘焘，年代均晚于敦煌卷子 S.610《启颜录》的抄写时间"开元十一年（723）"，他们不可能是《启颜录》的著者。即使皮光业为其父皮日休的误书，皮日休的出生日期亦晚于卷子的抄写时间。况且，他们都没有类似《启颜录》的著述传世。总之，"侯白""皮光业"和"刘焘"均非《启颜录》的著者。

二 《启颜录》的成书非一人之力

在对《启颜录》著者的记载中，还有一种是"无名氏"的记载，即《直斋书录解题》和《文献通考》中记载的"不知"著者。

今人研究有认同这个观点的，也有不认同的。《〈启颜录〉及其遗文》认为"从现存辑本看，《启颜录》著者佚名，今传《启颜录》辑本应为唐开元前无名氏所撰"[7]。《〈世说新语〉与其前后》认为"《唐志》有《启颜录》……侯白撰……其有唐世事者，后人所加也"[8]。《历代笑话集》认为"或此书由侯白首创，后代继续有所增加"[9]。《浅论〈启颜录〉》认为"现存《启颜录》内容不是

1 （明）彭大翼：《山堂肆考》（《景印文渊阁四库全书》第九七六册），第 298 页。
2 （清）纪昀总纂《四库全书总目提要》，河北人民出版社，2000，第 1781 页。
3 （清）纪昀总纂《四库全书总目提要》，第 5468~5469 页。
4 （清）纪昀总纂《四库全书总目提要》，第 3437 页。
5 （清）纪昀总纂《四库全书总目提要》，第 84 页。
6 （清）纪昀总纂《四库全书总目提要》，第 3574 页。
7 曹林娣：《〈启颜录〉及其遗文》，《苏州大学学报》（哲学社会科学版）1989 年第 2、3 期合刊。
8 《鲁迅全集》第九册，人民文学出版社，2005，第 67 页。
9 王利器：《历代笑话集》，第 9 页。

侯白一人所为，可能最初由侯白写作，后代文人陆续有所增加"[1]。《〈启颜录〉与中古时期的笑话集》认为"著者并非侯白，它应出自众人之手，是集体创作的结晶"[2]。《〈启颜录〉笺注》认为《启颜录》"出自众人之手，是集体创作的结集"[3]。《〈启颜录〉成书考》认为著者"应系唐人""侯白并非《启颜录》的独创者或首创者，该书是民间广为流传的旧闻旧事、民间传说的集合，经历了长期民间集体创作过程，后由某一文人搜集到一起，整理润色，写为定本。集中故事以类相从，且均为志人故事，因以调笑娱乐为主，定名为《启颜录》"[4]。《谈敦煌本〈启颜录〉》认为"《启颜录》中的大部分故事，最初应是口头创作，靠耳口相传，在流传过程，不断充实丰富，然后才有文人收集、整理写定，进入笔头，最后结集成书"[5]。即"《启颜录》中的大部分故事，最初应是流传在民间、口耳相传的集体创作，然后才有某一文人收集整理写定，集结成书"[6]。但《启颜录》收录来自正史的内容，不属于"口头创作"。

　　敦煌卷子 S.610《启颜录》中没有著者的信息，据有关南北朝和隋唐时期名人的记载推知，《启颜录》的撰者应是和这些人在同一时代生活，由于这些人生活的时间跨度比较大，那么《启颜录》不可能是一人之力能编撰完成的。《敦煌遗书总目索引》亦认为敦煌卷子 S.610《启颜录》"与太平广记所引者，同为唐人增订续补之本，因其中兼有侯白故事与唐代故事"[7]。总之，从《启颜录》的内容来看，其具体撰者不明，成书不能归功于某个人。

第二节　《启颜录》著者托名侯白

　　《启颜录》的著者为何托名侯白？"笑话讲述人按照自己的需要，对其艺术加

1　张继红：《浅论〈启颜录〉》，《齐鲁学刊》1991 年第 6 期。
2　马培洁：《〈启颜录〉与中古时期的笑话集》，西北师范大学，2009，摘要第 1 页。
3　旧题 (隋) 侯白撰，董志翘笺注《〈启颜录〉笺注》，前言第 6 页。
4　朱瑶：《〈启颜录〉成书考》，《四川大学学报》(哲学社会科学版) 2011 年 2 期。
5　张鸿勋：《谈敦煌本〈启颜录〉》，《学林漫录》1985 年第 11 期。
6　柳存仁等：《庆祝潘石禅先生九秩华诞敦煌学特刊》，文津出版社，1996，第 140 页；参见张鸿勋《敦煌俗文学研究》，甘肃教育出版社，2002，第 366 页。
7　王重民编《敦煌遗书总目索引》，商务印书馆，1962，第 122 页。

工重新塑造过的却有一定典型性的箭垛式人物，可是其人其事愈传愈远，以至竟会把记述这些传闻的文字，附会成了该人的著作。……古希腊《伊索寓言》……后世皆以'伊索寓言'称之，其实它仅是在伊索名下聚集后人集体累积编作成书的一部寓言集而已。""艺术史上的一个屡见不鲜的事实：艺术家的艺术思想，毕竟是受制约于他的社会生活态度的"[1]，"《启颜录》与侯白的关系，恐怕与此相类似"。[2] 因"侯白是箭垛式人物"，故而托名，不能说明全部问题。因为《启颜录》中的"箭垛式人物"，不止侯白，还有东方朔。

本节从史书文献中对侯白性格方面的记载和《启颜录》中对侯白内容的选录侧重两个方面，对《启颜录》著者托名侯白进行论述。

一 侯白生平

《启颜录》著者托名侯白，应与其性格有关，也与其英年早逝有关。

1. 侯白"有捷才，性滑稽，尤辩俊"的性格特征

侯白生平，见《隋书》卷五十八《陆爽传》附《侯白传》[3]：

> 陆爽，字开明，魏郡临漳人也。……爽同郡侯白，字君素。好学，有捷才，性滑稽，尤辩俊，举秀才，为儒林郎。通侻不恃威仪，好为诽谐杂说，人多爱狎之，所在之处，观者如市。杨素甚狎之，素尝与牛弘退朝，白谓素曰："日之夕矣。"素大笑曰："以我为牛羊下来邪？"高祖闻其名，召与语，甚悦之，令于秘书修《国史》。每将擢之，高祖辄曰："侯白不胜官"而止。后给五品食，月余而死，时人伤其薄命。著《旌异记》十五卷行于世。[4]

---

1 项楚：《论〈庄子〉对苏轼艺术思想的影响》，《四川大学学报》（哲学社会科学版）1979 年第 3 期。

2 柳存仁等：《庆祝潘石禅先生九秩华诞敦煌学特刊》，台北文津出版社，1996，第 138~139 页。参见张鸿勋《敦煌俗文学研究》，甘肃教育出版社，2002，第 365~366 页。

3 与此内容相仿的传记亦见于《北史》卷八十三《李文博传》附《侯白传》《通志》卷一百六十三《列传》第七十六《隋》之《陆爽传》附《侯白传》中，亦散见于《册府元龟》卷八百九十五《运达命》、《册府元龟》卷九百四十四《总录部》、《册府元龟》卷九百四十七《总录部》和《河南通志》卷六十五《文苑》之《彰德府》中的记载。

4 （唐）魏徵、令狐德棻：《隋书》，第 1421 页。

关于《隋书》记载侯白仕途生涯开始的"举秀才",《唐摭言》中言"进士,隋大业中所置也。如侯君素……隋之进士也"[1]。笔者按:《唐摭言》的说法,有待考校。原因有二:其一,侯君素,即侯白,由《隋书》中的记载逆推他应是开皇年间的秀才,而非"大业",即"开皇中,又有魏郡侯白……秀才,为儒林郎"[2]。其二,"房乔,字玄龄,齐州临淄人……年十八,本州举进士,授羽骑尉",由贞观二十二年(648)"薨,年七十"[3]逆推,他"举进士"的时间亦是开皇年间,即开皇十六年(596)。由此可知进士非"隋大业中所置也",再如"正玄……隋开皇十五年,举秀才"和"正玄弟正藏……开皇十六年,举秀才"[4]。

《隋书》中所载的侯白,在"举秀才"后的官职"为儒林郎",而《河南通志》中有对"隋侯白墓"中侯白官职的记载是"礼部尚书",墓地在"临漳县城北二里"[5],但《隋书》中没有侯白身为"礼部尚书"的记载。通过《河南通志》卷六十五《文苑》之《彰德府》中对侯白生平的记载与《隋书》中所载侯白的生平进行比照,发现两书中所载的侯白,确属一人。据《隋书》中对侯白的记载,侯白的最高官俸是"月余"的"五品食"。至于墓上所刻"礼部尚书",应与正史中对侯白记载时的三个相关人物(陆爽、杨素与牛弘)有关,三人中除陆爽因"尝奏高祖云:'皇太子诸子未有嘉名,请依《春秋》之义,更立名字'"[6]的"多事"之举,使得"子孙并宜屏黜,终身不齿"而外,杨素与牛弘均有为官礼部尚书的记载。侯白与陆"爽同郡",陆爽是"魏郡临漳人也",那么可以确知侯白乃是"魏郡"人,至于是否与陆爽同为"临漳人",则不能确知。虽隋侯白墓地在"临漳县城北二里",但不能肯定其籍贯一定是临漳县人。通过以上的分析,可知《河南通志》中对侯白"礼部尚书"的记载有误。

1　(五代)王定保《唐摭言》,中华书局,1959,第3页。

2　(唐)李延寿:《北史》,第2807页。

3　(后晋)刘昫等:《旧唐书》,第2467页。

4　(唐)李延寿:《北史》,第961~962页。

5　(清)孙灏等编纂《河南通志》(《景印文渊阁四库全书》第五三七册),台湾商务印书馆,1986,第59页。

6　(唐)魏徵、令狐德棻:《隋书》,第1420页。

《隋书》中的侯白"为儒林郎",而儒林郎,是散官,见《通志》卷五十七《职官略》第七《散官》第十二中载:"儒林郎,隋置散官,盖取前史儒林传之义,唐因之。"《隋书·百官志(下)》中言:"秘书……又置儒林郎……正七品。"[1] 散官无实职,见"居曹有职务者为执事官,无职务者为散官",其存在的主要目的是"加文武官之德声者,并不理事"。[2]散官不但无实职,且无俸禄,见"散官自五品依本品衣服,而无俸禄"[3]。而隋高祖后给侯白"五品食",高于儒林郎的正常待遇,也充分说明"隋世重举秀才,天下不十人"[4]。

侯白是一个喜欢说笑,且善于说笑之人,"有捷才,性滑稽,尤辩俊",且"好为诽谐杂说"的性格使其非常受欢迎。对侯白"所在之处,观者如市"的记载,亦见(唐)苏鹗《苏氏演义》卷(下)中的记载:

> 侯白,字君素,魏郡邺人,始举秀才。隋朝颇见贵重,博闻多知,谐谑辩论,应对不穷。人皆悦之,或买酒馔求其言论,必启齿发题,解颐而返。所在,观之如市,越公甚加礼重,文帝命侍从以备顾问。撰《酒律》《笑林》,人皆传录。[5]

侯白的个性特征,是《启颜录》托名的重要原因。从《苏氏演义》中的记载可知,侯白不但"所在,观之如市",而且"或买酒馔求其言论"。从《启颜录》流传的角度而言,侯白"所在之处,观者如市"的受欢迎度,更是《启颜录》托名侯白的另一个动因。

2. 侯白早逝的生命经历

《隋书》中无侯白具体生卒年的记载,不管是在敦煌卷子 S.610《启颜录》中,还是《太平广记》对《启颜录》的收录中,均称杨素为"越公",由此可知,杨素与侯白的相识是在开皇九年(589)以后,因为杨素是该年被"封越国公",在

---

1 (唐)魏徵、令狐德棻:《隋书》,第 795~796 页。
2 (唐)魏徵、令狐德棻:《隋书》,第 781 页。
3 (宋)郑樵:《通志》,第 696 页。
4 (宋)欧阳修、宋祁:《新唐书》,第 4037 页。
5 (唐)苏鹗撰,吴企明点校《苏氏演义:外三种》,中华书局,2012,第 37 页。

大业二年（606）时，"改封楚公"[1]，而《启颜录》中对杨素的称谓从未用过"楚公"，由此可推知，侯白的死亡时间当在杨素之前，且在杨素于大业二年（606）"改封楚公"之前。从《隋书》中"后给五品食，月余而死"，其死亡时间当在开皇年间，且应在隋高祖驾崩之前。从其传记中"时人伤其薄命"之语来推，侯白是短命，英年早逝。侯白短命的原因，《册府元龟》中将其归为"命"，将侯白的事迹放入《运命》篇中，因为：

> 老子曰："命不可变。"仲尼曰："其如命何？"故圣人之罕言，君子所以安之者也。若夫穷达之数，修短之运，岂有真宰持之者焉？至乃德叶人望，才堪世用，将遭奇遇而不克享，功宣定策，忠存官次，宜膺显报而不能，及形朝廷之叹息，增后来之慨慕，斯因命与时庆，事与愿乖，非可以究其所由者已。[2]

从上文可知，侯白的"薄命"早亡，是"事与愿乖"的事情，也是没有办法穷究其原因的事情，因为"命不可变"。侯白的早亡，为《启颜录》的托名于他，从客观上准备了一定的条件，因为已逝之人，不会出来澄清自己是否曾有过此著述。

《谈敦煌本〈启颜录〉》中亦认为，"史载侯白'好为俳谐杂说'，而又'有捷才，性滑稽，尤辩俊'，于是当时许多笑话、趣闻等，很容易附会到他的身上，这就是《启颜录》题'侯白撰'，书中却又'直称侯白'和'有唐世事'的原因"[3]。

二　《启颜录》中对侯白内容选录的侧重

敦煌卷子 S.610《启颜录》中有关侯白的内容，见于"辩捷"类和"嘲诮"类，而"论难"类和"昏忘"类中无。从在两类的排序位置来看，基本都位于两

1　（唐）魏徵、令狐德棻：《隋书》，第 1283，1292 页。
2　（宋）王钦若等编撰，周勋初等校订《册府元龟》，第 10394 页。
3　张鸿勋：《谈敦煌本〈启颜录〉》，《学林漫录》1985 年第 11 期。

类的后面，大体类似于"压轴"的位置。"嘲诮"类将有关侯白的内容放在一起，但未用"又"字等将有关同一人的内容连接起来的做法，也不同前面有关"石动筩"和"徐之才"笑话的排序标准。这种安排，从侧面可以看出是著者附名侯白的痕迹。

"辩捷"类第16则《马价贵贱》是侯白与陈使之间的较量，无现实发生的基础，乃为杜撰。第17则《问一知二》，是其与越公杨素之间的笑话。这两则首见于敦煌卷子S.610《启颜录》。

"嘲诮"类第42则《就胡眼看》，发生的时间是"开皇初"，据正史对侯白生卒时间的记载可推侯白当时应还在世间。其与"富人"之间的行为，符合正史中的形象，亦有其现实基础。第40则《唯声不同》和第41则《吹勃逻回》中没有时间的记述，是侯白骗吃"富贵公子"和"村中""礼席"的事。按《隋书》中侯白"所在之处，观者如市"和《苏氏演义》中"或买酒馔求其（侯白）言论"的记载，侯白一般不需要做出骗吃骗喝的行径，故这两则有关侯白骗吃骗喝的内容，乃是后人杜撰，加附于侯白之身。这三则仅见于敦煌卷子S.610《启颜录》。

侯白内容首见于《太平广记》的有第73则《回何敢死》、第74则《是六斤半》、第75则《愿君避道》、第76则《头中深水》、第77则《此是阿历》、第78则《是胡燕窠》、第79则《此是犊子》、第80则《见青草湖》、第81则《醉胡服孝》和第82则《好狗吠声》。

第73则《回何敢死》是侯白在"州举秀才至京"时，与"仆射越国公杨素并马言话"的内容。第74则《是六斤半》是"开皇中"出六斤参杨素时，侯白为其题名的内容。第75则《愿君避道》侯白为"散官"，出省门时碰见杨玄感，为杨玄感说一个好话的内容。第76则《头中深水》是侯白与杨素关于入深坑的笑谈内容。从所谈内容的相似性来看，与第85则《为甚入坑》中杨素与有口吃之人所谈内容相似。第77则《此是阿历》是侯白与雅俗关于道士谜语的内容，从其重复谜面而不重复谜底的笑话手法运用来看，与有关石动筩的第70则《更作一个》相似。第80则《见青草湖》和第81则《醉胡服孝》是侯白与杨素与"路中遇胡"的内容，从它们所用谐音的逗乐手法来看，同第73则《回何敢死》中所用的艺术手法相近。以上几则，均是侯白与杨素相关内容的记载，《隋书》中载，侯白与杨素交好，由此可知，此几则有在现实生活中发生的基础。第82 则《好狗吠声》是侯白在"未知名"时，与"本邑令宰"谈话的内容。从其似无意实有意让对方学动物叫的艺术手法来看，与第 104 则《兄作鸡鸣》中所用的艺术手法相似。第 78 则《是胡燕窠》和第 79 则《此是犊子》是侯白"仕唐"时的内容，从《隋史》中对侯白卒年的大致记载，可知侯白没有"仕唐"的丝毫可能。故此两则的内容，是依附于侯白的杜撰内容。且这两则的艺术手法相似，均是应用不似谜语的谜语进行逗乐，应属在《启颜录》的成书过程中的后加内容。

以上这几则，是在敦煌卷子 S.610《启颜录》中所记载有关侯白内容的基础上添加的，为《启颜录》的著者托名侯白给予更多的力量支持。

总之，侯白的个性特征，是托名侯白最主要的原因。《启颜录》应是在"及隋氏建邦，寰区一统，炀皇好学，喜聚逸书"的大背景下产生，此时，侯白已经辞世，这更为《启颜录》托名侯白提供便利。"隋世简编，最为博洽。""及大业之季，丧失者多。"[1] 这种鱼龙混杂的大形势，为《启颜录》著者托名侯白提供了时代契机。

---

1 （后晋）刘昫等：《旧唐书》，第 1961~1962 页。

第三章 《启颜录》的流传

今人认为《启颜录》的流传有"三种本子说",如《〈启颜录〉及其遗文》中认为"今见存于以下三种本子"[1]:"唐敦煌写本《启颜录》残卷"、《太平广记》《类说》。

有"六种本子说",如《浅论〈启颜录〉》中认为"现有六种辑刊本"[2]:敦煌卷子本、《太平广记》辑本、《类说》《续百川学海》广集[3]、《唐滑稽》[4]《捧腹编》一则[5];《论敦煌本〈启颜录〉中关于佛教的笑话》中也这么认为,其认为除敦煌卷子 S.610 之外,"另有五个版本"[6]即,《太平广记》《类说》《续百川学海》《广滑稽》《捧腹编》。

有"两个系统说",如《〈启颜录〉版本流传考述》中认为《启颜录》有"敦煌本和《太平广记》本这两个系统的版本"[7]。

真实情况如何呢?笔者以敦煌卷子 S.610《启颜录》和史书文献中收录的《启颜录》为据,在本章对《启颜录》在后世的流传情况进行论述。

1　曹林娣:《〈启颜录〉及其遗文》,《苏州大学学报》(哲学社会科学版)1989 年第 2、3 期合刊。
2　张继红:《浅论〈启颜录〉》,《齐鲁学刊》1991 年第 6 期。
3　笔者按:此处乃是沿用《历代笑话集》中将"庚集"作"广集"。
4　笔者按:此处乃是沿用《历代笑话集》中将"《广滑稽》"作"《唐滑稽》"。
5　笔者按:此处乃是沿用《历代笑话集》中"《捧腹编》一则"几字,但忽略了《历代笑话集》中的"省并重复"原则,如依照《捧腹编》中的编目,其收《启颜录》是二十五则。
6　潘灵芝:《论敦煌本〈启颜录〉中关于佛教的笑话》,《东南大学学报》(哲学社会科学版)2008 年第 2 期。
7　马培洁:《〈启颜录〉版本流传考述》,《图书馆理论与实践》2010 年第 11 期。

第一节　《启颜录》原本的流传

敦煌卷子 S.610《启颜录》中没有分卷，整体算"一卷"[1]，可视为《启颜录》的"单卷"本,《启颜录》后世传本中的很多内容没在其中，说明此卷不是《启颜录》的最后成书。

文献典籍对《启颜录》卷数的记载有"十卷""八卷""六卷"三种,"十卷""八卷"和"六卷"内容是否相同，笔者不好妄加臆断，因为分卷的依据不同，不代表他们的总体内容不同。就同一本书而言,"六卷"的内容一般会少于"十卷""八卷"的内容。

最早对《启颜录》有记载的史书是《旧唐书》,《旧唐书》中载"《启颜录》十卷"，这"十卷"本应是《启颜录》最后成书卷数的记载，可视为《启颜录》的原本,"八卷"本和"六卷"本可视为"原本"的流传。

一　不同卷数的《启颜录》

历史的真相只能在其所属的时空中去探寻，笔者把《启颜录》，尤其是敦煌卷子 S.610《启颜录》放在其所属的历史时空中，对各卷本《启颜录》进行考察。

1."单卷"本《启颜录》

曹林娣《〈启颜录〉及其遗文》和《古代笑话专集〈启颜录〉辑注》中有"唐敦煌写本残卷"[2]的提法，这种提法，引起争论。

敦煌卷子 S.610《启颜录》"书法遒秀"[3],"清朗秀逸，在敦煌写卷中洵为上乘"[4]，楷体中偶见隶书和草书的身影。首有书名"《启颜录》"，尾有题记"开元十一年（723）八月五日写了，刘丘子于二舅家"[5]，首尾完整，是全卷无疑,"这一份敦煌古钞《启颜录》，可就真应由我们将其视为首尾完整的《启颜录》'全抄本'"[6]。所谓"残"的观点可能与后世流传的《启颜录》内容有关，因为《太平

1　方广锠、（英）吴芳思主编《英国国家图书馆藏敦煌遗书》第10册，广西师范大学出版社，2011，第5页。

2　曹林娣《〈启颜录〉及其遗文》,《苏州大学学报》（哲学社会科学版）1989年第2、3期合刊。

3　张鸿勋：《谈敦煌本〈启颜录〉》,《学林漫录》1985年第11期。

4　张鸿勋：《敦煌俗文学研究》，甘肃教育出版社，2002，第361页。

5　《英藏敦煌文献》第二册，第70页。

6　陈祚龙：《敦煌学散策新集》，台湾新文丰出版公司，1989，第433页。

广记》中"选收的《启颜录》中尚有五十二则溢出敦煌本之外","未见于敦煌本《启颜录》的故事，要么是开元十一年（723）后才增加的，要么敦煌本不是该书的全抄"[1]，"我怕是'录'在开元十一年（723），其实际之内容，只不过是由四十则'笑话'分隶于四'篇'所合成"[2]。

《旧唐书》记载"十卷"本《启颜录》出现的时间是"开元九年（721）"，这说明托名侯白的"十卷"本《启颜录》在开元九年（721）就已经完成。那抄于开元十一年（723）的敦煌卷子 S.610《启颜录》为何没有抄写《太平广记》和《类说》中记载的《启颜录》内容呢？

敦煌卷子 S.610《启颜录》卷尾记载了当时的抄写人、抄写时间和抄写地点，这说明此卷抄写的是当时当地《启颜录》流传的全部内容，即"开元十一年（723）""刘丘子二舅家"附近流传的《启颜录》的全部内容都在卷中了。《启颜录》是一个"滚雪球"式的创作过程，故宋时的《太平广记》中所引《启颜录》的内容很多不见于唐时敦煌卷子 S.610《启颜录》中是可以理解的。

2．"十卷""八卷""六卷"

记载《启颜录》"十卷"的文献典籍见表 3-1。

表 3-1

出处	（后晋）刘昫《旧唐书》卷四十七《经籍志》第二十七	（宋）欧阳修等《新唐书》卷五十九《艺文志》第四十九	（宋）郑樵《通志》卷六十八《艺文略》第六	（宋）洪迈《容斋随笔》之《四笔》卷九	（宋）祝穆《古今事文类聚》续集卷十四	（清）张玉书等《御定佩文韵府》卷九十一之二
内容	《启颜录》十卷，侯白撰。[1]	侯白《启颜录》十卷。[2]	《启颜录》十卷，侯白撰。[3]	《唐·艺文志》：白有《启颜录》十卷。[4]	《唐·艺文志》：《启颜录》十卷……《容斋随笔》[5]	启颜录《唐书·艺文志》：侯白《启颜录》十卷。[6]

1　（后晋）刘昫等撰《旧唐书》，第 2036 页。

2　（宋）欧阳修、宋祁：《新唐书》，第 1539 页。

3　（宋）郑樵：《通志二十略》，中华书局，1995，第 1656 页。

4　（宋）洪迈：《容斋随笔》（《景印文渊阁四库全书》第八五一册），台湾商务印书馆，1986，第 731 页；（宋）洪迈：《容斋四笔》，明刻本卷九。

5　（宋）祝穆：《古今事文类聚续集》（《景印文渊阁四库全书》第九二七册），台湾商务印书馆，1986，第 283 页。

6　（清）张玉书、陈廷敬等奉敕撰《御定佩文韵府》（《景印文渊阁四库全书》第一〇二六册），第 71 页。

1　张鸿勋：《敦煌俗文学研究》，第 367 页。

2　陈祚龙：《敦煌学散策新集》，第 433 页。

由上可知,《启颜录》"十卷"最早的记载见于后晋刘昫等在后晋开运二年(945)撰成的《旧唐书·经籍志》,《旧唐书·经籍志》是以《古今书录》为基础的"录开元盛时四部诸书"[1],《古今书录》是毋煚在开元九年(721)十一月"重修成《群书四部录》"的基础上"略为四十卷"而成。成书于北宋嘉祐五年(1060)的《新唐书》和成书于南宋绍兴十七年(1147)的《通志》中亦载"十卷",《容斋随笔》《古今事文类聚》和《御定佩文韵府》都认同《新唐书》,亦是"十卷"。

约成书于南宋淳祐初年(1241)的《直斋书录解题》和成书于成宗大德十一年(1307)的《文献通考》中记载,已非"十卷",而是"八卷",见表3-2。

表3-2

出处	(宋)陈振孙《直斋书录解题》卷十一"小说家类"	(元)马端临《文献通考》卷二百十六《经籍考》四十三《子》之"小说家"
内容	《启颜录》八卷,不知著者,杂记诙谐调笑事,《唐志》有:"侯白《启颜录》十卷。"未必是此书,然亦多有侯白语,但讹谬极多。[1]	《启颜录》八卷,陈氏曰:"不知著者,杂记恢谐调笑事,唐志有:'侯白《启颜录》十卷。'未必是此书,然亦多有侯白语,但讹谬极多。"[2]

1 (宋)陈振孙撰,徐小蛮、顾美华点校《直斋书录解题》,第340页。

2 (元)马端临:《文献通考》,中华书局,1986,第1761页。

再后来,《启颜录》的记载是"六卷",见成书于元至正五年(1345)的《宋史》,"《启颜录》六卷。"[2]

纵观文史,有书名同而非同一本书的现象,也有同一本书有多个书名的现象,陈振孙在《直斋书录解题》中明言:"八卷"《启颜录》"未必是"《唐志》中记载的"十卷"《启颜录》,"然亦多有侯白语,但讹谬极多"。

不同卷数的《启颜录》,是同一本书吗?

二　不同卷数的《启颜录》是"同一书"的界定

要寻找"不同卷数的《启颜录》是否为同一书"的答案,需从两方面入手。

1 (后晋)刘昫等:《旧唐书》,第1963页。

2 (元)脱脱等:《宋史》,第5223页。

一方面，从各文献典籍收录的《启颜录》内容入手，从纵向上考察他们是否具有流传的一致性，所谓"一致性"，指各书中，在有不同内容记载的同时，要有内容大体相同的记载。另一方面，对同一则内容而言，在横向上考察是否具有同一性，所谓"同一性"，指在内容的记载方面，大体相同。

就目前而言，考察的关键在于敦煌卷子S.610《启颜录》，因为，不论是从纵向上，还是从横向上，它都是比较的标杆。通过对敦煌卷子S.610《启颜录》中的内容与其他流传版本中的内容一一对比之后，发现以下两点。

1. 从收录《启颜录》内容的角度而言，唐敦煌卷子S.610《启颜录》与宋《太平广记》和宋《类说》中收录《启颜录》的内容有不重合的部分，但也有重合的部分，是异中有同。这种流传过程中"异中有同"的现象，可视为《启颜录》在流传的纵向上，具有一致性。

2. 就《启颜录》的同一则内容而言，虽内容的细节处稍有差异，但大体相同，这说明它们是流传过程中的"同源异流"，虽"流"有异，但"源"相同。这说明《启颜录》在流传的横向上，具有同一性。

由此可以断定：唐敦煌卷子S.610《启颜录》、《旧唐书》等所载的"十卷"本《启颜录》、《直斋书录解题》中所载的"八卷"本《启颜录》、《宋史》中所记载的"六卷"本《启颜录》是同一书，是同一《启颜录》在后世的不同流传，即《启颜录》流传的源头只有一个，各本之间的些许不同，是《启颜录》在流传时"同源异流"的外在表现，直接推翻《直斋书录解题》和《文献通考》中"未必是此书"[1]的观点。

三 《启颜录》原本的流传和亡佚

《启颜录》的卷数是如何变化的呢？笔者以记载《启颜录》的各文献典籍的成书时间为据，对此进行总体论述。

"十卷"本《启颜录》的最早记载时间是唐开元九年（721），最晚是南宋绍兴十七年（1147）。

---

1 （宋）陈振孙撰，徐小蛮、顾美华点校《直斋书录解题》，第340页。

敦煌卷子 S.610《启颜录》抄写于唐开元十一年（723），此时的《启颜录》可视为"单卷"。"单卷"本《启颜录》与"十卷"本《启颜录》存在的时间不相上下，他们的关系如何？"单卷"本《启颜录》是"十卷"本《启颜录》的节录？不是。"单卷"本《启颜录》不但不是"十卷"本《启颜录》的节录，而且是"十卷"本《启颜录》的源头。关于此点，笔者在前文已有论述。"单卷"本《启颜录》与"十卷"本《启颜录》在时间上并存的现象应该与《启颜录》"滚雪球"式的成书有关。即唐开元九年（721）到南宋绍兴十七年（1147）的这段时间，《启颜录》是单卷和十卷并存，单卷多在民间学子间流传，"十卷"多在朝堂文人间流传。

"八卷"本《启颜录》的最早记载时间是南宋淳祐元年（1241），最晚是元成宗大德十一年（1307）。即南宋淳祐云年（1241）至元成宗大德十一年（1307）的这段时间，《启颜录》是八卷。

在元至正五年（1345），《宋史》撰成时，《启颜录》是六卷。《启颜录》卷数的变化，如表 3-3 所示。

表 3-3

时间	卷数
唐开元十一年（723）	单卷
唐开元九年（721）至南宋绍兴十七年（1147）	十卷
南宋淳祐初年（1241）至元成宗大德十一年（1307）	八卷
元至正五年（1345）	六卷

亦可简化为：单卷 → 十卷 → 八卷 → 六卷

由此可知，《启颜录》最初由单卷到十卷，达到其成书的巅峰，之后，卷数由十卷到八卷，再到六卷，逐次递减，这说明《启颜录》随着时代的变更和历史的变迁，亡佚的内容越来越多。

其实，敦煌卷子 S.610《启颜录》和"十卷"本《启颜录》同时流传于世，从《太平广记》对《启颜录》的收录，亦可看出端倪。

敦煌卷子 S.610《启颜录》的"论难"类部分内容被收入《太平广记》的"诙谐"类，"辩捷"类部分内容被收入《太平广记》的"嘲诮""诙谐"类，"嘲诮"类部分内容被收入《太平广记》的"嘲诮"类，即《太平广记》对敦煌卷子 S.610《启颜录》的"论难"类、"辩捷"类和"嘲诮"类的内容均有或多或少的收录，而对"昏忘"类一则都没有收录，然《太平广记》卷二百四十二中收录的有与"昏忘"类相似的"遗忘"类，"昏忘"类不仅是在《太平广记》中未见，在其他各文献典籍中均未见有收录。

《太平广记》也是分类编排，它选了《启颜录》六十九则，见于敦煌本的仅十七则，即选'论难'六则归'诙谐'类；'辩捷'六则全入选，但归'嘲诮类'四则，归'诙谐'类二则；选'嘲诮'五则，仍入'嘲诮'类……奇怪的是，尽管《太平广记》有'遗忘'类（卷二四二），……对有十四则之多的《启颜录·昏忘》类却一则都未入选，唯一的解释可能是宋初编《太平广记》时，《启颜录》即缺此篇，否则《太平广记》不会不加选用"[1]，也有可能"是《广记》所据另有所本，与敦煌本《启颜录》非相同之本"或"编《广记》时，《启颜录》已非全帙，而'遗忘'篇适在所遗的两卷之中呢？"[2]

《太平广记》是宋代李昉等奉敕监修，太平兴国"六年（981）正月敕雕版印行"[3]，以类编目，"世所不传者，断简残编，尚间存其什一，尤足贵也"[4]。对照《启颜录》卷数亡佚的时间，《太平广记》印行之时，依然是"十卷"本《启颜录》，《太平广记》没有收录敦煌卷子 S.610《启颜录》中"昏忘"类的内容，或许是因为《太平广记》选用的底本中没有"昏忘"类的内容，或许是因为"昏忘"类的内容不适用《太平广记》的选录标准。

《类说》是南宋曾慥所编，他认为"小道可观圣人之训也"，故"集百家之说，采摭事实，编撰成书"。[5] "南宋之初，古籍多存，（曾）慥又精于裁鉴，故所

1　张鸿勋：《谈敦煌本〈启颜录〉》，《学林漫录》1985 年第 11 期。

2　张鸿勋：《敦煌俗文学研究》，第 371 页。

3　（清）纪昀总纂《四库全书总目提要》，第 3642 页。

4　（清）纪昀总纂《四库全书总目提要》，第 3643 页。

5　（宋）曾慥：《类说》，文学古籍刊行社，1955，第 29 页。

甄录,大都遗文僻典","每书虽经节录,其存于今者以原本相校,未尝改窜一词",然会"删削原文,而取其奇丽之语"[1],故《类说》收录《启颜录》有关"煎饼谜"的笑语中只有"卒律葛答"[2]几个字,笑语几乎成谜语,删减得过于简练,让人有点摸不着头脑。

《类说》中《煮簧为笋》《羊踏破菜园》和《命群臣为大言》三则内容,均不见于敦煌卷子 S.610《启颜录》和《太平广记》,这说明:《类说》收录《启颜录》的底本,应不同于敦煌卷子 S.610《启颜录》和《太平广记》所用的底本。即在《类说》编撰之时,《启颜录》还是留存于世的。另,《类说》和《太平广记》中收录同一则内容有细微差异,亦可证明宋时的《启颜录》并不是只有一个版本在流传。

在《太平广记》和《类说》之后的各流传版本,对同一则内容而言,他们的记载虽会有细微的差异,但均未有超出《太平广记》和《类说》中对《启颜录》的收录范围的,这说明在《太平广记》和《类说》之后不久,《启颜录》原本就已亡佚不存。《宋史》之后的文献典籍中,再无对《启颜录》的记载,亦可佐证此点。至于各本中的细微差异,应该与《太平广记》和《类说》的不同版本流传有关。

由此,敦煌卷子 S.610《启颜录》,可视为《启颜录》成书过程中的流传;《太平广记》和《类说》中收录的《启颜录》,可视为《启颜录》的"原本"的流传;其后对《太平广记》和《类说》中收录的《启颜录》内容进行收录、用以注释或考证的,均可视为《启颜录》原本亡佚后的流传。

第二节 《启颜录》原本亡佚后的流传(一)
——对《太平广记》和《类说》中收录《启颜录》内容的再收录

对《太平广记》和《类说》收录《启颜录》的内容再进行收录的文献典籍,

---

1 (清)纪昀总纂《四库全书总目提要》,第 3173~3174 页。
2 (宋)曾慥:《类说》,第 956 页。

可视为《启颜录》原本亡佚后的流传之一，本节对这些文献典籍以时间为序，分别给予简要概述。

一 收录《启颜录》内容的宋代文献

笔记总集《绀珠集》或云"佚名"辑，或云"南宋朱胜非"辑，书中"所见之书多为古本"，"皆抄撮说部，摘录数语，分条件系"，该书的"体例颇与曾慥《类说》相近，惟《类说》引书至二百六十一种，而此书只一百三十七种，视慥书仅得其半，然其去取颇有同异，未可偏废"[1]，在卷七收录《启颜录》一则，记载《启颜录》的作者为"侯白"[2]，未记载《启颜录》卷数等信息。

诗话总集《诗话总龟》是北宋阮阅编，该书"摭拾旧文，多资考证"[3]，卷三十九《诙谐门》（下）收录出自《启颜录》的唐僧法轨和李荣共作咏诗的内容[4]，书中无《启颜录》卷数和著者等信息的记载。

类书《海录碎事》是南宋叶廷珪撰，该书"义存约取，故以碎事为名"，然"其简而有要"[5]，选录《启颜录》中高敖曹一首杂诗的前两句"塚子地握槊，星宿天围棋"，定名为《天围棋》[6]。

宋人所编类书《锦绣万花谷前集》以类相从，每类先记事物的类目，其下附诗文，该书虽"所录大抵琐屑丛碎，参错失伦"，然"略其烦芜，撷其精粹，未尝不足为考证之资也"[7]。卷十九和卷三十六分别收录出自《启颜录》的《典琴》[8]和《羊踏破菜园》[9]，书中无《启颜录》卷数和著者等信息的记载。

类书《古今事文类聚前集》和《古今事文类聚别集》均为南宋祝穆编，卷

1 （清）纪昀总纂《四库全书总目提要》，第3173页。
2 《绀珠集》（《景印文渊阁四库全书》第八七二册），台湾商务印书馆，1986，第412页。
3 （清）纪昀总纂《四库全书总目提要》，第5372页。
4 （宋）阮阅：《诗话总龟》（《景印文渊阁四库全书》第一四七八册），台湾商务印书馆，1986，第602页。
5 （清）纪昀总纂《四库全书总目提要》，第3449页。
6 （宋）叶庭珪：《海录碎事》（《景印文渊阁四库全书》第九二一册），台湾商务印书馆，1986，第14页。
7 （清）纪昀总纂《四库全书总目提要》，第3454页。
8 《锦绣万花谷前集》（《景印文渊阁四库全书》第九二四册），台湾商务印书馆，1986，第249页。
9 《锦绣万花谷前集》（《景印文渊阁四库全书》第九二四册），第461页。

四十二《伎艺部》收有出自《启颜录》的《作诗嘲射》，此则内容与《太平广记》和《类说》相比较，多"后帝见此诗，谓萧瑀曰：'此乃四十字《章疏》也。'由是与询有隙"[1]几句关于欧阳询作诗嘲笑萧瑀后的事情的发展动向，证实"是书所载必举全文""固犹为可资检阅者矣"[2]的评价。《古今事文类聚别集》卷二十《性行部》收录《启颜录》两则内容：《以论语戏》和《嘲臀大》[3]，此两则内容与《太平广记》和《类说》中内容大致相同，书中无《启颜录》卷数和著者等信息的记载。

二　收录《启颜录》内容的元明文献

丛书《说郛》是元末明初人陶宗仪编撰、明人陶珽重辑，丛书《续百川学海》是明人吴永辑，笔者在整理时，发现陶宗仪初编、陶珽重辑的宛委山堂本《说郛》卷二十三收录的《启颜录》不仅内容与《续百川学海》[4]第二十七册[5]收录的《启颜录》相同，而且排版格式也相同——版心中间是单鱼尾和页码标号，版心左右各九行，每行二十个字，共五十七行。如单从外观看，《说郛》本是《续百川学海》本包背装展开的样式。且《续百川学海》"庚集"总目录记载《启颜录》著者为"刘焘"，作者无朝代记载，在第二十七册收录的第二个集子《启颜录》正文前署名"侯白"，著者朝代为"唐"，无《启颜录》卷数等信息的记载。

1　（宋）祝穆：《古今事文类聚前集》（《景印文渊阁四库全书》第九二五册），台湾商务印书馆，1986，第 695 页。

2　（清）纪昀总纂《四库全书总目提要》，第 3455 页。

3　（宋）祝穆：《古今事文类聚别集》（《景印文渊阁四库全书》第九二七册），台湾商务印书馆，1986，第 826 页。

4　四川大学图书馆藏明刻《续百川学海》原本应该是包背装刻本，半叶版框，16.5×24.5 厘米，天是 4.35 厘米，地是 1.35 厘米，书脑是 2.1 厘米。栏线是单栏线，每页九栏，每栏二十个字。上下是单边，左右是双边，白口，白鱼尾，鱼尾上刻子目，如"启颜录"等，中缝下三分之一处写着页码。原书页面的装订是双层，也就是说，在进行包背装装订之后，可以翻开的一页纸是四层，后为保护图书在《续百川学海》的书背后用线装订。

5　此册收有宋吕祖谦《卧游录》、唐侯白《启颜录》、宋林逋《省心录》，其书的书签是黑色字："续百川学海"，紧接着，有小一点的字体"二十七"。书脚有黑色字，从右至左依次是：大字"续百川学海"，空一格，后跟小字："卧游录"，空一格，"启颜录"，空一格，"省心录"。书眼的上方，有红色字"丛"，下方有红色字"三百四七"。书根有黑色字"廿七"。书头、书角、书背、书口无字。

《说郛》中亦同。[1]

两本相同的根源是吴永辑《续百川学海》时参照了《说郛》，还是陶珽重辑《说郛》时参照了《续百川学海》呢？

吴永在《续百川学海·自序》中云："唯《学海》一书，皆汇唐宋名卿材大夫所别撰，大则谭经考世，次亦不失广见博闻，矧一语一目，先辈之风流，于是乎，在余暇日，检敝箧为续篇。"[2] 由此可知，《续百川学海》的编排体例和选用材料等是仿《百川学海》而成。

而《说郛》的编排体例"与左圭《百川学海》迥殊"[3]。杨维祯云："天台陶君九成，取经史传记，下迨百氏、杂说之书，二千余家，纂成一百卷，凡数万条，翦扬子语，名之曰《说郛》。"[4] 郁文博云：《说郛》一百卷，……予未尝见，成化辛丑，予罢官归乡，于士人龚某家，得借录之。遍阅其中所载，有足裨予考索之遗，廓予闻见之隘。然字多讹缺，兼有重出与当并者，未暇校正。继而，屡为司牧部使者借去，分命人录。而所录之人不谨，遇有字误，虑对出被责，辄将予旧本字，涂改相同，以掩其过。而字之讹缺者加多，予愤其人而无可奈何。迄年以来，借录者颇简，遂欲校正，复遍阅之，见其间编入《百川学海》中六十三事。《学海》近在锡山华会通先生家翻刊，铜板活字，盛行于世，不宜存此，徒烦人录。于是，以其编入并重出者，尽删去之。当并者，并之。字之讹缺者，亦取诸载籍，逐一比对。讹者，正之；缺者，补之；无载籍者，以义里正之。终岁手录，仍编为一百卷。[5]

无论是陶宗仪的《说郛》初成本，还是郁文博的校正本，都是一百卷，但收录《启颜录》的却是《说郛》一百二十卷本，是"天台陶宗仪纂、姚安陶珽重辑"[6]的，即"考宏治丙辰上海郁文博序，称与《百川学海》重出者三十六种，悉已删除。而今考《百川学海》所有，此本仍载。……盖郁文博所编百卷，已非

---

1 《四库全书》本《说郛》记载《启颜录》的著者是"侯白"，没有"唐"字

2 （明）吴永辑《续百川学海》（明刻本）第 1 册，序第 2 页。

3 （清）纪昀总纂《四库全书总目提要》，第 3177 页。

4 （明）陶宗仪等编《说郛三种》第三册，上海古籍出版社，1988，第 1 页。

5 （明）陶宗仪等编《说郛三种》第三册，第 3~4 页。

6 （明）陶宗仪等编《说郛三种》第三册，第 13 页。

宗仪之旧，此本百二十卷，为国朝顺治丁亥姚安陶珽所编，又非文博之旧矣”[1]。
盖“古书之不传于今者，断简残编，往往而在”[2]，“陵谷变迁，水火爨蚀”[3]等自然
灾害或其他人为因素，使原本散佚，后人在重辑时，总会有或多或少的增删或改
写，由此可知，应是姚安陶珽重辑《说郛》时参照了《续百川学海》，所以，出
现《说郛》辑本[4]与《续百川学海》辑本[5]在编排体例、小标题、内容、字的书写
（如《王绚》中“戏”字的书写）等都一模一样的现象。那么，两个辑本中收录
的《启颜录》是来自《太平广记》，还是《类说》呢？

　　由“盖宗仪是书，实仿曾慥《类说》之例，每书略存大概，不必求全”[6]推
知，《说郛》中收录的《启颜录》可能会与《类说》中相仿，笔者将两者对比后
发现：《说郛》收录的《启颜录》不同《类说》对《启颜录》“略存大概”的收录
原则，《说郛》收录的《启颜录》内容没有删减的痕迹，这应该是陶珽重辑《说
郛》造成的。

　　那么，只能从《续百川学海》收录的《启颜录》寻找答案了，笔者将《续
百川学海》收录的《启颜录》内容与《太平广记》收录的《启颜录》内容进行
对比，发现在顺序上，《续百川学海》收录的《启颜录》同《太平广记》中收
录的《启颜录》先后顺序；在内容上，除字的书写变化、个别文字的精简、对
人物称呼的改换、个别背景叙述的不同等稍有不同，就整体而言，大体相同。
这说明，《续百川学海》收录的《启颜录》是从《太平广记》中有选择地摘录
而成。

　　类书《山堂肆考》是明人彭大翼编撰，孙婿张幼学增订，该书“网罗繁
富”[7]，收录《启颜录》四则内容：卷一百十二《人品》之《奴隶》中名为《典

1　（清）纪昀总纂《四库全书总目提要》，河北人民出版社，2000，第 3177 页。

2　（清）纪昀总纂《四库全书总目提要》，第 3178 页。

3　（明）吴永辑《续百川学海》（明刻本）第 1 册，序第 1 页。

4　（明）陶宗仪等编《说郛三种》第四册，上海古籍出版社，1988，第 1116~1117 页。

5　（明）吴永：《续百川学海》（明刻本）第二十七册。

6　（清）纪昀总纂《四库全书总目提要》，第 3177 页。

7　（清）纪昀总纂《四库全书总目提要》，第 3476 页。

琴》¹、卷一百十六《性行》之《俭约》中名为《食肉梦神》²、卷一百十九《性行》之《嘲谑》中名为《道弘阔臀》³和卷一百六十八《技艺》之《习射》中名为《俱不着垛》⁴，其中，卷一百十六中记载《启颜录》著者为"唐侯白"⁵，其他三处无著者的记载，据"（彭大翼）孙婿张幼学乃寻绎旧闻，踵事增定，遂成完帙，则幼学又有所附益不尽大翼之旧本也"⁶可推知，这一处的不同，应是彭大翼孙婿张幼学增定所致。

　　明人陈耀文编撰类书《天中记》是"类事之书"，"以所居近天中山，故题曰《天中记》"，其"所标书名，或在条首，或在条末，为例殊不画一……编次亦无条理"⁷，对《启颜录》的收录亦是如此，《启颜录》各则内容的标题位于正文的上方，和正文的文字大小、书写形式一样，无明显标志，阅读之后，方可发现哪几个字是标题，无《启颜录》卷数和著者等信息的记载。

　　明人陈禹谟编《广滑稽》，编排体例一般是：前总目录下注明书名，正文中时有辑者名或校者名，其后是书名等。在卷二十二有："海虞陈禹谟锡玄甫辑"和"关中罗胄霁垫甫校"，⁸后是《启颜录》的书名和内容。从《广滑稽》对《启颜录》的收录、编排以及其对笑点的提炼等情况来看，是仿曾慥《类说》的编纂体例："采掇诸书琐事隽语，不分门目，仍以原书为次第，仿曾慥《类说》之例"⁹。曾慥在宋时便开始注意到对笑点的提炼，陈禹谟更加注意对笑点的深度提炼，由此可见《广滑稽》对《类说》编撰长处的吸收。《四库全书存目丛书》本《广滑稽》收录的《启颜录》中有"原缺第三叶"五个字，与前文目录相对照，缺失的有"侯白捷辩""乙再伯父""王马相嘲"的内容和"论孔子弟子"的标题和内容的前半部分，"其原书久佚，仅从他书所引，裒辑数条，仍标原目，则仿

1　（明）彭大翼：《山堂肆考》（《景印文渊阁四库全书》第九七六册），台湾商务印书馆，1986，第245页。

2　（明）彭大翼：《山堂肆考》（《景印文渊阁四库全书》第九七六册），第298页。

3　（明）彭大翼：《山堂肆考》（《景印文渊阁四库全书》第九七六册），第349页。

4　（明）彭大翼：《山堂肆考》（《景印文渊阁四库全书》第九七七册），第396页。

5　（明）彭大翼：《山堂肆考》（《景印文渊阁四库全书》第九七六册），第298页。

6　（清）纪昀总纂《四库全书总目提要》，第3475页。

7　（清）纪昀总纂《四库全书总目提要》，第3473页。

8　（明）陈禹谟：《广滑稽》（《四库全书存目丛书》，子部，第二五一册），齐鲁书社，1995，第689页。

9　（清）纪昀总纂《四库全书总目提要》，第3717~3718页。

陶宗仪《说郛》例也"[1]。

《续修四库全书》本《捧腹编》"据天津图书馆藏明万历刻本影印，原书板框高二一五毫米，宽二九〇毫米"[2]，《捧腹编》中有收录的各书的书名，书名之后是此书的目录，有辑者和校者等的记载。卷六的辑者和校者分别是："茂苑许自昌玄佑父辑"和"甫里陆砚祥寿卿父校"，[3] 其后是《启颜录》的书名和内容，从编录顺序和内容来看，基本是从《广滑稽》中截取，同《广滑稽》中两处将《太平广记》中的"奴"改换成"典琴"；对赵小儿的称呼为"此即子"，即用"即"，而非"郎"；"隋刘焯与从弟炫"的兄弟关系，不同他本中"隋河间郡刘焯之从侄炫"的叔侄关系。也稍有不同的地方，《广滑稽》对笑料（笑料，包括笑点的笑话核心组成部分，笑话结果属于笑话的外围组成部分）的反应，是用双行小字的形式书写。《捧腹编》中是照常书写，没用双行小字的形式；《捧腹编》中收录的《屈五指》，只收录了前半部分，即一个狂人形象，未收录后面"肉食者鄙"的部分。

地方志《吴兴备志》是明人董斯张编撰，该书"辑录湖州故事……采撷极富，于吴兴一郡遗闻琐事，征引略备……全录古书，载其原文"[4]，卷二十七《琐征》第二十四之一收录《启颜录》一则[5]，无《启颜录》卷数和著者等信息的记载。

类书《广博物志》是明人董斯张编撰，该书"所载始于《三坟》，迄于隋代"，所引的"书，皆标列原名，缀于每条之末"[6]，卷三十四《声乐》（二）[7] 和卷四十一《食饮》[8] 各收录《启颜录》内容一则，无《启颜录》卷数和著者等信息的记载。

笔记总集《玉芝堂谈荟》是明人徐应秋编撰，该书"亦考证之学"，"其例立

1　（清）纪昀总纂《四库全书总目提要》，第 3717~3718 页。

2　《捧腹编》封面，见顾廷龙主编《续修四库全书》，上海古籍出版社，1996。

3　（明）许自昌：《捧腹编》（《续修四库全书》，子部，第一二七三册），第 133 页。

4　（清）纪昀总纂《四库全书总目提要》，第 1837~1838 页。

5　（明）董斯张：《吴兴备志》（《景印文渊阁四库全书》第四九四册），台湾商务印书馆，1986，第 535 页。

6　（清）纪昀总纂《四库全书总目提要》，第 3476 页。

7　（明）董斯张：《广博物志》（《景印文渊阁四库全书》第九八一册），第 190 页。

8　（明）董斯张：《广博物志》（《景印文渊阁四库全书》第九八一册），台湾商务印书馆，1986，第 342 页。

一标题为纲，而备引诸书以证之"[1]，卷九《拆字谜语》收录出自《启颜录》的内容，无《启颜录》卷数和著者等信息的记载。

三　收录《启颜录》内容的清代文献

地方志《陕西通志》是清人刘于义等监修，沈青崖等编纂，该书因"陕西旧《通志》为康熙中巡抚贾汉复所修，当时皆称其简当"，至"雍正七年，敕各省大吏纂辑《通志》……（沈）青崖因据汉复旧本，参以明代马、冯二家之书，斟酌增删……订古证今，详略悉当"[2]，其卷一百《拾遗》三《滑稽》中收录《启颜录》两则内容：一则是侯白与杨素以方言"擦刀去"和"霸长"[3]为戏的笑话（此则中抽出"关中下俚人言音，谓'水'为'霸'"，收录在卷四十五《风俗》之《方言》中[4]），另一则是唐长孙元同建议"行蛊毒"者"送与莫离支作食手"[5]的内容。《陕西通志》中无《启颜录》卷数和著者等信息的记载。

歌谣民谚总集《古谣谚》是清代杜文澜辑，在卷六十九中[6]收因"《说郛》卷二十三列《启颜录》，未载"而"据《广记》卷二百五十"载"唐路励行初任大理丞"的"《启颜录》逸文"一则。《经籍佚文》是清代王仁俊辑，据"杜氏《古谣谚》六十九"收《〈启颜录〉佚文》[7]一则。《古谣谚》和《经籍佚文》中均无《启颜录》卷数和著者等信息的记载。

四　收录《启颜录》内容的近代文献

总集《旧小说》是近代吴曾祺编，乙集（五）收《启颜录》辑本，选录的《启颜录》内容与《太平广记》对比之后，发现有改"设"为"谈"等个

1　（清）纪昀总纂《四库全书总目提要》，第 3179 页。

2　（清）纪昀总纂《四库全书总目提要》，第 1848~1849 页。

3　（清）刘于义等监修，沈青崖等编纂《陕西通志》（《景印文渊阁四库全书》第五五六册），台湾商务印书馆，1986，第 800 页。

4　（清）刘于义等监修，沈青崖等编纂《陕西通志》（《景印文渊阁四库全书》第五五三册），台湾商务印书馆，1986，第 572 页。

5　（清）刘于义等监修，沈青崖等编纂《陕西通志》（《景印文渊阁四库全书》第五五六册），第 801 页。

6　（清）杜文澜辑，周绍良校点《古谣谚》，中华书局，1958，第 786 页。

7　（清）王仁俊辑《玉函山房辑佚书续编三种》，上海古籍出版社，1989，第 514 页。

别字的改动、有个别字的增删、有少数字颠倒等小的变动，除此之外，无大的变动。总体而言，《旧小说》把《太平广记》中分散在各类之下的《启颜录》部分内容编选在一起，即《旧小说》对《启颜录》的收录是从《太平广记》中摘选辑录而成。所以，不存在《旧小说》"与其它各本也没有明显的承继关系"[1]的情况，《旧小说》中收录的《启颜录》亦是从《太平广记》承继而来。《旧小说》记载《启颜录》著者为侯白，无《启颜录》卷数等信息的记载。

第三节 《启颜录》原本亡佚后的流传（二）
——对《太平广记》和《类说》中收录《启颜录》的引证

引《太平广记》和《类说》中收录《启颜录》的内容进行注释或考证的文献典籍，亦是《启颜录》原本亡佚后的流传之一，本节对这些文献典籍以时间为序，分别给予简要概述。

一 用《启颜录》内容进行注释或考证的宋代文献

宋代笔记《珩璜新论》是孔平仲撰，该"书皆考证旧闻，亦间托古事以发议"[2]，或作一卷，或作四卷，《四库全书》中是一卷，《丛书集成初编》中是四卷。引用"城门尔许高，故自匍匐入"解释"俗所谓'日许'者，'尔许'也"[3]。（在四卷本中，位于卷四中。）

宋朝诗别集注《山谷内集诗注》是任渊为黄庭坚《山谷内集诗》作的诗集注，任渊在卷二《和答外舅孙莘老》引用出自《启颜录·嘲热客》中的语句解释黄庭坚的诗句"归休饮热客，觞豆惩调护"[4]，这也验证出《山谷内集诗注》"注本

---

1 马培洁：《〈启颜录〉与中古时期的笑话集》，西北师范大学硕士学位论文，2009，第19页。
2 （清）纪昀总纂《四库全书总目提要》，第3108页。
3 （宋）孔平仲：《珩璜新论》（《景印文渊阁四库全书》第八六三册），台湾商务印书馆，1986，第137页。
4 （宋）黄庭坚撰，任渊注《山谷内集诗注》（《景印文渊阁四库全书》第一一一四册），台湾商务印书馆，1986，第45页。

之善不在字句之细琐，而在于考核出处时事"[1]。

宋朝诗别集注《后山诗注》是任渊为陈师道《后山诗》作的诗集注，该注"援证古今，具有条理"[2]，任渊在卷九《嗟哉行》引用出自《启颜录》有关"石发"的语句解释陈师道的诗句"张生服石为石奴"[3]。

宋朝诗别集注《山谷外集诗注》是史容为黄庭坚《山谷外集诗》作的诗集注，史容在卷五《戏赠彦深》引用出自《启颜录》的"羊踏破菜园"解释黄庭坚的诗句"上丁分膰一饱饭，藏神梦诉羊蹴蔬"[4]，这也验证出"任注《内集》，史注《外集》，其大纲皆系于目录每条之下，使读者考其岁月，知其遭际，因以推求作诗之本旨"[5]。

笔记集《能改斋漫录》是南宋吴曾撰，分为"事始""辨误""事实""沿袭""地理""议论""记诗""谨正"[6]"记事""记文""类对""方物""乐府""神仙鬼怪"等类，该"书考证颇详"[7]，征引广博，资料丰富，但因书中有美化秦桧之内容，为后人所诉。卷五《辩误·襜襦子》[8]因黄庭坚《次韵钱穆父赠松扇》一诗而引出《释名》中对"襜襦子"的考证，认为"惟《太平广记》载《启颜录》有晋程季明《嘲热客》诗"，比"《艺文》《初学》二书所载""多三韵，意前二本（《艺文类聚》《初学记》二书）非全文也"，且"此诗一以为'襜襦子'，一以为'愚痴子'，其末又以'诃'为'呵'，当有辨其非是者。其曰程季明，是晓之字。然《晋书》无传，《魏志》有传，宋景文本'多'字韵下有两句，云：'疲倦向之久，甫问君极那'"。笔者考：吴曾在"襜襦子"中对程

---

1 （清）纪昀总纂《四库全书总目提要》，第 3984 页。
2 （清）纪昀总纂《四库全书总目提要》，第 3987 页。
3 （宋）陈师道撰任渊注《后山诗注》（《景印文渊阁四库全书》第一一一四册），台湾商务印书馆，1986，第 830 页。
4 （宋）黄庭坚撰，史容注《山谷外集诗注》（《景印文渊阁四库全书》第一一一四册），台湾商务印书馆，1986，第 308 页。
5 （清）纪昀总纂《四库全书总目提要》，第 3984 页。
6 此处类目，在《四库全书》中是《谨正》类，在《丛书集成初编》和 1960 年上海古籍出版社出的版本中是《记事》类。
7 （清）纪昀总纂《四库全书总目提要》，第 3057 页。
8 （宋）吴曾：《能改斋漫录》（《景印文渊阁四库全书》第八五零册），台湾商务印书馆，1986，第 577~578 页。

季明《嘲热客》诗句在《艺文类聚》《初学记》和《启颜录》中的考证，非常详致。然而，关于释“褦襶子”的出处《释名》，在《四库全书》本《能改斋漫录》[1]和《丛书集成初编》本《能改斋漫录》[2]中是《释名》，在1960年上海古籍出版社出版的《能改斋漫录》[3]中是《集韵》。任渊对黄庭坚《山谷内集诗》卷七对《次韵钱穆父赠松扇》作的注中用的也是《集韵》,《集韵》卷七用“褦襶，不晓事”释“褦”字和“襶”字，然目前流传的《释名》中没有“褦襶子”相关的记载。

笔记《考古编》是南宋程大昌撰，该书“杂论经义异同，及记传谬误，多所订证”[4]，卷八《冠者五六人》“丁亥十月十九日夜阅《汉旧仪》书”[5]中引用《启颜录》的相关内容。笔者按:《汉旧仪》，又名《汉官旧仪》，此书“流传既久，脱佚者多”[6],《四库全书》中所载《汉官旧仪》是《永乐大典》中所载《汉官旧仪》，其后附有《〈汉官旧仪〉补遗》。无论是《汉官旧仪》，还是在《〈汉官旧仪〉补遗》中，均未载有程大昌《考古编》中所言内容。马端临《文献通考》卷一百三中记载:“《汉旧仪》:‘五年修复周家旧祀，祀稷于东南，常以八月，祭以太牢，舞者七十二人：冠者，五六三十人，童子，六七四十二人，为民祈谷报功。’”[7]由此可推知,（1）程大昌《考古编》中的记载可补《汉官旧仪》的内容;（2）程大昌用《启颜录》中北齐石动筩“用为优戏”的手法:“初时见之，正付一笑耳”，佐证《汉旧仪》“汉儒固已用为实事”之“误”，认为“此其转误，与小孤嫁彭浪，亦何异也”，因为《论语》中“‘冠者五六人，童子六七人’，姑以意言之，非决定语也”[8]。

笔记《宾退录》是南宋赵与时撰，该书“考证经史，辨析典故”[9]，卷五对出

1 （宋）吴曾:《能改斋漫录》(《景印文渊阁四库全书》第八五零册)，第577页。
2 （宋）吴曾:《能改斋漫录》(《丛书集成初编》本)，商务印书馆，1935，第100页。
3 （宋）吴曾:《能改斋漫录》，上海古籍出版社，1960，第115页。
4 （清）纪昀总纂《四库全书总目提要》，第3061页。
5 （宋）程大昌:《考古编》(《景印文渊阁四库全书》第八五二册)，台湾商务印书馆，1986，第52页。
6 （清）纪昀总纂《四库全书总目提要》，第2135页。
7 （元）马端临:《文献通考》，中华书局，1986，第937~938页。
8 （宋）程大昌:《考古编》(《景印文渊阁四库全书》第八五二册)，第52页。
9 （清）纪昀总纂《四库全书总目提要》，第3071页。

自《启颜录》的太府少卿孙绍内容的真伪进行考定。"按：《魏书》亦书此事，然绍自太府少卿迁右将军太中大夫，非正卿也，孝庄建义初复除卫尉，少卿将军如故。永安中，方拜太府卿。"[1]

类书《六帖补》是南宋杨伯岩撰，该书多"割引宋人诗句"[2]，割引的不光是"宋人诗句"，卷二十对《启颜录》的语句进行"割引"释词，用"北齐王元景有奴，名典琴"为《典琴》[3]释意。

类书《古今合璧事类备要前集》与类书《古今合璧事类备要续集》皆为宋谢维新撰，书中"所采究皆宋以前书"[4]，《古今合璧事类备要前集》中收录《启颜录》一则：卷五十七《技术门·习射》中以出自《启颜录》的"欧阳询作诗嘲""宋国公萧瑀不能射"一事释"诗集缓箭强弓"[5]。《古今合璧事类备要续集》中收录《启颜录》2则：卷三十九《性行门·嘲谑》中以出自《启颜录》的侯白与杨素以《论语》之语"子在，回何敢死"戏路傍"欲死"的槐树来释"槐子悬树"[6]；卷四十《性行门·讥诮》中以裴略影射仆射温彦博、杜如晦的"通传言语"释"是何物人"。

《四六标准》是李刘"门人罗逢吉所编……题曰'标准'，盖门弟子尊师之词也"[8]，用出自《启颜录》的祖士言与钟雅的相嘲之语释卷二《代赵尉上丞相》中诗句"燕赵如椎，汝颍如锥，所愧处囊之无颖"[9]。

1　（宋）赵与时：《宾退录》（《景印文渊阁四库全书》第八五三册），台湾商务印书馆，1986，第704页。

2　（清）纪昀总纂《四库全书总目提要》，第3464页。

3　（宋）杨伯岩：《六帖补》（《景印文渊阁四库全书》第九四八册），台湾商务印书馆，1986，第834页。

4　（清）纪昀总纂《四库全书总目提要》，第3460页。

5　（宋）谢维新：《古今合璧事类备要前集》（《景印文渊阁四库全书》第九三九册），台湾商务印书馆，1986，第464页。

6　（宋）谢维新：《古今合璧事类备要续集》（《景印文渊阁四库全书》第九四零册），台湾商务印书馆，1986，第618页。

7　（宋）谢维新：《古今合璧事类备要续集》（《景印文渊阁四库全书》第九四零册），第624页。

8　（清）纪昀总纂《四库全书总目提要》，第4172页。

9　（宋）李刘：《四六标准》（《景印文渊阁四库全书》第一一七七册），台湾商务印书馆，1986，第65~66页。

二　用《启颜录》内容进行注释的金元文献

元人郝天挺为金人元好问编选的诗歌总集《唐诗鼓吹》作注，"天挺之注，虽颇简略，而但释出典，尚不涉于穿凿"[1]，卷九中以出自《启颜录》的"太春日"和"织锦迟"释《寄阎记室》中的诗句"织锦歌成下翠微"。[2]

元人阴劲弦、阴复春编《韵府群玉》，是一部分韵隶字、以字系事的类书，引《启颜录》的内容释韵部中的词或短语。卷四《十三元·园》用出自《启颜录》有关"羊踏破菜园"的内容释"羊踏菜园"[3]；卷六《七阳·墙》用出自《启颜录》有关"嘲'屏墙'"的内容释"嘲墙"[4]；卷十七《一屋·秃》用出自《启颜录》有关"樗蒱"规则戏弄三僧的内容释"三秃"[5]；卷十九《十一陌·箦》用出自《启颜录》的吴人"煮其床箦"的内容释"煮箦"[6]。

三　用《启颜录》内容进行注释或考证的明代文献

丛书《古今说海》是明人陆楫编，该书"裒聚诸家，摘存精要……削其浮文，尚存始末"[7]，卷九十七《说略》收"宋人孔平仲的《孔氏杂说》"（笔者按：此处《孔氏杂说》即上文中的孔平仲所撰笔记《珩璜新论》）中诗句"城门尔许高，故自匍匐入"释"日许"，即"俗所谓'日许'者，'尔许'也。声之讹也"[8]。

《卮林》是明人周婴撰，该书"体近类书"[9]，卷五《古歌》"解之曰"用"《太

1　（清）纪昀总纂《四库全书总目提要》，第 5140 页。

2　（金）元好问编选，（元）郝天挺注《唐诗鼓吹》（《景印文渊阁四库全书》第一三六五册），台湾商务印书馆，1986，第 501 页。

3　（元）阴劲弦、阴复春：《韵府群玉》（《景印文渊阁四库全书》第九五一册），第 135 页。

4　（元）阴劲弦、阴复春：《韵府群玉》（《景印文渊阁四库全书》第九五一册），第 242 页。

5　（元）阴劲弦、阴复春：《韵府群玉》（《景印文渊阁四库全书》第九五一册），第 647 页。

6　（元）阴劲弦、阴复春：《韵府群玉》（《景印文渊阁四库全书》第九五一册），第 733 页。

7　（清）纪昀总纂《四库全书总目提要》，第 3178 页。

8　（明）陆楫：《古今说海》（《景印文渊阁四库全书》第八八五册），台湾商务印书馆，1986，第 616 页。

9　（清）纪昀总纂《四库全书总目提要》，第 3083 页。

平广记》引《启颜录》"山东人谓'尽'为'赐'是也"释"《方言》：赐，尽也"[1]。

四 用《启颜录》内容进行注释或考证的清代文献

字书《古音骈字续编》是清人庄履丰、庄鼎铉合撰，该书"取古字通用者，以韵分之，各注引用书名于其下"[2]，卷五引用《启颜录》中的古词释今词，指明"骨骷"的通假字为"榾柮"，其出处为《启颜录》[3]。

诗话集《历代诗话》是清人吴景旭撰，该书"每条各立标题，先引旧说于前，后杂采诸书以相考证"，"取材繁富，能以众说互相钩贯，以参考其得失"，"或辨其是非，或参其异同，或引伸其未竟，或补缀其所遗，皆下一格书之"[4]，卷三十三《汉魏六朝·八米》[5]用《启颜录》"魏高祖山陵既就"引出考证，以"吴旦生曰"的按语，对卢思道的称谓"八咏卢郎"和"八米卢郎"进行考证。

笔记《池北偶谈》和诗话汇编《全闽诗话》中收有《周婴〈卮林〉》中关于《启颜录》的记载。《池北偶谈》是清人王士禛撰，因"池北者，士禛宅西有圃，圃中有池，建屋藏书，取白居易语，以池北书库名之，自为之记。库旁有石帆亭，尝与宾客聚谈其中，故以名书"[6]，卷十八收有《卮林》中引用出自《太平广记》的《启颜录》中的"山东人谓'尽'为'赐'是也"[7]。《全闽诗话》是清人郑方坤编撰，该书"荟萃闽人诗话及他诗之有关于闽者"，"旧事遗文，多资考证"[8]，卷九《周婴》收录《池北偶谈》中有关《周婴〈卮言〉》的言论，其中有对《启

1 （明）周婴：《卮林》（《景印文渊阁四库全书》第八五八册），台湾商务印书馆，1986，第103页。

2 （清）纪昀总纂《四库全书总目提要》，第1104页。

3 （清）庄履丰、庄鼎铉《古音骈字续编》（《景印文渊阁四库全书》第二二八册），台湾商务印书馆，1986，第525页。

4 （清）纪昀总纂《四库全书总目提要》，第5403页。

5 （清）吴景旭：《历代诗话》（《景印文渊阁四库全书》第一四八三册），台湾商务印书馆，1986，第235页。

6 （清）纪昀总纂《四库全书总目提要》，第3160~3161页。

7 （清）王士禛：《池北偶谈》（《景印文渊阁四库全书》第八七零册），台湾商务印书馆，1986，第259页。

8 （清）纪昀总纂《四库全书总目提要》，第5408页。

颜录》语句的引用[1]。

类书《御定渊鉴类函》是清人张英、王士祯等奉"圣祖仁皇帝"敕撰，"使远有所稽，近有所考，源流本末"[2]，卷二百五十六《人部·短小人》引出自《启颜录》的内容[3]，卷二百五十八《人部·奴婢》为释"典琴"引《启颜录》的内容[4]，卷二百五十九《人部·口》为释"鸡鸣"引《启颜录》的内容[5]，卷四百三十六《兽部·羊》为释"蹋破菜园"引《启颜录》的内容[6]。

字书《御定康熙字典》是清人张玉书、陈廷敬等奉敕撰，该书"引证旧典，详其始末，不使一语无稽，有所考辨，即附于注末"[7]，卷九《弓部》用删减后的《启颜录》内容释"增'彌'"[8]。

韵书《御定佩文韵府》是清人张玉书、陈廷敬等奉敕撰，该书"以两字、三字、四字相从，而又各以经史子集为次。其一语而诸书互见者，则先引最初之书，而其余以次注于下，又别以事对摘句附于其末"[9]，有二十五处引《启颜录》的内容，在释词条"启颜录"时，有《启颜录》著者的信息即"侯白"，有卷数"十卷"的记载，但在他处注释时使用出自《启颜录》的内容时，则无出自具体卷数的记载。

《御定月令辑要》是清人李光地等奉敕撰，该书因"明冯应京与戴任共辑《月令广义》二十五卷，体例粗备，而所录繁简失中，雅俗弗别，颇不免于芜杂，未可以前民利用"，故"圣祖仁皇帝钦崇天道，敬授人时，特命儒臣别为编纂。门目虽仍其旧，而刊除无稽之论，增补未备之文"。奉敕撰后的《御定月令辑要》

---

1 （清）郑方坤《全闽诗话》（《景印文渊阁四库全书》第一四八六册），台湾商务印书馆，1986，第365页。

2 （清）纪昀总纂《四库全书总目提要》，第3477~3478页。

3 （清）张英、王士祯等奉敕撰《御定渊鉴类函》（《景印文渊阁四库全书》第九八八册），台湾商务印书馆，1986，第487页。

4 （清）张英、王士祯等奉敕撰《御定渊鉴类函》（《景印文渊阁四库全书》第九八八册），第515页。

5 （清）张英、王士祯等奉敕撰《御定渊鉴类函》（《景印文渊阁四库全书》第九八八册），第545页。

6 （清）张英、王士祯等奉敕撰《御定渊鉴类函》（《景印文渊阁四库全书》第九九三册），第598页。

7 （清）纪昀总纂《四库全书总目提要》，第1107页。

8 （清）张玉书、陈廷敬等奉敕撰《御定康熙字典》（《景印文渊阁四库全书》第二二九册），台湾商务印书馆，1986，第397页。

9 （清）纪昀总纂《四库全书总目提要》，第3480页。

"注明出典,具有根据"[1],卷十六《九月令·初九日》用出自《启颜录》的欧阳询作诗咏"萧瑀不解射"一事释"赐射"[2]。

《御定分类字锦》是清人何焯、陈鹏年等奉敕撰,该书"采掇成语,裁为骈偶,分类编辑……详引原书,注于条下"[3],有四处征引《启颜录》的内容以释词或短语。

类书《御定骈字类编》是清人吴士玉、沈宗敬等奉敕撰,该书"分十有二门:曰天地,曰时令,曰山水,曰居处,曰珍宝,曰数目,曰方隅,曰采色,曰器物,曰草木,曰鸟兽,曰虫鱼。又补遗一门:曰人事"[4],共有五处引用《启颜录》的内容释词或短语。

《御定韵府拾遗》是"康熙五十五年圣祖仁皇帝御定,以拾《佩文韵府》之遗也"[5],卷五《五微韵·机》引用出自《启颜录》的刘道真与老妪在河边的嘲戏之语释"调机"[6]。

《御定佩文斋广群芳谱》是清人汪灏、张逸少等奉敕撰,该书"因明王象晋《群芳谱》而广之也……凡改正其门目者三……改正其体例者四……溯委穷源,详为补正,以成博物之鸿编,赐名《广群芳谱》"[7],卷七十九《木谱·棕榈》引用《启颜录》"唐崔行功与敬播相逐"的内容作"汇考"[8]。

总之,在敦煌卷子 S.610《启颜录》被封存于藏经洞、原本亡佚后,《启颜录》的流传主要依赖《太平广记》和《类说》中收录的《启颜录》内容。《类说》对《启颜录》的收录,有很多删削和更改之处,以第 7 则《秃不敌卢》为例,其他本中是"三个阿师",《类说》中是"三个秃师",改修饰"师"字的"阿"字为

1 （清）纪昀总纂《四库全书总目提要》,第 1808 页。

2 （清）李光地等奉敕撰《御定月令辑要》(《景印文渊阁四库全书》第四六七册),台湾商务印书馆,1986,第 489 页。

3 （清）纪昀总纂《四库全书总目提要》,第 3479 页。

4 （清）纪昀总纂《四库全书总目提要》,第 3478 页。

5 （清）纪昀总纂《四库全书总目提要》,第 3481 页。

6 《御定韵府拾遗》(《景印文渊阁四库全书》第一零二九册),台湾商务印书馆,1986,第 166 页。

7 （清）纪昀总纂《四库全书总目提要》,第 2989~2990 页。

8 （清）汪灏、张逸少等奉敕撰《御定佩文斋广群芳谱》(《景印文渊阁四库全书》第八四七册),台湾商务印书馆,1986,第 210 页。

"秃"字，一字之改，改后的字嘲讽意味更甚，语言更显辛辣，更能凸显感情倾向。后世的许多再流传版本，所用字句多与《类说》本有异，与《太平广记》本所用字句大体一致，敦煌卷子 S.610《启颜录》没有面世之前，基本不会流传，由此可认定后世的再流传各本，大体上承《太平广记》本，它们虽同出《太平广记》，但因一部作品在流传过程中会或多或少、有意无意的被改动，故各本与《太平广记》本内容并不完全一致。

文本研究篇

第四章 《启颜录》的笑话类型

目前对笑话类型的研究，大多是在民间故事类型研究中进行，如《中国民间故事类型》[1]、《中国古代民间故事类型研究》[2]和《中国民间故事类型索引》[3]等。

虽然笑话可以纳入广义的民间故事当中，但是笑话作为一种独立的文体，与同样作为一种独立文体的狭义上的民间故事又有所不同。

首先，民间故事一般来自民间，民间故事的传播者，一般多为民间百姓；而笑话既可以来自民间，也可以来自庙堂，笑话的传播者，既有民间百姓，也有庙

1　〔德〕艾伯华：《中国民间故事类型》，王燕生、周祖生译，刘魁立审校，商务印书馆，1999。德国艾伯华的《中国民间故事类型》"不是严格地按照国际上通用的 AT 分类法进行编排的工具书，而只是有限地参考了 AT 分类法"，将故事类型分为"'动物'、'动物或精灵帮助好人、惩罚坏人'、'创世、混沌初开，最初的人'等主题，共收有类型 300 余个（正格故事类型 275 个，滑稽故事类型 31 个）"，书中没有对笑话进行专门的论述。

2　祁连休：《中国古代民间故事类型研究》（上），河北教育出版社，2007，第 16 页。该书"没有采用'AT 类型分类法'，从故事类型的确定、命名、排列到论析，均基本上不涉及'AT 类型分类法'"，而是按照"春秋战国""秦汉""魏晋南北朝""隋唐五代""宋元""明代""清代"的时间顺序，对每个朝代的"民间故事类型"进行归纳。从其书后"主要引用书目"所引书目来看，其将诸如《笑林》《笑府》《笑得好》《笑赞》等笑话集收录在内，可知其"不以狭义民间故事来界定中国古代民间故事类型"，以此推，其中有对《启颜录》类型的分析，但没有对《启颜录》所有内容进行分析。

3　丁乃通：《中国民间故事类型索引》，中国民间文艺出版社，1986，目录第 2 页。该书中对笑话的分类是按照国际通行的 AT 分类法中的类型名称和号码，即"III、笑话（1200~1999）……1200~1349 笨人的故事，1350~1439 夫妻间的故事，1440~1524 女人（姑娘）的故事，1525~1874 男人（少年）的故事，1875~1999 说大话的故事"。其中，"女人（姑娘）的故事""男人（少年）的故事"是从性别归属和年龄长幼方面进行的分类，"夫妻间的故事"是从身份关系进行的分类，"笨人的故事"是从人的聪明度和对问题的处理方式进行的分类，"说大话的故事"是从喜欢夸耀的性格角度进行的分类。

堂高官。

其次，民间故事与笑话流传场所不同，会导致它们的差异。最突出的是出场人物的问题。民间故事中，一般是地名真实、人名托某人，"特别是那些说书人爱讲的民间故事。为了引起听众的兴趣，常常加上了具体的人名和地名。有时甚至真正口头流传的民间故事，也会地方化了（虽然很少带有地方色彩），并且用了人名（虽然所用的名字像吴忠和张三一类，从含义来说，跟德国民间故事用汉斯和格莱琴一样，是广泛普通的名字）"。由于空间的隔阻作用，在百姓眼中，可以产生确有其事的效果。当然，就算明知道是编的故事，内心也情愿去相信故事的真实性，因为他们没有足够的时间和精力，以及经济能力，去探究故事的真假。对于百姓来说，民间故事的真假不重要，内心的认定才是最重要的。而笑话中，有张三、李四的泛称，也有托名历史人物的，也有对真人真事的记载。这既可以满足民间百姓看客的心理，又可以堵住庙堂高官对事情真实性的怀疑心理。

再次，上述两种不同，会导致它们开始的叙述模式不同。民间故事一般会用诸如"'从前''很久很久以前''九山九岭、九沟九湾'……"[1]等对民间故事的背景进行叙述，笑话则是直述朝代和姓名，如《启颜录》中的"北齐高祖尝以大斋日设聚会""陈徐陵为散骑常侍聘隋"，等等，一句话将时间地点人物叙述完毕。

最后，最重要的是本质上的不同：民间故事的最主要功能是新奇性，而笑话的最主要功能是愉悦性。民间故事，可以很短，也可以很长，很长的民间故事会引人入胜。传播者在故事传播期间，会加入自身的各种情感足以保持住故事的新奇性。笑话一般很短。很难很长，因为笑话是抓住人的短暂的瞬间，让人内心的情感产生得以升华为很愉悦的体验。一旦笑话很长，抓不住瞬间的愉悦性，笑话也就失去了存在的价值。

所以，对民间故事类型的研究不能完全适用于笑话类型的研究。以 AT 分类法为例，如果从性别和年龄的角度来划分，《启颜录》中有关女人和少年的笑话很少，基本上是以成年男子的笑话居多；从身份关系的角度来划分，《启颜录》

---

1 丁乃通：《中国民间故事类型索引》，中国民间文艺出版社，1986，导言第6~7页。

中夫妻关系的笑话非常少。且"这种 A.T. 类型索引工具书对于比较研究非常有用，不过他们只重在研究流传路线，对故事内容和艺术的研究甚少"[1]。由此可知，《启颜录》不能依据 AT 分类法的分类标准。那《启颜录》中的笑话该使用何种类型进行分析呢？

其实，古人对笑话亦有分类，如冯梦龙在《广笑府》中按笑话的内容分为"儒箴""官箴""九流"等 13 类，在《古今谭概》中则扩展为"迂腐""怪诞""痴绝""专愚"等 36 类。在今人研究中也有对笑话进行分类，如《笑的艺术》中根据笑话中的人物将笑话分为"民间笑话""文人笑话""优伶笑话（艺人笑话）"[2]三类。《简明民间文艺学教程》分为"讽刺阶级敌人的"和"批评人民内部的"两类。[3]《笑话——人间的喜剧艺术》中分为"幽默笑话""嘲讽笑话""诙谐笑话""政治笑话""斗争笑话""儿童笑话""名人笑话"七类，其中"政治笑话"和"斗争笑话"容易交叉。[4]《笑话选粹与鉴赏》认为笑话从美感形态可分为"讽刺笑话"和"歌颂性笑话"。"讽刺笑话"可分为"讽刺敌对阶级的"和"讽刺人民内部的"笑话，"歌颂性笑话"可分为"歌颂对邪恶势力的斗争"的笑话和"歌颂对不良倾向的婉讽"的笑话。"歌颂对邪恶势力的斗争"的笑话可分为"斗争笑话"和"嘲讽笑话"，"歌颂对不良倾向的婉讽"的笑话可分为"幽默笑话"和"诙谐笑话"。[5]从他们的分析可知，其分类依据依然不适用于《启颜录》的笑话类型分析。

在敦煌卷子 S.610《启颜录》中有"论难""辩捷""昏忘""嘲诮"四类的分法，但是这四类不能囊括其未收录的内容。因"笑点"不变，故笔者以各则内容的"笑点"为依据，对《启颜录》进行类型的划分。

1 段宝林：《中国民间文学概要》，北京大学出版社，2009，第 76 页。

2 薛宝琨：《笑的艺术》，百花文艺出版社，1984。

3 叶春生：《简明民间文艺学教程》，湖南文艺出版社，1987。

4 段宝林：《笑话——人间的喜剧艺术》，北京大学出版社，1991。

5 张鹄、唐牛编著《笑话选粹与鉴赏》，湖南文艺出版社，1997。

第一节　语音类型

"语音类型"是指因使用或不使用相同音或近似音等语音形式而产生的笑话类型。语音形式包括谐音、注音和声韵，"语音类型"可进一步分为"谐音类型""注音类型"和"声韵类型"。

一　谐音类型

"谐音类型"是指用所说话语的谐音来表达真实情感的笑话类型。所说的话语，表达的不是内心的真实情感；所说话语的谐音指向，才是要表达的真实意图。谐音所在，即是"笑点"。有因音同或音近而形成的谐音，有因方言和官话的差异而形成的谐音，"谐音类型"可进一步分为"音同（近）类型"和"方言类型"。

1. 音同（近）类型

"音同（近）类型"是指通过话语的音同或音近的谐音指向所产生的笑话类型。

第 1 则《佛常骑牛》[1]

归类解析：石动筩用"经云：'师尊甚奇特'"的"奇"谐音"骑"，解读为佛"骑牛"[2]的戏谑结论。"笑点"在于将佛经中"师尊甚奇特"的"奇"谐音为"骑"。

第 2 则《总有几斤》

归类解析："笑点"在于石动筩以经"云：'价值百千两金'"[3]的"金"与"斤"谐音，向法师发出"总有几斤"的戏谑问语。

第 4 则《天本姓也》

归类解析：石动筩以"《孝经》云：'父子之道，天性也'"[4]中的"性"谐音

1　"第1则《佛常骑牛》"是笔者对《启颜录》整理后的分则和命名，详见本书下册。以下不再另作说明。
2　《英藏敦煌文献》第二册，第 64 页。
3　《英藏敦煌文献》第二册，第 64 页。
4　《英藏敦煌文献》第二册，第 64~65 页。

"姓"，将其曲解为"天本姓'也'"。"笑点"在于将"天性也"中的"性"谐音"姓"，得出"天姓也"的解说，以曲解儒家经典而逗笑。

第 35 则《无耳有面》

归类解析：路上相逢的"知识人"因羡慕解嘲人和善解嘲而获得"绢"和"绵"，故分别生搬硬套在对猕猴和老鸥的嘲弄上，并模仿解嘲人"偏担"倒地的戏码。[1] "笑点"在于"知识人"以他被"割两耳，只有面"的脸面谐音他希望被赏赐的"绵"。

第 38 则《嘲竹语墙》

归类解析：落第的裴姓人以"竹，风吹青肃肃，凌冬叶不凋，经春子不熟。虚心未能待国士，皮上何须生节目"的嘲语和"方今圣上聪明，辟四门以待士，君是何勿人？在此妨贤路。推到彦博"的"非但着膊，亦乃着肚"的传语，赢得了官职。[2] "笑点"在于"膊"谐音"温彦博"的"博"，"肚"谐音"杜如晦"的"杜"。

第 39 则《须多鼻大》

归类解析：贾元逊用"千丈黄杨木，空为一个梳"之语嘲弄王威德"鼻极长大"以应对王威德用"千具殺㹀皮，唯裁一量袜"之语对其"髭须甚多"的嘲弄。[3] "笑点"在于王威德用很多"余皮"做的"袜"暗讽贾元逊的满脸胡须，贾元逊以很多木头做的"枇子"谐音王威德的"鼻子"。

第 40 则《唯声不同》

归类解析：侯白在"同行伴数人，皆得饱足"[4] 后，以"求救鸠"的叫声谐音"求吃酒"，委婉地告知富贵公子"庄上林中"的鸟并非公子臂上可以"捉鸟鹊及鹑"的鹤子，故富贵公子听后，"大嗔恨而回"。"笑点"在于"求救鸠"的答语并不是说话人所要表达的真实意思，其谐音"求吃酒"才是说话人所表达的真实意思。

---

1 《英藏敦煌文献》第二册，第 68~69 页。
2 《英藏敦煌文献》第二册，第 69 页。
3 《英藏敦煌文献》第二册，第 69 页。
4 《英藏敦煌文献》第二册，第 69~70 页。

第 41 则《吹勃逻回》

归类解析：侯白在"食饱"[1]之后，以"勃逻回"的乐器名谐音"饱了回"（或"不大会"），委婉地告知村中办"礼席"的主人，主人听后，"既嗔且笑，发遣令去"。"笑点"在于"勃逻回"谐音"饱了回"（或"不大会"）。

第 42 则《就胡眼看》

归类解析：侯白告知"访诸瑞物"[2]、想"献瑞物""得官"的富人"有一瑞物"，在"作券契"后，带其去因"患疥，饶睡"而"常灸尾翠"的"胡家"，"笑点"在于"'灸尾'胡"谐音"九尾狐"。

第 44 则《铃声有别》

归类解析：僧弟子借用"但冷冷杓杓"[3]的铃声与先前约定的"荡荡朗朗铛铛""有别"，来掩饰其因"贪为戏剧，遂忘温酒"之举。"笑点"在于僧弟子借用铃音来为自己解脱。

第 53 则《署潞涿君》

归类解析：因刘备是"涿郡涿县人"[4]，故刘璋用"昔有作上党潞长，迁为涿令者，去官还家。时人与书：'欲署潞则失涿，署涿则失潞，'乃署曰：'潞涿君'"之语嘲弄蜀"先主无须"以应对蜀先主用"吾涿县特多毛姓，东西南北，皆诸毛也"之语对其"饶须"[5]的嘲弄。"笑点"在于"潞涿"谐音"露着"（无须）。

第 65 则《短尾为刁》

归类解析："笑点"在于韩博以"短尾者则为刁"[6]的"刁"谐音"貂"，答戏称其为名犬"韩卢后"的刁鬃。

第 73 则《回何敢死》

归类解析：侯白将"《论语》云'子在，回何敢死'"中的"子"作"槐树子"理解，"笑点"在于"回"谐音"槐"。

1　《英藏敦煌文献》第二册，第 70 页。
2　《英藏敦煌文献》第二册，第 70 页。
3　《英藏敦煌文献》第二册，第 70 页。
4　（晋）陈寿撰，（南朝·宋）裴松之注、陈乃乾校点《三国志》，第 871 页。
5　《太平广记》第五册，第 1897~1898 页。
6　《太平广记》第五册，第 1903 页。

第 80 则《见青草湖》

归类解析："笑点"在于侯白以"长安路上，乃见青草湖"[1]的"湖"谐音为"胡"，戏谑其路中遇到的"负青草而行"的胡人。

第 81 则《醉胡服孝》

归类解析：侯白以"孝乎唯孝"中的第一个"孝"指向的是"衣孝重服"的"两醉胡"[2]，"笑点"在于第二个"孝"谐音"笑"。

第 91 则《唯问刀子》

归类解析："笑点"在于以敬播"是枅梧木"[3]的"枅梧"谐音"笨驴"。

第 94 则《玄同戏恪》

归类解析：长孙玄同在"日始是斋时"[4]，发出"为日已暗"的感叹，其目的是以"短人行"嘲讽"短小"的段恪。

第 96 则《苟利社稷》

归类解析："笑点"在于长孙玄同用"苟利社稷，专之亦可"[5]的"苟"谐音"狗"、"专"谐音"砖"，以解释其在祭官祠社时"自彻支床砖打狗"的做法。

第 97 则《后妃之德》

归类解析：松寿用"仆固知足下女得妃"[6]之语明着恭喜"唐韦庆本女选为妃"，实则嘲笑韦庆本"两耳先卷"，"笑点"在于"卷耳，后妃之德"的"德"谐音"得"。

第 101 则《不畏萧机》

归类解析：员外郎邓玄挺借"郎中厅前逼阶枣树下"[7]看到"穿砌砖而出"的"一小枣"表达对萧机"极晚始许出"的不满。"笑点"在于"砖辄枣出"的"砖"谐音"专"，"枣"谐音"早"。

---

1 《太平广记》第五册，第 1921 页。
2 《太平广记》第五册，第 1921 页。
3 《太平广记》第五册，第 1926 页。
4 《太平广记》第五册，第 1928 页。
5 《太平广记》第五册，第 1929 页。
6 《太平广记》第五册，第 1932 页。
7 《太平广记》第五册，第 1936 页。

第103则《都有功德》

归类解析:"笑点"在于乐彦伟以"短肉"[1]的"短"谐音"断","精进"的"精"谐音"睛",嘲讽"唐窦晓形容短小,眼大露睛"。

第107则《帽底可知》

归类解析:"笑点"在于唐山东一老佐史以人名"张破袋、成老鼠、宋郎君、向明府"[2]的"成"谐音"盛"、"宋"谐音"送",即"张破袋盛老鼠送郎君向冥府",以"观明府强弱"。

2.方言类型

"方言类型"是指因方言和官话中某些词句的发音不同而形成的笑话类型。

第17则《问一知二》

归类解析:隋唐时的关中方言,"不"发音为"霸";山东方言"借"发音为"揭刀","刀"是虚词,本无实义,此处借指实词。即侯白以关中方言"霸涨"应对杨素对山东方言"揭刀去"[3]的戏弄。

第95则《必复其始》

归类解析:"笑点"在于吴人仓曹将吃的食物"粉粥"发音为排泄之物"粪粥",长孙玄同话语中的"公侯"谐音为"恭候",使人"咸笑之"[4]。

第98则《何敢望回》

归类解析:"笑点"在于"山东人谓'尽'为'赐'"的方言,"同赐也"[5]的话语暗指封抱一钱输尽。看似矛盾的说法,正是看官们的笑点。

二 注音类型

古代注音方式有"直音""读若"和"反切"。"反切",又称"反"或"切""翻"等,反切是用两个字(反切上字和反切下字)给另一个字注音(被反

---

1 《太平广记》第五册,第1940页。

2 《太平广记》第六册,第1957页。

3 《英藏敦煌文献》第二册,第66页。

4 《太平广记》第五册,第1928页。

5 《太平广记》第五册,第1932页。

切字），被反切字的声母同反切上字，韵母和声调同反切下字，反切上字的声母加反切下字的韵母和声调就是被反切字的读音。此类笑话，如从反切上下字的意思来看，是在夸赞；但从被反切字的意思来看，则暗含辱骂或讽刺。"注音类型"是指使用反切注音所形成的笑话类型。

第 99 则《木桶懞秃》

归类解析：邓玄挺暗用"木桶"的反切戏僧人为"懞秃"[1]。"笑点"在于关切的话语中暗藏反切，而被反切字的意思是对僧人身份特征的戏嘲。

第 127 则《云中郡翻》

归类解析：路人以"'云中郡'是'天州'，翻为'偷毡'，是'毛贼'，'毛贼'翻为'墨槽'，傍边有'曲录铁'"而反切为"契缤秃"，戏弄"病足"的京城僧人。[2]"笑点"在于夸奖的话语中暗藏反切，而被反切字的意思是对僧人身份特征的嘲戏。

第 128 则《书处甚疾》

归类解析："佐史仇人"告知"常畏见嘲"的"邑令"："'书处甚疾'者，是'奔墨'，'奔墨'者，翻为'北门'，'北门'是'缺后'，'缺后'者翻为'口穴'"，是"嘲弄'无齿'"。[3]"笑点"在于夸赞的话语中暗藏反切，而被反切字的意思是对身体特征的嘲戏。

三 声韵类型

"声韵类型"指因正用或反用声韵而产生的笑话类型。声韵一般指句尾押韵（押平声韵或押仄声韵），使用相同或相近的韵母，在表词达意的基础上，使音节更加的和谐优美。

第 36 则《破皮不韵》

归类解析：张荣以"会是破你皮折多，用韵何为"的胡搅蛮缠之语应对友

---

1 《太平广记》第五册，第 1936 页。
2 《太平广记》第六册，第 1988 页。
3 《太平广记》第六册，第 1989 页。

人以"嘲，抽你皮作马鞭梢"[1]之语对其的嘲弄。文人作嘲，有语义上的要求，有字数上的要求，还有音韵上的要求。张荣的答语中不光字数比友人少一字，而且"袋"与"梢"也不押韵。"笑点"在于此处的不押韵，是张荣有意为之，因为"剥皮"与"用韵"无关。

四 拟声类型

"拟声类型"指因述说某事或某个发音类似动物的叫声所产生的笑话类型。此类中的动物一般是家禽，如狗、鸡等。

第 82 则《好狗吠声》

归类解析："笑点"在于侯白以"吠声'恸恸'""与余狗"不同的狗吠声，引出令宰"号号"的狗吠声。[2]

第 104 则《兄作鸡鸣》

归类解析："笑点"在于表弟拿一把谷问表兄："此是何物？"口吃的表兄发出类似鸡鸣的"谷谷"[3]声。

第二节 语义类型

"语义类型"指围绕语义而产生的笑话类型。"语义类型"可进一步分为"汉字字义类型"和"词义句义类型"。

一 汉字字义类型

"汉字字义类型"指围绕汉字的字义而产生的笑话类型。汉字的字义，情况比较多样。有的汉字，有且只有一种含义；有的汉字，有两个或更多的含义，有不同的解释，不同的释义则会出现不同的理解。"汉字字义类型"可进一步分为"汉字多义类型""数字理解类型""意义相反类型"。

---

1 《英藏敦煌文献》第二册，第 69 页。
2 《太平广记》第五册，第 1921 页。
3 《太平广记》第五册，第 1941 页。

1. 汉字多义类型

"汉字多义类型"指利用某个字的多个意义之间的不同理解所形成的笑话类型。

第 18 则《做官几番》

归类解析：隋尚书省员外王德在"错上尚书厅"之后，"狼狈下阶，而走本厅"[1]。向厕之后，将"是向者从公人"的"番官"之"番"字解析成作官"几番"的"番"，故有"公作官来几番"之问。"笑点"在于利用"番"字"几番"和"番官"两个不同意思而形成的笑话。

第 58 则《谁当卿卿》

归类解析：王戎妻以"我亲卿爱卿，是以卿卿。我不卿卿，谁当卿卿"之语反驳王戎"妇那得'卿'婿？于礼不顺"[2]的问话。"笑点"在于故意将表示"卿相"之意的"卿"用作对配偶的爱称。

第 68 则《米中石发》

归类解析：后魏一人以"米中有石"[3]之"石子"等同"石发"之"五石散"，"于市门前卧，宛转称热"，引得"众人大笑"。"笑点"在于故意将表示"石头"的"石"曲解为"五石散"。

第 92 则《弘义不绰》

归类解析：弘绰弟子边仁表以"先生虽曰弘，义终不绰"之语应对弘绰"我姓既曰'弘'，是事皆弘"之论，使弘绰"被屈"[4]。"笑点"在于故意将表示"不绰"之意的"弘"字等同为弘绰的姓。

第 117 则《不林下立》

归类解析：卢思道以"热则热矣，不能林下立"[5]中的既是"树"之"林"，又指"李德林"的"林"，答李德林"何不就树荫"之问。"笑点"在于故意将表示树林的"林"暗指"李德林"。

---

1 《英藏敦煌文献》第二册，第 66 页。
2 《太平广记》第五册，第 1899 页。
3 《太平广记》第五册，第 1912 页。
4 《太平广记》第五册，第 1927 页。
5 《太平广记》第六册，第 1968 页。

2. 数字理解类型

"数字类型"指将表示前后相连的约数理解为倍数，或将有数字参与的名字故意当数学题目来理解，或故意连用数字前后语数并曲解其意所产生的笑话类型。

第 5 则《着冠几人》

归类解析：石动筩以"《论语》云：'冠者五六人，童子六七人'"[1]中的约数"五六"和"六七"理解为乘数，即"五六"相乘的结果三十加上"六七"相乘的结果四十二是七十二。"笑点"在于对"五六"和"六七"的不同解读。

第 71 则《胜璞一倍》

归类解析：石动筩用"郭璞《游仙诗》云：'青溪千余仞，中有一道士。'臣作云：'青溪两千仞，中有两道士。'"来解释其口中的"作诗'胜郭璞一倍'"[2]。"笑点"在于对"一"字的不同解读。

第 74 则《是六斤半》

归类解析：侯白将"欲参素"[3]的"姓出名六斤"者的姓"出"作习语的"超出"解释，故有"向在省门，会卒无处见称，即闻道是出六斤，斟酌只应是六斤半"之语，将"出六斤"题名为"六斤半"。"笑点"在于对"出"字的不同解读。

3. 意义相反类型

"意义相反类型"是指因字义指向或功能指向上的相反而形成的笑话类型。字义指向的相反指将具有相反意义的两个字放在同一个话语体系里，功能指向的相反指将表达相反功能的两个事物安插在同一个环境中，这样做的目的是让人心理产生巨大的反差，使人的感官得到很大的刺激，从而发笑。

第 67 则《年老卿少》

归类解析：后魏孙绍以"臣年虽老，臣卿太少"[4]之语巧对灵太后"公年似太老"之语的评价，笑点在于年龄之"老"与官职"少卿"之"少"相对。"笑

---

1 《英藏敦煌文献》第二册，第 65 页。
2 《太平广记》第五册，第 1916 页。
3 《太平广记》第五册，第 1919 页。
4 《太平广记》第五册，第 1912 页。

点"在于孙绍将意思相对的"老""少"二字作自己年龄和自己官职的对比，引人发笑。

第 43 则《香馄毒蜜》

归类解析：僧弟子以"和尚去后，闻此馄香，实忍馋不得，遂即取吃。畏和尚来嗔，即服瓶中毒药，望得即死。不谓至今平安"[1]之语应对僧人"作勿生即吃尽我如许馄"的责难。"笑点"在于"蜜"在不同的时候，分别有着美食功能和毒药功能所引发的笑话。

二　词义句义类型

"词义句义类型"指围绕词义或句义而产生的笑话类型。"词义句义类型"可进一步分为"词组多义类型""使用对仗类型""化用诗句类型""吟咏诗句类型""生活用语类型""引经据典类型""使用谜语类型"七类。

1. 词组多义类型

"词组多义类型"指因对某个词或组词的不同理解而产生的笑话类型。

第 6 则《佛是日儿》

归类解析：石动筩分别把"是佛生日"和"今日佛生"中的"佛生日"和"佛生"剥离出来，解读为"日是佛儿"和"佛是日儿"[2]。"笑点"在于对于"生日"的不同解释。

第 9 则《师公之义》

归类解析：齐徐之才将尚书王元景所骂之语"师公"，分别剥离为"师"和"公"，所以有"既为汝师，复位汝公。在三之义，顿居其两"[3]之答语。"笑点"在于对"师公"的不同解释。

第 14 则《久服无效》

归类解析：卢思道将"蜜汤益智"[4]中的食物名词"益智"作动宾短语解释，

---

1 《英藏敦煌文献》第二册，第 70 页。
2 《英藏敦煌文献》第二册，第 65 页。
3 《英藏敦煌文献》第二册，第 65 页。
4 《英藏敦煌文献》第二册，第 66 页。

故有"法师久服无效，何劳以此劝人"的嘲僧人之语。"笑点"在于对"益智"的不同解释。

2. 使用对仗类型

"使用对仗类型"指因语句的对仗而产生的笑话类型。对仗包含词语的对仗和句式的对仗。

第 62 则《何敌羊酪》

归类解析："笑点"在于陆机以"千里莼羹，未下盐豉"应对王武子"百斛羊酪"[1]之问，双方用语，均是四字句。

第 90 则《砥柱作语》

归类解析："笑点"在于令狐德棻以"石不能言，物或凭焉"之语，对唐赵元楷"砥柱附身，承公德棻"[2]的戏言，不仅句式相对，而且意思相对。

第 110 则《亦有丹朱》

归类解析："笑点"在于诸葛恪以唐尧比其父诸葛瑾，以四凶比豫州别驾，遭到别驾以丹朱比诸葛恪的反击。

第 112 则《傍河牵船》

归类解析："笑点"在于操橹的老妪以"丈夫何不跨马挥鞭，因甚傍河牵船"之语应对晋刘道真"女子何不调机弄杼，因甚傍河操橹"[3]之语的嘲戏。问与答，对仗工整。

第 113 则《两猪一槽》

归类解析：与两小儿"并着青衣"的妪以"两猪共一槽"应对刘道真"青羊引双羔"[4]的嘲戏。"笑点"在于借用动物比人。

第 114 则《神锥神槌》

归类解析："笑点"在于晋祖士言以"以我钝槌，打而利锥"[5]之语答钟雅"我，汝颍之士利如锥；卿，燕代之士钝如槌"之语，以"既有神锥，亦有神槌"

---

1 《太平广记》第五册，第 1901 页。
2 《太平广记》第五册，第 1926 页。
3 《太平广记》第六册，第 1966 页。
4 《太平广记》第六册，第 1966 页。
5 《太平广记》第六册，第 1966 页。

之语答"自有神锤,不可得打"之语。

第 120 则《神德戏宝》

归类解析:"笑点"在于赵神德以"向者入门来,案后唯见一挺墨"应对梁宝"赵神德,天上即无云,闪电何以无准则"的戏语,以"磨公小拇指,涂得太社北"应对"官里料朱砂,半眼供一国"对其"两眼俱赤"[1]的嘲弄。

3. 化用诗句类型

"化用诗句类型"指将当时人们耳熟能详的诗句化用在新的诗句里而产生的笑话类型。一般而言,所使用的诗句内容不是说话者真实的意思,紧邻所化用诗句后的内容,才是要表达的真实意思。《启颜录》中最明显的是化用《千字文》中的诗句,由此也可逆推:在当时,对仗工整、富有文采且全文均是四字句的《千字文》流传颇广。

第 106 则《千文乞社》

归类解析:"笑点"在于打乱《千字文》中"务兹稼穑""云腾致雨""税熟贡新""果珍李柰""福缘善庆"等语句的组织顺序,对其进行重新组织,表达出对"白社官三老等"[2]的戏谑。

第 115 则《嫌织锦迟》

归类解析:隋卢思道用"自许编苫疾,嫌他织锦迟"[3]来表达其对庾知礼用"春日"隐去"迟迟"说其作诗速度慢的不满。"笑点"在于诗句"春日迟迟"中的"迟迟"才是其真正想要表达的意思。

第 129 则《抱一嘲客》

归类解析:"笑点"在于隐藏的最后一个字,才是化用《千字文》所要表达的真实意:"面黄、鼻塞、无明、彼短","左达承明"的"明"和"罔谈彼短"的"短",嘲"患眼及鼻塞"。

第 131 则《互嘲患疾》

归类解析:"笑点"在于"患齆鼻"的人有意隐去《千字文》中的"昃"和

---

1 《太平广记》第六册,第 1973 页。
2 《太平广记》第六册,第 1957 页。
3 《太平广记》第六册,第 1968 页。

"翳"嘲"患眼"人的"患眼侧睛及翳"[1],"患眼"人有意隐去《千字文》中"馨"和"塞"嘲齆鼻人。

4.吟咏诗句类型

"吟咏诗句类型"指借用诗句自嘲或嘲笑他人的笑话类型。

第23则《书生咏羊》

归类解析:"性痴而微有词辩"的梁时书生不知市人用猕猴将其羝羊换去,遂"牵猕猴"回家,咏曰:"吾有一奇兽,能肥亦能瘦。向者宁馨膻,今来尔许臭。数回牵入市,三朝卖不售。头上失却皂荚子,面孔即作橘皮皱。"[2]"笑点"在于书生为被"市人用猕猴换去"的羊所作的嘲诗内容,颇能让人解颐。

第51则《韶梦周孔》

归类解析:"笑点"在于边韶以周公和孔子自比,用"边为姓,孝为字;腹便便,五经笥;但欲眠,思经事;寐与周公通梦,静与孔子同意"之语掩饰其学生以"边孝先,腹便便,懒读书,但欲眠"[3]之语对其的戏弄。

第57则《梧桐待凤》

归类解析:蜀使费祎以凤凰自比,以麒麟比孙权,以驴骡比接受孙权"使至,伏食勿起"的吴国群臣,却遭到诸葛恪以"凤凰"为基点的"爱植梧桐,以待凤凰。有何燕鸟,自称来翔?何不弹射?使还故乡"[4]之语的嘲弄。双方均自比凤凰。"笑点"在于借用生活中的祥瑞之物自比以贬低别人。

第63则《风起鸟集》

归类解析:"笑点"在于陆机以"众鸟集"应对潘安"清风至,乱物起"[5]之语。

第89则《头毛未生》

归类解析:"笑点"在于李荣以"身长三尺半,头毛犹未生"之语,承接

---

1 《太平广记》第六册,第2007页。

2 《英藏敦煌文献》第二册,第67页。

3 《太平广记》第五册,第1896页。

4 《太平广记》第五册,第1899页。

5 《太平广记》第五册,第1901页。

"形容短小"的唐僧人法轨以"姓李应须李，言荣又不荣"[1]描述李荣的诗句，两人之语，共组一首诗。

第108则《明嘲热客》

归类解析："笑点"在于晋程季明《嘲热客》告诫"触热到人家"的"愚痴子"不要"所说无一急，沓沓吟何多"[2]。

第111则《钦嘲巨明》

归类解析："笑点"在于魏繁钦以诗的形式"杜伯玄孙字子巨，皇祖虐暴死射之。神明不听，天地不与。降生之初，状似时鼠。厥性蟊贼，不文不武。粗记粗略，不能悉举"[3]嘲笑杜巨明。

第121则《箭不着垛》

归类解析："笑点"在于欧阳询作"急风吹缓箭，弱手驭强弓。欲高翻复下，应西还更东。十回俱着地，两手并擎空。借问谁为此？乃应是宋公"嘲弄"唐宋国公萧瑀不解射"[4]。

第122则《咏犯夜者》

归类解析："笑点"在于唐长安令刘行敏用"崔生犯夜行，武侯正严更。幞头拳下落，高髻掌中擎。杖迹胸前出，绳文腕后生。愁人不惜夜，随意晓参横"[5]的诗句，描述因饮酒而犯夜的崔生。

第123则《咏杨文瓘》

归类解析："笑点"在于刘行敏用"武陵敬爱客，终宴不知疲。遣共浑王饮，错宴延陀儿。始被鸿胪识，终蒙御史知。精神既如此，长叹伤何为"的诗句，诉说武陵公杨文瓘"错宴延陀儿"[6]之事。

第124则《咏三黑面》

归类解析："笑点"在于刘行敏用"叔慎骑乌马，僧伽把漆弓。唤取长安令，

1　《太平广记》第五册，第1925页。
2　《太平广记》第六册，第1964页。
3　《太平广记》第六册，第1966页。
4　《太平广记》第六册，第1974页。
5　《太平广记》第六册，第1975页。
6　《太平广记》第六册，第1975页。

共猎北山熊"[1]的诗句，描述李叔慎、贺兰僧伽和杜善贤三个面黑之人。

第125则《咏不得阶》

归类解析："笑点"在于窦昉用"不能专习礼，虚心强觅阶。一年辞爵弁，半岁履麻鞋。瓦恶频梦撅，墙虚屡被权。映树便侧睡，过匮即放乖。岁暮良功毕，言是越朋俦。今日纶言降，方知愚计喝"的诗句，描述许子儒不设"阶级"[2]之事。

第132则《咏伛偻人》

归类解析："笑点"在于用"拄杖欲似乃，播箩便似及。逆风荡雨行，面干顶额湿。着衣床上坐，肚缓脊皮急。城门尔许高，故自匍匐入"的诗句，描述"腰曲伛偻，常低头而行"[3]之人。

第134则《天地杂诗》

归类解析："笑点"在于高敖曹用"塚子地握槊，星宿天围棊。开坛瓮张口，卷席床剥皮"[4]的诗句，描述日常的生活场景。

第135则《泪眼相送》

归类解析："笑点"在于高敖曹用"相送重相送，相送至桥头。培堆两眼泪，难按满胸愁"[5]的诗句，对依依不舍、不忍分别之人进行嘲弄。

第136则《桃瓠墙河》

归类解析："笑点"在于高敖曹用"桃生毛弹子，瓠长棒槌儿。墙敧壁亚肚，河冻水生皮"[6]的诗句，描述冬季的生活场景。

5. 生活用语类型

"生活用语类型"指巧用生活中的话语而引发的笑话类型。

第8则《截鼻补眼》

归类解析：赵小儿以"法师既眼深而鼻长，何不截鼻而补眼"之语答法师

---

1 《太平广记》第六册，第1975页。
2 《太平广记》第六册，第1975~1976页。
3 《太平广记》第六册，第2007页。
4 《太平广记》第六册，第2009页。
5 《太平广记》第六册，第2009页。
6 《太平广记》第六册，第2009页。

"此郎君子，声高而身小，何不以声而补身"之难，因法师手中的"如意头遂摆落"，以"如意即折，义锋亦摧"之语驳难法师后，"于座前，长揖而去"[1]。"笑点"在于赵小儿以出其不意的方式回答对方的问题。

第16则《马价贵贱》

归类解析：侯白以"马有数等，贵贱不同：若足伎俩、有筋脚、好形容，直卅贯以上；若形容不恶，堪得乘骑者，直廿贯以上；若形容粗壮，虽无伎俩，堪驮物，直四五贯以上；若瘿尾燥蹄，绝无伎俩，旁卧放气，一钱不值"[2]之语应对陈使"马价贵贱"的问语，以表达对陈使"傍卧放气，与之言语"的不满。借"傍卧放气"的马去比陈使。"笑点"在于借用动物的某个特征来比人。

第26则《仓曹哺饭》

归类解析：无论仓曹是回答"可罢"或"未可罢"，都抵挡不了长沙王"饿煞侬"或"胀煞侬"的嗔责，免不了一顿杖责。再一次"更无所问"之时，仓曹仍以"何因生菜，第五樊中，都无蓼味"[3]的罪名，挨了一顿杖责。"笑点"在于无论仓曹的回答如何，均免不了一顿杖责。

第28则《阿家宜儿》

归类解析：此则笑话，虽有方言的出现，但是其主要"笑点"在于儿媳妇对婆婆的祝福语中，有不通人情世故之语。

第30则《痴汉送枣》

归类解析：虢州卢录事弟在刺史宅，将"送与刺史"的枣"吃尽"，并以"一颗一颗吃，即尽"之语，回答其兄"作勿生，即吃尽如许枣"[4]之问。"笑点"在于卢录事与其弟之间的问答。

第45则《始皇议苑》

归类解析：秦优旃以"善！多纵禽兽于其中，寇贼从东方来，令麋鹿触之，足矣"[5]之语答秦始皇"欲大苑囿，东至函谷，西至陈仓"之议。先以"善"的答

1 《英藏敦煌文献》第二册，第65页。
2 《英藏敦煌文献》第二册，第66页。
3 《英藏敦煌文献》第二册，第67~68页。
4 《英藏敦煌文献》第二册，第68页。
5 《太平广记》第四册，第1195页。

语表达对对方提法的认同。然后以"麋鹿触之"的说法委婉地表达提议的荒谬。"笑点"在于优旃的答语，以委婉的方式来巧妙地说出自己对问题的真实看法。

第 46 则《二世漆城》

归类解析：秦优旃以"善！虽百姓愁费，然大佳哉！漆城荡荡，寇来不能上，即欲漆之。极易！难为荫室"[1]之语，回答秦二世"欲漆其城"之举。"笑点"在于优旃的答语，以委婉的方式巧妙地说出自己对问题的真实看法。

第 48 则《非使狗国》

归类解析：晏婴以"使狗国，狗门入。今臣使楚，不当从狗门入"之语对楚国为嘲"晏婴短小"[2]而让其从大门侧的小门入的举动。"笑点"在于借用动物比人。

第 49 则《使不肖王》

归类解析："笑点"在于晏婴以"齐使贤者使贤王，不肖者使不肖王。婴不肖，故使王耳"[3]之语，回答楚王"齐无人耶"的轻视之语。

第 50 则《水土使然》

归类解析：晏婴以"橘生于江南，至江北为枳，枝叶相似，其实植物味且不同。水土异也"之论反驳楚王"齐人善盗"[4]的质问。"笑点"在于借用植物的某个特征来比人。

第 56 则《所出同耳》

归类解析："笑点"在于诸葛恪因"所出同耳"[5]，以"乞令太子食鸡卵三百枚"之语答太子"诸葛元逊食马矢一石"之难。

第 59 则《夫子家禽》

归类解析：杨修以"未闻孔雀是夫子家禽也"之语表达对孔雀类属的怀疑，反戏孔君平以杨梅为杨修"君家果"[6]的笑戏。"笑点"在于借用植物和动物的名

---

1 《太平广记》第四册，第 1195 页。
2 《太平广记》第五册，第 1894 页。
3 《太平广记》第五册，第 1894 页。
4 《太平广记》第五册，第 1894 页。
5 《太平广记》第五册，第 1898 页。
6 《太平广记》第五册，第 1900 页。

称来与人名相附会。

第 64 则《驴宁胜马》

归类解析：晋丞相王导以"譬如言'驴马'，驴宁胜马也"[1]之语答诸葛恢"何以不言'葛王'，而言'王葛'"[2]之问。"笑点"在于王导用驴马以喻葛王。

第 75 则《愿君避道》

归类解析：侯白借大虫"且来遭见贤尊，愿郎君且避道"[3]之言，告知杨素子杨玄感。"笑点"在于借用动物比人。

第 76 则《头中深水》

归类解析："笑点"在于侯白以"针头中，令水饱坑，拍浮而出"[4]之语答杨素"今有一深坑，可有数百尺，公入其中，若为得出"之问。

第 84 则《天使其然》

归类解析：山东女婿以"蛤蟆能鸣，岂是颈项长？竹亦冬青，岂是心中强？夫人项下瘿如许大，岂是车拔伤"[5]之语反驳蒲州岳父"鸿鹤能鸣者颈项长。松柏冬青者心中强。道边树有骨髓者，车拔伤。岂是'天使其然'"[6]之问，"笑点"在于女婿以岳母为例来反驳岳父的诘问。

第 85 则《为甚入坑》

归类解析：隋一口吃人以"若不是夜地，眼眼不瞎，为甚物入、入里许"[7]之语答杨素"有大坑深一丈，方圆亦一丈，遣公入其中，何法得出"之问。"笑点"在于用反问来回答对方提问。

第 86 则《无救须败》

归类解析：有口吃的人以"不免须败"[8]之语答杨素"忽命公作军将，有小城，兵不满一千已下，粮食唯有数日，城外被数万人围。若遣公向城中，作何谋

---

1 《太平广记》第五册，第 1902~1903 页。
2 《太平广记》第五册，第 1902 页。
3 《太平广记》第五册，第 1920 页。
4 《太平广记》第五册，第 1920 页。
5 《太平广记》第五册，第 1922~1923 页。
6 《太平广记》第五册，第 1922 页。
7 《太平广记》第五册，第 1923 页。
8 《太平广记》第五册，第 1923 页。

计"之问。"笑点"在于太按常理推测的答语。

第 87 则《腊月蛇咬》

归类解析：一口吃人以"若五月五日无雪，腊月何处有蛇咬"[1]的反问答杨素"今日家中，有人蛇咬足，若为医治"之问。"笑点"在于以"五月五日"的雪来应对"腊月"的蛇，运用生活中的常识来对刁难问题进行机智应对。

第 88 则《臀尔许大》

归类解析：英公李勣以"臀斟酌坐得即休，何须尔许大"之语嘲封道弘"身形长大，而脔甚阔"[2]的身体特征。"笑点"在于人的身体乃是天生，岂是人可做决定。

第 93 则《安置蛊毒》

归类解析：长孙玄同以"但行蛊毒人，并送与莫离支作食手"[3]之语解"远配流"的人在配流处"复行蛊毒"之难。"笑点"在于出其不意的答语。

第 100 则《因何尤箭》

归类解析：邓玄挺以"自须责射，因何尤箭"[4]之语答"先自矜敏手"的谢佑因"数十发皆不中垛"而发出的"直由箭恶，从来不曾如此"之语。"笑点"在于用反问来辩驳对方推卸责任的话语。

第 102 则《侏儒郎中》

归类解析：邓玄挺从外形的角度称韦慎为"侏儒郎中"反戏韦慎从衣饰的角度对其称"绿袍员外"[5]的嘲谑。"笑点"在于以人的穿着衣饰和人的官职名称来代称此人。

第 105 则《将却幞头》

归类解析："笑点"在于唐路励行以"非直唯谴绶带，并须将却幞头"，回答一人用"谚云'一人在朝，百人绶带'"[6]对其任大理丞的贺语。

1　《太平广记》第五册，第 1923 页。
2　《太平广记》第五册，第 1925 页。
3　《太平广记》第五册，第 1928 页。
4　《太平广记》第五册，第 1936 页。
5　《太平广记》第五册，第 1936 页。
6　《太平广记》第五册，第 1941 页。

第 109 则《鞭拍袆背》

归类解析："笑点"在于蜀使费袆因遭诸葛恪马鞭拍背，以"蜀臣相比之周公，都护君候比之孔子"，以诸葛恪比为"执鞭之士"，诸葛恪以"君至大国，傲慢天常，以鞭拍之，于义何伤"[1]之语为自己辩驳。

第 116 则《思道言拜》

归类解析：卢思道不满内史李德林对其揖，而有"德林在齐，恒拜思道；今日官高，向虽拜，乃作跪状"[2]之言。"笑点"在于出其不意的答语。

第 118 则《难为卿君》

归类解析：东宫认为卢思道《周齐兴亡论》中"悉有恶声"的武皇、宣帝和"咸无善誉"的齐高祖、太上暗喻当世之君，"笑点"在于"为卿君者，不亦难乎"[3]的感叹。

第 119 则《问讯刘二》

归类解析：刘逖在李愔"坐事被鞭扑"之后，以"高槌两下，熟鞭一百，何如言问讯刘二时"之语，还击李愔曾在魏收席以"卢八问讯刘二"[4]之语对其的戏谑。"笑点"在于以人的某种外在行为来取外号以代称人。

第 130 则《有苜蓿气》

归类解析：山东人以"煮驴轴下食"之语暗指京师人喜食苜蓿的生活习性，以应对京师人对"山东人煮车毂汁下食"[5]暗指山东人喜食榆叶的反驳。"笑点"在于借用植物的某个作用来比人。

第 133 则《眼皮沾视》

归类解析："笑点"在于田氏不记得其夫所教"只是眼下急"，以"眼皮沾视"回答其亲家母田妇人"亲家母空口来、空口去"[6]的嘲弄，口语气息比较浓厚。

---

1 《太平广记》第六册，第 1964 页。
2 《太平广记》第六册，第 1968 页。
3 《太平广记》第六册，第 1968~1969 页。
4 《太平广记》第六册，第 1969 页。
5 《太平广记》第六册，第 2001 页。
6 《太平广记》第六册，第 2007 页。

第137则《安屈五指》

归类解析：逸士殷安将自己与作"八卦，穷天地之旨"的伏羲，"植百谷，济万人之命"的神农，"制礼作乐，百代常行"的周公，"前知无穷，却知无极"的孔子并肩为"自古圣贤"的五人之一。"笑点"在于殷安将自己拔高到与伏羲等同的地位，将自己生生拔高到圣人的位置，真是可笑之极。

第138则《方相侄儿》

归类解析："笑点"在于"好矜门地"的房姓人，将丰邑公相认作"亲属"，惹得旁人"只堪吓鬼"[1]的笑谑。

第141则《命臣大言》

归类解析：东方朔以"一日……出居天外卧"的"大言"，胜过公孙弘"大言"，使公孙弘"饮酒"[2]。"笑点"在于与生活中实际场景完全不符的话语。

6. 引经据典类型

"引经据典类型"是指因巧妙运用佛经用语、俗谚用语或历史史实所产生的笑话类型。

第3则《无是无非》

归类解析：石动䶪以"'天无二日，土无二王'，今者天子一人，临御四海"反驳法师的"无一"；以"卦有乾、坤，天有日、月，皇后配于天子，即是二人"反驳法师的"无二"；以"帝德广临，无幽不照，昆虫草木，皆得其生"反驳法师的"无是"，以"四海为家，万方归顺，唯有宇文黑獭，独阻皇风"反驳法师的"无非"。法师只能"嘿然以应"[3]。"笑点"在于石动䶪对法师驳难的逻辑，也是经不起推敲。

第7则《秃不敌卢》

归类解析：隋卢嘉言用"可不闻'樗蒲'？人云'三个秃，不敌一个卢'"之语嘲戏与其论议"理屈"的"三僧"[4]。"笑点"在于樗蒲规则的使用。

---

1 《太平广记》第六册，第 2027 页。

2 （宋）曾慥：《类说》，第 961~962 页。

3 《英藏敦煌文献》第二册，第 64 页。

4 《英藏敦煌文献》第二册，第 65 页。

第 10 则《陵对寒暑》

归类解析："笑点"在于徐陵以"昔王肃入洛，为彼制仪；今我来聘，使卿知寒暑"之语应对隋一官人以"今日之热，总由徐常侍来"[1]之语对其的嘲弄。

第 11 则《徐陵年几》

归类解析：徐陵以如来和孔子自比，用"小于如来五岁，大于孔子二年"之语应对"徐常侍年几"[2]的问题。"笑点"在于徐陵用如来和孔子抬高自己。

第 12 则《思道辩陵》

归类解析：卢思道以"永嘉南度，尽居江左；今之存者，唯君一人"之语应对徐陵"昔殷迁顽人，本居兹邑；今之存者，并是其人"[3]的挑衅之语。"笑点"在于以"永嘉南度"之事辩"殷迁顽人"之事。

第 13 则《毗舍阇鬼》

归类解析：隋薛道衡以同出于《法华经》的"毗舍阇鬼"应对佛堂中读经僧引自《法华经》的"鸠盘荼鬼"[4]的辩言。"笑点"在于对佛经的适当引用。

第 15 则《漂堕鬼国》

归类解析：隋卢思道以同出自《观音经》的"忽遇恶风，遂漂堕罗刹鬼国"应对陈主引自《观音经》的"是何商人，赍持重宝"[5]的问难之语。"笑点"在于对佛经的恰当引用。

第 52 则《裔辩孙权》

归类解析："笑点"在于蜀张裔以"卓氏寡女，犹贤于买臣之妻"之语应对孙权"蜀卓氏寡女，亡奔相如。贵土风俗，何以乃尔"[6]的刁难之问。

第 55 则《子前字父》

归类解析："笑点"在于诸葛恪以"向天穿针而不见者"之语，掩饰其"误

1 《英藏敦煌文献》第二册，第 65~66 页。
2 《英藏敦煌文献》第二册，第 65~66 页。
3 《英藏敦煌文献》第二册，第 65~66 页。
4 《英藏敦煌文献》第二册，第 66 页。
5 《英藏敦煌文献》第二册，第 66 页。
6 《太平广记》第五册，第 1897 页。

呼"南阳韩文晃父亲之"字"[1]的不礼之举。

第 60 则《漱石枕流》

归类解析：晋孙子荆本想用"枕石漱流"述志，却误曰"漱石枕流"，后用"'枕流'，欲洗其耳"和"'漱石'，欲砺其齿"[2]之语进行解释。"笑点"在于孙子荆的解释。

第 61 则《顽民苗裔》

归类解析："笑点"在于晋蔡洪以"夜光之珠，不必出于盟津之河；盈握之璧，不必采于昆仑之山。大禹生于东夷，文王生于西羌。圣贤所出，何必常处？昔武王伐纣，迁顽民于洛邑，诸君得无是其苗裔乎"的反问答洛中人"君吴楚之士，亡国之余，有何异才，而应斯举"[3]之问。

7. 使用谜语类型

"使用谜语类型"是指围绕谜语而产生的笑话类型。具体的操作方式有：要么对日常生活场景或常见事物使用白描语作谜面，要么使用相同的谜面得出不同的谜底（谜底之间或许截然不同，或许有相通之处）。

第 70 则《更作一个》

归类解析：石动筩模仿北齐高祖以"卒律葛答"作"煎饼"的谜语，石动筩的"承大家热铛子头，更作一个"的话语，引得"高祖大笑"[4]。两次以"卒律葛答"为谜面，"笑点"在于第二次的谜底"承大家热铛子头，更作一个"以第一次的谜底"煎饼"为基础。

第 77 则《此是阿历》

归类解析："笑点"在于侯白学杨素"头长一分，眉长一寸，未到日中，已打两顿"的"道人谜"[5]的谜面，谜底却是指向道人中的阿历。

第 78 则《是胡燕窠》

归类解析：侯白因"必须是实物，不得虚作解释，浪惑众人。若解讫，无有

---

1 《太平广记》第五册，第 1898 页。
2 《太平广记》第五册，第 1900 页。
3 《太平广记》第五册，第 1900 页。
4 《太平广记》第五册，第 1916 页。
5 《太平广记》第五册，第 1920 页。

此物，即须受罚"而以"背共屋许大，肚共碗许大，口共盏许大"的白描语言作"胡燕窠"[1]的谜。"笑点"在于谜底"胡燕窠"的谜面使用的是"背共屋许大，肚共碗许大，口共盏许大"的白描语。

第79则《此是犊子》

归类解析："笑点"在于侯白因"不得幽隐难识及诡谲希奇，亦不假合而成，人所不见者"而以"有物大如狗，面貌极似牛"的描述性语句作"犊子"[2]的谜。

第三节　其他类型

此节讨论的有"字形类型""换字类型""忘记类型""不识事物类型""虚幻等同现实类型"。

一　字形类型

"字形类型"指通过改变某个特定字的字形而产生的笑话类型。具体的做法是运用拆分、减少、增加、重组或改装等（包括对字的拆、合、添、改等）手法将此字变成新字，从而达到戏谑的目的。此类笑话在《玉芝堂谈荟》中定名为《拆字谑语》[3]。

第32则《之才嘲王》

归类解析：徐之才以"王之为己，有言则讦，近犬则狂，加颈足而为马，施尾角而成羊"之语反戏王元景以"人名'之才'，有何义理？以仆所解，当是乏才"[4]之语对其的戏弄。"王"字分别加上诸如"言""犬"等组字部件以组成新字"讦""狂"，通过不断变换组字部件组成新字以达到戏谑的目的。"笑点"在于双方通过对字的添加而相互嬉骂取乐。

1　《太平广记》第五册，第1920页。
2　《太平广记》第五册，第1920页。
3　（明）徐应秋《玉芝堂谈荟》（《景印文渊阁四库全书》第八八三册），第222页。
4　《英藏敦煌文献》第二册，第68页。

第 33 则《嘲卢元明》

归类解析："笑点"在于卢元明将"徐"字拆开为"未入人"，徐之才套用其拆字的方法，将繁体"盧"字拆分，将虎字头下的组字部件进行替换，繁体的"盧"字的偏旁加上不同的组字部件即是不同的字，即以虐、虖、虜和驴反嘲卢元明，并以去头、出颈等动态形式和变声等发音形式戏谑卢元明的名字。

第 34 则《马王互嘲》

归类解析："笑点"在于马姓者和王姓者分别互嘲对方的姓氏，马姓者把"王"拆开为"二"和"丁"，以俏皮的形式，再将其合在一起。王姓者不甘示弱，把繁体的"馬"解析为有尾巴的"匡"，且将其姓与动物马等同予以反嘲。

第 37 则《嘲酒酸淡》

归类解析：第一个人用拟人化的手法打趣"酒，何处漫行来，腾腾失却西"，把"酒"字拆分为"水"和"酉"。"酒"把"酉"丢了，就只剩"水"了，意思是酒中加了很多水。第二个人用拟物化的手法继续打趣"头似阿滥馉头"，为何有此嘲语？因为"阿滥馉头"歇后为"非鹑头"，"鹑"谐音为"纯"，意思是酒的味道不纯正。第三个人把"酒"谐音为"狗"，继续打趣。"酒，向他篱头，四脚距地尾独速"这个趣语比较隐晦，其目标指向是"无豆"，因为"若有豆，即归舍作酱"[1]，而不用在"此间喝醋"了。将笑话推向高潮，分别对酒的淡与酸做出了回应。"笑点"在于综合使用字的拆分和谐音等，字的拆分在前，故归为此类。

第 54 则《无犬为蜀》

归类解析："笑点"在于吴国薛综在蜀、吴两国的国名上下功夫，在蜀旁加犬，并将蜀视为横目、句身和虫的组合，薛综以"犬""虫"之类动物和"横目"这种显得霸道而不美的事物与"蜀"相连，来贬低和羞辱蜀使张奉。但把吴拆成口和天，以"君临万邦，天子之都"[2]来抬高吴国。

第 126 则《甘王嘲姓》

归类解析："笑点"在于王仙客以"甘，计你应姓'丹'，为你头不曲，回脚

---

1 《英藏敦煌文献》第二册，第 69 页。
2 《太平广记》第五册，第 1898 页。

向上安"的嘲语反嘲甘洽以"王，计尔应姓'田'，为你面拨獭，抽却你两边"[1]之嘲语对其的戏谑。

二　换字类型

"换字类型"是指因为字音、字形、字义或其他的关系产生联系的字之间的替换所产生戏谑效果。产生的原因有"因音替换"和"因意替换"。"因音替换"的具体做法是用读音相同、相似或相仿的某几个字进行替换，"因意替换"的具体做法是因某些外在的意思而将某几个特定的字联系在一起进行替换。

第66则《戏尊者名》

归类解析：晋王绚子六岁的儿子王彧，在其外祖何尚之将《论语》中"郁郁乎文哉"改为"耶耶乎文哉"[2]以戏谑其父之名后，将"草上之风必偃"改为"草翁之风必舅"。"笑点"在于王彧从自己的身份出发，将"翁""舅"两字相应地嵌在《论语》中与其外祖父和舅舅名字相似的字上，因身份"翁"与"翁"的名字中的"尚"字谐音"上"，而将"翁"字替换"上"字，以戏谑其外祖父和其舅舅之名。

第83则《负枷无妇》

归类解析："并有儒学"[3]的刘焯和刘炫在"被禁"之后，有"终日枷中坐，而不见家"和"终日负枷坐，而不见妇"之言。"笑点"在于分别用"枷"与"家"，"负"与"妇"两对同音字，表达自己的不满。

三　忘记类型

"忘记类型"指因善忘的人忘记了不该忘记的事情所引发的笑话。

第19则《见斧忘妻》

归类解析：鄠县一"多忘"人在"向田斫柴"时，以"娘子，何姓？不知何

处记识此娘子"[1]之语答其妻"向者，君自将斧斫柴，为欲大便，放斧地上，何因遂即忘却"的问语。"笑点"在于善忘人忘记自己的妻子。

第20则《厅边觅虱》

归类解析：隋"恍惚多忘"的洛阳令柳真以"是何勿人？敢向我厅边觅虱"[2]的斥责语结束，因"忍寒不得"而"向厅屋头向日，取袄子散披蹲地"的犯罪人的杖责。"笑点"在于柳真忘记职责。

四 不识事物类型

"不识事物类型"指因对外在的客观事物缺乏正确的认知，或自以为是、或杞人忧天所引发的笑话。自以为是指因某些人缺乏对客观外在事物的真实认识，或把自己对外在事物的理解强加给外在事物，或因对某物的不熟识却装懂熟识。

第22则《痴父戴帽》

归类解析：梁痴父头戴其痴子所买"好容头"的瓮，"每着之而行，亦觉研其鼻痛，兼拥其气闷，然谓帽只合如此"，直至"鼻上生疮、项上成胝，亦不肯脱"，故其长新妇有"愿公：口还得出气，眼还得见明，头还依旧动，脚还不废行。子子孙孙俱戴帽，长作屋里坐萌萌"[3]的拜岁贺语。"笑点"在于将"瓮"认成"帽"的做法，令人发笑。

第25则《乌豆不识》

归类解析：隋痴人"至漕头"时，其"载乌豆"的"车翻"，乌豆都落在水中。在他回去"唤家人入水收取"时，"漕店上人"将他的乌豆都捞走了。等他回来的时候，未见乌豆，只有蝌蚪，便发出"乌豆，从你不识我，而背我而去。可畏我不识你，而一时着尾子"的"怪叹"[4]。"笑点"在于痴人辨识不出乌豆和蝌蚪。

---

1 《英藏敦煌文献》第二册，第66页。
2 《英藏敦煌文献》第二册，第66页。
3 《英藏敦煌文献》第二册，第67页。
4 《英藏敦煌文献》第二册，第67页。

第 27 则《煮着嘴馄》

归类解析：山东望族郑元昌在将女儿嫁"与京下仕人，送女入京"后的"礼席上"，因"不识石榴"，在"取其一颗，并皮食之"之后，觉得"味极酢涩"，故有让主人"此着嘴馄，欲似未熟，请更为煮之"[1] 之语。"笑点"在于郑元昌不识石榴却装认识。

第 29 则《鞍桥作颔》

归类解析：鄠县卖钱绢"咳颐稍长"的人，在"悉以钱绢求充驴鞍桥之值，空手还家"后，以"痴物！倘逢不解事官府，遣圻下颔捡看，我一个下颔，岂只值若哥钱绢"之语答其妻"何物鞍桥，堪作下颔？从送官府分疎，自应得脱。何须浪与他钱绢"[2] 的疑问。"笑点"在于卖钱绢"悉以钱绢求充驴鞍桥之值"的做法。

第 31 则《青奴通马》

归类解析："为性痴钝"的"虢州湖城人常青奴"在"通马毛色"时，将其所养"骓马一匹""通云：'灰马一头'"。在其嫂指出之后，告诉他："明日通时，果毅必应怪问云：'是谁教？'必不得道：'是嫂教。'可报云：'是阿兄教。'"青奴如是应对果毅的问话，但后其报云"阿兄在屋里新生儿，现向蓐里卧在"，乃引起"大怪笑"。[3] "笑点"在于青奴对生活常识的愚钝。

第 139 则《煮簹为笋》

归类解析："笑点"在于汉人不懂吴人为其设的笋是竹的一个成长阶段，不同于其加工品之一的簹。

五 虚幻等同现实类型

"虚幻等同现实类型"指因将现实中未真实发生的事情等同于现实中发生的真实存在的事情。有将影像等同现实的，有将梦等同现实的，也有将功能等同实施的，还有将名称等同实物的。

---

1 《英藏敦煌文献》第二册，第 68 页。
2 《英藏敦煌文献》第二册，第 68 页。
3 《英藏敦煌文献》第二册，第 68 页。

第 21 则《买奴变婢》

归类解析：痴人误认为镜子中自己"少而且壮"的身影就是其痴父口中所说"藏在镜中"的好奴，将其买回。家人想见买的奴，父亲照镜，看见的是"胡须皓白、面目黑皱"的自己，非常生气。母亲抱女儿照镜，看见的是"子母两婢"。但镜子中的奴就是不肯出来，"以吉日，多办食"，请师婆，师婆把镜子悬挂在门上，痴村中的人来看，都夸"此家王相，买得好奴也"。但镜子没挂牢，落在地上，碎成两片，师婆照镜，见两个师婆，她很开心地唱："合家齐拍掌，神明大歆飨，买奴合婢来，一个分成两。"[1] 痴子将镜子自己的身影误认为是要卖的"奴"所引发的笑话。"笑点"在于将虚幻的镜像等同现实。

第 24 则《穿冰和饭》

归类解析：同州人将渭水上的冰凿个孔，认为这个孔可以和麦饭，麦饭倒在孔中，"倾之总尽，随倾即散"，此人误以为是有人偷了他的麦饭。等水清的时候，水面照见他自己的影子，他认为影子就是偷他麦饭的贼，"遂向水打之"，但水浑浊之后，便不能成像，故他感叹："此贼始见在此，即向何处？"后误认为岸边的砂子是他倒入水中的麦饭"将去便归"[2]。将水面上自己的倒影认作是偷麦饭贼而产生的笑话。"笑点"在于将虚幻的水面映像等同现实。

第 47 则《酿具同罪》

归类解析：简雍问蜀主在路中行走的男子因有淫具而"欲淫，何以不缚？"此语使蜀主"大笑，而原舍酿者罪"[3]。"笑点"在于将一种事物的功能直接等同于该事物已经实施过的功能。

第 69 则《无琴可典》

归类解析：王元景以"作字'典琴'，何处有琴可典"之语制止了其奴名典琴对其"公不作斋，何故尝云'解斋'"[4] 的质问。"笑点"在于直接将名称等同于以该名称命名的实物。

---

1 《英藏敦煌文献》第二册，第 66~67 页。

2 《英藏敦煌文献》第二册，第 67 页。

3 《太平广记》第四册，第 1196 页。

4 《太平广记》第五册，第 1913 页。

第 72 则《梦中落厕》

归类解析：此则阙字颇多，具体内容不清晰，但有石动䶂以"陛下得臣头极无用"的笑谈而免去"付所司杀却"[1]的命运之义。"笑点"在于将梦中的事情与现实中发生的事情等同。

第 140 则《羊踏菜园》

归类解析：人经常吃素，忽然吃了羊肉，梦见五脏神对他说："羊踏破菜园。"[2]将生活中吃羊肉与梦中五脏神所说的"羊踏破菜园"直接联系而引发的笑话。"笑点"在于将梦中的事情与现实中发生的事情等同。

从以上分析可知，《启颜录》中有的"笑点"，凸显的是人性"善"的一面，闪现的是人类智慧的光辉，是精华部分，从道德和人性的角度，此类内容可以继承；有的"笑点"，暴露的是人性"恶"的一面，是糟粕部分，此类内容应予以摒弃。

---

1 《太平广记》第五册，第 1916 页。
2 （宋）曾慥：《类说》，第 955~956 页。

第五章 《启颜录》中笑话人物形象

敦煌卷子 S.610《启颜录》"或记时人辩才，或载时人愚痴，虽丛残小语，而人物之生动，已跃然纸上"[1]。史书作为文学作品的组成部分，有"秉笔直书"的传统，本着生活的原貌书写，但毕竟经历了书写者的二次加工，也属于广义上的艺术创作。值得肯定的是，史书中的人物形象与虚构的人物形象有着本质的区别。史书中的人物形象多是可信的，是对生活原型的直接描摹，是真实生活的现实反映，而虚构中的人物形象是对生活原型的二次升华，或是对现实生活的真实映照，或是有现实生活的影子。

《启颜录》中塑造的人物形象大多属于虚构的人物形象，其中记载的或是真实生活的据实写照，或只是著者的杜撰，或是杂糅其他人的事迹于一人之身，或是将一人的事迹张冠李戴到另一人身上。总之，不管是哪种原因书写的笑话，其编撰之初与史书编撰之初的文本定位有着本质的区别：史书的修撰是为"前车之辙，后车之鉴"，以前人之事警戒后人；编撰《启颜录》的目的是"他人之事，供己一乐"，以他人之事娱乐自己。

人生是一个流动的不断播放的画面，而笑话只是人生的某个特定画面的定格，而这被定型的、静止的片段在后人的心中，反而成为其整个人生的特定代表。本章将正史中流动人生的书写与《启颜录》中人生定点的画面进行对比和阐释。

1　张涌泉主编审订，窦怀永、张涌泉汇辑校注《敦煌小说合集》，前言第6页。

第一节　与史书形象相同或相似的笑话人物形象

《启颜录》中很多内容源自史书，故其塑造的笑话人物形象有很多与史书中塑造的人物形象相同或相似，本节就此点进行论述。

《启颜录》中有晏婴使楚时，与楚王之间发生的三则笑话，第48则《非使狗国》和第49则《使不肖王》基本上是从《晏子春秋》的《晏子使楚楚为小门晏子称使狗国者入狗门第九》中摘录而成，第50则《水土使然》是从《楚王欲辱晏子指盗者为齐人晏子对以桔第十》中摘录并略加删改而成，从楚国开"小门"、楚王"然则子何为使乎""吾欲辱之"[1]等语句可知，使者与出使国之间的关系，表面虽温和，内里却是明争暗斗。笑话中的场景基本上是对生活中发生场景的保持和记录。对于晏婴的聪明才智与机变才能，以及其为人处世的风格，"太史公曰：'吾读……及《晏子春秋》……既见其著书，欲观其行事'"，对晏婴"见义不为无勇"和"进思尽忠，退思补过"的行为举止，发出"假令晏子而在，余虽为之执鞭，所忻慕焉"[2]的感慨，在《启颜录》中的笑话人物形象基本同其在《晏子春秋》中的人物形象。

《启颜录》中有关"后汉边韶"的是第51则《韶梦周孔》，是从《后汉书》卷八十（上）之《边韶传》的内容中摘录。边韶善"口辩"，"才捷……著诗、颂、碑、铭、书、策凡十五篇"[3]，在《启颜录》中的笑话人物形象与其在史书中的人物形象相同。

《启颜录》中有关三国时魏繁钦的是第111则《钦嘲巨明》，繁钦"有文采"，据裴松之的注可知，《典略》中记载繁钦"以文才机辩……长于书记，又善为诗赋。其所与太子书，记喉转意，率皆巧丽"[4]。其嘲杜巨明的诗，未见《三国志》有载。

1　吴则虞：《〈晏子春秋〉集释》，第389、392页。

2　（汉）司马迁：《史记》，第2136页。

3　（南朝·宋）范晔撰，（唐）李贤等注《后汉书》，第2623~2624页。

4　（晋）陈寿撰，（南朝·宋）裴松之注、陈乃乾校点《三国志》，第602~603页。

　　《启颜录》中有关三国时蜀国简雍和蜀先主的是第 47 则《酿具同罪》，是从《三国志》卷三十八《蜀书》八之《简雍传》中摘录，其中省略了蜀先主刘备"遣（简）雍往说（刘）璋"一事。简雍"性简傲跌宕"而"滑稽"[1]，在《启颜录》中的笑话人物形象同其在正史中的人物形象。

　　《启颜录》中有关三国时蜀张裔的是第 52 则《裔辩孙权》，基本上是从《三国志》卷四十一《蜀书》十一之《张裔传》中摘录。"张裔肤敏应机"[2]"谈啁流速"，关于"蜀张裔为益州太守，为郡人雍闿缚送孙权"的具体原因，正史中记载稍详："先是，益州郡杀太守正昂，闿率雍闿恩信著于南土，使命周旋，远通孙权。乃以裔为益州太守，径往至郡。闿遂趑趄不宾，假鬼教曰：'张府君如瓠壶，外虽泽而内实粗，不足杀，令缚与吴。于是遂送裔于权。'""缚送"的结果为何是"裔自至吴数年，流徙伏匿，权未之知"？《三国志·蜀书·后主传》中"益州郡有大姓雍闿反，流太守张裔于吴"可为我们解惑。正史中也对张裔和孙权对话之后的事情有所交代，孙权"言笑欢悦，有器裔之色……追之"，而张"裔出阁，深悔不能阳愚，即便就船，倍道兼行……追者不能及"[3]，双方的态度非常清楚，对比非常鲜明。不过，与正史相较可以发现，《启颜录》中的语句在正史的基础上有过加工，《启颜录》中多三字句和四字句，形式更为工整，显得用语更为雅致。除语句的形式稍有不同外，内容没有大的差异，故其在《启颜录》中的笑话人物形象同其在史书中的人物形象。关于此则言谈中涉及的两位女性形象，另作论述。

　　《启颜录》中有关三国时吴诸葛恪的是第 55 则《子前字父》、第 56 则《所出同耳》、第 57 则《梧桐待凤》、第 109 则《鞭拍祎背》和第 110 则《亦有丹朱》。据裴松之注可知，《所出同耳》《梧桐待凤》摘自《诸葛恪别传》，《子前字父》出自南朝《殷芸小说》六《吴蜀人》，《鞭拍祎背》出自《世说新语·排调》。《亦有丹朱》未见前书中有载，可能是在诸葛"瑾子恪，名盛当世，权深器异之；然

1　（晋）陈寿撰，（南朝·宋）裴松之注、陈乃乾校点《三国志》，第 971 页。

2　（晋）陈寿撰，（南朝·宋）裴松之注、陈乃乾校点《三国志》，第 1017 页。

3　（晋）陈寿撰，（南朝·宋）裴松之注、陈乃乾校点《三国志》，第 1011~1012 页。

瑾常嫌之，谓非保家之子，每以忧戚"[1]，且诸葛"恪果以苇席裹其身而篾束其腰，投之于""葬者依"的"石子冈"的大背景下创作出来的。在《启颜录》中，诸葛恪在"才捷"方面，笑话人物形象同正史中的人物形象，在行事野蛮、出言不逊方面，笑话人物形象与别传或轶事中的人物形象较为接近。

第54则《无犬为蜀》是从《三国志》卷五十三《吴书》八之《薛综传》中摘录，据裴松之注可知，此则在《江表传》中亦载，由对话内容"与本传不同"[2]的记载可知，此则不是出自《江表传》。三国吴人阚泽为人"性谦恭笃，宫府小吏，呼召对问，皆为抗礼。人有非短，口未尝及……和而有正"[3]，故"不能答"[4]蜀使张奉对其姓名的嘲笑，然薛综"枢机敏捷"[5]，故可以从容应对费祎的嘲弄。阚泽和薛综在《启颜录》中的笑话人物形象同他们在正史中的人物形象。

关于孙子荆和王武子的是第60则《漱石枕流》，王武子，即王济。"济，字武子。"王济"文词俊茂……有名当世"。孙子荆，即孙楚，孙"楚少所推服，惟雅敬济"。王济死后"将葬"，孙楚向灵床曰："卿常好我作驴鸣，我为卿作之。"其声"体似声真，宾客皆笑"，孙楚看着那些笑的人说："诸君不死，而令王济死乎！"[6]孙楚"才藻卓绝，爽迈不群"，然"多所陵傲，缺乡曲之誉"。而王济能够赏识孙楚，故"济为本州大中正，访问铨邑人品状"时，王济曰："此人非卿所能目，吾自为之。"对孙楚的评价是"天才英博，亮拔不群"。孙楚"除妇服，作诗以示济"，王济也给予很高评价："未知文生于情，情生于文，览之凄然，增伉俪之重。"[7]通过孙子荆和王武子的对话可知，塑造的孙子荆是一个善辩机敏的笑话人物形象。

关于陆机的是第62则《何敌羊酪》和第63则《风起鸟集》。《何敌羊酪》是陆机和王武子之间的笑话。陆机，"字士衡"，"少有异才，文章冠世，伏膺儒术，

1　（晋）陈寿撰，（南朝·宋）裴松之注、陈乃乾校点《三国志》，第1235页。
2　（晋）陈寿撰，（南朝·宋）裴松之注、陈乃乾校点《三国志》，第1251页。
3　（晋）陈寿撰，（南朝·宋）裴松之注、陈乃乾校点《三国志》，第1250~1251页。
4　（宋）李昉等编《太平广记》第五册，第1898页。
5　（晋）陈寿撰，（南朝·宋）裴松之注、陈乃乾校点《三国志》，第1251页。
6　（唐）房玄龄等：《晋书》，第1205、1207页。
7　（唐）房玄龄等：《晋书》，第1539、1543页。

非礼不动"；"天才秀逸，辞藻宏丽"；"然好游权门……以进趣获讥"[1]。（陆机）"尝诣侍中王济"，"性豪侈，丽服玉食"，然"善于清言，修饰辞令，讽议将顺，朝臣莫能尚"，且"好以言伤物"[2]的王济"指羊酪谓机曰：'卿吴中何以敌此？'"陆机"答云：'千里莼羹，未下盐豉'"。陆机和王武子的应对被"时人称为名对"[3]。《风起鸟集》是陆机和潘安在王济家发生的笑话。潘岳，字安仁，"美姿仪，辞藻绝丽"，"才名冠世"，"性轻躁，趋世利"，故"负其才而郁郁不得志"，"时尚书仆射山涛、领史部王济、裴楷等并为帝所亲遇，岳内非之，乃题阁道为谣曰：'阁道东，有大牛。王济鞅，裴楷鞧，和峤刺促不得休'"[4]。《风起鸟集》未见正史有载。

有关诸葛恢和王导的是第 64 则《驴宁胜马》，是从《晋书》卷七十七《诸葛恢传》中摘录，《启颜录》中没有将《晋书》中对此则笑话的笑点有直接帮助的"其见亲狎如此"[5]的评论载入。他们在《启颜录》中的笑话人物形象同其在正史中的人物形象。

有关王绚的是第 66 则《戏尊者名》，记载王珣的朝代是"晋"，然此人在《晋书》中却无载，这则笑话中涉及的王珣、王彧、何尚之、何偃诸人更准确地说，是南朝时人。类似内容见《南史》卷二十三之《王彧传》附《王绚传》。王绚"早惠……笃志好学"[6]，《启颜录》中处处可见对正史的加工痕迹。首先，比正史注重文句形式的对仗，如改《南史》中"尊者之名，安可戏"为"尊者之名，安得为戏"，虽多一"为"字，然四四相对，句式工整许多。其次，笑话背景介绍中添加许多语句，如王绚和其外祖之间关系的介绍："外祖何尚之特加赏异"，为何要增添此句？可能和何尚之的性格"秉衡当朝，畏远权柄，亲戚故旧，一无荐举，既以致怨，亦以此见称"[7]有关。再如添加"吴蜀之人，呼'父'为

1　（唐）房玄龄等：《晋书》，第 1467、1480~1481 页。

2　（唐）房玄龄等：《晋书》，第 1205~1206 页。

3　（唐）房玄龄等：《晋书》，第 1472~1473 页。

4　（唐）房玄龄等：《晋书》，第 1500、1502、1504、1507 页。

5　（唐）房玄龄等：《晋书》，第 2041~2042 页。

6　（唐）李延寿：《南史》，第 636 页。

7　（南朝·梁）沈约：《宋书》，中华书局，1974，第 1738 页。

'耶'",以及替换字的人物名姓背景,"翁即王绚外祖何尚之;舅即尚之子,偃也"[1]。王绚在《启颜录》中塑造的笑话人物形象同在正史中塑造的人物形象。

有关陈长沙王叔坚和仓曹之间的是第26则《仓曹哺饭》,此则未见正史中有载。从"陈长沙王叔坚"的称谓,可知此则笑话的发生时间不会在太建元年(569)"叔坚改封长沙王"之前,也不会是祯明三年(589),叔坚"更名叔贤"以后。从笑话中叔坚"性骄豪暴虐",可推此则笑话的发生背景当在"高宗崩"后,值陈"后主患创,不能视事,政无小大,悉委叔坚决之,于是势倾朝廷。叔坚因肆骄纵"之时。由"叔坚少杰黠"[2]以及"少而严整"[3]的性格特点和其"素贵"的出身因素可推知,他很少去深刻体会其他阶层的生活,再加上他且沉且浮的宦海生涯增加了这则内容的真实性。叔坚在《启颜录》中的笑话人物形象是单一的,是"性骄豪暴虐"的反面人物形象,其在正史中的人物形象比较丰满,是立体的,虽有各种缺点但亦有人性闪光点。仓曹是个官称,未交代具体的人物名姓,在《启颜录》中是被欺负的笑话人物形象,但也正因为是被欺负的人物形象,才使这则笑话有了价值,也才赋予这则笑话很强的生命力。或许是"小人物的悲哀",为何此类不掌握自己命运的人物形象受到欢迎?这是因为这类人物身上有着自己的身影。生活中的每一个人在某个特定的时段都扮演过弱者、被欺负的角色,这个角色或被定义为被父母教育的孩童,或被上司说教的下级,或被强权压榨的无权阶层,等等。《仓曹哺饭》中的长沙王就是一个借机找事的强权代表,其"可罢未"的问句,无论仓曹是回答"可罢"或"未可罢",均会遭其"杖一顿"的下场。饭是吃在长沙王嘴里,仓曹如何得知他是饱还是未饱?分明就是找事。处于弱势地位的人或许会有转弱为强的机会,但是也要懂得把握。仓曹没有发现这种转机,依然在重复着过往的命运,面对着同一问题,不是"可罢"的回答,就是"未可罢"的回答,从来也没想过这个问题是否有第三种答案,所期望的只是长沙王不要问,所以在长沙王"至食了已来,更无所问"的时候,仓曹的内心体验是"私喜",多么可悲的小人物形象,完全寄希望于对方来

---

1 《太平广记》第五册,第1906页。

2 (唐)姚思廉:《陈书》,中华书局,1972,第77、366~367页。

3 (唐)李延寿:《南史》,第1586页。

改变自己的命运，岂不知，命运大多是握在自己手中的。然长沙王不会拘囿于固有的思维，他改变了问句："何因生菜，第五樊中，都无蓼味？""复令与杖一顿"的结局，让人捧腹大笑。

有关孙绍的是第 67 则《年老卿少》，大部分内容见《魏书》卷七十八之《孙绍传》。《绀珠集》中将"孙绍"写为"孙诏"，可能是形似笔误所致。《绀珠集》中认为召见孙绍的人是"帝"[1]，《类说》中召见孙绍的人是"高帝"[2]，而《太平广记》《宾退录》《御定佩文韵府》中召见孙绍的人却是"灵太后"。据《魏书》记载，对话发生的时间在"河阴之难"之前，是"灵太后临朝"执政期间，时值孙绍"除骁骑将军，使吐谷浑。还"后，拜太府少卿"朝见"时与灵太后的对话。《启颜录》中对灵太后对孙绍所说之语的反应是"大笑"且给出承诺"是将正卿"[3]。"君无戏言"，正史中果真如此吗？实则不然，据史书记载（《北史》卷四十六之《孙绍传》中亦载孙绍与灵太后的对话，但是，有关孙绍的官职升迁等，则比《魏书》中略简），灵太后只是"笑之"[4]，并无任何承诺。孙绍当时是"迁右将军、太中大夫"，建义初，方"除卫尉少卿"，"将军如故"，直至永安中，方"拜太府卿"。一如《宾退录》卷五中赵与时于此则后的"按"中言："《魏书》亦书此事，然绍自太府少卿迁右将军、太中大夫，非正卿也，孝庄建义初，复除卫尉，少卿将军如故。永安中，方拜太府卿。"[5]孙绍在《启颜录》中的笑话人物形象，稍显单一，是一个反应机敏、善于应对的宦臣形象，善于抓住机遇，戏谑之间，可以得到升迁的笑话人物形象。而其在正史中的形象是立体丰满的，既有"绍性抗直，每上封事，常至恳切，不惮犯忤"的一面，又有"天性疏脱，言乍高下，时人轻之，不见采纳"的一面，也有"闻筝声便涕泗呜咽"的真性情的一面，还有"善推禄命，事验甚多"[6]的一面。

1　《绀珠集》（景印《文渊阁四库全书》，第八七二册），台湾商务印书馆，1986，第 412 页。

2　（宋）曾慥：《类说》，第 958 页。

3　《太平广记》第五册，第 1912 页。

4　（北朝·北齐）魏收撰《魏书》，中华书局，1974，第 1726 页。

5　（宋）赵与时：《宾退录》（景印《文渊阁四库全书》，第八五三册），台湾商务印书馆，1986，第 704 页。

6　（北朝·北齐）魏收撰《魏书》，中华书局，1974，第 1726 页。

　　有关高敖曹的是第 134 则《天地杂诗》、第 135 则《泪眼相送》和第 136 则《桃瓠墙河》。是高敖曹用白描手法对生活中常见之物结合常见之景而作的三首诗，未见正史中有载。《启颜录》中所载出自高敖曹的三首诗，符合其生平禀性。首先，看高敖曹字的由来。高敖曹，即高昂，据《北史·高昂传》载，高昂"幼时便有壮气。及长其父为求严师，令加捶挞。昂不遵师训，专事驰骋"，且"言：'男儿当横行天下，自取富贵，谁能端坐读书，作老博士也？'"其父认为："此儿不灭吾族，当大吾门。"故"以其昂藏敖曹，故以名字之"。其次，看高敖曹在其父百年之后的言语。其"父次同常系狱中，唯遇赦乃出。次同语人曰：'吾四子皆五眼，我死后岂有人与我一锹土邪？'及次同死，昂大起冢。对之曰：'老公！子生平畏不得一锹土，今被压，竟知为人不？'"最后，看行军打仗之时的言谈。"昂度河祭河伯曰：'河伯，水中之神；高敖曹，地上之虎。行经君所，故相决醉。'"

　　有关刘焯和刘炫的是第 83 则《负枷无妇》，关于刘焯和刘炫的关系定位，在《太平广记》收录的《启颜录》中是叔侄关系，在《天中记》《广滑稽》《捧腹编》中为兄弟关系。然"刘焯，字士元，信都昌亭人也"，"刘炫，字光伯，河间景城人也"，两人只是同姓，并非同一地方之人。但刘焯"少与河间刘炫结盟为友，同受《诗》于同郡刘轨思，受《左传》于广平郭懋常，问《礼》于阜城熊安生，皆不卒业而去"。刘炫"与信都刘焯闭户读书，十年不出"，"虽衣食不继，晏如也"，"时人称二刘焉"，"旧儒多已凋亡，二刘拔萃出类，学通南北，博极今古，后生钻仰，莫之能测"。不管此则笑话在现实生活中的真实与否，刘炫"性躁竞，颇俳谐，多自矜伐，好轻侮当世"，可知此则笑话有其发生的现实依据，虽《礼记》中云"刑不上大夫"[1]，而《启颜录》中刘焯与刘炫"咸与之枷"的经历，在其生活中也有发生，据《隋书》卷七十五之《刘焯传》中"废太子勇闻而召之，未及进谒，诏令事蜀王，非其好也，久之不至。王闻而大怒，遣人枷送于蜀，配之军防"之语和《隋书》卷七十五之《刘炫传》中"太子勇闻而召之，既至京师，敕令事蜀王秀，迁延不往。蜀王大怒，枷送益州"之语可推知，此则笑话背

―――――――――――――――

1　李学勤主编《十三经注疏》整理委员会整理《〈礼记〉正义》，北京大学出版社，1999，第 78 页。

景当在此时。笑话世界欢迎喜"俳谐"之人，然刘炫在现实世界的境遇却是"为执政所丑"，随之而来的是"官途不遂"[1]。在《启颜录》中塑造的笑话人物形象刘焯和刘炫，只是其正史中人物形象在特定人生境遇中的特写。

有关刘黑闼"访人解嘲"的是第35则《无耳有面》，从《无耳有面》中"刘黑闼据有数州"[2]和正史中的记载来推，此则笑话的发生时间或为被窦建德"署为将军，封汉东郡公"时，或为在唐"武德四年，建德败"，刘黑闼"自匿于漳南，杜门不出"后的"武德四年七月，设坛于漳南，祭建德，告以举兵之意，自称大将军"至武德"五年正月，黑闼至相州，僭称汉东王"时的一段时间内。武德六年（623），刘黑闼被斩。此则笑话虽正史中无载，然据史书中所载刘黑闼的个性特点，是有可能发生的。刘黑闼在父兄眼中，是"无赖，嗜酒，好博弈，不治产业"，被"父兄患之"。其人果真如此？也并不全然，其"与窦建德少相友，建德每资其费，黑闼所得辄尽，建德亦弗之计"[3]。亦有行军打仗之才，其"善观时变，素骁勇，多奸诈……常间入敌中觇视虚实，或出其不意，乘机奋击，多所克获，军中号为神勇"。刘黑闼还有体恤下属，为下属所拥护的一面，如范愿有"汉东公刘黑闼果敢多奇略，宽仁容众，恩结于士卒"的评价，然其所作所为，终非大势所趋。《启颜录》中塑造的笑话人物形象刘黑闼，是一个赏罚分明且有一定容忍度的执政者的光辉形象，而其在正史中是"勇而无谋"，面对"王师所蹙"，被"所署总管崔元逊迎拜""且泣"的情况下，"方饭"，即被执，虽发出"狗辈负我"的气愤之辞，然亦是"为麾下所杀"的反面"狂贼"[4]形象。

以上《启颜录》中塑造与正史形象相同或相似的笑话人物形象的内容多源自史书，故会与史书中塑造的人物形象相同或相似，选取的这些内容多是他们一生中某个特定画面的书写。

---

1 （唐）魏徵、令狐德棻等编撰《隋书》，第1707、1718~1723、1726~1727页。

2 《英藏敦煌文献》第二册，第68页。

3 （宋）欧阳修、宋祁：《新唐书》，中华书局，1975，第3715~3716页。

4 （后晋）刘昫等：《旧唐书》，第2258~2259、2261页。

第二节　与正史形象不同或正史未载的笑话人物形象

《启颜录》中很多是史书人物野闻轶事的记载，故塑造的笑话人物形象与史书中塑造的人物形象多有不同，本节就此点进行论述。

有关三国时蜀张裕的是第53则《署潞涿君》，大部分是从《三国志》卷四十二《蜀书》十二之《周群传》附《张裕传》中摘录。然亦有不同，蜀先主刘备"少语言，善下人，喜怒不形于色"[1]，在《启颜录》中蜀先主对张裕的话语的反应被阐释为"大笑"[2]，而正史中他对张裕话语的真实态度是"常衔其不逊"，将其"下狱"欲"诛之"，而张裕"晓相术，每举镜视面，自知刑死"，终被"弃市"[3]。故张裕在《启颜录》中的机智幽默形象不同于其在正史中因其"岁在庚子，天下当易代，刘氏祚尽矣。主公得益州，九年之后，寅卯之间当失之"的"漏言"而被诛"弃市"的悲剧形象。这再次印证了笑话只是使流动的人生画面的某个特定画面进行定格、使其静止，然后对这个特定的静止画面进行描述。

有关三国时蜀费祎的有两则：第57则《梧桐待凤》和第109则《鞭拍祎背》。在这两则中，费祎的身份均为出使吴国的"蜀使"，《梧桐待凤》是摘自《诸葛恪别传》，《鞭拍祎背》是摘自《金楼子》。费祎"宽济而博爱"，遇事时常"晏然自若"，裴松之注《费祎别传》中记载，费祎记忆超群，"识悟过人，每省读书记，举目暂视，已究其意旨，其速数倍于人，终亦不忘"；且在"朝晡听事"之"间接纳宾客，饮食嬉戏，加之博弈，每尽人之欢，事亦不废"。他又善于调和大臣之间的矛盾，"军师魏延与长史杨仪相憎恶，每至并坐争论，延或举刃拟仪，仪泣涕横集。祎常入其坐间，谏喻分别，终亮之世，各尽延、仪之用者，祎匡救之力也"。蜀后主时，费祎"为黄门侍郎。丞相亮……以初从南归，以祎为昭信校尉使吴"，后亦"频烦至吴"，正史中的费祎不同于《启颜录》中的费祎，处处吃瘪。"孙权性既滑稽，嘲啁无方，诸葛恪……等才博果辩，论难锋至，祎辞顺义笃，据理以答，终不能屈。"《费祎别传》中记载费祎出使吴国时，"孙权每

1　（晋）陈寿撰，（南朝·宋）裴松之注、陈乃乾校点《三国志》，第872页。

2　《太平广记》第五册，第1898页。

3　（晋）陈寿撰，（南朝·宋）裴松之注、陈乃乾校点《三国志》，第1021页。

别酌好酒以饮祎，视其已醉，然后问以国事，并论当世之务，辞难累至。祎辄辞以醉，退而撰次所问，事事条答，无所遗失”[1]。亦不似《启颜录》中的费祎被诸葛恪说得哑口无言，更不会遭受其鞭背，而是不辱使命。《梧桐待凤》仅为言语上的你来我往，在聘使事宜中可能发生，而《鞭拍祎背》中诸葛恪当众“以马鞭拍”来吴的“蜀使费祎”，一般不会在聘使事宜中出现。

关于“蔡洪赴洛”的是第 61 则《漱石枕流》，可在《晋书》卷五十二之《华谭传》中找到原型，《启颜录》中将华谭的角色换为蔡洪，将王济的角色换为洛中人，其话语内容也稍作修改。故《启颜录》中蔡洪的笑话人物形象其实是对正史中的华谭人物形象的转移和嫁接。

关于祖士言和钟雅的是第 114 则《神锥神槌》，是以《晋书》卷六十二之《祖逖传》附《祖纳传》中摘录编撰而成，祖纳“能清言，文义可观”，故在《启颜录》中，为增强笑话的强度，将被“屈”的钟雅改为首先发难方，将事件发生的背景“时梅陶及钟雅数说余事，纳辄困之，因曰”改为“晋祖士言与钟雅相嘲，钟云”，直接将“梅陶”去除，只言祖士言与钟雅两人之间的笑谈。钟雅“好学有才志”，由“梅陶及钟雅数说余事”可知，其与梅陶有一定的私交，但因其有“惧董狐执简而至”的政治理想追求，当梅陶“时国丧未期”“私奏女妓”，遭到钟雅“陶无大臣忠慕之节，家庭侈靡，声妓纷葩，丝竹之音，流闻衢路，宜加放黜，以整王宪”的弹劾，可知钟雅“直法绳违”，而“百僚皆惮之”[2]。祖纳在《启颜录》中的笑话人物形象与其在正史中的人物形象基本相符，而钟雅在《启颜录》中是一个欺负人却反被人欺负的形象，与其在正史中“正直当官”的正面人物形象截然不同。

关于刘道真的是第 112 则《傍河牵船》和第 113 则《两猪一槽》，此两则内容未见正史中有载。《晋书》中云“刘沈，字道真，燕国蓟人也。世为北州名族。少仕州郡，博学好古”[3]。从《启颜录》中“晋刘道真遭乱”之语反推，《启颜录》中的刘道真是“世为北州名族”的刘沈。在《世说新语·德行》刘孝标的注中

1　（晋）陈寿撰，（南朝·宋）裴松之注、陈乃乾校点《三国志》，第 1060~1061、1069 页。

2　（唐）房玄龄等：《晋书》，第 1877~1879 页。

3　（唐）房玄龄等：《晋书》，第 2306 页。

有:"《晋百官名》:'刘宝字道真,高平人。'"[1]《〈金楼子〉校笺》中沿用此说。[2]

关于王戎和其妻子的是第 58 则《谁当卿卿》,王戎"为人短小,任率不修威仪,善发谈端,赏其要会"[3]。正史中没有他和其妻的相关记载。

关于晋杨修和孔君平的是第 59 则《夫子家禽》,正史中未载。正史中未有"晋杨修"的记载,正史上记载的杨修是三国时期魏人,而晋时的孔君平,是孔坦,"坦,字君平"[4]。如按正史中的记载,三国魏时的杨修和晋时的孔君平没有交集。

有关薛道衡的是第 13 则《毗舍阇鬼》,以他"为聘南使"为背景,与南朝僧人用《法华经》(有关佛经名称《法华经》的书写,除敦煌卷子 S.610 中用的是《法花经》,《太平广记》以及其后的各本中,均用的是《法华经》,从中可见佛经名称书写的改变)之语相互戏谑,薛道衡略胜一筹,使"僧徒愧服,更无以相报"[5]。笑话中的薛道衡是一个反应敏捷、随机善辩的人物形象。据《隋书》,薛道衡有多次出使的记载,在隋高祖时"兼散骑常侍,聘陈主使"。他在出聘之前,奏曰:"陛下圣德天挺,光膺宝祚,比隆三代,平一九州,岂容使区区之陈,久在天网之外?臣今奉使,请责以称藩。"从"区区之陈"可看出,薛道衡对陈朝的轻视,隋高祖的回答是"朕且含养,置之度外,勿以言辞相折,识朕意焉"。薛道衡对南朝的出使在正史中的记载还有哪些呢?其在北齐为散骑常侍时,"接对周、陈二使"。北齐"武平初……除尚书左外兵郎。陈使傅縡聘齐,以道衡兼主客郎接对之"。在"聘"的过程中一般会发生什么事情呢?陈使傅縡"赠诗五十韵,道衡和之,南北称美。魏收曰:'傅縡所谓以蚓投鱼耳'"。为何?因为"江东雅好篇什,陈主尤爱雕虫,道衡每有所作,南人无不吟诵焉"[6]。然傅縡"为文典丽,性又敏速,虽军国大事,下笔辄成,未尝起草,沉思者亦无以加

1 (南朝·宋)刘义庆撰,徐震堮:《〈世说新语〉校笺》,第 13 页。

2 (南朝·梁)萧绎撰,许逸民校笺《〈金楼子〉校笺》,第 1118 页。

3 (唐)房玄龄等:《晋书》,第 1231 页。

4 (唐)房玄龄等:《晋书》,第 2054 页。

5 《英藏敦煌文献》第二册,第 66 页。

6 (唐)魏徵、令狐德棻等:《隋书》,第 1406 页。

焉"[1]，其实"道衡每至构文，必隐坐空斋，蹋壁而卧，闻户外有人便怒，其沉思如此。高祖每曰：'薛道衡作文书称我意。'然诚之以迂诞"[2]。从隋高祖要"含养"要求薛道衡"勿以言辞相折"的答语来看，《启颜录》中以言语针锋相对的事情不太可能在薛道衡作为聘使的时候发生。正史中，出聘只是手段，"八年伐陈"才是隋高祖的最终目的，薛道衡在"伐陈"时"授淮南道行台尚书吏部郎，兼掌文翰"[3]。

有关卢思道的内容，还有第 14 则《久服无效》、第 15 则《漂堕鬼国》、第 115 则《嫌织锦迟》、第 116 则《思道言拜》、第 117 则《不林下立》、第 118 则《难为卿君》和第 119 则《问讯刘二》。第 12 则《思道辩陵》中卢思道是以"小臣"的身份参与同陈使的论辩，然正史中记载的卢思道，在北周"隋文帝为丞相"时，"迁武阳太守"，作"《孤鸿赋》以寄其情"，其中有言"余五十之年，忽焉已至"，第 12 则《思道辩陵》当以此为背景，因为卢思道于隋文帝"开皇初，以母老，表请解职，优诏许之……岁余，奉诏郊劳陈使。顷之，遭母忧。未几，起为散骑侍郎，参内史侍郎事……是岁，卒于京师"，"时年五十二"[4]。由此可知，"小"字具体指向是"官途沦滞"的卢思道当不是年龄小，而是"官位"小。因卢思道使"聘隋"的陈使徐陵"无以可答"，所以，《启颜录》在此基础上，杜撰出卢思道"聘陈"时和陈朝僧人及陈主之间发生的第 14 则《久服无效》和第 15 则《漂堕鬼国》。

《问讯刘二》是将《北史·卢思道传》[5]《隋书·卢思道传》[6]《北史·刘逖传》中的语句进行重新组合、改编，杂糅在一起。将正史中的齐文宣帝，嫁接为《启颜录》中的"魏高祖"。《问讯刘二》中"逖衔之"后是刘逖见"愔后坐事被鞭扑"，有"高槌两下，熟鞭一百，何如言'问讯刘二'时"的戏言。据正史记载，李愔"被鞭扑"是拜刘逖所赐："时李愔献赋，言天保中被谗。逖摘其文，奏曰：

1　（唐）姚思廉：《陈书》，中华书局，1972，第 405 页。
2　（唐）魏徵、令狐德棻等编撰《隋书》，第 1407~1408 页。
3　（唐）魏徵、令狐德棻等编撰《隋书》，第 1406 页。
4　（唐）魏徵、令狐德棻等编撰《隋书》，第 1403 页。
5　（唐）李延寿：《北史》，第 1075~1077 页。
6　（唐）魏徵、令狐德棻等编撰《隋书》，第 1397~1403 页。

'诽谤先朝，大不敬。'武成怒，大加鞭朴"，此时才会有刘逖"喜复前憾，曰：'高捶两下，执鞭一百，何如呼刘二时。'"[1]可见，刘逖为人处世有"睚眦必报"的一面。刘逖"聪敏"，"远离乡家，倦于羁旅，发愤自励，专精读书"，"在游宴之中，卷不离手，值有文籍所未见者，则终日讽诵，或通夜不归，其好学如此。亦留心文藻，颇工诗咏"。所以，被称呼"刘二"时，会有"衔"的反应。同时，刘逖"好弋猎骑射，以行乐为事，爱交游，善戏谑"[2]。

《嫌织锦迟》于正史中无载，庾知礼在正史中也不见有载。卢思道"聪爽俊辩，通侻不羁"，"为五言诗见意，世以为工"，"才学兼著。然不持操行，好轻侮人物。齐天保中，《魏史》成，思道多所非毁。由是前后再被笞辱，因而落泊不调"，"每居官，多被谴辱"，不过，隋高祖还是"甚惜之"[3]。李德林"美容仪，善谈吐"，"幼有操尚，学富才优，誉重邺中，声飞关右。王基缔构，协赞谋猷，羽檄交驰，丝纶间发，文诰之美，时无与二"，"器量沉深，时人未能测"，"性重慎"，然"少以才学见知，及位望稍高，颇伤自任，争名之徒，更相谮毁，所以运属兴王，功参佐命，十余年间竟不徙级"[4]。《思道言拜》《不林下立》和《难为卿君》不见正史有载，应是依据人物性格创作出来的野闻。《启颜录》中塑造的卢思道是一个不愿意屈居人下，有佛学修养，且处处胜人一筹的笑话人物形象，与正史中虽"聪爽俊辩"，然"好轻侮人物"的形象基本一致。正史中卢思道还有另外一种形象：卢思道晚年虽被隋高祖欣赏，但因一生官位"位下"，是一种"不得志"的仕途形象。

有关"太宗赐射"的是第121则《箭不着垛》，是欧阳询咏"唐宋国公萧瑀不解射"的一首诗，未见正史中有载。《太平广记》《类说》《广滑稽》《捧腹编》和《御定月令辑要》收录的诗，《御定佩文韵府》只收录两句诗，《古今事文类聚前集》《古今合璧事类备要前集》和《山堂肆考》收录此诗的影响为"后帝见此诗，谓瑀曰：'此乃四十字《章疏》也。'由是瑀与询有隙"[5]。不管此诗的真实与

---

1 （唐）李延寿：《北史》，第1551~1552页。

2 （唐）李百药：《北齐书》，第615~616页。

3 （唐）李延寿：《北史》，第1075~1077页。

4 （唐）魏徵、令狐德棻等编撰《隋书》，第1208~1209页。

5 （明）彭大翼：《山堂肆考》（《景印文渊阁四库全书》第九七七册），第396页。

否，就正史中所载萧瑀的性格来看，如真有此诗，会因此诗"与询有隙"。萧瑀"幼以孝行闻"，"好释氏，常修梵行"，然"数以言忤（隋炀帝）旨，渐见疏斥"，"高祖定京城"后被"封宋国公"，萧瑀"孜孜自勉，绳违举过，人皆惮之"。萧瑀在与宰臣参议朝政时，"多辞辩，每有评议，玄龄等不能抗。然心知其是，不用其言，瑀弥怏怏。玄龄……温彦博尝有微过，瑀劾之，而罪竟不问，因此自失"，唐太宗"数为瑀信誓。瑀既不自得，而太宗积久衔之，终以瑀忠贞居多而未废也"，曾手诏曰："宋国公瑀践覆车之余轨，袭亡国之遗风。弃公就私，未明隐显之际；身俗口道，莫辩邪正之心。修累叶之殃源，祈一躬之福本，上以违忤君主，下则扇习浮华。……（萧瑀）请先入道，朕即许之，寻复不用……乖栋梁之大体，岂具瞻之量乎？朕犹隐忍至今，瑀尚全无悛改。宜即去兹朝阙，出牧小藩，可商州刺史，仍除其封。"但"（贞观）二十一年（647）……复封宋国公"。萧瑀死后，先"谥曰'肃'，太宗曰：'易名之典，必考其行。瑀性多猜贰，此谥失于不直，更宜摭实。'改谥曰贞褊公"[1]，即"帝以其性忌，改谥贞褊"[2]。而欧阳询"虽貌甚寝陋，而聪悟绝伦"，"博贯经史"，"初仿王羲之书"[3]，"后更渐变其体，笔力险劲，为一时之绝"，"高丽甚重其书，尝遣使求之"，"高祖叹曰：'不意询之书名，远播夷狄，彼观其迹，固谓其形魁梧耶！'"[4]《箭不着垛》中是欧阳询嘲笑萧瑀，然正史中记载其因"状貌丑异"，而遭众"指之"[5]，由"文德皇后丧，群臣衰服，率更令欧阳询貌丑异，敬宗侮笑自如"[6]之语可知，许敬宗在国之大丧之时，还不忘"侮笑"欧阳询，更可见欧阳询在生活中被嘲笑之一斑。《启颜录》塑造的欧阳询是嘲笑别人的笑话人物形象，而在正史中，他多是被"笑"的人物形象；《启颜录》塑造的萧瑀是因"不解射"而被嘲笑的笑话人物形象，正史中未提到他是否善射，他在正史中是"好释""性忌"，性格举棋不定的人物形象。

1　（后晋）刘昫等：《旧唐书》，第 2398~2404 页。
2　（宋）欧阳修、宋祁：《新唐书》，中华书局，1975，第 3952 页。
3　（宋）欧阳修、宋祁：《新唐书》，第 5645~5646 页。
4　（后晋）刘昫等：《旧唐书》，第 4947 页。
5　（后晋）刘昫等：《旧唐书》，第 2761 页。
6　（宋）欧阳修、宋祁：《新唐书》，第 6335 页。

有关赵元楷和令狐德棻"河边观砥柱"[1]的是第 90 则《砥柱作语》，未见正史中有载。《砥柱作语》中言发生背景是"赵元楷与令狐德棻从驾至陕"，而据正史记载，唐太宗于贞观十二年（638）"二月癸亥，如河北县，观底柱"[2]，当时，赵元楷和令狐德棻有无伴驾，正史中未见详细记载。"底柱"，即"砥柱"，"观砥柱，勒铭以纪功德"[3]，"（李）齐物天宝初开砥柱之险，以通流运"[4]。正史记载赵元楷有"聚敛"的一面，即"赵元楷为少卿，（窦）静鄙其聚敛，因会官属大言曰：'如炀帝奢侈，竭四海自奉，司农须公矣。今天子躬节俭，屈一人安兆庶，恶用公哉？'元楷大惭。改夏州都督"[5]。而令狐德棻，"博贯文史"，"先乃敦煌右姓"，然一生仕途两落两起："武德初，为起居舍人，迁秘书丞"，"（贞观）六年（632），累迁礼部侍郎，兼修国史，赐爵彭阳男"，"（贞观）十一年（637），修《新礼》成，进爵为子"，"（贞观）十五年（641），转太子右庶子"，然于贞观十七年（643）时，因"太子承乾废"，公孙德棻被"坐除名为民"，后"召拜雅州刺史"，"（贞观）十八年（644），起为雅州刺史，以公事免"，适逢"有诏改撰《晋书》修晋家史……书成，除秘书少监"，"永徽初，复为礼部侍郎、弘文馆学士，监修国史，迁太常卿。迁国子祭酒、崇贤馆学士，爵为公。以金紫光禄大夫致仕"。令狐德棻"辞章，皆治世华采"[6]，"暮年尤勤于著述，国家凡有修撰，无不参预"。"令狐德棻贞度应时，待问平直。征旧史，修新礼，以畅国风；辨治乱，谈王霸，以资帝业。"[7]《启颜录》中塑造的笑话人物形象赵元楷是一个爱玩好动，对事物充满好奇且反应机敏的形象，而正史中却是"聚敛"财物的形象；《启颜录》中塑造的笑话人物形象令狐德棻是一位喜于安静，偏于内敛，且有"以己之矛攻己之盾"看似愚蠢而实则戏谑的形象，在正史中则是"畅国风""资帝业"的形象。

有关李勣和封道弘的是第 88 则《臀尔许大》，未见正史中有载。"李勣……

1　《太平广记》第五册，第 1926 页。
2　（宋）欧阳修、宋祁：《新唐书》，第 37 页。
3　（后晋）刘昫等：《旧唐书》，第 49 页。
4　（后晋）刘昫等：《旧唐书》，第 3336 页。
5　（宋）欧阳修、宋祁：《新唐书》，第 3848 页。
6　（宋）欧阳修、宋祁：《新唐书》，第 3982~3984，3988 页。
7　（后晋）刘昫等：《旧唐书》，第 2598，2604 页。

本姓徐氏，名世勣"，武德二年（619），"赐姓李氏"，"永徽中，以犯太宗讳，单名勣焉"。从《臀尔许大》中对李勣的称谓"英公"可知，此事当发生在贞观十一年（637），李勣被"改封英国公"之后。正史中未见"唐左司郎中封道弘"的记载。在《启颜录》中塑造的笑话人物形象李勣，是一个以嘲笑别人外在长相的戏谑形象，与正史中的形象大相径庭。正史中，他有"忠"的一面："徐世勣感德推功，实纯臣也"，"勣既忠力，帝谓可托大事"[1]。有"义"的一面："及李密反叛伏诛……勣表请收葬，诏许之。勣服衰绖，与旧僚吏将士葬密于黎山之南，坟高七仞，释服而散，朝野义之"。有"勇"的一面："朕今委任李世勣于并州，遂使突厥畏威遁走，塞垣安静，岂不胜远筑长城耶？"有"谋"的一面："每行军用师，颇任筹算，临敌应变，动合事机。与人图计，识其臧否，闻其片善，扼腕而从"。有"让"的一面："事捷之日，多推功于下，以是人皆为用，所向多克捷"，"前后战胜所得金帛，皆散之于将士"。亦有"知人之鉴"，"勣拔黎阳仓"，"就仓者数十万人……高季辅、杜正伦、郭孝恪皆游其所，一见于众人中，即加礼敬，引之卧内，谈谑忘倦"，"及平虎牢，获戴胄，咸引见卧内，推礼之，后皆为名臣。"故能在"卒"后得到唐高宗"奉上忠，事亲孝，历三朝未尝有过，性廉慎，不立产业"的高度评价。也得到后世史臣"英公振彭、黥之迹，自拔草莽，常能以义藩身，与物无忤，遂得功名始终"的高度评价。[2]

有关裴略和温彦博、杜如晦的是第 38 则《嘲竹语墙》，未见正史中有载。据《两唐书·温彦博传》所载，可推此则笑话不会发生的时间是武德八年（625）至开元元年（713），因为武德八年（625）八月，"突厥入寇，彦博以并州道行军长史战太谷，王师败绩，被执。突厥知近臣，数问唐兵多少及国虚实，彦博不肯对，囚阴山苦寒地。太宗立，突厥归款，得还"。据《嘲竹语墙》中对温彦博职位"仆射"来看，最有可能发生的时间是贞观十年（636）之后，因为温彦博于"（贞观）十年（636），迁尚书右仆射"。而"薨"于贞观十一年（637），即温彦博任"尚书右仆射"后的第二年。据《两唐书·杜如晦传》可知，杜"如晦

---

1 （宋）欧阳修、宋祁：《新唐书》，第 3819~3820 页。
2 （后晋）刘昫等：《旧唐书》，第 2483~2493 页。

少聪悟，好谈文史"，在"参谋帷幄"时，对"军国多事，剖断如流"。杜如晦于"（贞观）三年（629），代长孙无忌为尚书右仆射，仍知选事，与房玄龄共掌朝政"[1]。"薨"于贞观四年（630）。温彦博"有口辩""善辞令"，《旧唐书·温彦博传》中云："太宗即位……始征彦博还朝……寻检校吏部侍郎。彦博意有沙汰，多所损抑，而退者不伏，嚣讼盈庭。彦博惟骋辞辩，与之相诘，终日喧扰，颇为识者所嗤。"[2]《新唐书·温彦博传》中的记载是："太宗立……（温彦博）得还……寻检校吏部侍郎。彦博欲汰择士类，寡术不能厌众，讼牒满廷，时讥其烦碎。"[3]从上述两处可推，此则笑话如真有，最有可能发生的时间是杜如晦代"为尚书右仆射"而温彦博为"检校吏部侍郎"时。《启颜录》中塑造的笑话人物形象裴略，是一个不畏权势、敢于直言、敢于为自己的正当权益去努力争取的积极向上、鼓舞人心的形象。然未见正史中载有此人。《启颜录》中塑造的笑话人物形象温彦博，是一个有着"官"架子的官老爷形象，而在正史中，是一个"性周慎，既掌机务，谢宾客不通，进见必陈政事利害"，为唐太宗所"嘉"，即使面对突厥"苦问""国家虚实及兵马多少"而"固不肯言"的忠心为国、一心为民的忠臣形象。《启颜录》中塑造的笑话人物形象杜如晦是作为掌管裴略仕途的"仆射"出现，为文末的"非但着膊，亦乃着肚"埋下伏笔，为笑话增添更多的笑料而已，而在正史中，却是一位"内负大节，临机辄断"[4]的国之"栋梁"的形象。

　　有关长孙玄同[5]的有第 93 则《安置蛊毒》、第 94 则《玄同戏恪》、第 95 则《必复其始》和第 96 则《苟利社稷》，这些未见正史中有载。《安置蛊毒》是长孙玄同与友人关于"送与莫离支作食手"而去"蛊毒"的"剧谈"。《玄同戏恪》是长孙玄同在高密公主处戏谑段恪的内容。据《新唐书·诸帝公主传》记载："高密公主，下嫁长孙孝政，又嫁段纶。"从《玄同戏恪》中高密公主"我段家儿郎，亦有人物"之语可推知，此则笑话所依据的现实背景应是高密公主"又嫁段纶"之后。《必复其始》是长孙玄同当众戏谑仓曹的内容。《苟利社稷》是长孙玄同以

1　（后晋）刘昫等：《旧唐书》，第 2468 页。

2　（后晋）刘昫等：《旧唐书》，第 2360～2361 页。

3　（宋）欧阳修、宋祁：《新唐书》，第 3782～3783 页。

4　（宋）欧阳修、宋祁：《新唐书》，第 3858 页。

5　"长孙玄同"时有被写为"长孙元同"，如《陕西通志》《御定渊鉴类函》《御定分类字锦》等。

谐音对自己的言行予以戏谑的解释。"苟利社稷"出自《左传》："孔达曰：'苟利社稷，请以我说……'""子产曰："何害？苟利社稷，死生以之……"[1]唐人多喜用"苟利社稷"，如"征谓副使李桐客曰：'……苟利社稷，专之可也……'"；如唐德宗"兴元元年（784）二月，诏曰：'……苟利社稷，存亡一致……'"；再如"文宗即位，恭俭求理，（刘蕡）太和二年策试贤良曰：'……苟利社稷，死无悔焉……'"[2]。《启颜录》中塑造的笑话人物形象长孙玄同，是"有机辩"、不分场合的爱开玩笑且喜歪辩的喜剧形象，然未见"两唐书"中载有此人。《启颜录》中塑造的笑话人物形象段恪，虽在高密公主眼中，算是"人物"，却被长孙玄同嘲戏，树立在人前的是极其受委屈而"面大赤"的形象，亦未见《两唐书》中载有此人。《启颜录》中塑造的笑话人物形象高密公主，是有心炫耀夫家人才的女性形象，正史中却是一个至孝的形象："永徽六年（655）主薨，遗命：'吾葬必令墓东向，以望献陵，冀不忘孝也'"[3]。

有关邓玄挺的有第99则《木桶罉秃》、第100则《因何尤箭》、第101则《不畏萧机》和第102则《侏儒郎中》，这些未见正史中有载。《木桶罉秃》是邓玄挺利用反切的注音方法暗讽僧人的内容。《因何尤箭》是邓玄挺和谢佑之间射箭时产生的笑话。《不畏萧机》是邓玄挺借"穿砌砖而出"的"一小枣"树来戏谑萧机。《侏儒郎中》是邓玄挺以"韦慎形容极短"的外形特征反讽他对自己官职的笑话。邓玄挺"善属文"，"性俊辨，机捷过人，每有嘲谑，朝廷称为口实"。常遭人戏谑，《旧唐书·邓玄挺传》记载，他"患消渴之疾，选人目为'邓渴'，为榜于衢路"。《启颜录》中塑造的邓玄挺是一个喜以隐语戏要僧人、善用隐语嘲讽上司、敢于直言直语的笑话人物形象，正史中，因其政绩的两极分化，人物形象呈现两极分化：一方面"有善政"，"左迁澧州刺史。在州复以善政闻"；另一方面，"则天临朝，迁吏部侍郎，既不称职，甚为时谈所鄙"，"自有唐以来，掌选之失，未有如玄挺者"，后"迁晋州刺史，召拜麟台少监，重为天官侍郎，其失又

1　杨伯峻编著《春秋左传注》，中华书局，1990，第752、1254页。

2　（后晋）刘昫等：《旧唐书》，第2547、3588、5076页。

3　（宋）欧阳修、宋祁：《新唐书》，第3643页。

甚于前"[1]。

有关崔行功和敬播的是第 91 则《唯问刀子》，未见正史中有载。据《旧唐书·崔行功传》中所载，"当时朝廷大手笔，多是（崔）行功及兰台侍郎李怀俨之词"[2]。敬播被"梁国公房玄龄深称播有良史之才，曰：'陈寿之流也'。""玄龄患颜师古注《汉书》文繁，令掇其要为四十篇。"《启颜录》中塑造的崔行功是一个喜用隐语占人便宜、不按规矩出牌的笑话人物形象，正史中的崔行功是一个"少好学"[3]"善敷奏"的仕宦文人形象。《启颜录》中塑造的敬播是一个中规中矩回答对方所提问题的笑话人物形象，正史中却是一个善于察言观色的灵透的人物形象，《新唐书·敬播传》中载，敬播"从太宗伐高丽，而帝名所战山为驻跸"[4]，"播谓人曰：'圣人者，与天地合德，山名驻跸，此盖以銮舆不复更东矣。'卒如所言"[5]。

有关崔思诲[6]和杜延业的是第 104 则《兄作鸡鸣》，未见正史中有载。《启颜录》中塑造的笑话人物形象杜延业，是一个貌似没有同情心、戏弄自己表兄让其学鸡叫的反面笑话人物形象。《启颜录》中塑造的笑话人物形象杜延业，是一个对自家表弟没有任何戒备心的形象，《旧唐书》中除了杜延业撰"《晋春秋略》二十卷"[7]的记载之外，不见其他记载，无崔思诲的记载。

有关僧人法轨和李荣的是第 89 则《头毛未生》，未见正史中有载。《启颜录》中塑造的笑话人物形象僧人法轨，是一个善于拿别人姓名等进行戏谑、"形容短小"的僧人形象，其在"两唐书"中有载。《启颜录》中塑造的笑话人物形象李荣，是一个反应机敏、善于抓住有利时机进行反驳的形象，从法轨对其"名荣又不荣"的评价来看，他应该是善于"讲论"的"道士李荣"[8]，然《旧唐书》中未见更多记载。

1　（后晋）刘昫等：《旧唐书》，第 5007 页。

2　（后晋）刘昫等：《旧唐书》，第 4996 页。

3　（宋）欧阳修、宋祁：《新唐书》，第 5734~5735 页。

4　（宋）欧阳修、宋祁：《新唐书》，第 5656 页。

5　（后晋）刘昫等：《旧唐书》，第 4954~4955 页。

6　"崔思诲"在《广滑稽》《捧腹编》《御定渊鉴类函》中《御定分类字锦》的记载是"崔思海"。

7　（后晋）刘昫等：《旧唐书》，第 1992 页。

8　（后晋）刘昫等：《旧唐书》，第 4957 页。

有关路励行的是第 105 则《将却幞头》，未见正史中有载。《启颜录》中塑造的路励行是一个爱开玩笑且喜夸张的笑话人物形象，《旧唐书》中只有他在唐高宗时，被"遣司珍大夫路励行存问赈贷"[1]的记载，不见其他事情的记载。

总之，《启颜录》塑造的以上笑话人物形象，多以历史人物为原型，以他们的某个特征进行"七分虚，三分实"的艺术创作而成。

第三节　箭垛式人物形象和优人形象

侯白不是优人，因喜欢说笑被后人一度误以为是优人，笔者对《启颜录》中的侯白形象进行多角度阐释，发现侯白形象不是一成不变的，是随着时代的变化而变化的，这种变化也体现出不同时代的人的审美变化。这应该与侯白是箭垛式人物有关，《启颜录》中还有一个箭垛式人物：东方朔，还有两位优人：优旃和石动筩。侯白被误认为优人，应该与箭垛式人物形象和优人形象有关，笔者对此一一论述。

一　箭垛式人物东方朔形象

《启颜录》中关于东方朔的是第 141 则《命臣大言》，该笑话涉及的人有汉武帝和群臣，群臣有"公孙丞相""余四公"和东方朔。

正史中的公孙弘被汉武帝认为"行慎厚"，且"有让"，而公孙弘"尝与公卿约议，至上前，皆背其约以顺上指"的做法，遭到汲黯当庭指责："齐人多诈而无情，始为与臣等建此议，今皆背之，不忠。"面对汲黯当庭的指责和质疑之语，公孙弘以"夫知臣者以臣为忠，不知臣者以臣为不忠"的回答化解，因为公孙弘"常与主爵都尉汲黯请间，黯先发之，弘推其后"，且其"奏事，有所不可，不肯庭辩"，所以，才会"日益亲贵"[2]。因为汉武帝认为："传曰：'时然后言，人不厌其言。'"公孙弘知道何时是"时"，何时非"时"，而东方朔不在乎这些，故汉武

1　（后晋）刘昫等：《旧唐书》，第 93 页。
2　（汉）班固撰，（唐）颜师古注《汉书》，中华书局，1962，第 2618~2619 页。

帝会质问他："今先生上寿，时乎？"[1]

正史中的东方朔"诙谐，逢占射覆，其事浮浅，行于众庶，童儿牧竖莫不眩燿。而后世好事者因取奇言怪语附着之朔，故详录焉"。针对此语，颜师古注"曰：'言此传所以详录朔之辞语者，为俗人多以奇异妄附于朔故耳。欲明传所不记，皆非其实也。而今之为《汉书》学者，犹更取他书杂说，假合东方朔之事以博异闻，良可叹矣。他皆类此'"。[2]

由此可知，正史中的公孙弘为人严谨与不争的性格，一般不会说出"臣弘骄而猛，又刚毅，交牙出吻声又大，号呼万里噭一代"[3]的话语，故《启颜录》中的笑话《命臣大言》乃是"妄附于朔故耳"。

《启颜录》中的东方朔的笑话人物形象与正史中的人物形象皆是诙谐调笑的"滑稽之雄"的形象，而公孙弘的笑话人物形象与其在正史中的人物形象有很大不同。

二 优人形象

后世有人将侯白等同优伶之人，见诗句"伶伦近日无侯白，奴仆当时有卫青"[4]，有人对此进行辩驳，见韦居安《梅磵诗话》卷上中云："然侯白本非伶伦，以秀才入宫，隋文帝尝令于秘书省修国史，但好为滑稽，《启颜录》亦称其机辨敏捷。……隋唐书亦有侯白《笑林》十卷，世为优者多附益之，故和靖以为伶伦，误也。"侯白戏谑的形象深入人心，才会有将其等同"优伶"的观点。

秦优旃，"优者，倡优也……旃，其字耳"[5]，《启颜录》中有关优旃的有第45则《始皇议苑》和第46则《二世漆城》，基本是从《史记·滑稽列传》有关优旃的记载中摘录，其事迹验证太史公"谈言微中，亦可以解纷"[6]的观点。

北齐石动筩（"石动筩"三字，应是记音，各书中所用字不一，正史中，或

---

1 （汉）班固撰，（唐）颜师古注《汉书》，第 2852 页。

2 （汉）班固撰，（唐）颜师古注《汉书》，第 2874 页。

3 （宋）曾慥：《类说》，第 961~962 页。

4 （宋）林逋：《林和靖诗集》，浙江古籍出版社，1986，第 68 页。

5 （汉）司马迁：《史记》，第 3200 页。

6 （汉）司马迁：《史记》，第 3197 页。

记为"石动统"[1]，或记为"石董桶"[2]，敦煌卷子 S.610 中亦写作"石动甫"或"石动莆"，笔者文中使用的是现在通用的"石动筩"三字，特此说明），《北史》和《北齐书》中记载："皇甫玉……善相人，常游王侯家……至石动统[3]，曰：'此弄痴人。'"[4]

《启颜录》中对石动筩的记载，可否作为确凿的史料呢？就目前所见正史中未载的有关石动筩事迹的记载，《启颜录》为最早：第 1 则《佛常骑牛》、第 2 则《总有几斤》、第 3 则《无是无非》、第 4 则《天本姓也》、第 5 则《冠者几人》、第 6 则《佛是日儿》、第 70 则《更作一个》、第 71 则《胜璞一倍》和第 72 则《臣头无用》。任二北的《优语集》中全部收录，即有关石动筩的"南北朝"十条中"均载侯白《启颜录》"的《更作一个》《胜伊一倍》《得臣头极无用》《读书岂合不解》《佛骑牛》《百千两金》《无一无二无是无非》《天本姓也》《佛是日儿》"九条"[5]。从《优语集》的收录来看，任二北是将其当作历史史料来进行收录的。

石动筩善于察言观色，在特殊的场合，可以帮北齐高祖说心中所想而口中不好言说之语。"尉景……不能忘怀财利，神武每嫌责之。转冀州刺史，又大纳贿"[6]，北齐高祖对尉景贪财的做法非常生气，但因尉景对北齐高祖有养育之恩："及神武生而皇妣韩氏殂，养于同产姊婿镇狱队尉景家"[7]，只能"大笑，令优者石董桶戏之。董桶剥景衣曰：'公剥百姓，董桶何为不剥公？'神武诫景曰：'可以无贪也。'景曰：'与尔计生活孰多，我止人上取，尔割天子调。'神武笑不答"[8]。

第 1 则《佛常骑牛》、第 2 则《总有几斤》、第 3 则《无是无非》和第 6 则《佛是日儿》是石动筩与僧人关于佛法的插科打诨，第 4 则《天本姓也》和第 5 则《冠者几人》是石动筩与博士关于儒家经典的胡诌瞎说，第 70 则《更作一

1 （唐）李百药：《北齐书》，第 678 页。

2 （唐）李百药：《北齐书》，第 194 页；（唐）李延寿：《北史》，第 1953 页。

3 "石动筩"的"动筩"二字，在各书中的写法各有不同，当是对该发音字的记音所致。《北史》中写为"动桶"，见（唐）李延寿：《北史》，第 2938 页。

4 （唐）李百药：《北齐书》，第 678 页。

5 任二北编著《优语集》，上海文艺出版社，1981，第 16 页。

6 （唐）李百药：《北齐书》，第 194 页。（唐）李延寿：《北史》，第 1953 页。

7 （唐）李百药：《北齐书》，1972，第 1 页。

8 （唐）李百药：《北齐书》，第 194 页。（唐）李延寿：《北史》，第 1953 页。

个》和第 71 则《胜璞一倍》是石动筩与北齐高祖等君臣之间的互动，石动筩因大胆言谈和机智巧对而险中求胜。第 72 则《臣头无用》是石动筩与齐文宣帝之间的言谈，因文字脱落颇多，从目前可辨认的字迹可知齐文宣帝的喜怒无常。目前没有足够的史料，可以证明此则内容的真伪。依据史书记载，倒是有发生的可能，《北齐书》载北齐文宣皇帝高洋"初践大位，留心政术，以法驭下，公道为先……既征伐四克，威振戎夏，六七年后，以功业自矜，遂留连耽湎，肆行淫暴……凡诸杀害，多令支解……朝野惨憎，各怀怨毒……文武近臣，朝不谋夕……自皇太后诸王及内外勋旧，愁惧危悚，计无所出"[1]，石动筩用"陛下得臣头极无用"[2]的优戏之语而得以免死。由上可推知，石动筩大致生活在北齐高祖和齐文宣帝时。

《启颜录》中的石动筩笑话人物形象与正史中记载的石动筩人物形象，有着统一性。

三 侯白形象

《启颜录》中塑造的侯白形象，前后不是统一不变的，与其在正史中和其他作品中塑造的形象，或同或异，笔者就此问题，进行论述。

1. 正史中的侯白形象

正史中，隋高祖对侯白"甚悦"，然从其对"侯白不胜官"之语的评价，可知其对侯白为官之才的否定态度。这种态度的由来，或许与《隋书》中所载侯白"通侻不恃威仪"[3]的个性有关。其实，《册府元龟》将正史侯白传记中侯白对杨素"牛羊下来"的戏语选入其《佻薄》部，或许能解答这个问题，因为：

> 《诗》曰："视民不佻。"礼曰："小人以薄。"盖佻薄者，前哲之所戒也。淳素既隐，道化多缺，仁厚之俗替，而侮慢之风长。其有搢绅之士，简傲之民，忘谨愿之规，恣忿躁之性，以嘲玩为辩，以陵忤为材，讥议人物，贬忽

---

1 （唐）李百药：《北齐书》，第 67~68 页。
2 《太平广记》第五册，第 1916 页。
3 （唐）魏徵、令狐德棻等编撰《隋书》，第 1421 页。

僚友。或剧言而历诋，或顾影而自嘉，执屏面以疾驱，着岑牟以叠曲，脱散冠带，急弃司存，踰越典常，败乱雅俗，以至干白简之奏，陷丹笔之议而不悔焉。于戏！处其厚而不处其薄者，诚君子哉。[1]

侯白对杨素"牛羊下来"的戏谑之语，入选《佻薄》部，说明侯白在别人的眼中，属于"佻薄者"之流，而"佻薄者"是"前哲之所戒"，与谦谦君子背道而驰。故隋高祖对其虽喜爱，却仍认为其"不胜官"，因为"甚悦"的情感体验并非为官的标准，侯白对杨素"牛羊下来"的戏弄，常被后世的笑话集所收录。

《册府元龟》中将其选取放入《诙谐》篇中，认为：

夫口谐倡辩，微辞锋出，炜烨谲诳，开说多端，始以滑稽，终存规谏。假其抵掌，每言笑以见意；拂其邪心，或诋讦而无忤。虽行不纯，德亦时有取焉。故太史公曰："谈言微中，可以解纷。"盖谓是也。其或谑浪便给，诙达嫚戏，人主以俳优畜之，亦君子之耻也。《诗》曰："善戏谑兮，不为虐兮。"至乃宴乐衎衎，群居终日，清谭亹亹，一坐尽倾。仲尼有戏之之言，叔向有咢矣之叹，兹固无损于明君矣。若夫务在胜人，肆厥利口，骋其小辩，至于数穷，斯则陷于佻薄矣。[2]

由上文的话语，更能明白"侯白不胜官"的深层原因，因为"人主"会"以俳优畜之"，而"亦君子之耻也"。由此可知，侯白"性滑稽"的一面，使隋高祖认为"不胜官"。

隋高祖眼中的侯白"不胜官"，不只是侯白自身的原因，还有一个原因，即侯白与杨素交好，《隋书》记载侯白"性滑稽"，"人多爱狎之"，"杨素甚狎之"。

《启颜录》中有关侯白和杨素的有第17则《问一知二》、第73则《回何敢

---

1 （宋）王钦若等编撰，周勋初等校订《册府元龟》，第 10938 页。

2 （宋）王钦若等编撰，周勋初等校订《册府元龟》，第 10972 页。

死》、第 74 则《是六斤半》、第 75 则《愿君避道》、第 76 则《头中深水》、第 77
则《此是阿历》、第 80 则《见青草湖》和第 81 则《醉胡服孝》，在第 75 则《愿
君避道》，还有杨素之子杨玄感。第 85 则《为甚入坑》、第 86 则《无救须败》和
第 87 则《腊月蛇咬》是杨素与一位"口吃"人之间发生的笑话。

　　《隋书》记载，"杨素少而轻侠，俶傥不羁，兼文武之资，包英奇之略，志怀
远大"[1]，"性疏而辩，高下在心"[2]。杨素自北周"大冢宰宇文护引为中外记室，后
转礼曹，加大都督"后，"渐见礼遇"，"及平齐之役……以功封清河县子"，后与
隋高祖交好，"及高祖为丞相，素深自结纳。高祖甚器之，高祖拜素大将军……
封清河郡公"，"高祖受禅，加上柱国"。开皇九年（589）"进爵郢国公……改封
越国公"[3]。《启颜录》中的越国公杨素是一个经常会有"大笑"举动、喜欢戏弄如
侯白或"口吃人"等比自己权势低的人来取乐且以配角出现的笑话人物形象。与
《隋书》中"杨素恃才矜贵，轻侮朝臣"[4]的记载相符。

　　正史中的杨素性格多面，有戏谑的一面，"初，（柳）机在周，与族人文城公
昂俱历显要。及此，机、昂并为外职，杨素时为纳言，方用事，因上赐宴，素戏
机曰：'二柳俱摧，孤杨独耸。'坐者欢笑，机竟无言"[5]。有狂放的一面，北周武帝
"命素为诏书，下笔立成，词义兼美。帝嘉之，顾谓素曰：'善自勉之，勿忧不富
贵。'素应声答曰：'臣但恐富贵来逼臣，臣无心图富贵'"[6]。有粗疏的一面，"杨素
粗疏"[7]，"开皇四年（584），拜御史大夫。其妻郑氏性悍，素忿之曰：'我若作天
子，卿定不堪为皇后。'郑氏奏之，由是坐免"[8]。然杨素颇有治军才能，有残暴而
严整的一面，如"素多权略，乘机赴敌，应变无方，然大抵驭戎严整，有犯军令
者立斩之，无所宽贷。每将临寇，辄求人过失而斩之，多者百余人，少不下十
数。流血盈前，言笑自若。及其对阵，先令一二百人赴敌，陷阵则已，如不能陷

1　（唐）魏徵、令狐德棻等编撰《隋书》，第 1296 页。

2　（唐）魏徵、令狐德棻等编撰《隋书》，第 1285 页。

3　（唐）魏徵、令狐德棻等编撰《隋书》，第 1281~1283 页。

4　（唐）魏徵、令狐德棻等编撰《隋书》，第 1308 页。

5　（唐）魏徵、令狐德棻等编撰《隋书》，第 1272 页。

6　（唐）魏徵、令狐德棻等编撰《隋书》，第 1281~1282 页。

7　（宋）欧阳修、宋祁：《新唐书》，第 600 页。

8　（唐）魏徵、令狐德棻等编撰《隋书》，第 1282 页。

阵而还者，无问多少，悉斩之。又令三二百人复进，还如向法。将士股战栗，有必死之心，由是战无不胜，称为名将。素时贵幸，言无不从，其从素征伐者，微功必录，至于他将，虽有大功，多为文吏所谴却。故素虽严忍，士亦以此愿从焉"[1]。也有神勇的一面，如："素居永安，造大舰，名曰五牙，上起楼五层，高百余尺，左右前后置六拍竿，并高五十尺，容战士八百人，旗帜加于上。次曰黄龙，置兵百人。自余平乘、舴艋等各有差。及大举伐陈，以素为行军元帅，引舟师趣三硖。军至流头滩，陈将戚欣，以青龙百余艘、屯兵数千人守狼尾滩，以遏军路。其地险峭，诸将患之。素曰：'胜负大计，在此一举。若昼日下船，彼则见我，滩流迅激，制不由人，则吾失其便。'乃以夜掩之。素亲率黄龙数千艘，衔枚而下，遣开府王长袭引步卒从南岸击欣别栅，令大将军刘仁恩率甲骑趣白沙北岸，迟明而至，击之，欣败走。悉虏其众，劳而遣之，秋毫不犯，陈人大悦。素率水军东下，舟舻被江，旌甲曜日。素坐平乘大船，容貌雄伟，陈人望之惧曰：'清河公即江神也'"[2]。

正史中的杨素表面虽被隋文帝称颂，如隋文帝"诏称'内史令、上柱国、越国公素，识达古今，经谋长远……'"[3]。隋文帝"诏曰：'上柱国、尚书左仆射、仁寿宫大监、越国公素，志度恢弘，机鉴明远，怀佐时之略，包经国之才……社稷之臣……'"[4]。然杨素"虽有建立之策及平杨谅功，然特为帝所猜忌，外示殊礼，内情甚薄。太史言隋分野有大丧，因改封于楚。楚与隋同分，欲以此厌当之。素寝疾之日，帝每令名医诊候，赐以上药。然密问医人，恒恐不死"[5]。所以，隋高祖对待杨素的态度是："上渐疏忌之，后因出敕曰：'仆射国之宰辅，不可躬亲细务，但三五日一度向省，评论大事。'外示优崇，实夺之权也。终仁寿之末，不复通判省事。"[6]

---

1 （唐）魏徵、令狐德棻等编撰《隋书》，第 1286 页。
2 （唐）魏徵、令狐德棻等编撰《隋书》，第 1283 页。
3 （唐）魏徵、令狐德棻等编撰《隋书》，第 1284 页。
4 （唐）魏徵、令狐德棻等编撰《隋书》，第 1287 页。
5 （唐）魏徵、令狐德棻等编撰《隋书》，第 1292 页。
6 （唐）魏徵、令狐德棻等编撰《隋书》，第 1288 页。

正史中的杨玄感，一直生活在父荫之下，"以功进子玄感位为柱国"[1]。而杨素死后，杨玄感"围逼东都，玄率步骑七万援之。至华阴，掘杨素冢，焚其骸骨，夷其茔域，示士卒以必死"[2]。杨玄感兵败后，杨素"子玄感嗣……诸子皆坐玄感诛死"[3]。以至于至唐时仍规定："素父子在隋有逆节，子孙不合供奉。"[4]圣历三年（700）"秋七月……壬寅，（则天）制曰：'隋尚书令杨素，昔在本朝，早荷殊遇。禀凶邪之德，有谄佞之才，惑乱君上，离间骨肉。摇动冢嫡，宁唯握蛊之祸；诱扇后主，卒成请蹯之衅。隋室丧亡，盖惟多僻，究其萌兆，职此之由。生为不忠之人，死为不义之鬼，身虽幸免，子竟族诛。斯则奸逆之谋，是为庭训；险薄之行，遂成门风。刑戮虽加，枝胤仍在，何得肩随近侍，齿列朝行？朕接统百王，恭临四海，上嘉贤佐，下恶贼臣。常欲从容于万机之余，褒贬于千载之外，况年代未远，耳目所存者乎！其杨素及兄弟子孙已下，并不得令任京官及侍卫。'"[5]《启颜录》中缠着侯白让其"说个好话"的杨玄感，此时是一个忤逆之臣子的形象。

杨素显盛时，"以平谅之功，拜其子万石、仁行、侄玄挺皆仪同三司"[6]，"时素贵宠日隆，其弟约、从父文思、弟文纪，及族父异，并尚书列卿。诸子无汗马之劳，位至柱国、刺史"[7]，"亲戚故吏，布列清显，素之贵盛，近古未闻"[8]。而受到猜忌时，身边的朋友亦要受牵连，见《隋书》载："薛道衡久当枢要，才名益显，太子诸王争相与交，高颎、杨素雅相推重，声名籍甚，无竞一时。仁寿中，杨素专掌朝政，道衡既与素善，上不欲道衡久知机密，因出检校襄州总管。"[9]

由此可知，侯白自身的性格，是隋高祖认为侯白"不胜官"的内在原因，而侯白与处于被隋高祖"在外示好，在内打压"态度下的杨素交好，是隋高祖认为

1 （唐）魏徵、令狐德棻等编撰《隋书》，第1285页。
2 （唐）魏徵、令狐德棻等编撰《隋书》，第1502页。
3 （唐）魏徵、令狐德棻等编撰《隋书》，第1292页。
4 （后晋）刘昫等：《旧唐书》，第2675页。
5 （后晋）刘昫等：《旧唐书》，第129页。
6 （唐）魏徵、令狐德棻等编撰《隋书》，第1291页。
7 （唐）魏徵、令狐德棻等编撰《隋书》，第1287~1288页。
8 （唐）魏徵、令狐德棻等编撰《隋书》，第1288页。
9 （唐）魏徵、令狐德棻等编撰《隋书》，第1408页。

侯白"不胜官"的外在原因。总之，正史中的侯白是"性滑稽"但"不胜官"的形象。

2. 其他作品中塑造的侯白形象

《苏氏演义》载，侯白"博闻多知，谐谑辩论，应对不穷，人皆悦之，或买酒馔，求其言论，必启齿发题，解颐而返，所在，观之如市"[1]。从记载可知，侯白在当时极为受欢迎。

《说郛》卷一百二十（下）收录出自宋陶谷撰《清异录》的《侯白唾神荼》之事：

> 侯白，隋人。性轻，多戏言。尝唾壁，误中神荼像。人因责之，应曰：'侯白两脚堕地，双眼观天，太平田地，步履安然，此皆符耳。'安敢望侯白哉？[2]

《侯白唾神荼》中塑造的侯白是一个不敬天、不信神、不循规蹈矩的忤逆之子的人物形象。

3.《启颜录》中塑造的侯白笑话人物形象

《启颜录》中有关侯白的有第16则《马价贵贱》、第17则《问一知二》、第40则《唯声不同》、第41则《吹勃逻回》、第42则《就胡眼看》、第73则《回何敢死》、第74则《是六斤半》、第75则《愿君避道》、第76则《头中深水》、第77则《此是阿历》、第78则《是胡燕窠》、第79则《此是犊子》、第80则《见青草湖》、第81则《醉胡服孝》和第82则《好狗吠声》。

根据《启颜录》中各则中记载的大致时间来看，第40则《唯声不同》、第41则《吹勃逻回》、第42则《就胡眼看》和第82则《好狗吠声》是发生在侯白"在本邑""未知名"的时候，即"举秀才，为儒林郎"之前。

《唯声不同》发生在侯白与"同行伴"[3]逢"富贵公子出游"时，《吹勃逻回》发

1　（唐）苏鹗撰，吴企明点校《苏氏演义：外三种》，中华书局，2012，第37页。

2　（明）陶宗仪等编《说郛三种》第八册，上海古籍出版社，1988，第5546页。

3　《英藏敦煌文献》第二册，第69~70页。

生在侯白与"数人同行"[1]遇"村中"办"礼席"时，此两则是典型的以骗吃为笑点的笑话;《就胡眼看》发生在"开皇初，高祖新受禅"时，是典型的以骗钱为笑点的笑话;《好狗吠声》发生在"未知名"谒"令宰"时，是典型的以哄骗为笑点的笑话。从时间和内容来看，此四则笑话的发生时间当在侯白"未知名"之时，将此时的侯白塑造成骗吃骗钱、不学无术的、乡间无赖的笑话艺术形象。

《马价贵贱》显然也是在侯白"举秀才，为儒林郎"后发生的笑话，然就内容来看，是不可能在现实生活中发生的。正史中也没有侯白与聘使相见或接触的记载。《马价贵贱》发生在陈使"聘隋"之时[2]，因陈使"旁卧放气"的不尊重对方的举动，使侯白对其进行反击性的言谈。这是史书无载的一件事，但笑话都会有其发生的现实基础，即"笑话的素材，都取之于真人真事，而这些真人真事，小自身边琐事，大至经国大业，都具有一定的典型意义"[3]，由此，推测此则笑话的形成时间当在隋朝建立和陈朝灭亡之间，此则当是笑谈，而非史实。此时塑造的侯白形象与前大有不同，是智慧勇敢、不畏强权、机警辩捷的笑话艺术形象。

第17则《问一知二》、第73则《回何敢死》、第74则《是六斤半》、第75则《愿君避道》、第76则《头中深水》、第77则《此是阿历》、第80则《见青草湖》、第81则《醉胡服孝》和第82则《好狗吠声》是侯白"举秀才，为儒林郎"并遇见杨素后发生的。

《问一知二》《回何敢死》《是六斤半》《头中深水》《此是阿历》是发生在侯白与杨素之间的笑谈,《愿君避道》是侯白与杨素之子杨玄感之间的笑谈,《见青草湖》《醉胡服孝》是侯白与杨素于路上行走时的笑言,这时塑造的侯白形象，与之前的两个形象亦有不同，此时塑造的是诙谐幽默、能言善辩、擅用经典的笑话艺术形象。

以上是隋时塑造的侯白笑话艺术形象。

第78则《是胡燕窠》和第79则《此是犊子》发生在侯白"仕唐"时，根据史书中对侯白的记载，显然此类笑话是依附于侯白之名而杜撰的，因为侯白在隋

---

1 《英藏敦煌文献》第二册，第70页。

2 《英藏敦煌文献》第二册，第66页。

3 王利器、王贞珉选注《中国古代笑话选注》，北京出版社，1984，第490页。

时已经去世，没有可能在唐时出仕。故这是对唐时候白笑话艺术形象的塑造，塑造的是卖弄学问、故弄玄虚的笑话艺术形象。

由以上分析可知，《启颜录》中的候白形象在隋唐两朝的艺术塑造是不统一的、是变化的：从不敬天、不信神的忤逆形象到骗吃骗钱、不学无术的乡间无赖形象到智慧勇敢、不畏强权、机警辩捷的形象到诙谐幽默、能言善辩、擅用经典的形象，再到卖弄学问、故弄玄虚的形象。不同的文学形象是为适应不同的审美倾向而不断进行自我调适而形成的，是编纂者和传播者理想人格与社会审美倾向共同作用下的形象化身。

第四节　男性话语权掌控下女性人生的两重天

从性别角度划分，笑话可以分为男人笑话和女人笑话，当然，《启颜录》中男人笑话是主流，女人笑话是点缀。《启颜录》的诞生原因，从阶层的角度看，是"人微言轻"的下层文人追寻话语权出口的产物，借他人之口述自己之情；从性别的角度看，话语权的归属则是男性。所以，本节拟对笑话中的性别归属（男、女）和身份归属（文人、非文人）进行讨论。

所谓的"话语权"，笔者认为是指通过说话的权力来获得自己想要的权利。"权"要同时"权利与权力"[1]的"二重属性"：话语人有权说出自己心中所想，所说的话语能为周围人接受和认可。

所谓"笑话话语权"，是指能够掌控笑话的创造、书写和流传的主导权利。《启颜录》中男性居多，故其笑话世界的价值观是以男性为主导的，其笑话世界的话语权是以男性为主导的。不光是在《启颜录》中，就算是后世的诸多笑话集，笑话的话语权都牢牢掌控在男性手中。在男性主导的笑话世界中，处处显示出对女性世界的不熟悉。

《启颜录》中塑造的女性形象一共有两类：稍获话语权的女性形象和被男性话语权淹没的女性形象。

1　莫勇波：《论话语权的政治意涵》，《中共中央党校学报》2008 年第 4 期。

　　稍获话语权的女性人物形象又分为：通过自己的睿智聪慧、精明能干而稍获话语权的女性形象和因为处于某种社会地位或年龄等原因而稍获话语权的女性形象。前者如第 31 则《青奴通马》中新产卧蓐的能言善辩、思虑周全、智慧的阿嫂形象，第 58 则《谁当卿卿》中与夫相亲相爱的妻子形象，第 112 则《傍河牵船》和第 113 则《两猪一槽》中女性敢于反击、伶牙俐齿、机敏的形象；后者如第 67 则《年老卿少》中的灵太后和第 94 则《玄同戏恪》中的高密公主等处于权力中心的女性形象，第 133 则《眼皮沾视》中相亲相谑的两位亲家是因年龄等而稍获话语权的女性形象。

　　被男性话语权淹没的女性形象又分为：自己精明却被迫随众的女性形象和自己对事物没有主见或只有错误的主见而只能随众的女性形象。前者如第 22 则《痴父戴帽》中长新妇形象，第 29 则《鞍桥作领》中被"愚钝"夫骂作"痴物"、实则论断精明的妻子形象；后者如第 19 则《见斧忘妻》中被夫遗忘的妻子形象，第 21 则《买奴变婢》中的巫婆形象、痴母形象、抱在痴母怀中的痴小女形象，第 28 则《阿家宜儿》中阿家形象和新妇形象，第 35 则《无耳有面》中的等待受罚丈夫归家的妻子形象。

　　另外，《启颜录》中未出场但见提名的女性形象分别见于第 27 则《煮着嘴馇》、第 52 则《裔辩孙权》、第 83 则《负枷无妇》、第 84 则《天使其然》和第 97 则《后妃之德》。

　　总体而言，《启颜录》中的女性形象，除被抱在怀的痴小女形象和巫婆的婚姻状况不明外，其余是正在走向婚姻或是已经进入婚姻生活的女性形象。

　　在掌握笑话话语权的男性心目中，女性一般是不清醒的，是和"论难"《辩捷》《嘲诮》类的男性不能相提并论的。

　　进而言之，《启颜录》中的女性形象，整体上是不掌握话语权导向的，因为"谁真正掌握了话语权，谁就能引导舆论，引导社会心理，引导思想理论潮流"[1]。而仅从笑话中出现的性别归属而言，女性人物形象的出场远远少于男性人物形象。而"占用话语权者，改变了话语权的分布格局，将言语交际双方平等的话语

1　张国祚：《关于"话语权"的几点思考》，《求是》2009 年第 9 期。

权变为不平等，在自己行使话语权的同时，使对方减少甚至丧失话语权"[1]。

对这些女性人物形象在《启颜录》中出现场合进行分析，可知男性对女性的认知印象多是在其进入婚姻或生孩子前后，或许，现实生活中，处于此阶段的女性，才会被男性关注，在自己的孩子将要走向婚姻的时候，此时男性才会再次关注这个为家庭和孩子付出半生的中年女性形象。

一　女性形象概述

从社会的角度来说，在"未嫁从父，既嫁从夫"的境况下，女性是不可能获得自由且拥有有效的话语权，《易·家人》中云："家人，女正位乎内，男正位乎外，男女正，天下之大义也。"《礼记·郊特牲》中云："妇人无爵，从夫之爵，坐以夫之齿。"生活使他们"被迫弃用"话语权[2]，因为"在政治上得不到自由，在经济上得不到保障，没有获得各种权益"，对话语权的放弃属于情理之中的事情。

1. 稍获话语权的女性形象

这类女性，遵从社会大准则，以聪慧的眼光去体悟生活，能够适应和利用男性话语权掌控的社会空间。男权社会中，男性的话语权也是分等级的，即掌握着生杀予夺大全的帝王拥有着国家最高话语权，而处于皇权中心的女性，有着凌驾于其他阶层的特权，故皇权中心的女性，如太后、公主等，也有一定的话语权。

第58则《谁当卿卿》的王戎妻，敢于出语调戏其夫，夫妻之间"举案齐眉"。第31则《青奴通马》的阿嫂，聪明博识，关心家中每一人，能对事物的发展做出合理的预测。在看到青奴"叹恨"且"嗟叹不食"时，以"此是雅马一疋，何因唤作'灰马一头'？正合吃杖，不须悔恨"之语对青奴进行劝解，一下子解了青奴心中的阴云。雅马与灰马不光是颜色和外观上的差异，更有普通马与神驹的不同，"项羽有雅。周日用曰：曹公有流影，而吕有赤兔，皆后来有良骏也"[3]。阿嫂的语言干净，说话利落，能抓住重点，在劝解轻青奴之后，告诫青奴

1　冯广艺：《论话语权》，《福建师范大学学报》（哲学社会科学版）2008年第4期。

2　冯广艺：《论话语权》，《福建师范大学学报》（哲学社会科学版）2008年第4期。

3　（晋）张华撰，范宁校证《〈博物志〉校证》，中华书局，1980，第75页。

"明日通时，果毅必应怪问云：'是谁教？'必不得道：'是嫂教。'"为何？因为她对社会主流的家庭主导权的归属看得明白透彻，所言所行尽量遵从男性话语权主导下的社会生存法则。

2. 被男性话语权淹没的女性形象

笑话的背后，往往隐藏着令人悲哀的生活。第19则《见斧忘妻》中令人发笑的焦点本来在于痴人忘记其妻。在"出嫁从夫"的社会中，妻子被遗忘的下场恐怕会如敦煌卷子 P.3716《丑妇赋》中所说"则须糠火发遣，不得稽迟……宁可生离"。

《启颜录》构建的理想笑话世界中男女搭配比例不合理，其实，笑话世界中女性的缺失，正是女性在男性占据话语权主导地位的社会被忽视的现实在笑话世界中的真实反映。

二　女性形象个案：卓文君和买臣妻

第52则《裔辩孙权》中的蜀张裔与吴孙权分别选择了一个侮辱对方国家的女性代表，分别是"卓氏寡女"和"买臣之妻"。

卓氏寡女，即司马相如的妻子卓文君，与司马相如同为"蜀郡人"，司马"相如缪与令相重而以琴心挑""好音""新寡"的卓文君，"文君窃从户窥，心说而好之，恐不得当也"，然司马相如"令侍人重赐文君侍者通殷勤"，于是"文君夜亡奔相如，相如与驰归成都"。当时的司马相如是"家徒四壁立"，而卓文君是临邛有"僮客八百人"的"富人"卓王孙之女，贫富悬殊不可谓不大。尽管其父卓王孙"一钱不分"，卓文君没有丝毫动摇，而是"尽卖车骑，买酒舍"，"当垆"卖酒，以行动表明与司马相如在一起的决心。她的行为令卓王孙改变了态度，"分与文君僮百人，钱百万，及其嫁时衣被财物。文君乃与相如归成都，买田宅，为富人"[1]。

在时人心中，卓文君"夜亡奔相如"的行为，在某种程度上来说，不是卓文君的耻辱，反而是司马相如的阴谋，如同为"蜀郡成都人"的杨雄在其《解嘲》

1　（汉）班固撰，（唐）颜师古注《汉书》，第2530~2531页。

中有"司马长卿窃訾于卓氏"[1]之语的评价。

"买臣之妻",即向朱买臣"求去"的"故妻",与朱买臣同为"吴人"。朱买臣"家贫,好读书,不治产业,常艾薪樵,卖以给食","妻亦负戴相随",但不满朱买臣"担束薪,行且诵书"的行为,"数止买臣毋歌呕道中",朱买臣非但不听,反而"愈益疾歌",所以,他的故"妻羞之,求去"。朱买臣虽以"我年五十当富贵,今已四十余矣。女苦日久,待我富贵报女功"之语相劝,然终"不能留",因故妻的观点是:"如公等,终饿死沟中耳,何能富贵!"果如故妻所言,"其后,买臣独行歌道中,负薪墓间",而其故妻已再醮,与其新夫"家俱上冢,见买臣饥寒,呼饭饮之"。朱买臣故妻对朱买臣也还有些情分。然世事难料,"上拜买臣会稽太守",且言:"富贵不归故乡,如衣绣夜行,今子何如?"朱买臣"入吴界,见其故妻、妻夫治道","呼令后车载其夫妻,到太守舍,置园中,给食之",然"居一月,妻自经死",朱"买臣乞其夫钱,令葬"。从朱买臣"悉召见故人与饮食诸尝有恩者,皆报复"的行为来看,如其故妻不主动求去,待朱买臣富贵之后,"女苦日久,待我富贵报女功"[2]的承诺,必不会食言。

然朱买臣故妻对朱买臣失望过早,在其"未达"时,弃其而去,其行为则不得人心。

《女诫》对"妇德、妇言、妇容、妇功"的评判标准:"妇德,不必才明绝异也;妇言,不必辩口利辞也;妇容,不必颜色美丽也;妇功,不必工巧过人也"来看,卓文君虽有不符合礼法的做法,但没有嫌贫爱富的行为,对处于贫穷中的夫君司马相如不离不弃,与虽合礼法却因嫌贫爱富而主动求"去"的朱买臣之"故妻"有着天壤之别。孰贵孰贱,谁更值得贬低,谁更值得称颂,不用多言,一目了然。由此,孙权亦默认张裔"卓氏寡女,犹贤于买臣之妻"的观点。

---

1 （汉）班固撰,（唐）颜师古注《汉书》,第 3573 页。
2 （汉）班固撰,（唐）颜师古注《汉书》,第 2791~2793 页。

第六章 《启颜录》建构的笑话世界

《启颜录》的编纂者根据自己的审美标准，建构其理想中的笑话世界。笔者所谓"建构"，是指艺术上的构造和加工。所谓"建"，见蔡沈对《尚书·洪范》中"皇建其有极"的解释："建，立也"，即"建立、创立"之意。所谓"构"，见蔡沈在《尚书·大诰》中"厥子乃弗肯堂，矧肯构"的集传中所言："其子不肯为之堂基，况肯为之造屋乎"，即"架木造屋"之意。故此处的"建构"借指用语言文字建立的理想的笑话世界。"古今世界，一大笑府，我与若皆在其中，供人话柄。不话不成人，不笑不成话，不笑不话不成世界。"[1]

历史上的人物，知道其所属朝代，其所在的空间，便可查询。《启颜录》用历史人物来构建笑话世界，其所搭建的时空架构是有迹可循的，也是多层次、多维度的，这些历史人物所建构起来的笑话世界给人以亲切的疏离感。亲切感来自那些自己所属阶层中发生之事，由于类似自己身边之人的事，故是可感可知的。但这种特殊的时空架构中的各个阶层的人物，是一一构象于眼前，那些不属于自己阶层中发生的事情，是新鲜的，是使人可以想象得到，但看不见、摸不着的，是可感不可知的，疏离感便产生了。亲切的疏离感来自这些笑话所带给人们的愉悦感，这种愉悦感的外在表现是笑。笑，这个超越阶层、超越限制、超越时空的人类所共有的情感体验，拉近了一切的距离。但是，这种距离的拉近，只是情感上的；在生活中，它们依然存在。

---

1 张亚新、程小铭校注《明清笑话集六种》，中州古籍出版社，2012，第39页。

因同一人在不同的时期，有不同的身份定位，笔者此处所论述的《启颜录》中人物的身份定位，均以《启颜录》中所载为据。

第一节　雅俗共赏的笑话世界

笑话来自民间，但民间的"民"，不等同于"农"民，民间不专属于"农"。《启颜录》中笑话用语，不光有来自民间的口语、戏语与风俗习语，更有许多来自雅士的韵文雅语。

一　论"雅俗"

《诗·大序》云："雅者，正也"，是"言王政之所由废兴也"。由"雅"的雅"正"联系到王"政"，从王"政"统治的大小和好坏来分辨"雅"的真与假。反之，"雅"正的真与假则暗示王"政"的得与失。即诉说王政的衰败和兴盛的文学作品，就是雅的，反之，谈论老百姓的喜好与厌恶的文学作品，就是俗的。"欲也，俗人所欲也。"[1] 雅俗相对，朝政与民俗相对，雅即雅正，俗即民俗。这同时也反映出雅俗地位的相对，雅是高雅，是属于高高在上的王政；俗是低俗，是属于微微在下的民众。但是，"好恶取舍，动静无常，随君上之情欲谓之俗"[2]，君上的感情变化，被人追随，也是"雅"。

《说文解字》云："俗，习也。"《〈说文解字〉注》中段玉裁对其进行注解：因"习"有"数飞"之意，故"习"可以引申为"凡相效"仿之意，"俗"亦有此意。《周礼·大宰》"礼俗以驭其民"中的"礼俗"的意思是"昏姻丧纪，旧所行也"，"俗"是一直沿袭古代的婚丧嫁娶的民俗之意。《大司徒》中的"以俗教安"的"俗"的解释是"土地所生习也"，此处和上处的"俗"的最主要的目的是行教化、安其民。《曲礼》中"入国而问俗"的"俗"是"谓常所行与所恶也"，此处的"俗"具体指被特定地区的民众所喜欢的和厌恶的种种言行。

1　（汉）刘熙撰，（清）毕沅疏证、王先谦补《释名疏证补》，中华书局，2008，第124页。

2　（汉）许慎撰，（清）段玉裁注《〈说文解字〉注》，中华书局，2013，第380页。

有"俗"就会有"雅","雅"与"俗"本身就是一对相对的概念。所谓"雅俗",意思相对,见李善对《文选·任昉〈百辟劝进今上笺〉》中"且明公本自诸生,取乐名教,道风素论,坐镇雅俗"的注中言:"王隐《晋书》,刘琨表曰:李术以素论门望,不可与樵采同日也。《孙绰子》曰:或问雅俗,曰:泾渭分流,《雅》《郑》异调。"

"雅俗"先是针对"材"而言,具体是指"高雅和庸俗",见汉王充《论衡·四讳》中:"雅俗异材,举措殊操。"后指"雅人和俗人",见《后汉书·郭符许列传第五十八》中"庄周有言,人情险于山川……而林宗雅俗无所失",亦见《晋书·段灼传》中:邓"艾性刚急,矜功伐善,而不能协同朋类,轻犯雅俗,失君子之心",辨"雅俗"的知人之明,被视为儒家的"君子之心"。

"《汉地理志》中曰:'凡民函五常之性,其刚柔缓急,音声不同,系水土之风气,故谓之风。'"此处的"风"指"俗",即"水土之风气",风俗之意。《诗·大序》亦云:"一国之事,系一人之本",谓之"风"。此处的"风"与"雅"相对,即诉说个体的喜怒哀乐,相对来说,是小事,便是"风",即"俗"。而"言天下之事,形四方之风",谓之"雅"。与诉说个体的喜怒哀乐相对而言,就是谈论天下大事,由"一国之事""一人之本"上升到"天下大事"和"四方之风",就是由"俗"到"雅"的过程。

"俗"之"风"是"下以风刺上","雅"之"风"是"上以风化下"。它们的本质区别在于"风刺"(讽刺)和"风化"的区别。"风刺"(讽刺)是指对于普及民众生活中的朝政的得与失,偏重于王政得失而言,用艺术化的手法,反映到文学作品中的做法,就是"下以风刺上",主要目的是警戒上层统治者以后不要再如此统役民众。"风化"是指掌权阶层用选取好的风俗教化民众。"风刺"(讽刺)中的"风"指《曲礼》中的"所恶","风化"中的"风"指《曲礼》中的"所行"。总之,"风"是能够反映人民欢乐、疾苦的文学作品,被掌权阶层取过来,经过他们意志的加工后,传播给大众,从而达到教化的目的。

"雅""俗"相对,具体内涵随着时空的变化而发生变化,《诗经》的《风》采集了15个地区的民歌,是"俗",《雅》《颂》是歌颂掌权阶层的诗歌,是"雅"。但是,随着时间的推移,古的就是雅的,后人多喜从前人的著作中汲取营养，认为古的就是好的，就是雅的，所以，有个词就叫"古雅"，《诗》被尊称为经，其中的《风》也成为后世"雅"的典范。

"雅"与"俗"并不是简单的二元对立的静止关系，"雅""俗"关系是动态的、立体的。它们一直处于复杂的相互转化的运动关系中。它们是矛盾而和谐地统一于文学生活中，是它们的合力共同制约或共同促进文学的发展和变化。"雅""俗"是同源异流，它们都来自生活，是生活的产物，它们的区别来自人们的好恶，可以说是统治阶级的好恶，弱势群体在"雅""俗"的问题上是没有最终发言权的，不过他们在现实中有实践权，在雅俗转化中起催化作用。"雅兮，俗所倚；俗兮，雅所伏。"雅俗是辩证统一的关系，是相互依赖的孪生体。区分雅俗，单从内容与形式来看，读书人通常用雅来追求外在的品格修养，用俗来表达其内在的情感需求，希望用雅的美好提升俗的气质。再进一步，从表达内在的情感需求上区分，从文学作品描写的内容和使用的语言来讲，就文学作品的谈情而言，借物谈情、以物传情就是雅，直接谈情、大胆表情就是俗。

雅者，正也。从这点来说，雅是属于上层掌权阶层的，是庙堂的、正统的、雅正的，属于精英文化，属于文化水平高的风雅之人的世界。正，是雅正，也是心正，心正才能创出高雅之境。俗者，风也。从这点来说，俗是属于下层百姓阶层的，是民间的、平民的、世俗的，属于平民文化，属于文化水平低的世俗之人的世界。"俗文学就是通俗的文学，就是民间的文学，也就是大众的文学。换一句话说，所谓俗文学就是不登大雅之堂，不为学士大夫所重视，而流行于民间，成为大众所嗜好、所喜悦的东西。"[1]中国文学家，历来以人品论文品，认为文如其人，欧阳修认为"李建中清慎温雅"，在肯定其人品的同时，欧阳修在《世人作肥字说》中说"爱其书者，兼取其为人"。明人徐祯卿在《谈艺录》中认为，"贤良文学、辞雅气俊""媚夫幸士、辞靡气荡"，用为人做事的行为方式，来引证其文学作品中的好与坏。同时，文学作品的好与坏，也是对其人品好与坏的引证，清人刘熙载在《艺概·诗概》中也说："诗品出于人品。"

雅俗相对在思想中也有体现。自汉时董仲舒"罢黜百家、独尊儒术"开始，

1　郑振铎：《中国俗文学史》，花山文艺出版社，1998，第1页。

儒家思想遂占据中国思想界的正统地位，是雅正的，也就是说，"雅"更多传承的是儒家的伦理思想、道德思想和教化理念。相对而言，其思想便是"俗"所主要传承的。思想传承的这种雅俗相对的现象，谈不上对与错，是各种思想各自发展的结果，不过，从思想史的发展来看，儒道佛三家思想是交叉发展的，既有合流的部分，又有自己独特的部分。

所以，当生活中的笑话，被优伶或文人采去，将之提炼升华，就慢慢发生从俗到雅的质变，即从隶属于非文人的俗笑话发展成隶属于文人的雅笑话。雅笑话和俗笑话也会相互串门，进入对方的领域。但是进入对方领域的俗笑话虽然可能不被接受，但还是能为对方所懂；雅笑话就没那么幸运了，其进入对方的领域，很可能"死无葬身之地"，因为其不被非文人所理解，更谈不上接受。这也是《启颜录》后期的节选本中，属于非文人的俗笑话渐多起来的原因。在中国的古代社会中，也许不是每个有官位的人都会主动从事文学创作，但是，不管其是否从事文学创作，都不能离开文字而生存。因为，在中国古代社会中，纯粹的文学家会生存得很艰难。故黄景仁的《杂感》中有云："十有九人堪白眼，百无一用是书生。"人的情感在发生变化，以人的情感变化为基础的笑话，也会随之变化。笑话作为感情的宣泄，在人伦、礼仪的要求下，是委婉含蓄地骂或讽刺。笑话这种短小、精悍的文体形式的剥离与成熟，给文学注入了新鲜的血液，使文学焕发了新的生命。

二 雅俗共赏

从笑话的用语来看，《启颜录》中所用的语言既有韵文，又有散文。韵文讲究对仗、讲究押韵，即"雅"；而散文是不讲究对仗的，也不讲究押韵，故"俗"。

《启颜录》中处处可见对仗与押韵的韵文，尤其是诗句的运用。有三言诗，如第35则《无耳有面》中嘲骆驼时所用的三言诗。有四言诗，如第106则《敬三老等》化用四字句的《千字文》入诗。更常见五言诗，如高敖曹《杂诗》（三首）均是五言绝句，而刘行敏咏诗三首全是五律；第129则《抱一嘲客》和第131则《互嘲患疾》是在《千字文》四字句的基础上加一字而成五言诗；第132

则《咏伛偻人》中的诗是五律，等等。杂言诗也常见，如第51则《韶梦周孔》中的边韶弟子，将边韶的姓字"边孝先"入四句三言诗，嘲其"昼日假寐"，边韶是用四句三言和两句七言以及两句四言的杂言诗回应，等等。

　　《启颜录》中有三言诗、四言诗、五言诗，然对六言诗、七言诗的记载，这说明时人对诗句的审美倾向。

　　与韵文相对的散文在表述上有很大的自由度，是笑话传达中所必不可少的语言形式。有如"汉武帝置酒，命群臣：'为大言，小者饮酒'"等的命令语；有如"臣，弘骄而猛又刚毅，交牙出吻声有大，号呼万里嗷一代"等的应制语；有如"丰邑公相，是君何亲"等的问语；有如"是某乙再伯父"等的答语；有如"吾有一奇兽，能肥亦能瘦。向者宁馨膻，今来尔许臭。数回牵入市，三朝卖不售。头上失却皂荚子，面孔即作橘皮皱"等的自言自语；有如"崔生犯夜行，武侯正严更。幞头拳下落，高髻掌中擎。杖迹胸前出，绳文腕后生。愁人不惜夜，随意晓参横"等的旁白式的语言；有如""揲刀去""等的方言口语；有如"有物大如狗，面貌极似牛"等的射语；有如"头入镰柯尾如凿，河里搦鱼无僻错"等的嘲语；有如"有一大虫，欲向野中觅肉。见一刺猬仰卧，谓是'肉脔'……愿郎君且避道"等的讲述语。散文中也运用多种手法，来增添其魅力，如侯白对"马价贵贱"的答语中排比反问句式的运用，无形中增加了气势，给人一种雄壮之美。

　　笑话来自于生活，也扎根于生活，生命力的来源也是生活，生活"俗"的本真成就了笑话"俗"的特色，笑话的至高境界，就是通过对日常生活中各种"俗"的解剖，达到"雅"的享受。《启颜录》亦不例外。《启颜录》中既有吃喝拉撒睡的世俗内容，又有文人们之间吟诗作赋的记载，充分显示出其"纳雅收俗"的特性。语言运用上也是"韵散共用，雅俗共赏"：注重书面语言文字的打磨，比较工整精致；俗言俗语口语化的语言运用较多，比较原生态。

第二节　官民同戏的笑话世界

　　《启颜录》构建的笑话世界，打破现实生活的时空界限。时间跨度很广，故春秋楚王、秦始皇、秦二世、三国蜀先主、三国吴主、后魏高帝、后魏孝文帝、北齐高祖、北齐文宣帝、隋文帝、南朝陈主等，这些不同朝代的帝王可以共处一个世界。三国蜀益州太守张裔、三国吴尚书令阚泽、三国吴豫州别驾向台、后魏太府少卿孙绍、晋丞相王导、陈散骑常侍徐陵、北齐西阳王徐之才、北齐尚书王元景、隋朝越公杨素、隋尚书省员外王德、隋尚书省尚书、隋洛阳令柳真、唐户部侍郎武陵公杨文瓘、唐左司郎中封道弘、唐奉礼郎许子儒、唐益州九陇尉（栎阳尉）封抱一、唐华原令崔思诲、唐大理丞路励行、唐兵部侍郎韦慎、员外玄挺、唐长安令刘行敏、唐山东一老佐史、不知朝代虢州卢录事、不知朝代虢州刺史等这些不同朝代、不同等级的官员亦可共处一堂。空间架构亦是如此，有如"东都"等君王所在之地，有国学、尚书厅、驿馆等官方管辖之地，也有寺院等佛教中人居住之地，还有鄠县董子尚村等民间村落与集市和路途所遇之处。但个人所属时空以及其所属阶层一般固定不变。

　　这个世界中有地方豪绅，如隋山东望族郑元昌；也有逸士，如冀州逸士殷安，所谓"逸士"，见《后汉书·逸民传·高凤传论》中："先大夫宣侯尝以讲道余隙，寓乎逸士之篇。""逸士"，即指"节行高雅的隐逸者"，然从《启颜录》中所载将其与伏羲、神农、周公和孔子并列自比，可知其是无真才实学之人，是沽名钓誉的狂傲之徒。但笑话的世界也不绝对太平，也有叛乱势力，如北齐"独阻皇风"的宇文黑獭和隋末"据有数州"的刘黑闼。但他们的存在，也是在找寻"笑"，故而是相对太平的笑话世界。笑话世界既然是现实世界的缩微和模拟，其间亦有阴间鬼相的存在，如丰邑公相。《启颜录》的取材对象，上自帝王达官显贵，下至村夫民妇，却能将形形色色的脸谱世相——那些可恨可耻可笑可怜的社会现象本质，一下子展现在读者面前"，"文士间互嘲之风、'蜜汤益智'之食、马价分等贵贱之论、山东关中语音之特异、师婆祈神之歌舞、市井行铺之交易、河东下里嫁女之风俗、酒店售酒至薄酢、京城贵公子出游之派势等等，皆足以考见当时社会生活之俗尚。"[1]

1　张鸿勋：《敦煌俗文学研究》，甘肃教育出版社，2002，第374~375页。

一　四民

古代不是所有民众都有受教育的权利，甚至不是每个人都有机会可以接触到书籍。

1. 论四民：士农工商

士、农、工、商的"四民论"，由来已久。《管子·小匡》中云："士、农、工、商四民者，国之石（柱石）民也。"士、农、工、商各有各的分工，《淮南子》中云："是以人不兼官，官不兼事，士、农、工、商，乡别州异，是故农与农言力，士与士言行，工与工言巧，商与商言数……各安其性，不得相干。"[1]

士、农、工、商都能与书为伴吗？且看傅玄曾上晋武帝的奏折：

> 臣闻先王分士农工商以经国制事，各一其业，而殊其务。自士以上子弟，则为之立太学以教之，选明师以训之，随才优劣以授用之。农以丰其食，工以足其器，商贾以通其货。故虽天下之大，兆庶之众，而无游人在其间。汉魏不定其分，百官子弟不修经艺而务交游，未知莅事而坐享天禄，农工之业多废，或逐淫利而离其事，徒系名于太学，然不闻先王之风。今圣政资始，而汉魏之失未改，散官众而学校未设，游手多而亲农者少，工器不尽其宜。臣以为宜亟定其制。前皇甫陶上事，欲令赐拜散官皆课使亲耕，天下享足食之利。禹、稷躬稼，祚崇后代，是以《明堂》《月令》著帝籍之制。伊尹，古之名臣，耕于有莘；晏婴，齐之大夫，避庄公之难，亦耕于海滨。昔者圣帝明王，贤佐俊士，皆尝从事于耕农矣。王人赐官，冗散无事者，不督使学，则当使耕，无缘放之使坐食百姓也。今文武之官既众，而拜赐不在职者又多，加以服役为兵，不得耕稼，当农者之半，南面食禄者叁倍于前。使冗散之官为农，而收其租税，家得其实，而天下之谷可以无乏矣。夫家足食，为子则孝，为父则慈，为兄则友，为弟则悌。天下足食，则仁义之教可不令而行也。夫士农工商之分，不可斯须而废。若

---

[1] （汉）刘安撰，张双棣校释《〈淮南子〉校释》，北京大学出版社，1997，第1181页。

未能精其防制，计天下文武之官足为副贰者使学，其余皆归之于农。若百工商贾有长者，亦归之农。务农若此，何有不赡乎!《虞书》曰："三载考绩，三考黜陟幽明。"是为九年之后乃有迁叙也。故居官久，则念立慎终之化；不久，则竞为一切之政。六年之限，日月浅近，不周黜陟。陶之所上，义合古制。惟陛下裁之。[1]

从奏折中可以看出，"士以上子弟"可以进入"太学"接受教导，朝廷会选择"明师"进行训教，根据他们才能的大小"以授用"，经常接触书本的是属于"士"的民众。而"农"的主要作用是使"食""丰"，"工"的主要作用是使"器""足"，"商"的主要作用是使"货""通"。

由于"百官子弟不修经艺而务交游，未知莅事而坐享天禄"而造成"农工之业多废"，故"使冗散之官为农"，"文武之官"之"余皆归之于农"，"若百工商贾有长者，亦归之农"，只有保证"家足食"，作为人子的才能是孝顺，作为父亲的才能是慈祥，作为兄长的才能是友爱，作为兄弟的才能是孝悌。从而，"天下足食"，百姓自然而然能知教化、懂仁义。但是，由于"冗散之官"和"文武之官"之"余"等官人进入"农"这个民众阶层，那么，"农"这个阶层中应该有部分民众是可以接触到书籍的。

能够接触到书籍进而读书或入学的，就一定有权走仕途之路吗？隋炀帝明令"工商不得入仕"，见《通典》卷第十四《选举》二《历代制》中记载：隋文帝开皇七年（587），"制诸州岁贡三人，工商不得入仕"[2]。具体地说，属于"工"和"商"的民众是不能走仕途之路。而"学而优则仕"，属于"士"的民众，最主要的出路就是入仕。属于"农"的民众可以参加入仕考试，但属于"农"的民众掌握的主要技能是如何使土地最大化产出，是体力劳动者，如前所述，他们中间也有可以接触到书籍的人，即从四民的角度而言，能够从事仕途之路的一般而言是属于"士"的民众，而辅以属于"农"的民众。

1　杜佑撰，文锦、王永兴、刘俊文、徐庭云、谢方点校《通典》，中华书局，1988，第328~329页。

2　杜佑撰，文锦、王永兴、刘俊文、徐庭云、谢方点校《通典》，第342页。

2.《启颜录》中"四民"的新变化：士商、农商和工商的萌芽

"四民"各有分工，然随着时代的变化、经济的发展，他们之间也不是一成不变的。试看敦煌卷子 S.610《启颜录》中对这种变化的记载。

关于"士商"的萌芽，从第 23 则《书生咏羊》中的"书生"二字，可知其是"士"的一员，而其用"绳系""人饲其"的"羝羊""入市卖之"，此时，他从事的是"商"的工作。由"得价不多，频卖不售"和"只言市人掖去其角，然为猕猴头上无疮痕"可知他不甚识羊。从"市人知"书生"痴钝"，"掖去"羊角，"以猕猴来换之"，可知卖羊是偶尔为之。

羊与猴，两者虽均为哺乳动物，但不仅外观而且味道等各方面均有差异。所谓"羝羊"，羊的一种，《周易·大壮》中载："羝羊触藩，羸其角。不能退，不能遂。""羝羊"，即"公羊"。头上有角，所以"触藩"后，进退不得。所谓"猕猴"，猴的一种，见汉淮南小山《招隐士》："猕猴兮熊罴，慕类兮以悲。"猕猴的"皮毛灰褐色；腰部以下橙黄色，有光泽；胸腹部和腿部深灰色；面部微红，两颊有颊囊；臀部有红色臀疣"。"皂荚子"亦称"皂角"，形似羊角，从书生将羊角比作"皂荚子"，将猴面比作"橘皮皱"，可见书生不是未识。从"宁馨膻"和"尔许臭"之语，可见书生已经意识到羊是"宁馨膻"，与今"尔许臭"是有区别的："宁馨"乃俗语，文中与"尔许"相对，均为"如此""这样"之意，其"隐忍不言"，只因"不可为验"，不知如何验证自己所察觉的事情。说明其确实"痴钝"，缺乏生活经验。

这个"梁时"偶去集市做买卖的书生，是"士商"的萌芽，即后世发展壮大的"儒商"最初存在的印证。

关于"农商"的萌芽，见第 24 则《穿冰和饭》和第 25 则《乌豆不识》，有关"痴人入京粜"东西的笑话。"粜"字，见《管子·轻重丁》："齐西水潦而民饥，齐东丰庸而粜贱"，是"卖出谷物"之意。《史记·货殖列传》中因为"粜"而引发的"农商"关系的论断："夫粜，二十病农，九十病末。末病则财不出，农病则草不辟矣。上不过八十，下不减三十，则农末俱利，平粜齐物。"[1] 此句中

---

1 （汉）司马迁：《史记》，第 3256 页。

"末"，即"商"也，从"末"字，可见对"商"的歧视。

《穿冰和饭》中的"麦饭"，见颜师古注《急就篇》卷二为"饼饵麦饭甘豆羹"所作的注："麦饭，磨麦合皮而炊之也……麦饭、豆羹，皆野人农夫之食耳。"由此可知，"麦饭"的原料是"磨碎的麦"，从《穿冰和饭》中"谓冰孔，可就中和饭"和"见有砂，将去便归"之语可知，"麦饭"的外形乃是与砂相近的松散的粉状。由此可推其烹饪方法是"干炒"。

《乌豆不识》中的"乌豆"的外形与蝌蚪形似。其为何物？见缪启愉对北魏贾思勰《齐民要术·作酱》中"用春种乌豆，于大甑中燥蒸之"的校释中言："指黑大豆。"明李时珍《本草纲目·谷三·大豆》中言："大豆有黑、白、黄、褐、青、斑数色。黑者名乌豆，可入药及充食、作豉。"由此可知黑豆即"黑色大豆"，有一定的食用价值和药用价值。

从《穿冰和饭》中不知"冰孔"非可"和饭"之物和《乌豆不识》中"车翻，覆豆于水，便弃而归"之语，可知他们均非长跑江湖之人，不是"商"，而是"农"。

关于"工商"的萌芽，从第29则《鞍桥作颔》中"岂只值若哥钱绢"可知，"钱绢"是绢的一种，所谓"绢"，指"生丝织物"，可用来做衣等，见《墨子·辞过》："治丝麻，捆布绢，以为民衣。"而"钱绢"是指"有古钱币图案形状的绢"，晋鲁褒《钱神论》中云："钱之为体，有乾有坤，内则其方，外则其圆。""钱绢"于晋时就已出现，见《晋书》："积钱绢如丘陵"，《高僧传》中亦言"嚫钱绢及步舆并冬夏之服"。钱币"内方外圆"的外观造型特点着实令人喜爱，现今这种图案仍出现在各种服饰上。

"将钱绢向市"的鄠县人，是偶来市场做买卖的"农"，而非"商"，如其属于"商"，以"商人重利"之特性，不可能有"我一个下颔，岂只值若哥钱绢"的话语。这说明其钱绢不是用本钱换来的，不属于传统意义上的赚取买卖差的纯商人，这个钱绢出于自家娘子之手。生产钱绢是"工艺"，此家人自产自销，笔者将其定义为"工商"阶层的萌芽。

由此可见，在《启颜录》所载的笑话中，发现偶有买卖行为的"士商""农商"和"工商"的萌芽。

二 论难

《启颜录》中记载的"论难"形式很多,有正式场合中举行的,也有非正式场合中举行的,以正式场合中的论难居多。正式场合中的论难,有帝王组织的,也有非帝王组织的。

官方举办的"论难",帝王有时也会参与。《后汉书》云:"袒割辟雍之上,尊养三老五更,飨射礼毕,(汉明)帝正坐自讲,诸儒执经问难于前,冠带缙绅之人,圜桥门而观,听者盖亿万计。"敢于让群儒"论难"自己的汉明帝下令:"自期门、羽林之士,悉令通《孝经》章句。匈奴亦遣子入学,济济乎,洋洋乎,盛于永平矣!"[1]

正式场合组织的论难有:第 1 则《佛常骑牛》、第 2 则《总有几斤》、第 3 则《无是无非》和第 6 则《佛是日儿》,是北齐高祖"令法师升高座讲"的僧俗论难。第 4 则《天本姓也》是北齐高祖"集儒生会讲"对儒家经学的论难。第 5 则《冠者几人》是石动筩在"国学中"与儒学博士论难。第 8 则《截鼻补眼》是三藏法师"四月八日设斋讲说"中,赵小儿与三藏法师有关佛法的论难。

其他场合中穿插的论难,所谓"其他场合",指生活中的"随论随难",如第 7 则《秃不敌卢》中卢嘉言与僧人在寺中的论难;第 15 则《漂堕鬼国》中卢思道与陈主借在"聘"时,用《观音经》语的论难。

生活中的"嘲戏"中,也多用"论难"的形式,如第 9 则《师公之义》中有关称呼的论难,第 17 则《问一知二》中有关方言的"论难"。

1. 论"论难"

所谓"论","议也。从言仑声。卢昆切"[2]。其本义是"议论""分析和阐述事理",见《孟子·万章下》"以友天下之善士为未足,又尚论古之人","为'论'者。言此书(《论语》)出自门徒,必先详论,人人金允,然后乃记,记必已论,故曰'论'也","《论语》者,孔子应答弟子时人及弟子相与言而接闻于夫子之

---

1 (南朝宋)范晔撰,(唐)李贤等注《后汉书》,中华书局,1965,第 2545~2546 页。
2 (东汉)许慎撰,(清)段玉裁注《〈说文解字〉注》,第 92 页。

语也。当时弟子各有所记，夫子既卒，门人相与辑而论纂，故谓之《论语》"[1]。《文心雕龙·论说》中认为："论如析薪，贵能破理。"亦为论说文的一种，是用来阐明事理的文体，如《过秦论》，曹丕《典论·论文》中云："书论宜理。"有时与"嘲"相对，见曹植《与杨德祖书》："前有书嘲之，反作论盛道仆赞其文。"后与经、律合称"三藏"，是对佛教解释经义、论辩法相书籍的专称，梵名阿毗达摩，意为"对法"，见《隋书·经籍志四》："大业时，又令沙门智果，于东都内道场，撰诸经目……又有菩萨及诸深解奥义、赞明佛理者，名之为论。"

　　所谓"难"者，有"责难"之意，见孙奭对《孟子·离娄下》："如此则与禽兽奚择哉，于禽兽又何难焉""疏"中有言："既为禽兽，于我又何足责难焉。"又有"诘问"之义，见《世说新语·言语》："足下相难，依据者何经？""难"在汉时，已颇盛行，见《汉书》："既论难，连拄五鹿君，故诸儒为之语曰：'五鹿岳岳，硃云折其角。'由是为博士"。其与"论说"相对时，有"争辩、论说"之义，见《史记·五帝本纪》："死生之说，存亡之难"，《索隐》中言："难犹说也。凡事是非未尽，假以往来之词，则曰难。"[2]又有"发难、使为难"之义，如《资治通鉴》："今寇众我寡，难与持久"。

　　"论"与"难"作为两种文体，东方朔既有《非有先生论》，又有《答客难》。"论""难"亦可连用"论难"，是"辩论诘难"之义，见毛传中对《诗·大雅·公刘》"于时语语"的注："直言曰言，论难曰语。"陈奂传疏中有言："论难者，理有难明，必辨论之不已也。""论难"是一门学问，有其玄奥，是需要学习的，《后汉书》中云："（丁）鸿年十三，从桓荣受《欧阳尚书》，三年而明章句、善论难。"[3]既然是双方的论难，则必然有竞争，如何取胜呢？管辂有言："夫'论难'，当先审其本，然后求其理，理失则机谬，机谬则荣辱之主。"如何能审"论难"之"本"，颜延之《重释何衡阳》云："夫'论难'之'本'，以易夺为体。"

　　2.《启颜录》中的佛学论难和儒学论难

　　从形式上来说，"论难"是一问一答，即一难一论。"论难"是三教论衡中的

1　班固：《汉书》，第1717页。

2　（汉）司马迁：《史记》，第6、8页。

3　（南朝·宋）范晔撰，（唐）李贤等注《后汉书》，第1263页。

常见形式，"早期的三教论谈或为儒、释彼此论辩，或为释、道相互争论，或涉教义，或涉礼仪，大都属个别论辩。随着佛教在中国的发展与普及，历代帝王对佛教的崇奉、宗教态度与政策变迁，官方与民间时有汇聚儒、释、道三教名德进行公开论难的论谈活动，进而逐渐形成制度"[1]。《大唐新语》中载："高祖尝幸国学，命徐文远讲《孝经》，僧惠乘讲《金刚经》，道士刘进嘉讲《老子》。诏刘德明与之辩论，于是诘难蜂起，三人皆屈。高祖曰：'儒、玄、佛义，各有宗旨，刘、徐等并当今杰才，德明一举而蔽之，可谓达学矣。'赐帛五十匹。"[2]唐高宗时，儒释道三家问难记载较多。《旧唐书》卷一八八《赵弘智传》："永徽初，累转陈王师。高宗令弘智于百福殿讲《孝经》，召中书门下三品及弘文馆学士、太学儒者，并预讲筵。弘智演畅微言，备陈五孝。学士等问难相继，弘智酬应如响。"[3]赢得"论难"的一方，可以使其短时间内声名鹊起，却也会因此引来祸端。"炀帝征诸郡儒官集于东都，令国子秘书学士与之论难，颖达为最。时颖达少年，而先辈宿儒耻为之屈，潜遣刺客图之。礼部尚书杨玄感舍之于家，由是获免。"[4]孔颖达因为论难"为最"，差点遭到暗杀。

从《启颜录》的记载来看，"论难"应是当时之人为寻找乐趣或参悟知识而进行的一种活动。"论"和"难"分别为相互辩论的两方，两方在"论难"的过程中，不断转换"论"和"难"的位置，在对方"无以难之"之时，方才分出胜负。"论难"的形式一般是，一方开始"论"，即"发论"：先引发、阐述自己的论点，这个时候，也是"立论"，即最初的观点，是双方辩论的"靶子观点"；另一方"难"，即对"论"方提出的论点做出自己的解释，进而提出反问予以"驳难"，或针对对方的问题给出答案予以"辩难"。此时，此方就变成了"发论"方，等着对方的驳斥。"论难"双方的身份在"发论者"和"驳难者"之间不停地转换。如果树立的"靶子观点"被对方驳倒，即算失败。如果"靶子观点"不能被人驳倒，那么双方的"论难"，就继续进行下去。

---

1 朱凤玉：《三教论衡与唐代争奇文学》，《敦煌研究》2012 年第 5 期。
2 （唐）刘肃：《大唐新语》，中华书局，1984，第 162 页。
3 （后晋）刘昫等：《旧唐书》，第 4922 页。
4 （后晋）刘昫等：《旧唐书》，第 2601 页。

　　《启颜录》中的佛学论难程序是：先由"大德法师开道"，接着"俗有疑滞者，皆即论难"。此种"论难"，当是佛法普及的一种方式。文中用"援引大义，广说法门，言议幽深，皆存雅正"之语来夸赞法师高超的论辩才能，法师的才能越厉害，越能反衬马上要出场的石动筩的论辩才能，俗语云："有红花才能更衬红花。"石动筩此时是发难方，问法师："且问法师一个小义：佛常骑何物？"[1] 很平常的问语，但是暗藏玄机。法师没有多想，常规回答："或坐千叶莲花，或乘六牙白象。"石动筩听后，用"法师全不读经，不知佛所乘骑物"之语，反将法师一军，成功地引起了法师的好奇，故法师问道："檀越读经，佛骑何物？"接着石动筩"佛骑牛"的答语，让法师很费解："何以知之？"[2] 石动筩对"世尊甚奇特"的解释，使围坐四周的众人都哈哈大笑起来。能不笑吗？此"奇"非彼"骑"也。石动筩乘胜追击"今更问法师一种小事"，什么"小事"？拿经书说事："每经之上，皆云'价值百千两金'"，这有什么好问的？这说明佛经是极其珍贵的啊。石动筩的解读却并非如此，而是"未知'百千两金'，总有几斤？"是啊，"百千两金"到底是多少斤啊？是"百两"？还是"千两"？此"金"非彼"斤"也，如何不笑？"石动筩能够难倒他们，就会有'山外有山，天外有天'的效果。"[3] 石动筩利用文字的谐音，用貌似一本正经的态度、佯装不知的动作和语气，戏谑佛家的教义和经书。

　　石动筩经常用反问句式，非常喜欢以反问来进行"驳难"，如第 1 则《佛常骑牛》和第 2 则《总有几斤》中以"岂非骑牛"和"总有几斤"[4] 对北齐大德法师进行"驳难"，第 3 则《无是无非》中以"若为得"句式和"岂更得云"句式向大德法师进行"驳难"。第 4 则《天本姓也》中以"此岂不是天姓"向"儒生会讲"中的"博士"进行"驳难"。第 5 则《冠者几人》中以"岂合不解"之语向"国学中""论难"的"博士"进行发难。

　　第 3 则《无是无非》中"难"题是什么呢？法师所立"旧义"："无一无

---

1 《英藏敦煌文献》第二册，第 64 页。
2 《英藏敦煌文献》第二册，第 64 页。
3 王决、汪景寿、藤田香：《中国相声史》，北京燕山出版社，1995，第 26 页。
4 《英藏敦煌文献》第二册，第 64 页。

（二）、无是无非。"[1] 拜倒在法师"论难"之下的人有身为"儒生学士"的儒家
人士，也有同为佛门中人的"大德名僧"，由此可见当时的"论难"，既有佛门
内部的"论难"，也有佛教与儒家的"论难"。从"义理百端"[2] 几个字，可见当
时"论难"的繁荣和激烈。"无难得者"说明此僧的论辩才华。但"胜负一边
倒"的景象，有什么悬念？对于那些不是真心关心论难内容的人来说，也没什
么看头。此时的石动筩"请难此僧"，且夸下海口："必令结舌无语。"北齐高
祖的表情是"大悦"。石动筩是开始发表言论时的一番仪礼表演："于高座前襄
衣阔立"，以动作来辅佐言论，"问僧曰：'看弟子有几个脚？'""论难"和脚有
什么关系？这说明，当时的"论难"，不拘形式，只要能说出道理，难倒对方，
形式不拘一格。石动筩在"论难"时，像玩游戏一般，一会儿两脚，一会儿藏
一个脚，"问僧曰：'更看弟子有几个脚？'"在僧人回答"一脚"后，反问："向
有两脚，今有一脚。若为得'无一无二'？"僧人就从哲学意义上给予解释："若
其二是真，不应有一脚；脚即得有一，明二即非真。"石动筩以"僧义不穷，无
难得之理"来麻痹僧人的神经。下面之语才开始展示其论辩的才能，以"天无
二日，土无二王'，今者天子一人，临御四海"反问："法师岂更得云'无一'？"
以"卦有乾、坤，天有日、月，皇后配于天子，即是二人"反问："法师岂更得
云'无二'？"以"帝德广临，无幽不照，昆虫草木，皆得其生"反问："法师
岂更得云'无是'？"以"四海为家，万方归顺，唯有宇文黑獭，独阻皇风"反
问："法师岂更得云'无非'？"石动筩从皇权的角度解读法师所立之义，其一
番言论，赢得北齐"高祖抚掌大笑"。僧"嘿然以应"的"嘿然"传神地传达
出法师在"无难得者"之后被石动筩难倒后的羞愧模样和羞赧心理。石动筩先
假设对方所立观点是对的，在此基础上，逐一反驳，致使对方哑口无言。以此
博笑。

第6则《佛是日儿》中石动筩不从佛经内容进行反驳，而是从对方的佛的生
日的语言表达做文章，单纯地从语言的叙述角度，予以反击。农历四月八日，释

---

1 《英藏敦煌文献》第二册，第 64 页。
2 《英藏敦煌文献》第二册，第 64 页。

迦牟尼诞辰，是佛祖降生日，是佛教的"祝日"。

高祖于此日组织"斋会讲说"[1]，当时佛教的主要讲说人是"大德僧"，石动筩为何从这个方面去进行"辩难"？因为当时代表着佛教言论和俗家言论"道、俗论难"的双方是僵持阶段，"不能相决"。石动筩代表俗家，此处的"俗"是与"佛"相对，是指不分年龄、身份和地位的非佛门的俗世之人，石动筩以"乃问僧曰：'今是何日'"的疑问句开"难"，谁都知道"是佛生日"，石动筩从语言结构上解析此话，原来"日是佛儿"。僧人听石动筩的回答之后，调整策略，急忙"变云：'今日，佛生'"。石动筩又接以"佛是日儿"。俗家"论难"代表石动筩，利用对方所说之语，不从佛经的角度解读，而从语言结构的角度解析，利用像"大败"和"完胜"一样的话语的多样性解读去驳难大德僧，这也说明当时俗家辩难形式的多样性。

第8则《截鼻补眼》中"论难"的对象是隋朝"行业极高，又有辩捷"[2]的"三藏法师"，也有"朝官"参与，围观的人"道、俗"都有，"数千余人"，场面宏大。因其"父本商胡"，虽然出生地是"中夏"，但由其基因所决定的外在面貌，没有本土化，"仪容面目，犹作胡人"，这个特征被后面出场的赵小儿利用。"四月八日设斋讲说"，对其进行"发难"的佛教"大德名僧"等"有辩捷者"，都被法师"随难即对，义理不穷，无难得者"。在"前后十余人论议"败北的时候，"年始十三"的赵家小儿"于众人中出"。这说明"论难"应该是有时间和人数的规定。"欲来论议"而"形容幼小"的赵小儿的出场，并不被大家看好，因为从法师的角度"辩捷既已过人"，以上参加"论议"的，身份"皆是高名旧德"，所以围观人众的反应是"怪笑"。

但赵小儿"精神自若"，打的就是心理战。上来"就座"，走一下程序。利用法师是胡人的身份，声音很大地问僧："昔野干和尚，自有经文，未审'狐作阇梨'，出何典诰？"赵小儿虽利用"胡""狐"的谐音质疑法师是"野狐禅"。法师觉得此答案无论从哪个角度，对他来说，都不利，干脆避而不答，

1　《英藏敦煌文献》第二册，第65页。
2　《英藏敦煌文献》第二册，第65页。

利用赵小儿外貌作答："此郎君子，声高而身小，何不以声而补身？"法师以外貌说事，赵小儿亦用法师的外貌特征予以反问："法师既眼深而鼻长，何不截鼻而补眼？"赵小儿的回答，不仅内容相对，而且形式对仗，也很工整。围观人众的态度从"怪笑"转为"惊异"而"起立大笑"。法师由于轻敌心理，在遭受挫折之后，在"众人笑声未定"之时，"以所摇之扇掩面低头"来"思量答语"。赵小儿岂能放过这个画面。"又大声语云：'圆扇团团，形如满月，不藏顾兔，翻掩雄狐。'"直接将"狐""胡"对等，这不是直接在骂对方吗？这可见当时"论难"的宽容性。法师没有正面应对，而是"去扇"，不用扇子遮面了，不还有"如意"吗？但"如意"很不给力"如意头遂摆落"，这也可以从侧面看出，法师内心的慌张，肯定是用力过猛，如意的头，摆落地上。赵小儿也不纠缠，以一句"如意即折，义锋亦摧"结束"论难"。但其离去该有的礼节，还是不少，"长揖而去"。被难倒的僧人"既怒且惭"，但也没有进一步的言语。这说明，无论"论难"的内容是多么剑拔弩张，但其形式还是文质彬彬的。

众人的态度，已从"惊异"到"大笑"转为"无不欢笑，惊难称嗟"。由此可知，当时之人对"论难"的态度，也是看实力说话的。如"高名旧德"起眼的赵小儿，利用三藏法师的言语和内心的慌张，借力发力，得以取胜。赵小儿在"论难"时的言行，说明石动筩的言行并非胡搅蛮缠，其言行应该是被时人接受并称道的。

《启颜录》中的儒学论难，如第4则《天本姓也》中，"高祖又尝集儒生会讲"[1]。"又尝集"三字，说明此类官方"论难"活动的频繁。最后参加论议的石动筩问儒家的博士："先生，天有何姓？"博士回答："天姓高。"儒家博士的回答在石动筩的预料范围之内，就对儒家博士说，不必"学他蜀臣秦密"，因为"正经之上，自有天姓"，博士只需要引经据典就可以了。石动筩之语成功地勾起博士的兴趣，问石动筩："不知何经之上，得有天姓？"石动筩另类解读《孝经》"父子之道，天性也"，得出"天本姓'也'"的说法。

---

1 《英藏敦煌文献》第二册，第64~65页。

石动筩再一次地利用谐音，只是此"姓"非彼"性"。《唐会要》亦有儒家经典论难的记载："诸州府乡贡明经、进士见讫，宜令就国子学官讲论，质定疑义。"[1]

第5则《冠者几人》中石动筩"又尝于国学中看博士论难"[2]的"又尝"二字，说明当时的博士也是经常组织"论难"活动。石动筩利用典籍中的约数相连与倍数相对应的关系，而恰巧能得出总数的解读，使当时在座之人"大悦"，但"博士无以应对"。虽《考古编》中认为"此其转误，与小孤嫁彭浪，亦何异也？"[3]，然唐释道宣《佛道论衡》卷丙《高祖幸国学当集三教问僧道是佛师事第二》中云："论难之华，道俗同许。"卷丁《上在西京蓬莱宫令僧灵辩与道士对论一条》中云："为论难之体，褒贬为先。"故可推"论难"，是先下手为强，且在论难之时，不避手段。

由以上分析可知，《启颜录》中对"论难"的记载，虽涉唐突，但亦有其现实发生的基础。尤其是有关优人石动筩笑话的记载，可信度相对较高。而用《法华经》和《观音经》进行论难的记载，结合正史的记载来看，其产生的可信度相对较低，当是托名或误传。由此反观，此类笑话产生的现实基础，则必是在《法华经》和《观音经》[4]大盛之时，其经文可以为人信手拈来，此类笑话才可能产生。

佛教"正式场合"的论难，即以"大斋日"或"四月八日"等某种缘由，法师"升高座"而举行的论难活动。《启颜录》对此类的记载中，由第3则《无是无非》中"高祖乃令法师升高座讲"之语和第8则《截鼻补眼》中的赵小儿在论难之初"即来就座"，以及其论难结束"即于座前，长揖而去"之语，可推知在正式场合的论难中，论难双方均有专属的座椅，不管论难的内容多激烈，论难双方还是要讲究一定的礼仪和风度。

1 （宋）王溥：《唐会要》，中华书局，1955，第1159页。
2 《英藏敦煌文献》第二册，第65页。
3 （宋）程大昌：《考古编》（《景印〈文渊阁四库全书〉》，第八五二册），台湾商务印书馆，1986，第52页。
4 据《启颜录》中同时出现《法华经》和《观音经》的记载来看，在当时《观音经》便已从《法华经》中抽离。

三　官员同戏

关于官员处理案件，第 20 则《厅边觅虱》可谓是犯罪者的福音。隋朝的洛阳令柳真在要打"合决杖"的犯罪人时，忽遇"客来觅"，但此时"脱犯罪人衣裳于庭中"[1]，还没开打。"柳真引客，向房中话语"，柳真接待客人去了，当然就打不成了。天气寒冷，这个犯罪的人就去晒太阳，向厅屋头向日"，并取了刚才准备开打前脱下的"袄子散披蹲地"，不敢穿啊，还没挨打呢。边晒太阳边找身上的虱子，非常惬意。这时候，柳真会客完毕，"送客出厅门"，转身回来的时候，那个恼怒啊：远远看见不穿衣服、东寻西觅虱子的人，如此不讲礼仪，败风坏俗的人是谁？高声喊道："是何勿人？敢向我厅边觅虱？"此时不闪，等待何时？"此人出门，径走。"柳真"更不寻问"，完全忘记了"合决杖"一事，其下属呢？也只能"呵呵"了事。

所以，第 29 则《鞍桥作领》中称妻子为"痴物"[2]的鄠县人才会有"倘逢不解事官府，遣坏下领捡看"的言论。这两则都从侧面反映出当时个别官府断案的混乱与不合常理。

如何进入官场呢？靠自己努力，如第 38 则《嘲竹语墙》中的书生用嘲语和传语引起当权者温彦博和杜如晦的注意和赏识，而得官。期望借助外力，如第 42 则《就胡眼看》中挖空心思、"访诸瑞物"[3]的富人，因为"隋开皇初，高祖新受禅，意欲上合天心、下顺人望"，这时候只要"有人来献瑞物"，就会立马"得官"。侯白就是利用他的这种心理，戏耍了他。

既然为官，就要上朝，也会下朝，第 18 则《做官几番》就是关于官员下朝之后发生的笑话。时任"尚书省员外"[4]的王德下朝后，回的是"尚书厅"，笑话中对此的背景解释是"为人健忘"。大模大样地"坐尚书床上，令取线鞋来脱靴"，为我们还原当时下朝的情形，可以看出上朝时的衣着讲究。需要"向厕"，

1　《英藏敦煌文献》第二册，第 66 页。
2　《英藏敦煌文献》第二册，第 68 页。
3　《英藏敦煌文献》第二册，第 70 页。
4　《英藏敦煌文献》第二册，第 66 页。

把上朝所用的"笏"交给身后的"番官"，番官接过"笏"，不敢离开，只能"把笏立于厕门之侧"，王德上完厕所出来之后，从番官手里"取笏上厅坐"，问："君是何人？"在得知"是番官"的答语之后，"德乃执笏近前，揖曰：'公作官来几番？'"规规矩矩、毕恭毕敬地向对方行礼，他又忘了此"番"非彼"番"。

梁章钜在《归田琐记》之《上衙门》(《笑笑录》中此则名为《衙参》[1])中发出这样的感叹："州县衙参情状，各省大略相同，桂林有分段编为戏出者，尤堪喷饭。一曰乌合，二曰蝇聚，三曰鹊噪，四曰鹄立（站司道班），五曰鹤警，六曰凫趋，七曰鱼贯，八曰鹭伏，九曰蛙坐，十曰猿献（谢茶），十一曰鸭听，十二曰狐疑，十三曰蟹行，十四曰鸦飞，十五曰虎威（各喊车夫），十六曰狼餐，十七曰牛眠，十八曰蚁梦。此皆余所见所闻者，当时不觉其可笑，归田后，历历忆之，真可入《启颜录》也。"[2]《明诗综》中亦有"可入《启颜录》"[3]之语。

1　（清）独逸窝退士：《笑笑录》，新文化书社，1924。

2　（清）梁章钜：《归田琐记》，中华书局，1981，第138页。

3　《明诗综》(《景印文渊阁四库全书》第一四六零册)，台湾商务印书馆，1986，第333页。

价值研究篇

第七章 一部活生生的"嘲"史
——《启颜录》的史料价值

"嘲"有"嘲戏""嘲笑"之意,见《解嘲》:"今子乃以鸱枭而笑凤皇,执蝘蜓而嘲龟龙";也有"吟咏"之意,见《北史·薛孝通传》:"帝因与元翌及孝通等宴,兼奏弦管……因使元翌等嘲,以酒为韵",韩愈《双鸟诗》:"自从两鸟鸣,聒乱雷声收,鬼神怕嘲咏,造化皆停留"将"嘲咏"二字连用,"谓歌咏以嘲讽"。

东方朔《答客难》、宋玉《登徒子好色赋》等汉大赋中,很多语句都含有"嘲戏"意味。汉末孔融将此点发扬,行文有"杂以嘲戏"的特点。

嘲戏,即"调笑戏谑",见晋葛洪《抱朴子·疾谬》:"嘲戏之谈,或上及祖考,或下逮妇女";亦指"调笑戏谑之辞",见三国魏曹丕《典论·论文》:"孔融体气高妙,有过人者;然不能持论,理不胜词,以至乎杂以嘲戏"。

作为一种文体的"嘲",有广义和狭义之分,广义的"嘲"包含狭义的"嘲"、"嘲"("咏")诗和"解嘲"。《启颜录》"滚雪球"式的成书过程中对广义的"嘲"的收录,使其在无形当中成为一部活生生的"嘲"史。

第一节 《启颜录》中的"嘲戏"

《启颜录》中收录很多有关"嘲戏"的内容,为后人研究"嘲戏"提供了丰富的资料。

一 "嘲"诗

《启颜录》中有关"嘲"诗的记载,非常有价值。

1. 作为一种文体的"嘲"

从《后汉书》中"(朱)穆……所著论、策、奏、教、书、诗、记、嘲,凡二十篇"和"张超……著赋、颂、碑文、荐、檄、笺、书、谒文、嘲,凡十九篇"[1]两处的记载,可知"嘲"曾是一种文体,其具体式样如何,因不见有载,而不能确知。然从现存扬雄作《解嘲》的原因"时雄方草《太玄》,有以自守,泊如也。或嘲雄以玄尚白,而雄解之,号曰《解嘲》"[2]之语逆推,"嘲"这种文体应大体类似扬雄《解嘲》、归属于韵文的文体形式。观《三国志·诸葛恪别传》即可知"祎停食饼,索笔作《麦赋》,恪亦请笔作《磨赋》,咸称善焉"[3]。

"嘲"作为一种诗体形式,在《启颜录》中常见。

2. 作为一种文体的"咏"

"咏"也是一种文体名,由元稹《乐府古题序》中"《诗》讫于周,《离骚》讫于楚,是后,诗之流为二十四名:赋、颂、铭、赞、文、诔、箴、诗、行、咏、吟、题……皆诗人六义之余,而作者之旨"可知,"咏"会再具体一些,是一种诗体名。《书·舜典》中有言:"诗言志,歌永言。"汉傅毅《舞赋》中亦载:"臣闻歌以咏言,舞以尽意。是以论其诗,不如听其声;听其声,不如察其形。"唐权德舆《唐故漳州刺史张君集序》:"开卷三复,追怀旧故,咏言击节,髣髴如闻。"后"咏言"指诗歌,见唐贾岛《寄沧州李尚书》诗:"迢递瞻旌纛,浮阳寄咏言。"三国魏阮籍亦有《咏怀诗》八十二首。这说明"咏"作为一种诗体形式,得到很多文人的追捧和使用。

3.《启颜录》中的"嘲"("咏")诗

第121则《箭不着垛》中在欧阳询作诗"曰"前所用的字,在《太平广记》《类说》《古今事文类聚前集》《古今合璧事类备要前集》《山堂肆考》中是"嘲"

---

1 (南朝·宋)范晔撰,(唐)李贤等注《后汉书》,第1473、2652页。

2 《汉书·扬雄传下》。

3 (晋)陈寿撰,(南朝·宋)裴松之注,陈乃乾校点《三国志》,第1430页。

字,在《广滑稽》《捧腹编》《御定佩文韵府》《御定月令辑要》中是"咏"字,对同一件事情,在同一首诗前的表述上,分别用"嘲"字和"咏"字,说明此语境下,二字皆可使用。而"嘲"字和"咏"字,亦可连用,表示"嘲讽"之意,见唐韩愈《双鸟诗》云:"自从两鸟鸣,聒乱雷声收,鬼神怕嘲咏,造化皆停留。"后世亦将此相连的二字与"滑稽"同用,见宋沈作喆《寓简》卷十:"(邢俊臣)性滑稽,喜嘲咏。尝出入禁中,善作《临江仙》词,末章必用唐律两句为谑,以调时人之一笑。"

《启颜录》中"嘲"("咏")诗可分为"单嘲诗"和"互嘲诗"。所谓"单嘲诗",指一方嘲弄另一方作的诗。所谓"互嘲诗",指互相嘲弄的双方作的诗,又可分为互嘲双方各自作的诗和互嘲双方共同作的诗。

"单嘲诗"有对人的"嘲"和对物的"嘲"。第108则《明嘲热客》、第111则《钦嘲巨明》、第121则《箭不着垛》、第122则《咏犯夜者》、第123则《咏杨文瓘》、第124则《咏三黑面》、第125则《咏不得阶》、第132则《咏伛偻人》和第135则《泪眼相送》是对人的"嘲",第134则《天地杂诗》和第136则《桃瓠墙河》是对物的"嘲"。

第111则《钦嘲巨明》是"魏繁钦嘲杜巨明",诗由两句七言和八句四言组成。第108则《明嘲热客》是"晋程季明"嘲"不晓事"的"热客",是十八句五言组成的五言长诗。第121则《箭不着垛》是欧阳询为"唐宋国公萧瑀不解射"一事所作嘲诗,是八句五言组成的五言律诗。

第122则《咏犯夜者》、第123则《咏杨文瓘》和第124则《咏三黑面》是唐朝"长安令刘行敏"因所见所感而作的三首"咏"诗,第122则《咏犯夜者》和第123则《咏杨文瓘》是五言律诗。第122则《咏犯夜者》是刘行敏闻"鼓声动向朝"时,于街首逢"被武侯执缚"的犯夜崔生,首联是对事件进行回顾,颔联是对崔生的狼狈外形进行解释,颈联是对崔生所受惩罚的描述,尾联是刘行敏由此而引发的感慨。第123则《咏杨文瓘》是刘行敏对"能饮"的"户部侍郎""武陵公杨文瓘""错"宴延陀儿一事所作的"咏"诗,首联是夸赞武陵公"爱客",颔联是对事件进行叙述,颈联是述说此事被发现的经过,尾联是对此事而生发的感叹。第124则《咏三黑面》中的"咏"诗,是五言绝句,是刘行敏对"面甚黑"的"李叔慎、贺兰僧伽"和"长安令""杜善贤"三人所作的"咏"诗，句句不提"黑"字，但是"乌马""漆弓""北山熊"一致指向"黑"字。

第125则《咏不得阶》是唐朝窦昉为"旧任奉礼郎"的许子儒作的"咏"诗，是十二句五言组成的五言长诗。第132则《咏伛偻人》是"傍人"对"伛人"所作的"咏"诗，是五言律诗，嘲其"腰曲伛偻""低头而行"。

第134则《天地杂诗》、第135则《泪眼相送》和第136则《桃瓠墙河》是高敖曹对生活有感而发的三首《杂诗》，是四句五言组成的五言绝句。《天地杂诗》以戏谑的手法，将"开坛"或"开门"比为"张口"，将"卷席"比为"床剥皮"，可看出高敖曹于平淡的日常生活中作乐的心情。《泪眼相送》本是一首伤离别的诗，描摹在"桥头"分别的一幅画面。然此诗虽意在劝人不要伤离别，然其以近乎白描的手法，将"送""泪""愁"入诗，却给人以滑稽之感。《桃瓠墙河》同《天地杂诗》，亦是高敖曹对日常百姓常见之物的描摹，通过直白的外观描述将"桃""瓠""墙""河"四种常见之物入诗，白描手法，颇觉滑稽。后世对高敖曹两首嘲物诗中对所嘲事物的外在形态的直观描写的手法有所继承。

"互嘲诗"有第51则《韶梦周孔》、第57则《梧桐待凤》、第89则《头毛未生》和第109则《鞭拍袆背》。

第51则《韶梦周孔》是后汉边韶与弟子之间的互嘲，弟子以四句三言嘲边韶"昼日假寐"，边韶以六句三言、两句六言加两句四言对弟子进行反嘲。

第57则《梧桐待凤》和第109则《鞭拍袆背》是吴臣诸葛恪和蜀使费袆在吴国时发生的笑话。《梧桐待凤》中费袆以四句四言嘲吴国群臣的"无知"，诸葛恪以六句四言反嘲费袆的自高自大。《鞭拍袆背》中费袆以两句七言做铺垫，以两句四言嘲诸葛恪为"执鞭之士"，诸葛恪以四句四言反嘲费袆在吴国的傲慢之举。

第89则《头毛未生》是唐时法轨和李荣在"往共论议"时，共同所作的一首"咏"诗，属五言绝句。前两句乃法轨所作，以李荣的名姓嘲其作为唐时"李"姓不"荣"的事实，后两句乃是李荣所"应声接"语，是对法轨身高和其作为僧人社会身份的反嘲。

由《启颜录》对"嘲"（"咏"）诗的记载，可推知"嘲"（"咏"）诗诗句的特点：（1）使用形式上，对方用几言"嘲"，反"嘲"也会用几言，后汉时喜用三言句入"嘲"（"咏"）诗，三国时喜用四言句入"嘲"（"咏"）诗，唐时喜用五言句入"嘲"（"咏"）诗；（2）内容多寡上，唐时反"嘲"语句与其要辩驳的诗句内容大体一致，而在后汉和三国时，反"嘲"诗句要比要辩驳的诗句的内容要多一些。

《启颜录》化用《千字文》入诗的是第 106 则《敬三老等》，藏《千字文》入诗作嘲的是第 129 则《抱一嘲客》和第 131 则《互嘲患疾》。

据《隋书·经籍志》记载："《千字文》一卷，梁给事郎周兴嗣撰。《千字文》一卷，梁国子祭酒萧子云注"考《梁书·周兴嗣传》所载，周兴嗣撰有"《次韵王羲之书千字》"，《梁书·萧子云传》中并无其为《千字文》作注的记载，然《梁书·萧子范传》中载：萧子范被"使制《千字文》，其辞甚美，王命记室蔡薳注释之"，可知《隋书·经籍志》中记载"周兴嗣撰"乃是"周兴嗣次韵"之误，"萧子云注"当是"萧子范制"之误。《旧唐书·经籍志》记载："《千字文》一卷，萧子范撰。又一卷，周兴嗣撰。"据上可知《旧唐书·经籍志》中记载"萧子范撰"属实，而"周兴嗣撰"是"周兴嗣次韵"之误。《宋史·艺文志》中仅载："《千字文》一卷，梁周兴嗣次韵。"这说明，梁萧子范所撰《千字文》，在宋时已不见流传，目前所流传的是周兴嗣"次韵"的《千字文》。

第 106 则《敬三老等》中以诙谐的手法，摘取《千字文》中诗句，打乱其原有次序，将其重新排序，组成对"敬白社官三老等"乞社的滑稽新诗。第 129 则《抱一嘲客》是封抱一对过客的"嘲"，诗句藏《千字文》中的"黄、塞、明、短"四字，"黄塞"暗指鼻涕漫鼻，"明短"暗指眼睛有疾病。第 131 则《互嘲患疾》是一齆鼻人与一侧眼人的互嘲，诗句藏《千字文》中的"昃、翳、馨、塞"四字，"昃翳"是齆鼻人嘲侧眼人的"患眼侧睛及翳"，"馨塞"是侧眼人嘲齆鼻人的"患齆鼻"。若想理解此类笑话，需是对《千字文》熟悉的人。

二　狭义的"嘲戏"

狭义的"嘲戏"，指"嘲"在非成熟状态时的表现形式，以区别于"嘲"在成熟状态时有固定表现形式的"解嘲"。

《启颜录》中有第 39 则《须多鼻大》、第 52 则《裔辩孙权》、第 53 则《署潞涿君》、第 56 则《所出同耳》、第 103 则《都有功德》、第 110 则《亦有丹朱》、第 112 则《傍河牵船》、第 113 则《两猪一槽》、第 114 则《神锥神槌》和第 120 则《神德戏宝》。

第 52 则《裔辩孙权》和第 53 则《署潞涿君》是官方外交时的嘲戏。《裔辩孙权》是吴主孙权与"郡人雍闿缚送"至吴的蜀国"益州太守"张裔之间的嘲戏，分别以各国的风俗人情作嘲。《署潞涿君》是蜀先主刘备与刘璋"从事"张裕之间的嘲戏，分别以"饶须"和"无须"作嘲。

第 56 则《所出同耳》、第 110 则《亦有丹朱》和第 120 则《神德戏宝》是官场生存时的嘲戏。第 56 则《所出同耳》是诸葛恪与吴国太子在吴主孙权面前的嘲戏，诸葛恪因"所出同"，以"食鸡卵三百枚"反嘲太子的"食马矢一石"。第 110 则《亦有丹朱》是诸葛瑾之子诸葛恪与豫州别驾向台，在"张昭坐中"的嘲戏，向台以"亦有丹朱"反嘲诸葛恪"四凶在下"的嘲语。第 120 则《神德戏宝》是唐初梁宝和贝州赵神德（或赵仲德）之间的嘲戏，梁宝嘲其眼"赤"，亦遭被嘲己颜"黑"。

其余五则是日常生活中的嘲戏。第 114 则《神锥神槌》是"晋祖士言与钟雅"之间的嘲戏，分别以"槌""锥"互嘲。第 112 则《傍河牵船》和第 113 则《两猪一槽》是刘道真嘲戏路人，反被路人嘲戏的笑话。嘲语的对仗比较工整。第 39 则《须多鼻大》是唐初"先各知名"而"不相识"的贾元逊和王威德在"兼唤此二人"的酒席上的嘲戏，分别以隐语的形式，嘲"元逊髭须甚多，威德鼻极长大"。第 103 则《都有功德》是唐时窦晓和乐彦伟之间的嘲戏，以"甚有功德"的释语尽嘲戏之能事。

以上分析可知，历史名人可入嘲戏，风俗人情可入嘲戏，身体特征可入嘲戏，常见之物可入嘲戏，所见之景亦可入嘲戏。事事皆可嘲，物物皆可戏。

第二节　《启颜录》中的"解嘲"

笔者所谓的"解嘲"，特指"嘲"在成熟状态的特定表现形式，是一种定型化、模式化的"嘲戏"活动。所谓的"模式化"是指解嘲人在述说"嘲语"之前，不管周围人是否知道所嘲对象，都要先以某种形式点明所嘲对象，然后再进行"嘲"。"解嘲"可独立存在，用以戏谑以助众人之兴，亦可以穿插在酒令等活动之中，与狭义的"嘲戏"，是一种递接成长的关系，与广义的"嘲戏"，是类属的关系，与"嘲语"的关系，是"解嘲"是对以某种特定形式的"嘲语"为标志的"嘲戏"活动。

《启颜录》中有关"解嘲"的有：第 32 则《之才嘲王》、第 33 则《嘲卢元明》、第 34 则《马王互嘲》、第 35 则《无耳有面》、第 36 则《破皮不韵》、第 37 则《嘲酒酸淡》、第 38 则《嘲竹语墙》、第 54 则《无犬为蜀》和第 126 则《甘王嘲姓》。

一　标志"解嘲"开始的形式

标志"解嘲"开始的形式有以下五种。

第一种，以"×（此节中，笔者均以"×"代表嘲语中的所嘲对象，下文不再说明）×"或"者字"的方式开启"嘲语"，如第 33 则《嘲卢元明》和第 54 则《无犬为蜀》。

第二种，以某种描述或解释性的话语开启"嘲语"，如第 32 则《之才嘲王》中王元景以"人名'××'"和徐之才以"'×'之为己"的形式开启各自的嘲语。

第三种，直接说出所"嘲"对象，如第 34 则《马王互嘲》、第 35 则《无耳有面》、第 37 则《嘲酒酸淡》和第 38 则《嘲竹语墙》，均是直入主题，直接点明所嘲对象开启嘲语。

第四种，为掩藏自己所嘲对象而直接说"嘲"以开启嘲语。如第 36 则《破皮不韵》，双方均直接说"嘲"以开启嘲语。故意不言明所嘲对象，使所嘲对象隐藏在嘲语中，以戏弄对方，寻求乐趣。

第五种，是在"解嘲"活动进行当中，"反嘲"的一方进行还击的时候，没有任何形式的开启，而是顺着对方嘲弄自己的所嘲对象的性质进行反嘲，此种情况，没有任何形式的"嘲语"开启形式，而是直接进攻对方嘲弄己方的要害，如第 54 则《无犬为蜀》。

二 "嘲语"形式

在标志"解嘲"开始的话语之后，紧跟的是"嘲语"，"嘲语"多种多样，可长可短。

第一种，用与所嘲对象外形相似的反义词进行的"嘲语"。如第 32 则《之才嘲王》，王元景对徐之才"之才"二字的"嘲语"："以仆所解，当是'乏才'。"用"乏"与"之"相对。

第二种，从文字的角度，对所嘲对象进行或加减笔画，或加减部首偏旁，或加减可以用来组字的其他字，以达到戏耍对方的"嘲语"。如第 32 则《之才嘲王》，徐之才反嘲王元景的姓"王"的语句"在言为証，近犬便狂，加颈足而为马，施角尾而成羊"，便是用"証""狂""马""羊"在"王"的基础上的"增"出来的，以达到戏骂王元景，让其"无以对"的目的。通过拆分游戏而相互嬉骂取乐，这肯定是文人的笑话，非文人，也看不懂此类笑话。但是，由于古今字形变迁，如古"証"今"诳"，和繁简字形的转换，如繁"馬"简"马"，而使此嘲语不能为现在的人所理解，以此为载体的笑话，也就失去了其生存的土壤。第 33 则《嘲卢元明》，徐之才对卢元明姓"卢"的"嘲"："安亡为虐，在丘为虚，生男为虏，配马成驴。"用的也是"增"，此嘲语也牵涉诸如古"亾"今"亡"、古"甥"今"男"的古今字形的变迁，诸如变"虐"为"虐"、变"虗"为"虚"古今字形变迁和俗写形式的改变和诸如变"虜"为"虏"、变"驢"为"驴"繁简字形变迁和俗写形式的改变。此类笑话，由于字形的变迁，如果是简体字形的话，很难让人理解。

第三种，对所嘲对象进行拆分组合的"嘲语"。如第 33 则《嘲卢元明》，卢元明对徐之才姓"徐"的"嘲"："乃未入人"。原卷中的"徐"是隶定，书写形式是"徐"，可以分拆为"彳""入""未"，可以排列成"未入人"的文字游戏。

第四种，对所嘲对象进行拆分，并将所嘲对象拆开之后加以拟人或拟物化的"嘲语"，与之前的所嘲对象组成类似诗句的形式。如第 34 则《马王互嘲》，"姓马"者对"王"字的"嘲语"："元来本姓'二'，为你漫走来，将丁钉你鼻"。将"王"字拆开为"二"和"丁"，马姓人以拟人化的语句对王姓人进行戏弄。于是，姓王者嘲"'马'字"的"嘲语"是"原来本姓匡，拗你尾子东北出，背上负王郎"。将"马"字拆开为"匡"之后，将"马"字的剩余部分拟物化为"尾子"，再加上方向"东北"，便将马姓人直接戏骂了。此则，繁体"馬"字，简写为"马"，已经不能进行原来的拆分。

第五种，对仗形式的"嘲语"。如第35则《无耳有面》，解嘲人对"水恶"的"嘲语"是"头如镰柯尾如凿，河里搦鱼无僻错"，前七个字是对水恶鸟外形"头"和"尾"的解释，形象非常逼真；后七个字是从"搦鱼"的角度对水恶鸟功能的简介。仅仅14个字，使水恶鸟的形象活灵活现，栩栩如生，如在眼前，所以，让刘"黑闼大悦"。

第六种，用排比句式的"嘲语"。如第35则《无耳有面》，解嘲人对"骆驼"的嘲语是"项曲绿，蹄波他，负物多"。前两个三字句是对"骆驼"外形的描述，后一个三字句是对"骆驼"功能的总结。这说明当时民间解嘲人对动物的解嘲，先是抓住其外在的主要特征进行解释，然后是对功能特性的总结。当然，模仿解嘲人的"嘲语"是完全不顾所嘲对象的僵硬模仿，所以解嘲人被"赐绢五十疋"和"更令索五十匹绵，令着右膊上将去"，而模仿解嘲人的下场是"令割却一耳"和"又令更割一耳"，没有"绵绢"，但"割却两耳"，只有"面"。其存在的主要价值，完全是处于被"嘲笑"的需要。不过，此则也可反推"嘲语"在当时应是可以学习的，也应是有个学习过程的，其所说的僵硬模仿"嘲语"与此处论述的"嘲语"的似无关，不在论述范围之内。

第六种，对所嘲对象进行戏弄想象的"嘲语"。如第36则《破皮不韵》，张荣的"友知"之一，对张荣的"嘲语"是"抽你皮作马鞭梢"，对现实生活中不可能发生的"抽皮"进行想象。张荣还击的"嘲语"是"剥你皮作被袋"，同样是想象。这两个"嘲语"把现实生活中的普通事物拉进去戏弄对方，从"何因不韵"四字，推知此则应是文人生活中的互嘲。从"张荣亦善嘲戏"的"亦"字，可推当时喜欢和善于"嘲戏"的人很多，在当时是一种普遍性的存在。

第七种，在运用拟人化或拟物化的基础上藏头的"嘲语"。如第37则《嘲酒酸淡》，一人对酒的"嘲语"是"何处漫行来，腾腾失却'酉'"，将静态不会动的酒动态化为会到处走，且会丢失"酉"的"水"，"水"是藏头。次一人对酒的"嘲语"是"头似阿滥馄头",将酒拟物化为"非鹑头"的"阿滥馄头","非鹑头"是藏头。次之一人对酒的"嘲语"是"向他篱头,四脚距地尾独速"。因对众人"笑云:此嘲最是无豆"不满的答语"我若有豆,即归舍作酱。何因此间喝醋来?"才是此则"嘲语"的高峰。"无豆"是藏头。

第八种,类似谜语的藏头"嘲语"。如第 39 则《须多鼻大》贾元逊与王威德的互嘲。王威德对贾元逊的"嘲语"是"千具殺狐皮,唯裁一量袜"。其头藏在"余皮既多,拟作何用"中,剩余很多皮毛做什么呢?"拟作元逊颏"嘲笑贾"元逊髭须甚多"。贾元逊反嘲王威德的"嘲语"是"千丈黄杨木,空为一个梳"。其头亦藏在"拟作何用"中,不过不是"余皮",而是"余木"。剩下那么多木头,用来干什么?"拟作威德枇子"的答语让"四座莫不大笑"。何故?"枇"音同"鼻","枇子"乃"鼻子"也。此乃嘲讽王"威德鼻极长大"。以隐藏的话语把对方的缺点曲致委婉地表达出来,以此取乐,这属于生活嘲语,不牵涉文字,不分文人非文人,只要有生活常识的人都可听懂。

第九种,表面上看,用的是拟人化的手法,实则是以物说人,用物来指责人的"嘲语"。如第 38 则《嘲竹语墙》,裴"落第"者对"竹"的"嘲语"是"风吹青肃肃,凌冬叶不凋,经春子不熟。虚心未能待国士,皮上何须生节目?""风吹青肃肃"5 个字勾勒出一幅风中静竹的画面,有静有动,用动态化的笔调描述动态化的青竹。"凌冬叶不凋,经春子不熟"是对其外在特征和性能的描述,但下面话锋一转"虚心未能待国士,皮上何须生节目?"指责之意,溢于言外。此处的"嘲语"形式同民间解嘲人的"嘲语"形式。不过,形式虽相同,但其内在实大不相同。为何? 民间解嘲人"嘲语"的最大功能是娱乐,此则"嘲语"的最大功用是指责当时任仆射的温彦博为官的不作为。有关"屏墙"的"传语"是有关"竹"的"嘲语"的接应,虽不算是狭义的"嘲"的范围,但也可归纳为广义的"嘲"的范围。所谓狭义的"嘲",是指用"嘲"的形式,即由标志"解嘲"开始的话语和具体解嘲的部分共同组成的"嘲"。广义的"嘲",指话语中含有与"嘲"功能相同的,都可纳入广义"嘲"的范围。"传语"的内容是"方今圣上聪明,辟四门以待士。君是何勿人? 在此妨贤路。推到彦博!"其中,"方今圣上聪明,辟四门以待士"是传语者对当今局势的评论,或者说是其为所传之语"造的势"。"君是何勿人？"把焦点转移到所传对象上。"在此妨贤路"是对其所作所为的评价。笔者认为，最后两个字"推到"才是传语者要传达给传语对象的最重要内容。此处可以明显看出"传语"与"嘲语"形式上的不同。"嘲语"的一般形式是：先描述所嘲对象，然后以其功能性的指向进行相嘲。但传语的形式是：先发表议论，然后给出指令。

三 "解嘲"类别

"解嘲"根据"嘲语"的多寡可分为"单解嘲""互解嘲""群解嘲"。顾名思义，"单解嘲"是指就所探讨的解嘲对象而言，有且只有一个"嘲语"出现的解嘲活动。"互解嘲"是指就双方有往来互动的嘲戏而言，有两个"嘲语"出现的解嘲活动。"群解嘲"是指就大家互相嘲戏的对象而言，有三个或三个以上的"嘲语"出现的解嘲活动。

1. "单解嘲"

第35则《无耳有面》中有四个解嘲对象，分别是水恶鸟、骆驼、猕猴和老鸥，对这四种解嘲对象的"嘲"，分别由解嘲人和解嘲人的模仿者完成。解嘲人对水恶鸟和骆驼的解嘲是符合生活事实的，故得"赏赐"，解嘲人模仿者对猕猴和老鸥的"嘲"是生搬硬套解嘲人对水恶鸟和骆驼的"嘲"，故受"屠割"。

从"访人解嘲"之语，可知"解嘲"在当时可作为一项生存技能。从其所说嘲语来看，先描述所嘲对象的外在特征，继而描述其功能特征，与文人雅士以文字的拆合进行嘲戏不同，故可推此类解嘲人当属非文人雅士的民间解嘲人。从解嘲人模仿者对解嘲人"倒地"的动作亦加模仿来看，专业解嘲人在解嘲之时，除善于创作嘲语之外，应该还附加有动作表演的成分在内。

解嘲人直接进入主题。第一次解嘲，以两句七言对"水恶鸟"进行解嘲，上句"头如镰柯尾如凿"是对水恶鸟外形特征的描摹，下句"河里搦鱼无僻错"对水恶鸟的功能特征予以概况。以三句三言对"骆驼"的解嘲，前两句"项曲绿，蹄波他"是对骆驼外形特征的描述，第三句"负物多"是对骆驼功能特征的刻画。解嘲人模仿者夸耀自己"极解嘲"，在嘲"猕猴"时直接套用解嘲人对"水恶鸟"的嘲语,在嘲"老鸦",直接套用解嘲人对"骆驼"的嘲语。从其对嘲语的生搬硬套来看,其并没有领略到解嘲的要旨。

第38则《嘲竹语墙》中(裴)略第者以三句五言加两句七言对"竹"进行解嘲的大胆言行,获得官场生存的条件,达到其得"官"的目的。三句五言中,第一句"风吹青肃肃"是对竹外在形态的整体描摹,"凌冬叶不雕,经春子不熟"是对其成长环境以及其成长进度予以叙述。两句七言,是因竹子的外形特征与当时社会的外在价值观产生联想,而发出的疑问:"虚心未能待国士,皮上何须生节目?"

后世的不同流传版本中对嘲语的改动,可见解嘲活动的没落,此点后文详述。

"单解嘲"类中的嘲语,多是对生活常见之物的外形特征和功能类型的描摹与刻画。

2. "互解嘲"

第54则《无犬为蜀》是薛综以四句四言对国名"蜀"和"吴"从文字的拆合方面进行解嘲。对"蜀"的嘲中前两句"有犬为独,无犬为蜀",意为"蜀"字加"犬"旁为"独"(繁体为"獨"),而后两句"横目句身,虫入其腹",将"蜀"字拆分为"罒""勹""虫",以嘲蜀国。对"吴"的嘲中,前两句"无口为天,有口为吴",将"吴"字拆分为"口"和"天",利用"以'天'为万物主宰"的观念,引出下两句"君临万邦,天子之都",以褒扬己国。在薛综的两个嘲语中,从其所用字句可见嘲语的感情倾向:在嘲他中往往是贬低的情感,在自嘲中则会放入褒扬的情感。

第32则《之才嘲王》和第33则《嘲卢元明》是对姓和名进行解嘲,第34则《马王互嘲》和第126则《甘王嘲姓》均是对对方的姓予以解嘲,都是通过拆字、增字进行嘲戏,即用文字的拆拆合合来对解嘲对象进行嘲戏,这充分表明解嘲活动活跃于文人雅士之间。

3. "群解嘲"

第37则《嘲酒酸淡》中三人均是对"酒"进行解嘲,第一个人沿用嘲戏对字拆合的传统,是用两句七言对"酒"字可以拆分为"水"旁和"酉"字,对字进行拆分，即：酒－酉＝水，意思是"酒味"等同于"水味"，用以嘲"酒味"的"薄"。

第二个人没有沿用文人雅士常用的拆字嘲，而是使用生活中的鸟名予以嘲戏，不主动追求嘲语的对仗和押韵等外在形式，而是以"阿滥馋头""非鹑头"，用"鹑"谐音"纯"和"醇"，则同时嘲笑了"酒"的"纯度"和"醇香"。

第三人的嘲语沿用生活中常见之景进行解嘲，从"四脚距地尾独速"可见刻意追求文句雅致的倾向，然所用字眼乃是俗语，仍提升不了用语的雅致。"狗"谐音"酒"，以嘲弄众人，所以，得到"最是无豆"的评价，这个评价才是所要表达的真正嘲语，因为"无豆"，不能"归舍作酱"，只能在"此间喝酢"，一个"酢"字嘲尽"酒味"的酸与淡。

从"群解嘲"中对同一个解嘲对象所做的嘲语来看，文人雅士之间也喜用民间生活常见景物进行解嘲，将对生活景物的解嘲和对文字拆合的解嘲被完美地杂糅和嫁接在一起。

以上分析可知，"解嘲"活动在三国时已定型，但还不稳定；在南北朝时，渐趋稳定；隋唐之时，已经稳定，形成其固定的模式。在隋末唐初之时，出现专业的"解嘲人"，会"解嘲"，甚至在某种特定的场合，可以决定一个人的命运走向。

三国、南北朝的"解嘲"活动中，不管是对国名的"嘲语"，还是对人名的"嘲语"，均集中于文字方面，或是对文字的拆，或是对文字的合，以此达到笑谑的目的。这说明，此类"解嘲"，多是在文人雅士之间盛行。此种，隋唐仍在延续。然隋唐之时，不局限于此，也出现许多对非文字方面的"嘲语"。如第35则《无耳有面》，解嘲人直接说出其所"嘲"对象"水恶（鸟）"，以及模仿解嘲人的"相识人"也是直接说出所"嘲"对象"猕猴""老鸱"，通过解嘲人和模仿人的举止言行来看，在隋末之时，是有专门以"嘲"为业的民间解嘲人的存在，由此处亦可看出，民间解嘲人直入主题，以吸引观众的"嘲"的形式。如《嘲酒酸淡》中隋朝"入店饮酒"的"三四人"中的三个人对酒的"嘲"，都是直入主题，直接说"酒"。《嘲竹语墙》落第者裴略"披诉"之时，在接到"仆射温彦博""嘲'竹'"的命令之后，也是直入主题，直接说"竹"。但是，在传语的时候，却未言其所传对象。这也是卷中唯一一处提到"传语"的，由此可知，"传语"应该也像"嘲语"一样，是某种技能。

《天中记》中删除标志着解嘲活动的嘲语开始的"'王'之为字"四个字，保留了嘲语中的其他部分，《玉芝堂谈荟》亦跟《天中记》，由此可知解嘲活动在明代应该是已经没落。其实，这种趋势，《太平广记》中已出现端倪，在敦煌卷子 S.610《启颜录》中是"'王'之为己"，一个"己"字，点明所嘲对象，而《太平广记》将"己"字改为"字"字，说明宋人眼中只是对字拆合的笑话，而非是对解嘲活动中嘲语的记述。这种现象说明，解嘲活动在宋时的影响力已非唐之时，已经慢慢淡出人们的视野，不再为人所关注，而明本对此嘲语的记述，则说明解嘲活动已经淡出明人的生活。

《类说》本中没有故事梗概的叙述，只有："通言语，工嘲戏"[1]，是对"少小以来，自许明辨，至于通传言语，堪作通事舍人。并解作文章，兼能嘲戏"[2]的精简，虽更显对仗、更干净、更利落，但对其他没有交代。这说明，要么在曾慥之时，嘲语产生了变化；要么就是嘲语在那时就已走向末路，不再为时人所重视。无论是哪个原因，对于嘲语本身来说，都不是件好事，因为其本身的特色，渐渐被抹杀。而《韵府群玉》卷六《七阳》类《墙》中收录的对墙的嘲语是"突兀当厅坐，几许遮贤路？"[3]裴略此处的嘲语与各书皆不同。《类说》中一般不会对人物的对话进行删改，然此处对竹子的嘲语记载是"竹竹青簌簌。凌寒叶不凋，经夏子不熟。虚心未能待国士，皮上何须生节目？"，去除标志解嘲开始的"竹"，表明已经不是嘲语的形式，而是诗歌的形式。对仗非常工整，虽是经历了锤炼加工，貌似是好事，但对"嘲语"来说，却是其走向没落的见证。

裴略，参加"兵部试判，为错一字，落第"。清朝顾炎武的《日知录·判》中云："试判起于唐高宗时。"《新唐书·选举志》（下）云："凡试判登科谓之'入

1　（宋）曾慥：《类说》，文学古籍刊行社，1955，第958页。
2　中国社会科学院历史研究所等合编《英藏敦煌文献》（汉文佛经以外部分）第二册，第69页。
3　（元）阴劲弦、阴复春：《韵府群玉》（《景印〈文渊阁四库全书〉》，第九五一册），台湾商务印书馆，1986，第242页。

等'。"裴略乃是无官无职的"试判""落第",未"入等"者。

后世的笑话、戏曲、小说中虽多有"嘲"的成分,但从《韵府群玉》中对"竹"的"嘲语"的记载"突兀当厅坐,几许遮贤路"[1]来看,已完全变为诗的形式,可以看出作为一种生活方式存在的"解嘲"的没落。在《洛阳缙绅旧闻记》卷一《少师佯狂》中,亦可见一斑:

> 云辨于长寿寺五月讲,少师诣讲院,与云辨对坐,歌者在侧。忽有大蜘蛛于檐前垂丝而下,正对少师与僧前。云辨笑谓歌者曰:"试嘲此蜘蛛。如嘲得着,奉绢五匹。"歌者更不待思虑,应声嘲之,意全不离蜘蛛,而嘲戏之辞,正讽云辨。少师闻之绝倒,久之大叫曰:"和尚,取绢五匹来!"云辨且笑,遂以绢五匹奉之。歌者嘲蜘蛛云:"吃得肚鬐撑,寻丝绕寺行。空中设罗网,只待杀众生。"[2]

歌者借蜘蛛而"讥云辨体肥而壮大"的"嘲语",没有先言其所嘲对象,亦是诗的形式,足见作为一种生活方式存在的"解嘲"的正式"嘲语"的没落。

1　(元)阴劲弦、阴复春:《韵府群玉》(《景印〈文渊阁四库全书〉》,第九五一册),第242页。
2　(宋)张齐贤撰、俞钢校点《洛阳缙绅旧闻记》(《五代史书汇编》之肆),杭州出版社,2004,第2390~2391页。

第八章 《启颜录》中"笑"的美学范畴论
——《启颜录》的美学价值

笑话因可以使人"心喜悦而张开笑言，启动唇齿"，而得以流传。

《启颜录》中的笑有众人的"笑"，如"一坐更笑""众人皆笑""诸人共笑"。有个人"大笑"，如"高祖大笑""（刘）黑闼大笑""（蜀）先主大笑""（杨）素大笑""（灵太）后大笑""（诸葛）恪大笑"，有时还会佐以动作，如"高祖抚掌大笑"；有群体"大笑"，如"众皆大笑""坐皆大笑""四座莫不大笑""座下大笑""坐上莫不大笑""坐中大笑""坐中复大笑""众人大笑""合家大笑"；亦有时会佐以动作，如"起立大笑""闻者莫不掩口而笑"。有群体"欢笑"，如"一坐欢笑""无不欢笑""众皆欢笑"，还有群体大欢笑，如"众乃大欢笑"。有群体"喜笑"，如"众坐喜笑"；有群体"怪笑"，如"众咸怪笑"；有个人大怪笑，如"果毅乃大怪笑"；有"可笑"，如"使相属可笑"；有边说边笑，如"谈笑""笑而谓""笑曰""应声笑曰""笑言""笑而答"；有边笑便做决定，如"笑之而止""笑而舍之""笑而遣之""笑而赦之"。笑的同时，还有其他的感情夹杂，如"既嗔且笑"。

笑话中对"笑"的不同情感反应，赋予了"笑"不同的审美内涵。本章对《启颜录》中"笑"的美学范畴进行论述，"范畴"一词，出自《尚书·洪范》中的"洪范九畴"。

第一节 《启颜录》中"笑"的美学范畴

人生于世,"或笑人,或笑于人,笑人者亦复笑于人,笑于人者亦复笑人"[1]。笑有百态,有小笑,有大笑,或捧腹,或绝倒,或莞尔,或解颐,或哄堂……言不尽之。笑是人的本性和天性,所谓"性","性也者,与生俱生也",即"夫性者,人之所受于天以生者也"。简言之,"食色"也。即使是"美"字的起源,亦未能出"食色"左右,即"羊大"则为美。

一 "捷":作为"笑"人一方情感反应的审美内涵

《启颜录》中含有"捷"字的有第8则《截鼻补眼》、第9则《师公之义》、第10则《陵对寒暑》、第12则《思道辩陵》、第13则《毗舍阇鬼》、第15则《漂堕鬼国》、第17则《问一知二》、第39则《须多鼻大》、第69则《无琴可典》、第73则《回何敢死》、第89则《头毛未生》和第100则《因何尤箭》。

所谓"捷",《说文解字》云:"猎也。军获得也。从手疌声。"《春秋传》曰:"齐人来献戎捷。"《启颜录》中的"辩捷"(或"捷辩")和"机捷"取其"迅速、敏捷"(见《荀子·君子》:"事业捷成")和"胜利、成功"(见《诗·采薇》"一月三捷")的综合之意:与人言谈中,能够迅速取得胜利。《启颜录》中的"捷"被赋予"辩捷"和"机捷"的美学内涵。

1. 辩捷

《启颜录》中多处出现"辩捷"或"捷辩",二者意思相同,均是形容人"能言善辩、才思敏捷"。所谓"辩",有"辩论、争辩"之意,见《列子·汤问》"见二小儿辩斗";有"善于言谈、能言善辩"之意,见《庄子·盗跖》"辩足以饰非";亦含"敏慧、聪明"之意,见《荀子·性恶》"性质美而心辩知"。

《启颜录》中与"辩"(或"辨",各本中"辨""辩"有时互通)联系的词,有"词辩",是"能言善辩"之意,见第23则《书生咏羊》中"性痴而微有词辩"。有"聪辩",见第32则《之才嘲王》中"徐之才聪辩强识",是"聪明善辩、

1　转引自张亚新、程小铭校注《明清笑话集六种》,中州古籍出版社,2012,第39页。

聪慧明辩"之意,"聪辩"多与超强的记忆力相联,用以形容人善于言谈,如《北史·奚斤传》中云:"斤聪辩强记,善于谈论。"有"辞辩",见第50则《水土使然》云"晏婴辞辩",此处"辞辩",意思是在言辞的基础上,还要言辞的巧妙,有能言善辩之意。有"明辩",见第38则《嘲竹语墙》:"自许明辩",亦有本用"自许明辨"。所谓"明辩",见《礼记·中庸》"博学之,审问之,慎思之,明辨之,笃行之",是"明确地分辨、辨别清楚"之意。《北齐书·司马子如传》中云"荣以子如明辩,能说时事,数遣奉使诣阙,多称旨,孝庄亦接待焉","明辩"是"明智辩给、言谈通畅有条理"之意。

2.机捷

第69则《无琴可典》中评价王元景"性虽懦缓而每事机捷"或简称"性机捷",此处的"机捷"与"懦缓"相对,所谓"机捷",一般用来形容人,如三国魏刘劭《人物志·材理》:"质性警彻,权略机捷。"其具体意思,可用第73则《回何敢死》中的"机智辩捷""机辨敏捷""机锋辩捷"来释意。

所谓"机",本意指"弓弩上发箭的机关",见《韩非子·说林》"操弓关机"。有"关键"之意,见《战国策·秦》"听者,存亡之机"。有"机会、时机"之意,见《后汉书·吴汉传》"成败之机,在此一举"。有"机敏、慧巧"之意,见《三国志·魏武帝纪》"太祖少机警"。

《启颜录》中与"机"相连的词有"失机",是"错过时机"之意,具体指陈主怕失去在言语上挫败卢思道的先机;有"机智",是"反映机敏、为人聪慧"之意;有"机辩",是"机敏善辨、机智而长于言词"之意;有"机锋"("机锋"与"机智"和"机辩",是不同版本中对同一笑话中侯白所用的修饰用语,"机锋"是明朝以后用语,"机锋"本是佛教禅宗用语,见宋苏轼《金山妙高台》诗云:"机锋不可触,千偈如翻水"),指"迅捷锐利、不落迹象、含意深刻"的话语。

二 "痴":作为"笑于"人一方的情感反应的审美内涵

"痴"亦是"性"之一种。所谓"痴","不慧也",见汉牟融《理惑论》中云"圣人云:食谷者智,食草者痴,食肉者悍,食气者寿",亦是佛教中专用术语,梵语为"moha"。

《启颜录》中含有"痴"字的有第 21 则《买奴变婢》、第 22 则《痴父戴帽》、第 23 则《书生咏羊》、第 25 则《乌豆不识》、第 29 则《鞍桥作颔》、第 30 则《痴汉送枣》、第 31 则《青奴通马》和第 108 则《明嘲热客》。

《启颜录》中的"痴"被赋予"愚痴"和"痴钝"的美学内涵。

1. 愚痴

《启颜录》中的"痴"有时表现为"愚痴",所谓"愚",指"不聪慧之人",见《论语·为政》"回也不愚"。与"智"相对,见嵇康《养生论》"愚智所共知也"。常见"痴"与"愚"相连,见《百喻经·三重楼喻》"往昔之世,有富愚人,痴无所知"。道释两家均认为"愚痴"与"智慧"相对,分别见汉王充《论衡·论死》"五藏不伤则人智慧,五藏有病则人荒忽,荒忽则愚痴矣"之语和《百喻经·饮木筩水喻》"汝大愚痴,无有智慧"之语。第 19 则《见斧忘妻》中"熟看其妻面"时语:"娘子,何姓?不知何处记识此娘子"的痴人的"愚痴",按《论衡》中的观点,不仅"五藏有病",而且"病得不轻"。

佛教中的"愚痴",是"三毒"之一,见《长阿含经》云"如来说三正法,谓三不善根:一者贪欲,二者瞋恚,三者愚痴",《法华经·譬喻品》亦云:"愚痴暗蔽,三毒之火。"所谓"愚痴者","愚即愚昧、痴即痴迷"[1],"非但令他罪不除,复增其不学无知之罪,故曰愚痴。愚痴者即是无知"[2],"即是无明"[3]。之所以"愚痴",是因为其"愚于所应知事"[4],即应该知道的生活常识却不知道。

《启颜录》中对"愚痴子"的具体描述见第 108 则《明嘲热客》"晋程季明《嘲热客》","愚痴子"又称"痴隐子",或"襁襁子",即"不晓事"之人。《云笈七签》中云:"按《黄帝内传》曰:'食风者灵而延寿,食谷者多智而劳神,食草者愚痴而足力,食肉者鄙勇而多嗔,服气者长存而得道。'""愚痴"者,即无七窍玲珑心之人,《云笈七签》中云:"上智者,心有七孔,中智五孔,下智三

---

1 《法华经演义》(《大正新修大藏经》,第三十三册),第 241 页 c。
2 《四分律行事钞批》(《大正新修大藏经》,第四十二册),第 647 页 b。
3 《俱舍论疏》(《大正新修大藏经》,第五十三册),第 36 页 b。
4 《成唯识论别抄》(《大正新修大藏经》,第四十八册),第 832 页 a。

孔，明达者，心有二孔，寻常者有一孔，愚痴者无孔也。"故心中"无孔"的"愚痴子"，才会作出《嘲热客》诗中描绘的"触热到人家"，且全然不顾"主人闻客来，輂蹙奈此何"的心情，反而是"沓沓吟何多"之类的举动，故有"莫谓为小事，亦是人一瑕"的评价。汉贾谊《新书·道术》中有："深知祸福谓之知，反知为愚。"可见，全然不管不顾别人而唐突光顾的"热客"，实在是既"愚"且"痴"。

第22则《痴戴瓮帽》中奉父命买奴的痴子，认为镜中"少而且壮"的"其影"，乃是市人"藏在镜中"的"好奴"，且"村人"皆谓"买得好奴"，不是"村人并""愚痴"，是何？奉父命买帽的痴子，全然不认为"叠着未开"的"皂絁帽"是其所需，反谓"好容头"的"大口瓮"为帽，致使其父"鼻上生疮、项上成胝"，不是"合家"愚痴，又是何？第29则《鞍桥下颔》中，相信市人所说"偷我驴鞍桥，将作下颔"话语的痴人，"乃悉以钱绢求充驴鞍桥之直，空手还家"后，反"报其妻云：'痴物'"的痴人，才是真正的"愚痴"。

2. 痴钝

《启颜录》中的"痴"有时表现为"痴钝"，"痴钝"亦用于人的自我谦虚，见《颜氏家训·音辞》"自陈'痴钝'"。所谓"钝"有"笨拙""迟钝"之意，常见自谦之词，如《汉书·鲍宣传》："臣宣呐钝于辞，不胜倦倦，尽死节而已。"故"痴"，有"愚笨迟钝"之意。

"愚痴"与"痴钝"虽意思相近，然有本质区别："愚痴"是"不智慧"，而"痴钝"是"恶慧"。"痴钝"常由"愚"而起，见《佛说大乘菩萨藏正法经·尔时世尊重说偈言》中有"愚者背忍辱，懈怠劣精进，不能安定心，恶慧而痴钝"[1]之语。故《摩诃止观》中对"痴钝"的解释为："其痴钝者，毒气深入，失本心故……乏智慧眼，不别真伪。"[2]

"痴钝"人的代表是第23则《书生咏羊》中"痴钝"的书生和第31则《青奴通马》中"为性痴钝"的常青奴。

第23则《书生咏羊》中书生在发现其所"牵猕猴"有为人所换的种种迹象，

---

[1] 《佛说大乘菩萨藏正法经》(《大正新修大藏经》，第十一册)，第783页 c。

[2] 《摩诃止观》(《大正新修大藏经》，第四十六册)，第48页 c。

从外形的胖瘦上是"能肥亦能瘦",从"奇兽"的味道上是"向者宁馨膻,今来尔许臭",而且动物的标志性外观也已发生变化:头上"无角,面目顿改",此种情况下的书生,依然"还谓是其旧羊",不是"痴钝",又是何?第31则《青奴通马》中常青奴所"养官马"是"一匹骓马",而在"通马毛色"时"通云:'养灰马一头。'"世人又有几个似以"牝而黄"对秦穆公而实为"牡而骊"的能深知"筋骨相"的"天下之马"的九方皋者?常青奴连自己日夜所养的官马的毛色都不察觉,必然不是九方皋者,其言其行,可知"痴钝"得甚紧。

第25则《乌豆不识》中"覆豆于水"后,痴人不赶紧下水捞取乌豆,反而"弃而归,欲唤家人入水收取",不是"痴钝",是何?第4则《穿冰和饭》中同样准备"入京枭"麦饭之人认为可就冰孔"和饭",在发现麦饭"随倾即散"之时,仍"倾之总尽",不是"痴钝"之人,又是何人?第30则《痴汉送枣》中欲送刺史枣的卢录事弟,在等待"取枣间","自吃枣总尽",亦是"痴钝"之人。

三 "叹":作为看"笑"人一方的情感反应的审美内涵

《启颜录》中关于"叹"的有第8则《截鼻补眼》、第24则《穿冰和饭》、第25则《乌豆不识》、第31则《青奴通马》、第65则《短尾为刁》、第71则《胜璞一倍》和第123则《咏杨文瓘》。

所谓"叹",《说文解字》云:"吞叹也,从口叹省声",见《诗·王风·中谷有蓷》:"有女仳离,嘅其叹矣!"《启颜录》中有"长叹",是"深长地叹息"之意,同南朝宋鲍照《拟行路难》:"如今君心一朝异,对此长叹终百年";有"嗟叹",是"吟叹、叹息"之意,见《礼记·乐记》:"言之不足,故长言之。长言之不足,故嗟叹之。嗟叹之不足,故不知手之舞之足之蹈之也";有"叹惜",是"嗟叹惋惜"之意。

《启颜录》中与"叹"相连的情感指向,有"善",如"嗟叹称善";有"怪",如"怪叹良久";有"恨",如"叹恨"。"叹"本身亦有"赞美"之意,见孔融《论盛孝章书》:"九牧之人,所共称叹",《启颜录》中的"叹"被赋予"惊叹"和"雅叹"的审美内涵。

1. 惊叹

"惊叹"见晋干宝《搜神记》卷七"惠帝太安元年，丹阳湖熟县夏架湖有大石浮二百步而登岸，百姓惊叹，相告曰：'石来！'寻而石冰入建邺"，是"惊异感叹"之意。"惊"的本意，《说文解字》云"马骇也，从马敬声"，即"马受突然的刺激而行动失常"之意。与第8则《截鼻补眼》中的"惊"意思不同，第8则《截鼻补眼》的"惊"与《庄子·达生》"梓庆削木为锯，锯成，见者惊犹鬼神"的"惊"同义，是"惊异"之义。"惊异"见晋袁宏《后汉纪·明帝纪上》："太夫人悲伤发疾，恍惚昏乱。（马皇）后时年十岁，干治家事，敕制僮仆，昆弟、亲属各得其宜，诸家皆以为太夫人所为也，后问之，咸惊异焉"是"因事情与预料不同，令人感到惊奇诧异"之义。

第8则《截鼻补眼》关于"笑"的一系列情感反应是："众咸怪笑……众皆惊异！起立大笑……既为众人笑声未定……众又大笑……众人无不欢笑，惊叹称嗟／惊叹称笑"，"笑"的最高情感状态为"惊叹"。

当十三岁赵小儿"就座""论议"时，看"笑"人的反应是发出"怪笑"，当赵小儿取胜时，看"笑"人的反应是"大笑"，伴随的表情是"惊异"，伴随的动作是"起立"，众人的"笑声未定"和"又大笑"，以及"无不欢笑"的情感升华之后，是对赵小儿论难之语的"惊叹"，"惊叹"是对赵小儿的充分肯定与赞扬。

2. 雅叹

第65则《短尾为刁》中"阖坐"发出"雅叹"的"雅"，是对韩博应变的文雅之辞的回答的反应，"文雅之辞"见《大戴礼记·保傅》中载"答远方诸侯，不知文雅之辞"，指温文尔雅的言辞，是不粗俗鄙陋的讲究礼仪的言辞。

"韩卢"，是战国时韩国良犬，色墨，见鲍彪对《战国策·秦策三》"以秦卒之勇，车骑之多，以当诸侯，譬若放韩卢而逐蹇兔也"的注中言："韩卢，俊犬名。《博物志》：'韩有黑犬，名卢。'"司马刁彝以"韩卢后"表示对韩博的侮辱，韩博没有生气，而以"明公未之思尔，短尾者则为'刁'"之语进行反击。韩博采用《晋书》中"貂不足，狗尾续"之语中的"貂"谐音"刁"，故博得"阖坐雅叹"。此时的"雅叹"指向的是笑话中高雅的言谈。

总之，笑话中"笑"的审美内涵因"笑"人、"笑于"人或看"笑"人的不同而不同，他们不能同时拥有"笑"的不同审美内涵，正如《七激》中"笑比目之双跃，乐偏禽之匹嬉"之语，不能同时兼拥"双跃"之美与"匹嬉"之美，正如"鱼和熊掌，不能兼得"。

第二节　以"笑"为统归的审美理念对儒释道审美理念的继承和反叛

关于人"性"，孔子认为："性相近也，习相远也。"告子认为"性，犹湍水也，决诸东方则东流，决之西方则西流。人性之无分于善不善也，犹水指无分于东西也"，世硕亦认为："人性有善有恶，举人之善性，养而致之则善长；性恶，养而致之则恶长。如此，则性各有阴阳善恶，在所养焉"，然处于"性"之"食"的"美"，是善，是恶？孔颖达对"利贞者，性情也"的疏中言"性者，天生之质，正而不邪"，《孟子·告子上》中亦有言"人性之善也，犹水之就下也，人无有不善，水无有不下"，然《荀子·性恶》中认为"人之性恶，其善者伪也。"

"真实"，一般与"自然"画上等号，然"真"只不过是自然外在的真实反映，是真实的存在，如人的生理疾病是真实存在的，自古便有对生理疾病进行模仿的喜好，见（卷四十一）应劭（九，《风俗通义》（六）"桓帝元嘉中，京师妇人作……龋齿笑"，所谓"龋齿笑者，若齿痛也"，这种喜好也是生活中真实存在的，但从传统的伦理道德的角度上来讲，却不是"善"的；从事物的外在视觉上来说，更不能直接等同于"美"；从美学的角度而言，"真善美"不能直接等同，"美"被赋予更多的内涵。

一　对儒家"和"审美理念的反叛

儒家礼教审美理念的最大追求，是达到"和"的审美境界："礼之用，和为贵，先王之道斯为美"，"喜怒哀乐之未发谓之中，发而皆中节谓之和。中也者，天下之大本也；和也者，天下之达道也。致中和，天地位焉，万物育焉"。支撑"和"这个审美理念的是代表儒家道德礼教的"三纲五常"，见何晏对《论语·为政》中"周因于夏礼"的集解中引"马融曰：'所因，谓三纲五常也'"。所谓

"三纲","君臣、父子、夫妇也"。《礼纬·含文嘉》云：三纲谓君为臣纲，父为子纲，夫为妻纲。"所谓"五常"，"夫仁、义、礼、智、信五常之道，王者所当修饰也"。

1. 对"仁"审美理念的反叛

《启颜录》有如"身长""身小""短小""形容短小""容仪短小""侏儒"等身高方面的嘲笑，如臀"甚阔""腰曲伛偻""病足""面上有疮瘢""两耳先卷""露睛""眼侧睛及翳""鼻极长大""鼻塞""齆鼻""须甚多""饶须""无须""无齿""露齿""咳颐稍长""口吃"等外形特征或身体隐疾的嘲笑，如"三个秃，不敌一个卢""懞秃""契绝秃"对僧人身份的戏弄。

对于人身体的生理缺陷或容貌特点的嘲讽，也多见其他文学作品，如王褒《责须髯奴辞》嘲笑奴仆的须髯，《登徒子好色赋》对登徒子之妻的丑陋进行穷形尽相的描写："其妻蓬头挛耳，龁唇历齿。旁行踽偻，又疥且痔。登徒子悦之，使有五子"。蔡邕的《短人赋》中对短人的描述。《启颜录》之前的笑话集中也有，如《笑林》"嫌其太肥""平原人有善治伛者"等。对不同的身体外部特征和身体隐疾，没有发自内心的同情，而是给予嘲笑，显然与儒家"仁"的思想的背离。其美学特征为企图借拉低对方以抬高自己，从而达到自我满足的卑微心理。

儒家审美理念中的"仁"讲究的是"温柔敦厚"和"文质彬彬"，所谓"温柔敦厚"，见《礼记·经解》："其为人也，温柔敦厚，《诗》教也"，孔颖达疏云："温，谓颜色温润；柔，谓情性和柔。《诗》依违讽谏，不指切事情，故云温柔敦厚，是《诗》教也。""文质彬彬"先是形容人的，见《论语·雍也》："质胜文则野，文胜质则史，文质彬彬，然后君子"，后用在评论文章中，见《后汉书·章帝纪》："敷奏以言，则文章可采；明试以功，则政有异迹。文质彬彬，朕甚嘉之。"

《启颜录》中的上述笑话，不仅随处可见伤人之语，而且是以文雅的语言，描述嘲骂的内容，可见对儒家"仁"的"温柔敦厚"和"文质彬彬"等审美理念的反叛。

2. 对"礼"审美理念的反叛

《启颜录》中对"臣得戏君""子得戏父"的记载，是对儒家"礼教"中的

"事君"观和"事父"观的审美理念的反叛。"君无戏言"的明君审美理想和"君叫臣死，臣不得不死"的儒家君臣礼教的审美观念，在《启颜录》中被反叛，见《所出同耳》中诸葛恪以"乞令太子食鸡卵三百枚"，在吴主孙权观战的情况下，反戏东吴太子"诸葛元逊食马矢一石"，不仅"君有戏言"，且是在"被戏"的审美理念下指导出来的行动，却博"吴主大笑"，岂不是对儒家君臣审美理念的反叛？在这种审美理念下，《启颜录》塑造的是理想中的"戏言"的"君"的审美人物形象。《年老卿少》中，"君"的化身人物"灵太后"的一句笑言"是将正卿"，便使《启颜录》中的孙绍官"拜正卿"，而孙绍的原型人物还是努力很久，才在"永安中，方拜太府卿"。

在儒家观念中，"父为尊，子为卑"，这种父子的尊卑观，不只是使用于一个家庭内部，"老吾老以及人之老，幼吾幼以及人之幼"，普遍适用于整个社会。第55则《子前字父》中的诸葛恪"人前字父"，在韩文晃面前，"呼其父字"，遭到诘问后，戏以"向天穿针而不见者，非不明，意有所在耳"之语作答，这种对人父不尊重之举，是严重违反儒家"礼教"的。

《启颜录》中的子不但戏父，而且还戏父之父，见第66则《戏尊者名》王彧的"外祖何尚之"以"'郁郁乎文哉'改为'耶耶乎文哉'"戏弄王彧。此时的何尚之是一个"为老不尊"的形象。王彧以"'草，上之风，必偃'改为'草，翁之风，必舅'"反戏其外祖何尚之和其舅何偃。此时的王彧是一个"不尊老"的形象。王彧因何尚之对其父名字的戏语而反戏，正与《孟子》所期望的"不独亲其亲，不独子其子"的审美理想背道而驰，是"老不爱幼，幼不尊老"的反儒家礼教的审美理念。

二　对释家"空"审美理念的继承和反叛

第3则《无是无非》中云北齐高祖令大德法师"升高座讲"，"先立'无一无二'、'无是无非'义"。

所谓"无一无二"，见《光赞经》："过去亦空、当来亦空、现在亦空，三世平等三世空等，摩诃衍者亦复空等；菩萨亦空，其以空者，无一无二无三无四，不多不少，是故名曰三世平等，为摩诃衍"[1]，佛教中的"无一无二"，指向的是"空"的审美理念。唐张志和《玄真子》中有言"夫真一者，无一无二，无寂无默，无是四者，又无其无斯，谓之真无矣"，道教中的"无一无二"，指向的是"无"的审美理念。

所谓"无是无非"，见《大智度论》："一切法入般若波罗蜜中，无是、无非，无破、无受"[2]，《佛说大乘随转宣说诸法经》中的解释更为清晰，"然彼众生，贪体性一切法住着，嗔体性一切法住着，痴体性一切法住着。此菩萨唯爱乐一切佛法，不乐世间一切法。非众生方便爱乐。唯乐菩提行，种种善行，无分别心。常行忍辱，无贪无嗔，无是无非，安住如来甚深法界"[3]，《文子》中云，"所谓道者，无前无后，无左无右，万物元同，无是无非"，"无是无非"指向的是"道"。

《启颜录》石动筩辩驳法师所立"无一无二""无是无非"，先以脚的数目戏耍法师，然后将"无一无二""无是无非"割裂为"无一""无二""无是""无非"，举例对这几个割裂的概念进行解释，断章取义，歪曲佛教的审美理念。

1."镜中像""水中影"：对"空"美学理念的继承

镜中的像，非实物，故"镜中像"喻"空"，见《放光般若经》："镜中像者，无所有也，凡夫为惑自呼所有。"[4]而水面亦可以现影，见《佛般泥洹经》："水中所有皆现，但水清故"[5]，故以"水中影"亦喻"空"，见《佛说广博严净不退转轮经》："犹如水中影，终始无所有"[6]，"无所有"，即"空"。

第21则《买奴变婢》中要买奴而买镜者和第24则《穿冰和饭》中打其影者，都是凡夫俗子，为虚像所"惑"，虽自认拥有"所有"，实是"终始无所有"，是对佛教"空"的审美理念的继承和反叛。

2."贪""嗔""痴"：对"空"美学理念的反叛

前文对"痴"已作论述，此处不多赘述。

---

1 《光赞经》(《大正新修大藏经》，第八册)，第203页b。

2 《大智度论》(《大正新修大藏经》，第二十五册)，第502页a。

3 《佛说大乘随转宣说诸法经》(《大正新修大藏经》，第十五册)，第779页c。

4 《放光般若经》(《大正新修大藏经》，第八册)，第779页c。

5 《佛般泥洹经》(《大正新修大藏经》，第一册)，第166页a。

6 《佛般泥洹经》(《大正新修大藏经》，第一册)，第270页a。

佛教认为"私食"和"瞋忿"恶业很大,《大方等大集经》云:"辄便盗取现在僧物十庵罗果而私食之,彼业因缘地狱受苦……又彼比丘以瞋忿心恶业缘故,死便即作小毒龙身"[1],第 43 则《香馄毒蜜》中僧"于房中私食"馄和蜜,且"大叫",第 44 则《铃声有别》中僧人"每须一杯热酒"且曾"责"其弟子,这些都是对佛教审美理念的反叛。《大般若波罗蜜多经》中云:"菩萨自性空,菩萨名空。所以者何?色自性空,不由空故。色空非色,色不离空,空不离色,色即是空,空即是色。"[2]

佛经中的佛或"坐千叶莲花",如《说无垢称经疏》云:"见一受用佛坐千叶莲花"[3];或"乘六牙白象",如《妙法莲华经》云:"尔时普贤菩萨白佛言:'我尔时乘六牙白象王'。"[4] 而石动筩推翻"千叶莲花""六牙白象"的审美意象,可见对佛学审美理念的反叛。

三 对道家"无"审美理念的继承和反叛

《启颜录》的审美理念,既有对道家"无"审美理念的继承,又有反叛,笔者就此进行论述。

1. 对道家传统"无"审美理念的继承

《道德经》云:"人法地,地法天,天法道,道法自然",道家美学的最高审美境界是"自然"。《启颜录》中似乎就是一种自然的状态,说自己心中所想,言自己心中所感,从笑人的一方而言,是任达放旷的适性之举,是一种彻头彻尾的"自然"状态。"适性",即庄子认为的"逍遥",是"自由"。

然生活中的一切,是相生相克的,"自由"也不例外,也是要受一定条件限制的,超越一定限制条件的自由,势必会对他人的自由产生一定的影响。笑人的一方看似是"自由"的"适性"之举,在从被笑的一方看来,则是肆意妄为的"任性"之举,是侵犯了他们的"逍遥",限制了他们的"自由"之举。

---

1 《大方等大集经》(《大正新修大藏经》,第十三册),第 292 页 b。
2 《大般若波罗蜜多经》(《大正新修大藏经》,第五册),第 17 页 b。
3 《说无垢称经疏》(《大正新修大藏经》,第三十八册),第 1027 页 c。
4 《妙法莲华经》(《大正新修大藏经》,第九册),第 61 页 a。

但如何解释世人对这种倾向的追求？在《启颜录》的笑人一方他们看来，他们对这种可以看得见、摸得着的世俗之物的嘲弄，正是他们在"无拘无束、自由追求"的审美理念指导下，对"自然"美学的追求。正是这种审美追求，造就了《启颜录》中的这些笑话。

这种审美思想和审美追求正是道家的审美理念在笑话世界中的继承和发展。

2. 对道家传统"无"审美理念的反叛

道家"大美"的审美境界是"无言"，《启颜录》中的那些肆意之语，还未达到道家"大美"，即"无"的审美境界。以"无"为贵，是玄学思想的核心："无者，诚万物之所资也"，"凡有皆始于无。故无形无名之时，则为万物之始"。

由此，《启颜录》中那些无言可对的"笑于"人的人，似乎是继承了道家对审美的追求。然道家认为"不言则善应"，《庄子·知北游》中载"有大美而不言"，道家"不言则善应"的"无"的审美理念是"不着一字，尽得风流"，而那些无言可对的"笑于"人的人，则无"风流"的审美意蕴可言。

总之，《启颜录》的笑话审美理念既有对儒道佛审美理念的继承，又有对其的反叛。

地位影响篇

第九章 《启颜录》中笑话题材对后世笑话的影响
——《启颜录》的历史地位和后世影响（一）

《启颜录》中的笑话题材，在笑话史上有非常重要的地位。有的笑话题材秉承前代笑话集中的笑话题材，有的笑话题材是首次出现，这些笑话题材亦为后世的笑话集所继承，笔者选取《启颜录》中有代表性的笑话题材，进行论述。

第一节　平常饮食和生活日用的题材

《启颜录》中有关平常饮食和生活日用的题材，在笑话史上有承前启后的作用，在承前的同时，对后世的笑话集又产生了很大的影响。

一　平常饮食

笔者从《启颜录》描绘平常饮食的笑话题材中，选取酒和笋进行论述。

1. 酒

第 37 则《嘲酒酸淡》中一人用"喝醋"嘲酒的酸，一人用"腾腾失却酉"嘲酒的淡，还有一人用"阿滥馄头"[1]嘲酒味的不纯正，同时对酒味的酸、淡和不纯正进行嘲笑，后世的笑话集，一般是对酒味的某个特征进行嘲讽。首先是对酒酸的嘲讽，如《精选雅笑·酸酒》：

1　中国社会科学院历史研究所等合编《英藏敦煌文献》（汉文佛经以外部分）第二册，第 69 页。

客谓店主曰:"肴之菜腐足矣,酒须绝美者。"少顷,来问:"菜内可着醋?"客曰:"着些亦好。"取菜置论,又问:"豆腐可着醋?"客曰:"着些亦好。"取腐置论,又问:"酒中可着醋?"客笑曰:"酒中如何着醋?"店主攒眉云:"怎好,怎好,已着醋了。"[1]

上则中的店主因客要"绝美"之酒而不得,故以"酒中着醋"的说法来掩盖其酒的酸。酒为何会酸呢,从其制作程序上来看,是因为"酒暴熟者酢醨"[2]。但也有因自家酒酸忌讳别人说而采用强制手段的,如《笑得好·醋招牌》:

有一酒店,来买酒的,但说酒酸,就锁在柱上。适有道人背一大葫芦进店,问之,店主曰:"他谎说我酒酸,因此锁他。"道人曰:"取杯我尝尝看。"道人咬着牙吃了一口,急急跑去。店主喜其不说酸,呼之曰:"你忘记葫芦了。"道人曰:"我不要,我不要,你留着踏扁了做醋招牌。"[3]

道人因见人说"酒酸"而被"锁在柱上",因怕被"锁在柱子"上而不说酒酸,只让店主将其葫芦"踏扁了做醋招牌",因为"醋店招牌,每用葫芦样"。也有不怕的,如《广笑府·酸酒》:

有上酒店而嫌其酒酸者,店人怒,吊之于梁。客过问其故,诉曰:"小店酒极佳,此人说酸,可是该吊?"客曰:"借一杯我尝之。"既尝毕,攒眉谓店主曰:"可放此人,吊了我罢。"[4]

---

1 (明)豫章醉月子辑《精选雅笑》,明刻本。
2 (晋)张华撰、范宁校证《〈博物志〉校证》,第131页。
3 (清)石成金:《笑得好》,清乾隆四年本。
4 (明)冯梦龙:《广笑府》(《冯梦龙全集》本),凤凰出版社,2007,第51页。

见有人被悬挂于梁上，以"可放此人，吊了我罢"之语而替代"酒酸"的回答。而有些店家不怕人说酒酸，因为他有绝招，见《新镌笑林广记·酸酒》：

> 一酒家招牌上写："酒每斤八厘，醋每斤一分。"两人入店沽酒，而酒甚酸，一人咂舌攒眉曰："如何有此酸酒？莫不把醋错拿了来？"友人忙捏其腿曰："呆子，快莫做声！你看牌面上写着醋比酒更贵着哩！"[1]

"醋比酒贵"的营销策略，避免了客人对其说"酸酒"之语。故此类笑话中的"酒"被赋予"味酸如醋"的题材内涵。

其次是对酒味淡的嘲讽。"淡薄"二字，一般连用，酒味"淡"，也就是酒味"薄"，见《雪涛谐史》：

> 有卖酒者，夜半或持钱来沽酒，叩门不开，曰："但从门缝投进钱来。"沽者曰："酒从何出？"酒保曰："也从门缝递出。"沽者笑，酒保曰："不取笑，我这酒儿薄薄的。"[2]

酒味淡薄得可以直接从门缝递出，如何不让人笑？此类笑话中"酒"被赋予"味淡如水"的题材内涵。酒味如何淡如水呢？或许和其酿制有关，见《雪涛谐史》：

> 一人问造酒之法于酒家。酒家曰："一斗米，一两曲，加二斗水，相参和，酿七日，便成酒。"其人善忘，归而用水二斗，曲一两，相参和，七日而尝之，犹水也，乃往诮酒家，谓不传与真法。酒家曰："尔第不循我法耳。"其人曰："我循尔法，用二斗水，一两曲。"酒家曰："可有米么？"其人俯首思曰："是我忘记下米。"[3]

1　（清）游戏主人：《新镌笑林广记》，清乾隆刻本。
2　（明）江盈科：《雪涛谐史》，明刻本。
3　（明）江盈科：《雪涛谐史》，明刻本。

如此酿制之酒如何不淡如水？如果从酿制之法被《启颜录》第 47 则《酿具同罪》中的蜀人得知，则不惧"天旱"[1]，亦不会有"酿者刑"的法令。故此酿酒之法，而无一点酒气，才会有笑话《新镌笑林广记·酒死》：

> 一人请客，客方举杯，即放声大哭。主人慌问曰："临饮何故而悲？"答曰："我生平最爱的是酒，今酒已死矣，因此而哭。"主笑曰："酒如何得死？"客曰："既不曾死，如何没有一些酒气？"[2]

哭"酒死"的客人，不知酒淡的"好"，见《雪涛谐史》：

> 京师缙绅，喜饮易酒，为其冲淡故也。中原士夫量大者，喜饮明流，为其性烈也。余僚丈秦湛若，中原人，极有量，尝问人曰："诸公喜饮易酒，有何佳处？"其人答曰："易酒有三佳：饮时不醉，一佳；睡时不缠头，二佳；明日起来不病酲，三佳。"湛若曰："如公言，若'不醉不缠头不病酲'，何不喝两盏汤儿？"其人大笑。[3]

因为秦湛若"不醉不缠头不病酲"的言论，才会有《广笑府·茶酒争高》对酒的自夸："瑶台紫府荐琼浆，息讼和亲意味长；祭祀筵宾先用我，何曾说着淡黄汤？"[4]故有"卖淡酒而以关刀作标者，人问何意，曰：'杀出些水气'"[5]，以迎合秦湛若之辈对酒的喜好，但《财酒误事》：

> 僧人犯罪，官令役夫押解配所，途受僧赂贿，至夜，僧灌以酒，同其醉睡，因削其发而逃。役夫酒醒，忙索犯僧，不见；及扪自首，秃而无发，大

---

1 （宋）李昉等编《太平广记》第四册，第 1196 页。
2 （清）游戏主人：《新镌笑林广记》，清乾隆刻本。
3 （明）江盈科：《雪涛谐史》，明刻本。
4 （明）冯梦龙：《广笑府》（《冯梦龙全集》本），第 68 页。
5 （明）豫章醉月子辑《精选雅笑》，明刻本。

惊，呼曰："和尚犹在，我却何处去了？"[1]

因此要戒酒，见《古今谭概·陈公戒酒》：

> 南京陈公镐善酒，督学山东时，父虑其废事，寄书戒之。乃出俸金，命工制一大碗，可容二升许，镌八字于碗内云："父命戒酒，止饮三杯。"士林传笑。[2]

戒酒之难，岂止陈公镐一人也？见《嘻谈续录·酒誓》：

> 一人嗜饮，日在醉乡，杯中物时不离口，已成酒病。家友力劝其戒酒，嗜饮者曰："我本要戒，因小儿出门未归，时时盼望，聊以酒浇愁耳，子归当戒之。"众曰："赌咒方信。"嗜饮者曰："子若归，不戒酒，教大酒缸把我压死，小酒杯把我噎死，跌在酒池内泡死，掉在酒海内淹死，罚我生为曲部之民，死作糟丘之鬼，在酒泉之下，永不得翻身。"众友曰："令郎到底何处去了？"答曰："杏花村外给我估酒去也。"[3]

此等戒酒之法，何时能戒？对于喜好饮酒之人，只在乎酒，谁又会在乎其他的？见《笑倒·好酒》：

> 父子扛酒一坛，路滑打碎。其父大怒。其子伏地大饮，抬头向父曰："难道你还要等菜？"[4]

如果戒酒之人以《蘸酒》之法来戒酒，或许能见成效，见《广笑府·口腹》：

1　（明）乐天大笑生：《解愠编》，明嘉靖刻本。
2　（明）冯梦龙编著、栾保群校注《古今谭概》，中华书局，2007，第28页。
3　（清）小石道人：《嘻谈续录》，清光绪甲申本。
4　（清）陈皋谟：《笑倒》，清康熙戊戌本。

　　有性吝者，父子在途，每日沽酒一文，虑其竭，乃约用箸头蘸尝之。其子连蘸二次，父叱曰："汝吃如此急酒耶。"[1]

　　如此喝酒之法，何时能醉也？僧众之人，本应是该戒酒的，但在第 44 则《铃声有别》中僧人用热酒以缓其"气短口干"[2]之症，以"荡朗铛"铃声作号，弟子将温好的酒端与他，后弟子"贪为戏剧，遂忘温酒"而以铃声为"但冷杆"做借口。因为"打就是吃。《茶酒论》：'酒能破家散宅，广作邪淫，打却三盏已后，令人只是罪深'"[3]。

　　敦煌写卷中有关于酿酒所费材料的记载，如《辛巳—壬午年（981~982）净土寺付酒本粟麦历》中载："辛巳年十二月廿六日，泛法律店酒本粟叁硕伍斗。"[4]也有关于僧尼买酒的记载，如《后唐长兴二年（931）正月净土寺直岁愿达手下诸色入破历算会碟》中载"粟柒斗，二月二日至六日中间，供缝伞尼阇犁酤（沽）酒用。"[5]更多的是"酒的吃用"的记载，如《壬午年（982）净土寺常住库酒破历》中载"（壬午年三月）廿八日，酒壹瓮，众僧吃用"[6]；"（壬午年正月）十六日，酒壹斗，就店二和尚吃用"；"（壬午年十月）八日，酒壹斗，李僧正、张僧正、高僧正、索法律等就院吃用"；"（壬午年八月廿日）李僧正造后门，博士吃用"，等等。博士，即"师傅"，此处具体指为其"造后门"的师傅。《辛巳年（981）十二月十二日周僧正于常住库借贷油面物历》中有"廿八日，酒五升，阿师子来吃用"[7]的记载，阿师子，即"僧尼"[8]。《辛亥年（951）十二月七日后某寺直岁法胜所破油面酒等历》中有"壬子年十二月十二日，又，面贰斗，油壹合，

1　（明）冯梦龙：《广笑府》（《冯梦龙全集》本），第 55 页。
2　《英藏敦煌文献》第二册，第 70 页。
3　项楚：《敦煌变文语辞札记》，《四川大学学报》（哲学社会科学版）1981 年第 2 期。
4　见敦煌写卷 S.6452e 中。
5　见敦煌卷子 P.2049v 中。
6　见敦煌卷子 S.6452c 中。
7　见敦煌卷子 S.6452c 中。
8　见敦煌卷子 S.6452b 中。

酒壹角，两日看造食尼阇犁用"[1]的记载。尼阇犁，即"僧尼"。

敦煌写卷中这些记载"（寺）院酿酒、用酒及僧尼饮酒的账册"[2]，可以让后人对当时敦煌僧尼饮酒的现象有所了解。在敦煌地区，饮酒"主要是和当地的生活环境特别是和劳动需要有关"[3]，"在现实生活中，如敦煌的中、晚唐及五代、宋时期，敦煌僧尼却普遍饮酒，而当时的人们都见惯不怪，视为平常"[4]。故第44则《铃声有别》中的年老僧，"气短口干"，要饮用热酒，热酒可以有助于他更快地恢复精神和体力。但僧人是要戒酒的，故会有僧人戒酒的笑话，见《看山阁闲笔·僧好饮酒》：

> 寺僧好饮酒啖肉，师屡责之，颇怨，乃会寺众，涂脸持杵，直逼座曰："某等乃济颠化身也，吾门只除贪、嗔、痴，三件之外，无所忌惮，何害饮酒啖肉邪？"言毕，举杵欲击之，师惧伏罪，遂不禁。当道闻之，执其师令罚，师曰："甘受爷罚，不敢违活佛教也。"[5]

"饮酒啖肉"的僧人信奉"酒肉穿肠过，佛在心中坐"。酒的题材内涵一直都没有变过，酒的题材外延也没有太大的变化。

2. 笋（竹）

《启颜录》中关于竹的笑话，一则是第38则《嘲竹语墙》中因竹子"风吹青肃肃，凌冬叶不凋，经春子不熟"[6]而指向可以识别"国士"等国家栋梁的贤明官员的题材内涵。另一则是第139则《煮箦为笋》，是竹"笋"相对的题材内涵，且竹"笋"是与竹的成品"箦"相对的美味代表。汉人不知道成竹与"笋"不同，故有怨恨"吴人轳辘"[7]的言语。因竹、笋不同而衍生的笑话，亦见如《看山

1　见敦煌卷子 S.1519 中。

2　胡同庆、王义芝编《敦煌古代衣食住行》，甘肃人民美术出版社，2013，第77页。

3　胡同庆、王义芝编《敦煌古代衣食住行》，第80页。

4　胡同庆、王义芝编《敦煌古代衣食住行》，第77页。

5　（清）黄图珌：《看山阁闲笔》，清康熙刻本。

6　中国社会科学院历史研究所等合编《英藏敦煌文献》（汉文佛经以外部分），第69页。

7　（宋）曾慥：《类说》，第955页。

阁闲笔·有竹》：

> 客曰："居不可无竹，子居何不种竹？"主曰："吾胸中有竹，不必更种。"友惊异之，曰："子胸中如何有竹？"主曰："不见前人有诗云：料得清贫馋太守，谓川千亩在胸中，此非胸中有竹与？"客大笑曰："此言笋也。"主曰："无笋，安得有竹？"[1]

"笋"作食物有美味的题材内涵，在苏轼眼中，却是别有洞天，另有一番天地，见《调谑编·禅悦味》：

> 东坡尝约刘器之同参玉版和尚。器之每倦山行，闻见玉版，欣然从之。至帘泉寺，烧笋而食。器之觉笋味胜，问此何名？东坡曰："玉版。此老僧善说法，令人得禅悦之味。"于是器之乃悟其戏。[2]

又名"玉版"的"笋"被赋予"禅悦之味"的特定题材内涵。

二　生活日用

笔者从《启颜录》有关生活日用的笑话题材中选取镜和水进行论述。

1.镜

第21则《买奴变婢》是因镜像效应而产生的笑话。镜子是虚空的，其所产生的镜像也是空的，如果将其当成实体的话，就会产生笑话，见《百喻经·宝箧镜喻》：

> 昔有一人，贫穷困乏，多负人债，无以可偿，即便逃避。至空旷处，值箧，满中珍宝。有一明镜，著珍宝上，以盖覆之。贫人见已，心大欢喜，即

1　（清）黄图珌：《看山阁闲笔》，清康熙刻本。
2　（明）王世贞：《调谑编》，明燕石斋刻本。

便发之。见镜中人，便生惊怖，叉手语言："我谓空篋，都无所有；不知有君在此篋中，莫见嗔也。"[1]

《百喻经》中以此则宣扬佛法，警诫世人："欲避生死，入佛法中修行善法，作诸功德，如值宝篋……如彼愚人，弃于宝篋。"第21则《买奴变婢》是因买奴而起，后世多将此类改为因夫妻关系而起的笑话。见明浮白主人选《笑林·看镜》：

> 有出外生理者，妻嘱回时须买牙梳，夫问其状，妻指新月示之。夫货毕将归，忽忆妻语，因看月轮正满，遂买一镜回。妻照之，骂曰："牙梳不买，如何反娶一妾。"母闻之，往劝，忽见镜，照云："我儿，有心费钱，如何娶个婆子？"遂至诉讼，官差往拘之，见镜慌云："'如何就有捉违限的？'"及审，置镜于案，官照见，大怒云："夫妻不和事，何必央乡官来讲？"[2]

要买"牙梳"的妻子在看到其夫买的镜子，看见的是"妾"，母亲看到的是"婆子"一样的"妾"，官差看到的是"捉违限的"，官看到的是"乡官"。

韩国也流传着类似因妻子要买"像月亮一样的东西"而买镜子所产生的笑话，见《听故事学韩语·第一次照镜子的人》，最主要的人物分别是农夫、农夫的妻子和婆婆[3]。日语中也有因镜产生的笑话，见《日语幽默笑话精华·孝顺镜》，主要人物是"孝顺的儿子""媳妇""寺院的尼姑"。[4]还有夫为妻买镜的笑话，见《一笑》：

> 有渔妇素不蓄镜，每日梳洗，以水自鉴而已。其夫偶为买一镜归，妇取

1　《百喻经》(《大正新修大藏经》第四册)，第548页b。参见周绍良译注《百喻经译注》，北京图书馆出版社，2006，第94页。

2　(明)浮白主人选《笑林》，明本。

3　李民主编、尹敬爱、(韩)安硕柱副主编、林从纲主审《听故事学韩语》，大连理工大学出版社，2007，第315~316页。

4　凌蓉主编《日语幽默笑话精华》，华东师范大学出版社，2008，第123页。

视之，警告其姑曰："吾夫又娶一新妇来矣！"姑取视之，叹曰："娶妇犹可，奈何并与亲家母俱来！"[1]

王昊在《敦煌小说及其叙事艺术》中认为朝鲜时代汉语教科书《训世评话》下卷中的苏州商人为妻"买梳"的笑话与第21则《买奴变婢》"十分相似"，其实《训世评话》中"买梳"的笑话与上述两则"夫为妻"买梳子的笑话模式更为契合。

从"其夫偶为买一镜"可推知，镜子笑话的产生，与佛家教义的传播有关，与百姓对事物的认知也有关。"镜"，见《周礼·考工记》中载"金锡半，谓之鉴燧之齐"，郑玄注："鉴，亦镜也"（《尔雅》："鉴，谓之镜"）。《左传·定公六年》中云"昭公之难，君将以文职舒鼎，成之昭兆，定之罄鉴。苟可以纳之，择用一焉"，杜预注曰："带而以镜为饰也，今西方羌胡犹然，古之遗服。""鉴"字此义亦见《古今谭概·不爱古玩》：

有一朝士家藏古鉴，自言能照二百里，将以献吕文穆公。公曰："我面不及碟子大，安用照二百里之镜乎？"[2]

"古鉴"与"照二百里之镜"相对应，"鉴"乃"镜"之意。隋唐之际王度的《古镜记》记载"承日照之，则背上文画墨入影内，纤毫无损"，宋代周密《云烟过眼录》有"铜镜透光机理的记载和研究"[3]。但其使用后，还要经常打磨，才能继续使用。东汉徐干《室思》："浮云何洋洋，愿因通我词……自君之出矣，明镜暗不治。思君如流水，何有穷已时"，泪水加速了铜镜的腐蚀，唐代刘禹锡《磨镜篇》："流尘翳明镜，岁久看如漆，门前负局人，为我一磨拂。萍开绿满池，晕尽金波溢。"《轩辕黄帝传》云："帝因铸镜以像之，为十五

1　（清）俞樾：《一笑》，清光绪刻本。
2　（明）冯梦龙编著、栾保群校注《古今谭概》，第132页。
3　宋代沈括《梦溪笔谈》、近代麻九畴《赋伯玉透光镜》、元代吾丘衍《闲居录》、明代郎瑛《七修类稿》、清代郑复光《镜镜詅痴》等亦有记载。

面"，观《述异记》："轩辕氏铸镜于湖边，今有轩辕磨镜石。石上常洁，不生蔓草。"所以，后世才会有许多与照镜相关的笑话。

《王梵志诗·人去像还去》阐发"佛教'十喻'中'镜中像'之喻，以明人生乃因缘假合，虚幻不实"[1]。因为镜子的照像功能，民间有"宝镜亲"的说法，有"不送新婚之人镜子"的姻俗忌讳。笑话中也有对镜子功能的记载，见明浮白主人选编的《笑林·穿大衣》：

> 有初入粟者，穿大衣服讫，于着衣镜中自照，得意甚，指谓妻曰："你看镜中是甚人？"妻曰："呸，你自也不识。"[2]

由上则可知在笑话中，"镜像"题材的内涵已经发生转移，《启颜录》中的"镜像"题材的内涵是：镜像所代表的虚无与现实等同；而上则中的"镜像"题材的内涵已转为人们对镜子成像已有所了解，不再关注镜像所成的虚无形象，而是由镜观人，镜子所起的是警诫作用。西方文化传入本土，文化撞击交流之后产生的笑话，镜子的题材内涵又有别的指向，如《中外幽默小品选·看展览》：

> 一对夫妇在博物馆内观赏艺术作品。眼睛近视的妻子，站在一幅作品前，对她丈夫说："你瞧，这要算我生平看到的最丑的一幅画像了。"丈夫连忙拉到妻子，小声说："你过来吧，亲爱的，这不是画像，这是一面镜子。"[3]

镜子的笑话题材内涵指向的是反嘲，即"嘲笑别人，反被嘲笑"。日本民间故事"有为数不少的故事，从内容到形式，都同我国的民间故事有极其相似之处"，见《尼姑裁判》中孝子发现"镜子里映出的形象和死去的父亲一模一样"，于是"买了一面镜子带回去"后，媳妇"发现镜子里照出一个女人的脸孔"便怀

---

[1] 项楚：《王梵志的一组佛教哲理诗（校释与评论）》，《敦煌研究》1988 年第 1 期。

[2] （明）浮白主人选《笑林》，明本。

[3] 王玮等选编《中外幽默小品选》，江苏人民出版社，1983，第 354 页。

疑是"小老婆","闹得不可开交",最后尼姑以"你们看,那个女人已经改邪归正,削发为尼"[1]之语化解。

2. 水

第24则《穿冰和饭》因水面映像而成的笑话,镜子是虚空的,镜中之景象亦是虚空的;水虽是容纳万物,但静止的水面的映像亦是虚空的,只是像而已,而非实体。"上古无鉴,以器盛水为鉴"[2],《文心雕龙》中亦云"水停以见",《庄子》云:"人莫鉴于流水而鉴于止水"[3],"鉴","镜"也;《释名》云:"镜,景也,有光景也。"镜子和水的平面反射,都是对现实生活的一种映射,是虚拟的,一旦把其当真,便会有很多笑话产生。见《百喻经·见水底金影喻》:

> 昔有痴人,往大池所,见水底影,有真金像,谓呼"有金",即入水中挠泥求觅,疲极不得。还出复坐。须臾水清,又现金色,复更入里,挠泥更求觅,亦复不得。其如是,父觅子得来见子,而问子言:"汝何所作,疲困如是?"子白父言:"水底有真金,我时投水,欲挠泥取,疲极不得。"父看水底真金之影,而知此金悉在树上,所以知之,影现水底。其父言曰:"必飞鸟衔金,著于树上。"即随父语,上树求得。[4]

故事后紧跟佛法的宣扬:"凡夫愚痴人,无智亦如是。于无我阴中,横生有我想。如彼见金影,勤苦而求觅,徒劳无所得。"水不一定指河水,也可指酒水,见《杂譬喻经》中载:

> 昔有长者子,新迎妇,甚相爱敬。夫语妇言:"卿入厨中取蒲桃(葡萄)酒来,共饮之。"妇往开瓮,自见身影在此瓮中,谓更有女人,大恚!还。语夫言:"汝自有妇,藏着瓮中,复迎我为?"夫自得入厨视之,开瓮见己身

1　(日)关敬吾:《日本民间故事选》,金道权、朴敬植、耿金声等译,中国民间文艺出版社,1982,第65~524页。

2　徐中舒主编《甲骨文字典》,四川辞书出版社,1998,第6页。

3　庄周著、郭庆藩撰,王孝鱼点校《〈庄子〉集释》,第193页。

4　《百喻经》(《大正新修大藏经》第四册),第551页c。

影，逆恚其妇，谓藏男子。二人更相忿恚，各自呼实。有一梵志，与此长者子素情亲厚，过与相见。夫妇斗，问其所由。复往视之，亦见身影。恚恨长者："自有亲厚藏瓮中，而阳共斗乎？"即便舍去。复有一比丘尼，长者所奉，闻其所诤如是，便往视瓮中，有比丘尼，亦恚舍去。须史，有道人亦往视之，知为是影耳。喟然叹曰："世人愚惑，以空为实也。"呼妇共入视之。道人曰："吾当为汝出瓮中人。"取一大石，打坏瓮，酒尽，了无所有。二人意解，知定身影，各怀惭愧。比丘为说诸要法言，夫妇共得阿惟越致。佛以为喻："见影斗者，譬三界人不识五阴、四大、苦、空、身三毒，生死不绝。"佛说是时。无数千人皆得无身之决也。[1]

上文夫妻争吵的笑话模式，应是借鉴了这种模式。

第二节　生理特征和职业特性的题材

《启颜录》中有关生理特征和职业特性的笑话题材，同样在笑话史上有承前启后的作用。

一　生理特征

笔者就《启颜录》中描述，并一直为后世笑话集所承继的头发等因人的生理需要而产生的笑话题材，进行论述。

1. 头发、胡须

"头无发"谓"秃"，第 8 则《截鼻补眼》中赵小儿利用三藏法师"仪容面目，犹作胡人"[2]的外形特征，用"昔野干和尚，自有经文，未审'狐作阇梨'，出何典诰"进行辩论。第 127 则《云中郡翻》以"云中郡"[3]反切为"契

---

1 《杂譬喻经》(《大正新修大藏经》第四册)，第 509 页 b。

2 《英藏敦煌文献》第二册，第 65 页。

3 《太平广记》第六册，第 1988 页。

缤秃"嘲弄"病足"的京城僧人。第 99 则《木桶幪秃》邓玄挺以"木桶"[1] 反切"幪秃"嘲弄僧人的外形特征。第 89 则《头毛未生》李荣以"头毛犹未生"[2] 嘲笑僧法轨的外在特征。"樗蒲者，老子用之作卜，今人掷之为戏"[3]，第 7 则《秃不敌卢》用樗蒲规则"三个秃，不敌一个卢"嘲讽僧人。"秃"的笑话题材内涵，一般指向僧人，见《醉翁谈录·王次公借驴骂僧》：

> 建安南陵王次公，一日，放骡误入贵安寺和尚麦园，伤残其麦不少。僧骂詈不已。其仆闻之，归告于王。明日，王乃跨骡携仆，往见其僧。王问僧曰："夜来秃驴吃了和尚多少麦，此驴在家本无事，才出家后便无礼。"既而呼其仆来："去却鞍辔，牵那秃驴进来打，且看我打它下唇和上唇也动。"[4]

《轩渠录》亦载：

> 东坡知湖州，尝与宾客游道场山，屏退从者而入，有僧凭门间熟睡，东坡戏云："髡闻上困。"有客即答曰："何不对钉顶上钉。"[5]

《拊掌录·置帽僧头》（同见《事林广记·张唐转戏僧文鉴》[6]）：

> 张逸密学知成都，善诗，僧文鉴大师，蜀中民素所礼重。一日，文鉴谒张公，未及见。时华阳主簿张唐辅同俟于客次，唐辅欲搔发，方脱乌纱，睥睨文鉴，罩于其首。文鉴大喧怒，张公遽召，才就坐，即白曰："某与此官人素不相识，适将幞头罩某头上。"张公问其故，唐辅对曰："某方头痒，

1　《太平广记》第五册，第 1936 页。

2　《太平广记》第五册，第 1925 页。

3　（晋）张华撰，范宁校证《〈博物志〉校证》，第 123 页。

4　（宋）罗烨：《醉翁谈录》，古典文学出版社，1957，第 43~44 页。

5　（宋）吕居仁：《轩渠录》，清顺治刻本。

6　《事林广记》，元刻本。

取下幞头，无处顿放，见师头闲，遂且权置少时，不意其怒也。"公大笑而已。[1]

《雅谑·秃字》：

> 包山寺僧天灵者，博学通文。有一秀才嘲之曰："秃驴秃字如何写？"僧应声曰："把秀才的秀字，屁股略弯弯掉转就是。"[2]
>
> 一僧犯罪，枷号县前，央乡官说方便，与县令叙情而别，送至门首，问曰："和尚是出家人，怎么带了枷？"县令曰："他本是无发的，如今犯了法。"[3]

《雅谑·僧多一头》：

> 祝京兆赴宴，有个和尚非常擅长喝酒。祝京兆便行出一个古老的酒令说："补不足，庆有余。"行不足叫和尚喝，行有余也叫和尚喝。酒令行完，和尚就要喝醉了。客人惊问原故，祝答道："'不足'就是没有头发，'有余'就是多一个光头。"众人大笑。[4]

《迁仙别记》中：

> 公性酷忌僧，口讳僧字，遇诸途，必索水涤目；如狭巷不及避，肩相摩，必解衣浣之，七日而后服。有馈以诗扇者，中有"竹院逢僧"之句，辄掷还曰："咄，此悔君当自受之。"[5]

---

1 《拊掌录》(《丛书集成初编》本)，商务印书馆，1939。

2 （明）浮白斋主人述《雅谑》，明刻本。

3 （明）浮白斋主人述《雅谑》，明刻本。

4 （明）浮白斋主人述《雅谑》，明刻本。

5 （明）张夷令辑《迁仙别记》，中华书局，2007。

后有"张夷令曰：'如今和尚惯持疏簿，见之果是悔气。'"这样的僧人，老虎也怕，见《雪涛谐史》中：

> 一强盗与化缘僧遇虎于途。盗持弓御虎，虎犹近前不肯退。僧不得已，持缘簿掷虎前，虎骇而退。虎之子问虎曰："不畏盗，乃畏僧乎？"虎曰："盗来，我与格斗。僧问我化缘，我将甚么打发他？"[1]

僧人也有他的不得已，见《笑赞》中：

> 唐三藏西天取经，到了雷音寺，师徒三人，见了佛。佛吩咐弟子管待了与他真经。迦叶长者，苦苦索要常例。唐三藏无奈，只得将唐天子赐的紫金钵盂给了他。猪八戒好生不忿，回去禀称："迦叶长者索要常例，受了个金钵盂。"羞的长者脸皮皱了。佛说："佛家弟子也要穿衣吃饭。向时舍卫国赵长者请众弟子下山，将此经诵了一遍，讨得了三斗三升麦粒黄金；你那钵盂，有多少金子？也在话下。"说的个猪八戒好似箭穿了雁嘴，恼恨恨的走出来，说道："逐日家要见活佛，元来也是要钱的。"唐三藏说："徒弟不要烦恼，我们回去，少不得也替人家诵经。"[2]

《解颐赘语》有：

> 一人盛谈轮回报应，慎无轻杀，凡一牛一豕，即作牛豕以偿，至蝼蚁亦周不然。时许文穆曰："莫如杀人。"众问其故。曰："那一世责债，犹得化人也。"[3]

然"正话反说"，后代衍生出另一种嘲讽方式，如《新笑林广记·和尚宜蓄

1　（明）江盈科：《雪涛谐史》，明刻本。
2　（明）赵南星《笑赞》，明刻本。
3　《解颐赘语》，清康熙丙子本。

发辫》中以"惟彼和尚者，中日无事，亦不动作，即令蓄发打辫，亦不碍事。不知当日定制，胡不如是"[1]之语对和尚进行嘲讽。"秃"的母体内涵一直是指向僧人，从古至今未有变化。

人身上显露在外的毛发，除了头发，还有胡须。第53则《署潞涿君》是围绕有须和无须而成的笑话。后世的笑话集中，多有对胡须的关注，见《雅谑·无须侍郎》：

正统间，户部侍郎王佑，貌美无须，媚事太监王振，拜为干兄，一日问佑曰："侍郎尔何无须？"佑云："爹爹无须，儿子岂敢有须。"[2]

在留须的年代，太监与他人很好区别。《启颜录》中，胡须没有被赋予特定的题材内涵，而上则中无须的题材内涵却有谄媚的意味。后世笑话集中，无须还有其他的题材内涵，见《雪涛谐史》：

钱塘金省吾先生，来督楚学，所拔应试诸生，多弱冠者。盖少年人自才妙，非以其年也。余邑一生闻其风，遂割去须鬓入试。及至发落，凡四等生员，皆应加扑，割须者与焉。先生见四等人多，不欲尽扑，乃曰："四等中生员，齿长者姑恕之，其少年不肯努力，各扑如教规。"割须生竟得扑。其侪嘲之曰："尔须存，当得免扑，奈何割为？冤哉须也。"割须生亦复自笑。[3]

此则中，无须被定义为可因此而得中的题材内涵。无须的这种笑话内涵，在另一则笑话中，尤为能够体现。见《笑倒·拔须》：

童生拔须赴考，对镜曰："你一日不放我进去，我一日不放你出来。"[4]

1　（清）吴趼人著、卢叔度辑注《新笑林广记》，广东人民出版社，1981，第11页。

2　（明）浮白斋主人述《雅谑》，明刻本。

3　（明）江盈科：《雪涛谐史》，明刻本。

4　（清）陈皋谟：《笑倒》，清康熙戊戌本。

无须被定义为可进入官场的题材内涵，拔须也有其他题材内涵，见《新镌笑林广记·拔须去黑》：

> 一翁须白，令姬妾拔之，妾见白者甚多，拔之将不胜其拔，乃将黑者尽去，拔讫，翁引镜自照，遂大骇，因咎其妾，妾曰："难道少的倒不拔，倒去拔多的？"[1]

老翁欲将白须拔除，留下黑须，可与妾在年龄上相匹配，白须被定义为年老的题材内涵。胡须除黑色和白色之外，还有其他的颜色，见《新镌笑林广记·黄须》：

> 一人须黄，每于妻前自夸："黄须无弱汉，一生不受人欺。"一日出外，被殴而归，妻引前言笑之，答曰："那晓得那人的须竟是通红的。"[2]

黄须和红须分别被赋予不被受欺负的题材内涵，而拥有红须的人更胜一筹。

2. 放气、屎（粪）

"放气"，即"放屁"，是一种生理反应，第 16 则《马价贵贱》陈使当着侯白的面"傍卧放气，与之言语"[3]，侯白也明白陈使即对自己的轻视，"心甚不平"，发表"马……若瘸尾燥蹄，绝无伎俩，旁卧放气，一钱不值"的一番让陈使"惭谢"的言论。"放气"因所处场合的不同，被赋予不同的笑话题材内涵，出现在政治场合时，被赋予"不尊敬对方"的题材内涵，这是"嗔屁"类的笑话。

俗语云："屁是家家神，不放憋死人"，"人吃五谷杂粮"，有谁不放屁？所以，"笑屁"型的笑话就多了起来。就医查房时，医生会问："放屁没？"尤其是手术后，主治大夫首先会问"放屁没有啊？"此时，正常放屁是身体健康的标志，尤

1　（清）游戏主人：《新镌笑林广记》，清乾隆刻本。
2　（清）游戏主人：《新镌笑林广记》，清乾隆刻本。
3　中国社会科学院历史研究所等合编《英藏敦煌文献》（汉文佛经以外部分）第二册，第 66 页。

其是"屁臭"，故"屁臭"类的笑话诞生，见《笑倒·清客》：

> 清客惯奉承大老，忽大老放一屁，客曰："那里响？"大老云："是我放个屁。"客曰："不见得臭。"大老曰："好人的屁不臭，就不好了。"客以手且招且嗅，曰："才来，才来。"[1]

屁焉有不臭之理，不但臭，还要《臭得更狠》：

> 有钱富翁于客座中偶放一屁。适有二客在傍，一客曰："屁虽响，不闻有一毫臭气。"一客曰："不独不臭，还有一种异样香味。"富翁愁眉曰："我闻得屁不臭，则五脏内损，死期将近，吾其死乎？"一客用手空招，用鼻连嗅曰："才臭将来了。"一客以鼻皱起，连连大吸，又以手掩鼻蹙额曰："我这里臭得更狠。"[2]

与人沟通交流，尤其是陌生人，放屁是不雅的，被认为是不尊敬或不礼貌的行为。所以，放屁是个人私密事，故有将放屁与厕所相联系的笑话，见《雪涛谐史》：

> 蜀中有吴坤斋者，善谑。其邻人构新居落成，吴往贺之，叹曰："这房屋做得妙。"盖含"庙宇"意也。主人曰："只堪作公家厕房耳。"坤斋曰："何至于此？"主人曰："不是厕房，为何公入门便放屁？"坤斋默然。[3]

因人前放屁尴尬，故笑话集中出现许多因自己放屁不好意思承认，用其他掩饰的笑话，如《笑得好·屁响》：

---

1 （清）陈皋谟：《笑倒》，清康熙戊戌本。
2 （清）陈皋谟：《笑倒》，清康熙戊戌本。
3 （明）江盈科：《雪涛谐史》，明刻本。

有人在客座中偶然放一响屁，自己愧甚，因将坐的竹椅子，摇拽作响声，掩饰屁响。有一人曰："这个屁响，不如先一个屁响得真。"[1]

也有自己放屁，而诬赖他人或他物所为，如《精选雅笑·狗不认》：

两人同坐，一撒屁；对人不言，惟以衣袖掩口；适狗在旁，其人赖云："畜畜，狗打一呵欠。"对人云："他却不肯认哩。"[2]

后有云："放屁者不肯认的多，对面骂杀，只嘿嘿掩鼻而已。"被诬赖自己放屁的人必然会有不同寻常的反应，见《笑得好·骂放屁》：

群坐之中有放气者，不知为谁，众共疑一人相与指而骂之，其人实未曾放屁，乃不辩而笑，众曰："有何可笑？"其人曰："我好笑那放屁的也跟在里头骂我。"[3]

"被骂反笑"的反常言行是被诬赖自己放屁之人对现实情况所做的反应。从对放屁的不好意思，到掩饰，再到笑屁，可见人们对屁的态度越来越宽松，见《时兴笑话·默饮》：

一客行令要默饮，席中有放屁者，令官曰："不默。"其人曰："是屁响。"令官曰："又不默。"众皆大笑，令官曰："合席不默，俱罚一杯。"[4]

因对屁的宽容，故人前对"屁"字也不避讳，见《雪涛谐史》：

---

1 （清）石成金：《笑得好》，清乾隆四年本。
2 （明）豫章醉月子辑《精选雅笑》，明刻本。
3 （清）石成金：《笑得好》，清乾隆四年本。
4 《时兴笑话》，明末青藜阁本。

国朝有陈全者，金陵人，负俊才，性好烟花，持数千金，皆费于平康市。一日浪游，误入禁地，为中贵所执，将畀巡城。全跪曰："小人是陈全，祈公公见饶。"中贵素闻全名，乃曰："闻陈全善取笑，可作一字笑，能令我笑，方才放你。"全曰："屁。"中贵曰："此何说？"全曰："放也由公公，不放也由公公。"中贵笑不自制，因放之。[1]

陈全因"屁"的"一字笑"而被免去"巡城"的责罚。《启颜录》侯白因陈使"放气"而生气，是因身份地位的悬殊而造成的轻视，如果身份地位调换呢？也就是说，如果屁出现在身份高贵的人身上，那么其他人会有什么反应呢？见明浮白主人选《笑林·颂屁》：

一士死见冥王，王忽撒一屁，士即拱揖进辞云："伏维大王，高耸尊臀，洪宣宝屁。依稀丝竹之音，仿佛麝阑之气。"王大喜，命牛头卒引去别殿，赐从御宴。至中途，士顾牛头卒谓曰："看汝两角弯弯，好似天边之月；双眸炯炯，浑如海外之星。"卒亦喜甚，扯士衣曰："大王御宴尚早，先在家下吃个酒头了去。"[2]

身份地位的悬殊与双方权力的差异，再加上人们对屁的宽容，故会出现"颂屁"之事，"颂屁"类的笑话便多了，见《笑赞》：

一秀才数尽，去见阎王，阎王偶放一屁，秀才即献屁颂一篇曰："高竦金臀，弘宣宝气，依稀乎丝竹之音，仿佛乎麝兰之味，臣立下风，不胜馨香之至。"阎王大喜，增寿十年，即时放回阳间。十年限满，再见阎王。这秀才志气舒展，望森罗殿摇摆而上。阎王问是何人，小鬼说道："是那做屁文章的秀才。"[3]

---

1 （明）江盈科：《雪涛谐史》，明刻本。

2 （明）浮白主人选《笑林》，明刻本。

3 （明）赵南星：《笑赞》，明刻本。

然并不是每个人都喜欢被"拍马屁"，由于"献屁颂一篇"而"增寿十年"的待遇，也不是谁都有，"颂屁"有可能是另一种结局，如《笑得好·放屁文章》：

> 一秀才能言，惯会帮人讼事，县官憎嫌，教之曰："为士者，只应闭户读书，因何出入衙门，如此举动？想汝文章必然荒疏，本县且出题考汝，好歹定夺。"因出题令其做文，半晌不能成句，反高声曰："太宗师所出题目甚难，所以迟滞，求再出一题，若做不出，情愿领罪。"官为一笑，正在另想题目时，忽撒一屁，因以放屁为题，令其着笔。这秀才即拱揖进辞曰："伏惟太宗师高耸金豚，洪宣宝屁，依稀乎丝竹之音，仿佛乎麝兰之气，生员立于下风，不胜馨香之至。"县官听完大笑曰："这秀才，正经的好文章不会做，放屁的坏文章偏做得好，本县衙门东街，有个万人粪坑，叫皂隶即押他在粪坑边立着，每日领略些麝兰香味，免得他闲着生事害人。"[1]

上述两则中均是位低者"颂"位高者所放之屁，颂屁的内容大致相仿，因位高者的人品和喜好不同，两人的最终结局完全不同。因对放屁态度的宽容，故出现不避讳放屁的笑话，不但不避讳放屁，而且屁还可以做买卖，有代替钱的功能，见冯梦龙《笑府》：

> 有善屁者，往铁匠铺打铁搭，方讲价，边撒数屁。匠曰："撒屁直恁多？若能连撒百个，我当白送一把铁搭。"其人便撒百屁，匠乃打成送之。临出门，又撒数个。乃谓匠曰："这几个小屁，乞我几只钯头钉。"[2]

善于放屁的人，买卖倒是做得精。屁乃有味无形或无味无形之物，如何得见？但有人却可以，见明浮白主人选《笑林·拿屁》：

1　（清）石成金：《笑得好》，清乾隆四年本。
2　（明）冯梦龙：《笑府》，日本藤井孙兵卫刻本。

官坐堂，众人中撒一屁，官问："甚么响？拿过来。"皂禀云："拿不着的。"官云："如何作弊？定要拿来。"皂将纸包一屎块回云："正犯走了，拿得家属在此。"[1]

故有《精选雅笑·改对》：

学师出二字对曰"马嘶"，徒对"牛屎"。师曰："狗屁。"徒起而欲行，师曰："你还未对，我还未改，如何就走。"徒曰："吾对的是'牛屎'，先生改的是'狗屁'。"[2]

以上是有关"放气"的承传和影响。既有"放气"，随之而来的是屎粪。第19则《见斧忘妻》鄂县人面对妻子"向者，君自将斧斫柴，为欲大便，放斧地上，何因遂即忘却"[3]的责问，以"娘子，何姓？不知何处记识此娘子"之语回复。第133则《眼皮沾视》田姓妇人在多次遭到其亲家张家母"空口来、空口去"[4]嘲弄自己"口无齿"，以"眼皮沾视"（即"眼屎"）戏亲家张家母"面上有疮瘢，眼下皮急，极露视"。此类笑话中，"屎"的笑话题材内涵指向的是人身上的某个隐疾。

第56则《所出同耳》中诸葛恪以"鸡卵"[5]对太子的"马矢"（即"马屎"）。此则中"屎"的笑话题材内涵指向的是身体的排泄器官。"马屎"在笑话集中的出现，可追溯至第一部笑话总集《笑林》（《鲁迅全集》中辑录《笑林》）：

南方人至京师者，人戒之曰："汝得物，唯食，慎勿问其名也！"往诣主人，入门内，见马矢，便食之；觉恶臭，乃止步。进见败屩弃于路，因复

---

1 （明）浮白主人选《笑林》，明刻本。
2 （明）豫章醉月子辑《精选雅笑》，明刻本。
3 《英藏敦煌文献》第二册，第66页。
4 《太平广记》第六册，第2007页。
5 《墨子·贵义》中有："以卵投石"，"卵"即"蛋"之意。

嚼，殊不可咽。顾伴曰："且止！人言不可皆信。"后诣贵官，为设馉一引作馔，因见视曰："汝是首物一引作戒故昔物，且当勿食。"御览六百九十八又八百五十一[1]

人吃了"马矢"，感觉"恶臭"，体会到"人言不可皆信"，却对真正的吃食起了戒心。第 95 则《必复其始》吴人仓曹所言的"粉粥"[2]说成"粪粥"的带吴音方言的官话，惹得众人大笑，长孙玄同以"公侯之子孙"的"公侯"音同"恭候"的接语，使座中又一次大笑。此类中"粪"的笑话题材内涵是与吃进意思相反的"排出"。产生粪需要"出恭"，见《笑得好·再出恭》：

村庄农人，不知礼，来至儒学殿前撒粪一堆，学师闻之，怒送县究。县官审问："因何秽触圣人？"村农曰："小人上城，每日皆从学前走，一时恭急，随便解手，非敢亵渎圣人。"官曰："你愿打愿罚。"村农畏打，曰："小人愿罚。"官曰："该问不应，纳银一两五钱，当堂秤下，不须库吏收纳。"村农取出银一锭，约有三两，禀官曰："待小人去剪一半来交纳。"官曰："取来我看。"见是纹银一锭，就和颜悦色先将银子慌忙纳入袖中，对村农曰："这锭银子，不须剪开，当我老爷说过，准你明日再到学殿前出一次大恭罢。"[3]

在"儒学殿前撒粪一堆"，被认作是"无礼"的行为，但粪在庄稼人眼里是难得的肥料，见《笑得好·喝风屙烟》：

一富翁不用奴仆，凡家中大小事务，都是自己亲为，劳苦不堪；因有几个朋友，劝他雇一奴仆使唤，可以安逸。翁曰："我岂不知用个奴仆甚好，但只怕他要我的工钱，又怕他吃我的饭，我所以宁可自己劳苦，不肯雇人。"

<hr>

1　鲁迅：《中国小说史略》，人民文学出版社，1973，第 185 页。
2　《太平广记》第五册，第 1928~1929 页。
3　（清）石成金：《笑得好》，清乾隆四年本。

傍有一人知其意，假说曰："我家有一仆，并不要工钱，又不吃饭，且是小心勤力，我送与老翁白白服侍，还肯收用否？"翁曰："若不吃饭，岂不饿死？"人曰："我这仆，因幼时曾遇着神仙，传他一个喝风屙烟的法子，所以终日不饿。"翁听罢，想了一会，摇头曰："我也不要。"人问："因何又不要。"翁曰："你说这仆能喝风屙烟，但我寻一个人，就要一个人的大粪灌田，既是屙烟，自然少一个人的粪灌田，我所以也算计不来。"[1]

粪不似屁的无形，而是有形之物，有肥料作用，可以作为买卖之物。笑话集中有买卖"粪"的笑话，见《精选雅笑·换粪》：

> 一家有粪一窖，与人换钱，索钱四百，而换者止肯二百，主人大怒曰："狗粪直如此贱。"换者亦怒曰："何必发恼，不曾吃了你的。"[2]

与此类似的见《时兴笑话·买粪卖粪》：

> 一家有粪一坑，招人货买，索钱一千，买者还五百，主人怒曰："有如此贱粪，难道是狗撒的？"买者曰："又不曾吃了你的，何须这等发急！"[3]

粪不但可以买卖，而且还可以是官府中需交之物，见《笑海千金》：

> 有一新官上任，每名里长要一百担大粪交官；有了九十九担，只少一担，即将觅菜煮去红水，凑成一担同交。官见曰："此粪如何这等红？"里长答曰："肚里无粪，都是努出的血来。"

以粪讥讽官府的贪婪，狗好吃屎，故《笑得好·狗吃屎》中对"狗子因何

1 （清）石成金：《笑得好》，清乾隆四年本。
2 （明）豫章醉月子辑《精选雅笑》，明刻本。
3 《时兴笑话》，明末青藜阁本。

好吃屎"[1]有解读"因他肚里不明理,所以好吃屎"。此时"屎"的笑话题材,与"明理"等做人原则相关。又见《笑得好·屎攘心窝》:

> 龙为百虫之长,一日发令,查虫中有三个名的,都要治罪。蚯蚓与蛆,同去躲避,蛆问蚯蚓:"你如何有三个名?"蚯蚓曰:"那识字的,叫我为'蚯蚓';不识字的,叫我为'曲蟮';乡下愚人,又叫我做'寒现':岂不是三个名?"蚯蚓问蛆曰:"你有的是那三个名,也说与我知道。"蛆曰:"我一名'蛆',一名'谷虫',又称我'读书相公'。"蚯蚓曰:"你既是'读书相公',你且把书上的仁义道德,讲讲与我听?"蛆就愁眉说曰:"我如今因为屎攘了心窝子,那书上的仁义道德,一些总不晓得了。"[2]

"粪"的笑话题材内涵指向的是不识"仁义道德"的"读书相公"。笑话中亦有人用"吃粪"自嘲,见《时尚笑谈·粪土之墙》:

> 一先生怒东家供膳淡薄,东家曰:"先生,你前日讲书道:'肉虽多,不使胜食气。'我故不敢拿肉来你吃。"先生怒曰:"若是我讲'粪土之墙',你就拿粪来我吃。"[3]

不但人懂得上述道理,动物亦懂得,见《笑禅录》:

> 崔相国入殿,见雀抛粪于佛头上,问如会云:"一切众生,皆有佛性,为甚却抛粪于佛头上?"会云:"他终不向鹞子头上抛粪。"

雀不怕佛,却怕鹞子,这是本性所致。人亦如此,明明觉得"粪"讨厌,却偏偏喜爱嘴中所讨厌的"粪",见《露书》:

---

1 (清)石成金:《笑得好》,清乾隆四年本。
2 (清)石成金:《笑得好》,清乾隆四年本。
3 《时尚笑谈》,明刻本。

游宗谦过王百谷，王方作字，不及寒温。游诟曰："尔以尔书佳耶？莆中当粪耳。"后将行，欲索书，不便索，令侍儿范鹿转去，王不语，便书。书毕，谓范鹿曰："对相公道：粪又担几石去矣。"[1]

游宗谦想要被自己称为"粪"的王百谷的字，故王百谷在将字交予游宗谦的侍儿范鹿之后，以"粪又担几石去矣"之语相戏。

3. 昼寐

"昼寐"，即"白日小睡"。第51则《韶梦周孔》中边韶"昼日假寐"[2]时遭到弟子嘲笑，边韶以"寐与周公通梦，静与孔子同意"反戏，使弟子"大惭"。借历史名人抬高自己，笑话中常有，见《山中一夕话·翻绰入水》：

玄宗尝令左右提翻绰入池水中，复出曰："向见屈原笑臣：而遭逢圣明，何亦至此？"[3]

翻绰以"屈原投汨罗江"与自己"入池水"相提并论，用"屈原"笑己以反夸唐玄宗为"圣明"君主，与边韶借周公、孔子等儒家先圣来夸自己，所用方法，实是同出一辙。第51则《韶梦周孔》，昼寐的笑话题材内涵指向的是与周公、孔子谈论儒家经典，但后世的笑话中，昼寐的笑话题材内涵已经发生转变，见《笑府》：

一师昼寐，及醒，谬言曰："我乃梦周公也。"明昼，其徒效之，师以界方击醒曰："汝何得如此？"徒曰："亦往见周公耳。"师曰："周公何语？"答曰："周公说：昨日并不曾会尊师。"[4]

1　（明）姚旅：《露书》，明刻本。
2　《太平广记》第五册，第1896页。
3　《山中一夕话》，清刻本。
4　（明）冯梦龙：《笑府》，日本藤井孙兵卫刻本。

"昼寐"的笑话题材内涵从"与周公、孔子谈论儒家经典"转变为老师借"周公"说谎,暗指私塾老师无能。笑话的题材内涵发生了根本性的改变。

由以上对笑话题材的分析可知,中国笑话的题材有承继性,有的题材内涵在历史的变迁中会发生变化,但大多数题材虽历经沧海桑田,其内涵基本没有发生什么大的变化,显示出笑话题材极其强大的生命特征。

二 职业特性

笔者就《启颜录》中出现,并在后世笑话集中一直出现、有关职业的笑话题材进行论述。

1. 师公(师婆)

从第 9 则《师公之义》中逆推,"师公"的特征应该是"有学"[1]"辩捷"和"善医术",因为徐之才也有这三个特征,所以,才会被冠以"师公"之称。但王元景的一个"骂"字,可见在当时,"师公"地位是低下的。如此博学有善于医术的人,为何遭骂呢?

从第 21 则《买奴变婢》可推知一二,师婆在答应鄠县痴父为其请奴时,要求痴父"以吉日,多办食,求请之"。[2]吉日到,"师婆至,而作歌舞"。但奴还是未出,镜子反破碎为两片,此时的师婆却唱起来:"合家齐拍掌,神明大歆飨,买奴合婢来,一个分成两。"就算是如此之师婆,村民却都很相信,"村中皆为出言'甚中'"。或许是这样类型的师婆带坏了博学善医术的师公的名声吧,《笑赞》更能说明问题:

> 北方男子跳神叫作端公。有一端公教着个徒弟,一日,端公出外,有人来请跳神,这徒弟刚会打鼓唱歌,未传真决,就去跳神;到了中间,不见神来附体,没奈何信口扯了个神灵,乱说一篇,得了钱米回家,见他师傅说

---

1 《英藏敦煌文献》第二册,第 65 页。
2 《英藏敦煌文献》第二册,第 66~67 页。

道："好苦。"把他跳神之事，说与师傅，师傅大惊道："徒弟你怎么知道？我原来就是如此！"[1]

跳神的端公原来是"不见神来附体"的。道家的神到底在哪儿呢？从《广笑府·老人妄语》中寻找答案：

太上老君云："诵经千遍，身腾紫云。"道士笃信此说，诵至九百九十九遍，乃沐浴登坛，告别亲友，俟候腾云。更诵一遍凑千数，至暮竟无片云。道士指老君塑像叹曰："谁知你这等老大年纪也会说谎。"[2]

天上的"老君"都在"说谎"，就不能怪地上那些"师公""师婆"了。且看更能说明问题的《古今谭概·商季子悟道》：

商季子笃好玄，挟资游四方，但遇黄冠士，辄下拜求焉。偶一猾觑其资，自炫得道，诱之从游。季子时时趣授道，猾以未得便，唯唯而已。一日，至江浒，猾诒云："道在是矣。"曰："何在？"曰："在舟樯杪，若自升求之。"乃置资囊樯下，遽援樯而升。猾自下抵掌连呼趣之曰："升！升！"至杪，犹曰："升！"季子升无可升，忽大悟："此理只在实处，虽欲从之，末由也已。"抱樯欢呼曰："得矣！得矣！"猾挚资疾走。季子既下，犹欢跃不已。观者曰："咄！彼猾也，挚若资去矣。"季子曰："否，否，吾师乎！吾师乎！此亦以教我也。"[3]

"不学无术"的奸猾之人，在商季子的眼中，却是神一般的人物。这说明，此类笑话中，"师公""师婆"被赋予的是借神明的名义而行骗子之实的题材内涵。

1　（明）赵南星：《笑赞》，明刻本。
2　（明）冯梦龙：《广笑府》（《冯梦龙全集》本），凤凰出版社，2007，第35页。
3　（明）冯梦龙编著、栾保群校注《古今谭概》，中华书局，2007，第46页。

2. 射

《启颜录》关于"射"的笑话有两则，都是因箭不中而引发：第 121 则《箭不着垛》中萧瑀射"箭俱不着垛，一无所获"[1]，处处强调是箭、风和弓的原因，一字不提箭术不过硬；第 100 则《因何尤箭》自夸的谢佑"数十发皆不中垛"[2]，也把责任推向箭。笑话中这种对自己宽容，对他人苛刻的人，比比皆是，见《山中一夕话·驭者骂相》：

> 则天朝，宰相杨再思晨入朝，值一重车将牵出西门，道滑，牛不前，驭者骂曰："一群痴宰相，不能和得阴阳，而令我难行，如此辛苦。"再思徐谓之曰："你牛亦自弱，不得嗔他宰相。"[3]

生活中这种推卸责任的人，尤其是射箭不精之人，故在最应感谢他们的是从来没有被射中过的垛子，见《广笑府·垛子助阵》：

> 一武官，出征将败，忽有神兵助阵，反大胜。官叩头请神姓名，神曰："我是垛子。"官曰："小将何德，敢劳垛子尊神见救？"答曰："感汝平昔在教场，从不曾一箭伤我。"[4]

"垛子尊神见救"的理论，是对射箭不精之人的讽刺。"射"的题材内涵一般指向"射不中"，这个题材内涵一直沿用至今，见《现代笑话·百发百中》：

> 有位虚心的猎手到处寻访名师。一天，他路过一个村庄，看见一家院墙上画满了圆圈，正中都有被子弹打过的弹孔。他怀着钦服的心情找到了这位神枪手，迫不及待地问道：

---

1 《太平广记》第六册，第 1974 页。
2 《太平广记》第五册，第 1936 页。
3 《山中一夕话》，清刻本。
4 （明）冯梦龙：《广笑府》（《冯梦龙全集》本），第 116 页。

　　"请问神枪手，您能否谈谈是怎样练就这样百发百中的好枪法的？"

　　"这容易，先打枪，后画圈。"[1]

　　看似是"百发百中"的"神枪手"，仍然是"射不中"。

　　3. 判

　　第38则《嘲竹语墙》，裴略是因为"兵部试判，为错一字"披诉。"判"，唐张鹭《朝野佥载》卷四记载"沈子荣试判"的事，第一年"周天官选人，沈子荣诵判二百道，试日不下笔。人问之，荣曰：'无非命也。今日诵判，无一相当。有一道颇同，人名又别。'"沈子荣将第一年的"不下笔"归为"命也"，认为是命运的捉弄。到了第二年"选，判'水碨'，又不下笔。"什么原因呢？沈子荣说："我诵'水碨'，乃是蓝田，今问富平，如何下笔？"听到此，"闻者莫不抚掌焉"[2]。似沈子荣之类人，均未抓住问题的实质，只流于表面的关注。从其"诵判二百道"，可知时人对"判"的重视，也可知其所诵之判，类似现今的模拟卷，也就是说，考前模拟的传统，从古传到今。

　　"隋内史德林之孙、安平公百药之子"吏部侍郎李安期"常有选人"，所以也会有人请他"看判"，其看后评价曰"弟书稍弱"，对方以为说的是书写笔法的功力"稍弱"，故解释为"昨坠马损足"，"性好机警"的李安期答道："损足何废好书？……向看弟判，非但伤足，兼似内损。"[3]从李安期的答语可知，好的"判"应是有一定标准的。

1　南子仲、吕仪选编《现代笑话》，中国民间文艺出版社，1985，第272~273页。

2　（唐）张鹭：《朝野佥载》，中华书局，1979，第93页。

3　（唐）张鹭：《朝野佥载》，第134页。

第十章 《启颜录》中笑话结构模式对后世笑话的影响
——《启颜录》的历史地位和后世影响（二）

所谓"模式"，指"某种一成不变的、被奉为标准的、可以为后人所效仿的样式"，如"清靡哀亮一代模式"（《高僧传》），"方希永传来世，以为后生模式"（《阿毗达磨俱舍释论》），"闻先生之艺久矣，愿见笔法，以为模式"（《墨庄漫录》）等。所谓"笑话结构模式"，指笑话中某种一成不变的、被奉为标准的、可以为后世笑话所借鉴的结构模式，简称"笑话模式"。

对笑话模式研究的现实意义有以下两方面：从情感方面来说，可以使人产生快乐的心理体验和愉悦的情感状态！从技术层面来说，掌握了笑话模式，在不降低笑点的情况下，可自由更换人物、可随意切换场景。

第一节 相似模式

后世笑话集中出现许多与《启颜录》笑话模式相似的笑话，本节就《启颜录》中出现过，并对后世笑话产生影响的笑话模式进行论述。

一 冒认亲戚模式

生活中，平凡人居多，平凡之人在自己的能力达不到时，会出现"今代扶犁手，前朝宰相家；自身无志气，只把祖宗夸"（《解愠编》之《自矜门地》）[1]的

---

1 （明）乐天大笑生《解愠编》，明嘉靖刻本。

现象。但同时，也会寄希望于身边有比自己强的人可以帮助自己，所谓"一人得道，鸡犬升天"[1]。即第105则《将却幞头》中的"'一人在朝，百人缓带'"[2]，这种希望本无可厚非，亦属人之常情，但世之奸猾欺诈之人却利用此点动起歪心思，如第138则《方相侄儿》中的"姓房人"[3]对"但有姓房为官"的人，"必认云'亲属'"，此种做法有些过火，甚至是有些可恶，故其"知识疾其如此"，才以"丰邑公相"对其进行讥讽。但世上却多冒认亲戚之人。如《古今谭概·冒从侄》：

> 王凝侍郎按察长沙日，有新授柳州刺史王某者，将赴任，抵于湘川，谒凝。启云："某是侍郎诸从子侄，合受拜。"凝问其小名，答曰："通郎。"乃令左右促召其子至，诘曰："家籍中有通郎否？"子沉思少顷，乃曰："有之，合是兄矣。"凝始命邀王君，受以从侄之礼，因问："前任何官？"答曰："昨罢北海盐院，旋有此授。"凝闻之不悦，既退，语其子曰："适来王君，资历颇杂，非吾枝也。"遽征属籍，果有通郎，已于某年某日物化矣。凝睹之怒。翌日，厅内备馔招之，王望凝欲屈膝，忽被二壮士挟而扶之，鞠躬不得。凝前语曰："使君非吾宗也，昨误受君拜，今谨奉还。"遂拜之如其数讫，乃令坐与餐。复谓曰："当今清平之代，不可更乱入人家也。"在庭吏卒悉笑，王惭赧，食不下咽，斯须踟躇而出。[4]

冒充"已于某年某日物化"的从侄，招摇撞骗，大概是抱着"死无对证"的心态，世上亦有大胆到拿着对方诗文拜见的人，见《古今谭概·冒诗并冒表丈》：

> 唐李播典蕲州，有李生来谒，献诗，播览之，骇曰："此仆旧稿，何乃见示？"生惭愧曰："某执公卷，行江淮已久，今丐见惠。"播曰："仆老为郡

---

[1] 见《论衡》中载："王遂得道，举家升天，畜产皆仙，犬吠语天上，鸡鸣于云中。"
[2] 《太平广记》第五册，第1941页。
[3] 《太平广记》第六册，第2027页。
[4] （明）冯梦龙编著、栾保群校注《古今谭概》，第218页。

牧，此已无用，便奉赠。"生谢别。播问何之，生曰："将往江陵谒表丈卢尚书。"播曰："尚书何名？"生曰："弘宣。"播大笑曰："秀才又错矣！卢乃仆亲表丈，何复冒此？"生惶恐谢曰："承公假诗，则并荆南表丈一时曲取。"播大笑而遣之。[1]

在冒充者眼中，被冒充者的一切都是好的，殊不知，不是自己的，永远都不是自己的；别人的，永远都是别人的。做人到如此地步，岂不自省？还继续放纵自己，冒认下去，岂不可悲哉！殊不知"临河而羡鱼，不如归家织网"[2]。此模式有另一种变形，见《官员贪污》：

有周通判贪污，监司按劾，对移下县知县，才到任，吏人探其意，乃铸一银孩儿重一斤安在边厅桌上，入宅复云："家兄在便厅取复。"知县出来，只见银孩儿，便收之。他日，吏人因事有件，将勘决，吏人连声复云："且看家兄面。"知县云："你家兄没意智，一去后更不再来相见。"[3]

亲属，由人及物，一斤重的"银孩儿"即是"家兄"。

二 东施效颦模式

第35则《无耳有面》因僵硬模仿别人的嘲语，生搬硬套到自己要"嘲"的对象，不仅没有获得"绵""绢"的赏赐，反而落得"割却两耳，只有面"[4]的下场。此人类似东施，见《庄子·天运》：

西施病心而颦其里，其里之丑人见之而美之，归亦捧心而颦其里。其里之富人见之，坚闭门而不出；贫人见之，挈妻子而去之走。[5]

1　（明）冯梦龙编著、栾保群校注《古今谭概》，第222页。
2　（汉）刘安撰、张双棣校释《〈淮南子〉校释》，北京大学出版社，1997，第1811页。
3　《事林广记》，元刻本。
4　中国社会科学院历史研究所等合编《英藏敦煌文献》第二册，第68~69页。
5　庄周著、郭庆藩撰，王孝鱼点校《〈庄子〉集释》，第515页。

后世笑话集中也多此种模式笑话的记载，见《醉翁谈录·夫嘲妻青黑》（此则亦见《太平广记》收出自《笑言》，名为《邻夫》）[1]：

> 有一邻家，夫妻甚相谐和。夫自外归，见妇吹火，乃赠诗焉。诗曰："吹火朱唇动，添薪玉腕斜，遥看烟裏面，大似雾中花。"其妻亦候夫归，告之曰："君何不能学彼咏诗？"夫曰："君当吹火，吾亦赋诗以咏汝。"妻即效吹，夫乃作诗赠之："吹火青唇动，添薪鬼胆斜，遥看烟裏面，恰似鸠槃茶。"[2]

为效仿邻居夫妻之间的相处而"效吹"，反遭夫婿"鸠槃茶"的嘲弄和嫌弃，何苦哉？眼睛看得见的人尚且如此，何况瞽者？见《笑赞》：

> 一瞽者与众人坐，众有所见而笑，瞽者亦笑，众问之曰："何所见而笑？"瞽者曰："你们所笑，定然不差。"[3]

故"赞曰：瞽者之言，不为无见，即终身随人笑可也，但强笑不乐耳……有目而事事随人，人差亦差者颇亦不少"。此模式也可用在其他文体形式中，如日本民间故事《摘掉了瘤子的老爷爷》用的就是东施效颦模式。[4]

三　借他言诉己心声模式

借他言诉己心声模式的产生是因为有些话语不方便直接说出，便托以他人或他物之口，予以说出。第75则《愿君避道》中的侯白，因急切想回家，却碍于杨素之子杨玄感的请求，以老虎之口"且来遭见贤尊，愿郎君且避道"[5]，说出自

1　（宋）罗烨：《醉翁谈录》，古典文学出版社，1957，第42页。
2　（宋）罗烨：《醉翁谈录》，第43页。
3　（明）赵南星：《笑赞》，明刻本。
4　〔日〕关敬吾：《日本民间故事选》金道权、朴敬植、耿金声等译，第336、65~67、524页。
5　《太平广记》第五册，第1920页。

己的心声。此类借他言诉己心声的模式在笑话中也多有使用。《雪涛谐史》中也有关于借虎言说事的记载：

> 一主人请客，客久饮不去，乃作谑曰："有担卖磁瓶者，路遇虎，以瓶投之，俱尽，只一瓶在手，谓虎曰：'你这恶物，起身也只这一瓶，不起身也只这一瓶。'"客亦作谑曰："昔观音大士诞辰，诸神皆贺，吕纯阳后至，大士曰：'这人酒色财气俱全，免相见。'纯阳数之曰：'大士金容满月，色也；净瓶在旁，酒也；八宝璎珞，财也；嘘吸成云，气也；何独说贫道？'大士怒，用瓶掷之。纯阳笑曰：'大士莫急性，这一瓶打我不去，还须几瓶耳。'"[1]

主人借老虎告知客人酒喝得差不多了，不要再喝了，而客人借用观音大士告诉主人，还要再喝几瓶。此类模式亦见《山中一夕话·东坡戏刺狱官》：

> 苏东坡自元祐初，为狱官挫，未几，以礼部员外郎召入，偶遇狱官，甚有愧色。东坡戏之曰：有蛇蜇杀人，为冥府所追，议法当死，蛇前诉曰："诚有罪，然亦有功，可以自赎。"冥官曰："何功也？"蛇曰："某有黄，可治病，所活已数人矣。"遂免。良久，牵一牛至，云："触杀人，亦当死。"牛曰："我亦有黄，可治病，亦活数人矣。"亦得免。久之，狱吏牵一人至，曰："此人生常杀人，今当还命。"其人妄言亦有黄，冥官大怒，诘之曰："蛇黄牛黄皆入药，天下所共知，汝为人黄，何功之有？"其人窘甚，曰："某别无黄，但有些惭惶。"[2]

苏东坡借"人黄"戏讽狱官，也有借笑话对事情表明态度的，如《雪涛谐史》中载：

1　（明）江盈科：《雪涛谐史》，明刻本。
2　《山中一夕话》，清刻本。

余邑张斗桥为诸生时，记名家旧文一篇，入试，遭文宗涂抹，乃诉于学博文莲山先生。先生引戏词慰之，曰："'昔苏秦父母诞辰，伯子捧觞称寿，叹曰：'好佳酿。'及季子亦捧觞称寿，骂曰：'酸酒。'季子妻乃从伯姆借酒一觞，复骂曰：'酸酒。'季子妻曰：'这是伯姆家借来的。'翁叱之曰：'你这不行时的人，过手便酸。'斗桥大笑。"[1]

文莲山借"过手便酸"安慰张斗桥。此类模式在后世的笑话集中，以跟吃喝有关的笑话居多，又如《雪涛谐史》中的另一则笑话：

有学博者，宰鸡一只，伴以萝卜制馔，邀青衿二十辈飨之。鸡魂赴冥司告曰："杀鸡供客，此是常事，但不合一鸡供二十余客。"冥司曰："恐无此理。"鸡曰："萝卜作证。"及拘萝卜审问，答曰："鸡你欺心，那日供客，只见我，何曾见你。"[2]

借萝卜诉请客者"馔"中无肉。另，从此则亦可见，因心学盛行而产生的很多关于"欺心"的笑话，这也说明笑话的时代性。

四　彼此不分模式

第3则《无是无非》中，石动筩对大德法师发起的辩难，此亦是彼，彼亦是此。《谐史》中有《丘浚打释珊》，与《无是无非》模式相似。笑话中很多此类模式的狡辩，见《笑赞·僧与士人》：

有士人入寺中，众僧皆起，一僧独坐。士人曰："何以不起？"僧曰："起是不起，不起是起。"士人以禅杖打其头。僧曰："何以打我？"士人曰：

1　（明）江盈科：《雪涛谐史》，明刻本。
2　（明）江盈科：《雪涛谐史》，明刻本。

"打是不打，不打是打。"[1]

其后"赞曰：此僧之论，其于禅机深矣，而不能忍禅杖之痛。近日士子作文，皆拾此僧之唾，以为文章之三味，主司皆宜黜之。告以'黜是不黜，不黜是黜也'"。此种由佛法开启的笑话模式，在道家相关笑话中，亦有，见《调谑编·咒法》：

> 王君善书符，行天心正一法，为里人疗疾驱邪。仆尝传咒法，当以授王君，其辞曰："汝是已死我，我是未死汝。汝若不吾祟，吾亦不汝苦。"[2]

笑话集对此类模式多有记载，如《笑府》：

> 凤凰寿，白鸟朝贺，惟蝙蝠不至。凤责之曰："汝居吾下，何踞傲乎？"蝠曰："吾有足，属于兽，贺汝何用？"一日，麒麟生诞，蝠亦不至。麟亦责之。蝠曰："吾有翼，属于禽，何以贺与？"麟凤相会，语及蝙蝠之事，互相慨叹曰："如今之世上恶薄，偏生此等不禽不兽之徒，真个无奈他何。"[3]

一般的推理是"非此即彼"或"非彼即此"，但"蝙蝠"使用的是"非彼非此"，生活中也有，见《精选雅笑·迁居》：

> 有中邻于铜铁匠者，日闻锻击声，不堪忍闻，因浼人求其迁去，二匠从之。其人喜甚，设酒肴奉饯，饯毕，试问何往，匠同声对曰："左边迁在右边，右边迁在左边。"[4]

1　（明）赵南星：《笑赞》，明刻本。

2　（明）王世贞：《调谑编》，明燕石斋刻本。

3　（明）冯梦龙：《笑府》，日本藤井孙兵卫刻本。

4　（明）豫章醉月子辑《精选雅笑》，明刻本。

铜匠和铁匠将上则中的蝙蝠理论用在此处:"左搬右""右搬左",儒释道经典中多有此类推理之语,且看是如何将这些经典之句糅进笑话中的,见《广笑府·吏胥酒令》:

> 儒、释、道与吏人同席行令,取语句首尾一同。儒者曰:"上取乎下,下取乎上。"释者曰:"色即是空,空即是色。"道者曰:"道可道,非常道。"吏人曰:"呈为公务,事右具呈。"(此则亦见《解愠编》)[1]

明时,儒、释、道三家具有辩证思想的名句,反而入了笑谈之中,可见时人审美思想的变化。

第二节 相反模式

本节就《启颜录》中出现,对后世笑话集产生影响、描述相反情境的笑话模式进行论述。

一 美味作毒物模式

第43则《香馉毒蜜》中,和尚因怕弟子偷吃其"私食"[2]后的馉和蜜,对弟子说:"好看我馉,勿使欠少;床底瓶中是极毒药,吃即杀人。"但还是被弟子吃去,且弟子狡辩说:"和尚去后,闻此馉香,实忍馋不得,遂即取吃。畏和尚来嗔,即服瓶中毒药,望得即死。不谓至今平安。"此乃典型的美味作毒物模式。

韩国也流传着此种模式的笑话,见《和尚和柿饼》,将出场的人物称呼"弟子"换成"小和尚","和尚"换成"老和尚",将吃的食物"馉"换成"柿饼"。[3]此种模式在笑话集中多有记载,见《嘻谈初录·偷酒》:

---

1 (明)冯梦龙:《广笑府》(《冯梦龙全集》本),凤凰出版社,2007,第3页。

2 《英藏敦煌文献》第二册,第70页。

3 李民主编,尹敬爱、〔韩〕安硕柱副主编,林从纲主审《听故事学韩语》,第300页。

　　一日，先生将出门，留此仆看馆，嘱之曰："墙挂火腿，院养肥鸡，小心看守。屋内有两瓶，一瓶白砒，一瓶红砒，万万不可动；若吃了，肠胃崩裂，一定身亡。"叮咛再三而去。先生走后，仆杀鸡煮腿，将两瓶红白烧酒，次第饮完，不觉大醉。先生回来，推门一看，见仆人躺卧在地，酒气熏人，又见鸡腿皆无，大怒，将仆人踢醒，再再究诘。仆人哭诉曰："主人走后，小的在馆小心看守，忽来一猫，将火腿叼去，又来一犬，将鸡逐至邻家；小的情急，忿不欲生，因思主人所嘱红白二砒，颇可致命，小的先将白砒吃尽，不见动静，又将红砒用完，未能身亡，现在头晕脑闷，不死不活，躺在这里挣命呢。"[1]

　　今人舌尔《笑话》中《偷酒》[2]便是此笑话翻译成今体语言，且增加了一些故事情节的描述和悬念的描写，"在内容上有所增删，在文字上有所发挥"[3]。此模式也有用在其他文体形式中的，如运用在小说中，会增加小说情节的跌宕起伏感，张鸿勋认为"《金瓶梅词话》第九十三回……陈经济落魄在晏公庙作道士后的一节故事……未有人指出其最早来源即见于敦煌《启颜录·嘲诮》篇贪馋和尚的故事"[4]。见《金瓶梅词话》陈经济利用此模式装傻充愣，冒充"老实人"：

　　　（任道士）临出门吩咐："你（陈经济）在家好看着。那后边养的一群鸡，说道是凤凰，我不久功成行满，骑它上升，朝参玉帝。那房内做的几缸，都是毒药汁，若是徒弟坏了事，我也不打他，只与这毒药汁吃了，直教他立化。"……这经济关上门笑道："岂可我这些事儿不知道？那房内几缸黄米酒，哄我是甚毒药汁；那后边养的几只鸡，说是凤凰，要骑他上升！"于是拣最肥的宰了一只，退的净净，煮在锅里……正吃着，只听师父任道士外边叫门……经济道："告禀师父得知，师父去后，后边那凤凰不知怎的飞了

1　（清）小石道人：《嘻谈初录》，清光绪甲申本。

2　舌尔：《笑话》，浙江人民出版社，1980，第56~58页。

3　舌尔：《笑话》，第64页。

4　张鸿勋：《敦煌本〈启颜录〉的发现及其文献价值》，《潘石禅先生九秩华诞敦煌学特刊》，新文丰出版公司，1996。

去一只。教我慌了，上房寻了半日没有，怕师父来家打。待要拿刀子抹，恐怕疼；待要上吊，恐怕断了绳子跌着；待要投井，又怕井眼小挂脖子。算计的没处去了，把师父缸内的毒药汁，舀了两碗来吃了。"师父便问："你吃下去觉怎样的？"经济道："吃下去半日，不死不活的。倒像醉了的一般。"[1]

陈经济说话的套路模式一如在馆看家的仆人之语。此种模式在笑话集中，还有另一种变形，见《山中一夕话·畏馒头》：

> 有言穷书生不识馒头，计无从得，一日，见市肆有列而鬻者，辄大呼仆地，主人惊问，曰："吾畏馒头。"主人曰："安有是理？"乃设馒头百许枚，空室闭之，徐伺于外，寂不闻声，穴壁窥之，则以手搏撮，食者过半矣。亟开门，诘其然，曰："吾见此，忽自不畏。"主人知其绐，怒而叱曰："若尚有畏乎？"曰："尚有畏腊茶两碗尔。"[2]

穷书生获得馒头的方式，与美味作毒物模式，实无差别。其实，此种模式的源头或许与"不死药"有关，见《战国策》：

> 有献不死之药于荆王者，谒者操以入。中射之士问曰："可食乎？"曰："可。"因夺而食之。王怒，使人杀中射之士。中射之士使人说王曰："臣问谒者，谒者曰：'可食。'臣故食之，是臣无罪。而罪在谒者也，且客献不死之药，臣食之而王杀臣，是死药也，王杀无罪之臣，而明人之欺王。"王乃不杀。

《开颜集》将其摘录为：

1　兰陵笑笑生：《金瓶梅词话》，人民文学出版社，2000，第 1274~1275 页。

2　《山中一夕话》，清刻本。

有献不死之药于荆王，射士取而食之，王欲杀射士，曰："臣谓不死药而食之，今杀臣，是杀人药。"王乃笑而赦之。[1]

《雅谑·不死酒》亦同，只是变"不死药"为"不死酒"：

汉武帝时，有贡不死之酒者。东方朔窃饮焉，帝怒，欲杀之。朔曰："臣所饮，不死酒也，杀臣，臣必不死，至若死，亦不验。"帝笑而赦之。[2]

关于东方朔"窃饮'不死之酒'"的记载，在唐李泰等编著的《括地志》和《湘水记》等书中均有记载。生命在"死"与"不死"的瞬间，由对美味之物或珍惜之物的不同解说而决定。此模式是将计就计，顺着对方将美味之物说成致死之物，以此来掩饰自己的行为，又如《维吾尔族民间笑话精选·一碗毒药》中"阿凡提给喀孜当仆人"[3]时发生的故事。现代"金凯原作、刘宝瑞表演的相声《学徒》"就是根据《香馐毒蜜》这种笑话模式"演化为相声"[4]的。

美味作毒物模式亦"见于日本中古民间喜剧'狂言'的《附子》"[5]，《附子》讲述的是大管家和二管家以"我们想是再也活不成了"一起骗吃主人口中"于人身体有大毒的""附子"[6]。申非译《日本狂言选》中的《附子》与周作人译的《附子》在"情节和台词却有很大出入"，是"由于流派不同，演出经验各异，所以同一剧目的脚本在细节上并不相同"[7]。然基本情节相似，均是美味作毒物模式。"'狂言'是日本中古的民间喜剧"[8]，"是喜剧，也是笑剧"，"狂言最初是从属于能，在能上演的间隙演出的"，"它们诞生于十四世纪末，经不断地改革完善，到十五世纪末臻于成熟。那时的剧目，直至今日仍然按照原台本演出"。而能乐"是由

1 （宋）周文玘：《开颜集》，明刻本。

2 （明）浮白斋主人述《雅谑》，明刻本。

3 刘春燕：《新疆民间故事研究》，博士学位论文，四川大学，2013。

4 王决、汪景寿、藤田香：《中国相声史》，北京燕山出版社，1995，第30页。

5 张鸿勋：《谈敦煌本〈启颜录〉》，《学林漫录》1985年第11期。

6 周作人译《狂言选》，中国对外翻译出版公司，2001，第70~80页。

7 申非译《日本狂言选》，人民文学出版社，1980，第90~102页。

8 周启明译《日本狂言选》，人民文学出版社，1955，引言第1页。

以歌舞见长的猿乐发展而来的",猿乐的"前身就是奈良时代（710~794）吸收进来的唐朝的散乐"[1]。由狂言的起源来看，日本狂言中出现与中国笑话中相似的笑话题材和模式，是可以理解的。换句话说，日本狂言与中国笑话相似的笑话题材和模式，在狂言产生之初，便已形成。

其实，不同国家在狭义的笑话或狭义的民间故事中的结构或情节类似的情况，笔者认为他们虽存在的国别不同，但各国普通大众的日常生活有类似之处，才是笑话或民间故事结构或情节类似的根本原因，因为这些笑话或民间故事最初的摹本便是现实生活，产生于此的文学是富有生活情趣的细节的升华。

二 杞人忧天模式

第 29 则《鞍桥作颔》中的鄠县男人对外在的客观事物不进行理性的分析，任凭自己的想象、担心，以及恐惧占据了自己的内心，也听不进任何的箴言良语。且鄠县人太过于"爱惜"自己的身体，竟然相信别人所说，驴鞍桥可以做下颔的话语。明显违反客观规律，在被其妻提点的时候，反诬其妻是"痴物"。到底谁是痴物，可见一斑。

中国的老百姓对事物总是会有很多莫名的担心。在《应谐录》中有《多忧》一则，此则笑话中的沈屯子听"打谈者"[2]说"杨文广围困柳州城中，内乏粮饷，外阻援兵"之后念念不忘而"成疾"，见"负竹入市者"，亦担心路上的行人受到竹子尖锐末端的伤害，家人没有办法，为其"请巫"，巫告诉他"来世当轮回为女人，所适夫姓麻哈"等信息，"其人益忧，病转剧"。如何能够病好呢？沈屯子说："若欲吾宽，须杨文广围解，负竹者抵家，又麻哈子作休书见付，乃得也。"杨文广之围好解，只需"打谈者"话锋一转即可；带竹子的人到家，亦可实现；只是，那个来世才有的麻哈子何处去寻？故"世之多忧以自戕者，类此也夫"。在《广笑府》中有与第 29 则《鞍桥作颔》大体类似的笑话，在其卷二《官箴》中，名为《长面》：

1　申非译《日本谣曲狂言选》，人民文学出版社，1985，《译本序》第 1~5 页。

2　（明）刘元卿：《应谐录》，明刻本。

　　　有失去马鞍者，见一人面长而凹，认以为鞍也，执之。其人曰："此吾面也。"争辩不已，将往听断于官。有行人问知其故，谓长面人曰："劝兄赔他些价罢；若经官，定是断给。"[1]

　　劝长面人的话语中有"若经官，定是断给"之语，在《鞍桥作颌》中的鄠县人亦有类同之语："倘逢不解事官府，遣坏下颌捡看，我一个下颌，岂只值若哥钱绢？"说出一般百姓内心对官府的畏惧。为何会对官府有如此畏惧的态度？在《启颜录》中，就能找到答案，如第107则《帽底可知》中的县令，对山东佐史"张破袋、成老鼠、宋郎君、向明府"[2]之语，没有其他反应，只"点头而已"，如此不清醒县令，断起案来，谁不害怕？

　　此类人物形象在其他笑话集中也有出现，如《时尚笑谈·嘲官不明》："昔有一官断事朦胧……百姓怨极，乃作五言八句以讥之曰：'黑漆皮灯笼，半天萤火虫。……但知钱与酒，不管正和公。'"[3]百姓对于"不管正和公"的官府持畏惧的态度，是可以理解的。在《笑得好·有天没日》中"旁边许多百姓"[4]对"几位官长"所说的"某花园水阁上甚凉"和"某寺院大殿上甚凉"的接语是"诸位老爷要凉快，总不如某衙门公堂上甚凉"。为何呢？因为衙门公堂"是有天没日头的所在，怎的不凉"。此天是什么天呢？《嘻谈续录》中认为是《五大天地》：

　　　一官好酒怠政，贪财酷民，百姓怨恨。临卸篆，公送德政碑，上书"五大天地"。官曰："此四字是何用意？令人不解。"众绅民齐声答曰："官一到任时，金天银地；官在内署时，花天酒地；坐堂听断时，昏天黑地；百姓含冤的，是恨天怨地；如今交卸了，谢天谢地。"[5]

1　（明）冯梦龙：《广笑府》（《冯梦龙全集》本），第24页。
2　（宋）李昉等编《太平广记》第六册，第1957页。
3　《时尚笑谈》，明刻本。
4　（清）石成金：《笑得好》，清乾隆四年本。
5　（清）小石道人：《嘻谈续录》，清光绪甲申本。

《五大天地》足以看出百姓对断案不明之官府的痛恨与无奈，以及对爱民如子之官员的期寄。

第三节 类属模式

本节就《启颜录》中出现，对后世笑话集产生影响、描述类属关系的笑话模式进行论述。

一 比夸大言模式

宋玉《大言赋》(《古文苑》中) 描述楚襄王与宋玉唐勒诸人游于阳云之台，楚王曰："能为寡人大言者上座。"宋玉中说"身大四塞，愁不可长，据地盼天，迫不得仰"，《礼记·中庸》所谓："君子语大，天下莫能载焉语小，天下莫能破焉。"

第 141 则《命臣大言》中因"为大言，小者饮酒"[1] 的规则，故东方朔所言之内容比公孙弘所言内容大，而使"弘言最小，当饮"。其实《命臣大言》中所谓的"比夸大言"，乃是汉武帝与大臣们之间的语言游戏，娱乐而已。在老百姓的生活中，也存在这种语言游戏，见《笑府》：

> 甲曰："家下有鼓一面，每击之，声闻百里。"乙曰："家下有牛一只，江南吃水，头直靠江北。"甲摇头曰："哪有此牛。"乙曰："不是这一只牛，怎谩得这一面鼓。"[2]

这种"比夸大言"，生活中似乎可以增长脸面，但往往弄巧成拙，见《笑府》：

> 主人谓仆曰："汝出外，须说几句大话，装估体面。"仆领之。值有言三

---

1 （宋）曾慥：《类说》，第 961~962 页。
2 （明）冯梦龙：《笑府》，日本藤井孙兵卫刻本。

清殿大者，仆曰："只与我家租房一般。"有言龙衣船大者，曰："只与我家帐船一般。"有言牯牛腹大者，曰："只与我家主人肚皮一般。"[1]

其实，人们也都明白这种"比夸大言"的实质，见《广笑府·且只说嘴》：

京师选将军，群聚以观。山东一人曰："此辈未为魁伟，吾乡一巨人，立则头顶栋而脚踏地。"山西一人曰："吾乡一巨人，坐地而头顶栋。"继而陕西一人曰："此皆未为奇，吾乡有一巨人，开口时上唇抵栋下唇搭地。"旁有难者曰："然则身何居乎？"陕人曰："且只说嘴吧。"[2]

语言游戏岂可当真，如若当真，则后果自负，见《艾子后语·大言》：

赵有方士好大言，艾子戏问之曰："先生寿几何？"方士哑然曰："余亦忘之矣。忆童稚时与群儿往看宓羲画八卦，见其蛇身人首，归得惊痫，赖宓羲以草头药治，余得不死。女娲之世，天倾西北，地陷东南，余时居中央平稳之处，两不能害。神农播百谷，余以辟谷久矣，一粒不曾入口。蚩尤犯余以五兵，因举一指击伤其额，流血被面而遁。苍氏子不识字，欲来求教，为其愚甚不屑也。庆都十四月而生，尧延余作汤饼会。舜为父母所虐，号泣于旻天，余手为拭泪，敦勉再三，遂以孝闻。禹治水，经余门，劳而觞之，力辞不饮而去。孔甲赠余龙醢一脔，余误食之，于今口尚腥臭。成汤开一面之网以罗禽兽，尝面笑其不能忘情于野味。履癸强余牛饮，不从，置余炮烙之刑，七昼夜而言笑自若，乃得释去。姜家小儿调得鲜鱼，时时相饷，余以饲山中黄鹤。穆天子瑶池之宴，让余首席；徐偃称兵，天子乘八骏而返；阿母留余终席，为饮桑落之酒过多，醉倒不起，幸有董双成萼绿华两个丫头相扶归舍；一向沉醉，至今犹未全醒，不知今日世上是何甲子也。"艾子唯唯而

1　（明）冯梦龙：《笑府》，日本藤井孙兵卫刻本。
2　（明）冯梦龙：《广笑府》（《冯梦龙全集》本），第88页。

退。俄而赵王堕马伤肋，医云："须千年血竭敷之乃瘥。"下令求血竭，不可得。艾子言于王曰："此有方士，不啻数千岁，杀取其血，其效当愈速矣。"王大喜，密使人执方士，将杀之。方士拜且泣曰："昨日，吾父母皆年五十，东邻老姥携酒为寿，臣饮至醉，不觉言辞过度，实不曾活千岁。艾先生最善说谎，王其勿听。"赵王乃叱而赦之。[1]

夸口海言之人如在不适当时夸下海口，可能会惹来杀身之祸，见《笑赞》：

安南国使臣进象，怕路人看，一人说："这象太小。"使臣说："怎见得象小？'其人说：'我家许多象都比这象大。'使臣说：'朝廷家方才有象，你家如何养象？我就上本。"此人跪下说："我家原来没象，只是说句大话儿。"[2]

在安南国使臣面前信口开河的路人，在听到"上本"之后，才恍然大悟，为保命，只能对使臣下跪，并说出实话。笑话中多此类对生活中的某个小点以极度夸张的手法进行的描摹。

二　个案反驳类属模式

第84则《天使其然》中山东女婿对蒲州岳父所下结论进行反驳，使"妇翁羞愧，无以对之"[3]。其实，此种模式在敦煌卷子中，亦有，如《孔子项托相问书》中亦有类似问答：

小儿却问夫子曰："鹅鸭何以能浮？鸿鹤何以能鸣？松柏何以冬夏常青？"夫子对曰："鹅鸭能浮者缘脚足方，鸿鹤能鸣者缘咽项长，松柏冬夏常青者缘心中强。"小儿答曰："不然也！虾蟆能鸣，岂犹（由）咽项长？龟鳖

---

[1] （明）陆灼：《艾子后语》，明刻本。
[2] （明）赵南星：《笑赞》，明刻本。
[3] 《太平广记》第五册，第1922~1923页。

能浮，岂犹（由）脚足方？胡竹冬夏常青，岂犹（由）心中强？"[1]

这种模式是典型的逻辑推理模式，即先用归纳法得出结论，然后用推谬法找出其他与归纳法中条件一致，但得不出结论的例证。"傻女婿"故事中多用此模式。

第四节　字句模式

一　嘲姓换名模式

第4则《天本姓也》中石动筩以"性"同音"姓"，戏说矢的姓氏，笑话集中多有对姓氏的嘲弄，见《雅谑·犬牛姓》：

> 人有姓尤者、姓于者，各夸所姓之美。姓俞者曰："于固人之姓，尔之姓乃犬牛也。不观《孟子》曰：犬之姓尤，牛之姓尤，人之姓于？"[2]

姓于者在将《孟子》中此句"性"同音为"姓"的基础上，割裂断句，将"犹"同音为"尤"，"与"同音为"于"，以此引人发笑。第32则《之才嘲王》、第33则《嘲卢元明》、第34则《马王互嘲》、第64则《驴宁胜马》、第107则《帽底可知》和第126则《甘王嘲姓》中也多涉及对姓的嘲弄。第66则《戏尊者名》中王或和其外祖父何尚之用"尊者之名"[3]替换《论语》中之语句以相嬉。笑话集中，此类笑话也多，如《稗史》中关于避讳父名而改之的笑话《讳名》：

> 钱大参良臣，自讳其名，其幼子颇慧，凡经史中有"良臣"字辄改之。一日，读《孟子》"今之所谓良臣，古之所谓民贼也"。遂改云："今之所谓

---

[1] 项楚：《敦煌变文选注》（增订本），中华书局，2006，第480页。

[2] （明）浮白斋主人述《雅谑》，明刻本。

[3] 《太平广记》，第五册，第1906页。

爹爹，古之所谓民贼也。"可笑，可笑。[1]

经典岂能篡改，改后不仅意思全变，而且改换之后的语句非常滑稽可笑。如《籍川笑林·非常不敢说》：

> 五代时冯瀛王门客讲《道德经》首章，有"道可道，非常道"。门客见"道"字是冯名，乃曰："不敢说，可不敢说，非常不敢说。"[2]

本为讲说，却连说"不敢说"，不敢说如何讲《道德经》哉？对经典的改动，尚属博得一笑耳，但是如果对于官府的"榜"也改换字眼的话，则会使百姓不知所云。如《五杂俎》：

> 田登作郡，自讳其名，触者必怒，吏卒多被榜笞，于是举州皆谓灯为"火"。上元放灯，许人入州治游观，吏人遂书榜揭于市曰："本州依例放火三日。"[3]

在其他场合或许改"灯"为"火"，无伤大雅，但上则中的"放火三日"，则让人胆战心惊。

二 歇后语模式

第129则《抱一嘲客》和第131则《互嘲患疾》是化用《千字文》之语而作歇后语的模式，具体做法是将《千字文》四字句中的前三个字前面加上两个字（或更多），组成诗句，而《千字文》中隐去的四字句的最后一个字才是作诗者真正的指向。第129则《抱一嘲客》是封抱一隐匿《千字文》中"黄、塞、明、短"，以此嘲人。第131则《互嘲患疾》中的两人亦用此法，互嘲对方。

---

1 （元）仇远：《稗史》，清刻本。
2 （宋）《籍川笑林》，明刻本。
3 （明）谢肇淛：《五杂俎》，明万历四十四年潘氏如韦轩刻本。

"两唐书"对这种"歇后语"也有记载,《新唐书》中云"郑綮……及进士第……綮本善诗,其语多俳谐,故使落调,世共号'郑五歇后体'"[1],对"语多俳谐"的说法,《旧唐书》中云:"綮善为诗,多侮剧刺时,故落格调,时号郑五歇后体",从"两唐书"的修撰时间来看,《旧唐书》中的记载更为接近唐人对事物的断语,外加《启颜录》中对歇后语式笑语的记载,"侮"更能概括唐时歇后语式笑言的总体特征,"俳谐"亦显出其语言风格特点。从唐人对郑綮"世共号"三字来看,作歇后语的戏语模式,在当时是普遍存在的,所以才会有《启颜录》中化用《千字文》作歇后语的笑话。

第115则《嫌织锦迟》是隐匿《诗经》中"春日迟迟"的后两个字,以表达卢思道作诗慢的观点。士人之间亦用歇后的手法,贫中作乐,见《雪涛谐史》中载:

> 一士人家贫,欲与其友上寿,无从得酒,但持水一瓶,称觞时,谓友人曰:"请以歇后语为寿,曰:'君子之交淡如[2]。'"友应声曰:"醉翁之意不在。"[3]

士人隐去《庄子》"君子之交淡如水"中的"水"字,其友人也隐去《醉翁亭记》中"醉翁之意不在酒"的"酒"字,以所饮的"水"暗指士人"寿宴"上因穷而未设的"酒"。此处"歇后"的运用,既可以避免他们因为没钱设酒的尴尬,又可以给他们清贫的生活增添无尽的笑意。

---

1 (宋)欧阳修、宋祁:《新唐书》,第5385页。
2 《庄子》中有云"君子之交淡如水",《醉翁亭记》中有云"醉翁之意不在酒"。
3 (明)江盈科:《雪涛谐史》,明刻本。

第十一章　从《启颜录》看笑话的承传
——《启颜录》的历史地位和后世影响（三）

孙楚《笑赋》中云："信天下之笑林，调谑之巨观也。"《启颜录》作为中国笑话史上有承前启后作用的一部笑话专集，在笑话史上的重要地位，不言而喻。

第一节　《启颜录》在笑话集编撰手法上对后世的影响

《启颜录》从前人书籍中摘录笑话的编撰笑话集的手法和对笑话进行归类的编撰手法，以及"集众笑话于一身"的编撰手法，均为后世笑话集所继承，本节就以上内容进行论述。

一　从前人书籍中摘录笑话的编撰手法

从《启颜录》中的笑话来源可知，有多则是从《史记》《三国志》等史书文献中摘录而成。其从史书中摘录笑谈而成笑话的编撰手法为后世笑话集承继。

1.开启后世笑话集直接从前人书籍摘录笑谈而成笑话的编撰手法

乐天大笑生《解愠编》卷之一《儒箴》中有关晏婴的笑话《晏子使楚》，一如《启颜录》的编撰手法，从《晏子春秋》中摘录，所用的语言，稍有改变。而冯梦龙《广笑府》卷十一《讽谏》中有关优旃的笑话《麋鹿御寇》和《漆城之荫》，笔者将其与《史记》《启颜录》《解愠编》中有关石动箭的记载，不管

1　（明）乐天大笑生：《解愠编》，明嘉靖刻本。

是从命名的角度，还是从语言的风格来看，是直接从《解愠编》摘录。《解愠编》卷之一《儒箴》中有关刘道真的笑话《牵船操橹》[1]，虽《启颜录》中亦有载，然从语言用字，可知是直承《裴启语林》，《启颜录》中有关此则的刘道真和老妪的对话都已经经过加工，不仅语句韵散结合，而且字数相对，对仗非常工整。

郁履行辑《谑浪》中《淫具酿具》[2]，从用语来看，受《三国志》和《启颜录》的影响。

铁舟寄庸撰《笑典》[3]不但将《启颜录》从前人书籍中摘录笑话的传统发扬光大，而且还发扬到极致。其通篇笑话皆是从《笑典》和从"《列子》《庄子》《韩非子》《吕氏春秋》《战国策》《史记》《汉书》《后汉书》《三国志》《晋书》《南史》《北史》《新唐书》《新五代史》十四种书中"摘录的"微言鄙事"，辑录成书。为打消世人对其是否从史书中摘录的质疑，在各卷中，首先注明出自何书，后在每则笑话之后，都会具体到是出自何篇或何章。

《笑典》与《启颜录》摘录相同的有，卷一出自《史记·滑稽列传》有关优旃的《寇来不能上》。卷二出自《后汉书·文苑列传》有关边韶的《出何典记》，出自《三国志》注的有关诸葛恪的《驴骡无知》和《所出同耳》，出自《三国志·简雍传》中有关蜀先主与简雍的《彼有其具》，出自《三国志·周群传》中有关蜀先主与张裕的《潞涿君》，出自《晋书·诸葛恢传》中有关王导与诸葛恢的《其驴胜马耶》，出自《晋书·张轨列传》中有关韩博与刁彝的《韩卢后》，卷三出自《南史·王彧列传》中有关王彧与何尚之的《草翁之风必舅》，卷三出自《南史·徐摛列传》中有关徐陵的《囚之累日》（《启颜录》中此则与正史中有所不同，前文已有所述），卷五出自《北史·刘芳列传》中有关卢思道的《卢八问讯刘二》。

宋朝周文玘的《开颜集》，是全部从史书中摘录而成的笑话专集，选录有关晏婴、王绚、刘道真、优旃、张裔、祖士言、王浑（"浑"字乃是"戎"字

1　（明）乐天大笑生：《解愠编》，明嘉靖刻本。

2　（明）郁履行辑《谑浪》，明万历刻本。

3　（清）铁舟寄庸撰《笑典》，清刻本。

之误）妻、薛综等人的笑谈，均同《启颜录》，是从"书史内钞"中摘录。从宋朝《开颜集》的明刻本《序》中可知，《开颜集》的编撰是因"《笑林》所载，皆事，非稽，古语多猥俗，博览文士鄙而不看"，故"于书史内钞出资谈笑事，合成两卷，因名之曰《开颜集》"[1]。就《开颜集》同《启颜录》对笑话材料取舍的来源"书史内钞"而言，可同证《启颜录》亦有弃"俗"的美学追求，而并不全是鲁迅先生所评之"事多浮浅"[2]，《启颜录》是笑话专集，笑话的最大功用是娱乐，段宝林也认为"（鲁迅）说侯白《启颜录》'事多浮浅'，'诙谐太过，时复流于轻薄矣'，对笑话之娱乐作用重视不够，亦值得进一步研究"[3]。

但《开颜集》在摘录时，可能没有核校原书，有很多错讹之处，如从"出《世说》"可知"王浑"的"浑"字当误，应为"戎"字，即所言是王戎之事。《开颜集》中对其选录的各则笑话的出处均有注明，然后世许多笑话集中没有标明出处，后世的这些笑话集显然是受到《启颜录》编撰手法的影响。

不管是《启颜录》中摘自前人书籍的笑话也好，还是后世摘自《启颜录》的笑话也好，一般都没有标明出处，如《雅谑》《谈言》《谑浪》等。然明郭子章《谐语》[4]秉承"善观谑者，取古今而并观之"的宗旨，虽一如《启颜录》从《晏子春秋》中摘取有关晏婴的笑话入《谐语》，然其后标明出处为"《晏子春秋》"，且大多笑话均师出有据，一如《开颜集》的做法，是为了告知世人"顾诗有善谑之章，语有莞尔之戏，《史记》传列《滑稽》，《雕龙》目著《谐隐》，邯郸《笑林》、松玢《解颐》，则亦有不可废者"[5]。

2. 后世笑话集中直接摘自《启颜录》中的笑话考

《启颜录》直接从前人书籍中摘录笑话的做法，在为后世笑话集继承之时，其作为一部笑话集，自有很多笑话可供后世笑话集摘录，如乐天大笑生《解愠编》卷之十一《讽谏》中的《年老卿少》看似是从正史中摘录，实则不然，"是

1　（宋）周文玘：《开颜集》，明刻本。

2　鲁迅：《鲁迅全集》，第九册，人民文学出版社，2005，第67页。

3　段宝林：《二十世纪的笑话研究》，《广西梧州师范高等专科学校学报》2001年第4期。

4　（明）郭子章：《谐语》，明万历戊申本。

5　（宋）周文玘：《开颜集》，明刻本。

将正卿"四字泄露了《解愠编》中这则笑话实则是从《类说》中摘取的。

冯梦龙《广笑府》卷二《官箴》中的《长面》是对《启颜录》中《鞍桥作颔》的改编。

浮白斋主人述《雅谑》中的《方相侄》[1]基本同《启颜录》第138则《方相侄子》，在其基础上加工而成。

江盈科《谈言》中的《石动䂕》是对《启颜录》第70则《更作一个》、第71则《胜璞一倍》和第5则《冠者几人》的摘录。

冯梦龙《笑府》下《杂语》中有关石动䂕的一则未命名的笑话，是摘自《启颜录》中有关石动䂕的第5则《冠者几人》。

二　对笑话进行归类的编撰手法

《笑林》和《启颜录》的原本均佚，然现今所见的《笑林》中不见有对笑话进行分类的痕迹，敦煌卷子S.610《启颜录》将笑话分为四类，是目前所见最早对笑话进行分类的笑话集。

《太平广记》收录《启颜录》也是分属于四类之下，现以笔者的整理为据，就各则笑话在S.610《启颜录》和《太平广记》中的类属，作简要说明：第1~5、7~8则，在S.610中属于"论难"类，在《太平广记》中属于"诙谐"类；第6则，仅见S.610中，属于"论难"类；第9~11则仅见S.610中，属于"辩捷"类；第12~17则，在S.610中属于"辩捷"类，在《太平广记》中属于"嘲诮"类；第18~31则仅见S.610中，属于"昏忘"类；第32~35，37~38则，在S.610中和《太平广记》中均属"嘲诮"类；第36，39~44则，仅见S.610中，属于"嘲诮"类；第45~47则，仅见于《太平广记》中，属于"讽谏"类；第48~107则，仅见于《太平广记》中，属于"诙谐"类；第108~133则，仅见于《太平广记》中，属于"嘲诮"类；第134~138则，仅见于《太平广记》中，属于"嗤鄙"类；"昏忘"类的分类不见于《太平广记》中，"讽谏"类、"诙谐"类和"嗤鄙"类的分

1　（明）浮白斋主人述《雅谑》，明刻本。

2　（明）江盈科：《谈言》，明刻本。

类不见 S.610 中。

《启颜录》对笑话进行归类的做法，开启后世笑话集对笑话进行归类的传统，如《笑府》分为《腐流》《殊禀》《刺俗》《形体》《谬误》《闺风》《杂语》等类，《笑林广记》亦大致随其分类。再如《广笑府》分为《儒箴》《官箴》《九流》《方外》《口腹》等类，《古今谭概》分为《迂腐》《怪诞》《痴绝》《专愚》《谬误》《无术》《苦海》《不韵》等类。

三 "集众笑话于一身"的编撰手法

所谓的"集众笑话于一身"，是指笑话中将发生在众地众人的笑话集于一地之人身上的做法，此时的"一身"，具体是指某个地域之人的通称，是一群人，随着发展和衍变，这集一群人之身的笑话，慢慢托名于一人，即笑话集中将发生在众人身上的笑话集于一人之身的做法。

《启颜录》中即有对"将发生在众地的笑话集于一地之人身上的做法"的继承，又有对笑话集中"将发生在众人身上的笑话集于一人之身的做法"的开创。

1. 继承：笑话中"愚人的地域化"的艺术加工

先秦诸子中出现的笑话，多嘲笑的是宋地人，《笑话探源》中有言："时人在宋襄公、宋君偃这两个具体人物的真人真事基础上，利用当时处理桀纣的'天下之恶皆归焉'的夸张手法，就把天下的愚人都说成是宋人了。如《孟子》所说的'揠苗助长'……无一不是宋人干的傻事。"[1]

《启颜录》继承"愚人的地域化"的做法，见第 19 则《见斧忘妻》"鄠县有一人，多忘"，第 21 则《买奴变婢》"鄠县董子尚村，村人并痴"和第 29 则《鞍桥作颔》"鄠县有人将钱绢向市，市人觉其精神愚钝"，总之，《启颜录》中的鄠县乃是愚人"聚集地"。

笑话中"愚人的地域化"，随着时代的变换而变化：先秦时是宋人，《启颜录》中是"鄠县人"，而明清时，尤其是明末，则为徽商，即徽人。

---

1 王利器、王贞珉选注《中国古代笑话选注》，"写在前面"第 1 页。

2. 发展："托名于一人"的笑话加工

在将众多的笑话集于一人之身，见《启颜录》中"仕唐"的侯白，侯白笑话便是集一群人的笑话，慢慢托名于一人之身。侯白即"箭垛式人物"，《启颜录》中除了侯白以外，还有一位箭垛式人物——东方朔。此类人物大多时候是智者，也偶有被笑的时候，存在的最大价值是博笑。

因为对这种做法的继承，所以才会有《艾子杂说》中的艾子，笑话集中的所有笑话都附于这个人身上，虽时有糊涂，但大多是机智的，最重要的是富有喜感的。很多民族中都有这类人物形象，如维吾尔族的阿凡提等。

第二节　相声对《启颜录》的承传

石动筩开启笑话中歪解佛经的传统，对后世的参军戏和相声都有很大的影响。

参军戏对石动筩歪解佛经手法的借用，见唐人高彦休《唐阙史》中"三教论衡""描写的是当时著名'参军戏'艺人李可及，讽刺儒、道、释三教的故事"，将释藏《金刚经》中的"敷座而坐"谐音解读为"夫坐儿坐"，将道藏《道德经》中的"有身"谐音解读为"有娠"，将儒家经典《论语》中"待贾"谐音解读为"待嫁"，将释迦如来、太上老君与文宣王均歪解为"妇人"，薛宝坤认为"这是当着皇帝进行的一场表演，如果我们把它转译一下，很象一篇现代相声"[1]。

"笑话对相声艺术的影响是多方面的，不妨看作是相声艺术的'母体'和乳娘"[2]，故侯宝林认为"'相声'，是从说笑话发展起来的"[3]，《启颜录》中的笑话亦被借鉴，见第70则《更作一个》"'卒律葛答'为鲜卑语译音，正是摊煎饼的拟声"[4]，或认为"'卒律葛答'或是象声词，出自鲜卑语。相声《打灯谜》吸取了这则笑话并加以发展"[5]，也有认为"现在还无法证明，《打灯谜》是直接从笑话《乘

1　薛宝坤著，方成插图《中国的相声》，人民出版社，1985，第9~11页。

2　侯宝林、薛宝琨、汪景寿、李万鹏：《相声溯源》（增订本），中华书局，2011，第59页。

3　侯宝林著《相声的表演》，上海文艺出版社，1959，第1页。

4　薛宝坤著，方成插图《中国的相声》，第22页。

5　侯宝林、薛宝琨、汪景寿、李万鹏：《相声溯源》（增订本），第85页。

大家热铠》改编而成，但，二者的传承关系显而易见"[1]，"在传统相声《打灯谜》里就能找到相似的影子，这种用'歪解'的手法来制造笑料，产生意想不到的喜剧效果的方法，在相声中十分普遍"[2]。"拿相声和笑话相比较，不仅题材、构思相同，就连组织'包袱'、构成笑料的手段也几乎是一模一样的。相声在第三次重复'呲啦'时，突然来了个摊鸡蛋，更是'出乎意料之外，在乎情理之中'，听来殊觉妙趣横生。"[3]"据传，石动筩是个才华横溢的笑话能手，一些笑话集里屡屡提及。"

　　侯白被认为是与相声颇有渊源之人，薛宝坤认为"作为艺术源流的追溯，笑话还不是一种自觉的表演活动，它并不直接哺育相声'以说为主'的表现形式。直至'说话'艺术产生，才使以后的相声采取了这种第三人称的叙述方式。……'说话'在隋代即见于记载。据说隋唐之间的侯白就是位擅长'说话'的能手。《启颜录》里有描叙他即兴逗趣的笑话"[4]。"作为讲唱艺术的'说话'，最早见诸文字记载的就是侯白。……这里的'说个好话'，就是说个有趣故事的意思……既对杨素父子有所隐喻嘲讽，又有喜剧色彩，足见侯白技艺之高，才思之敏。"[5]"侯白是位见诸正史、深受欢迎的笑话大王。……传世的《启颜录》尽管有后人增补或附会的成分，但多数作品还是他'说话'的'话本'。""据传《启颜录》为侯白所撰，其实有些也是经过后人加工整理的，之所以将其悉数归置侯白一个人名下，从一个侧面也反映了他因说笑话的水平高而享誉盛名。"[6]"作为笑话的一代宗师，侯白的笑话对后世影响很大，而历史笑话正是相声的'逗''说'的重要源泉，从这个角度来估计侯白笑话对相声艺术的影响，其重要性是应当充分肯定的。"[7]侯白"聪敏""机巧""辩捷""技艺高超"，故"不愧是笑话大王"[8]。"隋代确实出现了承前启后的笑话大王侯白。""《太平广记》里所收的《启颜录》，据说多

1　汪景寿、藤田香著《相声艺术论》，北京大学出版社，1992，第8页。

2　蒋慧明编著《相声》，中国文联出版社，2008，第17~18页。

3　侯宝林、薛宝琨、汪景寿、李万鹏：《相声溯源》（增补本），第87页。

4　薛宝坤著，方成插图《中国的相声》，第19页。

5　侯宝林、薛宝琨、汪景寿、李万鹏：《相声溯源》（增补本），第60~61页。

6　蒋慧明编著《相声》，中国文联出版社，2008，第17页。

7　汪景寿、藤田香著《相声艺术论》，第8页。

8　王决、汪景寿、藤田香：《中国相声史》，第23~25页。

是侯白'说话'的传世之作。"[1]

"笑话和相声之间的传承关系更多地表现在艺术手法方面",第5则《冠者几人》中所使用的"加减乘除的'歪算'计算孔丘的弟子"的"具体艺术手法的运用里也可看出相声和笑话之间的关系","这种'歪讲'的手法在相声里相当普遍,如《歪批〈三国〉》[2]中的"'三处祁山''三伐中原''三擒孟获'等,用的就是这一手法。"[3]

《启颜录》中的故事结构被相声继承,第43则《香馊毒蜜》"演化为相声,就是金铠原作、刘宝瑞表演的相声《学徒》。这段相声以'我'为主人公,说'我'到外号'老白干'的木器铺掌柜手下学徒。此人嗜酒如命,却怕徒弟偷喝酒,凡认识酒的一律不要,最后选定假装不认识酒的'我'做学徒"[4]。

《启颜录》中有关徐之才的笑话"都是语言文字游戏之类。……一撇之差,'之才'就变成了'乏才',可谓巧妙。从一个'王'字变出'诳''狂''马''羊'诸字。可谓机敏。这类语言文字游戏成分在相声里是大量存在的。如《考字儿》……甲乙互相诘难,利用汉语笔画的变化,通过一'十'一'口'的不同组合,生发出'古''田''由''甲''叶'等字,构成'包袱',其基本格局与上面引的笑话是一样的"[5]。

《启颜录》中的"吟诗答对",被相声继承。"笑话里的吟诗答对多用于互嘲和自嘲,常常带有'打油'味道。相声一脉相承,有段传统相声就叫《打油诗》。"《启颜录》中对方言的打趣运用在相声中,第130则《有苜蓿气》和第95则《必复其始》中对"方言"的打趣,"笑话中已经拿山东人、吴人开玩笑,内容涉及方言和习俗。宋代百戏中也有类似的现象,《都城纪胜》载云:'在京师时,村人罕得入城,遂撰此端,多是借装为山东、河北村人,以资笑端'。相声也是一脉相承,利用方言习俗取笑,最初集中于山东、河北、东北,后来不断拓展,

---

1　汪景寿、藤田香著《相声艺术论》,北京大学出版社,1992,第7页。
2　王决、汪景寿、藤田香:《中国相声史》,第31页。
3　侯宝林、薛宝琨、汪景寿、李万鹏:《相声溯源》(增订本),第51~52页。
4　王决、汪景寿、藤田香:《中国相声史》,第30页。
5　侯宝林、薛宝琨、汪景寿、李万鹏:《相声溯源》(增订本),第83~85页。

涉及全国的许多地区。"[1]

出自《启颜录》的谜语在相声中的运用，见《启颜录》中有关石动筩的第70则《更作一个》中对谜语的记载。宋杨彦龄《杨公笔录》中载："谜语自古有之，'一八五八，飞泉仰流'，鲍照'井'谜；'卒律葛答'，石动筩'煎饼'谜也。"金寅《隋唐谜事盛流行，益智斗趣成艺术》中写道："隋文帝杨坚统一中国后，谜又有进一步的发展。涌现了一批擅长制谜的士人，其中秀才侯白是当时谜人中的佼佼者，在他著作的《启颜录》中有不少诙谐的记录。"

第124则《咏三黑面》中"刘行敏的这首打油诗很像猜谜式的文字游戏。一个'黑'字也没说出来，却又句句离不开'黑'。这种描摹情状的艺术手法后来为相声所广泛运用，组织那种富于语言趣味的'包袱'。相声一人穷不怕就有一段相声《十八黑》……相声《十八黑》……不回避那个'黑'字，不取猜谜之巧，但求渲染之尽。"[2]

第三节　从《启颜录》看笑话的作用和笑话的时空性

本节主要以《启颜录》为例，论述笑话所起的正面和负面作用，以及笑话的时空永久性和消亡性。

一　从《启颜录》中看笑话所起的作用

笑话的首要作用，自然是让人笑，笑话的世界是不用有责任意识的，然而现实生活中，却不得不考虑笑话会带来的是伤害，还是祝福。故笑话是把双刃剑，在《启颜录》中大多则中都有"笑"或"喜"等语句的记载，多则中对笑话所起的实际作用也有记述，有好的影响，也有坏的影响，试分别论之。

1. 正面作用："谈言微中，可以解纷"

第68则《米中石发》中一人模仿"石发"[3]时的情景，引得"众人竞看"，以此

1　王决、汪景寿、藤田香：《中国相声史》，第32~33页。

2　侯宝林、薛宝琨、汪景寿、李万鹏：《相声溯源》（增订本），第55页。

3　《太平广记》，第五册，第1912页。

嘲弄"诈作富贵体"者，故"自后少有人称'患石发'者"，以正社会风气。

第 38 则《嘲竹语墙》中的裴略在"宿卫考满，兵部试判，为错一字，落第"[1]之后，"向仆射温彦博处披诉"，因"嘲'竹'"和"传语与厅前屏墙"而使温彦博和杜如晦"大欢笑"，被"送吏部与官"，改变其人生的命运。《朝野金载》中有与之极为类似的得官的记载：

> 隋牛弘为吏部侍郎，有选人马敞者，形貌最陋，弘轻之，侧卧食果子嘲敞曰："尝闻扶凤马，谓言天上下。今见扶凤马，得驴亦不假。"敞应声曰："尝闻陇西牛，千石不用鞅。今见陇西牛，卧地打草头。"弘惊起，遂与官。[2]

第 44 则《铃声有别》中的僧弟子以铃声"但冷打"[3]对与僧先前相约的暗语"铃语'荡朗铛'"，使僧"笑而赦之"。

第 45 则《始皇议苑》中优旃以非常认同的语气，述说麋鹿可以抵御寇贼的荒诞言语，让秦始皇明白建大苑囿想法的得失和不切实际，从而"始皇乃止"[4]。第 46 则《二世漆城》优旃在听到秦二世"欲漆其城"的想法之后，也是表示赞同，但说出的言语使"二世笑之而止。"优旃顺着始皇和二世的话往下说，首先是假定他们的决定是英明的，但接着对这项决定可能产生的效果予以夸张性、荒诞性的阐释，从而显示出所作决定的短板之处：不仅劳民伤财，而且起不到任何实际效果。第 47 则《酿具同罪》中简雍以路中行走男子为笑话而对蜀主提出建议，使"先主大笑，而原舍酿者罪"[5]。

第 67 则《年老卿少》中孙绍以其官职之少与其年龄之老相对巧答灵太后，而得到"是将正卿"[6]的满意回答。《〈启颜录〉笺注》中有云"孙绍一句含蓄的幽

1　《英藏敦煌文献》第二册，第 69 页。

2　（唐）张篱:《朝野金载》，第 86 页。

3　《英藏敦煌文献》第二册，第 70 页。

4　《太平广记》第四册，第 1195 页。

5　《太平广记》第四册，第 1196 页。

6　《太平广记》第五册，第 1912 页。

默话，便使他从少卿提为正卿，一下子从副级提升到正级"[1]。后世有对孙绍因其笑话而升正卿之事真伪的考证，《宾退录》中有云："《魏书》亦书此事，然绍自太府少卿迁右将军太中大夫，非正卿也，孝庄建义初复除卫尉，少卿将军如故。永安中，方拜太府卿。"[2]

第71则《胜璞一倍》中石动箭从"一倍"[3]上作文章，而免于"岂不合死"的结局。第72则《臣头无用》中石动箭以一言而免去"付所司杀却"[4]的命运。后世笑话集中也有因笑语而保住性命的，见《露书》：

> 邢进士身矮，尝在鄱阳遇盗，盗既有其资，欲灭之以除患，方举刀，邢谕之曰："人业呼我为邢矮，若去其头，不更矮乎？"盗不觉大笑掷刀。[5]

邢进士对自己"身矮"的一番自嘲之语，让"盗不觉大笑掷刀"。

2. 负面作用："一语讥笑，因而买罪"[6]

第35则《无耳有面》中机械模仿得到赏赐的解嘲人的嘲语，只落得"割却两耳，只有面"[7]的下场。

第119则《问讯刘二》中刘逖因不满李愔跟随魏收对其的戏语，"衔之"[8]，"衔"，乃"恨"之意，见《后汉书》中"畏宪不敢发，心衔之"[9]，故李愔在被鞭打之后，戏言"高槌两下，熟鞭一百，何如言问讯刘二时？"[10]

第121则《箭不着垛》中欧阳询因宋国公萧瑀在"九月九日赐射"[11]时，"俱不

1　旧题（隋）侯白撰，董志翘笺注《〈启颜录〉笺注》，第110页。

2　（宋）赵与时：《宾退录》（《景印〈文渊阁四库全书〉》，第八五三册），台湾商务印书馆，1986，第704页。

3　《太平广记》第五册，第1915~1918页。

4　《太平广记》第五册，第1915~1918页。

5　（明）姚旅：《露书》，明刻本。

6　（明）郭子章：《谐语》，明万历戊申本。

7　《英藏敦煌文献》第二册，第69页。

8　《太平广记》第六册，第1969页。

9　（南朝·宋）范晔撰、（唐）李贤等注《后汉书》，第1386页。

10　《太平广记》第六册，第1969页。

11　《太平广记》第六册，第1974页。

着垛，一无所获"，故有诗作。《古今事文类聚前集》《古今合璧事类备要前集》《山堂肆考》所载出自《启颜录》的此则，对此后续还有交代，萧瑀虽因此诗而获得皇帝"此乃四十字《章疏》也"的赞誉，但也因此诗让其"与询有隙"[1]。

第128则《书处甚疾》中安陵佐史无视邑吏"我闻安陵太喜嘲弄，汝等不得复踵前也"[2]之语，以"明府书处甚疾"嘲讽邑令"口无一齿"，被仇人告发后，只为贪图一时口快，而落得被鞭打的下场。

话语用的恰当，可以为人解决愁难之事，运用不当，亦会招祸，见《解愠编·多口取祸》：

> 一人在世，佻佻奸诈，驾空骗害，专务持人阴事，恐吓取财，号曰"偷天。"及死，阴司令一牛头卒押去，用油熬煎。其人私谓牛头曰："君为狱主，而豹皮裈若此之敝，何也？"鬼曰："冥中无此皮，吾名不显于时，故阳间无焚瘗者。"其人曰："某之外氏猎徒也，家多此皮，若蒙见悯，少减柴油，而得生还，随当焚化十皮以谢。"鬼喜而庇之，欺掩同事诸鬼，减去柴油，不令火炽，因得脱生。临别时，牛头嘱曰："勿忘豹皮也。"其人乃回顾曰："皮不敢许，止有一诗奉赠云：牛头狱主要知闻，权在阎王不在君；赶减官油犹自可，更求枉法豹皮裈。"牛头大怒，仍叉入油镬，益薪烹之，其人叹曰："口是取祸之门，自作自受，吾将谁怨哉！"[3]

上则笑话中人，先是因为蛊惑"牛头"而可以重新做人，但是，得到好处之后，翻脸不认人，口中的言语，使其重回油锅，被"烹"。

二　从《启颜录》看笑话的时空性

时空既具有共时性、静态性，也具有历时性、动态性，这在笑话中也有反

1　（宋）祝穆：《古今事文类聚前集》（景印《文渊阁四库全书》，第九二五册），台湾商务印书馆，1986，第695页。
2　《太平广记》第六册，第1989页。
3　（明）乐天大笑生：《解愠编》，明嘉靖刻本。

映，如第 25 则《乌豆不识》中"载乌豆入京"的人，在乌豆落水之后，回家找帮手捞乌豆，在乌豆落水的那一时刻，乌豆是静止的，落水位置也是静止的，但人却是动态的，时间也是流动的，在他回家的这一段动态的时间内，他的乌豆已经被其他人捞走了，而他却还认为他的乌豆仍在落水的地方等他。这如同《刻舟求剑》中的"楚人"，静止的落水地点会随着动态的水的流动而流动，此时的"楚人"只注意到时空的共时性和静止性，而忽略了时空的历时性和动态性。此模式的笑话，在今天依然有流传，如《留给哥哥听》：

> 玲玲："这个相声真好。"说着"咔"的一声把录音机关了。
>
> 妈妈："相声还没完，干吗不听了？"
>
> 玲玲："留着哥哥回来听。"[1]

笑话中的玲玲只注意到在听到相声那一刻，她与收音机之间的共时性和相对静态性，而忽略了即使她关上收音机，收音机依然在转，等她下次打开收音机的时候，已经回不去她所听到相声的那一刻。此类笑话，利用时空的这种共时性和历时性，以及静态性和动态性之间的错位，引人发笑。

而作为一种文体的笑话，同样具有时空性，有些笑话不但具有共时性，而且具有历时性，这样的笑话可以历久不衰；而有些笑话仅仅具有共时性，却不具备历时性，这样的笑话注定只能是昙花一现，不为后世所传。本节针对此点，以《启颜录》为基，进行解析。

1. 笑话的时空消亡性

笑话也是有其生存的时间和空间的限制，有些笑话在脱离了其所特定的时空，便不再为人所了解和产生共鸣，也就不会让人产生心理上的愉悦感，此种笑话也就消亡了。有些笑料，对于很熟悉的人来说，是可笑的，但是对于不熟悉的人，则不会被接受。

时代在变迁，很多东西也在变迁，人们的审美模式和关注焦点也在不断地发

---

1 南子仲、吕仪选编《现代笑话》，第 277 页。

生改变。第 129 则《抱一嘲客》等化用《千字文》诗句的笑话，在现今，如果没有注解的情况下，则很难被人理解和接受，因为对《千字文》不是很熟悉，缺乏了可以产生共鸣的笑话背景。

有些笑话的笑感是受限制的，是需要知道各种背景的，如第 66 则《戏尊者名》是六岁小儿王或与外祖父何尚之因为学习《论语》而产生的笑话，如果想要了解此则笑话的可笑之处，首先要熟识《论语》，其次要对王或父亲、外祖父和舅舅三人名字都熟知，还有了解当时称"父"为"爷"的叫法。几个条件，缺一不可，否则很难达到共鸣。

由于古今文字的变迁，繁简的转换，有关文字拆合的笑话，在文字发生改变的情况下，则笑话不被人所理解。如第 32 则《之才嘲王》中的"証"[1]在现今的文字里，被"诳"替代，"'王'之为己，在言为诳"就不好理解，在现今的简化字体系里，"王"加"言"所成的字，便不被人所认识。再如，第 33 则《嘲卢元明》中的"徐"字，俗写是"徐"，可以拆分为"未入人"，但现在的"徐"字，便不能拆分为这几个字。再如，现在的"独"也不能拆分为"蜀"和"犬"，等等。对于那些有关古今发生改变的文字的笑话，作为支撑的笑点已不存在，笑话焉能让人发笑？那些字在当时的书写形式不为现今大众所认识，则以此为基础的笑话则失去其生存的土壤。

如果文字没有发生改变的话，则现在的人还是可以接受。如第 33 则《嘲卢元明》中对"元明"二字拆合中的前三部分："去头则是'兀明'，出颈则是'无明'，减半则是'无目'"。但是其他部分，为今人所不懂，那么，也必然会影响此笑话的传播。

语音的变迁，使笑话很难理解，如第 33 则《嘲卢元明》中"变声则是'元盲'"[2]则不能被现今的人们所理解，如何变？再如，对于不懂方言背景的人来说，如第 17 则《问一知二》、第 28 则《阿家宜儿》、第 95 则《必复其始》和第 98 则《何敢望回》等以方言为基础的笑话，很难引起人们心中的共鸣，很难产生因方

1　中国社会科学院历史研究所等合编《英藏敦煌文献》第二册，第 68 页。
2　中国社会科学院历史研究所等合编《英藏敦煌文献》第二册，第 68 页。

言与官话之间的同音不同义的滑稽感，则更不能让人产生愉悦的心理体验。

语言习惯是约定俗成，古往今来，多少会有些变迁。第 40 则《唯声不同》"求救鸠"音同"求吃酒"，"吃酒"二字已不通用。

佛法盛行之时，人们对佛法的熟悉度很高。如第 13 则《毗舍阇鬼》中薛道衡和僧人均以出于《法华经》之语对骂，第 15 则《漂堕鬼国》中陈主和卢思道以《观音经》之语相互问答。无论是否属于佛家子弟，对佛经都谙熟于心，才能随口应对。由于现今的人们，对于这些佛经基本不熟悉，则以佛经之语句为基础的笑话，则自然随着佛经的沉寂而被封尘。由此，笔者猜想，这些有关佛经的笑话，未尝不是宣扬佛法的另一种途径。虽涉不礼，但毕竟为人所熟识。

对佛经不熟识，对寺院自然也不会很熟悉。第 44 则《铃声有别》中僧人和弟子以铃声作为温酒的暗号，在现今人们的耳朵里，钟声都是"当、当、当"的声音，并无"荡""朗""铛""但""冷""杠"等音的区别，那么，此则由铃声而引起的笑话，也只能随着铃声的消失而躲进能够产生铃声的钟里。

现在，随着西医的进驻，中医也失去了其在历史上的主导地位，渐居下风。第 42 则《就胡眼看》中"家人每日，常灸尾翠"[1]的事情，则很少发生。由此，因"灸"音同"九"的笑话，则让源于生活的笑话，很难生存。

由于交通工具的发达，驴的代步功能被替代，驴很少见，那么驴轴也不能为人所知，故才会有今人对其的考证。这个"驴轴"即"驴胄"[2]"驴纣"，是"驴纣棍"的意思。因苜蓿一般喂驴，《艾子杂说·苜蓿》中说得很明白：

> 方立春，有村老挈苜蓿一筐，以馈艾子，且曰："此物初生，未敢尝，乃先以荐。"艾子喜曰："烦汝致新。然我享之后，次及何人？"曰："献公罢，即刈以喂驴也。"[3]

1　中国社会科学院历史研究所等合编《英藏敦煌文献》第二册，第 70 页。
2　雷汉卿：《禅籍"驴胄""驴胄""驴肘"辨》，《宗教学研究》2008 年第 4 期。
3　东坡先生：《艾子杂说》，《明清善本小说丛刊初编》本。

故"煮驴轴下食"[1]就是煮苜蓿之意。而"煮车毂汁下食"的"车毂汁"也随着当时之"车"的消失,而为人所不识,当时的"车毂"一般用榆木所造,所以,"车毂汁"便是指"榆木汁",即"煮榆叶"之意。这是嘲弄各地的独特喜好,"拿山东人……内容涉及方言和习俗"[2]。

驴鞍桥也随着驴的少见而消失于人们眼前,那么,由形似人长下巴的驴鞍桥而产生的笑话第29则《鞍桥下颔》,似乎也不能被现今的人们所认同和接受。

在日新月异生活中产生的变化,也在影响着人们对人类自身外形审美的变化,一度以"美髯公"为美誉的时代,不再复返,故因胡须而产生的绕须、须多、须少的问题,则因现今人们很少留有胡须,而不再存在。第53则《署潞涿君》中刘璋想办法嘲笑蜀主无须的笑话,在今天不留胡须的年代,似乎才是笑话。

第39则《须多鼻大》因贾元逊因嘲笑王威德而用的音近"鼻子"的"枇子"[3],即"篦子"的很少使用,而不为人所理解。"篦子"是时代的产物,是因很少洗头而产生的梳头工具。现今,已当收藏品来使用。

有些日常物品的消失或不常见,也会影响笑话的理解。如五石散曾经风靡一时,才会有第68则《米中石发》笑话的产生,而随着五石散慢慢淡出人们的视线,那个在"市门前卧,宛转称热"[4]的笑话,则没了笑话的基础,不是因为好笑,而是因为没有人明白为何好笑而笑。

《启颜录》中关于"饐"的笑话,就有两则,说明"饐"这种吃食,在当时很常见,也很受欢迎。《〈启颜录〉笺注》中云:"饐:《玉篇·食部》:'饐,蜀人呼蒸饼为饐。'蒸饼,即今馒头也。"[5]但从《启颜录》中饐形似石榴来看,饐似不能等同现今的馒头。《本草纲目》中云:"榴者,瘤也,丹实垂垂如赘瘤也。"[6]

1　《太平广记》第六册,第2001页。

2　王决、汪景寿、藤田香:《中国相声史》,第33页。

3　《英藏敦煌文献》,第69页。

4　《太平广记》第五册,第1912页。

5　旧题(隋)侯白撰,董志翘笺注《〈启颜录〉笺注》,第50页。

6　(明)李时珍:《本草纲目》(《景印〈文渊阁四库全书〉》,第七七三册),台湾商务印书馆,1986,第630页。

官服、官帽的消逝，官职名称的改变，有些刑具的弃用，也会影响人们对笑话的理解。尽管知道第 65 则《短尾为刁》中"刁"音同"貂"，如果对貂蝉帽没有了解的话，则无论如何都理解不了这则笑话的可笑之处。貂蝉帽是"官"的象征，"貂不足，狗尾续"，短尾巴的狗的尾巴用来冒充貂的尾巴，这才是可笑之处，即"短尾者则为刁"[1]的隐含语意是刁彝非短尾者，乃为名犬"韩卢"之后也。

不懂得当时官服的形制和颜色等方面的要求，自然不会深刻理解第 102 则《侏儒郎中》中"绿袍员外"的称呼，不过，由笑话反推，当时的员外郎当多穿"绿袍"。

再如，第 22 则《痴戴瓮帽》中的痴父戴的是"瓮"帽，即把"瓮"当"帽"戴，"瓮"这种当时的日常家用之物，随着时代的发展而为人所不识。"瓮"帽究竟为何物？为何会戴"瓮"帽？任何事情都有其发生的社会根源。《旧唐书》中记载：

> 武德、贞观之时，宫人骑马者，依齐、隋旧制，多着冥篱，虽发自戎夷，而全身障蔽，……永徽之后，皆用帷帽，施裙到颈，渐为浅露……则天之后，帷帽大兴，冥篱渐息……开元初，从驾宫人骑马者，皆着胡帽，靓妆露面，无复障蔽。士庶之家，又相仿效，帷帽之制，绝不行用。[2]

由此可见，流行帽子式样的变化，此则笑话产生的时间当是帷帽大兴之时，但流行的帷帽只是掩面，而非盖面，以至于戴帽之后，"一无所见"[3]。看似是愚蠢之极的举动，折射出的却是一味跟随潮流而没有自我想法的愚昧人生。现今，帷帽已不在流行，此则笑话虽还可以引人发笑，但不如在帷帽盛行之时，能够给人心灵带来的震撼。

如果对官职名称不了解，也会影响对笑话的理解。如虽知第 67 则《年老卿

---

1 《太平广记》第五册，第 1903 页。

2 （后晋）刘昫等：《旧唐书》，第 1957 页。

3 中国社会科学院历史研究所等合编《英藏敦煌文献》第二册，第 67 页。

少》是因"老"与"少"相对而产生的笑话,如果对"少卿""正卿"这些官职缺乏了解的话,则不能深深体会孙绍言中的无奈与沧桑。

对当时刑具的不了解,也会影响对笑话的理解。现今人们常见的刑具是手铐,故对曾经常见的枷这种刑具,认识很少。第83则《负枷无妇》中有个背景述语"县吏不知其大儒也"[1],"刑不上大夫",大儒是不能用枷的。"并有儒学"[2]的刘炫与刘焯是很少有机会"负枷"的。故后人虽能体会其中的调侃,但却不能有更深层次的认知。

娱乐形式和游戏形式的消失和改变,也会限制笑话的理解。由《启颜录》留存内容可知,在当时,"嘲"是一种非常受欢迎的娱乐形式,但是,随着"嘲"这种娱乐形式的消逝,后世则很少有相关的笑话产生。《启颜录》中多次提到诸如"樗蒲""戏白""戏剧"等赌博游戏,这些游戏今已不传,故关于"樗蒲"的笑话第7则《秃不敌卢》中的"三个秃,不敌一个卢"[3]之语,则让人如坠云里雾里,有不知所云之感。

2. 笑话的时空永久性

有些笑话有其生存的时空有效性,但是,有的笑话,却可以从古笑到今。如对屁的关注,因屁而产生的笑话。为何?因为不管是古往今来帝王将相,还是骚人墨客,还是平头百姓,都会有此生理反应,都可以共同感知由此生理现象带给自己的尴尬。由于对屁的态度不一样,各个朝代中有关屁的笑话内容则有很大变化。

日月穿梭,沧海桑田中有变,也有不变的。如第84则《天使其然》中的"蛤蟆"[4]"竹""松柏"等,现在依然常见。再如,第25则《乌豆不识》中的"乌豆"[5]和"蝌蚪",虽知乌豆在短时间内不会发芽,也不会"一时惊散",蝌蚪自然不是乌豆所变,但此则利用发芽后的乌豆与蝌蚪外形的相似而成的笑话,依然会引人发笑。

---

1 (宋)李昉等编《太平广记》第五册,第1922页。
2 (宋)李昉等编《太平广记》第五册,第1922页。
3 中国社会科学院历史研究所等合编《英藏敦煌文献》第二册,第65页。
4 (宋)李昉等编《太平广记》第五册,第1922~1923页。
5 中国社会科学院历史研究所等合编《英藏敦煌文献》第二册,第67页。

人类对某些事物的偏好，也没有改变。"中国是世界发明酒类最早的国家之一"[1]，"酒文化的积淀极为雄厚"，且中国"是当前世界酒类生产大国和消费大国之一"，第 37 则《嘲酒酸淡》中的酒依然可以引起今人的共鸣。

人类繁衍后代的生活方式没有改变，第 31 则《青奴通马》中的青奴最可笑的地方在于，告知果毅"阿兄在屋里新生儿，现向蓐里卧在"[2]这句表示男人生孩子、坐月子的奇闻。青奴在阿嫂叮嘱之后，还是不懂变通。在青奴的眼中，阿嫂不让称呼阿嫂，让称呼阿兄，但阿兄所干之事，依然事事指向阿嫂。男人怎会生孩子？青奴没有想过这个问题。虽"果毅"这个官名不为今人熟悉，但是，这个口中回答"阿兄"不懂随变而变的青奴，还是给人们带来了"男人生孩子"的笑言。

虽"嘲"这种娱乐形式，淡出人们的视线，但第 35 则《无耳有面》中一心想得到"绢""绵"赏赐的人，僵硬模仿解嘲人的嘲语以及行为方式，其只模仿了外在，没有学到精髓，只知其然不知其所以然，西施很美，就连捧心蹙颦都是那么美，"彼知颦美，而不知颦之所以美"[3]，此类模仿，不仅是"东施效颦"，而且还是"生女炙面"[4]："昭君村至今生女，必炙其面。白乐天诗云'至今村女面，烧灼成瘢痕'"[5]。只知其然，不知其所以然，是不行的。故虽被割两耳，却并不能博得人们的同情，反而换来人们一笑了之。

1　黎莹等主编《茶酒文化卷》(《中国文化杂说九》)，北京燕山出版社，1997，第 1 页。

2　中国社会科学院历史研究所等合编《英藏敦煌文献》第二册，第 68 页。

3　庄周著，郭庆藩撰，王孝鱼点校《〈庄子〉集释》，第 515 页。

4　(宋)曾慥：《类说》，第 129 页。

5　白居易原诗为："不取往者诚，恐贻来者冤；至今村女面，烧灼成瘢痕。"

余　论

本书虽然对《启颜录》的成书、著者和流传进行了概述，对《启颜录》中的笑话类型、笑话人物形象以及其构建的笑话世界进行过分析，从笑话题材、笑话结构模式等方面，对《启颜录》在笑话史上承前启后的重要地位，以及其在笑话承传方面的作用、价值和影响等方面，都给予论述。且，从"嘲"的角度对《启颜录》的史料价值进行论述，从"笑"的角度对《启颜录》的美学价值予以研究。但这些只是《启颜录》，尤其是敦煌卷 S.610《启颜录》价值的九牛之一毛。

《启颜录》是一部笑话专集，其中有很多方言的记载，是对当时生活中方言的真实记录，这对研究方言，具有非常重要的史料价值。《启颜录》虽为笑话专集，其中蕴藏着巨大的民俗价值，可以深入挖掘。

《启颜录》中字词的史料价值，《〈启颜录〉中"豆"字考》是利用《启颜录》进行溯源式的考证。其他还有众多类似"豆"字的有考证价值的字词，尤其是敦煌卷子 S.610《启颜录》，由于其年代久远，且多口头用语，更加具有考证价值。

不仅是其字词方面的考证，敦煌卷子 S.610《启颜录》作为一部书法作品，对考证民间的书法风格方面，具有一定的价值。敦煌卷子 S.610《启颜录》的多字，被收录进《敦煌俗字典》[1]中，对认识一些字的变迁具有重大的史料价值。"笑"字、"旧"字等同字的多种书写形式，对研究当时民间书法用字的变体，亦有很大价值。

1　黄征:《敦煌俗字典》，上海教育出版社，2005。

　　《启颜录》中所用的艺术手法，对后世的小说、戏剧和话本的影响，本书中没有深入展开和讨论。元、明、清时的戏剧和小说等通俗文学中，一般也都会穿插笑话。笑话也允许其他文体如谜语、传语、对联和诗等文体形式穿插其中。《启颜录》在文体上和小说、戏剧、话本等，以及谜语、传语、对联和诗等之间的依附与被依附的关系，值得深入研究，本书中亦没有深入开展。

　　有关上述内容，笔者希望在今后的研究中，可以继续深入。

参考文献

古籍（基本以《四库全书》的经史子集分类为据）

经部（以作品首字拼音排序）

1. 《〈礼记〉正义》（《十三经注疏》本），李学勤主编，《十三经注疏》整理委员会整理，北京大学出版社，1999。
2. 《〈礼记〉注疏》（四库备要本），（汉）郑玄注，（唐）陆德明音义，孔颖达疏，中华书局，1989。
3. 《〈孟子〉注疏》，（汉）赵歧注，（宋）孙奭疏，廖名春、刘佑平整理，钱逊审定，北京大学出版社，2000。
4. 《〈说文解字〉注》，（汉）许慎撰，（清）段玉裁注，中华书局，2013。
5. 《〈周礼〉注疏》（四库备要本），（汉）郑玄注，（唐）陆德明音义，贾公彦疏，中华书局，1989。
6. 《春秋左传注》，杨伯峻编著，中华书局，1990。
7. 《古音骈字续编》（《景印文渊阁四库全书》第二二八册），（清）庄履丰、庄鼎铉，台湾商务印书馆，1986。
8. 《隶辨》，（清）古蔼吉，中华书局，1986。
9. 《释名疏证补》，（汉）刘熙撰，（清）毕沅疏证，王先谦补，中华书局，2008。
10. 《孝经注》（四库备要本），中华书局，1998。

11. 《御定康熙字典》(《景印文渊阁四库全书》第二二九～二三一册),(清)张玉书、陈廷敬等奉敕撰,台湾商务印书馆,1986。

12. 《字汇》,(明)梅膺祚,清嘉庆庚申五年经纶堂刻本,1800。

史部（以作品首字拼音排序）

1. 《北齐书》,(唐)李百药,中华书局,1972。

2. 《北史》,(唐)李延寿,中华书局,1974。

3. 《陈书》,(唐)姚思廉,中华书局,1972。

4. 《敦煌县志》(中国方志丛书本),(清)苏履吉修,曾诚纂,成文出版社,1970。

5. 《敦煌遗书总目索引》,王重民编,商务印书馆,1962。

6. 《汉书》,(汉)班固撰,(唐)颜师古注,中华书局,1962。

7. 《河南通志》(《景印文渊阁四库全书》第五三五～五三八册),(清)孙灏等编纂,台湾商务印书馆,1986。

8. 《后汉书》,(南朝·宋)范晔撰,(唐)李贤等注,中华书局,1965。

9. 《晋书》,(唐)房玄龄等,中华书局,1974。

10. 《旧唐书》,(后晋)刘昫等,中华书局,1975。

11. 《南史》,(唐)李延寿,中华书局,1975。

12. 《三国志》,(晋)陈寿,(南朝·宋)裴松之注,陈乃乾校点,中华书局,1959。

13. 《陕西通志》(《景印文渊阁四库全书》第五五一～五五六册),(清)刘于义等监修,沈青崖等编纂,台湾商务印书馆,1986。

14. 《史记》,(汉)司马迁著,中华书局,1959。

15. 《水经注》(《景印文渊阁四库全书》第五七三册),(后魏)郦道元,台湾商务印书馆,1986。

16. 《四库全书总目提要》,(清)纪昀总纂,河北人民出版社,2000。

17. 《宋史》,(元)脱脱等,中华书局,1977。

18. 《宋书》,(南朝·梁)沈约,中华书局,1974。

19. 《隋书》,(唐)魏徵、令狐德棻等,中华书局,1973。

20. 《唐大诏令集》,（宋）宋敏求,商务印书馆,1959。

21. 《唐会要》,（宋）王溥,中华书局,1955。

22. 《通典》,（唐）杜佑撰、文锦、王永兴、刘俊文、徐庭云、谢方点校,中华书局,1988。

23. 《通志》,（宋）郑樵,中华书局,1987。

24. 《通志二十略》,（宋）郑樵,中华书局,1995。

25. 《魏书》,（北朝·北齐）魏收,中华书局,1974。

26. 《文献通考》,（元）马端临,中华书局,1986。

27. 《吴兴备志》(《景印文渊阁四库全书》第四九四册),（明）董斯张,台湾商务印书馆,1986。

28. 《新唐书》,（宋）欧阳修、宋祁,中华书局,1975。

29. 《御定月令辑要》(《景印文渊阁四库全书》第四六七册),（清）李光地等奉敕撰,台湾商务印书馆,1986。

30. 《直斋书录解题》,（宋）陈振孙撰,徐小蛮、顾美华点校,上海古籍出版社,1987。

31. 《中国文言小说总目提要》,宁稼雨,齐鲁书社,1996。

32. 《资治通鉴》,（宋）司马光,中华书局,1956。

子部（以作品首字拼音排序）

1. 《〈百喻经〉译注》,周绍良译注,北京图书馆出版社,2006。

2. 《〈博物志〉校证》,（晋）张华撰,范宁校证,中华书局,1980。

3. 《〈法苑珠林〉校注》,（唐）释道世撰,周叔迦、苏晋仁校注,中华书局,2003。

4. 《〈管子〉校注》,旧题（周）管仲著、（唐）房玄龄注、黎翔凤撰、梁运华整理,中华书局,2004。

5. 《〈淮南子〉校释》,（汉）刘安撰,张双棣校释,北京大学出版社,1997。

6. 《〈金楼子〉校笺》,（南朝·梁）萧绎撰,许逸民校笺,中华书局,2011。

7. 《〈启颜录〉笺注》,旧题（隋）侯白撰,董志翘笺注,中华书局,2014。

8. 《〈世说新语〉校笺》,（南朝·宋）刘义庆撰,徐震堮校笺,中华书局,1984。

9. 《晏子春秋集释》，吴则虞，中华书局，1982。

10. 《庄子集释》，郭庆藩撰，王孝鱼点校，中华书局，1961。

11. 《艾子后语》，（明）陆灼，明刻本。

12. 《百喻经》（《大正新修大藏经》，第四册），台湾佛陀教育基金会，1991。

13. 《稗史》，（元）仇远，清刻本。

14. 《本草纲目》（《景印文渊阁四库全书》第七七二～七七四册），（明）李时珍，台湾商务印书馆，1986。

15. 《宾退录》（《景印文渊阁四库全书》第八五三册），（宋）赵与时，台湾商务印书馆，1986。

16. 《册府元龟》，（宋）王钦若等编，中华书局，1960。

17. 《册府元龟》，（宋）王钦若等编撰，周勋初等校订，凤凰出版社，2006。

18. 《朝野佥载》，（唐）张鷟，中华书局，1979。

19. 《成唯识论别抄》（《大正新修大藏经》第四十八册），台湾佛陀教育基金会，1991。

20. 《池北偶谈》（《景印文渊阁四库全书》第八七零册），（清）王士祯，台湾商务印书馆，1986。

21. 《大唐新语》，（唐）刘肃，中华书局，1984。

22. 《敦煌宝藏》，黄永武主编，台湾新文丰出版公司，1986。

23. 《敦煌变文选注》（增订本），项楚，中华书局，2006。

24. 《敦煌变文选注》，项楚，巴蜀书社，1990。

25. 《敦煌小说合集》，张涌泉主编审订，窦怀永、张涌泉汇辑校注，浙江文艺出版社，2010。

26. 《法华经演义》（《大正新修大藏经》第三十三册），台湾佛陀教育基金会，1991。

27. 《拊掌录》（《丛书集成初编》本），商务印书馆，1939。

28. 《绀珠集》（《景印文渊阁四库全书》第八七二册），台湾商务印书馆，1986。

29. 《古今合璧事类备要前集》（《景印文渊阁四库全书》第九三九册），（宋）谢维新，台湾商务印书馆，1986。

30. 《古今合璧事类备要续集》(《景印文渊阁四库全书》第九四零册),(宋)谢维新,台湾商务印书馆,1986。

31. 《古今事文类聚别集》(《景印文渊阁四库全书》第九二七册),(宋)祝穆,台湾商务印书馆,1986。

32. 《古今事文类聚前集》(《景印文渊阁四库全书》第九二五册),(宋)祝穆,台湾商务印书馆,1986。

33. 《古今事文类聚续集》(《景印文渊阁四库全书》第九二七册),(宋)祝穆,台湾商务印书馆,1986。

34. 《古今说海》(《景印文渊阁四库全书》第八八五～八八六册),(明)陆楫,台湾商务印书馆,1986。

35. 《古今谭概》,(明)冯梦龙编著,栾保群校注,中华书局,2007。

36. 《古今笑》,(明)冯梦龙,河北人民出版社,1985。

37. 《古今笑史》,(明)冯梦龙纂,刘英民、赵同璧、周宝中选注,花山文艺出版社,1985。

38. 《古谣谚》,(清)杜文澜辑,周绍良校点,中华书局,1958。

39. 《广博物志》(《景印文渊阁四库全书》第九八零～九八一册),(明)董斯张,台湾商务印书馆,1986。

40. 《广滑稽》(《四库全书存目丛书》,子部,第二五一册),(明)陈禹谟,齐鲁书社,1995。

41. 《广笑府》(《冯梦龙全集》本),(明)冯梦龙,凤凰出版社,2007。

42. 《广笑府》,(明)冯梦龙,中央书店,1935。

43. 《归田琐记》,(清)梁章钜,中华书局,1981。

44. 《海录碎事》(《景印文渊阁四库全书》第九二一册),(宋)叶庭珪,台湾商务印书馆,1986。

45. 《珩璜新论》(《景印文渊阁四库全书》第八六三册),(宋)孔平仲,台湾商务印书馆,1986。

46. 《籍川笑林》,(宋)佚名,明刻本。

47. 《解颐赘语》(《寄园寄所寄》本),清康熙丙子本。

48. 《解愠编》,（明）乐天大笑生，明嘉靖刻本。

49. 《金瓶梅词话》，兰陵笑笑生，人民文学出版社，2000。

50. 《锦绣万花谷前集》（《景印文渊阁四库全书》第九二四册），台湾商务印书馆，1986。

51. 《精选雅笑》,（明）豫章醉月子辑，明刻本。

52. 《旧小说》，吴曾祺，商务印书馆，1914。

53. 《俱舍论疏》（《大正新修大藏经》第五十三册），台湾佛陀教育基金会，1991。

54. 《开颜集》,（宋）周文玘，明刻本。

55. 《看山阁闲笔》,（清）黄图珌，清刻本。

56. 《考古编》（《景印文渊阁四库全书》第八五二册）,（宋）程大昌，台湾商务印书馆，1986。

57. 《类说》（《景印文渊阁四库全书》第八七三册）,（宋）曾慥，台湾商务印书馆，1986。

58. 《类说》,（宋）曾慥，文学古籍刊行社，1955。

59. 《六帖补》（《景印文渊阁四库全书》第九四八册）,（宋）杨伯岩，台湾商务印书馆，1986。

60. 《露书》,（明）姚旅，明刻本。

61. 《露书》,（明）姚旅著，刘彦捷点校，福建人民出版社，2008。

62. 《洛阳缙绅旧闻记》（《五代史书汇编》之肆）,（宋）张齐贤撰，俞钢校点，杭州出版社，2004。

63. 《绿牡丹》,（明）吴炳，华夏出版社，2013。

64. 《明清笑话集六种》，张亚新、程小铭校注，中州古籍出版社，2012。

65. 《明清笑话四种》,（明）赵南星、（明）冯梦龙、（清）陈高谟、石成金著，周启明校订，人民文学出版社，1958。

66. 《能改斋漫录》（《丛书集成初编》本）,（宋）吴曾，商务印书馆，1935。

67. 《能改斋漫录》（《景印文渊阁四库全书》第八五零册）,（宋）吴曾，台湾商务印书馆，1986。

68.《能改斋漫录》,(宋)吴曾,上海古籍出版社,1960。

69.《裴启语林》,(晋)裴启撰、周楞伽辑注,文化艺术出版社,1988。

70.《捧腹编》(《续修四库全书》,子部,第一二七三册),(明)许自昌,上海古籍出版社,1996。

71.《齐东野语》,(宋)周密,中华书局,1983。

72.《启颜录》(《中华谐谑十大奇书》第二部),老根编,中国戏剧出版社,1999。

73.《启颜录》,曹林娣、李泉辑注,上海古籍出版社,1990。

74.《容斋四笔》,(宋)洪迈,明刻本。

75.《容斋随笔》(《景印文渊阁四库全书》第八五一册),(宋)洪迈,台湾商务印书馆,1986。

76.《山堂肆考》(《景印文渊阁四库全书》第九七四~九七八册),(明)彭大翼,台湾商务印书馆,1986。

77.《山中一夕话》,清刻本。

78.《石林燕语》(《景印文渊阁四库全书》第八六三册),(宋)叶梦得撰,宇文绍奕考异,台湾商务印书馆,1986。

79.《石林燕语》,(宋)叶梦得撰,宇文绍奕考异,侯忠义点校,中华书局,1984。

80.《时尚笑谈》,明刻本。

81.《时兴笑话》,明末青藜阁本。

82.《事林广记》,元刻本。

83.《说郛》(《景印文渊阁四库全书》第八七六~八八二册),(明)陶宗仪编,台湾商务印书馆,1986。

84.《说郛三种》,(明)陶宗仪等编,上海古籍出版社,1988。

85.《四分律行事钞批》(《大正新修大藏经》第四十二册),台湾佛陀教育基金会,1991。

86.《苏氏演义:外三种》,(唐)苏鹗撰,吴企明点校,中华书局,2012。

87.《太平广记》(《景印文渊阁四库全书》第一零四三~一零四六册),(宋)李昉等编，台湾商务印书馆，1986。

88. 《太平广记》，（宋）李昉等编，中华书局，1961。

89. 《谈言》，（明）江盈科，明刻本。

90. 《唐摭言》，（五代）王定保，中华书局，1959。

91. 《天中记》（《景印文渊阁四库全书》第九六五～九六七册），（明）陈耀文，
台湾商务印书馆，1986。

92. 《天中记》，（明）陈耀文，清听雨山房本。

93. 《调谑编》，（明）王世贞，明燕石斋刻本。

94. 《万姓统谱》（《景印文渊阁四库全书》第八五二册），（明）凌迪知撰，台湾
商务印书馆，1986。

95. 《五杂俎》，（明）谢肇淛，明万历四十四年潘氏如韦轩刻本。

96. 《嘻谈初录》，（清）小石道人，清光绪甲申本。

97. 《嘻谈续录》，（清）小石道人，清光绪甲申本。

98. 《笑倒》，（清）陈皋谟，清康熙戊戌本。

99. 《笑得好》，（清）石成金，清乾隆四年本。

100. 《笑典》，（清）铁舟寄庸，清刻本。

101. 《笑府》，（明）冯梦龙，日本藤井孙兵卫刻本。

102. 《笑林》，（明）浮白主人选，明刻本。

103. 《笑笑录》，（清）独逸窝退士，新文化书社，1935。

104. 《笑赞》，（明）赵南星，明刻本。

105. 《谐语》，（明）郭子章，明万历戊申本。

106. 《新镌笑林广记》（明清善本小说丛刊初编本），台北天一出版社，1985。

107. 《新镌笑林广记》，（清）游戏主人，清乾隆刻本。

108. 《新笑林广记》，（清）吴趼人著，卢叔度辑注，广东人民出版社，1981。

109. 《续百川学海》，（明）吴永辑，明刻本。

110. 《雪涛谐史》，（明）江盈科，明刻本。

111. 《谑浪》，（明）郁履行辑，明万历刻本。

112. 《雅谑》，（明）浮白斋主人述，明刻本。

113. 《一笑》,（清）俞樾，清光绪刻本。

114. 《殷芸小说》,（南朝·梁）殷芸编纂，周楞伽辑注，上海古籍出版社，1984。

115. 《英藏敦煌社会历史文献释录》，郝春文编著，社会科学文献出版社，2003。

116. 《英藏敦煌文献》（汉文佛经以外部分），中国社会科学院历史研究所等合编，四川人民出版社，1990。

117. 《英国国家图书馆藏敦煌遗书》,（中）方广锠、（英）吴芳思主编，广西师范大学出版社，2011。

118. 《应谐录》,（明）刘元卿，明刻本。

119. 《迂仙别记》（《古今谭概》本），（明）张夷令辑，中华书局，2007。

120. 《玉函山房辑佚书续编三种》,（清）王仁俊辑，上海古籍出版社，1989。

121. 《玉芝堂谈荟》（《景印文渊阁四库全书》第八八三册），（明）徐应秋，台湾商务印书馆，1986。

122. 《御定分类字锦》（《景印文渊阁四库全书》第一零零五～一零零七册），（清）何焯、陈鹏年等奉敕撰，台湾商务印书馆，1986。

123. 《御定佩文韵府》（《景印文渊阁四库全书》第一零一一～一零二八册），（清）张玉书、陈廷敬等奉敕撰，台湾商务印书馆，1986。

124. 《御定佩文斋广群芳谱》（《景印文渊阁四库全书》第八四五～八四七册），（清）汪灏、张逸少等奉敕撰，台湾商务印书馆，1986。

125. 《御定骈字类编》（《景印文渊阁四库全书》第九九四～一零零四册），（清）吴士玉、沈宗敬等奉敕撰，台湾商务印书馆，1986。

126. 《御定渊鉴类函》（《景印文渊阁四库全书》第九八二～九九三册），（清）张英、王士禛等奉敕撰，台湾商务印书馆，1986。

127. 《御定韵府拾遗》（《景印文渊阁四库全书》第一零二九～一零三零册），台湾商务印书馆，1986。

128. 《韵府群玉》（《景印文渊阁四库全书》第九五一册），（元）阴劲弦、阴复春，台湾商务印书馆，1986。

129. 《杂譬喻经译注（四种）》，孙昌武、李赓扬译注，中华书局，2008。

130. 《卮林》（《景印文渊阁四库全书》第八五八册），（明）周婴，台湾商务印书馆，1986。

集部（以作品首字拼音排序）

1. 《〈玉川子诗集〉注》，（唐）卢仝著，（清）孙之骤撰，清刻《晴川八识》本。

2. 《后山诗注》（《景印文渊阁四库全书》第一一一四册），（宋）陈师道撰任渊注，商务印书馆，1986。

3. 《江盈科集》，（明）江盈科著，黄仁生辑校，岳麓书社，1997。

4. 《历代诗话》（《景印文渊阁四库全书》第一四八三册），（清）吴景旭，台湾商务印书馆，1986。

5. 《林和靖诗集》，（宋）林逋，浙江古籍出版社，1986。

6. 《明诗综》（《景印文渊阁四库全书》第一四六零册），台湾商务印书馆，1986。

7. 《全闽诗话》（《景印文渊阁四库全书》第一四八六册），（清）郑方坤，台湾商务印书馆，1986。

8. 《山谷内集诗注》（《景印文渊阁四库全书》第一一一四册），（宋）黄庭坚撰，任渊注，台湾商务印书馆，1986。

9. 《山谷外集诗注》（《景印文渊阁四库全书》第一一一四册），（宋）黄庭坚撰，史容注，台湾商务印书馆，1986。

10. 《诗话总龟》（《景印文渊阁四库全书》第一四七八册），（宋）阮阅，台湾商务印书馆，1986。

11. 《四六标准》（《景印文渊阁四库全书》第一一七七册），（宋）李刘，台湾商务印书馆，1986。

12. 《唐诗鼓吹》（《景印文渊阁四库全书》第一三六五册），（金）元好问编选，（元）郝天挺注，台湾商务印书馆，1986。

13. 《唐音癸签》（《景印文渊阁四库全书》第一四八二册），（明）胡震亨撰，台湾商务印书馆，1986。

14. 《文赋集释》，陆机著，张少康集释，人民文学出版社，2002。

15. 《轩渠录》，（宋）吕居仁，清顺治刻本。

16. 《玉川子诗集》，（唐）卢仝，四部丛刊景旧钞本。

17. 《增订〈文心雕龙〉校注》，中华书局，2000。

18. 《醉翁谈录》，（宋）罗烨，古典文学出版社，1957。

今人著述、论文集（以作品首字拼音排序）

1. 《〈干禄字书〉字类研究》，刘中富，齐鲁书社，2004。

2. 《茶酒文化卷》（《中国文化杂说九》），黎莹等主编，北京燕山出版社，1997。

3. 《道教神话》，陈群雄编著，新华出版社，1990。

4. 《道教小词典》，钟肇鹏主编，上海辞书出版社，2001。

5. 《敦煌丛刊初集》，黄永武，台湾新文丰出版公司，1985。

6. 《敦煌赋校注》，伏俊琏，甘肃人民出版社，1993。

7. 《敦煌古代衣食住行》，胡同庆、王义芝编，甘肃人民美术出版社，2013。

8. 《敦煌蒙书研究》，郑阿财、朱凤玉，甘肃教育出版社，2002。

9. 《敦煌俗文学研究》，张鸿勋，甘肃教育出版社，2002。

10. 《敦煌俗字典》，黄征，上海教育出版社，2005。

11. 《敦煌文献论丛》，张涌泉，上海古籍出版社，2011。

12. 《敦煌文献名物研究》，杜朝晖，中华书局，2011。

13. 《敦煌小说及其叙事艺术》，王昊，安徽人民出版社，2005。

14. 《敦煌学散策新集》，陈祚龙，台湾新文丰出版公司，1989。

15. 《敦煌学十八讲》，荣新江，北京大学出版社，2001。

16. 《敦煌语文丛说》（香港敦煌吐鲁番研究中心丛刊之六），黄征，台湾新文丰出版公司，1997。

17. 《高级笑话》，流沙河等，四川文艺出版社，1995。

18. 《古代笑话选译》，本生选译，江苏人民出版社，1980。

19. 《古汉字结构变化研究》，张素凤，中华书局，2008。

20. 《甲骨文字典》，徐中舒主编，四川辞书出版社，1998。

21. 《简牍帛书字典》，陈建贡、徐敏，上海书画出版社，1991。

22. 《简明民间文艺学教程》，叶春生，湖南文艺出版社，1987。

23. 《狂言选》，周作人译，中国对外翻译出版公司，2001。

24. 《历代避讳字汇典》，王彦坤编，中州古籍出版社，1997。

25. 《历代笑话集》，王利器，古典文学出版社，1956。

26. 《历代笑话集续编》，王贞珉、王利器辑，春风文艺出版社，1985。

27. 《六朝唐五代石刻俗字研究》，欧昌俊、李海霞，巴蜀书社，2004。

28. 《鲁迅全集》，鲁迅，人民文学出版社，2005。

29. 《罗振玉学术论著集》，罗振玉，上海古籍出版社，2013。

30. 《民间笑话》，福建人民出版社，1958。

31. 《庆祝潘石禅先生九秩华诞敦煌学特刊》，柳存仁等，文津出版社，1996。

32. 《日本狂言选》，申非译，人民文学出版社，1980。

33. 《日本狂言选》，周启明译，人民文学出版社，1955。

34. 《日本民间故事选》，[日]关敬吾著，金道权、朴敬植、耿金声等译，中国
    民间文艺出版社，1982。

35. 《日本谣曲狂言选》，申非译，人民文学出版社，1985。

36. 《日语幽默笑话精华》，凌蓉主编，华东师范大学出版社，2008。

37. 《三礼通论》，钱玄，南京师范大学出版社，1996。

38. 《史讳举例》，陈垣，中华书局，1962。

39. 《世界民间故事分类学》，汤普森，上海译文出版社，1991。

40. 《唐代酒令艺术》，王昆吾，知识出版社，1995。

41. 《唐代小说史话》，程毅中，文化艺术出版社，1990。

42. 《唐代幽默文学论》，李锦，陕西人民出版社，2006。

43. 《听故事学韩语》，李民主编，尹敬爱、[韩]安硕柱副主编，林从纲主审，
    大连理工大学出版社，2007。

44. 《现代笑话》，南子仲、吕仪选编，中国民间文艺出版社，1985。

45. 《相声》，蒋慧明编著，中国文联出版社，2008。

46. 《相声的表演》，侯宝林，上海文艺出版社，1959。

47. 《相声溯源》（增订本），侯宝林、薛宝琨、汪景寿、李万鹏，中华书局，
    2011。

48. 《相声溯源》，侯宝林、薛宝琨、汪景寿、李万鹏，人民文学出版社，1982。

49. 《相声艺术的奥秘》，刘梓钰，百花文艺出版社，1990。

50. 《相声艺术论》，汪景寿、藤田香，北京大学出版社，1992。

51. 《笑的艺术》，薛宝琨，百花文艺出版社，1984。

52. 《笑话》，舌尔，浙江人民出版社，1980。

53. 《笑话里外观》，余德泉，四川人民出版社，1988。

54. 《笑话——人间的喜剧艺术》，段宝林，北京大学出版社，1991。

55. 《笑话新编》，邹敏文、梁冠群，江西人民出版社，1980。

56. 《笑话选粹与鉴赏》，张鹄、唐牛编著，湖南文艺出版社，1997。

57. 《优语集》，任二北编著，上海文艺出版社，1981。

58. 《中国的相声》，薛宝坤著，方成插图，人民出版社，1985。

59. 《中国古代的字典》，刘叶秋，中华书局，1963。

60. 《中国古代民间故事类型研究》（上、中、下），祁连休，河北教育出版社，
    2007。

61. 《中国古代民间故事长编》，顾希佳编，浙江大学出版社，2012。

62. 《中国古代笑话选注》，王利器、王贞珉选注，北京出版社，1984。

63. 《中国民间故事类型》,（德）艾伯华著，王燕生、周祖生译，刘魁立审校，
    商务印书馆，1999。

64. 《中国民间故事类型索引》，丁乃通，中国民间文艺出版社，1986。

65. 《中国民间故事史》，刘守华，商务印书馆，2012。

66. 《中国民间文学概要》，段宝林，北京大学出版社，2009。

67. 《中国民居与民俗》，王军云编，中国华侨出版社，2007。

68. 《中国俗文学史》，郑振铎，花山文艺出版社，1998。

69. 《中国文学家大辞典（唐五代卷）》，周祖譔主编，中华书局，1992。

70. 《中国相声史》，王决、汪景寿、藤田香，北京燕山出版社，1995。

71. 《中华野史》，车吉心总主编，泰山出版社，2000。

72. 《中外幽默小品选》，王玮等选编，江苏人民出版社，1983。

73. 《转型期的敦煌学》，刘进宝、高田时雄主编，上海古籍出版社，2007。

论文（以姓名首字拼音排序）

硕博论文

1. 毕彩霞:《〈新唐书·艺文志〉著录小说集解》，华中师范大学硕士学位论文，2006。

2. 段锐力:《邯郸淳研究》，东北师范大学硕士学位论文，2004。

3. 李锦:《唐代幽默文学研究》，陕西师范大学博士学位论文，2006。

4. 刘春燕:《新疆民间故事研究》，四川大学博士学位论文，2013。

5. 马培洁:《〈启颜录〉与中古时期的笑话集》，西北师范大学硕士学位论文，2009。

6. 苏品文:《六朝笑话文学研究》，台湾高雄师范大学硕士学位论文，2011。

7. 孙冰:《明代笑话文本解读》，华中师范大学硕士学位论文，2012。

8. 唐淑丽:《晚明笑话集中的"笑话诗"研究》，浙江师范大学硕士学位论文，2009。

9. 王昊:《敦煌小说研究》，中国社会科学院研究生院博士学位论文，2003。

10. 王丽惠:《隋唐时代笑话书之研究》，台湾云林科技大学硕士学位论文，2012。

11. 吴少平:《晚明笑话研究》，南京师范大学硕士学位论文，2006。

12. 严燕汝:《敦煌本〈老子〉俗字研究》，南京师范大学硕士学位论文，2012。

13. 朱瑶:《〈启颜录〉研究》，四川大学硕士学位论文，2008。

期刊论文、会议论文

1. 曹林娣:《〈启颜录〉及其遗文》，《苏州大学学报》（哲学社会科学版）1989年第2、3期合刊。

2. 陈昌全:《关于〈砥柱铭〉真伪的笔迹学鉴定》，《文物鉴定与鉴赏》2010年第8期。

3. 陈相、王薇婷:《俄语笑话中的"笑点"分析》，《山西大同大学学报》（社会科学版）2007年第1期。

4. 陈学志、王庆中:《笑话与幽默》，《应用心理研究》2005年第26期。

5. 陈增颖：《幽默与哀伤谘商》，《咨商与辅导》2002 年第 199 期。

6. 鼎吉：《幽默态度量表》，《咨商与辅导》2006 年第 247 期。

7. 董志广、成其圣：《略论魏晋时期的嘲戏之风》，《云南师范大学学报》（哲学社会科学版）1990 年第 3 期。

8. 董志翘：《敦煌写本〈启颜录〉笺注（选）》，《西南民族大学学报》（人文社会科学版）2012 年第 3 期。

9. 董志翘：《辑注本〈启颜录〉词语注释商兑》，《南京师范大学文学院学报》2006 年第 1 期。

10. 董志翘：《辑注本〈启颜录〉商补》，《2006 年海峡两岸古典文献学国际学术会议论文集》，上海古籍出版社，2006。

11. 段宝林：《二十世纪的笑话研究》，《广西梧州师范高等专科学校学报》2001 年第 4 期。

12. 段宝林：《试论民间笑话的美学价值和结构方式》，《北京大学学报》（哲学社会科学版）1984 年第 4 期。

13. 冯广艺：《论话语权》，《福建师范大学学报》（哲学社会科学版）2008 年第 4 期。

14. 伏俊连：《敦煌本〈丑妇赋〉的审美价值和文化意蕴》，《社科纵横》1994 第 1 期。

15. 伏俊琏：《敦煌本〈丑妇赋〉与丑妇文学》，《敦煌研究》2001 年第 2 期。

16. 高国藩：《古敦煌民间游戏》，《学林漫录》1988 年第 12 期。

17. 管秋雄：《幽默训练模式之建立与分析研究》，《中州学报》2004 年第 20 期。

18. 管秋雄：《幽默与幽默感的涵意及其在谘商中的应用》，《辅导季刊》2011 年第 47 卷 2 期。

19. 郭娟玉：《〈启颜录〉初探》，《大陆杂志》1997 年第 94 卷第 4 期。

20. 黄树钦：《"谈笑风生"话健康》，《台湾内膜异位症妇女协会会刊》2010 年第 17 卷 5 期。

21. 黄文萍等《提升护理人员服务礼仪执行之正确性》，《长庚护理》2012 年第 23 卷 2 期。

22. 黄征:《辑注本〈启颜录〉匡补》,《俗语言研究》1995 年第 2 期。

23. 雷汉卿:《禅籍"驴胃""驴胄""驴肘"辨》,《宗教学研究》2008 年第 4 期。

24. 李嗣涔:《与信息场对话》,《佛学与科学》2002 年第 3 卷 2 期。

25. 梁庚辰等:《"台湾地区华人情绪刺激常模资料"专辑序言》,《中华心理学刊》2013 年第 55 卷 4 期。

26. 刘淑娟:《另类治疗－幽默治疗在长期照护之运用》,《长期照护杂志》2004 年第 8 卷 2 期。

27. 刘淑娟:《幽默治疗》,《台湾医学》2004 年第 8 卷 2 期。

28. 马培洁:《〈启颜录〉版本流传考述》,《图书馆理论与实践》2010 年第 11 期。

29. 马培洁:《雅俗文化的两相对照——〈世说新语〉与〈启颜录〉》,《民族文学研究》2011 年第 6 期。

30. 莫勇波:《论话语权的政治意涵》,《中共中央党校学报》2008 年第 4 期。

31. 穆萨:《回族维吾尔族机智人物故事中笑话的美学价值》,《西北第二民族学院学报》(哲学社会科学版)1996 年第 4 期。

32. 穆向阳:《笑点研究》,《科教文汇(上旬刊)》2013 年第 3 期。

33. 南邨:《古代笑话美学摭谈》,《喀什师范学院学报》1989 年第 3 期。

34. 潘灵芝:《论敦煌本〈启颜录〉中关于佛教的笑话》,《东南大学学报》(哲学社会科学版)2008 年第 2 期。

35. 潘重规:《敦煌卷子俗写文字之整理与发展》,《敦煌学》1991 年第 17 期。

36. 邱发忠:《幽默理解的多重语义激发、好笑反应对创造力的影响:以右脑激发为中介变项》,《中华心理卫生学刊》2010 年第 23 卷 2 期。

37. 邱发忠等《幽默创造训练之课程设计暨实徵效果评估》,《教育心理学报》2003 年第 34 卷 2 期。

38. 邱天助:《幽默研究的困境:一个社会心理学的观点》,《应用心理研究》2005 年第 27 期。

39. 邱智仁等:《外语学习园区之英语口说焦虑》,《虎尾科技大学学报》2010 年第 29 卷 1 期。

40. 申相星、李芳:《中国敦煌话本小说与韩国古代小说的比较研究》,《中外比较文学与比较文化（国际）研讨会论文集》,《世界文化》编辑部, 2004。

41. 苏雅静等《笑话的逆溯推论历程：以眼动资料为证》,《中华心理学刊》2014
    年第 56 卷 1 期。

42. 汤智君:《滑稽与幽默:〈滑稽列传〉的作意与价值初探》,《联大学报》2010
    年第 7 卷 2 期。

43. 田雨泽:《反切浅论》,《内蒙古师大学报》(哲学社会科学版)1986 年第 1 期。

44. 王国良:《敦煌本〈启颜录〉考论》,《第五届唐代文化学术研讨会论文集》,
    中正大学中国文学系、历史学系, 2001。

45. 王虎:《〈启颜录〉中"豆"字考》,《中国语文》2014 年第 1 期。

46. 王敬敏:《从明清笑话看笑话的文体和功能》,《现代语文》(文学研究版)
    2007 年第 2 期。

47. 王庆中:《幽默的研究问题》,《应用心理研究》2005 年第 26 期。

48. 吴静宜等《国中小学版幽默理解与幽默创造能力测验之编制》,《应用心理研
    究》2007 年第 35 期。

49. 吴俐雯:《〈古今谭概〉书名及版本考辨》,《耕莘学报》2012 年第 10 期。

50. 吴俐雯:《〈解愠编〉中的"读书人"》,《耕莘学报》2010 年第 8 期。

51. 吴俐雯:《〈李卓吾先生评点四书笑〉中的"塾师"》,《耕莘学报》2009 年第
    6 期。

52. 吴俐雯:《〈听子〉角色形象塑造及文化意涵探析》,《耕莘学报》2014 年第
    12 期。

53. 项楚:《从印度走进中国——敦煌变文中的帝释》,《四川大学学报》(哲学社
    会科学版)2008 年第 1 期。

54. 项楚:《敦煌本〈孝子传〉补校》,《敦煌研究》1985 年第 3 期。

55. 项楚:《敦煌变文语辞札记》,《四川大学学报》(哲学社会科学版)1981 年第
    2 期。

56. 项楚:《论〈庄子〉对苏轼艺术思想的影响》,《四川大学学报》(哲学社会科
    学版)1979 年第 3 期。

57. 项楚:《唐代的白话诗派》,《江西社会科学》, 2004 年第 2 期。

58. 项楚:《王梵志的一组佛教哲理诗（校释与评论）》,《敦煌研究》，1988 年第 1 期。

59. 项楚:《王梵志诗论》,《浙江与敦煌学》，浙江古籍出版社，2004。

60. 小林博臣:《敦煌文学口语资料——〈启颜录〉敦煌卷子本考察》,《中国研究》1958 年第 6 期。

61. 徐芝君等《千万别笑，不然您的态度会从看笑话中泄露：贬抑类幽默感知态度调整理论之验证》,《应用心理研究》2005 年第 26 期。

62. 许峻豪等《图像幽默理解历程与双路径幽默理解模式》,《应用心理研究》2005 年第 26 期。

63. 严嘉枫等《智能障碍者情绪问题分析与辅导：以轻度智能障碍个案为例》,《身心障碍研究季刊》2004 年第 2 卷 2 期。

64. 杨成忠:《试论民间笑话的审美意义》,《青海师范大学民族师范学院学报》2009 年第 1 期。

65. 杨立行:《幽默的心智历程研究：认知取向之回应与展望》,《应用心理研究》2005 年第 27 期。

66. 于恺骏:《幽默的妙用一箩筐》,《中兴工程》2012 年第 116 期。

67. 詹昭能:《笑话≠幽默：研究问题意识与文化脉络问题》,《应用心理研究》2005 年第 27 期。

68. 张国祚:《关于"话语权"的几点思考》,《求是》2009 年第 9 期。

69. 张鸿勋:《谈敦煌本〈启颜录〉》,《学林漫录》1985 年第 11 期。

70. 张继红:《浅论〈启颜录〉》,《齐鲁学刊》1991 年第 6 期。

71. 张涌泉、窦怀永:《敦煌小说整理研究百年：回顾与思考》,《文学遗产》2010 年第 1 期。

72. 郑琼茹、罗逸文:《英文补救教学网站之设计与建置》,《工程科技与教育学刊》2012 年第 9 卷 3 期。

73. 朱凤玉:《三教论衡与唐代争奇文学》,《敦煌研究》2012 年第 5 期。

74. 朱瑶:《〈启颜录〉成书考》,《四川大学学报》（哲学社会科学版）2011 年第 2 期。

75. 朱瑶:《〈启颜录〉成书考》，四川大学中国俗文化研究所《第三届中国俗文化国际学术研讨会暨项楚教授七十华诞学术讨论会论文集》，四川大学中国俗文化研究所，2009。

图书在版编目（CIP）数据

《启颜录》研究. 上卷，《启颜录》流传与文史价值/
刘昶著. -- 北京：社会科学文献出版社, 2020.9
ISBN 978-7-5201-6976-9

Ⅰ.①启… Ⅱ.①刘… Ⅲ.①笑话-文学研究-中国
-古代 Ⅳ.①I207.7

中国版本图书馆CIP数据核字（2020）第133250号

· 《启颜录》研究（全二卷）·
《启颜录》流传与文史价值

著 者 / 刘 昶

出 版 人 / 谢寿光
组稿编辑 / 宋月华
责任编辑 / 袁卫华

出 版 / 社会科学文献出版社·人文分社（010）59367215
　　　　　地址：北京市北三环中路甲29号院华龙大厦 邮编：100029
　　　　　网址：www.ssap.com.cn
发 行 / 市场营销中心（010）59367081 59367083
印 装 / 三河市龙林印务有限公司

规 格 / 开 本：787mm×1092mm 1/16
　　　　　本卷印张：19.25 本卷字数：237千字
版 次 / 2020年9月第1版 2020年9月第1次印刷
书 号 / ISBN 978-7-5201-6976-9
定 价 / 298.00元（全二卷）

《启颜录》研究（全二卷）

《启颜录》各则内容版本源流及其类型分析

刘昶 著

社会科学文献出版社
SOCIAL SCIENCES ACADEMIC PRESS (CHINA)

致 谢

非常感谢恩师对我的谆谆教导，感谢对本书提供过资料和指导意见的所有老师，感谢贵阳学院的资金支持，感谢社会科学文献出版社的鼎力相助！

目　录

　　因《启颜录》是"滚雪球"式的成书过程，故目前可见《启颜录》各则内容的最早源头版本不一，其中以敦煌卷子 S.610《启颜录》为最早，其次是《太平广记》，再次是《类说》。故笔者以各则内容在各版本中出现的先后为序对《启颜录》进行整理，同时，为方便做比较研究，笔者从唐、金、元、明、清各朝代的文献典籍中将"出《启颜录》"或用《启颜录》作注的内容进行爬梳和整理，以表格的形式一并录入，由此形成各则内容的版本源流表。

　　关于《启颜录》各则内容的命名。由于各原版本中对各则内容的命名不一（甚至有些版本中没有命名），故笔者从各则内容出发，对其进行统一命名。如原版本有命名，则会在其版本源流表的注释"出处"中予以注明，如原版本中一则内容包含笔者整理的几则内容的话，则会以"（　）"的形式加标其出自原版本中的那则内容的"之几"。以第 1 则《佛常骑牛》为例，《佛常骑牛》是笔者命名的标题，按其在敦煌卷子 S.610《启颜录》中的排序，是"第一则"，"第一则"是笔者所加，且《佛常骑牛》是这第一则的第一部分，故在"第一则"后加标"（之一）"；在《太平广记》中，是收录其卷二百四十七《诙谐》（三）中，且名为《石动筩》，《石动筩》是由八则小内容共同组成，笔者为研究所需，必须要把这八则小内容独立出来，故会在《太平广记》中的标题《石动筩》之后加标"（之四）"，以示其具体出处。

　　关于《启颜录》内容的则数。由于各整理本在对《启颜录》内容进行收录的时候，则数划分，各有不同。为方便考察和研究，笔者对其进行统一分则。具体做法是：如遇到在收录时，本身即是一则独立的小内容时，则径自录入；如遇一则内容可以分割成多则小内容的，便将其分开录入。这点笔者在注释中标明。

笔者在录入时，如遇到缺字，用"□"表示，每"□"代表一个字；如遇到根据上下文文意或其他版本中的内容可以补充、修改或脱落的字，会以"[]"的形式标出，并在注释中注明；如遇到用重复记号或正反记号表示的字或以小一点字体书写的脱落的字，则径自录入；如遇到重复多余的字，则去除；如遇到原版本中以小字注形式出现的，则尊重原形式，以相同形式录入；如遇到各版本中在相同表述时所用不同文字的情况时，则径自录入，不统一用某字。

总体而言，笔者在尊重原版本用字的基础上，大体使用现在通用的简体书写形式录入《启颜录》各版本中的文字，不管原版本是否有标点，笔者在整理后，根据文意，统一加上标点。不足之处，恳请方家斧正。

另，"校注"中出现的《历代笑话集》、辑注本《启颜录》、奇（二）本《启颜录》（或简称为"奇（二）本"）、《〈启颜录〉笺注》和《辑注本〈启颜录〉匡补》具体是指：王利器《历代笑话集》，古典文学出版社，1956。曹林娣、李泉辑注《启颜录》，上海古籍出版社，1990。老根编《启颜录》（《中华谐谑十大奇书》第二部），中国戏剧出版社，1999。旧题（隋）侯白撰，董志翘笺注《〈启颜录〉笺注》，中华书局，2014。黄征《辑注本〈启颜录〉匡补》，《俗语言研究》1995年第2期。

第 1 则　佛常骑牛

出处	S.610《启颜录》[1]	《太平广记》[2]
内容	北齐高祖尝以大斋日设聚会。时有大德[3]法师开道，俗有疑滞者，皆即论难，并援引大义，广说法门，言议幽深，皆存雅正。石动筩最后论义[4]，谓法师曰："且问法师一个小义：佛常骑何物？"法师答曰："或坐千叶莲花，或乘六牙白象。"动筩云："法师全不读经，不知佛所乘骑物。"法师又即问云："檀越[5]读经，佛骑何物[6]？"动筩答云："佛骑牛。"法师曰："何以知之？"动筩曰："经云：'世尊甚奇特'，岂非骑牛？"坐皆大笑。	高[祖][尝][设][7]斋会，大德法师开讲。道、俗有疑滞者，即论难议[8]，援引大义，[广][9]说法门，言议幽深，皆在[10]雅正。动筩最后论议，谓法师曰："且问法师一个小义：佛常骑何物？"法师答曰："或坐千叶莲花，或乘六牙白象。"动筩云："法师今不读经，不知佛所乘骑物。"师即问云："檀越读经，佛骑何物？"答曰："骑牛。"法师曰："何以知？""经云'世尊甚奇特'，非骑牛？"座[11]皆大笑。

笔者按：此则内容最早见于敦煌卷子 S.610《启颜录》,《太平广记》有载。从两个版本中的用语来看，敦煌卷子 S.610《启颜录》比《太平广记》更为详细准确。且，由敦煌卷子 S.610《启颜录》可推《太平广记》中所缺之字。

【校注】

[1] 出自敦煌卷子 S.610《启颜录》中《论难》类第一则（之一）。参见中国社会科学院历史研究所等合编《英藏敦煌文献》（汉文佛经以外部分）第二册，四川人民出版社，1990，第 64 页。参见黄永武主编《敦煌宝藏》第五册，台湾新文丰出版公司，1986，第 120 页。原文在书名《启颜录》三字后，还有"辩捷"和"论难"四字，从后文内容来看，紧跟的内容应属

"论难"类,"辩捷"类的内容在"论难类"内容之后,不知"辩捷"二字为何会出现在此,可能是作者误写。

[2]　出自《太平广记》卷二百四十七《诙谐》(三)中名为《石动筩》(之四)。参见(宋)李昉等编《太平广记》第五册,中华书局,1961,第1916页。中华书局本《太平广记》用"。"隔开的点校方法,四库本《太平广记》未加标点,笔者整理后,根据文意,加上标点。其他本同。

[3]　从敦煌写卷的题记(如S.36《金刚般若波罗蜜经》题记:"详阅太原寺大德神符,详阅太原寺大德嘉尚,详阅太原寺主慧立,详阅太原寺上座道成。"再如,S.84《妙法莲华经卷第五》题记:"初校经生郭德,再校西明寺僧法县,三校西明寺僧普定,详阅太原寺大德神符,详阅太原寺大德嘉尚,详阅太原寺主慧立,详阅太原寺上座道成。"等等。参见黄永武主编《敦煌宝藏》第一册,第191页)等对僧人位置的排序来看,可对有"大德"称号的法师在佛门中的地位推断一二:题记记载中的"上座"虽在"寺主"顺序之下,但称为"大德"的僧人,排序在"寺主"之上,说明其地位比主持的地位还要高。再如,从S.2637《妙法莲华经》卷第三的后记:"上元三年(762)八月一日弘文馆楷书手任道写,用纸一十九张,装潢手解善集,初校慈门寺僧无及,再校宝刹寺僧道善,三校宝刹寺僧道善,详校太原寺大德神符,详校太原寺大德嘉尚,详阅太原寺主慧立,详阅太原寺上座道成,判官司农寺上林署令李德,使朝散大夫守尚舍奉御阎玄道监"(参见黄永武主编《敦煌宝藏》第二十一册,第622页)的记载,亦可看出"大德"僧人的地位,不光是从其位置排序上,而且,从其在经书的"详校"和"详阅"中所起的实际作用来看,其身份在佛门中,都是颇为尊贵的。虽在佛门中拥有非常尊贵的身份,但在常伴随北齐高祖左右的石动筩眼中,一样是戏谑的态度。

[4]　笔者在整理版本源流的时候,为方便语言学和文字学等方面的对照研究,各版本中的异体字或谐音字等,笔者并未统一用哪个字,如敦煌卷子S.610《启颜录》中"论义"的"义"字,在《太平广记》中是"议"字。下同。笔者不再一一点明。

［5］ "檀越"是梵语"陀那钵底"音译,"施主"之意。"檀越"之称,一直沿用,如"消安道:'老檀越(即上句所称的鲍居士)船向北行,贫僧回五台山亦是北去,何不携带携带。'"参见(明)吴炳《绿牡丹》,华夏出版社,2013,第185页。

［6］ 敦煌卷子S.610《启颜录》中,在"物"和"何"的右旁中间有个正反记号"✓",故录为"何物"。

［7］ 原文缺3字,据敦煌卷子S.610《启颜录》内容,可改为"祖""尝""设"三字。

［8］ S.610《启颜录》的"论难"和《太平广记》的"难议"在此处意思相同,"辩论诘难""往复问答以阐明法门之义理"。笔者照录原版本中的文字,从中可窥语言习惯的变化。下同。

［9］ 看前后均为四字,据敦煌卷子S.610《启颜录》内容,此处可补一"广"字。

［10］ S.610《启颜录》的"存"和《太平广记》的"在"在此处表达出的意思相似。笔者照录原版本中的文字。下同。

［11］ S.610《启颜录》的"坐"和《太平广记》的"座"字,"坐"和"座"是一组古今字,"坐"产生在前,"座"产生在后。坐,是会意字。古人席地而坐,两膝着地,臀部压在脚跟上。所以《文源》中解释:"象二人对坐土上之形。"如《论语·乡党》:"席不正不坐。""坐"本是动词,后来又引申为名词,表示所坐的地方,即"座位"。如《韩非子·郑人买履》:"郑人有欲买履者,先自度其足而置之其坐。"东汉的《说文解字》没有记载"座"字,"座"字产生肯定晚于汉代,从此处可看出,抄写于唐代"开元十一年"(723)的敦煌卷子中用的还是"坐"字,而成书于宋太平兴国年间的《太平广记》使用的已经是"座"字。这类古今字,还有一些异体字,等等,笔者照录原版本中的文字,以备研究所需。下同。

【类型分析】

石动筩用"经云:'师尊甚奇特'"的"奇"谐音"骑",解读为佛"骑牛"的戏谑结论,将佛经中"师尊甚奇特"的"奇"谐音为"骑"。属于"谐音类型"中的"音同(近)类型"。"特",《说文解字》曰:特,"牛父也",即公牛。

[说明:因各整理内容的原版本出处用字不完全一致,故"类型分析"中引用的文字出自该内容目前流传的最早版本,如此则内容最早见于敦煌卷子 S.610《启颜录》,则引用的原文出自 S.610《启颜录》,以此类推。下同。]

第 2 则　总有几斤

出处	S.610《启颜录》[1]	《太平广记》[2]
内容	又谓法师曰:"法师既不知'佛常骑牛',今更问法师一种小事:比来每经之上,皆云:'价直[3]百千两金',未知'百千两金',总有几斤?"法师遂无以对。一坐更笑。	又谓法师曰:"法师既不知'佛常骑牛',今更问法师一种法义:比来每经之上,皆云:'价值百千两金',未知'百千两金',总有几斤?"遂无以对。

笔者按：此则内容最早见于敦煌卷子 S.610《启颜录》,《太平广记》有载。S.610《启颜录》中多了周围人的反映:"一坐更笑"四字。

【校注】

[1]　出自敦煌卷子 S.610《启颜录》中《论难》类第一则（之二）。参见《英藏敦煌文献》第二册,第 64 页。参见黄永武主编《敦煌宝藏》第五册,第 120 页。

[2]　出自《太平广记》卷二百四十七《诙谐》（三）中名为《石动筩》（之五）。参见（宋）李昉等编《太平广记》第五册,第 1916~1917 页。

[3]　"直"通"值"。下同。

【类型分析】

石动筩用"斤"谐音"金",向法师发出"总有几斤"的戏谑问语。属于"谐音类型"中的"音同（近）类型"。

第 3 则　无是无非

出处	S.610《启颜录》[1]	《太平广记》[2]
内容	高祖又尝作内道场，时有一大德法师，先立"无一无二""无是无非"义。高祖乃令法师升高座讲，还令立其旧义。当时，儒生学士、大德名僧，义理百端，无难得者。动筹即请难此僧，必令结舌无语。高祖大悦，即令动筹往就。动筹即于高座前褰衣阔立，问僧曰："看弟子有几个脚？"僧曰："两脚。"动筹又翘一脚向后，一脚独立，问僧曰："更看弟子有几个脚？"僧曰："一脚。"动筹云："向有两脚，今有一脚。若为得'无一无[二][3]'？"僧即答云："若其二是真，不应有一脚；脚即得一，明二即非真。"动筹既以僧义不穷，无难得之理，乃谓僧曰："向者剧问法师，未是好义，法师即云'无一无二、无是无非'，今问法师此义，不得不答。弟子闻'天无二日、土无二王'，今者天子一人，临御四海，法师岂更得云'无一'？卦有乾坤，天有日月，皇后配于天子，即是二人，法师岂更得云'无二'？今者帝德广临，无幽不照，昆虫草木，皆得其生，法师岂更得云[4]'无是'？今既四海为家，万方归顺，唯有宇文黑獭，独阻皇风，法师岂更得云'无非'？"于是，僧遂嘿然以应。高祖抚掌大笑。	[又][5]尝作内道场，时有法师先立"无一无二""无是无非"义。高[祖][6]升高座讲，还令立旧义，当呼儒生学士，大德名僧，义理百[端][7]，无能得者。动筹即讲："难此僧，必令结舌。"高祖大[悦]。[动][筹][8]高座褰衣阔立，问僧："看弟子有几个脚？"僧云："两脚。"又翘一脚向后，一脚独立，问僧："更看弟子有几个脚？"僧曰："[一][9]脚。"动筹云："向有两脚，今有一脚，若为能'无一无二'？"僧答云："若其二是[真][10]，不应有一脚。脚即得有一，明二即非[真][11]。"动筹[既]以僧义不穷，无难得之理者，乃谓僧曰："向者剧问法师，未是好义，法师云'无一无二、无是无非'，今问法师此义，不得不答。弟子问：'天无二日、上无二王'，今者天子一人，临御四海，法师岂更得云'无一'？易有乾坤，天有日月，星辰配于天子，即是二人，法师岂更得云'无二'？今者帝临广德，无幽不烛，昆虫草木，皆得其生，法师岂更得'无是'？今四海为家，万方归顺，唯有宇文黑獭，独阻皇风，法师岂更得云'无非'？"于是，僧默然以无应。高祖抚掌大笑。

笔者按：此则内容最早见于敦煌卷子 S.610《启颜录》，《太平广记》有载。两个版本的用语略有变化，如 S.610 中"土无二王"的"土"字在《太平广记》中是"上"字，S.610 中"皇后配于天子"的"皇后"在《太平广记》中是"星

辰"等，由此可窥见当时用字的政治背景和习惯搭配等的差异，这些是值得研究的。且，由两者之间的内容可互推所缺之字。

【校注】

[1]　出自敦煌卷子 S.610《启颜录》中《论难》类第二则。参见《英藏敦煌文献》第二册，第 64 页。参见黄永武主编《敦煌宝藏》第五册，第 120 页。

[2]　出自《太平广记》卷二百四十七《诙谐》（三）中名为《石动箭》（之六）。参见（宋）李昉等编《太平广记》第五册，第 1917 页。

[3]　原文无"二"字，笔者据前后语意补。

[4]　"得云"二字，以小字形式出现在"无"字的右上方，应是抄写时遗漏后补。

[5]　原文缺 1 字，据 S.610《启颜录》内容，为"又"字。

[6]　原文缺 1 字，据敦煌卷子 S.610《启颜录》内容，为"祖"字。

[7]　原文是"瑞"字，从内容上来说，应是"端"字。

[8]　原文缺 3 字，据敦煌卷子 S.610《启颜录》内容，为"悦""动""箭"三字。

[9]　原文是"两"字，从文意来看，应是"一"字。

[10]　中华书局本《太平广记》为"直"字，后有小一号字体《启颜录》作'眞'。下同。"四库本《太平广记》未收录此则。此处，笔者以中华书局本《太平广记》录入。下同。

[11]　原文缺 2 字，据敦煌卷子 S.610《启颜录》内容，删一个"□"，另一个为"既"字。

【类型分析】

　　石动箭以"'天无二日，土无二王'，今者天子一人，临御四海"反驳法师的"无一"；以"卦有乾坤，天有日月，皇后配于天子，即是二人"反驳法师的"无二"；以"帝德广临，无幽不照，昆虫草木，皆得其生"反驳法师的"无是，以"四海为家，万方归顺，唯有宇文黑獭，独阻皇风"反驳法师的"无非"，法师只能"嘿然以应"。属于引经据典类型。

第4则   天本姓也

出处	S.610《启颜录》[1]	《太平广记》[2]
内容	高祖又尝集儒生会讲，酬难非一。动箭后来问博士曰："先生，天有何姓？"博士曰："天姓高。"动箭曰："天子姓高，天必姓高。此乃学他蜀臣秦密，本非新义，正经之上，自有天姓，先生可引正文，不须假托旧事。"博士云："不知何经之上，得有天姓？"动箭云："先生全不读书，《孝经》亦似不见，天本姓'也'，先生可不见《孝经》云：'父子之道，天性也。'此岂不是天姓？"高祖大笑。	高祖又常集儒生会讲，酬难非一。动箭后来谒众士曰："先生，知天何姓？"博士曰："天子姓高。"动箭曰："天子姓高，天□必姓高。此乃学他蜀臣秦密，本非新义，正经之上，自有天姓。先生可引正文，不须假托旧事。"博士云："不知何经，得有天姓？"动箭云："先生全不读书，《孝经》亦似，天本姓'也'，先生可不见《孝经》云：'父子之道，天姓也。'岂不是天姓？"高祖大笑。

笔者按：此则内容最早见于敦煌卷子 S.610《启颜录》，《太平广记》有载。两者所载几同。

【校注】

[1]   出自敦煌卷子 S.610《启颜录》中《论难》类第三则。参见《英藏敦煌文献》第二册，第 65 页。

[2]   出自《太平广记》卷二百四十七《诙谐》(三) 中名为《石动箭》(之七)。参见 (宋) 李昉等编《太平广记》第五册，第 1917 页。

【类型分析】

石动筩以《孝经》云：'父子之道，天性也'"中的"性"谐音"姓"，将其曲解为"天本姓'也'"，将"天性也"中的"性"谐音"姓"的基础上，得出"天姓也"的解说，以曲解儒家经典而逗笑。属于"谐音类型"中的"音同（近）类型"。

第 5 则　冠者几人

出处	S.610《启颜录》[1]	《太平广记》[2]	《考古编》[3]	《广滑稽》[4]	《捧腹编》[5]	《旧小说》[6]
内容	动箫又尝于国学中看博士论难云:"孔子弟子,达者有七十二人[7]。"动箫因问曰:"达者七十二人,几人已着冠? 几人未着冠?"博士曰:"经传无文。"动箫曰:"先生读书,岂合不解? 孔子弟子,着冠有卅人;未着冠者,有卌二人。"博士曰:"据何文以知之?"动箫《论语》云:'冠者五六人',五六,卅也;'童子六七人',六七,卌二也[8]。岂非七十二人?"坐中大悦。博士无以应对。	动箫[9]又尝于国学中看博士论云:"孔子弟子,达者七十二人。"动箫因问曰:"达者七十二人,几人已着冠? 几人未着冠?"博士曰:"经传无文。"动箫曰:"先生读书,岂合不解? 孔子弟子,已着冠有三十人,未着冠有四十二人。"博士曰:"据何文以辨之?"曰:"《论语》云:'冠者五六人',五六,三十人也;'童子六七人',六七,四十二人也。岂非七十二人?"坐中皆大悦。博士无以复之。出《启颜录》[10]	《论语》曾点曰:"冠者五六人,童子六七人。"姑以意言之,非决定语也。《启颜录》载:北齐石动箫取二者,杂纽其数,以傅会七十二子,用为优戏。初时见之,正付一笑耳。及观《汉旧仪》载:"汉雩祀舞人,七十二。"其说正以"五六"冠者为三十人,"六七"童子为四十二人,则石优戏语,汉儒固已用为实事。此其转误,与小孤嫁彭浪,亦何异也? 丁亥十月十九日夜阅《汉旧仪》书	者七十二人。""几人着冠? 几人未着冠?"博士曰:"经传无文。"动箫曰:"先生读书,岂不合解? 孔子弟子,已着冠有三十人;未着冠有四十二人。"博士曰:"据何文以知之?"曰:"《论语》云:'冠者五六人',五六,三十人也;'童子六七人',六七,四十二人也。岂非七十二人?"坐中皆大笑。博士无以应之。[11]	北齐石动箫尝于国学中看博士论云:"孔子弟子,达者七十二人。""几人着冠? 几人未着冠?"博士曰:"经传无文。"动箫曰:"先生读书,岂不合解? 孔子弟子,已着冠有三十人,未着冠有四十二人。"博士曰:"据何文以知之?"曰:"《论语》云:'冠者五六人',五六,三十人也;'童子六七人',六七,四十二人也。岂非七十二人?"坐中皆大笑。博士无以应之。	又尝于国学中看博士论云:"孔子弟子,达者七十二人。"动箫因问曰:"达者七十二人,几人已着冠? 几人未着冠?"博士曰:"经传无文。"动箫曰:"先生读书,岂合不解? 孔子弟子,已着冠有三十人,未着冠有四十二人。"博士曰:"据何文以辨之?"曰:"《论语》云:'冠者五六人',五六,三十人也;'童子六七人',六七,四十二人也。岂非七十二人?"坐中皆大悦。博士无以复之。

笔者按：此则内容见敦煌卷子 S.610《启颜录》，《太平广记》《考古编》《广滑稽》《捧腹编》和《旧小说》中有载。（明）冯梦龙《笑府》下《杂语》中有

关石动筩的一则未命名的笑话，摘自此则。（明）江盈科《谈言》中的《石动筩》
［参见（明）江盈科《谈言》，明末刻本］是对《启颜录》中《更作一个》（见第
70 则）、《胜璞一倍》（见第 71 则）和《冠者几人》（见第 5 则）的摘录。

【校注】

[1]　出自敦煌卷子 S.610《启颜录》中《论难》类第四则。参见《英藏敦煌文
　　　献》第二册，第 65 页。

[2]　出自《太平广记》卷二百四十七《诙谐》（三）中名为《石动筩》（之八）。
　　　参见（宋）李昉等编《太平广记》第五册，第 1917~1918 页。

[3]　出自《考古编》卷八中名为《冠者五六人》。参见（宋）程大昌《考古编》
　　　（《景印文渊阁四库全书》第八五二册），台湾商务印书馆，1986，第 52 页。

[4]　出自《广滑稽》卷之二十二中名为《论孔子弟子》。参见（明）陈禹谟
　　　《广滑稽》（《四库全书存目丛书》，子部，第二五一册），第 690 页。笔
　　　者所使用的《广滑稽》的版本中"原缺第三叶"［（明）陈禹谟《广滑稽》
　　　（《四库全书存目丛书》，子部，第二五一册），第 689 页］，缺失的第三页
　　　上收录有《侯白捷辩》《乙再伯父》《王马相嘲》三则全部内容和《论孔子
　　　弟子》的前半部分内容。

[5]　出自《捧腹编》卷六中名为《论孔子弟子》。参见（明）许自昌《捧腹编》
　　　（《续修四库全书》，子部，第一二七三册），上海古籍出版社，1996，第
　　　134 页。

[6]　出自《旧小说》乙集（五）中名为《石动筩》（之三）。参见吴曾祺《旧小
　　　说》第七册，商务印书馆，1914，第 692 页。

[7]　《史记·孔子世家》中有"孔子以《诗》《书》《礼》《乐》教，弟子盖三千
　　　焉，身通六艺者，七十有二人"。"三千""七十有二"乃为约数，并非
　　　实指。

[8]　《管子》卷十九《地员》第五十八中云："凡将起五音，凡首，先主一而三
　　　之，四开以合九九。"房玄龄注曰："一而三之，即四也。以是四开合于五
　　　音，九也，又九九之为八十一也。"生活中的人对九九乘法的掌握会先于

书中的记载。（旧题（周）管仲著、（唐）房玄龄注、黎翔凤撰、梁运华整理《管子校注》，中华书局，2004，第1080页。）其实，敦煌写卷中，诸如S.4569和S.8836等都有关于《九九乘法歌》的记载。（见《敦煌宝藏》，参见郑阿财、朱凤玉《敦煌蒙书研究》，甘肃教育出版社，2002，第279页。）

［9］　中华书局本《太平广记》于"箦"后，有小号字体注："以上据明钞本补。"四库本《太平广记》未收录以上内容。

［10］　原版本中，"出《启颜录》"几个字是比正文小的字号出现，笔者照录原版本格式。下同。

［11］　"坐中皆大笑。博士无以应之。"在原版本中是以比正文内容小的字号出现，笔者照录字体大小与正文字体大小的比例。下同。

【类型分析】

石动箦以"《论语》云：'冠者五六人，童子六七人'"中的约数"五六"和"六七"理解为乘数，即"五六"相乘的结果三十加上"六七"相乘的结果四十二是七十二。对"五六"和"六七"的不同解读。属于数字理解类型。

第 6 则　佛是日儿

　　高祖又尝以四月八日斋会讲说，石动筩时在会中，有大德僧在高座上讲。道俗论难，不能相决。动筩后来，乃问僧曰："今是何日？"僧答云："是佛生日。"动筩即云："日是佛儿。"僧即变云："今日佛生。"动筩又云："佛是日儿。"众皆大笑。

　　笔者按：此则内容仅敦煌卷子 S.610《启颜录》中载，由此可见敦煌卷子 S.610《启颜录》独特的研究价值。

【校注】

[1]　　出自敦煌卷子 S.610《启颜录》之《论难》类第五则。参见《英藏敦煌文献》第二册，第 65 页。

【类型分析】

　　石动筩分别把"是佛生日"和"今日佛生"中的"佛生日"和"佛生"剥离出来，分别解读为"日是佛儿"和"佛是日儿"。对于"生日"的不同解释。属于词组多义类型。

第 7 则　秃不敌卢

出处	S.610《启颜录》[1]	《太平广记》[2]	《类说》[3]	《韵府群玉》[4]	《广滑稽》[5]	《捧腹编》[6]	《御定佩文韵府》[7]
内容	隋卢嘉言尝就寺礼拜，因入僧房。有一僧善于论议，嘉言即与之谈话，因相戏弄，此僧理屈。同座更有二僧，即助此僧酬对，往复数回，三僧并屈。嘉言乃笑而谓曰："三个阿师，并不解'樗蒲'，何因共弟子论议？"僧即问曰："何意论议，须解'樗蒲'？"嘉言即报曰："可不闻'樗蒲'？人云'三个秃，不敌一个卢。'阿师何由可得弟子[8]？"观者大笑。三僧更无以应。	隋卢嘉言就寺礼拜，因入僧房。一僧善于论议，嘉言即与谈话，因相戏弄，此僧理屈。同坐二僧，即助此僧酬对，往复数回，三僧并屈。嘉言乃笑谓曰："三个阿师，并不解樗蒲。"僧未喻，嘉言即报言："可不闻'樗蒲'？人云'三个秃，不敌一个卢'。"观者大笑。僧无以应。出《启颜录》	隋卢嘉言至僧寺，与三僧酬答数回。嘉言笑曰："三个秃师，并不解樗蒲。"僧未谕，嘉言："可不闻俗语云'三个秃，不敌一个卢'。"	三秃 卢嘉言戏三僧曰："三个阿师，并不解樗蒲。"僧未喻。卢曰："何不闻俗语云：'三个秃，不敌一个卢'。"《启颜录》[9]	隋卢嘉言就寺礼拜，因入僧房。一僧善于论议，嘉言即与谈话，因相戏弄，此僧理屈。同坐二僧，即助此僧酬对，往复数回，三僧并屈。嘉言乃笑谓曰："三个阿师，并不解'樗蒲'。"僧未喻，嘉言即报言："可不闻樗蒲？人云'三个秃，不敌一个卢'。"观者大笑。僧无以应。	隋卢嘉言就寺礼拜，因入僧房。一僧善于论议，嘉言即与谈话，因相戏弄，此僧理屈。同坐二僧，即助此僧酬对，往复数回，三僧并屈。嘉言乃笑谓曰："三个阿师，并不解'樗蒲'。"僧未喻，嘉言即报言："可不闻樗蒲？人云'三个秃，不敌一个卢'。"观者大笑。僧无以应。	三秃 《启颜录》：卢嘉言戏三僧曰："三个阿师，并不解樗蒱[10]。"僧未喻。卢曰："何不闻俗语云'三个秃，不敌一个卢'。"

　　笔者按：此则内容最早见于敦煌卷子 S.610《启颜录》，《太平广记》《类说》《韵府群玉》《广滑稽》《捧腹编》和《御定佩文韵府》中有载。从中可见敦煌卷子 S.610《启颜录》中记载最详细，从《类说》中所用的"三个秃师"和他本中

所用的"三个阿师"推：此则内容的后世诸本大体出自《太平广记》本。

【校注】

[1] 出自敦煌卷子 S.610《启颜录》中《论难》类第六则。参见《英藏敦煌文献》第二册，第 65 页。

[2] 出自《太平广记》卷二百四十八《诙谐》（四）中名为《卢嘉言》。参见（宋）李昉等编《太平广记》第五册，第 1921 页。

[3] 出自《类说》卷之十四中名为《三秃不敌一卢》。参见（宋）曾慥《类说》，文学古籍刊行社，1955，第 960~961 页。

[4] 出自《韵府群玉》卷十七《一屋》之《秃》中。参见（元）阴劲弦、阴复春《韵府群玉》（《景印文渊阁四库全书》第九五一册），台湾商务印书馆，1986，第 647 页。

[5] 出自《广滑稽》卷之二十二中名为《三秃不敌一卢》。参见（明）陈禹谟《广滑稽》（《四库全书存目丛书》，子部，第二五一册），第 690 页。

[6] 出自《捧腹编》卷六中名为《三秃不敌一卢》。参见（明）许自昌《捧腹编》（《续修四库全书》，子部，第一二七三册），第 135 页。

[7] 出自《御定佩文韵府》卷九十之九入声《一屋》（韵九）之《秃》中。参见（清）张玉书、陈廷敬等奉敕撰《御定佩文韵府》（《景印文渊阁四库全书》第一零二五册），第 767 页。

[8] "弟子"二字，在《历代笑话集》、辑注本《启颜录》和奇（二）本《启颜录》中，标在问号之外，《辑注本〈启颜录〉匡补》和《〈启颜录〉笺注》中放在问号之前，"弟子"乃为卢嘉言自称之辞，与前文卢嘉言自称"弟子"相呼应。

[9] 《启颜录》中的内容是用来解释"三秃"的出处的，是原版本中的"注"，故在原版本中是比正文小的字体。笔者照录。下同。

[10] 关于"樗蒱"二字的具体写法，各版本写法有同、有不同，S.610《启颜录》《类说》《广滑稽》《捧腹编》中用的是"樗蒱"，《太平广记》《韵府群玉》中用的是"樗蒲"，《御定佩文韵府》中用的是"摴蒱"。据此可看出

各版本的远近亲疏关系，以及字的形体变化等。"樗蒲"是继六博戏之后，出现于汉末盛行于古代的一种棋类游戏。博戏中用于掷采的投子最初是用樗木制成，故称"樗蒲"。

【类型分析】

隋卢嘉言用"可不闻'樗蒲'？人云'三个秃，不敌一个卢'"之语嘲戏与其论议"理屈"的"三僧"。樗蒲规则的使用。属于引经据典类型。

第 8 则　截鼻补眼

出处	S.610《启颜录》[1]	《太平广记》[2]	《广滑稽》[3]	《捧腹编》[4]	《旧小说》[5]
内容	隋[6]有三藏法师，父本商胡。法师生于中夏，仪容面目，犹作胡人。行业极高，又有辩捷，尝以四月八日设斋讲说。当时朝官及道俗观者数千余人，大德名僧及官人有辩捷者，前后十余人论议，法师随难即对，义理不穷，无难得者。最在[7]后，有一小儿，姓赵，年始十三，即于众人中出。众以法师辩捷既已过人，又复向来论议皆是高名旧德，忽见此小儿，形容幼小，欲来论议，众咸怪笑。小儿精神自若，即来就座，大声语此僧曰："昔野干和尚，自有经文，未审'狐作阇梨'，出何典语？"僧即语云："此郎君子声高而身小，何不以声而补身？"小儿即应声报云："法师以弟子'声高而身小，何不以声而补身？'法师既眼深而鼻长，何不截鼻而补眼？"众皆惊异！起立大笑。当时，既是夏月，法师左手把如意，右手摇扇。	隋有三藏法师，父本商胡。法师生于中国，仪容面目，犹作胡人。行业极高，又有辩捷，尝以四月八日设斋讲说。时朝官及道俗观者千余人，大德名僧、官人辩捷者，前后十余人论议，法师随难即对，义理不穷。最后有小儿，姓赵，年十三，即出于众中。法师辩捷既已过人，又复向来皆是高明旧德，忽见此儿欲来论议，众咸怪笑。小儿精神自若，即就座，大声语此僧："昔野狐和尚，自有经文，未审'狐作阿阇黎'，出何典语？"僧语云："此郎[9]子声高而身小，何不以声而补身？"儿即应声报云："法师以弟子'声高而身小，何不以声而补身？'法师眼深而鼻长，何不截鼻而补眼？"众皆惊异！起立大笑。是时暑月，法师左手把如意，右手摇扇。	隋三藏法师，父本商胡。法师生于中国，仪容面目，犹作胡人。行业极高，尝以四月八日设斋讲说。时观者千余人，大德名僧、朝官辩捷者，前后十余人论议，法师随难即对，义理不穷。最后有小儿，姓赵，年十三，即出于众中。就座，大声语此僧："昔野狐和尚，自有经文，未深'狐作阿阇黎'，出何典语？"僧语云："此即子声高而身小，何不以声而补身？"儿即应声报云："法师眼深而鼻长，何不截鼻而补眼？"众皆惊异！大笑。是时暑月，法师左手把如意，右手摇扇。	隋三藏法师，父本商胡。法师生于中国，仪容面目，犹作胡人。行业极高，尝以四月八日设斋讲说。时观者千余人，大德名僧、朝官辩捷者，前后十余人论议，法师随难即对，义理不穷。最后有小儿，姓赵，年十三，即出于众中。就座，大声语此僧："昔野狐和尚，自有经文，未深'狐作阿阇黎'，出何典语？"僧语云："此即子声高而身小，何不以声而补身？"儿即应声报云："法师眼深而鼻长，何不截鼻而补眼？"众皆惊异！大笑。法师又思量答语，以扇掩面低头。儿又大声语云：	隋有三藏法师，父本商胡。法师生于中国，仪容面目，犹作胡人。行业极高，又有辩捷，尝以四月八日设斋讲说。时朝官及道、俗观者千余人，大德名僧、官人辩捷者，前后十余人论议，法师随难即对，义理不穷。最后有小儿，姓赵，年十三，即出于众中。法师辩捷既已过人，又复向来皆是高明旧德，忽见此儿欲来论议，众咸怪笑。小儿精神自若，即就座，大声语此僧："昔野狐和尚，自有经文，未审'狐作阿阇黎'，出何典语？"僧语云："此即子声高而身小，何不以声而补身？"儿即应声报云："法师以弟子'声高而身小，何不以声而补身？'法师眼深而鼻长，何不截鼻而补眼？"众皆惊异！起立大笑。是时暑月，法师左手把如意，右手摇扇。

续表

出处	S.610《启颜录》[1]	《太平广记》[2]	《广滑稽》[3]	《捧腹编》[4]	《旧小说》[5]
内容	既为众人笑声未定，法师又思量答语，即以所摇之扇掩面低头。小儿又大声语云："圆扇团团，形如满月，不藏顾菟，翻掩雄狐。"众又大笑。法师即去扇，以如意指麈，别送关，并语未得尽，如意头遂摆落。小儿即起，谓法师曰："如意即折，义锋亦摧。"即于座前，长揖而去。此僧既怒且惭，更无以应。众人无不欢笑，惊叹[8]称嗟。	众笑声未定，法师又思量答语，以所摇扇，掩面低头。儿又大声语云："团圆形如满月，不藏顾兔，翻掩雄狐。"众大笑。法师去扇，以如意指麈，别送问，并忽如意头落。儿即起，谓法师曰："如意即折，义锋亦摧。"即于座前，长揖而去。此僧即怒且惭，更无以应。无不惊叹称笑。出《启颜录》	法师又思量答语，以所摇扇，掩面低头。儿又大声语云："团圆形如满月，不藏头兔，翻掩雄狐。"众大笑。法师即去扇，以如意指麈，别送问，并语未得尽，忽如意头落。儿即起，谓法师曰："如意即折，义锋亦摧。"长揖而去。	"团圆形如满月，不藏头兔，翻掩雄狐。"众大笑。法师即去扇，以如意指麈，别送问，并语得尽，忽如意头落。儿即起，谓法师曰："如意既折，义锋亦摧。"长揖而去。	众笑声未定，法师又思量答语，掩面低头。儿又大声语云："团圆形如满月，不藏顾兔，翻掩雄狐。"众大笑。法师即去扇，以如意指麈，别送问，并语未得尽，忽如意头落。儿即起，谓法师曰："如意即折，义锋亦摧。"即于座前，长揖而去。此僧既怒且惭，更无以应。无不惊叹称笑。

笔者按：此则内容最早见于敦煌卷子 S.610《启颜录》，《太平广记》《广滑稽》《捧腹编》和《旧小说》中有载。敦煌卷子 S.610《启颜录》中用语稍详，S.610 中的经文内容是"狐作阇梨"，而《太平广记》《广滑稽》《捧腹编》和《旧小说》中对此经文的记录均为"狐作阿阇黎"，由此可推：就此则内容而言，《太平广记》后的诸本乃是出自《太平广记》本。

【校注】

[1]　出自敦煌卷子 S.610《启颜录》中《论难》类第七则。参见《英藏敦煌文献》第二册，第 65 页。

[2]　出自《太平广记》卷二百四十八《诙谐》（四）中名为《赵小儿》。参见（宋）李昉等编《太平广记》第五册，第 1923~1924 页。

[3]　出自《广滑稽》卷之二十二中名为《截鼻补眼》。参见（明）陈禹谟《广滑稽》（《四库全书存目丛书》，子部，第二五一册），第 691 页。

[4]　出自《捧腹编》卷六中名为《截鼻补眼》。参见（明）许自昌《捧腹编》（《续修四库全书》，子部，第一二七三册），第 136 页。

[5]　出自《旧小说》乙集（五）中名为《赵小儿》。参见吴曾祺《旧小说》第

七册，第 690~691 页。

[6]　原文书写为"随"字，因现在通用"隋"，故笔者经录为"隋"字。下同。

[7]　"在"字，辑注本《启颜录》认为"衍'在'字，据《广记》《广滑稽》
　　　《捧腹编》删"。S.610 中有"在"字，不删。

[8]　原卷写为"難"，此处当为"叹"字。因为：1.S.610 中很多字的书写，似
　　　其形近之字，如"祝"（卷中写为"呪"）、"愿"（卷中写为"顠"）等。2.其
　　　他文中也有将"惊叹"写为"惊难"的，如《太平广记》卷二百四十二
　　　《李睍》："（李逢年）独言曰：'李札之妹，门地若斯，虽曾适人，年幼且
　　　美，家又富贵，何幸如之！'言再三，忽惊叹曰：'李睍过矣……'"中的
　　　"惊叹"即写为"惊难"。

[9]　"郎"字，中华书局本《太平广记》写法是"郎"，后有小号字体注："'郎'
　　　原作'即'，据明钞本改。"四库本《太平广记》写法是"即"。

【类型分析】

　　赵小儿以"法师既眼深而鼻长，何不截鼻而补眼"之语答法师"此郎
君子声高而身小，何不以声而补身"之难，因法师手中的"如意头遂摆
落"，以"如意即折，义锋亦摧"之语驳难法师后，"于座前，长揖而去"。
赵小儿以出其不意的答语反驳对方的难题。属于生活用语类型。

第 9 则　师公之义 [1]

齐徐之才，有学辩捷，又善医术。尚书王元景骂之才为"师公"，之才应声答曰："既为汝师，复为汝公，在三之义，顿居其两。"

笔者按：此则内容仅见敦煌卷子 S.610《启颜录》。

【校注】

[1]　出自敦煌卷子 S.610《启颜录》之《辩捷》类第一则。参见《英藏敦煌文献》第二册，第 65 页。在正文"齐徐之才"开始前有"辩捷"二字，表示以下内容为"辩捷"类。

【类型分析】

齐徐之才将尚书王元景所骂之语"师公"，分别剥离为"师"和"公"后有"既为汝师，复位汝公。在三之义，顿居其两"的答语。对于"师公"的不同解释。属于词组多义类型。

第 10 则　陵对寒暑 [1]

　　陈徐陵为散骑常侍，聘隋。隋文帝时在东都，选朝官有辩捷者，令对南使。当时初夏，微热，又徐是南人，隋官一人弄徐陵曰："今日之热，总由徐常侍来。"徐陵应声答曰："昔王肃入洛，为彼制仪；今我来聘，使卿知寒暑。"众遂无答。

　　笔者按：此则内容仅见敦煌卷子 S.610《启颜录》。

【校注】

[1]　　出自是敦煌卷子 S.610《启颜录》之《辩捷》类第二则（之一）。参见《英藏敦煌文献》第二册，第 65 页。

【类型分析】

　　徐陵以"昔王肃入洛，为彼制仪；今我来聘，使卿知寒暑"之语应对隋朝一位官人以"今日之热，总由徐常侍来"之语对其的嘲弄。属于引经据典类型。

第 11 则　徐陵年几[1]

徐陵时年七十五，复有一人问曰："徐常侍年几？"徐陵又即答曰："小于如来五岁，大于孔子二年。"众人皆笑，又无以报。

笔者按：此则内容仅见敦煌卷子 S.610《启颜录》。

【校注】

[1]　出自敦煌卷子 S.610《启颜录》之《辩捷》类第二则（之二）。参见《英藏敦煌文献》第二册，第 65 页。

【类型分析】

徐陵以如来和孔子自比，用"小于如来五岁，大于孔子二年"之语应对"徐常侍年几"的问题。徐陵用如来和孔子抬高自己。属于引经据典类型。

第 12 则　　思道辩陵

出处	敦煌卷子 S.610《启颜录》[1]	《太平广记》[2]	《旧小说》[3]
内容	隋文帝既以徐陵辩捷，频有机俊，无人酬对，深以为羞。乃更访朝官："有谁可令使?"当时，有人举："卢思道颇有辩捷，堪令对使。"文帝闻之，甚喜。即召思道，令对南使。朝官俱送，往见徐陵。徐陵遥见思道年最幼少，笑曰："此公甚小！"思道遥即应曰："以公小臣，不劳长者。"须臾，坐定。徐陵谓思道曰："昔殷迁顽人，本居兹邑；今之存者，并是其人。"思道应声答曰："昔永嘉南度，尽居江左；今（之）[4]存者，唯君一人。"众皆大笑。徐陵遂无以可答。	隋文帝以徐陵辩捷，无人酬对，深以为耻。乃访朝官："谁可对使?"当时举思道。文帝甚喜。即诏对南使。朝官俱往。徐陵遥见思道最小，笑曰："此公甚小！"思道遥应曰："以公小[5]臣，不劳长者。"须臾，坐定。徐陵谓思道曰："昔殷迁顽人，本居兹邑；今存并是其人。"思道应声笑曰："昔永嘉南渡，尽居江左；今之存者，唯君一人。"众皆大笑。徐陵无以对。	隋文帝以徐陵辩捷，无人酬对，深以为耻。乃访朝官："谁可对使?"当时举思道。文帝甚喜。即诏对南使。朝官俱往。徐陵遥见思道最小，笑曰："此公甚小！"思道遥应曰："以公臣，不劳长者。"须臾，坐定。徐陵谓思道曰："昔殷迁顽人，本居兹邑；今存并是其人。"思道应声笑曰："昔永嘉南渡，尽居江左；今之存者，唯君一人。"众皆大笑。徐陵无以对。

　　笔者按：此则内容最早见于敦煌卷子 S.610《启颜录》，《太平广记》和《旧小说》中有载。从《旧小说》中"今存并是其人"之语，可知其源头是《太平广记》。

【校注】

[1] 出自敦煌卷子 S.610《启颜录》中《辩捷》类第二则（之三）。参见《英藏敦煌文献》第二册，第 65~66 页。

[2] 出自《太平广记》卷二百五十三《嘲诮》（一）中名为《卢思道》（之五）。参见（宋）李昉等编《太平广记》第六册，第 1969 页。

[3] 出自《旧小说》乙集（五）中名为《卢思道》（之五）。参见吴曾祺《旧小说》第七册，第 687 页。

[4] 卢思道与徐陵的对话，内容上，针锋相对；形式上，对仗工整，故补"之"字。

[5] 中华书局本《太平广记》后有注："'小'字原阙，据敦煌本《启颜录》补。"四库本《太平广记》中无。

【类型分析】

卢思道以"昔永嘉南度，尽居江左；今（之）存者，唯君一人"之语应对徐陵"昔殷迁顽人，本居兹邑；今之存者，并是其人"的挑衅之语。以"永嘉南度"之事辩"殷迁顽人"之事。属于引经据典类型。

第 13 则　毗舍阇鬼

出处	S.610《启颜录》[1]	《太平广记》[2]	《天中记》[3]	《广滑稽》[4]	《捧腹编》[5]
内容	隋薛道衡为聘南使，南朝无问道俗，但是有机辩者，即方便引道衡见之。有一僧，甚辩捷，乃令于寺上佛堂中读经，将道衡向寺礼拜，至佛堂门边，其僧乃大引声读《法花[6]经》云："'鸠盘荼鬼'，今在门外。"道衡即应声还以《法花经》，答云："'毗舍阇鬼'，乃往其中。"僧徒愧服，更无以相报。	隋薛道衡为聘南使，南朝无问道俗，但机辩者，即方便[7]引道衡见之。一僧甚辩捷，令于寺上佛堂中读《法华经》，将道衡向寺礼拜，至佛堂门，僧大引声读《法华经》云："'鸠盘荼鬼'，今在门外。"道衡即应声还以《法华经》，答云："'毗舍阇鬼'，乃在其中。"僧徒愧服，更无以报。 出《启颜录》	隋薛道衡为聘南使，时南朝一僧，甚辩捷。道衡向寺礼拜，至佛堂门，僧大引声读《法华经》云："'鸠盘荼鬼'，今在门外。"道衡即应声还以《法华经》，答云："'毗舍阇鬼'，乃在其中。"僧徒愧服。 上《启颜录》	隋薛道衡为聘南使，时南朝一僧，甚辩捷。道衡向寺礼拜，至佛堂门，僧大引声读《法华经》云："'鸠盘荼鬼'，今在门外。"道衡即应声还以《法华经》，答曰："'毗舍阇鬼'，乃在其中。"僧徒愧服。	隋薛道衡为聘南使，时南朝一僧，甚辩捷。道衡向寺礼拜，至佛堂门，僧大引声读《法华经》云："'鸠盘荼鬼'，今在门外。"道衡即应声还以《法华经》，答曰："'毗舍阇鬼'，乃在其中。"僧徒愧服。

　　笔者按：此则内容最早见于敦煌卷子 S.610《启颜录》，《太平广记》《天中记》《广滑稽》和《捧腹编》中有载。由此则可知，对于《法华经》的记音文字，在隋之时，乃是写作《法花经》。

【校注】

[1]   出自敦煌卷子 S.610《启颜录》中《辩捷》类第三则。参见《英藏敦煌文献》第二册，第 66 页。

[2]   出自《太平广记》卷二百五十三《嘲诮》（一）中名为《薛道衡》。参见（宋）李昉等编《太平广记》第六册，第 1970 页。

[3]   出自《天中记》卷二十六《排调》中名为《毗舍阇鬼》。参见（明）陈耀文《天中记》（《景印文渊阁四库全书》第九六六册），台湾商务印书馆，1986，第 226 页。参见（明）陈耀文《天中记》，第二十六册，清听雨山房本。

[4]   出自《广滑稽》卷之二十二中名为《毗舍阇鬼》。参见（明）陈禹谟《广滑稽》（《四库全书存目丛书》，子部，第二五一册），第 689 页。

[5]   出自《捧腹编》卷六中名为《毗舍阇鬼》。参见（明）许自昌《捧腹编》（《续修四库全书》，子部，第一二七三册），第 133~134 页。

[6]   "花"，同"华"。

[7]   中华书局本《太平广记》有"便"字；四库本《太平广记》无。

【类型分析】

隋朝薛道衡以同出于《法华经》的"毗舍阇鬼"应对佛堂中读经僧"鸠盘荼鬼"的辩言。对佛经的适当引用。属于引经据典类型。

第 14 则　久服无效

出处	S.610《启颜录》[1]	《太平广记》[2]	《御定佩文韵府》[3]	《旧小说》[4]
内容	隋朝令卢思道聘陈。陈主敕："在路诸处，不得共语，致令失脱！"思道即度江，过一寺中，诸僧与思道设食，亦不敢有言，但处分索饮食而已。后索蜜汤益智[5]劝思道，思道尝之，思道笑曰："法师久服无效，何劳以此劝人？"僧既违敕"失脱"，且惭且惧。	又隋令思道聘陈。陈主敕："在路诸处，不得共语，致令失机！"思道即渡江，过一寺，诸僧与思道设，亦不敢有言，只供索饮食而已。于是索蜜浸益智，劝思道尝之。思道笑曰："法师久服无故，何劳以此劝人？"僧既违敕"失机"，且惧。	失机《启颜录》：卢思道好滑稽，隋令思道聘陈。陈主敕令："在路诸处，不得共语，致令失机。"	又隋令思道聘陈。陈主敕："在路诸处，不得共语，致令失机！"思道即渡江，过一寺，诸僧与思道谈，亦不敢有言，只供索饮食而已。于是索蜜浸益智，劝思道尝之。思道笑曰："法师久服无效，何劳以此劝人？"僧既违敕"失机"，且惧。

笔者按：此则内容最早见于敦煌卷子 S.610《启颜录》，《太平广记》《御定佩文韵府》和《旧小说》中有载。由文中所用的"失机"二字，可知，《御定佩文韵府》和《旧小说》皆是出自《太平广记》。"失机"在隋之时，乃为"失脱"之意。由此内容则可知"益智"亦是一种可以入食的植物。

【校注】

[1]　出自敦煌卷子 S.610《启颜录》中《辩捷》类第四则（之一）。参见《英藏敦煌文献》第二册，第 66 页。

[2]   出自《太平广记》卷二百五十三《嘲诮》(一) 中名为《卢思道》(之六)。参见(宋)李昉等编《太平广记》第六册,第1969页。

[3]   出自《御定佩文韵府》卷五之二上平声《五微》(韵二) 之《机》中。参见(清)张玉书、陈廷敬等奉敕撰《御定佩文韵府》(《景印文渊阁四库全书》,第一零一一册),第663页。

[4]   出自《旧小说》乙集(五) 中名为《卢思道》(之六)。参见吴曾祺:《旧小说》第七册,第687页。

[5]   "益智",在宋司马光撰《资治通鉴》卷一百十四中有"益智粽":"《本草》曰:'益智子生昆仑国,今岭南州郡往往有之。'顾微《交州记》曰:'益智叶如襄荷,茎如竹箭,子从心出,一枝有十子,子肉白滑,四破去之,蜜煮为粽,味辛。粽,作弄翻,角黍也。'"

【类型分析】

卢思道将"蜜汤益智"中的食物名词"益智"作动宾短语解释为"法师久服无效,何劳以此劝人",以此嘲僧人。对于"益智"的不同解释。属于词组多义类型。

第 15 则 漂堕鬼国

出处	S.610《启颜录》[1]	《太平广记》[2]	《天中记》[3]	《广滑稽》[4]	《吴兴备志》[5]	《说郛》[6]	《续百川学海》[7]	《御定佩文韵府》[8]	《旧小说》[9]
内容	思道至陈，手执国信。陈主既见思道，因用《观音经》语弄思道曰："是何商人，赍持重宝？"思道应声，还以《观音经》，报曰："忽遇恶风，遂漂堕罗刹鬼国。"陈主大惭，遂无以应。	思道至陈，手执国信[10]。陈主既见思道，因用《观世音经》语弄思道，曰："是何商人，赍持重宝？"思道应声，还以《观世音经》，报曰："忽遇恶风，漂堕罗刹鬼国。"陈主大惭，遂无以对。出《启颜录》	隋令卢思道聘陈。陈主用《观世音》语弄思道："是何商人，赍持重宝？"思道即以《观世音》语报曰："忽遇恶风，漂堕罗刹鬼国。"陈主大惭。《启颜录》	隋卢思道聘陈。陈主用《观音》语弄思道曰："是何商人，赍持重宝？"思道即以《观世音》语报曰："忽遇恶风，飘堕罗刹鬼国。"陈主大惭。《启颜录》	北齐卢思道聘陈。陈主用《观音》语弄思道曰："是何商人，赍持重宝？"思道即以《观音》语报曰："忽遇恶风，漂堕罗刹鬼国。"陈主大惭。	隋令卢思道聘陈。陈主用《观世音》语弄思道曰："是何商人？赍持重宝？"思道即以《观世音》语报曰："忽遇恶风，漂堕罗刹鬼国。"陈主大惭。	隋令卢思道聘陈。陈主用《观世音》语弄思道曰："是何商人？赍持重宝？"思道即以《观世音》语报曰："忽遇恶风，漂堕罗刹鬼国。"陈主大惭。	观世音语《启颜录》：隋令卢思道聘陈。陈主用《观世音》语弄思道即以《观世音》语报曰："勿遇恶风，漂堕罗刹鬼国。"陈主大惭。	思道至陈，手执国主。陈主既见思道，因用《观音经》语弄思道曰："是何商人，赍持重宝？"思道应声，还以《观世音经》，报曰："忽遇恶风，漂堕罗刹鬼国。"陈主大惭，遂无以对。

笔者按：此则内容最早见于敦煌卷子 S.610《启颜录》,《太平广记》《天中记》《广滑稽》《吴兴备志》《说郛》《续百川学海》《御定佩文韵府》和《旧小说》中有载。由此则内容的上文整理可推:《观音经》在宋代称为《观世音经》,在明代称为《观世音》或《观音》。

【校注】

[1]　出自敦煌卷子 S.610《启颜录》中《辩捷》类第四则（之二）。参见《英藏敦煌文献》第二册，第 66 页。

[2]　出自《太平广记》卷二百五十三《嘲诮》（一）中名为《卢思道》（之七）。参见（宋）李昉等编《太平广记》第六册，第 1969 页。

[3]　出自《天中记》卷二十六《排调》中名为《罗刹鬼国》。参见（明）陈耀文《天中记》（《景印文渊阁四库全书》，第九六六册），第 226 页。

[4]　出自《广滑稽》卷之二十二中名为《罗刹鬼国》。参见（明）陈禹谟《广滑稽》（《四库全书存目丛书》，子部，第二五一册），第 689 页。

[5]　出自《吴兴备志》卷二十七《琐征》第二十四之一中。参见（明）董斯张《吴兴备志》（《景印文渊阁四库全书》，第四九四册），台湾商务印书馆，1986，第 535 页。

[6]　出自《说郛》卷二十三中名为《罗刹鬼国》。参见（明）陶宗仪等编《说郛三种》第四册，上海古籍出版社，1988，第 1117 页。

[7]　出自《续百川学海》庚集中名为《罗刹鬼国》。参见（明）吴永《续百川学海》第二十七册，明刻本，《启颜录》，第 3~4 页。

[8]　出自《御定佩文韵府》卷三十六之一上声《六语》（韵一）之《语》中。参见（清）张玉书、陈廷敬等奉敕撰《御定佩文韵府》（《景印文渊阁四库全书》第一〇一八册），第 334 页。

[9]　出自《旧小说》乙集（五）中名为《卢思道》（之七）。参见吴曾祺《旧小说》第七册，第 687 页。

[10]　中华书局本《太平广记》后有小号字体注："'信'原作'主'，据敦煌本《启颜录》改。"

【类型分析】

隋朝卢思道以同出自《观音经》的"忽遇恶风，遂漂堕罗刹鬼国"应对陈主以《观音经》的"是何商人，赍持重宝"的问难之语。对佛经的适当引用。属于引经据典类型。

第 16 则　马价贵贱

出处	S.610《启颜录》[1]	《太平广记》[2]	《广滑稽》[3]	《御定康熙字典》[4]
内容	陈朝又尝令人聘隋。隋不知其人机辩深浅，乃密令侯白："改变形貌，着故弊衣裳，诈为贱人供承。"客使谓是贫贱，心甚轻之，乃傍卧放气与之言语，白心甚不平。未有方便，使人卧问侯白曰："汝国马价贵贱？"侯白即报云："马有数等，贵贱不同：若足伎两[5]、有筋脚、好形容[6]，直卅贯已[7]上；若形容不恶，堪得乘骑者，直廿贯已上；若形容粗壮，虽无伎俩，堪驮物，直四五贯已上；若猫[8]尾燥蹄，绝无伎俩，旁卧放气，一钱不直。"于是，使者大惊！问其名姓，知是侯白，方始惭谢。	陈朝尝令人聘隋。不知其使机辩深浅，乃密令侯白："变形貌，着故弊衣，为贱人供承。"客谓是微贱，甚轻之。乃傍卧放气与之言，白心颇不平。问白曰："汝国马价贵贱？"报云："马有数等，贵贱不同：若从伎俩，筋脚好，形容不恶，堪得乘骑者，直二十千已上；若形容粗壮，虽无伎俩，堪驮物，直四五千已上；若彌[9]音卜结反尾燥蹄，绝无伎俩，傍卧放气，一钱不直。"使者大惊！问其姓名，知是侯白，方始愧谢。出《启颜录》	陈朝尝令人聘隋。不知其使机辩深浅，乃密令侯白："变形貌，着故弊衣，为贱人供承。"客谓是微贱，甚轻之。乃傍卧放气与之言，白心颇不平。问白曰："汝国马贵贱？"报云："马有数等，贵贱不同：若从伎俩，筋脚好，形容不恶，堪得乘骑者，直二十千已上；若形容粗壮，虽无伎俩，堪驮物，直四五千已上；若弥卜结反尾燥蹄，绝无伎俩，傍卧放气，一钱不直。"使者大惊！问其姓名，知是侯白，方始愧谢。	增"彌"《启颜录》：陈人聘隋，问："马价贵贱？"答云："彌尾燥蹄，绝无伎俩，一钱不值。"（注：彌，卜结反。）

笔者按：此则内容最早见于敦煌卷子 S.610《启颜录》，《太平广记》《广滑稽》和《御定康熙字典》中有载。由此则内容，可知"卜结反"反切的记音文字在隋、宋、明、清的形体和读音的变化。

另，（唐）张鷟《朝野金载》[参见（清）纪昀总纂《四库全书总目提要》，河北人民出版社，2000，第3563页]"逐条联缀，不分门目"，卷四［参见（唐）张鷟《朝野佥载》，中华书局，1979，第86页］中收：陈朝尝令人聘隋。不知其使机辨深浅，乃密令侯白："变形貌，着故弊衣，为贱人供承。"客谓是微贱，甚轻之，乃傍卧放气与之言，白心颇不平。问白曰："汝国马价贵贱?"报云："马有数等，贵贱不同。若从伎俩筋脚好，形容不恶，堪得乘骑者，直二十千已上；若形容粗壮，虽无伎俩，堪驮物，直四五千已上。若彌音+浩反尾燥蹄，绝无伎俩，傍卧放气，一钱不直。"使者大惊，问其姓名，知是侯白，方始愧谢。《四库全书总目提要》云"其书皆纪唐代故事"，而此则中明言"陈朝尝令人聘隋"，不知此二者的矛盾，该如何解释?《朝野佥载》中此条没有明确说明是出自《启颜录》，故仅在此说明。

【校注】

[1] 出自敦煌卷子S.610《启颜录》中《辩捷》类第五则。参见《英藏敦煌文献》第二册，第66页。

[2] 出自《太平广记》卷二百五十三《嘲诮》（一）中名为《侯白》。参见（宋）李昉等编《太平广记》第六册，第1972页。

[3] 出自《广滑稽》卷之二十二中名为《傍卧放气》。参见（明）陈禹谟《广滑稽》（《四库全书存目丛书》，子部，第二五一册），第694~695页。

[4] 出自《御定康熙字典》卷九之《弓部》中。参见（清）张玉书、陈廷敬等奉敕撰《御定康熙字典》（《景印文渊阁四库全书》第二二九册），台湾商务印书馆，1986，第397页。

[5] "两"，通"俩"。从后文"侯白乃即佯惊云：'遂不知此伎俩'"中的"伎俩"可知，S.610中所用"伎俩"，全是褒义，乃"技能、本领"之意。另，从下文也可推知：此处"伎俩"也隐含有"马的外形漂亮"之意。

[6] 《历代笑话集》中和奇（二）本《启颜录》中是"若是伎俩有筋脚，好形容"，辑注本《启颜录》中是"若是伎俩有，筋脚好，形容不恶"，增"不恶"二字，卷中无"不恶"二字。《〈启颜录〉笺注》中是"足伎俩，有筋脚，好形容"。卷中此处"足"的写法"𧿮"同《之才嘲王》中"颈足"

的"足"的写法"**⻊**",而《历代笑话集》、奇（二）本和辑注本《启颜录》
均将"足"错认为"是",故其所加标点也会有误。

[7] "已",通"以"。

[8] S.610中的写法是"**彌**",此字在《历代笑话集》中和辑注本《启颜录》中
录为"别",奇（二）本《启颜录》中录为"别",《〈启颜录〉笺注》中
录为"彌"。

[9] 此字,中华书局本《太平广记》写为"彌";四库本《太平广记》写为
"弥",后均有注:"音卜结反。"

【类型分析】

侯白以"马有数等,贵贱不同:若足伎两、有筋脚、好形容,直卅贯
已上;若形容不恶,堪得乘骑者,直廿贯已上;若形容粗壮,虽无伎俩,
堪驮物,直四五贯已上;若猵尾燥蹄,绝无伎俩,旁卧放气,一钱不值"
之语应对陈使"马价贵贱"的问语,以表达其对陈使"傍卧放气,与之言
语"的不满。借"傍卧放气"的马去比陈使。借用动物的某个特征来比人。
属于生活用语类型。

第 17 则　　问一知二

出处	S.610《启颜录》[1]	《太平广记》[2]	《天中记》[3]	《广滑稽》[4]	《御定佩文韵府》[5]	《御定佩文韵府》[6]	《陕西通志》[7]	《陕西通志》[8]	《旧小说》[9]
内容	越公杨素戏弄侯白云："山东人多仁义，借一而得两。"侯白问曰："公若为得知？"素："有人从其借弓，乃云：'揭刀去。'岂非'借一而得两'？"白应声白："关中人亦甚聪明，问一而知二。"越公问曰："何以得知？"	素，关中人；白，山东人。素尝卒难之，欲其无对。而关中下俚人言音，谓"水"为"霸"，山东亦言"擎将去"为"撰音其朝反[12]刀[13]去"。素尝戏白曰："山东固多仁义，借一而得两。"曰："若为得两？"答曰："有人从其借弓者，乃曰：'撰刀去。'岂非'借一而得两'？"	侯白捷辨，扬素与相善。素，关中人；白，山东人。素尝卒难之，欲其无对。而关中下俚人言音，谓"水"为"霸"，山东亦言"擎将去"为"撰刁去[13]"。素尝戏白曰："山东固多仁义，借一而得两。"曰："何[14]为得两？"曰："有人从某借弓者，乃曰：'撰刀去。'岂非'借一而得两'？"	侯白、杨素相善。素，关中人；白，山东人。素尝卒难之，欲其无对。而关中下俚人言音，谓"水"为"霸"，山东亦言"擎将去"为"撰刀"。素尝戏白曰："山东固多仁义，借一而得两。"曰："若为得两？"曰："有人从某借弓者，乃曰：'撰刀去。'岂非'借一而得两'？"	撰刀《启颜录》杨素，关中人；侯白，山东人。素尝卒难之，欲其无对。而关中下俚人言音，谓"水"为"霸"；山东亦言"擎将去"为"撰刀去"。素尝戏白曰："山东固多仁义，借一而得两。"曰："若为得两？"答曰："有人从其借弓者，乃曰：'撰刀去。'岂非'借一而得两'？"白应声白："关中人亦甚聪明，问一知二？"素："何以得知？"曰："有人问：'比来多雨，渭水涨否？'答曰：'霸长。'岂非'问一知二'？"	撰刀去《启颜录》侯白，山东人。山言"擎将去"为"撰刀去"。杨素戏白曰："山东亦多仁义，借一而得两。"曰："有人从其借弓者，乃曰：'撰刀去。'岂非'借一而得两'？"按：撰，其朝切。	关中下俚人言音，谓"水"为"霸"。《启颜录》	杨素，关中人；侯白，山东人。关中谓"水"为"霸"。山东言"擎将去"为"撰刀去"。素尝戏白曰："山东固多仁义，借一而得两。"曰："若为得两？"答曰："有人从其借弓者，乃曰：'撰音其列反刀去。'岂非'借一而得两'？"白应声白："关中人亦甚聪明，问	素，关中人；白，山东人。素尝卒难之，欲其无对。而关中下俚人言音，谓"水"为"霸"，山东亦言"擎将去"为"撰（音其朝反）刀去"。素尝戏白曰："山东固多仁义，借一而得两。"曰："若为得两？"答曰："有人从其借弓者，乃曰：'撰刀去。'岂非'借一而得两'？"

续表

出处	S.610《启颜录》[1]	《太平广记》[2]	《天中记》[3]	《广滑稽》[4]	《御定佩文韵府》[5]	《御定佩文韵府》[6]	《陕西通志》[7]	《陕西通志》[8]	《旧小说》[9]
内容	白曰："有人问：'比来多雨[10]，渭水涨不？'报曰：'霸涨。'岂非'问一而〔知〕[11]二'？"越公于是服其辩捷。	白应声曰："关中人亦甚聪明，问一知二。"素曰："何以得知？"白曰："有人问：'比来多雨，渭水涨否？'答曰：'霸长。'岂非'问一知二'？"素于是伏其辩捷。	白应声曰："关中人亦甚聪明，问一知二。"素曰："何以得知？"曰："日有人问：'比来多雨，渭水涨否？'答曰：'霸长。'岂非'问一知二'？"素服其辨捷。《启颜录》	白应声曰："关中人亦甚聪明，问一知二。素曰："何以得知？"曰："日有人问：'比来多雨，渭水涨否？'答曰：'灞长。'岂非'问一知二'？"素服其辨捷。				一而知二。"素曰："何以得知？"白曰："有人问：'北来多雨，渭水涨否？'答曰：'霸长。'岂非'问一知二'？"素于是服其辩捷。《启颜录》	白应声曰："关中人亦甚聪明，问一知二。"素曰："何以得知？"白曰："有人问：'比来多雨，渭水涨否？'答曰：'霸长。'岂非'问一知二'？"素于是伏其辩捷。

　　笔者按：此则内容最早见于敦煌卷子S.610《启颜录》，《太平广记》《天中记》《广滑稽》《御定佩文韵府》《陕西通志》和《旧小说》中有载。从文中记载可窥当时山东方言和关中方言之一角，对语言学研究非常有价值。

【校注】

[1]　出自敦煌卷子S.610《启颜录》中《辩捷》类第六则。参见《英藏敦煌文献》第二册，第66页。

[2]　出自《太平广记》卷二百四十八《诙谐》（四）中名为《侯白》（之三）。参见（宋）李昉等编《太平广记》第五册，第1919~1920页。

[3]　出自《天中记》卷二十六《排调》中名为《榡刁霸长》。参见（明）陈耀文《天中记》（《景印文渊阁四库全书》，第九六六册），第227页。

[4]　出自《广滑稽》卷之二十二中名为《侯白捷辩》。笔者所使用的《广滑稽》的版本中"原缺第三叶"[（明）陈禹谟《广滑稽》（《四库全书存目丛书》，

子部，第二五一册），第 689 页]，故缺《侯白捷辨》的内容，据王利器《历代笑话集》出自"《广滑稽》卷二十二"的《侯白捷辨》[王利器《历代笑话集》，第 37 页]补。

［5］ 出自《御定佩文韵府》卷十九之一下平声《四豪》（韵一）之《刀》中。参见（清）张玉书、陈廷敬等奉敕撰《御定佩文韵府》（《景印文渊阁四库全书》，第一零一四册），第 611 页。

［6］ 出自《御定佩文韵府》卷六十五之二去声《六御》（韵二）之《去》中。参见（清）张玉书、陈廷敬等奉敕撰《御定佩文韵府》（《景印文渊阁四库全书》，第一零二二册），第 131 页。

［7］ 出自《陕西通志》卷四十五《风俗》之《方言》中。参见（清）刘于义等监修，沈青崖等编纂《陕西通志》（《景印文渊阁四库全书》第五五三册），台湾商务印书馆，1986，第 572 页。

［8］ 出自《陕西通志》卷一百《拾遗》（三）之《滑稽》中。参见（清）刘于义等监修，沈青崖等编纂《陕西通志》（《景印文渊阁四库全书》第五五六册），第 800 页。

［9］ 出自《旧小说》乙集（五）中名为《侯白》（之三）。参见吴曾祺《旧小说》第七册，第 689 页。

［10］《敦煌俗字典》中录为"雨多"，原卷是"多雨"。

［11］《历代笑话集》、辑注本《启颜录》、奇（二）本《启颜录》和《〈启颜录〉笺注》中，均补一"知"字。S.610 中无"知"字，此处有"而"字亦可，可不补。

［12］"搔"字，中华书局本《太平广记》为"搔"，四库本《太平广记》为"操"。两本的字虽然不同，但后面小一号字体，均注"音其朝反"。

［13］"樔刀"二字，与后文"樔刀去"的山东方言的说法相矛盾。

［14］听雨山房本为"若"字。

【类型分析】

　　侯白以"霸涨"（将"不"发音为"霸"）的关中方言应对杨素以山东方言"揭刀去"（将"借"发音为"揭刀"）的戏弄。其实，"揭刀"的"刀"是虚词，无实义。将虚词当实词理解。属于"谐音类型"中的"方言类型"。

第18则　作官几番[1]

隋时，王德任尚书省员[2]外，为人健忘。从朝堂还，入省，遂错上尚书厅，谓为本厅，乃大声唤番官，因即坐尚书床上，令取线鞋来脱靴，其看尚书，人曰："此尚书厅也，尚书在此！"德遂狼狈下阶，而走本厅。未坐，便向厕。付笏与从后，番官把笏立于厕门之侧。德从厕出，见番官把笏而立，即惊问曰："公是何官人？"番官曰："是向者从公人。"德始觉晤，乃取笏，上厅坐。顾见向者番官尚立，又更问曰："君是何人[3]？"番官曰："是番官。"德乃执笏近前，揖曰："公作官来几番？"番官不知所答，掩口而退。

笔者按：此则内容仅见敦煌卷子 S.610《启颜录》。

【校注】

[1]　出自敦煌卷子 S.610《启颜录》之《昏忘》类第一则。参见《英藏敦煌文献》第二册，第 66 页。

[2]　"员"字，在原文中是以小字出现在"省"字和"外"字的右侧中间。

[3]　原文在"人"字后，多"番官曰君是何人"七字。

【类型分析】

隋朝尚书省员外王德在"错上尚书厅"之后，"狼狈下阶，而走本厅"。"向厕"之后，将"是向者从公人"的"番官"之"番"字解析为作官"几番"的"番"，故有"公作官来几番"之问。利用"番"字的"几番"和其作为特定名称"番官"中的不同意思而制造的笑话。属于汉字多义类型。

第 *19* 则　见斧忘妻[1]

鄠县有一人，多忘。将斧向田斫柴，并妇亦相随。至田中，遂急便转。因放斧地上，旁便转讫。忽起，见斧，大欢喜云："得一斧！"仍作舞跳跃，遂即自踏着大便处，乃云："只应是有人因大便遗却此斧。"其妻见其昏忘，乃语之云："向者，君自将斧斫柴，为欲大便，放斧地上，何因遂即忘却？"此人又熟看其妻面，乃云："娘子，何姓？不知何处记识此娘子！"

笔者按：此则内容仅见敦煌卷子 S.610《启颜录》。

【校注】

[1]　　出自敦煌卷子 S.610《启颜录》之《昏忘》类第二则。参见《英藏敦煌文献》第二册，第 66 页。

【类型分析】

鄠县一"多忘"人在"向田斫柴"时，以"娘子，何姓？不知何处记识此娘子"之语答其妻"向者，君自将斧斫柴，为欲大便，放斧地上，何因遂即忘却"的问语。善忘人忘记自己的妻子。属于忘记类型。

第 20 则　厅边觅虱[1]

　　隋柳真为洛阳令，恍惚多忘。曾有一人犯罪，合决杖。柳真见其罪状，大嗔！索杖欲打，即脱犯罪人衣裳于庭中。坐讫。犹未行杖，即有一客来觅柳真，柳真引客向房中语话。当时寒月，其犯罪人缘忍寒不得，即暂起，向厅屋头向日[2]，取袄子散披蹲地。柳真须臾送客出厅门，还。遥见此人，大叫，嗔曰："是何勿人？敢向我厅边觅虱！"此人出门径走，更不寻问。

　　笔者按：此则内容仅见敦煌卷子 S.610《启颜录》。

【校注】

[1]　出自敦煌卷子 S.610《启颜录》之《昏忘》类第三则。参见《英藏敦煌文献》第二册，第 66 页。

[2]　辑注本《启颜录》中的标点是"即暂起向厅屋，头向日"，笔者认为"厅屋头"三字不可分，因为"厅屋头"与下文柳真所语之"厅边"相对应。

【类型分析】

　　隋朝"恍惚多忘"的洛阳令柳真以"是何勿人？敢向我'厅边觅虱'"的斥责语，结束"合决杖"，在柳真"引客向房中话"时，因"忍寒不得"而"向厅屋头向日，取袄子散披蹲地"的犯罪人的杖责。柳真忘记职责。属于忘记类型。

第 21 则　买奴变婢[1]

　　鄠县董子尚村，村人并痴。有老父遣子将钱向市买奴，语其子曰："我闻长安人卖奴，多不使奴预知之，必藏奴于余处，私相平章，论其价直[2]。如此者，是好奴也。"其子至市，于镜行中度行。人列镜于市，顾见其影，少而且壮，谓言："市人欲卖好奴，而藏在镜中。"因指麾镜曰："此奴欲得几钱？"市人知其痴也，诳之曰："奴直十千。"便付钱买镜，怀之而去。至家，老父迎门，问曰："买得奴何在？"曰："在怀中。"父曰："取看，好不？"其父取镜照云："正见须鬓皓白，面目黑皱。"乃大嗔。欲打其子，曰："岂有用十千钱，而贵买如此老奴？"举杖欲打其子。其子惧而告母，母乃抱一小女走至，语其夫曰："我请自观之。"又大嗔曰："痴老公，我儿止[3]用十千钱，买得子母两婢，仍自嫌贵？"老公欣然释之。于余处尚不见奴[4]，俱谓："奴藏未肯出。"时东邻有师婆，村中皆为出言"甚中"。老父往问之。师婆曰："翁婆老人：鬼神不得食，钱财未聚集，故奴藏未出。可以吉日，多办食，求请之。"老父因大设酒食，请师婆。师婆至，悬镜于门，而作歌舞。村人皆共观之，来窥镜者皆云："此家王相，买得好奴也。"而悬镜不牢，镜落地分为两片。师婆取照，各见其影，乃大喜曰："神明与福，令一奴而成两婢也。"因歌曰："合家齐拍掌，神明大歆飨。买（奴）[5]合婢来，一个分成两。"

　　笔者按：此则内容仅见敦煌卷子 S.610《启颜录》。

【校注】

[1] 出自敦煌卷子 S.610《启颜录》之《昏忘》类第四则。参见《英藏敦煌文献》第二册，第66~67页。

[2] "直"，通"值"。

[3] "止"字在原文中的写法是"🜨"与后文"正"的写法相比，此处应为"止"字。《历代笑话集》、辑注本《启颜录》和《〈启颜录〉笺注》中录为"止"字，奇（二）本《启颜录》录为"只"字，《辑注本〈启颜录〉匡补》中认为此字是"正"字。

[4] 《历代笑话集》、辑注本《启颜录》和奇（二）本《启颜录》的校录是"老公欣然。释之余，于处尚不见奴"，《〈启颜录〉笺注》中的校录为"老公欣然释之。于余余尚不见奴"。从卷中"余"与"于"的右旁，有一个互换记号"✓"和前文"藏奴于余处"两处推知，此处的校录应为："老公欣然释之。于余处尚不见奴。"

[5] 原文在"买"字和"合"字之间有符号，没有"奴"字，笔者据上下文文意，加"奴"字。

【类型分析】

痴子误认为镜子中"少而且壮"的身影是其痴父口中所说"藏在镜中"的好奴，将其买回。家人想见买到的奴，父亲照镜，看见"胡须皓白、面目黑皱"的自己，非常生气。母亲抱女儿照镜，看见的是"子母两婢"。但镜子中的奴就是不肯出来，"以吉日，多办食"，请师婆，师婆把镜子悬挂在门上，痴村中的人来看，都夸"此家王相，买得好奴也"。但镜子没挂牢，落在地上，碎成两片。师婆照镜，见两个师婆，她很开心地唱："合家齐拍掌，神明大歆飨，买奴合婢来，一个分成两。"痴子将镜子自己的身影误认为是要卖的"奴"而引发的笑话。将虚幻的镜像等同现实。属于虚幻等同现实类型。

第 22 则　痴戴瓮帽[1]

　　梁时有人，合家俱痴。遣其子向市买帽，谓曰："吾闻'帽拟成头'，汝为吾买帽，必须得容头者。"其子至市觅帽，市人以皂绁[2]帽与之，见其叠着未开，谓无容头之理，不顾而去。历诸行铺，竟日求之，不获。最后，至瓦器行，见大口瓮，子[3]以其腹中宛宛，正是好容头处，便言："是帽。"取而归。其父得以成头，没面至项，不复见物。每著之而行，亦觉研其鼻痛，兼拥其气闷，然谓帽只合如此。常忍痛戴之。乃至鼻上生疮、项上成胝，亦不肯脱。后每著帽，常坐而不敢行。属岁朝，子孙当拜岁。先语家中曰："汝子孙欲拜岁者，可早来。阿公若著帽坐待，竟即不见你去。"其朝，老父欲受家人拜岁。不可露头，便戴帽坐待。家人拜岁总至，拜于阶下。老父已戴帽，一无所见。长新妇前拜贺，因祝："愿公：口还得出气！眼还得见明！头还依旧动！脚还不废行！子子孙（孙）[4]俱戴帽，长住屋里坐萌萌！"

　　笔者按：此则内容仅见敦煌卷子 S.610《启颜录》。

【校注】

[1]　出自敦煌卷子 S.610《启颜录》之《昏忘》类第五则。参见《英藏敦煌文献》第二册，第 67 页。

[2]　"绁"，S.610 中的写法是"**绁**"。"绁"，"粗绸"之意。

[3]　《历代笑话集》认为"瓮""疑当作雅"，辑注本《启颜录》和《〈启颜录〉

笺注》录为"瓮"，逗号均标在"子"字之后。"子"亦可理解为"痴子"，笔者根据上下文文意，将标点放在"子"字之前。

[4]　原文中只有一个"孙"字。根据语言习惯和对仗原则，后面是"长住屋里坐萌萌"七个字，上面也相应地应该是七个字，故补一"孙"字。

【类型分析】

梁朝痴父头戴其子所买"好容头"的瓮，"每著之而行，亦觉研其鼻痛，兼拥其气闷，然谓帽只合如此"，直至"鼻上生疮、项上成胝，亦不肯脱"，故其长新妇有"愿公：口还得出气，眼还得见明，头还依旧动，脚还不废行。子子孙（孙）俱戴帽，长作屋里坐萌萌"的拜岁贺语。将"瓮"认成"帽"，令人发笑。属于不识事物类型。

第 23 则　书生咏羊[1]

　　梁时，有一书生，性痴而微有词辩。不曾识羊，有人饷其一羝[2]羊，乃绳系项，牵入市卖之。得价不多，频卖不售。市人知其痴钝，众乃以猕猴来换之。书生既见猕猴，还谓是其旧羊，唯怪其无角，面目顿改；又见猕猴手脚不住，只言市人捩去其角，然为猕猴头上无疮痕，不可为验，遂隐忍不言。乃牵猕猴，归家而咏曰："吾有一奇兽，能肥亦能瘦。向者宁馨膻，今来尔许臭。数回牵入市，三朝卖不售。头上失却皂荚子，面孔即作橘皮皱。"

　　笔者按：此则内容仅见敦煌卷子 S.610《启颜录》。

【校注】

[1]　出自敦煌卷子 S.610《启颜录》之《昏忘》类第六则。参见《英藏敦煌文献》第二册，第 67 页。

[2]　原卷写为"羖"，乃其异体字。

【类型分析】

　　"性痴而微有词辩"的梁时书生不知市人用猕猴将其羝羊换去，遂"牵猕猴"回家，咏曰："吾有一奇兽，能肥亦能瘦。向者宁馨膻，今来尔许臭。数回牵入市，三朝卖不售。头上失却皂荚子，面孔即作橘皮皱。"书生为被"市人用猕猴换去"的羊所作的嘲诗内容，颇能让人解颐。属于吟咏诗句类型。

第 24 则　穿冰和饭[1]

隋初，有同州人负麦饭[2]入京粜之。至渭水上，时冰正合，欲食麦饭，须得水和，乃穿冰作孔取水，而谓冰孔，可就中和饭。倾饭于孔中，倾之总尽，随倾即散。其人但知叹惜，竟不知所以。良久，水清。照见其影，因叫曰："偷我麦饭者，只是此人！此贼犹不知足，故自仰面看我。"遂向水打之，水浊不见。因大嗔而去，云："此贼始见在此，即向何处？"至岸，见有砂，将去便归。

笔者按：此则内容仅见敦煌卷子 S.610《启颜录》。

【校注】

[1]　出自敦煌卷子 S.610《启颜录》之《昏忘》类第七则。参见《英藏敦煌文献》第二册，第 67 页。

[2]　今译中有译错的地方，如《笑话新编》中把"麦饭"翻译为"面粉"，把"和饭"翻译为"和面"（邹敏文、梁冠群《笑话新编》，江西人民出版社，1980，第 7~8 页），"和饭"和"和面"有着本质的不同："麦饭"是既方便携带又充饥挡饿的熟食，加点水就可食用；而"面粉"是生食，需加工后才能食用，无法立即食用。

【类型分析】

　　同州人将渭水上的冰凿个孔，认为这个孔可以和麦饭，麦饭倒在孔中，"倾之总尽，随倾即散"，此人误以为是有人偷了他的麦饭。等水清的时候，水面照见他自己的影子，他认为影子就是偷他麦饭的贼，"遂向水打之"，但水浑浊之后，便不能成像，故感叹"此贼始见在此，即向何处？"后误认为岸边的砂子是他倒入水中的麦饭"将去便归"。将水面上自己的倒影认作是偷麦饭贼而产生的笑话。将虚幻的水面映像等同现实。属于虚幻等同现实类型。

第 25 则　乌豆不识[1]

隋时，有一痴人车载乌豆入京粜之。至漕[2]头，车翻，覆豆于水，便弃而归。欲唤家人入水收取。去后，漕店上人竞取将去[3]，无复遗余。比回，唯有蝌蚪虫数千，相随游泳。其人谓仍是本豆，欲入水取之。蝌蚪知人欲至，一时惊散。怪叹良久曰："乌豆，从[4]你不识我，而背我走去，可畏我不识你，而一时着尾子？"

笔者按：此则内容仅见敦煌卷子 S.610《启颜录》。

【校注】

[1]　出自敦煌卷子 S.610《启颜录》之《昏忘》类第八则。参见《英藏敦煌文献》第二册，第 67 页。

[2]　《历代笑话集》、辑注本《启颜录》和奇（二）本《启颜录》录为"灞"，《〈启颜录〉笺注》中录为"漕"，S.610 中的写法是"漕"，是"漕"字。

[3]　原文"去"字后多"后漕店上人竞取将去"九个字。

[4]　"从"，通"纵"。

【类型分析】

隋朝痴人"至漕头"时，其"载乌豆"的"车翻"，乌豆都落在水中。在他回去"唤家人入水收取"的时候，"漕店上人"将他的乌豆都捞走了。等他回来的时候，未见乌豆，只有蝌蚪，便发出"乌豆，从你不识我，而背我走去，可畏我不识你，而一时着尾子"的"怪叹"。痴人辨认不出乌豆和蝌蚪。属于不识事物类型。

第 26 则　仓曹哺饭[1]

陈长沙王叔[2]坚性骄豪暴虐，每食，常遣仓曹哺饭[3]至。至食欲饱，即问仓曹，云："可罢未？"仓曹若报道："可罢。"便嗔责云："汝欲饿煞侬？"乃与杖一顿。若报道："未可罢。"又责云："汝欲胀煞侬？"复令与杖一顿[4]。每一食间，仓曹未尝免杖。后食生菜，令仓曹作生菜樊。至食了已来，更无所问，乃索浆水嗽[5]口。仓曹私喜，谓得免杖。嗽口讫，又责仓曹云："何因生菜，第五樊中，都无蓼味？"复令与杖一顿。

笔者按：此则内容仅见敦煌卷子 S.610《启颜录》。

【校注】

［1］　出自敦煌卷子 S.610《启颜录》之《昏忘》类第九则。参见《英藏敦煌文献》第二册，第 67~68 页。

［2］　S.610 中的写法是"朮"。《五经文字》云：'叔，《石经》作朮'"。

［3］　原文"饭"字后多"每食常遣仓曹哺饭"八个字。

［4］　"顿"字后多"若报道未可罢又责云汝欲胀煞侬复令与杖一顿"二十个字。

［5］　"嗽"，同"漱"。

【类型分析】

无论仓曹是回答"可罢"或"未可罢"，都抵挡不了长沙王"饿煞侬"或"胀煞侬"的嗔责，免不了一顿杖责。无论仓曹的回答如何，均免不了一顿杖责。属于生活用语类型。

第 27 则　煮着嘴馅[1]

隋郑元昌，山东望族，因嫁女与京下仕人，送女入京。在礼席上，男夫妇女亲戚聚会，座上有四五十人。元昌最为尊老，坐居第一，众共观瞻。先不识石榴，席上令钉数颗，元昌取其一颗，并皮食之，觉其味极酢涩。乃谓主人曰："此着嘴馅，欲似未熟，请更为煮之。"坐上莫不大笑。

笔者按：此则内容仅见敦煌卷子 S.610《启颜录》。

【校注】

[1]　出自敦煌卷子 S.610《启颜录》之《昏忘》类第十则。参见《英藏敦煌文献》第二册，第 68 页。

【类型分析】

隋朝山东望族郑元昌在将女儿嫁"与京下仕人，送女入京"后的"礼席上"，因"不识石榴"，在"取其一颗，并皮食之"之后，觉得"味极酢涩"，故有"此着嘴馅，欲似未熟，请更为煮之"的话语。郑元昌不认识石榴。属于不识事物类型。

第 28 则　阿家宜儿[1]

河东下里风俗：至七月七日，皆令新妇拜贺阿家，似拜岁之礼，必须祝愿。有一新妇祝阿家云："七月七日新节，苽儿㿻[2]子落喹。愿：阿家宜儿！新妇宜薛！"河东人呼"婿"为"薛"。[3]

笔者按：此则内容仅见敦煌卷子 S.610《启颜录》。

【校注】

[1]　出自敦煌卷子 S.610《启颜录》之《昏忘》类第十一则。参见《英藏敦煌文献》第二册，第 68 页。

[2]　"苽"，原文中的写法是"苽"。"苽"，《说文·瓜部》有："瓜，㼌也。象形。"《唐张通墓志》中有"苽州司马"。"㿻"，原文中的写法是"㿻"。此两字属于敦煌写卷中的"瓜爪不分"，《龙龛手镜·瓜部》有言："瓜，古花反……瓜部和爪部相滥。爪，音侧绞反。"

[3]　"河东人呼'婿'为'薛'。"是原文中是对"薛"字的小字注，笔者照录其格式。

【类型分析】

此则虽有方言的出现，但笑点主要在于儿媳妇的祝福语中，其中有不通人情世故之语。属于生活用语类型。

第 29 则　鞍桥下颔^[1]

　　鄠县有人将钱绢向市，市人觉其精神愚钝，又见咳颐稍长，乃语云："何因偷我驴鞍桥^[2]，将作下颔？"欲送官府。此人乃悉以钱绢求充驴鞍桥之直，空手还家。其妻问之，具以此报。妻语云："何物鞍桥^[3]，堪作下颔^[4]？从^[5]送官府分疎，自应得脱。何须浪与他钱绢？"乃报其妻云："痴物！倘逢不解事官府，遣坼下颔检看。我一个下颔，岂只值若哥钱绢？"

　　笔者按：此则内容仅见敦煌卷子 S.610《启颜录》。（明）冯梦龙《广笑府》卷二《官箴》中的《长面》是对此则改编。从《长面》与其大体类似的构思，可推此类型的笑话，当是在民间一直流传，才会有不同的变本出现。一如《启颜录》中《香馐毒蜜》的流传一样，虽封存于藏经洞中的敦煌卷子 S.610《启颜录》中的记载是一个有关僧人和其弟子私食馐、蜜的笑话，而后世很多民族和国家都有与之相类似的故事框架在流传，根据自己国家或民族的需要，将此种类型的笑话模式附着于他们所喜闻乐见的人或无名氏身上。

【校注】

[1]　出自敦煌卷子 S.610《启颜录》之《昏忘》类第十二则。参见《英藏敦煌文献》第二册，第 68 页。

[2]　原文在"桥"字后有"之"字，但在"之"字右侧，有删除符号，特此说明。

[3]　原文在"桥"字后多"之直空手还家其妻问之具以此报妻语云何物鞍桥"

二十一字。

［4］　S.610 中为"领"，卷中对同一个位置的称呼，或用"下领"，或用"下颌"。这表明：在当时，这两个表述所指向的身体位置应该是相同的。

［5］　"从"，通"纵"。

【类型分析】

鄠县卖钱绢"咳颐稍长"的人，在"悉以钱绢求充驴鞍桥之值，空手还家"后，以"痴物！倘逢不解事官府，遣斫下颌捡看，我一个下颌，岂只值若哥钱绢"之语答其妻"何物鞍桥，堪作下颌？从送官府分踈，自应得脱。何须浪与他钱绢"的疑问。卖钱绢却"悉以钱绢求充驴鞍桥之直"的做法。属于不识事物类型。

第 30 则　痴汉送枣[1]

虢州录事姓卢，家中有枣新熟。乃咨刺史云："有新枣，愿欲奉公。"刺史甚喜。录事乃令其弟将枣来送与刺史宅。已通，刺史未取枣间，其弟乃自吃枣总尽。须臾，录事自来，问："使君取枣未？"其弟报云："向来已自吃尽。"录事大怒云："痴汉！他唤你作何勿人？"其弟报云："只唤作'卢录事弟'。"又问云："作勿生即吃尽如许枣？"其弟又报云："一颗一颗吃，即尽。"录事又嗔云："此汉是何勿体里？"又报云："吃枣来，体里渴剌剌。"录事更无以应。乃惭谢刺史而归。

笔者按：此则内容仅见敦煌卷子 S.610《启颜录》。

【校注】

[1]　出自敦煌卷子 S.610《启颜录》之《昏忘》类第十三则。参见《英藏敦煌文献》第二册，第 68 页。

【类型分析】

虢州卢录事弟在刺史宅，将"送与刺史"的枣"吃尽"，并以"一颗一颗吃，即尽"之语，回答其兄"作勿生，即吃尽如许枣"之问。卢录事与弟之间的问答。属于生活用语类型。

第 31 则　青奴通马^[1]

　　虢州湖城人常青奴，为性痴钝，简点入军，合养官马，配得一疋骓^[2]马。果毅总令："所是养马卫士，并通马毛色。"青奴通云："养灰马一头。"果毅嗔其不知毛其为勿，唤马作头，决廿，语云："明日莫遣不得，即处分！诸卫士，勿令教之。"此人即归家，嗟叹不食。其嫂新产在蓐，见其叹恨，即问之："郎君何所嗟叹？"青奴即云："果毅遣通养马毛色，通云：'灰马一头。'果毅遂打廿。"嫂云："此是骓马一疋，何因唤作'灰马一头'？正合吃杖，不须悔恨。"青奴大喜，即云："果毅犹遣明日更通。"嫂云："明日通时，果毅必应怪问云：'是谁教？'必不得道：'是嫂教。'可报云：'是阿兄教。'"青奴到明日通状云："骓马一疋。"果毅问云："是谁教你？"青奴云："是阿兄教。"果毅云："阿兄何在？"青奴云："阿兄见^[3]在屋里。"果^[4]毅又问云："阿兄在屋里作何物在？"青奴又报云："阿兄在屋里新生儿，见向蓐里卧在。"果毅乃大怪笑。寻问，始知是阿嫂。

　　笔者按：此则内容仅见敦煌卷子 S.610《启颜录》。

【校注】

[1]　出自敦煌卷子 S.610《启颜录》之《昏忘》类第十四则。参见《英藏敦煌文献》第二册，第 68 页。

[2]　"疋"，同"匹"。下同。"骓"，原文的写法是"**骓**"，"毛色青白相杂的马"。

[3]　"见"，通"现"。下个"见"字同。

[4]　原文多一"果"字，在此"果"字旁有删除符号。

【类型分析】

　　"为性痴钝"的"虢州湖城人常青奴"在"通马毛色"时，将其所养"骓马一疋""通云：'灰马一头。'"在其嫂指出之后，告诉他"明日通时，果毅必应怪问云：'是谁教？'必不得道：'是嫂教。'可报云：'是阿兄教。'"青奴如是应对果毅的问话，但其后云："阿兄在屋里新生儿，见向蓐里卧在"，乃引起"大怪笑"，这些都显出青奴不懂变通，对生活常识的愚钝。属于不识事物类型。

第 32 则　　之才嘲王

出处	S.610《启颜录》[1]	《太平广记》[2]	《天中记》[3]	《玉芝堂谈荟》[4]	《旧小说》[5]
内容	北齐徐之才，后封西阳王。尚书王元景尝戏之才曰："人名'之才'，有何义理？以仆所解，当是'乏才'。"之才即应声嘲元景姓曰："'王'之为己[6]，在言便証[7]，近犬便狂，加颈足而为马，施角尾而成羊。"元景遂无以对。	北齐徐之才封西阳王，时王訢与之才嘲戏，之才即嘲王訢姓曰："'王'之为字，有言则証，近犬则狂，加颈足而为马，施尾角而成羊。"訢无以对。	徐之才聪辩强识，尤多剧谈，公私会聚，多相嘲戏。常嘲王昕云："有言则訢，近犬则狂，加颈足而为马，施角尾而为羊。"訢[8]无以对。	《启颜录》：北齐徐之才善谑，尝嘲王訢姓云："有言则訢，近犬则狂，加头足而为马，配尾角而成羊。"	北齐徐之才封西阳王，时王訢与之才嘲戏，之才即嘲王訢姓曰："'王'之为字，有言则訢，近犬则狂，加头足而为马，施尾角而成羊。"訢无以对。

笔者按：此则内容最早见于敦煌卷子 S.610《启颜录》，《太平广记》《天中记》《玉芝堂谈荟》和《旧小说》中有载。各版本中对于嘲语的记载，可以看出解嘲活动在唐时的兴盛和在宋明时的没落走向。就此则内容而言，《旧小说》是对《太平广记》的直接摘录，不能说明什么问题，暂且不议。《天中记》中删除标志着解嘲活动中固定嘲语开始的"'王'之为字"，保留嘲语中的其他部分，《玉芝堂谈荟》亦跟《天中记》，由此可知，解嘲活动在明代时，应该已经没落。其实，这种趋势，在《太平广记》中所载就已显现端倪，在敦煌卷子 S.610《启颜录》中是"'王'之为己"，一个"己"字，点明所嘲对象，而《太平广记》将"己"字改为"字"字，这说明，宋人眼中只是对字的拆合的笑话，而非是对解嘲活动中嘲语的记述。这种现象说明，解嘲活动在宋时的影响

力已非唐之时，已经慢慢地淡出人们视野，不再为人所关注和使用，而明本
中对此嘲语的记述，则说明解嘲活动已经淡出明人的生活之外。

【校注】

[1] 出自敦煌卷子 S.610《启颜录》中《嘲诮》类第一则。参见《英藏敦煌文
献》第二册，第 68 页。在此则前有"嘲诮"二字，以示其下是此类内容。

[2] 出自《太平广记》卷二百五十三《嘲诮》（一）中名为《徐之才》（之一）。
参见（宋）李昉等编《太平广记》第六册，第 1967 页。

[3] 出自《天中记》卷二十四《姓》中名为《徐卢》（之一）。参见（明）陈耀
文《天中记》（《景印文渊阁四库全书》第九六六册），第 96 页。

[4] 出自《玉芝堂谈荟》中名为《拆字谑语》中。参见（明）徐应秋《玉芝堂
谈荟》（《景印文渊阁四库全书》第八八三册），台湾商务印书馆，1986，
第 222 页。

[5] 出自《旧小说》乙集（五）中名为《徐之才》（之一）。参见吴曾祺《旧小
说》第七册，第 688 页。

[6] S.610 中"己"字，《历代笑话集》、辑注本《启颜录》、奇（二）本《启颜录》和
《〈启颜录〉笺注》中均录为"字"，"己"将人的姓指向人本身，亦可通。

[7] 从后文的拆字和加字可知此种写法是当时"诳"的通用写法。为研究需
要，笔者此处保留繁体字形式。下同

[8] 前为"王昕"，此为"訢"。可见，当时两者应该是可以互通的。

【类型分析】

徐之才以"'王'之为己，在言为証，近犬便狂，加颈足而为马，施尾
角而成羊"之语反戏王元景以"人名'之才'，有何义理？以仆所解，当是
'乏才'"之语对其的戏弄。"王"字分别加上诸如"言""犬"等组字部件
以组成新字"証""狂"，通过不断变换地加不同的组字部件组成新字以达
到戏谑的目的。双方通过对字的添加而相互嬉骂取乐。属于字形类型。

第 33 则　嘲卢元明

出处	S.610[1]	《太平广记》[2]	《天中记》[3]	《玉芝堂谈荟》[4]	《旧小说》[5]
内容	徐之才又尝宴人客，时有卢元明在座，戏弄之才姓云："'徐'字，乃未入人[6]。"之才即嘲元明[7]姓"卢"字曰："安亡为虐[8]，在丘为虚，生男为虏，配马成驴。"元明嘿然，一坐欢笑。	又尝宴宾客，时卢元明在座，戏弄之才姓云："卿姓'徐'字，乃[9]未入人。"之才即嘲元明姓："'卢'字，安亡为虐，在丘为虚，生男成虏，配马成驴。"嘲："'元明'二字，去头则是'兀明'，出颈则是'无明'，减半则是'无目[10]'，变声则是'无盲'。"元明亦无以对。出《启颜录》	又尝宴宾客，时卢元明在座，戏弄之才姓云："卿姓'徐'字，乃未入人。"之才即嘲元明姓："'卢'字，安亡为虐，在丘为虚，生男成虏，配马成驴。"嘲："'元明'二字，去头则是'兀明'，出颈则是'无明'，减半则是'无目'，变声则是'无盲'。"元明亦无以对。《启颜录》《北齐书》	又尝宴宾客，时卢元明在坐，戏弄之才姓云："卿姓'徐'字，乃未入人。"之才即嘲："'卢'字，安亡为虐，在丘为虚，生男为虏，配马为驴。"又嘲："'元明'二字，去头则是'兀明'，出头则是'无明'，减半则是'无目'，变声则是'无音'。"	又尝宴宾客，时卢元明在座，戏弄之才姓云："卿姓'徐'字，乃未入人。"之才即嘲元明姓："'卢'字，安亡为虐，在邱为虚，生男成虏，配马成驴。"嘲："'元明'二字，去头则是'兀明'，出颈则是'元[11]明'，减半则是'无目'，变声则是'无盲'。"元明亦无以对。

　　笔者按：此则内容最早见于敦煌卷子 S.610《启颜录》,《太平广记》《天中记》《玉芝堂谈荟》和《旧小说》中有载。《天中记》和《旧小说》沿着《太平广记》一脉相传,《玉芝堂谈荟》中少了 "元明亦无以对"。

【校注】

[1]　出自敦煌卷子S.610《启颜录》中《嘲诮》类第二则。参见《英藏敦煌文献》第二册，第68页。

[2]　出自《太平广记》卷二百五十三《嘲诮》（一）中名为《徐之才》（之二）。参见（宋）李昉等编《太平广记》第六册，第1967页。

[3]　出自《天中记》卷二十四《姓》中名为《徐卢》（之二）。参见（明）陈耀文《天中记》（《景印文渊阁四库全书》第九六六册），第96页。

[4]　出自《玉芝堂谈荟》中名为《拆字谑语》中。参见（明）徐应秋《玉芝堂谈荟》（《景印文渊阁四库全书》第八八三册），第222页。

[5]　出自《旧小说》乙集（五）中名为《徐之才》（之二）。参见吴曾祺《旧小说》第七册，第688页。

[6]　卷中的写法是"**徐**"，此写法拆开，便是"未""入""人"。

[7]　S.610中"明""明"混用，于此则尤能体现，属于敦煌写卷中的"日目不分"。《六书正义》云："省'明'为'明'，非从目也。"这是属于将"日"写成"目"的，卷中类似的还有"暇"的写法是"**暇**"。潘重规在《敦煌卷子俗写文字之整理与发展》中写道："这一类在我们认为它是讹误，而它却自有它的习惯，自成它的条理。它是约定俗成，得到当时人的认同的。我们站在现代的立场，觉得它是违背了我们的习惯，我们认为它是错误，如果站在它的立场，它也会觉得我们违背了它的习惯，它会认为我们是错误。"且"许多我们认为讹俗的文字，都是敦煌当时约定俗成的文字。单就偏旁混淆而言，宀穴不分，故窟作窟，宠作宠；瓜爪不分，故瓠作瓠，瓢作瓢；木才不分，故扶作枎，打作杅；彳亻不分，故彼作伎，征作伍；日目不分，故昕作眪，暇作暇；忄巾不分，故悦作帨，帷作惟。"［参见潘重规《敦煌卷子俗写文字之整理与发展》，《敦煌学》1991年第17期，第1~2页。］有关此类字的出校问题，张涌泉在《敦煌文献校注体例之我见》中写道："原卷偏旁俗写相乱（如木旁作扌旁、巾旁作忄旁之类）或笔划增减者，可径加录正，不出校记。"［参见张涌泉《敦煌文献论丛》，上海古籍

出版社，2011，第230页。]

[8]　"虐"，S.610中的写法是"虐"。卷中"卢"一般写为"卢"。类似的俗
　　　写有"虐"的写法是"虐"，"虏"的写法是"虏"，"驴"的写法是"驴"，
　　　"戏"的写法是"戯"；有时，"卢"会写为"壬"，如"据"的写法是"据"
　　　"，"处"的写法是"処"；也有时，"卢"会写为"干"，如"剧"的写
　　　法是"剧"。

[9]　"乃"字后，中华书局本《太平广记》有小号字体注："'乃'原作'刀'，
　　　据明钞本改。"四库本《太平广记》无。

[10]　由此句的拆字逆推：当时的"明"的写法为"明"。

[11]《旧小说》中是"元明"，与前"元明"同，无法体现"出颈"的变化。由
　　　"出颈"二字和其他本的内容可推："元"应该是"无"字。

【类型分析】

　　卢元明将"徐"字拆开为"未入人"，徐之才套用其拆字的方法，将繁
体"卢"字拆分，将虎字头下的组字部件进行替换，繁体的"卢"字的偏
旁加上不同的组字部件即是不同的字反嘲卢元明，并以去头、出颈等动态
形式和变声等发音形式戏谑卢元明。属于字形类型。

第 34 则　马王互嘲

出处	S.610《启颜录》[1]	《太平广记》[2]	《天中记》[3]	《广滑稽》[4]
内容	隋朝有一人姓马，一人姓王，二人尝聚宴谈笑。姓马者遂嘲"王"字曰："王，是[5]你元来本姓'二'，为你漫走来，将丁钉你鼻。"姓王者即嘲"马"字曰："马，是你原来本姓'匡'，拗[6]你尾子东北出，背上负王郎。"遂一时大笑。	隋姓马、王二人，尝聚宴谈笑。马遂嘲王曰："王，是你元来本姓'二'，为你漫走来，将丁钉你鼻。"王曰："马，是你元来本姓'匡'，减你尾子来，背上负王郎。"出《启颜录》	隋姓马、王二人，尝聚宴谈笑。马遂嘲王曰："王，是你元来本姓'二'，为你漫走来，将丁钉你鼻。"王曰："马，是你元来本姓'马'[7]，减你尾子来，背上负王郎。"《启颜录》	缺。

笔者按：此则内容最早见于敦煌卷子 S.610《启颜录》，《太平广记》《天中记》和《广滑稽》中有载。敦煌卷子 S.610《启颜录》较详，多了旁人围观结果的记述："遂一时大笑。"

【校注】

[1]　出自敦煌卷子 S.610《启颜录》中《嘲诮》类第三则。参见《英藏敦煌文献》第二册，第 68 页。

[2]　出自《太平广记》卷二百五十三《嘲诮》（一）中名为《马王》。参见（宋）李昉等编《太平广记》第六册，第 1968 页。

[3]　出自《天中记》卷二十四《姓》中名为《马王》。参见（明）陈耀文《天中记》（《景印文渊阁四库全书》，第九六六册），第 96 页。

[4] 出自《广滑稽》卷之二十二中名为《王马相嘲》。笔者所使用的《广滑稽》的版本中"原缺第三叶"[（明）陈禹谟《广滑稽》（《四库全书存目丛书》，子部，第二五一册），第689页]，故缺《王马相嘲》的内容。

[5] "是"字，此处非是表示肯定判断之意的判断词，而是表示强调之意的助词，所用在此，只是为强调后面的"你"字。

[6] 卷中写法是"杴"。此乃属于敦煌写卷中的"木手不分"。"木"，《说文·木部》：'木，冒也。冒地而生。东方之行，从中，下象其根。凡木之属，皆从木。'"手"，《说文·手部》：'手，拳也。象形。凡手之属皆从手。'"木""手"二字，意思完全不同，但书写时易混。类似的写法，还有"括"字等。

[7] 四库本为"马"字，听雨山房本中为"国"字。

【类型分析】

马姓者和王姓者分别相嘲对方的姓氏，马姓者把"王"拆开为"二"和"丁"，以俏皮的形式，再将其合在一起。王姓者不甘示弱，把繁体的"马"解析为有尾巴的"匡"，且将其姓与动物马等同予以反嘲。王姓者对字的拆合，更胜一筹，胜负自然分晓。属于字形类型。

第 35 则　无耳有面

出处	S.610《启颜录》[1]	《太平广记》[2]	《广滑稽》[3]
内容	隋末，刘黑闼据有数州。纵其威虐，合意者，厚加赏赐；违意，即便屠割。尝以闲暇，访人解嘲。当时即进一人，黑闼即唤，令入，于庭前立。须臾，有一水恶鸟飞过，黑闼曰："嘲此水恶。"其人即嘲云："水恶，头如镰柯尾如凿，河里搦鱼无僻错。"黑闼大悦。又令嘲。"骆驼[4]，项曲绿，蹄波他，负物多。"黑闼大笑。赐绢五十疋。其人拜谢讫，于左膊上负绢走出。未至屏墙，即遂倒卧不起。黑闼令问："何意倒地？"其人对云："为是偏担。"黑闼更令索五十匹绵，令着右膊上将去，令明日更来。其人将绵、绢还村，路上逢一相识人，问云："何处得此绵、绢？"其人具说源由，此人即乞诵此嘲语，并问倒地之由。此人问讫，欢喜而归，语其妇曰："我明日定得绵、绢。"明日平旦，即于黑闼门外云："极解嘲。"黑闼大喜。即令引入，当见一猕猴在庭前，黑闼曰："嘲。"此人即嘲云："猕猴，头如镰柯尾如凿，河里搦鱼无僻错。"黑闼已怪，然犹未责。又有一老鸥飞过，黑闼又令："嘲老鸥。"此人又嘲云："老鸥，项曲绿，蹄波他，负物多。"黑闼大怒！令割却一耳。走出至屏墙，又即倒地。黑闼令问，又云："偏担。"黑闼又令更割一耳。此人还家，妇迎门问："绵、绢，何在？"此人云："绵、绢？割却两耳，只有面！"	隋末，刘黑闼据有数州。纵其威虐，合意者，厚加赏赐；违意者，即被屠割。尝闲暇，访得解嘲人，召入庭前立。须臾，水恶鸟飞过，命嘲之。即云："水恶鸟，头如镰柯尾如凿，河里搦鱼无僻错。"大悦。又令嘲"骆驼"。嘲曰："骆驼，项曲绿，蹄被[5]他，负物多。"因大笑。赐绢五十疋。拜毕，左膊上负绢走出。未至戟门，倒卧不起。黑闼令问："何意倒地？"答云："为是偏[担][6]。"更命五十屯绵，置右膊将去，令明日更来。及还村，路逢一知识，问云："在何处得此绵、绢？"具说其事，乃乞诵此嘲语，并问倒地之由。大喜而归，语其妇曰："我明日定得绵、绢。"及晓[7]即诣门，言："极善解嘲。"黑闼大喜。令引之，适尾[8]一猕猴在庭，命嘲之，即曰："猕猴，头如[9]镰柯尾如凿，河里搦鱼无僻错。"黑闼已怪，犹未之责。又一鸥飞度，复令嘲之，又云："老鸥，项曲绿，蹄被他，负物多。"于是大怒。令割一耳。走出至庭，又即倒地，令问之，又云："偏[担]。"复令割一耳。还家，妇迎问："绵、绢何？"答云："绵、绢，割两耳，只有面。"出《启颜录》	隋末，刘黑闼据有数州。纵其威虐，合意者，厚加赏赐；违意者，即被屠割。尝闲暇，访得解嘲人，召入庭前立。须臾，水恶鸟飞过，命嘲之。即云："水恶鸟，头如镰柯尾如凿，河里搦鱼无僻错。"大悦。又令嘲"骆驼"。嘲曰："骆驼，项曲绿，蹄被他，负物多。"因大笑。赐绢五十疋。拜毕，左膊上负绢走出。未至戟门，倒卧不起。黑闼令问："何意倒地？"答曰："为是偏担。"更命五十屯绵，置右膊将去，令明日更来。及还村，路逢一知识，问云："在何处得此绵、绢？"具说其事，乃乞诵此嘲语，并问倒地之由。大喜而归，语其妇曰："我明日定得绵、绢。"及晚即诣，明言："极善解嘲。"黑闼大喜。令引之，适尾一猕猴在庭，命嘲之，即曰："猕猴，头如镰柯尾如凿，河里搦鱼无僻错。"黑闼已怪，犹未之责。鸥飞度，复令嘲之，又云："老鸥，项曲绿，蹄被他，负物多。"于是大怒。令割一耳。走出至庭，又即倒地，令问之，又曰："偏担。"复令割一耳。还家，妇迎问："绵、绢何在？"答云："绵、绢，割两耳，只有面。"

　　笔者按：此则内容最早见于敦煌卷子 S.610《启颜录》,《太平广记》《广滑稽》中有载。由比较可知, S.610《启颜录》中记载最详, 不但记载了解嘲活动的嘲语, 而且还有周围人的反映, 比较生动地再现了当时的解嘲活动。

【校注】

[1]　出自敦煌卷子 S.610《启颜录》中《嘲诮》类第四则。参见《英藏敦煌文献》第二册, 第 68~69 页。

[2]　出自《太平广记》卷二百五十三《嘲诮》(一) 中名为《解嘲》。参见 (宋) 李昉等编《太平广记》第六册, 第 1970~1971 页。

[3]　出自《广滑稽》卷之二十二中名为《绵绢割两耳》。参见 (明) 陈禹谟《广滑稽》(《四库全书存目丛书》, 子部, 第二五一册), 第 694 页。

[4]　从此则中出现的嘲语的形式来看, 所嘲对象"骆驼"应放在解嘲人的话语中。

[5]　中华书局本《太平广记》后有小号字体注："敦煌本《启颜录》'被'作'波', 明钞本作'坡'。"四库本《太平广记》后无。

[6]　中华书局本《太平广记》为"檐"字, 从句意来看, 当为"担"的繁体"擔"之误。

[7]　"晓"字, 中华书局本《太平广记》为"晓", 后有注："'晓'原作'晚', 据明钞本改。"四库本《太平广记》为"晚", 后无注。

[8]　"尾"字, 中华书局本《太平广记》写法是"尾"; 四库本《太平广记》写法是"系"。

[9]　中华书局本《太平广记》后有注："'如'字原空阙, 据明钞本补。"四库本《太平广记》无。

【类型分析】

路上相逢之人因羡慕解嘲人因善解嘲而获得绢和绵，故分别生搬硬套在对猕猴和老鸱的嘲弄，并模仿解嘲人"偏担"倒地的戏码。以被"割两耳，只有面"的脸面谐音希望被赏赐的"绵"。属于"谐音类型"中的"音同（近）类型"。

第 36 则　破皮不韵^[1]

　　隋张荣亦善嘲戏，尝与诸知友聚会，乃各相嘲。有一人嘲云："嘲，抽你皮作马鞭梢。"张荣即报云："嘲，剥你皮作被袋。"人问曰："何因不韵？"张荣答曰："会是破你皮折，多用韵何为？"

　　笔者按：此则内容仅见敦煌卷子 S.610《启颜录》。

【校注】

[1]　出自敦煌卷子 S.610《启颜录》之《嘲诮》类第五则。参见《英藏敦煌文献》第二册，第 69 页。

【类型分析】

　　张荣以"会是破你皮折，多用韵何为"的胡搅蛮缠之语应对"嘲，抽你皮作马鞭梢"之语对其的嘲弄。文人作嘲，有语义上的要求，有字数上的要求，还有音韵上的要求。张荣的答语中不光字数比友人少一字，而且"袋"与"梢"也不押韵。此处的不押韵，是张荣有意为之，因为"剥皮"与"用韵"无关。属于声韵类型。

第 37 则　嘲酒酸淡

出处	S.610《启颜录》[1]	《太平广记》[2]	《广滑稽》[3]	《广博物志》[4]
内容	隋朝，有三四（人）[5] 共入店饮酒，酒味甚酢又薄，三四人乃各共嘲此酒。一人云："酒，何处漫行来，腾腾失却酉？"诸人问："此何义趣？"答云："有水在。"又次一人，嘲酒云："酒，头似阿滥馄头。"诸人问云："何因酒得'似阿滥馄'？"其人答曰："非鹑头。"又次至一人，嘲云："酒，向他篱头，四脚距地尾独速。"诸人问云："有何义？"其人答云："更无余义。"诸人共笑云："此嘲最是无豆。"其人即答云："我若有豆，即归舍作酱，何因此间喝酢来？"众乃大欢笑。	隋时，数人入酒肆，味酸且淡，乃共嘲此酒。一人云："酒，何处漫行来，腾腾失却酉？"诸人问云："此何义？"答云："有水在。"次一人云："酒，头似阿滥馄头。"诸人问云："何因酒得'似阿滥馄头'？"答曰："非鹑头。"又一人云："酒，向他篱得头，四脚距地也独宿。"诸人云："此有何义？"答云："更无余义。"诸人共笑云："此嘲最是无豆。"即答云："我若有豆，即归舍作酱，何因此间饮醋[6]来？"众欢，大笑。 出《启颜录》	隋时，数人入酒肆，味酸且淡，乃共嘲此酒。一人云："酒，何处漫行来，腾腾失却酉？"诸人问云："此何义？"答云："有水在。"次一人云："酒，头似阿滥馄头。"诸人问云："何因酒得'似阿滥馄头'？"答云："非鹑头。"又一人云："酒，向他篱得头，四脚距地也独宿。"诸人云："此有何义？"答曰："更无余义。"诸人共笑云："此嘲最是无豆。"即答曰："我若有豆，即归舍作酱，何因此间饮醋来？"众欢，大笑。	隋时数人入酒肆，味酸且淡，乃共嘲此酒。一人云："酒，何处漫行来，腾腾失却酉？"诸人问云："此何义？"答曰："有水在。"次一人云："酒，头似阿滥馄头。"诸人问云："何因酒得'似阿滥馄头'？"答曰："非鹑头。"又一人云："酒，向他篱得头，四脚距地也独宿。"诸人云："此有何义？"答云："更无余义。"诸人共笑云："此嘲最是无豆。"即答云："我若有豆，即归舍作酱，何因此间饮醋来？"众大欢笑。《启颜录》

笔者按：此则内容最早见于敦煌卷子 S.610《启颜录》,《太平广记》《广滑稽》和《广博物志》中有载。从文中 S.610《启颜录》中所用"独速"与《太平广记》《广滑稽》和《广博物志》中所用"独宿"可知,《太平广记》《广滑稽》和《广博物志》是一脉传承。从文中记载,可推当时所喝之酒添加水多、味道不纯且偏酸。

【校注】

[1]　出自敦煌卷子 S.610《启颜录》中《嘲诮》类第六则。参见《英藏敦煌文献》第二册,第 69 页。

[2]　出自《太平广记》卷二百五十三《嘲诮》（一）中名为《酒肆》。参见（宋）李昉等编《太平广记》第六册,第 1968 页。

[3]　出自《广滑稽》卷之二十二中名为《何因饮醋》。参见（明）陈禹谟《广滑稽》（《四库全书存目丛书》,子部,第二五一册）,第 694 页。

[4]　出自《广博物志》卷四十。参见（明）董斯张《广博物志》（《景印〈文渊阁四库全书〉》,第九八一册）,台湾商务印书馆,1986,第 342 页。

[5]　据后文"三四人",补"人"字。

[6]　"醋"古代称为"酢""醯""苦酒"等。文中的调笑,也说明"醋"应该是起源于"酒"的。敦煌卷子 S.610《启颜录》用的是"酢"字,其他版本中用的是"醋"字。这说明在唐时,更喜欢用"酢"来称呼"醋"。"酢"字出现在周代以前,周王室中已有了"酢人",专管王室中酢的供应,日本仍用"酢"字称呼"醋",把"米醋"称之为"米酢"。

【类型分析】

一人用拟人化的手法打趣"酒,何处漫行来,腾腾失却酉"把"酒"字拆分为"水"和"酉"。"酒"把"酉"丢了,就只剩"水"了,意思是酒中加了很多水。第二个人用拟物化的手法继续打趣"头似阿滥馈头"的嘲弄之语,为何有此嘲语？因为"阿滥馈头"歇后为"非鹑头","鹑"谐音为"纯"，意思是酒的味道不纯正。第三人把"酒"谐音为"狗"，继续打趣"酒，向他篱头，四脚距地尾独速"这个趣语比较隐晦，其目标指向就是"无豆"，因为"若有豆，即归舍作酱。"而不用在"此间喝醋"了，将笑话推向高潮，分别对酒的淡与酸做出了回应。综合使用字的拆分和谐音等，字的拆分在前，故归为此类。属于字形类型。

第 38 则 嘲竹语墙

出处	S.610《启颜录》[1]	《太平广记》[2]	《类说》[3]	《古今合璧事类备要续集》[4]
内容	国初，有人姓裴，宿卫考满，兵部试判，为错一字，落第。此人即向仆射温彦博处披诉，彦博当时共杜如晦坐，不理其诉。此人即云："少小已来，自许明辩至于通传言语，堪作通事舍人。并解作文章，兼能嘲戏。"彦博始回意共语，时厅前有竹，彦博即令："嘲'竹'。"此人应声嘲曰："竹，风吹青肃肃。凌冬叶不凋，经春子不熟。虚心未能待国士，皮上何须生节目？"彦博大喜，即云："既解通传言语，可传语与厅前屏墙。"此人即走至屏墙，大声语曰："方今圣[9]上聪明，辟四门以待士。君是何勿人？在此妨贤路！推到彦博！"此人云："非但着膊，亦乃着肚。"当为杜如晦在，故有此言。彦博、如晦，乃大欢笑。即令送吏部与官。	唐初，裴略宿卫考满，兵部试判，为错一字，落第。此人即向仆射温彦博处披诉，彦博当时共杜如晦坐，不理其诉。此人即云："少小以来，自许明辩，至于通传言语，堪作通事舍人。并解作文章，兼能嘲戏。"彦博始回意共语，时厅前有竹，彦博即令："嘲'竹'。"此人应声嘲曰："竹，风吹青肃肃。凌冬叶不凋，经春子不熟。虚心未能待国士，皮上何须生节目？"彦博大喜，即云："即解通传言语，可传语与厅前屏墙。"此人走至屏墙，大声语曰："方今圣上聪明，辟四门以待士。君是何物？久在此妨贤路！即推倒！"彦博云："此意着博。"此人云："非但着膊，亦乃着肚。"当为杜如晦在坐，有此言。彦博、如晦，俱大欢笑。即令送吏部与官。出《启颜录》	温彦博、杜如晦同为仆射，有裴略者诉事，二公久不答，略自陈："通言语，工嘲戏。"彦博使嘲"庭中竹"。略曰："竹竹青簌簌。凌寒叶不凋，经夏子不熟。虚心未能待国士，皮上何须生节目？"又令："传语屏墙。"即走至墙下曰："方令圣明主，辟四门以待士。君是何物？敢妨贤路！"	是何物人唐初，裴略宿卫考满，兵部试判，为错一字，落第。此人即向仆射温彦博处披诉，彦博当时共杜如晦坐，不理其诉。此人即云："少小以来，自许明辩，至于通传言语，堪作通事舍人。并解作文章，兼能嘲戏。"彦博始回意共语，时厅前有竹，即令："嘲'竹'。"应声嘲曰："竹，风吹青肃肃，凌冬叶不凋，经春子不熟。虚心未能待国士，皮上何须生节目？"彦博大喜。即云："既解通传言语，可传语与厅前屏墙。"此人走至屏墙，大声语曰："方今圣主聪明，辟四门以待士。君是何物？在此妨贤路！即推倒！"彦博云："此意着膊。"此人云："非但着膊，亦乃着肚。"当为杜如晦在坐，有此言。彦博、如晦俱大欢笑。即令送吏部与官。《启颜录》

出处	《韵府群玉》[5]	《御定佩文韵府》[6]	《御定佩文韵府》[7]	《旧小说》[8]
内容	嘲墙 温彦博为吏侍，裴略被放。乃自索："解嘲谑。"彦博令："嘲'屏墙'。"略曰："突兀当厉坐，几许遮贤路？"[10] 温云："此嘲壶语。"裴曰："非但着牌，亦乃着肚也。"杜如晦时亦在坐也。因即叙官。《启颜录》	屏墙《启颜录》裴略落第，向温彦博处披诉云："少小以来，自许明辩，堪作通传言语，堪作通事舍人。"博云："既解'通传言语'，可传语于厅前屏墙。"略走至屏墙，大声语曰："方今圣上聪明，辟四门以待士。君是何物人？在此妨贤路！即推倒！"	着肚《启颜录》裴略宿卫考满，兵部试判，为错一字，落第。此人即向仆射温彦博处披诉，彦博当时共杜如晦坐，不理其诉。此人即云："少小以来，自许明辩，至于通传言语，堪作通事舍人。并解作文章，兼能嘲戏。"彦博云："既解通传语，可传语与厅前屏墙。"此人走至屏墙，大声语曰："方今圣上聪明，辟四门以待士。君是何物人？久在此妨贤路！即推倒！"彦博云："此意着博。"此人云："非但着牌，亦乃着肚。"当为杜如晦在坐，有此言。彦博、如晦，俱大欢笑。即令送吏部与官。	唐初，裴略宿卫考满，兵部试判，为错一字，落第。此人即向仆射温彦博处披诉，彦博当时共杜如晦坐，不理其诉。此人即云："少小以来，自许明辩，至于通传言语，堪作通事舍人。并解作文章，兼能嘲戏。"彦博始回意共议，时厅前有竹，彦博即令："嘲'竹'。"此人应声嘲曰："竹，风吹青肃肃，凌冬叶不凋，经春子[11]不熟。虚心未能待国士，皮上何须生节目？"彦博大喜，即云："即解通传言语，可传语与厅前屏墙。"此人走至屏墙，大声语曰："方今圣上聪明，辟四门以待士。君是何物？久在此妨贤路！即推倒！"彦博云："此意着博。"此人云："非但着牌，亦乃着肚。"当为杜如晦在坐，有此言。彦博、如晦俱大欢笑。即令送吏部与官。

　　笔者按：此则内容最早见于敦煌卷子 S.610《启颜录》，《太平广记》《类说》《古今合璧事类备要续集》《韵府群玉》《御定佩文韵府》和《旧小说》中有载。各本对于嘲语的记载，可以看出解嘲活动在宋明的没落。从《类说》的记载中与他处对《启颜录》各则记录的严重不同来看这个现象，从《类说》的编排体例以及对其他内容的记载来看，其一般不会对人物对话的话语进行删改，然此处其对竹子嘲语的记载却是诗的形式："竹竹青簌簌。凌寒叶不凋，经夏子不熟。虚心未能待国士，皮上何须生节目？"将标志解嘲的嘲语的开始部分的解嘲对象"竹"的去除，表明其已经不是嘲语形式，已非解嘲活动，而是诗词活动，是诗歌形式。同时，此则是《启颜录》中唯一对"传语"有记载的内容。

【校注】

[1]　出自敦煌卷子 S.610《启颜录》中《嘲诮》类第七则。参见《英藏敦煌文献》第二册，第 69 页。

[2]　出自《太平广记》卷二百五十四《嘲诮》（二）中名为《裴略》。参见（宋）李昉等编《太平广记》第六册，第 1974~1975 页。

[3]　出自《类说》卷之十四中名为《嘲庭中竹》。参见（宋）曾慥《类说》，第 958~959 页。

［4］ 出自《古今合璧事类备要续集》卷四十《性行门》之《讥诮》中。参见（宋）谢维新《古今合璧事类备要续集》（《景印〈文渊阁四库全书〉》，第九四〇册），台湾商务印书馆，1986，第 624 页。

［5］ 出自《韵府群玉》卷六《七阳》之《墙》中。参见（元）阴劲弦、阴复春《韵府群玉》（《景印〈文渊阁四库全书〉》，第九五一册），第 242 页。

［6］ 出自《御定佩文韵府》卷二十二之十二下平声《七阳》（韵十二）之《墙》中。参见（清）张玉书、陈廷敬等奉敕撰《御定佩文韵府》（《景印〈文渊阁四库全书〉》，第一〇一五册），第 754 页。

［7］ 出自《御定佩文韵府》卷三十七之四上声《七麌》（韵四）之《肚》中。参见（清）张玉书、陈廷敬等奉敕撰《御定佩文韵府》（《景印〈文渊阁四库全书〉》，第一〇一八册），第 586~587 页。

［8］ 出自《旧小说》乙集（五）中名为《裴略》。参见吴曾祺《旧小说》第七册，第 687 页。

［9］ 从前后语意和说话习惯，以及 S.610 中残缺遗留的部分"徨"，可推：此字是"圣"。《历代笑话集》、辑注本《启颜录》、奇（二）本《启颜录》中录为"主"，《〈启颜录〉笺注》中录为"圣"。

［10］ 裴略此处的嘲语与各本皆不同也，不知据何本录之。对仗非常工整，有加工锤炼之痕迹。

［11］《旧小说》中是"子春"，根据语言习惯，此句应与前句的组句方式相同，上句句首"凌"后跟时令词"冬"，此句的"经"后也应该跟时令词"春"。又，根据语意，"不熟"前应该是名词"子"，故将"子春"二字位置对调。

【类型分析】

　　落第的裴姓人以"竹，风吹青萧萧，凌冬叶不凋，经春子不熟。虚心未能待国士，皮上何须生节目"的嘲语和"方今圣上聪明，辟四门以待士，君是何勿人？在此妨贤路。推到彦博"的"非但着膊，亦乃着肚"的传语，赢得了官职。"膊"谐音"温彦博"的"博"，"肚"谐音"杜如晦"的"杜"。属于"谐音类型"中的"音同（近）类型"。

第 39 则　须多鼻大[1]

国初，贾元逊、王威德俱有辩捷，旧不相识，先各知名，无因相见。元逊髭须甚多，威德鼻极长大。尝有一人置酒唤客，兼唤此二人。此二人在座，各问知姓名，然始相识。座上诸客及主人，即请此二人言戏。威德即先云：“千具羖䍽皮，唯裁一量靺。”诸人问云：“余皮既多，拟作何用？”威德答曰：“拟作元逊颏。”元逊即应声云：“千丈黄杨木，空为一个梳。”诸人又问云：“余木拟作何用？”元逊答云：“拟作威德枇子。”四座莫不大笑。

笔者按：此则内容仅见敦煌卷子 S.610《启颜录》。

【校注】

[1]　出自敦煌卷子 S.610《启颜录》之《嘲诮》类第八则。参见《英藏敦煌文献》第二册，第 69 页。

【类型分析】

贾元逊用“千丈黄杨木，空为一个梳”之语嘲弄王威德“鼻极长大”以应对王威德用“千具羖䍽皮，唯裁一量靺”之语对其“髭须甚多”的嘲弄。王威德用很多“余皮”做的“颏”暗讽贾元逊的满脸胡须，贾元逊以很多木头做的“枇子”谐音王威德的“鼻子”。属于“谐音类型”中的“音同（近）类型”。

第 40 则　唯声不同[1]

　　侯白尝出京城外，路逢富贵公子出游，自放鹞子，负驮极多，骑从鲜洁，又将酒食，野外遨游。白于路上见此公子，即语同行伴云："我等极饥，须得此人饮食吃。"诸人云："他是达官儿郎，本不相识，何缘可得他饮食？"侯白即云："仰我得之。"即急行，趁及公子，问云："郎君臂上，唤作何鸟？"其人报云："唤作鹞子。"侯白曰："堪作何用？"其人云："令捉鸟鹊及鹑。"侯白乃即佯惊云："遂不知此伎俩！白庄上林中有三四窠，生儿欲大，总不纪括。既有如此伎俩，到庄即须养取此鸟。"公子大喜，问云："庄去此远近？"白曰："廿余里。"此人欲逐侯白向庄。侯白云："且来大［饥］[2]，未得即往。"此人即下所驮饮食，并侯白同行伴数人，皆得饱足。食讫，此人鹞子即作声。侯白云："白庄上鸟，身品大小，共公庄鸟相似，唯声不同。"此人问云："公鸟作何声？"侯白云："庄上鸟声作'求敕鸠'。"此人乃大嗔恨而回。

　　笔者按：此则内容仅见敦煌卷子 S.610《启颜录》。

【校注】

［1］　出自是敦煌卷子 S.610《启颜录》之《嘲诮》类第九则。参见《英藏敦煌文献》第二册，第 69~70 页。

［2］　S.610 中是"**餘**"，"余"有"饱、足"之意，如《战国策·秦》中有"今力田疾作，不得暖衣余食"，但无"饥饿"之意，不符合此处语境。《历代笑

话集》、辑注本《启颜录》和奇（二）本《启颜录》录为"饿"，《〈启颜录〉笺注》中录为"馁"。笔者沿用此则前文"极饥"的"饥"字。

【类型分析】

侯白在"同行伴数人，皆得饱足"之后，以"求敕鸠"的叫声谐音"求吃酒"，委婉地告知为其"下所驮饮食"的富贵公子其口中的"庄上林中""生儿欲大，总不纪括"的鸟并非公子臂上可以"捉乌鹊及鹑"的鹞子，故富贵公子听后，"大嗔恨而回"。"求敕鸠"的答语并不是说话人所要表达的真实意思，其谐音"求吃酒"才是说话人所表达的真实意思。属于"谐音类型"中的"音同（近）类型"。

第 41 则　吹勃逻回[1]

　　侯白常共数人同行，过村。村中一家正有礼席，人客聚集。侯白即至门云："白等数人，皆是音声博士。闻有座席，故来相过。"此家大喜，即引入对座，与饮食。食饱。主人将筝及琵琶、尺八与白，令作音乐。侯白云："白等并不作此音声。"主人问云："客解作何音声？"白云："并解吹勃逻回。"主人既嗔且笑，发遣令去。

　　笔者按：此则内容仅见敦煌卷子 S.610《启颜录》。

【校注】

[1]　　出自敦煌卷子 S.610《启颜录》之《嘲诮》类第十则。参见《英藏敦煌文献》第二册，第 70 页。

【类型分析】

　　侯白在"食饱"之后，以"勃逻回"的乐器名谐音"饱了回"（或"不大会"），委婉地告知"引入对座，与饮食"的村中办"礼席"的主人，主人得知后，"既嗔且笑，发遣令去。""勃逻回"谐音"饱了回"。属于"谐音类型"中的"音同（近）类型"。

第42则　就胡眼看[1]

隋开皇初，高祖新受禅，意欲上合天心、下顺人望。每诸州奏有祥瑞，皆大喜悦。有人来献瑞物，皆即得官。后有一人，甚富，访诸瑞物，若知有处，皆不惜钱。侯白东家有一胡，患疳饶睡，家人每日常灸尾翠。侯白即觅富人云："我知有一瑞物，你与我几钱？"富人大喜，即与侯白廿贯钱。白即共作券契，不得翻悔。受钱讫，即引富人至胡家，见胡睡卧，家人正灸。富人云："瑞物何在？"侯白指胡云："此是九尾胡。"富人大嗔云："何得是瑞？"侯白云："若不信瑞，任汝就胡眼看，今见未觉。"富人即欲索钱，侯白出券共争，遂一钱索不得。

笔者按：此则内容仅见敦煌卷子 S.610《启颜录》。

【校注】

[1]　出自敦煌卷子 S.610《启颜录》之《嘲诮》类第十一则。参见《英藏敦煌文献》第二册，第70页。

【类型分析】

侯白告知"访诸瑞物""皆不惜钱"想"献瑞物""得官"的富人"有一瑞物"，在"作券契"之后，带其去因"患疳饶睡"而"常灸尾翠"的"胡家"，"'灸尾'胡"谐音"九尾狐"。属于"谐音类型"中的"音同（近）类型"。

第 43 则　香馄毒蜜[1]

　　尝有一僧，忽忆馄吃。即于寺外作得数十个馄，并[2]买得一瓶蜜，于房中私食。食讫。残馄留钵盂中，蜜瓶送床脚下，语弟子云："好看我馄，勿使欠少；床底瓶中是极毒药，吃即煞[3]人。"此僧即出。弟子待僧去后，即取瓶写[4]蜜，搵馄食之，唯残两个。僧来即索所留馄、蜜，见馄唯有两颗，蜜又吃尽。即大嗔云："何意吃我馄、蜜？"弟子云："和尚去后，闻此馄香，实忍馋不得，遂即取吃。畏和尚来嗔，即服瓶中毒药，望得即死。不谓至今平安。"僧大嗔曰："作勿生即吃尽我汝许馄？"弟子即以手于钵盂中取两个残馄，向口连食，报云："只作如此吃，即尽。"此僧下床大叫，弟子因即走去。

　　笔者按：此则内容仅见敦煌卷子 S.610《启颜录》。

【校注】

[1]　出自敦煌卷子 S.610《启颜录》之《嘲诮》类第十二则。参见《英藏敦煌文献》第二册，第 70 页。

[2]　S.610 中此字的写法是"𠀄"，《历代笑话集》、辑注本《启颜录》和奇（二）本《启颜录》中未录此字，《辑注本〈启颜录〉匡补》和《〈启颜录〉笺注》中录为"并"，故暂录为"并"。

[3]　"煞"，同"杀"。

[4]　"写"，此处通"泻"。

【类型分析】

僧弟子以"和尚去后，闻此馄香，实忍馋不得，遂即取吃。畏和尚来嗔，即服瓶中毒药，望得即死。不谓至今平安"之语应对僧人"作勿生即吃尽我如许馄"的责难。"蜜"在不同情况下分别被赋予美食功能和毒药功能而引发的笑话。属于意义相反类型。

第 44 则　铃声有别[1]

　　有一僧，年老疹疾，恒共诸僧于佛堂中转经，即患气短口干，每须一杯热酒。若从堂向房温酒，恐堂中怪迟，即于堂前悬一铜铃，私共弟子作号，语云："汝好意听吾铃声，即依铃语。"弟子不解铃语，乃问之。僧曰："铃云'荡荡朗朗铛铛'，汝即可依铃语'荡朗铛'，子温酒待我。"弟子闻铃，每即温酒。数日已后，弟子贪为戏剧，遂忘温酒。僧动铃已后，来见酒冷，因责之曰："汝何意今日不听铃声？""为与旧声有别。"僧曰："铃声若何有别？"答曰："今日铃声云'但冷打、[但][2]冷打'，所以有别，遂不温酒。"僧因笑而赦之。开元十一年捌月五日写了，刘丘子于二舅家。

　　笔者按：此则内容仅见敦煌卷子 S.610《启颜录》。

【校注】

[1]　出自敦煌卷子 S.610《启颜录》之《嘲诮》类第十三则。参见《英藏敦煌文献》第二册，第 70 页。

[2]　与上处的铃音次数相对，此处也应该是六次铃声，故补一［但］字。

【类型分析】

　　僧弟子借用"但冷打、［但］冷打"的铃声与先前约定的"荡荡朗朗铛铛""有别"，来掩饰其因"贪为戏剧，遂忘温酒"之举。僧弟子借用铃音来为自己解说。属于"谐音类型"中的"音同（近）类型"。

到此处，敦煌卷子 S.610《启颜录》中的内容全部整理完毕。据敦煌卷子 S.610《启颜录》中对《启颜录》的分类一共是四十则，笔者为进行更详尽的比较研究，将一人多则的内容进行抽离，共计四十四则。

第 45 则　始皇议苑[1]

秦优旃善为笑言，然合于道。始皇尝议："欲大苑囿，东至函谷，西至陈仓。"优旃曰："善！多纵禽兽于其中，寇贼从东方来，令麋鹿触之，足矣！"始皇乃止。

笔者按：此则内容仅见《太平广记》。此则内容的原始出处，应是从《史记·滑稽列传》中的内容摘录而成。

【校注】

[1]　出自《太平广记》卷一百六十四《讽谏》中名为《优旃》（之一）。参见（宋）李昉等编《太平广记》第四册，第 1195 页。

【类型分析】

秦优旃以"善！多纵禽兽于其中，寇贼从东方来，令麋鹿触之，足矣"之语答秦始皇"欲大苑囿，东至函谷，西至陈仓"之议。先以"善"的答语表达对对方提法的认同。然后以"麋鹿触之"的说法委婉地提出对方的提议有多荒谬。优旃的答语，以委婉地方式来巧妙地说出自己对问题的真实看法。属于生活用语类型。

第 46 则　二世漆城[1]

　　及二世立，欲漆其城。优旃曰："善！虽百姓愁费，然大佳哉！漆城荡荡，寇来不能上，即欲漆之，极易！难为荫室。"二世笑之而止。出《启颜录》

　　笔者按：此则内容仅见《太平广记》。此则内容的原始出处，应是从《史记·滑稽列传》中的内容摘录而成。

【校注】

[1]　出自《太平广记》卷一百六十四《讽谏》中名为《优旃》（之二）。参见（宋）李昉等编《太平广记》第四册，第1195页。

【类型分析】

　　秦优旃以"善！虽百姓愁费，然大佳哉！漆城荡荡，寇来不能上，即欲漆之。极易！难为荫室"之语，回答秦二世"欲漆其城"之举。优旃的答语，以委婉地方式来巧妙地说出自己对问题的真实看法。属于生活用语类型。

第 47 则　酿具同罪[1]

　　蜀简雍，少与先主有旧，随从周旋，为昭德将军。时天旱禁酒，酿者刑。吏于人家索得酿具，论者欲令与造酒者同罚。雍从先主游观，见一男子路中行，告先主曰："彼人欲淫，何以不缚？"先主曰："卿何以知之？"雍对曰："彼有媱具，与欲酿何殊？"先主大笑。而原舍酿者罪。出《启颜录》

　　笔者按：此则内容仅见《太平广记》。此则内容的原始出处，应是从《三国志·蜀书·许麋孙简伊秦传》中的内容摘录而成。从（明）郁履行辑《谑浪》中《淫具酿具》［参见（明）郁履行辑《谑浪》，明万历刊本］的笑话用语来看，虽个别字句同时受《三国志》和《启颜录》的影响，然整体风格，与前两者皆不同。

【校注】

[1]　出自《太平广记》卷一百六十四《讽谏》中名为《简雍》。参见（宋）李昉等编《太平广记》第四册，第 1196 页。

【类型分析】

　　简雍问蜀主在路中行走的男子因有淫具而"欲淫，何以不缚？"此语使蜀主"大笑，而原舍酿者罪"。将一种事物的功能直接等同于该事物已经实施过的功能。属于虚幻等同现实类型。

第48则　非使狗国[1]

　　齐晏婴短小，使楚。楚为小门于大门侧，乃延晏子。婴不入，曰："使狗国，狗门入。今臣使楚，不当从狗门入。"

　　笔者按：此则内容仅见《太平广记》。此则内容的原始出处，应是从《晏子春秋》的《晏子使楚楚为小门晏子称使狗国者入狗门第九》中摘录而成。

【校注】

[1]　出自《太平广记》卷二百四十五《诙谐》（一）名为《晏婴》（之一）。参见（宋）李昉等编《太平广记》第五册，第1894页。

【类型分析】

　　晏婴以"使狗国，狗门入。今臣使楚，不当从狗门入"之语对楚国为嘲"晏婴短小"而让其从大门侧的小门入的举动。借用动物来比人。属于生活用语类型。

第 49 则　使不肖王 [1]

王曰："齐无人耶？"对曰："齐使贤者使贤王，不肖者使不肖王。婴不肖，故使王耳。"

笔者按：此则内容仅见《太平广记》。此则内容的原始出处，应是从《晏子春秋》的《晏子使楚楚为小门晏子称使狗国者入狗门第九》中摘录而成。

【校注】

[1]　出自见卷二百四十五《诙谐》（一）名为《晏婴》（之二）。参见（宋）李昉等编《太平广记》第五册，第 1894 页。

【类型分析】

晏婴以"齐使贤者使贤王，不肖者使不肖王。婴不肖，故使王耳"之语，回答楚王"齐无人耶"的轻视之语。属于生活用语类型。

第50则　水土使然[1]

王谓左右曰："晏婴辞辩，吾欲伤之。"坐定。缚一人来，王问："何谓者？"左右曰："齐人坐盗。"王视婴曰："齐人善盗乎？"对曰："婴闻橘生于江南，至江北为枳。枝叶相似，其实味且不同。水土异也！今此人生于齐，不解为盗，入楚则为盗，其实不同。水土使之然也！"王笑曰："寡人反取病焉。"出《启颜录》

　　笔者按：此则内容仅见《太平广记》。此则内容的原始出处，应是从《楚王欲辱晏子指盗者为齐人晏子对以桔第十》中摘录略加删改而成，参见吴则虞《〈晏子春秋〉集释》，第389、392页。（明）乐天大笑生《解愠编》卷之一《儒箴》［参见（明）乐天大笑生《解愠编》，明嘉靖刻本］中有关于晏婴的笑话《晏子使楚》。其用语虽稍有改变，但可以看出其借鉴《启颜录》的编排手法，可见《启颜录》在成书的编排手法上对后世的影响。

【校注】

[1]　出自《太平广记》卷二百四十五《诙谐》（一）中名为《晏婴》（之三）。参见（宋）李昉等编《太平广记》第五册，第1894页。

【类型分析】

　　晏婴以"橘生于江南，至江北为枳，枝叶相似，其实味且不同。水土异也"之论反驳楚王"齐人善盗"的质问。借用某个特征来比人。属于生活用语类型。

第 *51* 则　韶梦周孔[1]

　　后汉边韶字孝先，教授数百人。曾昼日假寐，弟子私嘲之曰："边孝先，腹便便。懒读书，但欲眠。"孝先潜闻之，应曰："'边'为姓，'孝'为字。腹便便，五经笥。但欲眠，思经事。寐与周公通梦，静与孔子同意。师而可嘲，出何典记？"嘲者大惭。原阙出处，明钞本作出《启颜录》。[2]

　　笔者按：此则内容仅见《太平广记》。此则内容的原始出处，应是从《后汉书·文苑列传》中的内容摘录而成。

【校注】

[1]　出自《太平广记》卷二百四十五《诙谐》（一）中名为《边韶》。参见（宋）李昉等编《太平广记》第五册，第 1896 页。

[2]　中华书局本《太平广记》后写的出处是"原阙出处，明钞本作出《启颜录》"；四库本《太平广记》后无出处。

【类型分析】

　　边韶以周公和孔子自比，用"边为姓，孝为字；腹便便，五经笥；但欲眠，思经事；寐与周公通梦，静与孔子同意"之语回应其学生以"边孝先，腹便便。懒读书，但欲眠"之语对其的戏弄。属于吟咏诗句类型。

第 52 则　裔辩孙权[1]

　　蜀张裔为益州太守，为郡人雍闿缚送孙权。武侯遣邓芝使吴，令言次从权请裔。裔自至吴，流徙伏匿，权未之知，故许芝遣。裔临发，乃引见，问裔曰："蜀卓氏寡女，亡奔相如。贵土风俗，何以乃尔？"裔对曰："愚以为卓氏寡女，犹贤于买臣之妻。"出《启颜录》

　　笔者按：此则内容仅见《太平广记》。此则内容的原始出处，应是从《三国志·蜀书·霍王向张杨费传》中的内容摘录而成。

【校注】

[1]　出自《太平广记》卷二百四十五《诙谐》（一）中名为《张裔》。参见（宋）李昉等编《太平广记》第五册，第1897页。

【类型分析】

　　蜀张裔以"卓氏寡女，犹贤于买臣之妻"之语应对孙权"蜀卓氏寡女，亡奔相如。贵土风俗，何以乃尔"的刁难之问。属于引经据典类型。

第 53 则　署潞涿君[1]

　　（蜀先主初与）[2]刘璋会涪，时张裕为从事，侍坐。其人饶须，先主嘲之曰："吾涿县特多毛姓，东西南北，皆诸毛也。涿令称曰：'诸毛绕涿居乎！'"裕即答曰："昔有作上党潞长，迁为涿令者，去官还家。时人与书，欲署潞则失涿，署涿则失潞，乃署曰：'潞涿君'。"先主大笑。先主无须，故裕云及之。《艺文类聚》卷二五引《蜀志》（《蜀志》十二《周群传》文），文略同。疑出《启颜录》。[3]

　　笔者按：此则内容仅见《太平广记》。此则内容的原始出处，应是从《三国志·蜀书·杜周杜许孟来尹李谯郤传》中摘录而成。

【校注】

[1]　出自《太平广记》卷二百四十五《诙谐》（一）中名为《张裕》。参见（宋）李昉等编《太平广记》第五册，第 1897~1898 页。

[2]　"蜀先主初与"五字，中华书局本《太平广记》以"□"替代，四库本《太平广记》中有，据此录入。

[3]　中华书局本《太平广记》于本则下有小号字体注："《艺文类聚》卷二五引《蜀志》（《蜀志》十二《周群传》文），文略同。"且有出处"疑出《启颜录》"，四库本《太平广记》于本则下无出处。

【类型分析】

因刘备是"涿郡涿县人"〔参见（晋）陈寿撰,（南朝·宋）裴松之注,陈乃乾校点《三国志》,第871页〕,故刘璋用"昔有作上党潞长,迁为涿令者,去官还家。时人与书:'欲署潞则失涿,署涿则失潞,'乃署曰:'潞涿君'"之语嘲弄蜀"先主无须",以应对蜀先主用"吾涿县特多毛姓,东西南北,皆诸毛也"之语对其"饶须"的嘲弄。"潞涿"谐音"露着"。属于"谐音类型"中的"音同（近）类型"。

第54则　无犬为蜀

出处	《太平广记》[1]	《玉芝堂谈荟》[2]	《旧小说》[3]
内容	吴薛综见[4]蜀使张奉，嘲尚书令阚泽姓名，泽不能答。薛综下行乃云："蜀者何也? 有犬为独，无犬为蜀。横目句身，虫入其腹。"奉曰："不当复嘲君'吴'耶?"综应声曰："无口为天，有口为吴。君临万邦，天子之都。"于是众坐喜笑，而奉无以对也。出《启颜录》	蜀使张奉嘲尚书令阚泽姓名，泽不能答。薛综下行，乃云："蜀者，何也? 有犬为独，无犬为蜀。横目勾身，虫入其腹。"奉曰："不当复嘲君'吴'耶?"综应声曰："无口为天，有口为吴，君临万邦，天子之都。"	吴薛综见蜀使张奉嘲尚书令阚泽姓名，泽不能答。薛综下行，乃云："蜀者，何也? 有犬为独，无犬为蜀。横目句身，虫入其腹。"奉曰："不当复嘲君'吴'耶?"综应声曰："无口为天，有口为吴。君临万邦，天子之都。"于是众坐喜笑，而奉无以对也。

　　笔者按：此则内容最早见于《太平广记》,《玉芝堂谈荟》和《旧小说》中有载。此则内容的原始出处，应是从《三国志·吴书·张严程阚薛传》中摘录而成。

【校注】

[1]　出自《太平广记》卷二百四十五《诙谐》（一）中名为《薛综》。参见（宋）李昉等编《太平广记》第五册，第1898页。

[2]　出自《玉芝堂谈荟》中名为《拆字谑语》中。参见（明）徐应秋《玉芝堂谈荟》（《景印文渊阁四库全书》第八八三册），第222页。

[3]　出自《旧小说》乙集（五）中名为《薛综》。参见吴曾祺《旧小说》第七册，第690页。

［4］　中华书局本《太平广记》于"见"后，有小号字体注："'吴薛综见'四字原空阙。据黄本补。"且有出处"出《启颜录》"，四库本《太平广记》于本则下无出处。

【类型分析】

吴国薛综在蜀、吴两国的国名上下功夫，在蜀旁加犬，并将蜀视为横目、句身和虫的组合，薛综以"犬""虫"之类动物和"横目"这种显得霸道而不美的事物与"蜀"相连，来贬低和羞辱蜀使张奉。但把吴拆成口和天，以"君临万邦，天子之都"来抬高吴国。属于字形类型。

第 55 则　子前字父

出处	《太平广记》[1]	《天中记》[2]
内容	诸葛恪对南阳韩文晃，误呼其父字。晃诘之曰："向人子而字父[3]，子为是礼也？"恪大笑，答曰："向天穿针而不见者，非不明，意[4]有所在耳。"	诸葛恪对南阳韩文晃，误呼其父字。晃诘之曰："向人子前呼其父字，为是礼也？"恪笑而答[5]曰："向天穿针而不见者，非离于天，意有所在耳。"

笔者按：此则内容最早见于《太平广记》，《天中记》中有载。此则内容的原始出处，应是从《殷芸小说》卷六《吴蜀人》中摘录而成。

【校注】

[1]　出自《太平广记》卷二百四十五《诙谐》（一）中名为《诸葛恪》（之一）。参见（宋）李昉等编《太平广记》第五册，第 1898 页。

[2]　出自《天中记》卷二十六《排调》中名为《向天穿针》（之一）。参见（明）陈耀文《天中记》（《景印文渊阁四库全书》，第九六六册），第 222 页。

[3]　中华书局本《太平广记》于"而字父"后，有小号字体注：'而字父'三字原空阙，据黄本补。"四库本《太平广记》于本则下无注。

[4]　中华书局本《太平广记》于"意"后，有小号字体注："'不明'二字原空阙，'意'原作'濎'。据黄本补改。"四库本《太平广记》于本则下无注。

[5]　"荅"，同"答"。听雨山房本为"恪笑而笑曰"？字。

【类型分析】

诸葛恪以"向天穿针而不见者"之语，掩饰其"误呼"南阳韩文晃父亲之"字"的不礼之举。属于引经据典类型。

第 56 则　所出同耳

出处	《太平广记》[1]	《天中记》[2]
内容	孙权使太子嘲恪曰："诸葛元逊食马矢一[3]石。"恪答曰："臣得戏君？子得戏父？"答曰："明太子未敢。"上曰："可。"恪[4]曰："乞令太子食鸡卵三百枚。"上问恪曰："人令君'食马矢'，君[5]令人'食鸡卵'，何也？"恪答曰："所出同耳。"吴主大笑。出《启颜录》	孙权使太子嘲恪曰："诸葛元逊食马矢一石。"恪答曰："臣得戏君？子得戏父？"答："明太子未敢。"上曰："可。"恪曰："乞太子食鸡卵三百枚。"上问恪曰："人令君'食马矢'，卿令人'食鸡卵'，何也？"恪答曰："所[6]出同耳。"吴主大笑。《启颜录》

笔者按：此则内容最早见于《太平广记》，《天中记》中有载。此则内容的原始出处，应是从裴松之对《三国志》的注中引用的《诸葛恪别传》中摘录而成。

【校注】

[1]　出自《太平广记》卷二百四十五《诙谐》（一）中名为《诸葛恪》（之二）。参见（宋）李昉等编《太平广记》第五册，第 1898 页。

[2]　出自《天中记》卷二十六《排调》中名为《向天穿针》（之二）。参见（明）陈耀文《天中记》（《景印文渊阁四库全书》，第九六六册），第 222 页。

[3]　中华书局本《太平广记》于"矢一"后，有小号字体注："'矢一'二字原空阙，据黄补本 [笔者认为，这四个字应该是'据黄本补']。"四库本《太平广记》于本则下无注。

[4] 中华书局本《太平广记》于"恪"后，有小号字体注："'可恪'二字原空阙，据黄补本［笔者认为"黄补本"，应为"黄本补"］。"四库本《太平广记》于本则下无注。

[5] 中华书局本《太平广记》于"君"后，有小号字体注："'矢君'二字原空阙，据许本补。"四库本《太平广记》于本则下无注。

[6] 听雨山房本为"启"字。

【类型分析】

诸葛恪因"所出同耳"，以"乞令太子食鸡卵三百枚"之语答太子"诸葛元逊食马矢一石"之难。属于生活用语类型。

第 57 则　梧桐待凤[1]

　　孙权尝飨蜀使费祎，逆敕群臣："使至，伏食勿起。"祎至，权为辍食，而群
下不起。祎嘲云："凤凰来翔，麒麟吐哺。驴骡无知，伏食如故。"诸葛恪曰："爱
植梧桐，以待凤凰。有何燕鸟，自称来翔？何不弹射？使还故乡。"咸称善。

出《启颜录》

　　笔者按：此则内容仅见《太平广记》。其原始出处，应是从裴松之对《三国
志》的注中引用的《诸葛恪别传》中摘录而成，其内容在《金楼子》卷五《捷对
篇》十一中也有载，由第 113 则《两猪一槽》排除《启颜录》受《金楼子》的影
响，可推此则是受《诸葛恪别传》的影响。

【校注】

[1]　出自《太平广记》卷二百四十五《诙谐》（一）中名为《费祎》。参见
　　　（宋）李昉等编《太平广记》第五册，第 1899 页。

【类型分析】

　　蜀使费祎以凤凰自比，以麒麟比孙权，以驴骡比接受孙权"使至，伏
食勿起"的吴国群臣，却遭到诸葛恪以"凤凰"为基点的"爱植梧桐，以
待凤凰。有何燕鸟，自称来翔？何不弹射？使还故乡"之语的嘲弄。诸葛
恪"以待凤凰"，意为设宴待贤，似并非自比凤凰。属于吟咏诗句类型。

第 58 则　谁当卿卿[1]

晋王戎妻，语戎为"卿"。戎谓曰："妇那得'卿'婿？于礼不顺。"答曰："我亲卿、爱卿，是以卿卿。我不卿卿，谁当卿卿？"戎笑，遂听。出《启颜录》

笔者按：此则内容仅见《太平广记》。其原始出处，应是从《世说新语·惑溺》中摘录而成。

【校注】

[1]　出自《太平广记》卷二百四十五《诙谐》（一）中名为《王戎妻》。参见（宋）李昉等编《太平广记》第五册，第 1899 页。

【类型分析】

王戎妻以"我亲卿爱卿，是以卿卿。我不卿卿，谁当卿卿"之语反驳王戎以"妇那得'卿'婿？于礼不顺"的问句。故意将表示"卿相"之意的"卿"用作对配偶的爱称。属于汉字多义类型。

第 59 则　夫子家禽[1]

晋杨修九岁，甚聪慧。孔君平诣其父，不在。杨修时为君平设，有果[2]杨梅，君平以示修："此实，君家果。"应声答曰："未闻孔雀是夫子家禽也。"出《启颜录》

笔者按：此则内容仅见《太平广记》。《世说新语》《金楼子》卷五《捷对篇》十一、《郭子》中均有相似内容的记载。同第 113 则《两猪一槽》中的排除原则，排除《启颜录》受《金楼子》的影响，可推此则是对《世说新语·言语》内容的移嫁，将《世说新语》中的"梁国杨氏子"[（南朝·宋）刘义庆撰，徐震堮著《〈世说新语〉校笺》，第 57~58，492 页] 移出，将"杨修"移入。

【校注】

[1]　出自《太平广记》卷二百四十五《诙谐》（一）中名为《杨修》。参见（宋）李昉等编《太平广记》第五册，第 1900 页。

[2]　"有果"两字，中华书局本《太平广记》是"有果"；四库本《太平广记》是"果有"。

【类型分析】

杨修以"未闻孔雀是夫子家禽也"之语表达对孔雀类属的怀疑，反戏孔君平以杨梅为杨修"君家果"的笑戏。借用植物和动物的名称来与人名进行附会。属于生活用语类型。

第 60 则 漱石枕流[1]

晋孙子荆年少时，欲隐。语王武子云："当枕石漱流。"误曰"漱石枕流。"王曰："流可枕，石可漱乎？"子荆曰："所以'枕流'，欲洗其耳；所以'漱石'，欲砺其齿。"出《世说新语》，明钞本作出《启颜录》。[2]

笔者按：此则内容仅见《太平广记》。《晋书·孙楚传》和《世说新语·排调》中均有相同内容的记载，但就与他们所用语言的相似度而言，本则内容的原始出处，应是直承《世说新语》，将其内容摘录而成［参见（南朝·宋）刘义庆撰，徐震堮著《〈世说新语〉校笺》，第419页］。

【校注】

［1］ 出自《太平广记》卷二百四十五《诙谐》（一）中名为《孙子荆》。参见（宋）李昉等编《太平广记》第五册，第1900页。

［2］ 中华书局本《太平广记》的出处是"出《世说新语》，明钞本作出《启颜录》"；四库本《太平广记》的出处是"出《世说新语》。"

【类型分析】

晋孙子荆本因用"枕石漱流"以述志，却误曰"漱石枕流"，后用"'枕流'，欲洗其耳"和"'漱石'，欲砺其齿"之语进行解释。孙子荆的解释。属于引经据典类型。

第 61 则　顽民苗裔[1]

晋蔡洪赴洛，洛中问曰："幕府初开，群公[2]辟命。求英奇于仄陋，采贤俊于岩穴。君吴楚之士，亡国之余，有何异才，而应斯举？"蔡答曰："夜光之珠，不必出于盟津之河；盈握之璧，不必采于昆仑之山。大禹生于东夷，文王生于西羌。圣贤所出，何必常处？昔武王伐纣，迁顽民于洛邑，诸君得无是其苗[3]裔乎？"出《启颜录》

笔者按：此则内容仅见《太平广记》。此则内容中人物的对话内容在《晋书》中出现过，有对《晋书·华谭传》中内容移嫁的痕迹：因为他们之间只是存在人物对话的内容相似，正史中记载的人物和《启颜录》中出现的人物却不相同。按其内容的相似度而言，其应该是直承《世说新语·言语》[参见（南朝·宋）刘义庆撰，徐震堮著《〈世说新语〉校笺》，第45~46页]中的内容。

【校注】

[1] 　出自《太平广记》卷二百四十五《诙谐》（一）中名为《蔡洪》。参见（宋）李昉等编《太平广记》第五册，第 1900 页。

[2] 　"群公"两字，中华书局本《太平广记》是"群公"；四库本《太平广记》是"群贤"。

[3] 　"苗"字，中华书局本《太平广记》是"苗"；四库本《太平广记》是"苗"。

【类型分析】

晋蔡洪以"夜光之珠，不必出于盟津之河；盈握之璧，不必采于昆仑之山。大禹生于东夷，文王生于西羌。圣贤所出，何必常处？昔武王伐纣，迁顽民于洛邑，诸君得无是其苗裔乎"的反问答洛中人"君吴楚之士，亡国之余，有何异才，而应斯举"之问。属于引经据典类型。

第 62 则　何敌羊酪[1]

　　陆机诣王武子，武子有百斛羊酪，指以示之曰："卿东吴，何以敌此？"陆曰："有千里莼羹，未下盐豉耳。"

　　笔者按：此则内容仅见《太平广记》。与此则相似的内容在《晋书·陆机传》《郭子》《世说新语·言语》中均有载，就其所用语言的相似度而言，排除此其受《晋书》的影响，由第 59 则《夫子家禽》中排除《启颜录》受《郭子》的影响，从而可推其应是直承《世说新语》[参见（南朝·宋）刘义庆撰，徐震堮著《〈世说新语〉校笺》，第 48 页]中的内容。

【校注】

[1]　出自《太平广记》卷二百四十五《诙谐》（一）中名为《陆机》（之一）。
　　　参见（宋）李昉等编《太平广记》第五册，第 1901 页。

【类型分析】

　　陆机以"千里莼羹，未下盐豉"应对王武子"百斛羊酪"之问，双方用语，均是四字句。属于使用对仗类型。

第 63 则　风起鸟集^[1]

机在坐，潘安至，陆便起，安仁曰："清风至，乱物起。"陆应声答曰："众鸟集。"出《启颜录》

笔者按：此则内容仅见《太平广记》。其原始出处，应是从《裴启语林》卷四《西晋人》第 70 则或《殷芸小说》卷九《晋江左人》中的内容摘录，稍加改变个别字句而成，《殷芸小说》和《裴启语林》内容一致，从其他则内容的版本渊源和原始出处的考证，可知《启颜录》对这两本书都有不同程度的承传，故不能断定此则内容到底是受哪本书的影响，笔者只能按这两本书的成书时间先后为准，推此则受《裴启语林》的影响。

【校注】

[1]　出自《太平广记》卷二百四十五《诙谐》（一）中名为《陆机》（之二）。
　　　参见（宋）李昉等编《太平广记》第五册，第 1901 页。

【类型分析】

陆机以"众鸟集"应对潘安"清风至，乱物起"之语。属于吟咏诗句类型。

第 64 则　驴宁胜马

出处	《太平广记》[1]	《说郛》[2]	《续百川学海》[3]
内容	晋诸葛恢与丞相王导共争姓族先后，王曰："何以不言'葛王'，而言'王葛'？"答曰："譬如言'驴马'，驴宁胜马也？" 出《启颜录》	晋诸葛恢与丞相王导共争姓族先后，王曰："何以不言'葛王'，而言'王葛'？"答曰："譬如言'驴马'，'驴'宁胜'马'也？"	晋诸葛恢与丞相王导共争姓族先后，王曰："何以不言'葛王'，而言'王葛'？"答曰："譬如言'驴马'，'驴'宁胜'马'也？"

笔者按：此则内容最早见于《太平广记》，《说郛》和《续百川学海》中有载。《晋书·诸葛恢传》和《世说新语·排调》中虽都有相同内容记载，但就其行文风格而言，与《晋书》虽颇相似，但和《世说新语》更为接近，故可推其是受《世说新语》[（南朝·宋）刘义庆撰，徐震堮著《〈世说新语〉校笺》，第 425 页] 的影响。

【校注】

[1]　出自《太平广记》卷二百四十六《诙谐》（二）中名为《诸葛恢》。参见（宋）李昉等编《太平广记》第五册，第 1902~1903 页。

[2]　出自《说郛》卷二十三中名为《诸葛恢》。参见（明）陶宗仪等编《说郛三种》第四册，第 1116 页。

[3]　出自《续百川学海》庚集中名为《诸葛恢》。参见（明）吴永《续百川学海》第二十七册，《启颜录》，第 1 页。

【类型分析】

晋诸葛恢以"譬如言'驴马'，驴宁胜马也"之语答丞相王导"何以不言'葛王'，而言'王葛'"之问。诸葛恢用驴马以喻葛王。属于生活用语类型。

第 65 则　　短尾为刁

出处	《太平广记》[1]	《说郛》[2]	《续百川学海》[3]	《御定佩文韵府》[4]	《御定佩文韵府》[5]	《御定骈字类编》[6]
内容	晋张天锡从事中郎韩博，奉表并送盟文。博有口才，桓温甚称之。尝大会，温使司马刁彝谓博曰："卿是韩卢后?"博曰："卿是韩卢后。"温笑曰："刁以君姓'韩'，固相问耳。他人自姓'刁'，那得是'韩卢后'?"博曰："明公未之思尔，短尾者则为'刁'。"阖坐雅叹焉。 出《启颜录》	晋张天锡从事中郎韩博奉表，并送盟文。博有口才，桓温甚称之。尝大会，温使司马刁彝谓博曰："卿是韩卢后?"博："卿是韩卢后。"温笑曰："刁以君姓'韩'，故相问耳。他人自姓'刁'，那得是'韩卢后'?"博曰："明公未之思耳，短尾者则为'刁'。"阖坐雅叹焉。	晋张天锡从事中郎韩博奉表，并送盟文。博有口才，桓温甚称之。尝大会，温使司马刁彝谓博曰："卿是韩卢后?"博曰："卿是韩卢后。"温笑曰："刁以君姓'韩'，故相问耳；他人自姓'刁'，那得是'韩卢后'?"博曰："明公未之思耳，短尾者则为'刁'。"阖坐雅叹焉。	韩卢后《启颜录》：韩博有口才，桓温使刁彝谓博曰："卿是韩卢后?"温曰："他人自姓'刁'，那得是'韩卢后?'博曰："短尾者则为'刁'。"阖坐推雅叹焉。	雅叹[7]《启颜录》：晋张天锡从事中郎韩博奉表，并送盟文。博有口才，桓温尝大会，[使][*]司马刁彝谓博曰："卿是韩卢后?"博曰："卿是韩卢后。"温笑曰："刁以君姓'韩'，故相问耳。他人自姓'刁'，那得是'韩卢后'?"博曰："明公未之思耳，短尾者则为'刁'。"阖坐雅叹焉。	雅叹《启颜录》：晋张天锡从事中郎韩博奉表，并送盟文。博有口才，桓温甚称之。尝大会，使司马刁彝谓博曰："卿是韩卢后?"博曰："卿是韩卢后。"温笑曰："刁以君姓'韩'，故相问耳。他人自姓'刁'，那得是'韩卢后'?"博曰："明公未之思耳，短尾者则为'刁'。"阖坐雅叹焉。

笔者按：此则内容最早见于《太平广记》，《说郛》《续百川学海》《御定佩文韵府》《御定骈字类编》中有载。

笔者考证此则内容的原始出处：在《晋中兴书》和《晋书·张天锡传》中都有相似内容记载，然从《启颜录》中用语的相似度来看，其与《晋书·张天锡传》的用语更为相似，故排除其受《晋中兴书》的影响，应是对《晋书·张天锡传》中的内容摘录而成。

【校注】

[1]　出自《太平广记》卷二百四十六《诙谐》（二）中名为《韩博》。参见（宋）李昉等编《太平广记》第五册，第1903页。

[2]　出自《说郛》卷二十三中名为《韩博》。参见（明）陶宗仪等编《说郛三种》第四册，第1116页。

[3]　出自《续百川学海》庚集中名为《韩博》。参见（明）吴永《续百川学海》第二十七册，《启颜录》，第1页。

[4]　出自《御定佩文韵府》卷五十五之三上声《二十五有》（韵三）之《后》中。参见（清）张玉书、陈廷敬等奉敕撰《御定佩文韵府》（《景印文渊阁四库全书》第一零二零册），第551~552页。

[5]　出自《御定佩文韵府》卷七十四之二去声《十五翰》（韵二）之《叹》中。参见（清）张玉书、陈廷敬等奉敕撰《御定佩文韵府》（《景印文渊阁四库全书》第一零二三册），第646页。

[6]　出自《御定骈字类编》卷二百三十二《补遗》《人事》门（八）之《雅》中。参见（清）吴士玉、沈宗敬等奉敕撰《御定骈字类编》（《景印文渊阁四库全书》第一零零四册），台湾商务印书馆，1986，第504页。

[7]　《御定佩文韵府》中在对"韩卢后"的注释处用的是"推叹"，见此则内容的左侧，此处用的是"雅叹"，从各版本中的内容来看，"推"当为"雅"。

[8]　"便"字，当误，应为"使"才符合文意。

【类型分析】

韩博以"短尾者则为刁"的"刁"谐音"貂"，妙答戏称其为名犬"韩卢后"的刁彘。属于"谐音类型"中的"音同（近）类型"。

第 66 则　戏尊者名

出处	《太平广记》[1]	《说郛》[2]	《续百川学海》[3]
内容	晋王绚，或之子，六岁。外祖何尚之特加赏异，受[4]《论语》，至"郁郁乎文哉！"尚之戏曰："可改为'耶耶乎文哉！'"吴蜀之人，呼"父"为"耶"。绚捧手对曰："尊者之名，安得为戏？亦可道'草，翁之风，必舅。'"《论语》云："草，上之风，必偃。"翁，即王绚外祖何尚之；舅，即尚之子，偃也。出《启颜录》。"翁即在"二字下原有"翁即在"三字，据明钞本删。	晋王绚，或之子，六岁。外祖何尚之特加赏异，受《论语》，至"郁郁乎文哉！"尚之戏曰："可改为'耶耶乎文哉！'"吴蜀之人，呼"父"为"爷"。绚捧手对曰："尊者之名，安得为戏？亦可道'草，翁之风，必舅。'"《论语》云："草，上之风，必偃。"翁，即绚外祖何尚之；舅，即尚之子，偃也。	晋王绚，或之子，六岁。外祖何尚之特加赏异，受《论语》，至"郁郁乎文哉！"尚之戏曰："可改为'耶耶乎文哉！'"吴蜀之人，呼"父"为"爷"。绚捧手对曰："尊者之名，安得为戏？亦可道'草，翁之风，必舅。'"《论语》云："草，上之风，必偃。"翁即绚外祖何尚之；舅即尚之子，偃也。

笔者按：此则内容最早见于《太平广记》,《说郛》和《续百川学海》中有载。此则内容中，王绚以其外祖父根据自己的身份，对《论语》中与其父名字中相对应的字随意更改的做法，也从自己的身份出发，将"翁""舅"两字相应地嵌在《论语》中与其外祖父和舅舅名字相似的字上。但是，此则内容对于不识字或是不能通《论语》，以及对他父、翁、舅三人名字不熟的人来说，是很难达到共鸣的。要理解此则内容，此三个潜在的条件，缺一不可。

【校注】

[1]　出自《太平广记》卷二百四十六《诙谐》（二）中名为《王绚》。参见（宋）李昉等编《太平广记》第五册，第 1906 页。

［2］ 出自《说郛》卷二十三中名为《王绚》。参见（明）陶宗仪等编《说郛三
种》第四册，第1116页。

［3］ 出自《续百川学海》庚集中名为《王绚》。参见（明）吴永《续百川学海》
第二十七册，《启颜录》，第1页。

［4］ "受"，通"授"。

【类型分析】

　　晋王彧六岁的儿子王绚，在其外祖何尚之将《论语》中"郁郁乎文哉"
改为"耶耶乎文哉"以戏谑其父之名后，将"草上之风必偃"改为"草翁
之风必舅"，王彧从自己的身份出发，将"翁""舅"两字相应地嵌在《论
语》中与其外祖父和舅舅名字相似的字上，因身份"翁"与"翁"的名字
中的"尚"字谐音"上"，而将"翁"字替换"上"字，以戏谑其外祖父和
其舅舅之名。属于换字类型。

第 67 则　年老卿少

出处	《太平广记》[1]	《绀珠集》[2]	《类说》[3]	《宾退录》[4]	《御定佩文韵府》[5]
内容	后魏孙绍历职内外，垂老始拜太府少卿。谢曰，灵太后曰："公年似太老。"绍重拜曰："臣年虽老，臣卿太少。"后大笑曰："是将正卿。"出《启颜录》	后魏孙诏为少府少卿，帝问："卿年何老?"答曰："臣年虽老，臣卿尚少。"遂迁正。	后魏孙绍为太府少卿。高帝问："卿年何老?"曰："臣年虽老，臣卿乃少。"遂迁正卿。	《启颜录》载："元魏太府少卿孙绍，对灵太后:'臣年虽老，臣卿乃少。'于是'拜正卿'。"按:《魏书》亦书此事，然绍自太府少卿迁右将军、太中大夫，非正卿也，孝庄建义初，复除卫尉，少卿将军如故。永安中，方拜太府卿。	正卿《启颜录》:后魏孙绍垂老始拜太府少卿。谢曰，灵太后曰:"公年似太老。"绍重拜曰:"臣年虽老，臣卿太少。"后笑曰:"是将正卿。"

　　笔者按：此则内容最早见于《太平广记》。《绀珠集》《类说》《宾退录》和《御定佩文韵府》中有载。真实性与正史记载有出入，见《宾退录》。（明）乐天大笑生《解愠编》卷之十一《讽谏》中的《年老卿少》看似是从正史中摘录，实则不然。通过前文笔者对《启颜录》中上承前人书籍中对"是将正卿"四字的论述，可知此四字证实了《解愠编》中这则笑话实则是从《启颜录》之《类说》版本中摘取的。

【校注】

[1]　出自《太平广记》卷二百四十七《诙谐》（三）中名为《孙绍》。参见（宋）李昉等编《太平广记》第五册，第 1912 页。

［2］　出自《绀珠集》卷七中《启颜录》侯白（"侯白"二字，原文中即为小正文字号出现，笔者照录）《臣卿尚少》。参见《绀珠集》（《景印文渊阁四库全书》第八七二册），台湾商务印书馆，1986，第412页。

［3］　出自《类说》卷之十四中名为《年老少卿》。参见（宋）曾慥《类说》，第958页。

［4］　出自《宾退录》卷五中。参见（宋）赵与时《宾退录》（《景印文渊阁四库全书》第八五三册），台湾商务印书馆，1986，第704页。

［5］　出自《御定佩文韵府》卷二十三之三下平声《八庚》（韵三）之《卿》中。参见（清）张玉书、陈廷敬等奉敕撰《御定佩文韵府》（《景印文渊阁四库全书》第一零一六册），第101页。

【类型分析】

后魏孙绍以"臣年虽老，臣卿太少"之语巧对灵太后"公年似太老"之语的评价，年龄之"老"与官职"少卿"之"少"的相对。孙绍将意思相对的"老""少"二字作自己年龄和自己官职的对比，引人发笑。属于意义相反类型。

第 68 则　米中石发

出处	《太平广记》[1]	《后山诗注》[2]	《广滑稽》[3]	《捧腹编》[4]	《说郛》[5]	《续百川学海》[6]	《御定佩文韵府》[7]
内容	后魏孝文帝时，诸王及贵臣多服石药，皆称"石发"。乃有热者[8]——非富贵者，亦云"服石发热"，时人多嫌其诈作富贵体。有一人，于市门前卧，宛转称热，因众人竞看，同伴怪之。报曰："我'石发'。"同伴人曰："君何时服石，今得'石发'？"	张生服石为石奴。《启颜录》云："后魏时，诸王贵臣，多服石药。皆称'石发'。"此云为"石奴"，言为石所使也。	后魏孝文帝时，诸王及贵臣多服石药，皆称"石发"。乃有热者，本非富贵，亦云"服石发热"，时人多嫌其诈作富贵体。有一人，于市门前卧，宛转称热，众人竞看，同伴怪之。报曰："我'石发'。"同伴人曰："君何时服石，今	后魏孝文帝时，诸王及贵臣多服石药，皆称"石发"。乃有热者，本非富贵，亦云"服石发热"，时人多嫌其诈作富贵体。有一人，于市门前卧，宛转称热，众人竞看，同伴怪之。报曰："我'石发'。"同伴人曰："君何时服石，今得'石发'？"曰："我昨市米中有石，食之，今发。"众	后魏孝文帝时，诸王及贵臣多服石药，皆称"石发"。乃有热者——非富贵者，亦云"服石发热"，时人多嫌其诈作富贵体。有一人，于市门前卧，宛转称热，众人竞看，同伴怪之。报曰："我'石发'。"同伴人曰："君何时服石，今得石发？"曰："我昨市米中有石，食之，今	后魏孝文帝时，诸王及贵臣多服石药，皆称"石发"。乃有热者——非富贵者，亦云"服石发热"，时人多嫌其诈[作][9]富贵体。有一人，于市门前卧，宛转称热，众人竞看，同伴怪之。报曰："我'石发'。"同伴人曰："君何时服石，今得石发？"曰："我昨市米中有石，食之，今发。"众人大笑。	米中有石 《启颜录》：后魏时，诸王及贵臣，多服石药，皆称"石发"。有非富贵者，亦云"服石发热"，时人嫌其诈作富贵体。有一人，于市门前卧，宛转称热，同伴怪之。报曰："我'石发'。"同伴曰："君何时服石？"曰："我昨在市中得米，米中有石，食之，乃今发。"众大笑。

续表

出处	《太平广记》[1]	《后山诗注》[2]	《广滑稽》[3]	《捧腹编》[4]	《说郛》[5]	《续百川学海》[6]	《御定佩文韵府》[7]
内容	曰:"我昨在市得米,米中有石,食之,乃今发。"众人大笑。自后少有人称"患石发"者。出《启颜录》		得'石发'?"曰:"我昨市米中有石,食之,今发。"众人大笑。自后少有人称"石发"者。	大笑。自后少有人称"石发"者。	发。"众人大笑。自后少有人称患"石发"者。	自后少有人称"患石发"者。	

　　笔者按：此则内容最早见于《太平广记》,《后山诗注》《广滑稽》《捧腹编》《说郛》《续百川学海》《御定佩文韵府》中有载。

【校注】

[1]　出自《太平广记》卷二百四十七《诙谐》(三)中名为《魏市人》。参见(宋)李昉等编《太平广记》第五册，第 1912 页。

[2]　出自《后山诗注》卷九之《嗟哉行》中。参见(宋)陈师道撰，任渊注《后山诗注》(《景印文渊阁四库全书》，第一一一四册)，台湾商务印书馆，1986，第 830 页。

[3]　出自《广滑稽》卷之二十二中名为《服石发热》。参见(明)陈禹谟《广滑稽》(《四库全书存目丛书》，子部，第二五一册)，第 689 页。

[4]　出自《捧腹编》卷六中名为《服石发热》。参见(明)许自昌《捧腹编》(《续修四库全书》，子部，第一二七三册)，第 133 页。

[5]　出自《说郛》卷二十三中名为《魏市人》。参见(明)陶宗仪等编《说郛三种》第四册，第 1116 页。

[6]　出自《续百川学海》庚集中名为《魏市人》。参见(明)吴永《续百川学

海》第二十七册,《启颜录》,第1~2页。

[7]   出自《御定佩文韵府》卷一百之一入声《十一陌》(韵一)之《石》中。参见(清)张玉书、陈廷敬等奉敕撰《御定佩文韵府》(《景印文渊阁四库全书》第一零二七册),第572页。

[8]   中华书局本《太平广记》于"者"后,有小号字体注:"明钞本'乃有热者'作'其时乃有'。"四库本《太平广记》于本则下无注。

[9]   此字不清晰,因《续百川学海》中与《说郛》中收录的相同,故从《说郛》,补"作"字。

【类型分析】

后魏一人以"米中有石"之"石子"等同"石发"之"五石散",还"于市门前卧,宛转称热",故引得"众人大笑",且"自后少有人称'患石发'者"。故意将表示"石头"的"石"理解为表示"五石散"的"石"。属于汉字多义类型。

第 69 则　无琴可典

出处	《太平广记》[1]	《锦绣万花谷前集》[2]	《六帖补》[3]	《山堂肆考》[4]	《天中记》[5]	《广滑稽》[6]	《捧腹编》[7]
内容	北齐王元景为尚书，性虽儒缓而每事机捷。有奴名典琴。尝旦起，令索食，谓之"解斋"。奴曰："公不作斋，何故尝云'解斋'？"元景徐谓奴曰："我不作斋，不得为'解斋'。汝作字'典琴'，何处有琴可典？"出《启颜录》	北齐王元景，有奴名典琴。《启颜录》	典琴　北齐王元景有奴，名典琴。《启颜录》	《启颜录》：北齐王元景，有奴名典琴。	北齐王元景为尚书，性虽儒缓而每事机捷。有奴名典琴。尝旦起，令索食，谓之"解斋"。奴曰："公不作斋，何故常云'解斋'？"元景徐谓奴曰："我不作斋，不得为'解斋'。汝作字'典琴'，何处有琴可典？"《启颜录》	北齐王元景，性机捷。有一奴，名典琴。尝旦起，令索食，谓之"解斋"。典琴曰："公不作斋，何故尝云'解斋'？"元景徐谓典琴曰："我不作斋，不得为'解斋'。汝作字'典琴'，何处有琴可典？"	北齐王元景，性机捷。有一奴，名典琴。尝旦起，令索食，谓之"解斋"。典琴曰："公不作斋，何故尝云'解斋'？"元景徐谓典琴曰："我不作斋，不得为'解斋'。汝作字'典琴'，何处有琴可典？"

出处	《广博物志》[8]	《说郛》[9]	《续百川学海》[10]	《御定渊鉴类函》[11]	《御定佩文韵府》[12]	《御定佩文韵府》[13]	《御定分类字锦》[14]
内容	北齐王元景为尚书，性虽儒缓而每事机捷。有奴名典琴。尝旦起，为索食，谓之"解斋"。奴曰："公不作斋，何故	北齐王元景为尚书，性虽儒缓而每事机捷。有一奴，名典琴。尝旦起，令索食，谓之"解斋"。	北齐王元景为尚书，性虽儒缓而每事机捷。有一奴，名典琴。	典琴《启颜录》：北齐王元景有奴，名典琴。	解斋《启颜录》：北齐王元景每旦起，索食谓之"解斋"。	典琴《启颜录》：（北齐王）元景为尚书，一奴名典琴。尝旦起，令索食，谓之"解斋"："公不作斋，何故云'解斋'？"元景徐谓曰："我不作斋，不得为''解斋''。汝字'典琴'，何处有琴可典？"	典琴《启颜录》：北齐王元景有奴，名典琴。

续表

出处	《广博物志》[8]	《说郛》[9]	《续百川学海》[10]	《御定渊鉴类函》[11]	《御定佩文韵府》[12]	《御定佩文韵府》[13]	《御定分类字锦》[14]
	常云'解斋'?"元景徐谓奴曰:"我不作斋,不得为'解斋'。汝作字'典琴',何处有琴可典?"《启颜录》	典琴曰:"公不作斋,何故尝云'解斋'?"元景徐谓典琴曰:"我不作斋,不得为'解斋'。汝作字'典琴',何处有琴可典?"	尝旦起,令索食,谓之"解斋"。典琴曰:"公不作斋,何故尝云'解斋'?"元景徐谓典琴曰:"我不作斋,不得为'解斋'。汝作字'典琴',何处有琴可典?"				

笔者按: 此则内容最早见于《太平广记》,《锦绣万花谷前集》《六帖补》《山堂肆考》《天中记》《广滑稽》《捧腹编》《广博物志》《说郛》《续百川学海》《御定渊鉴类函》《御定佩文韵府》和《御定分类字锦》中有载,内容大体相同,流传颇广。

【校注】

[1]　出自《太平广记》卷二百四十七《诙谐》(三)中名为《王元景》。参见(宋)李昉等编《太平广记》第五册,第1913页。

[2]　出自《锦绣万花谷前集》卷十九之《奴仆》中名为《典琴》。参见《锦绣万花谷前集》(《景印文渊阁四库全书》第九二四册),台湾商务印书馆,1986,第249页。

[3]　出自《六帖补》卷二十中。参见(宋)杨伯岩《六帖补》(《景印文渊阁四库全书》第九四八册),台湾商务印书馆,1986,第834页。

[4]　出自《山堂肆考》卷一百十二《人品》之《奴隶》中名为《典琴》。参见(明)彭大翼《山堂肆考》(《景印文渊阁四库全书》第九七六册),台湾商务印书馆,1986,第245页。

[5]　出自《天中记》卷十九《仆婢》中名为《典琴》。参见(明)陈耀文《天

中记》(《景印文渊阁四库全书》第九六五册)，前引书。

[6]　出自《广滑稽》卷之二十二中名为《典琴》。参见（明）陈禹谟《广滑稽》（《四库全书存目丛书》，子部，第二五一册），第 690 页。

[7]　出自《捧腹编》卷六中名为《典琴》。参见（明）许自昌《捧腹编》（《续修四库全书》，子部，第一二七三册），第 134~135 页。

[8]　出自《广博物志》卷三十四《声乐》（二）中。参见（明）董斯张《广博物志》（《景印文渊阁四库全书》第九八一册），第 190 页。

[9]　出自《说郛》卷二十三中名为《王元景》。参见（明）陶宗仪等编《说郛三种》第四册，第 1116 页。

[10]　出自《续百川学海》庚集中名为《王元景》。参见（明）吴永《续百川学海》第二十七册，《启颜录》，第 2 页。

[11]　出自《御定渊鉴类函》卷二百五十八《人部》（十七）之《奴婢》（三）中。参见（清）张英、王士祯等奉敕撰《御定渊鉴类函》（《景印文渊阁四库全书》第九八八册），台湾商务印书馆，1986，第 515 页。

[12]　出自《御定佩文韵府》卷九之二上平声《九佳》（韵二）之《斋》中。参见（清）张玉书、陈廷敬等奉敕撰《御定佩文韵府》（《景印文渊阁四库全书》第一零一二册），第 593 页。

[13]　出自《御定佩文韵府》卷二十七之三下平声《十二侵》（韵三）中《琴》中。参见（清）张玉书、陈廷敬等奉敕撰《御定佩文韵府》（《景印文渊阁四库全书》第一零一七册），第 401 页。

[14]　出自《御定分类字锦》卷十三《伦常》之《奴婢》第二十五中。参见（清）何焯、陈鹏年等奉敕撰《御定分类字锦》（《景印文渊阁四库全书》第一零零五册），台湾商务印书馆，1986，第 465 页。

【类型分析】

　　王元景以"作字'典琴'，何处有琴可典"之语制止了其奴典琴对其"公不作斋，何故尝云'解斋'"的质问。直接将名称等同于以该名称命名的实物。属于虚幻等同现实类型。

第 70 则 更作一个

出处	《太平广记》[1]	《类说》[2]	《广滑稽》[3]	《捧腹编》[4]	《旧小说》[5]
内容	北齐高祖尝宴近臣为乐，高祖曰："我与汝等作谜，可共射之：'卒律葛答。'"诸人皆射不得。或云："是髑子箭。"高祖曰："非也。"石动筩云："臣已射得。"高祖曰："是何物？"动筩对曰："是煎饼。"高祖笑曰："动筩射着，是也。"高祖又曰："汝等诸人为我作一谜，我为汝射之。"诸人未作，动筩为谜，复云："卒律葛答。"高祖射不得，问曰："此是何物？"答曰："是煎饼。"高祖曰："我始作之，何因更作？"动筩曰："承大家热铛子头，更作一个。"高祖大笑。	齐高祖作煎饼谜："卒律葛答"。反："前火""食并"字。	北齐高祖尝宴近臣为乐，高祖曰："我与汝等作谜，共射之：'卒律葛答。'"诸人皆射不得。石动筩曰："是煎饼。"高祖笑曰："是也。"又曰："汝等诸人，为我作一谜，我为汝射之。"诸人未作，动筩为谜，复曰："卒律葛答。"高祖射不得，问曰："此是何物？"答曰："是煎饼。"高祖曰："我始作之，何因更作？"动筩曰："乘大家热铛子头，更作一个。"高祖大笑。	北齐高祖尝宴近臣为乐，高祖曰："我与汝等作谜，共射之：'卒律葛答。'"诸人皆射不得。石动筩曰："是煎饼。"高祖笑曰："是也。"又曰："汝等诸人，为我作一谜，我为汝射之。"诸人未作，动筩为谜，复曰："卒律葛答。"高祖射不得，问曰："此是何物？"答曰："是煎饼。"高祖曰："我始作之，何因更作？"动筩曰："乘大家热铛子头，更作一个。"高祖大笑。	北齐高祖尝宴近臣为乐，高祖曰："我与汝等作谜，可共射之：'卒律葛答。'"诸人皆射不得。或云："是髑子箭。"高祖曰："非也。"石动筩云："臣已射得。"高祖曰："是何物？"动筩对曰："是煎饼。"高祖笑曰："动筩射着，是也。"高祖又曰："汝等诸人为我作一谜，我为汝射之。"诸人未作，动筩为谜，复云："卒律葛答。"高祖射不得，问曰："此是何物？"答曰："是煎饼。"高祖曰："我始作之，何因更作？"动筩曰："承大家热铛子头，更作一个。"高祖大笑。

笔者按：此则内容最早见于《太平广记》。《类说》《广滑稽》《捧腹编》和《旧小说》中有载。

【校注】

[1]　出自《太平广记》卷二百四十七《诙谐》（三）中名为《石动筩》（之一）。参见（宋）李昉等编《太平广记》第五册，第 1916 页。

[2]　出自《类说》卷之十四中名为《煎饼谜》。参见（宋）曾慥《类说》，第 956 页。

[3]　出自《广滑稽》卷之二十二中名为《乘大家热铛》。参见（明）陈禹谟《广滑稽》（《四库全书存目丛书》，子部，第二五一册），第 690 页。

[4]　出自《捧腹编》卷六中名为《乘大家热铛》。参见（明）许自昌《捧腹编》（《续修四库全书》，子部，第一二七三册），第 134 页。

[5]　出自《旧小说》乙集（五）中名为《石动筩》（之一）。参见吴曾祺《旧小说》第七册，第 691 页。

【类型分析】

　　石动筩模仿北齐高祖以"卒律葛答"作"煎饼"的谜语，石动筩的"承大家热铛子头，更作一个"的话语，引得"高祖大笑"。两次以"卒律葛答"为谜面，第二次的谜底"承大家热铛子头，更作一个"的附加语是在第一次的谜底"煎饼"的基础上才为人所理解，故而发笑。属于使用谜语类型。

第 71 则　胜璞一倍

出处	《太平广记》[1]	《广滑稽》[2]	《捧腹编》[3]	《旧小说》[4]
内容	高祖尝令人读《文选》，有郭璞《游仙诗》，嗟叹称善。诸学士皆云："此诗极工，诚如圣旨。"动筒即起云："此诗有何能？若令臣作，即胜伊一倍。"高祖不悦。良久，语云："汝是何人？自言'作诗胜璞一倍'，岂不合死？"动筒即云："大家即令臣作，若不胜一倍，甘心合死。"即令作之。动筒曰："郭璞《游仙诗》云：'青溪千余仞，中有一道士。'臣作云：'青溪二千仞，中有两道士。'岂不胜伊一倍？"高祖始大笑。[5]	高祖尝读《文选》，有郭璞《游仙诗》，嗟叹称善。石动筒起曰："此诗有何能？若令臣作，即胜伊一倍。"高祖不悦，曰："汝是何人？自言'作诗能胜郭璞一倍'，岂不合死？"动筒即云："大家即令臣作，若不胜一倍，甘心合死。"即令作之。动筒曰："郭璞《游仙诗》云：'青溪千余仞，中有一道士。'臣作云：'青溪二千仞，中有二道士。'岂不胜伊一倍？"高祖始大笑。	高祖尝读《文选》，有郭璞《游仙诗》，嗟叹称善。石动筒起曰："此诗有何能？若令臣作，即胜伊一倍。"高祖不悦，曰："汝是何人？自言'作诗能胜郭璞一倍'，岂不合死？"动筒即云："大家即令臣作，若不胜一倍，甘心合死。"即令作之。动筒曰："郭璞《游仙诗》云：'青溪千余仞，中有一道士。'臣作云：'青溪二千仞，中有二道士。'岂不胜伊一倍？"高祖始大笑。	高祖尝令人读《文选》，有郭璞《游仙诗》，嗟叹称善。诸学士皆云："此诗极工，诚如圣旨。"动筒即起云："此诗有何能？若令臣作，即胜伊一倍。"高祖不悦。良久，语云："汝是何人？自言'作诗胜郭璞一倍'，岂不合死？"动筒即云："大家即令臣作，若不胜一倍，甘心合死。"即令作之。动筒曰："郭璞《游仙诗》云：'青溪千余仞，中有一道士。'臣作云：'青溪二千仞，中有两道士。'岂不胜伊一倍？"高祖始大笑。

　　笔者按：此则内容最早见于《太平广记》,《广滑稽》《捧腹编》和《旧小说》中有载。

【校注】

[1]　出自《太平广记》卷二百四十七《诙谐》(三)中名为《石动箭》(之二)。参见(宋)李昉等编《太平广记》第五册，第1916页。

[2]　出自《广滑稽》卷之二十二中名为《胜伊一倍》。参见(明)陈禹谟《广滑稽》(《四库全书存目丛书》，子部，第二五一册)，第690页。

[3]　出自《捧腹编》卷六中名为《胜伊一倍》。参见(明)许自昌《捧腹编》(《续修四库全书》，子部，第一二七三册)，第134页。

[4]　出自《旧小说》乙集(五)中名为《石动箭》(之二)。参见吴曾祺《旧小说》第七册，第691~692页。

[5]　中华书局本《太平广记》于"笑"后，有小号字体注："明钞本'笑下'多七百四十八字，至'高祖大笑。动箭'止，今据补，并将阙字用敦煌本《启颜录》校补。"四库本《太平广记》没有收录自此后至"高祖大笑。动箭"，即"又尝于国学中看博士论云"前的内容。

【类型分析】

　　石动箭用"郭璞《游仙诗》云：'青溪千余仞，中有一道士。'臣作云：'青溪两千仞，中有两道士。'"来解释其口中的"作诗'胜郭璞一倍'"。对"一"字的不同解读。属于数字理解类型。

第72则　臣头无用[1]

又齐文宣帝曰："□□□□□□□。"［动］［筹］[2]曰："恕臣万死即得。"帝曰："好。"曰："臣昨□□□□□□□□□[3]落蜜瓮里，臣为陛下却还复上天□□□□□□□□□[4]真乎？"对曰："臣［昨］[5]夜梦随陛下行，落一厕中出来□□□□[6]砥之。"帝大怒，付所司杀却，曰："臣请一言而死。"帝曰："［好］。"［对］［曰］[7]："陛下得臣头极无用，臣失头［则］［死］。"［帝］[8]笑而舍之。

笔者按：此则内容漏字颇多，仅见《太平广记》。

【校注】

[1]　出自卷二百四十七《诙谐》（三）中名为《石动筩》（之三）。参见（宋）李昉等编《太平广记》第五册，第1916页。

[2]　原文缺9字，前7个，前后无据，故未改。后两个，据紧接的"曰"字，可改为"动""筩"二字。

[3]　原文缺9字，第一个，据后文可改为"夜"字。后8个，前后无据，故未改。

[4]　原文缺9字，前后无据，故未改。

[5]　原文缺1字。中华书局本《太平广记》为"作"，按文意应该是"昨"。

[6]　原文缺4字，前后无据，故未改。

[7]　原文缺3字，第一个，据前文宣帝的回答，可改为"好"字。后两个可据

前文石动筩的回答语言习惯，可改为"对""曰"两字。

原文缺3字，根据前后文语意，前两个字，可改为"则""死"，后一个字，可改为"帝"。

【类型分析】

此则阙字颇多，具体内容不清晰，石动筩以"陛下得臣头极无用"的笑谈而免去"付所司杀却"的命运。将梦中的事情与现实中发生的事情等同。属于虚幻等同现实类型。

第73则　回何敢死[1]

出处	《太平广记》[1]	《类说》[2]	《古今事文类聚别集》[3]	《古今合璧事类备要续集》[4]	《广滑稽》[5]	《捧腹编》[6]	《旧小说》[7]
内容	隋侯白，州举秀才至京，机（智）[8]辩捷，时莫之比，尝与仆射越国公杨素并马言话。路傍有槐树，憔悴死，素乃曰："侯秀才理道过人，能令此树活否？"曰："能。"素云："何计得活？"曰："取槐树子于树枝上悬着，即当自活。"素云："因何得活？"答曰："可不闻《论语》云：'子在，回何敢死？'"素大笑。	隋侯白机辩敏捷，尝与杨素并马。路旁有槐树，憔悴欲死，素曰："侯秀才理道过人，能令此树活否？"曰："取槐子悬树枝，即活。"素问其说。答曰："《论语》云：'子在，回何敢死？'"	隋侯［白］[9]机辩敏捷，尝与杨素并马。路旁有槐树，憔悴欲死，素曰："侯秀才理道过人，能令此树活否？"曰："取槐子悬树枝，即活。"素问其说。答曰："《论语》云：'子在，回何敢死？'"《启颜录》	槐子悬树枝隋侯白机辩敏捷，尝与杨素并马。路傍有槐树，憔悴欲死，素曰："侯秀才理道过人，能令此树活否？"曰："取槐子悬树枝，即活。"素问其说。答曰："《论语》云：'子在，回何敢死？'"《启颜录》	隋侯白机锋辩捷，时莫之比，尝与杨素并马言话。路傍有槐树，憔悴死，素乃曰："侯秀才理道过人，能令此树活否？"曰："能。"素曰："何计得活？"曰："取槐树子于树枝上悬着，即当自活。"素云："因何得活？"答曰："可不闻《论语》云：'子在，回[10]何敢死？'"	隋侯白机锋辩捷，时莫之比，尝与杨素并马言话。路傍有槐树，憔悴死，素乃曰："侯秀才理道过人，能令此树活否？"曰："能。"素曰："何计得活？"曰："取槐树子于树枝上悬[11]着，即当自活。"素云："因何得活？"答曰："可不闻《论语》云：'子在，回何敢死？'"	隋侯白，州举秀才至京，机锋辩捷，时莫之比，尝与仆射越国公杨素并马言话。路傍有槐树，憔悴死，素乃曰："侯秀才理道过人，能令此树活否？"素云："能。"素云："何计得活？"曰："取槐树子于树枝上悬着，即当自活。"素云："因何得活？"答曰："可不闻《论语》云：'子在，回何敢死？'"素大笑。

笔者按：此则内容最早见于《太平广记》，《类说》《古今事文类聚别集》《古今合璧事类备要续集》《广滑稽》《捧腹编》和《旧小说》中有载。

【校注】

[1] 出自《太平广记》卷二百四十八《诙谐》（四）中名为《侯白》（之一）。参见（宋）李昉等编《太平广记》第五册，第1919页。

[2] 出自《类说》卷之十四中名为《子在回何敢死》。参见（宋）曾慥《类说》，第960页。

[3] 出自《古今事文类聚别集》卷二十《性行部》中名为《以论语戏》。参见（宋）祝穆《古今事文类聚别集》（《景印文渊阁四库全书》第九二七册），台湾商务印书馆，1986，第826页。

[4] 出自《古今合璧事类备要续集》卷三十九《性行门》之《嘲谑》中。参见（宋）谢维新《古今合璧事类备要续集》（《景印文渊阁四库全书》第九四零册），第618页。

[5] 出自《广滑稽》卷之二十二中名为《子在回何敢死》。参见（明）陈禹谟《广滑稽》（《四库全书存目丛书》，子部，第二五一册），第697页。

[6] 出自《捧腹编》卷六中名为《子在回何敢死》。参见（明）许自昌《捧腹编》（《续修四库全书》，子部，第一二七三册），第137页。

[7] 出自《旧小说》乙集（五）中名为《侯白》（之一）。参见吴曾祺《旧小说》第七册，第688页。

[8] 中华书局本《太平广记》无"智"字。四库本《太平广记》有"智"字。

[9] 原文为"曰"字，应该是"白"字。

[10] 在此行正上方边栏与正文的空白处有小字注："'回'音当作'槐'。"

[11] 在此行正上方有小字注："'回'音当作'槐'"。

【类型分析】

侯白将《论语》云'子在，回何敢死'"中的"子"作"槐树子"理解，"回"谐音"槐"，以应对杨素令"憔悴死"的槐树活的方法。属于"谐音类型"中的"音同（近）类型"。

第74则　是六斤半

出处	《太平广记》[1]	《广滑稽》[2]	《捧腹编》[3]	《御定佩文韵府》[4]	《旧小说》[5]
内容	开皇中，有人姓出，名六斤。欲参素，赍名纸至省门，遇白，请为题姓，乃书曰"六斤半。"名即入，素召其人问曰："卿姓'六斤半'？"答曰："是'出六斤'。"曰："何为'六斤半'？"曰："向请侯秀才题之，当是错矣。"即召白至，谓曰："卿何为错题人姓名？"对云："不错。"素曰："若不错，何因姓出名六斤，请卿题之，乃言'六斤半'？"对曰："向[6]在省门会卒，无处见称，即闻道是'出六斤'，斟酌只应是'六斤半'。"素大笑之。	开皇中，有人姓出，名六斤。欲参杨素，赍名纸至省门，遇侯白，请为题姓，云："六斤半。"名即入，素召其人问曰："卿姓'六斤半'？"答曰："是'出六斤'。"曰："何'六斤半'？"曰："向请侯秀才题之，当是错矣。"即召白至，谓曰："卿何为错题人姓名？"对曰："不错。"素曰："若不错，何因姓出名六斤，请卿题之，乃言'六斤半'？"对曰："向在省门会卒，无处见称，即闻道是'出六斤'，斟酌只应是'六斤半'。"素大笑之。	开皇中，有人姓出，名六斤。[7]欲参杨素，赍名纸至省门，遇侯白，乃书云："六斤半。"名即入，素召其人问曰："卿姓'六斤半'？"答曰："是'出六斤'。"曰："何'六斤半'？"曰："向请侯秀才题之，当是错矣。"即召白至，谓曰："卿何为错题人姓名？"对曰："不错。"素曰："若不错，何因姓出名六斤，请卿题之，乃言'六斤半'？"对曰："向在省门会卒，无处见称，即闻道是'出六斤'，斟酌只应是'六斤半'。"素大笑之。	六斤半《启颜录》开皇中，有人姓出，名六斤，欲参杨素，赍名纸至省门，遇侯白，请为题姓，乃书曰"六斤半。"名既人，素召问曰："卿姓'六斤半'？"答曰："是'出六斤'，向请侯秀才题之。"召白至对曰："向在省门会卒，无处见称，既闻道是'出六斤'，斟酌只应是'六斤半'。"素大笑。	开皇中，有人姓出，名六斤。欲参素，赍名纸至省门，遇白，请为题其姓，乃书曰"六斤半。"名即入，素召其人，问："卿姓'六斤半'？"答曰："是'出六斤'。"曰："何为'六斤半'？"曰："向请侯秀才题之，当是错矣。"即召白至，谓曰："卿何为错题人姓名？"对云："不错。"素曰："若不错，何因姓出名六斤，请卿题之，乃言'六斤半'？"对曰："向在省门仓卒，无处见称，即闻道是'出六斤'，斟酌只应是'六斤半'。"素大笑之。

笔者按：此则内容最早见于《太平广记》，《广滑稽》《捧腹编》《御定佩文韵府》和《旧小说》中有载。

【校注】

[1] 出自《太平广记》卷二百四十八《诙谐》（四）中名为《侯白》（之二）。参见（宋）李昉等编《太平广记》第五册，第 1919 页。

[2] 出自《广滑稽》卷之二十二中名为《应是六斤半》。参见（明）陈禹谟《广滑稽》（《四库全书存目丛书》，子部，第二五一册），第 697 页。

[3] 出自《捧腹编》卷六中名为《应是六斤半》。参见（明）许自昌《捧腹编》（《续修四库全书》，子部，第一二七三册），第 137 页。

[4] 出自《御定佩文韵府》卷七十四之四去声《十五翰》（韵四）《半》。参见（清）张玉书、陈廷敬等奉敕撰《御定佩文韵府》（《景印文渊阁四库全书》第一零二三册），第 707 页。

[5] 出自《旧小说》乙集（五）中名为《侯白》（之二）。参见吴曾祺《旧小说》第七册，第 688~689 页。

[6] "向"字，中华书局本《太平广记》为"向"；四库本《太平广记》为"白"。

[7] 在此行正上方有小正文字号注："姓名俱清"。

【类型分析】

侯白将"欲参素"的"姓出名六斤"者的姓"出"作习语的"超出"解释，故有"向在省门，会卒无处见称，即闻道是'出六斤'，斟酌只应是'六斤半'之语，将'出六斤'题名为'六斤半'。对'出'字的不同解读。属于数字理解类型。

第75则　愿君避道

出处	《太平广记》[1]	《天中记》[2]	《广滑稽》[3]	《御定佩文韵府》[4]	《旧小说》[5]
内容	白在散官隶属，杨素爱其能剧谈。每上番日，即令谈戏弄，或从旦至晚，始得归。才出省门，即逢素子玄感，乃云："侯秀才，可以[6]玄感说一个好话?"白被留连不获已，乃云："有一大虫，欲向野中觅肉，见一刺猬仰卧，谓是'肉臠'，欲衔之。忽被猬卷着鼻，惊走，不知休息，直至山中。困乏，不觉昏睡，刺猬乃放鼻而去，大虫忽起，欢喜。走至橡树下，低头见橡斗，乃侧身语云：'且来遭见贤尊，愿郎君且避道。'"	侯白在散官隶属，杨素爱其能剧谈。每上番日，即令谈戏弄，或从旦至晚，始得归。才出省门，即逢素子玄感，乃云："侯秀才可以玄感说一个好话?"白被留连不获已，乃云："有一大虫，欲向野中寻肉，见一刺猬仰卧，谓是'肉臠'，便欲衔之。忽被猬卷着鼻，惊走。不知休息，直至山中。困乏，不觉昏睡，刺猬乃放鼻而去，大虫忽起，欢喜。走至橡树下，低头见橡斗，乃侧身语云：'且来遭见贤尊，愿郎君且避道。'"上《启颜录》	侯白与杨素剧谈戏弄，或从旦至晚，始得归。才出省门，逢素子玄感，乃云："侯秀才，可与玄感说一个好话?"白被留连不获已，乃云："有一大虫，欲向野中觅食，见一刺猬仰卧，谓是'肉臠'，欲衔之。忽被猬卷着鼻，惊走，不知休息，直至山中。困乏，不觉昏睡，刺猬乃放鼻而走，大虫忽起，欢喜。走至橡树下，低头见橡斗，乃侧身语云：'且来遭见贤尊，愿郎君且避道。'"	橡斗《启颜录》：侯白每上番日，杨素即令剧谈戏弄，至晚始归。出省门，即逢素子，被流连不已，乃云："有大虫见刺猬仰卧，谓是'肉臠'，欲衔衔之。被卷着鼻，惊走不休，困乏，不觉昏睡，刺猬放鼻而走。大虫忽起，欢喜走至橡斗，乃侧身语云：'且来遭见贤尊，愿郎君且避道。'"	白在散官隶属，杨素爱其能剧谈。每上番日，即令谈戏弄，或从旦至晚，始得归。才出省门，即逢素子玄感，乃云："侯秀才，可为玄感说一个好话?"白被留连不获已，乃云："有一大虫，欲向野中觅肉，见一刺猬仰卧，谓是'肉臠'，欲衔之。忽被猬卷着鼻，惊走，不知休息，直至山中。困乏，不觉昏睡，刺猬乃放鼻而去，大虫忽起，欢喜。走至橡树下，低头见橡斗，乃侧身语云：'且来遭见贤尊，愿郎君且避道。'"

笔者按：此则内容最早见于《太平广记》，《天中记》《广滑稽》《御定佩文韵府》和《旧小说》中有载。

【校注】

[1]　出自《太平广记》卷二百四十八《诙谐》（四）中名为《侯白》（之四）。参见（宋）李昉等编《太平广记》第五册，第1920页。

[2]　出自《天中记》卷二十六《排调》中名为《刺猬橡斗》。参见（明）陈耀文《天中记》（《景印文渊阁四库全书》第九六六册），第227页。

[3]　出自《广滑稽》卷之二十二中名为《遭见贤尊》。参见（明）陈禹谟《广滑稽》（《四库全书存目丛书》，子部，第二五一册），第697页。

[4]　出自《御定佩文韵府》卷五十五之三上声《二十五有》（韵三）之《斗》中。参见（清）张玉书、陈廷敬等奉敕撰《御定佩文韵府》（《景印文渊阁四库全书》第一零二零册），第580页。

[5]　出自《旧小说》乙集（五）中名为《侯白》（之四）。参见吴曾祺《旧小说》第七册，第689页。

[6]　"以"字，中华书局本《太平广记》为"以"；四库本《太平广记》为"为"。

【类型分析】

侯白借大虫"旦来遭见贤尊，愿郎君且避道"之言，告知杨素之子杨玄感。借用动物比人。属于生活用语类型。

第76则　头中深水

出处	《太平广记》[1]	《旧小说》[2]
内容	素与白剧谈，因曰："今有一深坑，可有数百尺，公入其中，若为得出？"白曰："入中不须余物，唯用一针即出。"素曰："用针何为？"答曰："针头中，令水饱坑，拍浮而出。"素曰："头中何处有尔许水？"白曰："若无尔许水，何因肯入尔许深坑？"	素与白剧谈，因曰："今有一深坑，可有数百尺，公入其中，若为得出？"白曰："入中不须余物，唯用一针即出。"素曰："用针何为？"答曰："针头中，令水饱坑，拍浮而出。"素曰："头中何处有尔许水？"白曰："若无尔许水，何因肯入尔许深坑？"

笔者按：此则内容最早见于《太平广记》，《旧小说》中有载。

【校注】

[1]　出自《太平广记》卷二百四十八《诙谐》（四）中名为《侯白》（之五）。参见（宋）李昉等编《太平广记》第五册，第1920页。

[2]　出自《旧小说》乙集（五）中名为《侯白》（之五）。参见吴曾祺《旧小说》第七册，第688~690页。

【类型分析】

侯白以"针头中，令水饱坑，拍浮而出"之语答杨素"今有一深坑，可有数百尺，公入其中，若为得出"之问。属于生活用语类型。

第77则　此是阿历

出处	《太平广记》[1]	《广滑稽》[2]	《捧腹编》[3]	《御定佩文韵府》[4]	《旧小说》[5]
内容	素又谓白曰："仆为君作一谜，君射之，不得迟，便须罚酒。"素曰："头长一分，眉长一寸，未到日中，已打两顿。"白应声曰："此是道人。"素曰："君须作谜，亦不得迟。"白即云："头长一分，眉长一寸，未到日中，已打两顿。"素曰："君因何学吾作'道人'谜？"白曰："此是阿历。"素大笑。	杨素谓侯白曰："仆为君作一谜，君射之，不得迟，便须罚酒。"素曰："头长一分，眉长一寸，未到日中，已打两顿。"白应声曰："此是道人。"素曰："君须作谜，亦不得迟。"白即云："头长一分，眉长一寸，未到日中，已打两顿。"素曰："君因何学吾作'道人'谜？"白曰："此是阿历。"素大笑。	杨素谓侯白曰："仆为君作一谜，君射之，不得迟，便须罚酒。"素曰："头长一分，眉长一寸，未到日中，已打两顿。"白应声曰："此是道人。"素曰："君须作谜，亦不得迟。"白即云[6]："头长一分，眉长一寸，未到日中，已打两顿。"素曰："君因何学吾作'道人'谜？"白曰："此是阿历。"素大笑。	头长《启颜录》：杨素谓侯白曰：《"仆为君作一谜，君射之，不得迟，便须罚酒。"素曰："头长一分，眉长一寸，未到日中，已打两顿。"白应声曰："此是道人。"素曰："须作谜，亦不得迟。"白即云："头长一分，眉长一寸，未到日中，已打两顿。"素曰："君何因学吾作'道人'？"白曰："此是阿历。"素大笑。	素又谓白曰："仆为君作一谜，君射之，不得迟，便须罚酒。"素曰："头长一分，眉长一寸，未到日中，已打两顿。"白应声曰："此是道人。"素曰："君须作谜，亦不得迟。"白即云："头长一分，眉长一寸，未到日中，已打两顿。"素曰："君因何学吾作'道人'谜？"白曰："此是阿历。"素大笑。

笔者按：此则内容最早见于《太平广记》，《广滑稽》《捧腹编》《御定佩文韵府》和《旧小说》中有载。

【校注】

[1] 出自《太平广记》卷二百四十八《诙谐》（四）中名为《侯白》（之六）。参见（宋）李昉等编《太平广记》第五册，第 1920 页。

[2] 出自《广滑稽》卷之二十二中名为《此是阿历》。参见（明）陈禹谟《广滑稽》（《四库全书存目丛书》，子部，第二五一册），第 697 页。

[3] 出自《捧腹编》卷六中名为《此是阿历》。参见（明）许自昌《捧腹编》（《续修四库全书》，子部，第一二七三册），第 137 页。

[4] 出自《御定佩文韵府》卷二十二之五下平声《七阳》（韵五）之《长》中。参见（清）张玉书、陈廷敬等奉敕撰《御定佩文韵府》（《景印文渊阁四库全书》第一零一五册），第 536 页。

[5] 出自《旧小说》乙集（五）中名为《侯白》（之六）。参见吴曾祺《旧小说》第七册，第 689 页。

[6] 在此行正上方有小字注："与'称大家热档子'同。"

【类型分析】

侯白学杨素"头长一分，眉长一寸，未到日中，已打两顿"的"道人谜"的谜面，谜底却是指向道人中的阿历。属于使用谜语类型。

第78则 是胡燕窠

出处	《太平广记》[1]	《广滑稽》[2]	《旧小说》[3]
内容	白仕唐，尝与人各为谜。白云："必须是实物，不得虚作解释，浪惑众人。若解讫，无有此物，即须受罚。"白即云："背共屋许大，肚共椀许大，口共盏许大。"众人射不得，皆云："天下何处有物，共盏许大口，而背共屋许大者？定无此物，必须共赌。"白与众赌讫，解云："此是胡燕窠。"众皆大笑。	侯白仕唐，尝与人各为谜。白曰："必须是实物，不得虚作解释，浪惑众人。若解讫，无有此物，即须受罚。"白即云："背共屋许大，肚共枕许大，口共盏许大。"众人射不得，皆云："天下何处有物，共盏许大口，而背共屋许大者？定无此物，必须共赌。"白与众赌讫，解云："此是胡燕窠。"众皆大笑。	白仕唐，尝与人各为谜。白云："必须是实物，不得虚作解释，浪惑众人。若解讫，无有此物，即须受罚。"白即云："背共屋许大，肚共椀许大，口共盏许大。"众人射不得，皆云："天下何处有物，共盏许大口，而背共屋许大者？定无此物，必须共赌。"白与众赌讫，解云："此是胡燕窠。"众皆大笑。

　　笔者按：此则内容最早见于《太平广记》，《广滑稽》和《旧小说》中有载。由侯白生平可知，侯白在隋时就已经去世，故"侯白仕唐"的说法，纯属后人附会侯白故事，不是真实记载。

【校注】

[1]　出自《太平广记》卷二百四十八《诙谐》（四）中名为《侯白》（之七）。参见（宋）李昉等编《太平广记》第五册，第1920页。

[2]　出自《广滑稽》卷之二十二中名为《此是犊子》（之一）。参见（明）陈禹谟《广滑稽》（《四库全书存目丛书》，子部，第二五一册），第697~698页。

［3］   出自《旧小说》乙集（五）中名为《侯白》（之七）。参见吴曾祺《旧小
       说》第七册，第 689 页。

【类型分析】

侯白因"必须是实物，不得虚作解释，浪惑众人。若解讫，无有此物，即须受罚"而以"背共屋许大，肚共椀许大，口共盖许大"的白描语言作"胡燕窠"的谜。属于使用谜语类型。

第 79 则　此是犊子

出处	《太平广记》[1]	《广滑稽》[2]	《捧腹编》[3]	《旧小说》[4]
内容	又逢众宴，众皆笑白后至，俱令作谜，必不得幽隐难识及诡谲希奇，亦不假合而成，人所不见者。白即应声云："有物大如狗，面貌极似牛，此是何物？"或云："是獐。"或云："是鹿。"皆云不是。即令白解，云："此是犊子。"	又逢众宴，俱令作谜，必不得幽隐难识及诡谲希奇，亦不假合而成，人所不见者。白即应声曰："有物大如狗，面貌极似牛，此是何物？"或云："是獐。"或云："是鹿。"皆云不是。即令白解，云："此是犊子。"	侯白逢众宴，俱令作谜，必不得幽隐难识及诡谲希奇，亦不假合而成，人所不见者。白即应声曰："有物大如狗，面貌极似牛，此是何物？"或云："是獐。"或云："是鹿。"皆云不是。即令白解，云："此是犊子。"	又逢众宴，众皆笑白后至，俱令作谜。必不得幽隐难识及诡谲希奇，亦不假合而成，人所不见者。白即应声云："有物大如狗，而貌极似牛，此是何物？"或云："是獐。"或云："是鹿。"皆云不是。即令白解，云："此是犊子。"

笔者按：此则内容最早见于《太平广记》，《广滑稽》《捧腹编》和《旧小说》中有载。

【校注】

[1]　出自《太平广记》卷二百四十八《诙谐》（四）中名为《侯白》（之八）。参见（宋）李昉等编《太平广记》第五册，第 1920 页。

[2]　出自《广滑稽》卷之二十二中名为《此是犊子》（之二）。参见（明）陈禹谟《广滑稽》（《四库全书存目丛书》，子部，第二五一册），第 697~698 页。

[3]　出自《捧腹编》卷六中名为《此是犊子》。参见（明）许自昌《捧腹编》（《续修四库全书》，子部，第一二七三册），第 137~138 页。

［4］　出自《旧小说》乙集（五）中名为《侯白》（之八）。参见吴曾祺《旧小说》第七册，第 689~690 页。

【类型分析】

侯白因"不得幽隐难识及诡谲希奇，亦不假合而成，人所不见者"而以"有物大如狗，面貌极似牛"的描述性语句作"犊子"的谜。属于使用谜语类型。

第 80 则 见青草湖

出处	《太平广记》[1]	《广滑稽》[2]	《旧小说》[3]
内容	白又与素路中遇胡负青草而行,素曰:"长安路上,乃见青草湖。"	侯白与杨素路中遇胡负青草而行,素曰:"长安路上,乃见青草湖。"	白又与素路中遇胡负青草而行,素曰:"长安路上,乃见青草湖。"

笔者按: 此则内容最早见于《太平广记》,《广滑稽》和《旧小说》中有载。

【校注】

[1] 出自《太平广记》卷二百四十八《诙谐》(四)中名为《侯白》(之九)。参见(宋)李昉等编《太平广记》第五册,第 1920~1921 页。

[2] 出自《广滑稽》卷之二十二中名为《真所谓孝乎》(之一)。参见(明)陈禹谟《广滑稽》(《四库全书存目丛书》,子部,第二五一册),第 698 页。

[3] 出自《旧小说》乙集(五)中名为《侯白》(之九)。参见吴曾祺《旧小说》第七册,第 690 页。

【类型分析】

侯白以"长安路上,乃见青草湖"的"湖"谐音为"胡",戏谑其路中遇到的"负青草而行"的胡人。属于"谐音类型"中的"音同(近)类型"。

第 81 则　醉胡服孝

出处	《太平广记》[1]	《广滑稽》[2]	《旧小说》[3]
内容	须臾，又有两醉胡，衣孝重服，骑马而走。俄而，一胡落马，白曰："真所谓'孝乎唯孝'，有之矣。"	须臾，又有两醉胡，衣孝重服，骑马而走。俄而，一胡落马，白曰："真所谓'孝乎唯孝'，有之矣。"	须臾，又有两醉胡，衣孝重服，骑马而走。俄而，一胡落马，白曰："真所谓'孝乎唯孝'，有之矣。"

笔者按：此则内容最早见于《太平广记》，《广滑稽》和《旧小说》中有载。

【校注】

[1]　出自《太平广记》卷二百四十八《诙谐》（四）中名为《侯白》（之十）。参见（宋）李昉等编《太平广记》第五册，第 1919~1921 页。

[2]　出自《广滑稽》卷之二十二中名为《真所谓孝乎》（之二）。参见（明）陈禹谟《广滑稽》（《四库全书存目丛书》，子部，第二五一册），第 698 页。

[3]　出自《旧小说》乙集（五）中名为《侯白》（之十）。参见吴曾祺《旧小说》第七册，第 690 页。

【类型分析】

侯白以"孝乎唯孝"中的第一个"孝"指"衣孝重服"的"两醉胡"，第二个"孝"谐音"笑"。属于"谐音类型"中的"音同（近）类型"。

第 82 则　好狗吠声

出处	《太平广记》[1]	《广滑稽》[2]	《捧腹编》[3]	《旧小说》[4]
内容	白初未知名，在本邑，令宰初至，白即谒。谓知识曰："白能令明府作狗吠。"曰："何有明府得遣作狗吠？诚如言，我辈输一会饮食；若妄，君当输。"于是入谒，知识俱门外伺之。令曰："君何须得重来相见？"白曰："公初至，民间有不便事，望咨公。公未到前，甚多贼盗，请命各家养狗，令吠惊，自然贼盗止息。"令曰："若然，我家亦须养能吠之狗，若为可得？"白曰："家中新有一群犬，其吠声与余狗不同。"曰："其声如何？"答曰："其吠声'㤜㤜'者[5]。"令曰："君全不识好狗吠声，好狗吠声，当作'号号'；'㤜㤜'者，全不是能吠之狗。"伺者闻之，莫不掩口而笑。白知得胜，乃云："若觅如此能者，当出访之。"遂辞而出。出《启颜录》	侯白初未知名，在本邑，令宰初至，白即谒。会知识曰："白能令明府作狗吠。"曰："何有明府得遣作狗吠？诚如言，我辈输一会饮食；若妄，君当输。"于是入谒，知识俱门外伺之。令曰："君何须得重来相见？"白曰："公初至，民间有不便事，望咨公。公到前，甚多盗贼，请命各家养狗，令吠惊，自然盗贼止息。"令曰："若然，我家亦须养能吠之狗，若为可得？"白曰："家中新有一群犬，其吠声与[6]余狗不同。"曰："其声如何？"答曰："其吠声'㤜㤜'者。"令曰："君全不识，好狗吠声，当作'号号'；'㤜㤜'声者，全不是能吠之狗。"伺者闻之，莫不掩口而笑。白知得胜，乃云："若觅如此能吠者，当出访之。"遂辞而出。	侯白谒邑宰，会知识曰，曰："白能令明府作狗吠。"曰："何有明府得遣作狗吠？诚如言，我辈输一会饮食；若妄，君当输[7]。"于是入谒。白曰："境中盗贼甚多，请命各家养猛犬，令吠声'㤜㤜'，庶可警夜。"令曰："'㤜㤜'声者，不是猛犬，当作'号号'。"闻者莫不掩口而笑。	白初未知名，在本邑，令宰初至，白即谒。谓知识曰："白能令明府作狗吠。"曰："何有明府得遣作狗吠？诚如言，我辈输一会饮食；若妄，君当输。"于是入谒，知识俱门外伺之。令曰："君何须得重来相见？"白曰："公初至，民间有不便事，望咨公。公未到前，甚多贼盗，请命各家养狗，令吠惊，自然贼盗止息。"令曰："若然，我家亦须养能吠之狗，若为可得？"白曰："家中新有一群犬，其吠声与余狗不同。"曰："其声如何？"答曰："其吠声'㤜㤜'者。"令曰："君全不识好狗吠声，好狗吠声，当作'号号'；'㤜㤜'者，全不是能吠之狗。"伺者闻之，莫不掩口而笑。白知得胜，乃云："若觅如此能吠者，当出访之。"遂辞而出。

　　笔者按：此则内容最早见于《太平广记》，《广滑稽》《捧腹编》和《旧小说》中有载。

【校注】

[1] 　出自《太平广记》卷二百四十八《诙谐》（四）中名为《侯白》（之十一）。参见（宋）李昉等编《太平广记》第五册，第 1921 页。

[2] 　出自《广滑稽》卷之二十二中名为《当作号号》。参见（明）陈禹谟《广滑稽》（《四库全书存目丛书》，子部，第二五一册），第 698 页。

[3] 　出自《捧腹编》卷六中名为《当作号号》。参见（明）许自昌《捧腹编》（《续修四库全书》，子部，第一二七三册），第 138 页。

[4] 　出自《旧小说》乙集（五）中名为《侯白》（之十一）。参见吴曾祺《旧小说》第七册，第 690 页。

[5] 　中华书局本《太平广记》于"者"后，有小号字体注："明钞本者作'恼'。"四库本《太平广记》无注。

[6] 　此行上方与边栏之间的空白处有小字注："隋呼'谷谷'，此呼'号号'，直以鸣吠资谈笑矣。"

[7] 　在此行正上方有小字注"前呼'谷谷'，此呼'号号'，直以鸣吠资谈笑矣。"

【类型分析】

　　侯白以"吠声'恼恼'"的"与余狗"不同的狗吠声，而引出令宰"号号"的狗吠声。属于拟声类型。

第 83 则　负枷无妇

出处	《太平广记》[1]	《天中记》[2]	《广滑稽》[3]	《捧腹编》[4]
内容	隋河间郡刘焯之[5]从侄炫，并有儒学。俱犯法被禁，县吏不知[6]其大儒也，咸与之枷著。焯曰："终日枷中坐，而不见家。"炫曰："亦终日负枷坐，而不见妇。"出《启颜录》	隋河间郡刘焯与从弟炫，并有儒学。尝俱犯法被禁，县吏不知其大儒也，咸与之枷。焯曰："终日枷中坐，而不见家。"焯曰："终日负枷坐，而不见妇。"上《启颜录》	隋刘焯与从弟炫，并有儒学。尝俱犯法被禁，县吏不知其大儒也，咸与之枷。焯曰："终日枷中坐，而不见家。"炫曰："终日负枷坐，而不见妇。"	隋刘焯与从弟炫，并有儒学。尝俱犯法被禁，县吏不知其大儒也，咸与之枷。焯曰："终日枷中坐，而不见家。"炫曰："终日负枷坐，而不见妇。"

笔者按：此则内容最早见于《太平广记》,《天中记》《广滑稽》和《捧腹编》中有载。

【校注】

[1]　出自《太平广记》卷二百四十八《诙谐》（四）中名为《刘焯》。参见（宋）李昉等编《太平广记》第五册，第 1922 页。

[2]　出自《天中记》卷二十六《排调》中名为《枷中坐》。参见（明）陈耀文《天中记》（《景印文渊阁四库全书》第九六六册），第 227 页。

[3]　出自《广滑稽》卷之二十二中名为《枷中坐》。参见（明）陈禹谟《广滑稽》（《四库全书存目丛书》，子部，第二五一册），第 689 页。

[4]　出自《捧腹编》卷六中名为《枷中坐》。参见（明）许自昌《捧腹编》

（《续修四库全书》，子部，第一二七三册），第 134 页。

[5] "之"字，中华书局本《太平广记》写为"之"，后有小号字体注："明钞本无'之'字。"四库本《太平广记》写为"与"，后没有注。

[6] "知"后，中华书局本《太平广记》有小号字体注："'知'字原阙。据明钞本、黄本补。四库本《太平广记》中此则后没有注。

【类型分析】

"有儒学"的刘焯和刘炫在"被禁"之后，有"终日枷中坐，而不见家"和"终日负枷坐，而不见妇"之言，分别以"枷"与"家"，"负"与"妇"两对同音字，表达自己的不满。属于换字类型。

第 84 则　天使其然

出处	《太平广记》[1]	《广滑稽》[2]	《捧腹编》[3]	《古音骈字续编》[4]	《御定佩文韵府》[5]	《旧小说》[6]
内容	山东人娶蒲州女,多患瘿,其妻母项瘿甚大。成婚数月,妇家疑婿不慧,妇翁置酒,盛会亲戚,欲以试之。问曰:"某郎在山东读书,应识道理。鸿鹤能鸣,何意?"曰:"天使其然。"又曰:"松柏冬青,何意?"曰:"天使其然。"又曰:"道边树有骨骶,何意?"曰:"天使其然。"妇翁曰:"某郎全不识道理,何因浪住山东?"因以戏之曰:"鸿鹤能鸣者,颈项长;松栢冬青者,心中强;道边树有骨骶者,车拨伤。岂是'天使其然'?"婿曰:"请以所闻见奉酬,不知许否?"曰:"可	山东人娶蒲州女,多患瘿,其妻母项瘿甚大。成婚数月,妇家疑婿不慧,妇翁置酒,盛会亲戚,欲试之。问曰:"某郎在山东读书,应识道理。鸿鹤能鸣,何意?"曰:"天使其然。"又曰:"松柏冬青,何意?"曰:"天使其然。"又曰:"道边树有骨骶,何意?"曰:"天使其然。"妇翁曰:"某郎全不识道理,何因浪住山东?"因戏之曰:"鸿鹤能鸣者,颈项长;松栢冬青者,心中强;道边树有骨骶者,车拨伤。岂是'天使其然'?"婿曰:"请	山东人娶蒲州女,多患瘿,其妻母项瘿甚大。成婚数月,妇家疑婿不慧,妇翁置酒,盛会亲戚,欲试之。问曰:"某郎在山东读书,应识道理。鸿鹤能鸣,何意?"曰:"天使其然。"又曰:"松柏冬青,何意?"曰:"天使其然。"又曰:"道边树有骨骶,何意?"曰:"天使其然。"妇翁曰:"某郎全不识道理,何因浪住山东?"因戏之曰:"鸿鹤能鸣者,颈项长;松柏冬青者,心中强;道边树有骨骶者,车拨伤。岂是'天使	骨骶: 楷柚。《启颜录》。	颈长《启颜录》: 山东人娶蒲州女,妇家疑婿不慧。问曰:"鸿鹤能鸣,何意?"曰:"天使其然。"妇翁曰:"鸿鹤能鸣者,颈项长。"婿曰:"虾蟆能鸣,岂是颈项长耶?"妇翁无以应之。	山东人娶蒲州女,多患瘿,其妻母项瘿甚大。成婚数月,妇家疑婿不慧,妇翁置酒,盛会亲戚,欲以试之。问曰:"某郎在山东读书,应识道理。鸿鹤能鸣,何意?"曰:"天使其然。"又曰:"松柏冬青,何意?"曰:"天使其然。"妇翁曰:"某郎全不识道理,何因浪住山东?"因以戏之曰:"鸿鹤能鸣者,颈项长;松栢冬青者,心中强;道边树有骨骶者,车拨伤。岂是'天使其然'?"婿曰:"请以所闻见奉酬,不知许否?"曰:"可言之。"婿曰:"虾蟆

续表

出处	《太平广记》[1]	《广滑稽》[2]	《捧腹编》[3]	《古音骈字续编》[4]	《御定佩文韵府》[5]	《旧小说》[6]
内容	言之。”婿曰："虾蟆能鸣，岂是'颈项长'？竹亦冬青，岂是'心中强'？夫人项下瘿如许大，岂是'车拨伤'？"妇翁羞愧，无以对之。出《启颜录》	以所闻见者奉酬，不知许否？"曰："可言之。"婿曰："虾蟆能鸣，岂是'颈项长'？竹亦冬青，岂是'心中强'？夫人项下瘿如许大，岂是'车拨伤'？"妇翁羞愧，无以对。	其然'？"婿曰："请以所闻见者奉酬，不知许否？"曰："可言之。"婿曰："虾蟆能鸣，岂是'颈项长'？竹亦冬青，岂是'心中强'？夫人项下瘿如许大，岂是'车拨伤'？"妇翁羞愧，无以对。			能鸣，岂是'颈项长'？竹亦冬青，岂是'心中强'？夫人项下瘿如许大，岂是'车拨伤'？"妇翁羞愧，无以对之。

笔者按：此则内容最早见于《太平广记》，《广滑稽》《捧腹编》《古音骈字续编》《御定佩文韵府》和《旧小说》中有载。

【校注】

[1]　出自《太平广记》卷二百四十八《诙谐》（四）中名为《山东人》。参见（宋）李昉等编《太平广记》第五册，第1922~1923页。

[2]　出自《广滑稽》卷之二十二中名为《岂是车拨伤》。参见（明）陈禹谟《广滑稽》（《四库全书存目丛书》，子部，第二五一册），第690~691页。

[3]　出自《捧腹编》卷六中名为《岂是车拨伤》。参见（明）许自昌《捧腹编》（《续修四库全书》，子部，第一二七三册），第135页。

[4]　出自《古音骈字续编》卷五中。参见（清）庄履丰、庄鼎铉《古音骈字续编》（《景印文渊阁四库全书》第二二八册），台湾商务印书馆，1986，第525页。

[5]　出自《御定佩文韵府》卷二十二之五下平声《七阳》（韵五）之《长》中。参见（清）张玉书、陈廷敬等奉敕撰《御定佩文韵府》（《景印文渊阁四库全书》第一零一五册），第533页。

[6]　出自《旧小说》乙集（五）中名为《山东人》。参见吴曾祺《旧小说》第
　　　七册，第691页。

【类型分析】

山东女婿以"蛤蟆能鸣，岂是'颈项长'？竹亦冬青，岂是'心中强'？
夫人项下瘿如许大，岂是'车拔伤'"之语反驳蒲州岳父"鸿鹤能鸣者颈项
长。松柏冬青者，心中强。道边树有骨骺者，车拔伤。岂是'天使其然'"
之问，女婿以丈母娘为例来反驳岳父的诘问。属于生活用语类型。

第 85 则　为甚入坑

出处	《太平广记》[1]	《广滑稽》[2]	《捧腹编》[3]
内容	隋朝有人敏慧，然而口吃，杨素每闲闷，即召与剧谈。尝岁暮无事，对坐，因戏之云[4]："有大坑深一丈，方圆亦一丈，遣公入其中，何法得出？"此人低头良久，乃问："有梯出否？"素云："只论无梯，若论有梯，何须更问？"其人又低头良久，问曰："白、白、白、白日，夜、夜、夜、夜地？"素云："何须云'白日、夜地'，素为得出？"乃云："若不是夜地，眼、眼不瞎，为甚物入、入里许。"素大笑。	隋朝有人敏慧，然而口吃，杨素每闲闷，即召与剧谈。尝岁暮无事，对坐，因戏之云："有大坑深一丈，方圆亦一丈，遣公入其中，何法得出？"此人低头良久，乃问："有梯否？"素曰："只论无梯，若论有梯，何须更问？"其人又低头良久，问曰："白、白、白、白日，夜、夜、夜地？"素云："何须云'白日、夜地'，若为得出？"乃云："若不是夜地，眼、眼不瞎，为甚物入、入里许？"素大笑。	隋朝有人敏慧，然而口吃，杨素每闲闷，即召与剧谈。尝岁暮无事，对坐，因戏之云："有大坑深一丈，方圆亦一丈，遣公入其中，何法得出？"此人低头良久，乃问："有梯否？"素曰："只论无梯，若论有梯，何须更问？"其人又低头良久，问曰："白、白、白、白日，夜、夜、夜地？"素云："何须云'白日、夜地'，若为得出？"乃云："若不是夜地，眼、眼不瞎，为甚物入、入里许？"素大笑。

笔者按：此则内容最早见于《太平广记》，《广滑稽》和《捧腹编》中有载。

【校注】

[1]　出自《太平广记》卷二百四十八《诙谐》（四）中名为《吃人》（之一）。参见（宋）李昉等编《太平广记》第五册，第1923页。

[2]　出自《广滑稽》卷之二十二中名为《腊月何处有蛇咬》（之一）。参见（明）陈禹谟《广滑稽》（《四库全书存目丛书》，子部，第二五一册），第691页。

［3］　出自《捧腹编》卷六中名为《腊月何处有蛇咬》（之一）。参见（明）许自昌《捧腹编》（《续修四库全书》，子部，第一二七三册），第135页。

［4］　"云"字，中华书局本《太平广记》写为"云"；四库本《太平广记》写为"曰"。

【类型分析】

隋一口吃人以"若不是夜地，眼眼不瞎，为甚物入、入里许"之语答杨素"有大坑深一丈，方圆亦一丈，遣公入其中，何法得出"之问。用反问来回答对方提问。属于生活用语类型。

第 86 则 无救须败

出处	《太平广记》[1]	《广滑稽》[2]	《捧腹编》[3]
内容	又问云："忽命公作军将，有小城，兵不过 [4] 一千以下，粮食唯有数日，城外被数万人围。若遣公向城中，作何谋计？"低头良久，问云："有、有救、救兵否？"素云："只缘无救，所以问公。"沈吟良久，举头向素云："审、审如、如公言，不免须败。"素大笑。	又问曰："忽命公作军将，有小城，兵不过一千以下，粮食唯有数日，城外被数万人围。若遣公向城中，作何谋计？"低头良久，问曰："有、有救、救兵否？"素云："只缘无救，所以问公。"沈吟良久，举头向素云："审、审如、如公言，不免须败。"素大笑。	又问曰："忽命公作军将，有小城，兵不过一千以下，粮食唯有数日，城外被数万人围。若遣公向城中，作何谋计？"低头良久，问曰："有、有救、救兵否？"素云："只缘无救，所以问公。"沈吟良久，举头向素云："审、审如、如公言，不免须败。"素大笑。

笔者按：此则内容最早见于《太平广记》，《广滑稽》和《捧腹编》中有载。

【校注】

[1] 出自《太平广记》卷二百四十八《诙谐》（四）中名为《吃人》（之二）。参见（宋）李昉等编《太平广记》第五册，第 1923 页。

[2] 出自《广滑稽》卷之二十二中名为《腊月何处有蛇咬》（之二）。参见（明）陈禹谟《广滑稽》（《四库全书存目丛书》，子部，第二五一册），第691 页。

[3] 出自《捧腹编》卷六中名为《腊月何处有蛇咬》（之二）。参见（明）许自昌《捧腹编》（《续修四库全书》，子部，第一二七三册），第 135 页。

[4] "过"字，中华书局本《太平广记》写为"过"；四库本《太平广记》
　　写为"满"。

【类型分析】

　　有口吃的人以"不免须败"之语答杨素"忽命公作军将，有小城，兵
不过一千已下，粮食唯有数日，城外被数万人围。若遣公向城中，作何谋
计"之问。属于生活用语类型。

第 87 则　腊月蛇咬

出处	《太平广记》[1]	《广滑稽》[2]	《捧腹编》[3]
内容	又问云："计公多能，无种不解。今日家中，有人蛇咬足，若为医治？"此人即应声报云："取、取五月五日南墙下雪、雪涂、涂、即、即治。"素云："五月何处得有雪？"答云："若五月五日无雪，腊月何处有蛇咬？"素笑而遣之。 出《启颜录》	又问曰："计公多能，无种不解。今日家中，有人蛇咬足，若为医治？"此人应声云："取五月五日南墙下雪、雪涂、涂、即、即治。"素云："五月何处得有雪？"答云："五月无雪，腊月何处有蛇咬？"素笑而遣之。	又问曰："计公多能，无种不解。今日家中，有人蛇咬足，若为医治？"此人应声云："取五月五日南墙下雪、雪涂、涂、即、即治。"素云："五月何处得有雪？"答云："五月无雪，腊月何处有蛇咬？"素笑而遣之。

笔者按：此则内容最早见于《太平广记》，《广滑稽》和《捧腹编》中有载。

【校注】

[1]　出自《太平广记》卷二百四十八《诙谐》（四）中名为《吃人》（之三）。参见（宋）李昉等编《太平广记》第五册，第 1923 页。

[2]　出自《广滑稽》卷之二十二中名为《腊月何处有蛇咬》（之三）。参见（明）陈禹谟《广滑稽》（《四库全书存目丛书》，子部，第二五一册），第 691 页。

[3]　出自《捧腹编》卷六中名为《腊月何处有蛇咬》（之三）。参见（明）许自昌《捧腹编》（《续修四库全书》，子部，第一二七三册），第 135~136 页。

【类型分析】

　　一口吃人以"若五月五日无雪，腊月何处有蛇咬"的反问答杨素"今日家中，有人蛇咬足，若为医治"之问。以"五月五日"的雪来应对"腊月"的蛇，运用生活中的常识来对刁难问题进行机智应对。属于生活用语类型。

第 88 则　臀尔许大

出处	《太平广记》[1]	《类说》[2]	《古今事文类聚别集》[3]	《山堂肆考》[4]	《广滑稽》[5]	《捧腹编》[6]	《说郛》[7]	《续百川学海》[8]
内容	［唐］[9]左司郎中封道弘，身形长大，而窗甚阔。道弘将入阁奏事，英公李勣在后，谓道弘曰："封道弘，你臀斟酌坐得即休，何须尔许大？" 出《启颜录》	左司郎中封道弘，身大而臀阔。李勣谓曰："封道弘，汝臀斟酌坐得休，何须尔许大？"《启颜录》	左司郎中封道弘，身大而臀阔。李勣谓曰："封道弘，汝臀斟酌坐得即休，何须尔许大？"《启颜录》	《启颜录》：唐左司郎中封道弘，身大而臀阔。李勣戏谓之曰："封道弘，汝臀要斟酌坐得即休，何须尔许大？"	唐左司郎中封道弘，身形长大，而臀甚阔。道弘将入阁奏事，英公李勣在后，谓道弘曰："封道弘，你臀斟酌坐得即休，何须尔许大？"	唐左司郎中封道弘，身形长大，而臀甚阔。道弘将入阁奏事，英公李勣在后，谓道弘曰："封道弘，你臀斟酌坐得即休，何须尔许大？"	唐左司郎中封道弘，身形长大而臀甚阔。道弘将入阁奏事，英公李勣在后，谓道弘曰："封道弘，你臀斟酌坐得即休，何须尔许大？"	唐左司郎中封道弘，身形长大而臀甚阔。道弘将入阁奏事，英公李勣在后，谓道弘曰："封道弘，你臀斟酌坐得即休，何须尔许大？"

　　笔者按：此则内容最早见于《太平广记》,《类说》《古今事文类聚别集》《山堂肆考》《广滑稽》《捧腹编》《说郛》和《续百川学海》中有载。

【校注】

［1］　出自《太平广记》卷二百四十八《诙谐》（四）中名为《李勣》。参见

（宋）李昉等编《太平广记》第五册，第 1925 页。

[2]　　出自《类说》卷之十四中名为《嘲臀》。参见（宋）曾慥《类说》，第
　　　　959~960 页。

[3]　　出自《古今事文类聚别集》卷二十《性行部》名为《嘲臀大》。参见（宋）
　　　　祝穆《古今事文类聚别集》（《景印文渊阁四库全书》，第九二七册），台湾
　　　　商务印书馆，1986，第 826 页。

[4]　　出自《山堂肆考》卷一百十九《性行》之《嘲谑》中名为《道弘阔臀》。
　　　　参见（明）彭大翼《山堂肆考》（《景印文渊阁四库全书》第九七六册），
　　　　第 349 页。

[5]　　出自《广滑稽》卷之二十二中名为《何须尔许大》。参见（明）陈禹谟
　　　　《广滑稽》（《四库全书存目丛书》，子部，第二五一册），第 691~692 页。

[6]　　出自《捧腹编》卷六中名为《何须尔许大》。参见（明）许自昌《捧腹编》
　　　　（《续修四库全书》，子部，第一二七三册），第 136 页。

[7]　　出自《说郛》卷二十三中名为《李勣》。参见（明）陶宗仪等编《说郛三
　　　　种》第四册，第 1116 页。

[8]　　出自《续百川学海》庚集中名为《李勣》。参见（明）吴永《续百川学海》
　　　　第二十七册，《启颜录》，第 2 页。

[9]　　中华书局本《太平广记》有小号字体注："明钞本'曹'作'唐'。"四库本
　　　　《太平广记》无注。从文意，改为"唐"。

【类型分析】

英公李勣以"臀斟酌坐得即休，何须尔许大"之语嘲封道弘"身形长
大，而脶甚阔"的身体特征。人的身体乃是天生，岂是人可做决定。属于
生活用语类型。

第 89 则　头毛未生

出处	《太平广记》[1]	《诗话总龟》[2]	《类说》[3]	《广滑稽》[4]
内容	唐有僧法轨，形容短小，于寺开讲。李荣往共论议，往复数番，僧有旧作诗咏荣，于高座上诵之，云："姓李应须李，言荣又不荣。"此僧未及得道下句，李荣应声接曰："身长三尺半，头毛犹未生。"四座欢喜，伏其辩捷。出《启颜录》	唐僧法轨形容短小，开讲于寺。与李荣议论，往来数番，僧旧作一诗咏李荣，于高座上诵之，云："姓李应须礼，名荣又不荣。"李应声曰："身长三尺半，头毛犹未生。"四坐服其辩捷。《启颜录》	唐有僧法轨，形貌短小，于寺开讲。李荣往共议论，僧于高座诵诗曰："姓李应须李，名荣又不荣。"应声曰："身材三尺半，头毛犹未生。"	唐有僧法轨，形容短小，于寺开讲。李荣往共论议，往复数番，僧有旧作诗咏之，云："姓李应须李，言荣又不荣。"此僧未及得道下句，李荣应声接曰："身长三尺半，头毛犹未生。"

笔者按：此则内容最早见于《太平广记》，《诗话总龟》《类说》和《广滑稽》中有载。

【校注】

[1]　出自《太平广记》卷二百四十八《诙谐》（四）中名为《李荣》。参见（宋）李昉等编《太平广记》第五册，第 1925 页。

[2]　出自《诗话总龟》卷三十九《诙谐门》（下）中。参见（宋）阮阅《诗话总龟》（《景印〈文渊阁四库全书〉》，一四七八册），台湾商务印书馆，1986，第 602 页。

[3]　出自《类说》卷之十四中名为《高坐诵诗》。参见（宋）曾慥《类说》，第

954 页。

[4]　出自《广滑稽》卷之二十二中名为《头毛未生》。参见（明）陈禹谟《广
　　　滑稽》（《四库全书存目丛书》，子部，第二五一册），第 692 页。

【类型分析】

李荣以"身长三尺半，头毛犹未生"之语，承接"形容短小"的唐僧
人法轨以"姓李应须李，言荣又不荣"的描述李荣的诗句，两人之语，共
组一首诗。属于吟咏诗句类型。

第 90 则　砥柱作语

出处	《太平广记》[1]	《广滑稽》[2]	《说郛》[3]	《续百川学海》[4]
内容	唐赵元楷与令狐德棻从驾至陕，元楷召德棻河边观砥柱，德棻不去，遂独行。及还，德棻曰："砥柱共公作何语？"答曰："砥柱附参，承公[5]德棻。"应声曰："石不能言，物或凭焉？"时群公以为佳对。出《启颜录》	唐赵元楷召令狐德棻同往河边观砥柱，德棻不去，遂独行。及还，德棻曰："砥柱共公作何语？"答曰："砥柱附参，承公德棻。"应声曰："石不能言，或凭焉？"时以为佳对。	唐赵元楷与令狐德棻从驾至陕，元楷召德棻同往河边观砥柱，德棻不去，遂独行。及还，德棻曰："砥柱共公作何语？"答曰："砥柱附参，承公德棻。"应声曰："石不能言，物或凭焉。"时群公以为佳对。	唐赵元楷与令狐德棻从驾至陕，元楷召德棻同往河边观砥柱，德棻不去，遂独行。及还，德棻曰："砥柱共公作何语？"答曰："砥柱附参，承公德棻。"应声曰："石不能言，物或凭焉。"时群公以为佳对。

　　笔者按：此则内容最早见于《太平广记》，《广滑稽》《说郛》和《续百川学海》中有载。

【校注】

[1]　出自《太平广记》卷二百四十九《诙谐》（五）中名为《令狐德棻》。参见（宋）李昉等编《太平广记》第五册，第 1926 页。

[2]　出自《广滑稽》卷之二十二中名为《石不能言》。参见（明）陈禹谟《广滑稽》（《四库全书存目丛书》，子部，第二五一册），第 692 页。

[3]　出自《说郛》卷二十三中名为《令狐德棻》。参见（明）陶宗仪等编《说郛三种》第四册，第 1116~1117 页。

［4］　出自《续百川学海》庚集中名为《令狐德棻》。参见（明）吴永《续百川学海》第二十七册,《启颜录》,第2~3页。

［5］　中华书局本《太平广记》把断句断在"德棻"之前。笔者认为：根据后面的"佳对"两字,断句应该在"德棻"之后。因为"佳对"两字,不光是内容方面的,应该也包括形式方面的,下面是两个四字句,上面也应该是两个四字句。

【类型分析】

令狐德棻以"石不能言,物或凭焉"之语,对唐赵元楷"砥柱附参,承公德棻"的戏言,不仅句式相对,而且意思相对。属于使用对仗类型。

第 91 则　不问佩人

出处	《太平广记》[1]	《天中记》[2]	《说郛》[3]	《续百川学海》[4]	《御定佩文斋广群芳谱》[5]
内容	唐崔行功与敬播相逐，播带桐木霸刀子，行功问播云："此是何木？"播对曰："是栟榈木。"行功曰："唯问刀子，不问佩人。" 出《启颜录》	崔行功与敬播相逐，播带桐木橺刀子，行功问播云："此是何木？"播对曰："是栟榈木。"行功曰："惟问刀子，不问佩人。" 《启颜录》	唐崔行功与敬播相逐，播带桐木霸刀子，行功问播云："此是何木？"播曰："栟桐木。"行功曰："唯问刀子，不问佩人。"	唐崔行功与敬播相逐，播带桐木霸刀子，行功问播云："此是何木？"播曰："栟榈木。"行功曰："唯问刀子，不问佩人。"	《启颜录》：唐崔行功与敬播相逐，播带桐木霸刀子，行功问播云："此是何木？"播曰："栟榈木。"行功曰："唯问刀子，不问佩人。"

笔者按：此则内容最早见于《太平广记》,《天中记》《说郛》《续百川学海》和《御定佩文斋广群芳谱》中有载。

【校注】

[1]　出自《太平广记》卷二百四十九《诙谐》（五）中名为《崔行功》。参见（宋）李昉等编《太平广记》第五册，第 1926 页。

[2]　出自《天中记》卷二十六《排调》中名为《佩人》。参见（明）陈耀文《天中记》（《景印文渊阁四库全书》第九六六册），第 227 页。

[3]　出自《说郛》卷二十三中名为《崔行功》。参见（明）陶宗仪等编《说郛三种》第四册，第 1117 页。

［4］　出自《续百川学海》庚集中名为《崔行功》。参见（明）吴永《续百川学
　　　海》第二十七册,《启颜录》，第3页。

［5］　出自《御定佩文斋广群芳谱》卷七十九《木谱》之《棕榈》的"汇考"
　　　中。参见（清）汪灏、张逸少等奉敕撰《御定佩文斋广群芳谱》(《景印文
　　　渊阁四库全书》第八四七册)，台湾商务印书馆，1986，第210页。

【类型分析】

唐崔行功以敬播"是栟榈木"的"栟榈"谐音"笨驴"，而戏敬播云：
"唯问刀子，不问佩人。"属于"谐音类型"中的"音同（近）类型"。

第 92 则　弘义不绰

出处	《太平广记》[1]	《广滑稽》[2]	《说郛》[3]	《续百川学海》[4]
内容	唐四门助教弘绰与弟子边仁表论议，弘绰义理将屈，乃高声大怒。表遂报曰："先生闻义即怒，岂曰'弘'?"弘又报云："我姓既曰'弘'，是事皆弘。"边又应声曰："先生虽曰'弘'，义终不绰。"座下大笑。弘竟被屈而归。出《启颜录》	唐四门助教弘绰与弟子边仁表论议，弘绰义理将屈，乃高声大怒。表遂报曰："先生闻义即怒，岂曰'弘'?"弘又报云："我姓既曰'弘'，是事皆弘。"边又应声曰："先生虽曰'弘'，义终不绰。"座下大笑。	唐四门助教弘绰与弟子边仁表论议，弘绰义理将屈，乃高声大怒。表遂报曰："先生闻义即怒，岂曰'弘'?"弘又报云："我姓既曰'弘'，是事皆弘。"边又应声曰："先生虽曰'弘'，义终不绰。"座下大笑。弘竟被屈而归。	唐四门助教弘绰与弟子边仁表论议，弘绰义理将屈，乃高声大怒。表遂报曰："先生闻义即怒，岂曰'弘'?"弘又报云："我姓既曰'弘'，是事皆弘。"边又应声曰："先生虽曰'弘'，义终不绰。"座下大笑。弘竟被屈而归。

笔者按：此则内容最早见于《太平广记》,《广滑稽》《说郛》和《续百川学海》中有载。

【校注】

[1]　出自《太平广记》卷二百四十九《诙谐》（五）中名为《边仁表》。参见（宋）李昉等编《太平广记》第五册，第 1926~1927 页。

[2]　出自《广滑稽》卷之二十二中名为《义终不绰》。参见（明）陈禹谟《广滑稽》(《四库全书存目丛书》，子部，第二五一册)，第 692 页。

[3]　出自《说郛》卷二十三中名为《边仁表》。参见（明）陶宗仪等编《说郛三种》第四册，第 1117 页。

[4]　出自《续百川学海》庚集中名为《边仁表》。参见（明）吴永《续百川学海》第二十七册,《启颜录》, 第3页。

【类型分析】

弘绰弟子边仁表以"先生虽曰'弘', 义终不绰"之语应对弘绰"我姓既曰'弘', 是事皆弘"之论, 使弘绰"被屈"。故意将表示"不绰"之意的"弘"字等同为表示弘绰的"弘"姓。属于汉字多义类型。

第 93 则　安置蛊毒

出处	《太平广记》[1]	《陕西通志》[2]	《旧小说》[3]
内容	唐长孙玄同幼有机辩，坐中每剧谈，无不欢笑。永徽中，在京会宴，众因语论及民间事。一人云："醴泉县去京不远，百姓遂行蛊毒。此邑须远配流，岂得令在侧近？"一人乃云："若令配流处还有百姓，此人复行蛊毒，岂不还更损人？"其人云："若如此，欲令何处安置？"玄同即云："若令玄同安置，必令得所。"诸人大喜，同即问之。答云："但行蛊毒人，并送与莫离支作食手[4]。"众皆欢笑。	唐长孙元同幼有机辩，永徽中，在京会宴，众因曰："醴泉去京不远，百姓遂行蛊毒。须远配流。"一人乃曰："若令配流处还有百姓，此人复行蛊毒。"元同即云："若令元同安置，必令得所。"诸人问之。答曰："但行虫毒人，并送与莫离支作食手。"众皆欢笑。《启颜录》	唐长孙玄同幼有机辩，坐中每剧谈，无不欢笑。永徽中，在京会宴，众因语论及民间事。一人云："醴泉县去京不远，百姓遂行蛊毒。此邑须远配流，岂得令在侧近？"一人乃云："若令配流处还有百姓，此人复行蛊毒，岂不还更损人？"其人云："若如此，欲令何处安置？"玄同即云："若令玄同安置，必令得所。"诸人大喜，因即问之。答云："但行蛊毒人，并送与莫离支作食手。"众皆欢笑。

　　笔者按：此则内容最早见于《太平广记》，《陕西通志》和《旧小说》中有载。

【校注】

[1]　出自《太平广记》卷二百四十九《诙谐》（五）中名为《长孙玄同》（之一）。参见（宋）李昉等编《太平广记》第五册，第 1928 页。

[2]　出自《陕西通志》卷一百《拾遗》（三）之《滑稽》中。参见（清）刘于义等监修，沈青崖等编纂《陕西通志》（《景印文渊阁四库全书》第五五六册），第 801 页。

［3］　出自《旧小说》乙集（五）中名为《长孙玄同》（之一）。参见吴曾祺《旧
　　　　小说》第七册，第692页。

［4］　"手"字后，中华书局本《太平广记》有小号字体注："明钞本'手'作
　　　　'子'。"四库本《太平广记》无注。

【类型分析】

长孙玄同以"但行蛊毒人，并送与莫离支作食手"之语解如"远配流"的人在有百姓的配流处"复行蛊毒"之难。出其不意的答语。属于生活用语类型。

第94则 玄同戏恪

出处	《太平广记》[1]	《广滑稽》[2]	《御定渊鉴类函》[3]	《御定分类字锦》[4]	《旧小说》[5]
内容	贞观中，尝在诸公主席，众莫能当，高密公主乃云："我段家儿郎，亦有人物。"走令："唤取段恪，来令对玄同。"段恪虽微有辞，其容仪短小。召至。始入门，玄同即云："为日已暗！"公主等并大惊怪，云："日始是斋时，何为道'暗'？"玄同乃指段恪："若不日暗，何得短人行？"坐中大笑。段恪面大赤，更无以答。	唐长孙玄同幼有机辩，尝在诸公主席，众莫能当，高密公主乃曰："我段家儿郎，亦有人物。"走令："唤取段恪，来令对玄同。"段恪微有词，其仪容短小。召至。始入门，玄同即云："为日已暗！"公主等并大惊怪，云："日始是斋时，何为道'暗'？"玄同乃指段恪："若不日暗，何得短人行？"坐中大笑。恪以对。	《启颜录》曰："唐长孙元同有机辨，贞观中，尝在诸公主席，高密公主云：'我段家儿郎，亦有人物。'走令：'唤取段恪，来令对元同。'段恪虽微有词，其仪容短小，召至。始入门，元同即曰：'为日已暗！'公主等即大惊怪，云：'日始是斋时，何为道"暗"？'元同即指段恪：'若不日暗，何得短人行？'坐中大笑。恪面赤，更无以对。"	道日暗《启颜录》：唐长孙元同有机辨，贞观中，尝在诸公主席，高密公主云："我段家儿郎，亦有人物。"走令："唤取段恪，来令对元同。"段恪虽微有词，其仪容短小。召至。始入门，元同即曰："为日已暗！"公主等并大惊怪，云："日始是斋时。何为道'暗'？"元同即指段恪云："若不日暗，何得短人行？"坐中大笑。恪面赤，更无以对。	贞观中，尝在诸公主席，众莫能当，高密公主乃云："我段家儿郎，亦有人物。"走令："唤取段恪，来令对玄同。"段恪虽微有辞，其容仪短小。召至。始入门，玄同即云："为日已暗！"公主等并大惊怪，云："日始是斋时，何为道'暗'？"玄同乃指段恪："若不日暗，何得短人行？"坐中大笑。段恪面大赤，更无以答。

笔者按：此则内容最早见于《太平广记》，《广滑稽》《御定渊鉴类函》《御定分类字锦》和《旧小说》中有载。

【校注】

[1]　出自《太平广记》卷二百四十九《诙谐》（五）中名为《长孙玄同》（之二）。参见（宋）李昉等编《太平广记》第五册，第1928页。

[2]　出自《广滑稽》卷之二十二中名为《短人行》。参见（明）陈禹谟《广滑稽》（《四库全书存目丛书》，子部，第二五一册），第689页。

[3]　出自《御定渊鉴类函》卷二百五十六《人部》十五《短小人》（二）中。参见（清）张英、王士祯等奉敕撰《御定渊鉴类函》（《景印文渊阁四库全书》第九八八册），第487页。

[4]　出自《御定分类字锦》卷十五《肢体》之《短小》第十七中。参见（清）何焯、陈鹏年等奉敕撰《御定分类字锦》（《景印文渊阁四库全书》第一零零五册），第527~528页。

[5]　出自《旧小说》乙集（五）中名为《长孙玄同》（之二）。参见吴曾祺《旧小说》第七册，第692~693页。

【类型分析】

　　长孙玄同在“日始是斋时”，发出“为日已暗”的感叹，其目的是以“短人行”谐音“断人行”，“断”谐音“段”，以此嘲讽“容仪短小”的段恪。属于“谐音类型”中的“音同（近）类型”。

第 95 则　必复其始

出处	《太平广记》[1]	《广滑稽》[2]	《旧小说》[3]
内容	玄同初上，府中设食，其仓曹是吴人，言音多带其声，唤"粉粥"为"粪粥"，时看馔毕陈，蒸炙俱下。仓曹曰："何不先将'粪粥'来？"举坐咸笑之。玄同曰："仓曹乃是公侯之子孙，必复其始，诸君何为笑也？"坐中复大笑。	唐长孙玄同初上，府中设食，其仓曹是吴人，言音多带其声，唤"粉粥"为"粪粥"来，举坐咸笑之。玄同曰："仓曹乃是公侯之子孙，必复其始，诸君何为笑也？"坐中复大笑。	玄同初上，府中设食，其仓曹是吴人，言音多带其声，唤"粉粥"为"粪粥"，时看馔毕陈，蒸炙俱下。仓曹曰："何不先将'粪粥'来？"举坐咸笑之。玄同曰："仓曹乃是公侯之子孙，必复其始，诸君何为笑也？"坐中复大笑。

　　笔者按：此则内容最早见于《太平广记》，《广滑稽》和《旧小说》中有载。

【校注】

[1]　　出自《太平广记》卷二百四十九《诙谐》（五）中名为《长孙玄同》（之三）。参见（宋）李昉等编《太平广记》第五册，第 1928 页。

[2]　　出自《广滑稽》卷之二十二中名为《必复其始》。参见（明）陈禹谟《广滑稽》（《四库全书存目丛书》，子部，第二五一册），第 692 页。

[3]　　出自《旧小说》乙集（五）中名为《长孙玄同》（之三）。参见吴曾祺《旧小说》第七册，第 693 页。

【类型分析】

　　吴人仓曹将吃的食物"粉粥"发音为排泄之物"粪粥"，长孙玄同话语中的"公侯"谐音为"恭候"，使人"复大笑"。属于"谐音类型"中的"方言类型"。

第 96 则　苟利社稷

出处	《太平广记》[1]	《广滑稽》[2]	《捧腹编》[3]	《旧小说》[4]
内容	玄同任荆王友，所司差摄祭官祠社，于坛所清斋。玄同在幕内坐，有犬来，遗粪秽于墙上，玄同乃取支床砖，自击之。傍人怪其率，问曰："何为自彻支床砖打狗？"玄同曰："可不闻'苟利社稷，专之亦可。'"出《启颜录》	长孙玄同任荆王友，所司差摄祭官祠社，于坛所清斋。玄同在幕内坐，有犬来，遗粪秽于墙上，玄同乃取支床砖，自击之。傍人怪其率，问曰："何为自彻支床砖打狗？"玄同曰："可不闻'狗利社稷，砖之亦可。'"	长孙玄同任荆王友，所司差摄祭官祠社，于坛所清斋。玄同在幕内坐，有犬来，遗粪秽于墙上，玄同乃取支床砖，自击之。傍人怪其率，问曰："何为自彻支床砖打狗？"玄同曰："可不闻'狗利社稷，砖之亦可。'"	玄同任荆王友，所司差摄祭官祠社，于坛所清斋。玄同在幕内坐，有犬来，遗粪秽于墙上，玄同乃取支床砖，自击之。傍人怪其率，问曰："何为自彻支床砖打狗？"玄同曰："可不闻'苟利社稷，专之亦可。'"

笔者按：此则内容最早见于《太平广记》，《广滑稽》《捧腹编》和《旧小说》中有载。

【校注】

[1]　出自《太平广记》卷二百四十九《诙谐》（五）中名为《长孙玄同》（之四）。参见（宋）李昉等编《太平广记》第五册，第 1928~1929 页。

[2]　出自《广滑稽》卷之二十二中名为《狗利社稷》。参见（明）陈禹谟《广滑稽》（《四库全书存目丛书》，子部，第二五一册），第 692 页。

[3]　出自《捧腹编》卷六中名为《狗利社稷》。参见（明）许自昌《捧腹编》（《续修四库全书》，子部，第一二七三册），第 136 页。

［4］ 出自《旧小说》乙集（五）中名为《长孙玄同》（之四）。参见吴曾祺《旧小说》第七册，第693页。

【类型分析】

长孙玄同用"苟利社稷，专之亦可"的"苟"谐音"狗"，"专"谐音"砖"，以解释其在祭官祠社时"自彻支床砖打狗"的做法。属于"谐音类型"中的"音同（近）类型"。

第 97 则   后妃之德

出处	《太平广记》[1]	《类说》[2]	《旧小说》[3]
内容	唐韦庆本女选为妃，诣朝堂欲谢，而庆本两耳先卷，朝士多呼为"卷耳"。时长安公松寿，见庆本而贺之，因曰："仆固知足下女得妃。"庆本曰："何以知之?"松寿乃自摸其耳，而卷之曰："《卷耳》，后妃之德。" 出《启颜录》	唐韦庆本女选为妃，诣朝坐欲谢，庆本两耳毛卷，朝士多目为"卷耳"。长安令松寿贺曰："仆固知令女得妃。"庆本曰："何以知之?"松曰："《卷耳》，后妃之德。"	唐韦庆本女选为妃，诣朝堂欲谢，而庆本两耳先卷，朝士多呼为"卷耳"。时长安公松寿，见庆本而贺之，因曰："仆固知足下女得妃。"庆本曰："何以知之?"松寿乃自摸其耳，而卷之曰："《卷耳》，后妃之德。"

笔者按：此则内容最早见于《太平广记》，《类说》和《旧小说》中有载。

【校注】

[1]   出自《太平广记》卷二百四十九《诙谐》（五）中名为《松寿》。参见（宋）李昉等编《太平广记》第五册，第 1932 页。

[2]   出自《类说》卷之十四中名为《卷耳后妃之德》。参见（宋）曾慥《类说》，第 954~955 页。

[3]   出自《旧小说》乙集（五）中名为《松寿》。参见吴曾祺《旧小说》第七册，第 691 页。

【类型分析】

松寿用"仆固知足下女得妃"之语恭喜"唐韦庆本女选为妃",因为"庆本两耳先卷",《卷耳》,后妃之德"的"德"谐音"得"。属于"谐音类型"中的"音同(近)类型"。

第 98 则　何敢望回

出处	《太平广记》[1]	《广滑稽》[2]	《卮林》[3]	《池北偶谈》[4]	《全闽诗话》[5]	《旧小说》[6]
内容	唐封抱一任益州九陇尉，与同列戏白赌钱，座下数百钱，输已略[7]尽，便欲敛手。傍人谓之曰："何不更戏[8]？觅钱，回取之。"抱一乃举手摸钱曰："同[9]赐也，何敢望回？"山东人谓"尽"为"赐"，故言"赐"也。出《启颜录》	唐封抱一任益州九陇尉，与同列戏白打赌钱，座下数百钱，输客已尽，便欲敛手。傍人谓之曰："何不更觅钱？回取之。"抱一乃举手摸钱曰："同赐也，何敢望回？"山东人谓"尽"为"赐"，故言"赐"也。	《太平广记》引《启颜录》曰："山东人谓'尽'为'赐'是也。"	《太平广记》引《启颜录》："山东人谓'尽'为'赐'是也。"	《太平广记》引《启颜录》："山东人谓'尽'为'赐'，是也。"《池北偶谈》	唐封抱一任益州九陇尉，与同列戏白打赌钱，座下数百钱，输客已尽，便欲敛手。傍人谓之曰："何不更觅钱？回取之。"抱一乃举手摸钱曰："同赐也，何敢望回？"山东人谓"尽"为"赐"，故言"赐"也。

　　笔者按：此则内容最早见于《太平广记》，《广滑稽》《卮林》《池北偶谈》《全闽诗话》和《旧小说》中有载。

【校注】

[1]　出自《太平广记》卷二百四十九《诙谐》（五）中名为《封抱一》。参见（宋）李昉等编《太平广记》第五册，第 1932 页。

[2]　出自《广滑稽》卷之二十二中名为《何敢望回》。参见（明）陈禹谟《广滑稽》（《四库全书存目丛书》，子部，第二五一册），第 692 页。

[3]　出自《卮林》卷五之《古歌》中。参见（明）周婴《卮林》（《景印文渊阁

四库全书》第八五八册），台湾商务印书馆，1986，第 103 页。

［4］　出自《池北偶谈》卷十八之《周婴卮言》中。参见（清）王士祯《池北偶谈》(《景印文渊阁四库全书》第八七零册），台湾商务印书馆，1986，第259 页。

［5］　出自《全闽诗话》卷九之《周婴》中。参见（清）郑方坤《全闽诗话》(《景印文渊阁四库全书》第一四八六册），台湾商务印书馆，1986，第365 页。

［6］　出自《旧小说》乙集（五）中名为《封抱一》。参见吴曾祺《旧小说》第七册，第 691 页。

［7］　"略"字后，中华书局本《太平广记》有小号字体注："'略'原作'客'，据明钞本改。"四库本《太平广记》无注。

［8］　"戏"字，中华书局本《太平广记》有此字，且于"戏"后，有小号字体注："'戏'字原阙，据明钞本补。"四库本《太平广记》无"戏"字。

［9］　"同"字，中华书局本《太平广记》有此字，且于"同"后，有小号字体注："明钞本'同'作'赐'。"四库本《太平广记》无"同"字。

【类型分析】

　　"山东人谓'尽'为'赐'"的方言，看似矛盾的说法，正是看官们的可笑之处。属于"谐音类型"中的"方言类型"。

第 99 则　木桶幪秃

出处	《太平广记》[1]	《广滑稽》[2]
内容	唐邓玄挺入寺行香，与诸僧诣园观植蔬，见水车以木桶相连，汲于井中，乃曰："法师等自蹋此车，当大辛苦！"答曰："遣家人挽之。"邓应声曰："法师若不自蹋，用如许木桶何为？"僧愕然。思量，始知玄挺以"木桶"为"幪秃"。	邓玄挺入寺行香，与诸僧诣园观植蔬，见水车以木桶相连，汲于井中，乃曰："法师等自蹋此车，当大辛苦！"答曰："遣家人挽之。"邓应声曰："法师若不自蹋，用如许木桶何为？"僧愕然。思量，始知玄挺以"木桶"为"幪秃"。

笔者按：此则内容最早见于《太平广记》，《广滑稽》中有载。

【校注】

[1]　出自太平广记》卷二百五十《诙谐》（六）中名为《邓玄挺》（之一）。参见（宋）李昉等编《太平广记》第五册，第 1936 页。

[2]　出自《广滑稽》卷之二十二中名为《木桶为幪秃》。参见（明）陈禹谟《广滑稽》（《四库全书存目丛书》，子部，第二五一册），第 693 页。

【类型分析】

邓玄挺以"法师等自蹋此车，当大辛苦"看似关切的话语，暗用"木桶"的反切，戏僧人为"幪秃"。关切的话语中暗藏反切，而被反切字的意思是对僧人身份特征的戏嘲。属于注音类型。

第 100 则　因何尤箭

出处	《太平广记》[1]	《广滑稽》[2]
内容	又尝与谢佑同射，先自矜"敏手"，及至对射，数十发，皆不中垛。佑乃云："直由箭恶，从来不曾如此！"玄挺应声报云："自须责射，因何尤箭？"众人欢笑，以为辩捷。	唐邓玄挺尝与谢佑同射，先自矜"敏手"，及至对射，数十发，皆不中垛。佑乃云："直由箭恶，从来不曾如此！"玄挺应声报曰："自须责射，因何尤箭？"众人欢笑。

笔者按：此则内容最早见于《太平广记》，《广滑稽》中有载。

【校注】

[1]　出自《太平广记》卷二百五十《诙谐》（六）中名为《邓玄挺》（之二）。参见（宋）李昉等编《太平广记》第五册，第 1936 页。

[2]　出自《广滑稽》卷之二十二中名为《因何尤箭》。参见（明）陈禹谟《广滑稽》（《四库全书存目丛书》，子部，第二五一册），第 693 页。

【类型分析】

邓玄挺以"自须责射，因何尤箭"之语答"先自矜敏手"的谢佑因"数十发皆不中垛"而发出的"直由箭恶，从来不曾如此"之语。用反问来辩驳对方推卸责任的话语。属于生活用语类型。

第101则　不畏萧机[1]

　　权玄福任萧机，遣郎中、员外，极晚始许出。有郎中厅前逼阶枣树下生一小枣，穿砌砖而出。皆讶焉！既就看，玄挺时任员外郎，云："此树不畏萧机，遂即砖辄枣出。"

　　笔者按：此则内容仅见《太平广记》。

【校注】

[1]　出自《太平广记》卷二百五十《诙谐》(六)中名为《邓玄挺》(之三)。

　　参见(宋)李昉等编《太平广记》第五册，第1936页。

【类型分析】

　　员外郎邓玄挺在"郎中厅前逼阶枣树下"看到"穿砌砖而出"的"一小枣"，"砖辄枣出"的"砖"谐音"专"，"枣"谐音"早"，而表达对萧机"极晚始许出"的不满。属于"谐音类型"中的"音同(近)类型"。

第102则　侏儒郎中

出处	《太平广记》[1]	《广滑稽》[2]
内容	兵部侍郎韦慎形容极短，时人弄为"侏儒"。玄挺初得员外已后，郎中、员外俱来看，韦慎云："慎以庸鄙，滥任郎官；公以高才，更作绿袍员外。"邓即报云："绿袍员外何由[3]可及侏儒郎中？"众皆大笑。出《启颜录》	兵部侍郎韦慎形容极短，时人弄为"侏儒"。邓玄挺初得员外以后，郎中、员外俱来看，韦慎云："慎以庸鄙，滥任郎官；公以高才，更作绿袍员外。"邓即报云："绿袍员外尚可及侏儒郎中！"

笔者按：此则内容最早见于《太平广记》，《广滑稽》中有载。

【校注】

[1]　出自《太平广记》卷二百五十《诙谐》（六）中名为《邓玄挺》（之四）。参见（宋）李昉等编《太平广记》第五册，第1936页。

[2]　出自《广滑稽》卷之二十二中名为《侏儒郎中》。参见（明）陈禹谟《广滑稽》（《四库全书存目丛书》，子部，第二五一册），第693页。

[3]　"何"字，中华书局本《太平广记》有此字，且于"何"后，有小号字体注："'何'字原阙，据明钞本补。"四库本《太平广记》无"何"字。"由"字，中华书局本《太平广记》写法是"由"；四库本《太平广记》写法是"犹"。

【类型分析】

邓玄挺从外形的角度称韦慎为"侏儒郎中"反戏韦慎从衣饰的角度对其称"绿袍员外"的嘲谑。以人的穿着衣饰和人的官职名称来代称此人。属于生活用语类型。

第 103 则　都有功德

出处	《太平广记》[1]	《广滑稽》[2]	《说郛》[3]	《续百川学海》[4]
内容	唐窦晓形容短小，眼大露睛，乐彦伟身长露齿。彦伟先弄之云："足下甚有功德。"旁人怪问。彦伟曰："既已短肉，又复精进，岂不大有功德?"窦即应声答曰："公自有大功德，因何道晓?"人问其故。窦云："乐工小来长斋。"又问"长斋"之意。窦云："身长如许，口齿齐崖，岂不是'长斋'?"众皆大笑。出《启颜录》	唐窦晓形容短小，眼大露睛，乐彦伟身长露齿。彦伟先弄之云："足下甚有功德。"旁人怪问。彦伟曰："既已短肉，又复精进，岂不大有功德?"窦即应声答曰："公自有大功德，因何道晓?"人问其故。窦云："乐工小来长斋。"又问"长斋"之意。窦云："身长如许，口齿齐崖，岂不是'长斋'?"众大笑。	唐窦晓形容短小，眼大露睛，乐彦伟身长露齿。彦伟先弄之云："足下甚有功德。"旁人怪问。彦伟曰："既已短肉，又复精进。岂不大有功德?"窦即应声答曰："公自有大功德，因何道晓?"人问其故。窦云："乐工小来长斋。"又问"长斋"之意。窦云："身长如许，口齿齐崖。岂不是'长斋'?"众大笑。	唐窦晓形容短小，眼大露睛，乐彦伟身长露齿。彦伟先弄之云："足下甚有功德。"旁人怪问。彦伟曰："既已短肉，又复精进。岂不大有功德?"窦即应声答曰："公自有大功德，因何道晓?"人问其故。窦云："乐工小来长斋。"又问"长斋"之意。窦云："身长如许，口齿齐崖。岂不是'长斋'?"众皆大笑。

　　笔者按：此则内容最早见于《太平广记》，《广滑稽》《说郛》和《续百川学海》中有载。

【校注】

[1]　出自《太平广记》卷二百五十《诙谐》（六）中名为《窦晓》。参见（宋）李昉等编《太平广记》第五册，第 1940 页。

[2]　出自《广滑稽》卷之二十二中名为《口齿齐崖》。参见（明）陈禹谟《广滑稽》（《四库全书存目丛书》，子部，第二五一册），第 693 页。

［3］　　出自《说郛》卷二十三中名为《窦晓》。参见（明）陶宗仪等编《说郛三
　　　　种》第四册，第1117页。
［4］　　出自《续百川学海》庚集中名为《窦晓》。参见（明）吴永《续百川学海》
　　　　第二十七册，《启颜录》，第3页。

【类型分析】

　　乐彦伟以"短肉"的"短"谐音"断"，"精进"的"精"谐音"睛"嘲
讽"唐窦晓形容短小，眼大露睛"。属于"谐音类型"中的"音同（近）
类型"。

第104则　兄作鸡鸣

出处	《太平广记》[1]	《天中记》[2]	《广滑稽》[3]	《捧腹编》[4]	《御定渊鉴类函》[5]	《御定分类字锦》[6]	《旧小说》[7]
内容	唐华原令崔思海口吃，每共表弟杜延业递相戏弄。杜常语崔云："延业能遣兄作鸡鸣，但有所问，兄即须报。"旁人云："他口应须自由，何处遣人驱使？若不肯作，何能遣之？"杜即云："能得。"既而，旁人即共杜私赌。杜将一把谷，来崔前云："此是何物？"崔云："谷、谷。"旁人大笑，因输延业。出《启颜录》	唐华原令崔思海口吃，每共表弟杜延业递相戏弄[8]。杜常语崔云："延业死遣兄作鸡鸣，但有所问，兄即须报。"旁人云："他口应须自由，何处遣人驱使？若不肯作，何能遣之？"杜即云："能得。"既而，旁人即共杜私赌。杜将一把谷，来崔前去："此是何物？"崔云："谷、谷。"旁人大笑，因输延业。《启颜录》	唐崔思海口吃，每共表弟杜延业递相戏弄。杜常语崔云："延业遣兄作鸡鸣，但有所问，兄即须报。"旁人云："他口应须自由，焉得随人驱使？若不肯作，何能遣之？"杜即云："能得。"既而，傍人即共杜私赌。杜将一把谷，来崔前云："此是何物？"崔云："谷、谷。"旁人大笑，因输延业。	唐崔思海口吃，每共表弟杜延业递相戏弄。杜常语崔云："延业遣兄作鸡鸣，但有所问，兄即须报。"旁人云："他口应须自由，焉得随人驱使？若不肯作，何能遣之？"杜即云："能得。"既而，傍人即共杜私赌。杜将一把谷，来崔[9]前云："此是何物？"崔云："谷、谷。"旁人大笑，因输延业。	鸡鸣《启颜录》：唐华原令崔思海口吃，每共表弟杜延业递相戏弄。尝语崔云："延业能遣兄作鸡鸣。"旁人云："他口应须自由，何能遣之？"既而，旁人即共杜私赌。杜将一把谷，来崔前云："此是何物？"崔云："谷、谷。"旁人大笑，因输延业。	作鸡鸣《启颜录》：唐华原令崔思海口吃，每共表弟杜延业递相戏弄。尝语崔云："延业能遣兄作鸡鸣。"旁人云："他口应须自由，何能遣之？"杜云："能得。"此是何物？"崔云："谷、谷。"旁人大笑。	唐华原令崔思海口吃，每共表弟杜延业递相戏弄。杜常语崔云："延业能遣兄作鸡鸣，但有所问，兄即须报。"旁人云："他口应须自由，何处遣人驱使？若不肯作，何能遣之？"杜即云："能得。"既而，旁人即共杜私赌。杜将一把谷，来崔前云："此是何物？"崔云："谷、谷。"旁人大笑，因输延业。

笔者按：此则内容最早见于《太平广记》，《天中记》《广滑稽》《捧腹编》《御定渊鉴类函》《御定分类字锦》和《旧小说》中有载。

【校注】

[1] 出自《太平广记》卷二百五十《诙谐》（六）中名为《杜延业》。参见（宋）李昉等编《太平广记》第五册，第 1941 页。

[2] 出自《天中记》卷二十二《口》中名为《鸡鸣》（《天中记》中的标题，没有另起一行，而是在它所属正文的上方，和正文的文字大小书写形式都一样，并无明显的标志。只有在阅读之后，才会发现开头的哪几个字是标题。这应该与陈耀文的编排体例有关）。参见（明）陈耀文《天中记》（《景印文渊阁四库全书》第九六六册），第 25 页。

[3] 出自《广滑稽》卷之二十二中名为《作鸡鸣》。参见（明）陈禹谟《广滑稽》（《四库全书存目丛书》，子部，第二五一册），第 689 页。

[4] 出自《捧腹编》卷六中名为《作鸡鸣》。参见（明）许自昌《捧腹编》（《续修四库全书》，子部，第一二七三册），第 133 页。

[5] 出自《御定渊鉴类函》卷二百五十九《人部》（十八）之《口》（三）中。参见（清）张英、王士祯等奉敕撰《御定渊鉴类函》（《景印文渊阁四库全书》第九八八册），第 545 页。

[6] 出自《御定分类字锦》卷十四《肢体》之《口》第八中。参见（清）何焯、陈鹏年等奉敕撰《御定分类字锦》（《景印文渊阁四库全书》，第一零零五册），第 496 页。

[7] 出自《旧小说》乙集（五）中名为《杜延业》。参见吴曾祺《旧小说》第七册，第 693 页。

[8] "弄"字，听雨山房本为"美"字。

[9] 在此行正上方有小字注："巧"。

【类型分析】

表弟拿一把谷问表兄"此是何物？"口吃的表兄回答"谷谷"，类似鸡鸣的声音。属于拟声类型。

第 105 则　将却幞头

出处	《太平广记》[1]	《广滑稽》[2]	《古谣谚》[3]	《经籍佚文》[4]
内容	唐路励行初任大理丞，亲识并相贺。坐定。一人云："兄今即在要职，亲皆为乐。谚云：'一人在朝，百人缓带'，岂非好事？"答云："非直唯遣缓带，并须将却幞头。"众皆大笑。出《启颜录》	唐路励行初任大理丞，亲识并相贺。坐定。一人云："兄今既在要职，亲皆为乐。谚云：'一人在朝，百人缓带'，岂非好事？"答云："非直唯遣缓带，并须将却幞头。"众皆大笑。	《启颜录》逸文：据《广记》卷二五十。唐路励行初任大理丞，亲识并相贺。坐定。一人云："兄既在要职，亲皆为乐。谚云云云，岂非好事？"答云："非直唯遣缓带，并须将却幞头。"众皆大笑。一人在朝，百人缓带。……按：《说郛》卷二十三列《启颜录》，未载此条，今据《广记》录之。	唐路励行初任大理丞，亲识并相贺。坐定。一人云："兄既在要职，亲皆为乐。谚云'一人在朝，百人缓带'，岂非好事？"答云："非直缓带，并须将却幞头。"众皆大笑。《广记》二百五十。俊按：杜氏《古谣谚》六十九曰："案：《说郛》卷二十三列《启颜录》未载此条，今据《广记》录之。"

笔者按：此则内容最早见于《太平广记》，《广滑稽》《古谣谚》和《经籍佚文》中有载。

【校注】

[1]　出自《太平广记》卷二百五十《诙谐》（六）中名为《路励行》。参见（宋）李昉等编《太平广记》第五册，第 1941 页。

[2]　出自《广滑稽》卷之二十二中名为《将却幞头》。参见（明）陈禹谟《广滑稽》（《四库全书存目丛书》，子部，第二五一册），第 692~693 页。

[3]　出自《古谣谚》卷六十九中。参见（清）杜文澜辑，周绍良校点《古谣

谚》，中华书局，1958 年，第 786 页。正文内容的标点乃笔者所加。

[4]　出自《经籍佚文》中《〈启颜录〉佚文》。参见（清）王仁俊辑《玉函山房辑佚书续编三种》，上海古籍出版社，1989 年，第 514 页。

【类型分析】

唐路励行以"非直遣绶带，并须将却幞头"，回答一人用"谚云'一人在朝，百人绶带'"的对其任大理丞的贺语。属于生活用语类型。

第106则　千文乞社

出处	《太平广记》[1]	《旧小说》[2]
内容	敬白社官三老等：切闻政本于农，当须务兹稼穑。若不云腾致雨，何以税熟贡新？圣上臣伏戎羌，爱育黎首，用能闰余成岁，律吕调阳。某人等并景行维贤，德建名立，遂乃肆筵设席，祭祀蒸尝，鼓瑟吹笙，弦歌酒宴，上和下睦，悦豫且康，礼别尊卑，乐殊贵贱。酒则川流不息，肉则似兰斯馨，非直菜重芥姜，兼亦果珍李柰，莫不矫首顿足，俱共接杯举觞，岂徒戚谢欢招，信乃福缘善庆。但某乙某索居闲处，孤陋寡闻，虽复属耳垣墙，未曾摄职从政，不能坚持雅操，专欲逐物意移，忆内[3]则执热愿凉，思酒如骸垢想浴，老人则饱饫烹宰，某乙则饥厌糟糠，钦风则空谷传声，仰惠则虚堂习听，脱蒙仁慈隐恻，庶有济弱扶倾，希垂顾答审详，望咸渠荷滴历。某乙即稽颡再拜！终冀勒碑刻铭，但知悚惧恐惶，实若临深履薄。出《启颜录》	敬白社官三老等：切闻政本于农，当须务兹稼穑。若不云腾致雨，何以税熟贡新？圣上臣伏戎羌，爱育黎首，用能闰余成岁，律吕调阳。某人等并景行维贤，德建名立，遂乃肆筵设席，祭祀蒸尝，鼓瑟吹笙，弦歌酒燕，上和下睦，悦豫且康，礼别尊卑，乐殊贵贱。酒则川流不息，肉则似兰斯馨，非直菜重芥姜，兼亦果珍李柰，莫不矫首顿足，俱共接杯举觞，岂徒戚谢欢招，信乃福缘善庆。但某乙某索居闲处，孤陋寡闻，虽复属耳垣墙，未曾摄职从政，不能坚持雅操，专欲逐物意移，忆内则执热愿凉，思酒如骸垢想浴，老人则饱饫烹宰，某乙则饥厌糟糠，钦风则空谷传声，仰惠则虚堂习听，脱蒙仁慈隐恻，庶有济弱扶倾，希垂顾答审详，望咸渠荷滴历。某乙即稽颡再拜！终冀勒碑刻铭，但知悚惧恐惶，实若临深履薄。

笔者按：此则内容最早见于《太平广记》，《旧小说》中有载。

【校注】

[1]　出自《太平广记》卷二百五十二《诙谐》（八）中名为《千字文语乞社》。参见（宋）李昉等编《太平广记》第六册，第1957页。

[2]　出自《旧小说》乙集（五）中名为《千字文语乞社》。参见吴曾祺《旧小

说》第七册，第 692 页。

[3] "内"字，中华书局本《太平广记》写法是"内"；四库本《太平广记》写
     法是"肉"。

【类型分析】

　　打乱《千字文》中"务兹稼穑""云腾致雨""税熟贡新""果珍李
奈""福缘善庆"等语句的组织顺序，对其进行重新组织，以戏谑手法表达
出对"白社官三老等"的话语。属于化用诗句类型。

第107则　帽底可知

出处	《太平广记》[1]	《类说》[2]	《广滑稽》[3]
内容	唐山东一老佐史，前后县令，无不遭侮，家致巨富。令初至者，皆以文案试之，即知强弱。有令初至，因差丁造名簿，将身点过。有姓向名明府者、姓宋名郎君者、姓成名老鼠者、姓张名破袋者，此佐史故超越次第，使其名一处，以观明府强弱。先唤："张破袋、成老鼠、宋郎君、向明府。"其县令但点头而已，意无所问。佐史出而喜曰："帽底可知。"竟还即卖之。出《启颜录》	唐山东一剧县有老胥，善侮。县令初至，以事试之，即知其为人。有令始至，方差下造簿，吏改易姓名，或小字使相属可笑。高声呼云："张布袋、盛老鼠、宋郎君、向冥府。"令不问。吏出，谓其徒曰："帽底可知。"遂无所惮。	唐山东一老佐史，前后县令，无不遭侮，家致巨富。令初至者，皆以文案试之，即知强弱。有令初至，因差丁造名簿，将身点过。有姓向名明府者、姓宋名郎君者、姓成名老鼠者、姓张名破袋者，此佐史故超越次第，使其名一处，以观令之强弱。先唤："张破袋，成老鼠，宋郎君，向明府。"其县令但点头而已，意无所问。佐史出而喜曰："帽底可知。"竟还即卖之。

　　笔者按：此则内容最早见于《太平广记》,《类说》和《广滑稽》中有载。

【校注】

[1]　出自《太平广记》卷二百五十二《诙谐》（八）中名为《山东佐史》。参见（宋）李昉等编《太平广记》第六册，第1957页。

[2]　出自《类说》卷之十四中名为《帽底可知》。参见（宋）曾慥《类说》，第959页。

[3]　出自《广滑稽》卷之二十二中名为《帽底可知》。参见（明）陈禹谟《广滑稽》（《四库全书存目丛书》，子部，第二五一册），第693页。

【类型分析】

唐山东一老佐史以人名"张破袋、成老鼠、宋郎君、向明府"的"成"谐音"盛"、"宋"谐音"送"、"明"谐音"冥",即"张破袋盛老鼠送郎君向冥府",以此"观明府强弱"。属于"谐音类型"中的"音同(近)类型"。

第 108 则　明嘲热客

出处	《太平广记》[1]	《山谷内集诗注》[2]	《能改斋漫录》[3]	《广滑稽》[4]	《捧腹编》[5]
内容	晋程季明《嘲热客》，诗曰："平生三伏时，道路无行车。闭门避暑卧，出入不相过。今代愚痴[6]子，触热到人家。主人闻客来，瞿瞿奈此何？谓当起行去，安坐正咨嗟。所说无一急，沓沓吟[7]何多？摇扇腕中疼，流汗正滂沱。莫谓为小事，亦是人一瑕。传诫诸朋友，热行宜见呵。"出《启颜录》	归休饮热客，觞豆怨调护。《启颜录》：程季明有《嘲热隐子，诗曰："今代痴隐子，触热到人家。"	《豫章次韵钱穆父赠松扇》诗云："可怜远度幨沟娄，过堪今时襦襮子。"《释名》[8]云："襦襮子，不晓事之称也。出晋程晓诗。"见《艺文类聚》《初学记》二书，其诗云："平生三伏时，道路无行车。闭门避暑卧，出入不相过。今世襦襮子，触热到人家。主人闻客来，瞿喊奈此何。摇扇胛中疼，流汗正滂沱。传诫诸高明，热行宜见诃。"《艺文》《初学》二书所载，无少异。惟《太平广记》载《启颜录》有晋程季明《嘲热客》，诗曰："平生三伏时，道路无行车。闭门避暑卧，出入不相过。今代愚痴子，触热到人家。主人闻客来，瞿瞿奈此何。谓当起行去，安坐正咨嗟。所说无一急，沓沓吟何多。摇扇胛中疼，流汗正滂沱。莫谓为小事，亦是人一瑕。传诫诸朋友，热行宜见呵。"此诗比前本多三韵，意前二本非全文也。一以为"襦襮子"，一以为"愚痴子"，其末又以"诃"为"呵"，当有辨其非是者。其曰："程季明是晓之字。"然《晋书》无传，《魏志》有传，宋景文本"多"字韵下有两句，云："疲倦向之久，甫问君极那。"	晋程季明《嘲热客》诗曰："平生三伏时，道路无行车。闭门避暑卧，出入不相过。今代愚痴子，触热到人家。主人闻客来，瞿瞿奈此何？谓当起行去，安坐正咨嗟。所说无一急，沓沓吟何多？摇扇腕中疼，流汗正滂沱。莫谓为小事，亦是人一瑕。传诫诸朋友，热行宜见呵。"	晋程季明《嘲热客》诗曰："平生三伏时，道路无行车。闭门避暑卧，出入不相过。今代愚痴子，触热到人家。主人闻客来，瞿瞿奈此何？谓当起行去，安坐正咨嗟。所说无一急，沓沓吟何多？摇扇腕中疼，流汗正滂沱。莫谓为小事，亦是人一瑕。传诫诸朋友，热行宜见呵。"

笔者按：此则内容最早见于《太平广记》,《山谷内集诗注》《能改斋漫录》《广滑稽》和《捧腹编》中有载。

【校注】

[1] 出自《太平广记》卷二百五十三《嘲诮》（一）中名为《程季明》。参见（宋）李昉等编《太平广记》第六册，第 1964 页。

[2] 出自《山谷内集诗注》卷二之《和答外舅孙莘老》中。参见（宋）黄庭坚撰，任渊注《山谷内集诗注》（《景印文渊阁四库全书》第一一一四册），台湾商务印书馆，1986，第 45 页。

[3] 出自《能改斋漫录》卷五《辨误》之《襕襶子》。参见（宋）吴曾《能改斋漫录》（《景印文渊阁四库全书》第八五零册），台湾商务印书馆，1986，第 577~578 页。

[4] 出自《广滑稽》卷之二十二中名为《嘲热客》。参见（明）陈禹谟《广滑稽》（《四库全书存目丛书》，子部，第二五一册），第 693 页。

[5] 出自《捧腹编》卷六中名为《嘲热客》。参见（明）许自昌《捧腹编》（《续修四库全书》，子部，第一二七三册），第 136 页。

[6] “愚痴”二字，中华书局本《太平广记》为“愚痴”；四库本《太平广记》为“襕襶”。

[7] “吟”字，中华书局本《太平广记》为“吟”；四库本《太平广记》为“语”。

[8] 关于《释名》，在四库本《能改斋漫录》[（宋）吴曾《能改斋漫录》（《景印文渊阁四库全书》，第八五零册），第 577 页]和《丛书集成初编》本《能改斋漫录》[（宋）吴曾《能改斋漫录》（《丛书集成初编》），商务印书馆，1935，第 100 页]中是《释名》，而在 1960 年上海古籍出版社出版本《能改斋漫录》[（宋）吴曾《能改斋漫录》，上海古籍出版社，1960，第 115 页]中是《集韵》。笔者按:《集韵》卷七中均用“襕襶，不晓事”释“襕”字和“襶”字，而目前流传的《释名》中，没有关于“襕襶子”的记载。而任渊对黄庭坚《山谷内集诗》卷七中对《次韵钱穆父赠松扇》一

诗中所做的注中用的也是《集韵》。

【类型分析】

晋程季明《嘲热客》告诫"触热到人家"的"愚痴子"不要"所说无一急，沓沓吟何多"。属于吟咏诗句类型。

第 109 则　鞭拍祎背[1]

　　吴主引蜀使费祎饮，使诸葛恪监酒。恪以马鞭拍祎背，甚痛。祎启吴主曰：
"蜀丞相比之周公，都护君侯比之孔子。今有一儿，执鞭之士。"恪启曰："君至
大国，傲慢天常，以鞭拍之，于义何伤？"众皆大笑。

　　笔者按：此则内容仅见《太平广记》。

【校注】

[1]　　出自《太平广记》卷二百五十三《嘲诮》（一）中名为《诸葛恪》（之一）。

　　　　参见（宋）李昉等编《太平广记》第六册，第 1964 页。

【类型分析】

　　蜀使费祎因遭诸葛恪马鞭怕背，以"蜀丞相比之周公，都护君侯比之
孔子"，以诸葛恪比为"执鞭之士"，诸葛恪以"君至大国，傲慢天常，以
鞭拍之，于义何伤"之语为自己进行辩驳。属于生活用语类型。

第110则　亦有丹朱[1]

又诸葛瑾为豫州，语别驾向台云："小儿知谈，卿可与语。"北往诣恪，不相见。后张昭坐中相遇，别驾呼恪："咄，郎君！"恪因嘲曰："豫州乱矣，何'咄'之有？"答曰："君圣臣贤，未闻有乱。"恪复云："昔唐尧在上，四凶在下！"答曰："岂唯四凶，亦有丹朱[2]！" _{出《启颜录》}。

明钞本分两条："吴主引蜀使"出《启颜录》，"诸葛瑾为豫州"作出《世说》。

笔者按：此则内容仅见《太平广记》。此则的原始出处，应是从《世说新语·排调》中摘录而成，参见（南朝·宋）刘义庆撰，徐震堮著《〈世说新语〉校笺》，第417页。

【校注】

[1]　出自《太平广记》卷二百五十三《嘲诮》（一）中名为《诸葛恪》（之二）。参见（宋）李昉等编《太平广记》第六册，第1964~1965页。

[2]　"朱"字后，中华书局本《太平广记》有小号字体注："出《启颜录》，明钞本分两条：《吴主引蜀使》作'出《启颜录》'，《诸葛瑾为豫州》作'出《世说》'"。四库本《太平广记》无。

【类型分析】

诸葛恪以唐尧比其父诸葛瑾，以四凶比豫州别驾，遭到别驾以丹朱比诸葛恪的反击。属于使用对仗类型。

第 111 则　钦嘲巨明[1]

魏繁钦嘲杜巨明曰："杜伯玄孙字子巨，皇祖虐暴死射之。神明不听，天地不与。降生之初，状似时鼠。厥性蠚贼，不文不武。粗记粗略，不能悉举。"_{出《启颜录》}

笔者按：此则内容仅见《太平广记》。

【校注】

[1]　出自《太平广记》卷二百五十三《嘲诮》（一）中名为《繁钦》。参见（宋）李昉等编《太平广记》第六册，第 1966 页。

【类型分析】

魏繁钦以诗的形式"杜伯玄孙字子巨，皇祖虐暴死射之。神明不听，天地不与。降生之初，状似时鼠。厥性蠚贼，不文不武。粗记粗略，不能悉举"嘲弄杜巨明。属于吟咏诗句类型。

第112则 傍河牵船

出处	《太平广记》[1]	《类说》[2]	《御定韵府拾遗》[3]	《旧小说》[4]
内容	晋刘道真遭乱，于河侧与人牵船。见一老妪操橹，道真嘲之曰："女子何不调机弄杼，因甚傍河操橹？"女答曰："丈夫何不跨马挥鞭，因甚傍河牵船？"	晋刘道真遭乱，于河为人牵船。见一老妪摇橹，道嘲曰："何不调机弄杼，因甚傍河摇橹？"女答曰："丈夫何不跨马挥鞭，因甚傍河牵船？"	调机《启颜录》：刘道真遭乱，与人牵船。见一老妪操橹，嘲之曰："女何不调机弄杼，因甚傍河操橹？"女子答曰："丈夫何不跨马扬鞭，因甚傍河牵船？"	晋刘道真遭乱，于河侧与人牵船。见一老妪操橹，道真嘲之曰："女子何不调机弄杼，因甚傍河操橹？"女答曰："丈夫何不跨马挥鞭，因甚傍河牵船？"

笔者按：此则内容最早见于《太平广记》，《类说》《御定韵府拾遗》和《旧小说》中有载。第112则《傍河牵船》是在《裴启语林》卷四《西晋人》第52则的基础上改变个别字句加工而成。（明）乐天大笑生《解愠编》卷之一《儒箴》中有关于刘道真的笑话《牵船操橹》[参见（明）乐天大笑生《解愠编》，明嘉靖刻本]，虽《启颜录》中亦有所载，然从具体的语言用字，可知其乃是直承《裴启语林》。《启颜录》中刘道真和老妪的对话都已经经过加工，不仅语句韵散结合，而且字数相对，对仗非常工整。

【校注】

[1] 出自《太平广记》卷二百五十三《嘲诮》（一）中名为《刘道真》（之一）。参见（宋）李昉等编《太平广记》第六册，第1966页。

［2］　出自《类说》卷之十四中名为《跨马挥鞭傍河牵船》。参见（宋）曾慥《类说》，第953页。

［3］　出自《御定韵府拾遗》卷五（上平声）《五微韵》之《机》中。参见《御定韵府拾遗》(《景印文渊阁四库全书》第一零二九册)，台湾商务印书馆，1986，第166页。

［4］　出自《旧小说》乙集（五）中名为《刘道真》（之一）。参见吴曾祺《旧小说》第七册，第688页。

【类型分析】

　　操橹的老妪以"丈夫何不跨马挥鞭，因甚傍河牵船"之语应对晋刘道真"女子何不调机弄杼，因甚傍河操橹"之语的嘲戏。问与答，对仗工整。属于使用对仗类型。

第 113 则　两猪一槽

出处	《太平广记》[1]	《御定佩文韵府》[2]	《御定骈字类编》[3]	《旧小说》[4]
内容	又尝与人共饭素盘草舍中。见一妪将两小儿过，并着青衣，嘲之曰："青羊引双羔。"妇人曰："两猪共一槽。"道真无语以对。出《启颜录》	青羊《启颜录》：刘道真尝与人共饭素盘草舍中。见一妪将二小儿过，并着青衣，嘲之曰："青羊引两羔。"妇人曰："两猪共一槽。"道真无语以对。	青羊《启颜录》：刘道真与人共饭素盘草舍中。见一妪将二小儿过，并着青衣，嘲之曰："青羊引两羔。"妇人曰："两猪共一槽。"道真无语以对。	又尝与人共饭素盘草舍中。见一妪将两小儿过，并着青衣，嘲之曰："青羊引双羔"妇人曰："两猪共一槽。"道真无语以对。

笔者按：此则内容最早见于《太平广记》，《御定佩文韵府》《御定骈字类编》和《旧小说》中有载。第113则《两猪一槽》是在《裴启语林》卷四《西晋人》第53则或《金楼子》卷五《捷对篇》十一的基础上改变个别字句加工而成，联系上则中刘道真的笑话出自《裴启语林》，发现《启颜录》可能受《金楼子》影响的笑话，都有受其他书影响的可能，没有哪一则是只受《金楼子》的影响。笔者据此排除《启颜录》受《金楼子》的影响，故此则是受《裴启语林》的影响。

【校注】

[1]　出自《太平广记》卷二百五十三《嘲诮》（一）中名为《刘道真》（之二）。参见（宋）李昉等编《太平广记》第六册，第 1966 页。

[2]　出自《御定佩文韵府》卷二十二之十三下平声《七阳》（韵十三）之《羊》中。参见（清）张玉书、陈廷敬等奉敕撰《御定佩文韵府》（《景印文渊阁

四库全书》第一零一五册），第781页。

[3]　出自《御定骈字类编》卷一百三十四《采色》门（一）之《青》中。参见
　　　（清）吴士玉、沈宗敬等奉敕撰《御定骈字类编》（《景印文渊阁四库全书》
　　　第一零零零册），第143页。

[4]　出自《旧小说》乙集（五）中名为《刘道真》（之二）。参见吴曾祺《旧小
　　　说》第七册，第688页。

【类型分析】

与两小儿"并着青衣"的妪以"两猪共一槽"应对刘道真"青羊引双
羔"的嘲戏。借用动物比人。属于使用对仗类型。

第 114 则　神锥神槌

出处	《太平广记》[1]	《四六标准》[2]	《天中记》[3]
内容	晋祖士言与钟雅相嘲，钟云："我汝颍之士利如锥，卿燕代之士钝如槌。"祖曰："以我钝槌，打尔利锥。"钟曰："自有神锥，不可得打。"祖曰："既有神锥，亦有神槌。"钟遂屈。出《启颜录》	燕赵如椎，汝颍如锥，所愧处囊之无颖。《启颜录》：祖士言与钟雅相嘲。钟曰："我汝颍之士利如锥，卿燕代之士钝如槌。"祖曰："以我钝槌，打汝利锥。"钟曰："自有神锥，不可得打。"祖曰："既有神锥，亦有神槌。"钟遂屈。	祖士言与钟雅相嘲，钟云："我汝颍之士利如锥，卿燕代之士钝如槌。"祖曰："以我钝槌，打尔利锥。"钟曰："自有神锥，不可得打。"祖曰："既有神锥，亦有神槌。"钟遂屈。《启颜录》

笔者按：此则内容最早见于《太平广记》，《四六标准》《天中记》中有载。此则内容虽在《晋书·祖纳传》中有载，内容相似，然与《裴启语林》卷五《东晋人》第 78 则或《金楼子》卷五《捷对篇》十一［参见（南朝·梁）萧绎撰，许逸民校笺《〈金楼子〉校笺》，中华书局，2011，第 1121、1116、1118~1119 页］中的内容相似度更高，由第 113 则《两猪一槽》中排除《启颜录》受《金楼子》的影响，可推此则是受《裴启语林》的影响。

【校注】

[1]　出自《太平广记》卷二百五十三《嘲诮》（一）中名为《祖士言》。参见（宋）李昉等编《太平广记》第六册，第 1966 页。

[2]　出自《四六标准》卷二之《代赵尉上丞相》注中。参见（宋）李刘《四六标准》（《景印文渊阁四库全书》第一一七七册），台湾商务印书馆，1986，

第 65~66 页。

[3]   出自《天中记》卷二十六《排调》中名为《锥槌》。参见（明）陈耀文
《天中记》(《景印文渊阁四库全书》第九六六册），第 224 页。

【类型分析 】

晋祖士言以"以我钝槌，打尔利锥"之语答钟雅"我汝颖之士利如锥，卿燕代之士钝如槌"之语，以"既有神锥，亦有神槌"之语答"自有神锥，不可得打"之语。属于使用对仗类型。

第 115 则　嫌织锦迟

出处	《太平广记》[1]	《唐诗鼓吹》[2]	《御定佩文韵府》[3]	《旧小说》[4]
内容	隋卢思道尝共寿阳庚知礼作诗，已成而思道未就。礼曰："卢诗何太'春日'？"思道答曰："自许编苦疾，嫌他织锦迟。"	织锦歌成下翠微隋卢思道尝共寿阳庚知礼作诗，已而思道未就。知礼曰："卢诗何太'春日'？"思道答曰："自许编苦疾，嫌他织锦迟。"出《启颜录》	编苕《启颜录》：卢思道与庚知礼作诗，庚已成而思道未就。[卢][1]曰："自许编苦疾，嫌他织锦迟。"	隋卢思道尝共寿阳庚知礼作诗，已成而思道未就。礼曰："卢诗何太'春日'？"思道答曰："自许编苦疾，嫌他织锦迟。"

笔者按：此则内容最早见于《太平广记》，《唐诗鼓吹》《御定佩文韵府》和《旧小说》中有载。

【校注】

[1]　出自《太平广记》卷二百五十三《嘲诮》（一）中名为《卢思道》（之一）。参见（宋）李昉等编《太平广记》第六册，第 1968 页。

[2]　出自《唐诗鼓吹》卷九《寄阁记室》注中。参见（金）元好问编选，（元）郝天挺注《唐诗鼓吹》（《景印文渊阁四库全书》第一三六五册），台湾商务印书馆，1986，第 501 页。

[3]　出自《御定佩文韵府》卷十七之一下平声《二萧》（韵一）之《苕》中。参见（清）张玉书、陈廷敬等奉敕撰《御定佩文韵府》（《景印文渊阁四库全书》第一零一四册），第 380 页。

［4］　出自《旧小说》乙集（五）中名为《卢思道》(之一）。参见吴曾祺《旧小
　　　　说》第七册，第686~687页。

［5］　原文是"庚"字，但此句话是卢思道所言，如是庚说，不合逻辑和
　　　　身份，故改。

【类型分析】

隋卢思道用"自许编苫疾，嫌他织锦迟"来表达其对庚知礼用"春日"隐去"迟迟"，暗指其作诗速度慢的不满。诗句"春日迟迟"中的"迟迟"才是庚知礼想要表达的真实意思。属于化用诗句类型。

第 116 则　思道言拜

出处	《太平广记》[1]	《旧小说》[2]
内容	思道初下武阳入京，内史李德林向思道揖。思道谓人曰："德林在齐，恒拜思道，今日官高！向虽拜，乃[3]作跪状。"	思道初下武阳入京，内史李德林向思道揖。思道谓人曰："德林在齐，恒拜思道，今日官高！向虽拜，乃作跪状。"

　　笔者按：此则内容最早见于《太平广记》，和《旧小说》中有载，两者内容同，就此则内容而言，《旧小说》本承自《太平广记》本。

【校注】

[1]　出自《太平广记》卷二百五十三《嘲诮》（一）中名为《卢思道》（之二）。参见（宋）李昉等编《太平广记》第六册，第 1968 页。

[2]　出自《旧小说》乙集（五）中名为《卢思道》（之二）。参见吴曾祺《旧小说》第七册，第 687 页。

[3]　中华书局本《太平广记》后有注："明钞本'乃'作'仍'。"

【类型分析】

　　卢思道不满内史李德林对其揖，而有"德林在齐，恒拜思道，今日官高！向虽拜，乃作跪状"之言。出其不意的答语。属于生活用语类型。

第 117 则　不林下立

出处	《太平广记》[1]	《旧小说》[2]
内容	思道尝在宾门日中立，德林谓之曰："何不就树荫？"思道曰："热则热矣，不能林下立！"	思道尝在宾门，日中立，德林谓之曰："何不就树荫？"思道曰："热则热矣，不能林下立！"

笔者按：此则内容最早见于《太平广记》，《旧小说》中有载，两者内容同，就此则内容而言，《旧小说》本承自《太平广记》本。

【校注】

[1]　出自《太平广记》卷二百五十三《嘲诮》（一）中名为《卢思道》（之三）。参见（宋）李昉等编《太平广记》第六册，第1968页。

[2]　出自《旧小说》乙集（五）中名为《卢思道》（之三）。参见吴曾祺《旧小说》第七册，第687页。

【类型分析】

卢思道以"热则热矣，不能林下立"答李德林"何不就树荫"之问，其中的"林"既是"树"之"林"，又指"李德林"的"林"。故意将表示树林的"林"等同为表示"李德林"的"林"姓。属于汉字多义类型。

第 118 则　难为卿君

出处	《太平广记》[1]	《旧小说》[2]
内容	思道为《周齐兴亡论》，周则武皇宣帝，悉有恶声；齐高祖太上，咸无善誉。思道尝谒东宫，东宫谓之曰："《周齐兴亡论》，是卿作不?"思道曰："是。"东宫曰："为卿君者，不亦难乎?"思道不能对。	思道为《周齐兴亡论》，周则武皇、宣帝，悉有恶声；齐高祖、太上，咸无善誉。思道尝谒东宫，东宫谓之曰："《周齐兴亡论》，是卿作不?"思道曰："是。"东宫曰："为卿君者，不亦难乎?"思道不能对。

笔者按：此则内容最早见于《太平广记》，《旧小说》中有载，两者内容同，就此则内容而言，《旧小说》本承自《太平广记》本。

【校注】

[1]　出自《太平广记》卷二百五十三《嘲诮》（一）中名为《卢思道》（之四）。参见（宋）李昉等编《太平广记》第六册，第 1968~1969 页。

[2]　出自《旧小说》乙集（五）中名为《卢思道》（之四）。参见吴曾祺《旧小说》第七册，第 687 页。

【类型分析】

东宫认为卢思道《周齐兴亡论》中"悉有恶声"的武皇、宣帝和"咸无善誉"的齐高祖、太上暗喻当世之君，因此有"为卿君者，不亦难乎"的感叹。属于生活用语类型。

第119则　问讯刘二

出处	《太平广记》[1]	《广滑稽》[2]	《历代诗话》[3]
内容	魏高祖山陵即就，诏："令魏收、祖孝征、刘逖、卢思道等，各作挽歌词十首。"尚书令杨遵彦诠之：魏收四首，祖、刘各二首被用，而思道独取八首，故时人号"八咏[4]卢郎"。思道尝在魏收席，举酒劝刘逖，收曰："'卢八'劝'刘二'邪？"中书郎赵郡李愔，亦戏之曰："'卢八'问讯'刘二'。"逖衔之。及愔后坐事被鞭扑，逖戏之曰："高植两下，熟鞭一百，何如言'问讯刘二'时？"出《启颜录》	魏高祖山陵既就，诏："令魏收等各作挽歌十首。"尚书令杨彦遵诠之：魏收四首，祖孝征、刘逖各二首被用，而卢思道独取八首，故时人号"八咏卢郎"。思道尝在魏收席，举酒劝刘逖，收曰："'卢八'劝'刘二'邪？"中书郎赵郡李愔，亦戏之曰："'卢八'问讯'刘二'。"逖衔之。及愔后坐事被鞭扑，逖戏之曰："高植两下，熟鞭一百，何如言'问讯刘二'时？"	《启颜录》曰："魏高祖山陵既就，诏：'令魏收、祖孝征、刘逖、卢思道等各作挽歌词十首。'尚书令杨遵彦诠之：魏收四首，祖、刘各二首，而思道独取八首，故时人号'八咏卢郎'。"吴旦生曰："《北史·本传》云：'齐文宣帝崩，当朝文士各作挽歌十首，择其善者，不过一二首。惟思道独有八篇，故时人称为'八（米）卢郎'。"《西溪丛话》云："思道挽歌独八首，比时人最盛。时谓之'八米卢郎'。'八米'，关中语。岁以六米、七米、八米，分上、中、下。言在谷为八米，取数之多也。"王伯厚谓："'米'，当为采徐锴云：'八米，以稻喻之。若言十稻之中得八粒米也。'"

笔者按：此则内容最早见于《太平广记》，《广滑稽》中有载，两个版本中记载的侧重点各有不同。《历代诗话》中是用《启颜录》的内容用来作为考证的依据之一，从其所用语言的相似度来看，其应该承自《太平广记》本。

【校注】

[1]　出自《太平广记》卷二百五十三《嘲诮》（一）中名为《李愔》。参见（宋）李昉等编《太平广记》，第六册，第1969页。

［2］　出自《广滑稽》卷之二十二中名为《问讯刘二》。参见（明）陈禹谟《广滑稽》（《四库全书存目丛书》，子部，第二五一册），第694页。

［3］　出自《历代诗话》卷三十三戊集下之下《汉魏六朝》之《八米》中。参见（清）吴景旭《历代诗话》（《景印文渊阁四库全书》第一四八三册），台湾商务印书馆，1986年，第235页。

［4］　"咏"字，中华书局本《太平广记》为"咏"字；四库本《太平广记》为"米"字。

【类型分析】

刘逖在李愔"坐事被鞭扑"之后，以"高槌两下，熟鞭一百，何如言问讯刘二时"之语，还击李愔曾在魏收席以"卢八问讯刘二"之语对其的戏谑。以人的某种外在行为来取外号以代称人。属于生活用语类型。

第120则 神德戏宝

出处	《太平广记》[1]	《类说》[2]	《广滑稽》[3]
内容	唐初，梁宝好嘲戏。曾因公行至贝州，憩客馆中，闲问，贝州佐史云："此州有赵神德，甚能嘲。"即令召之。宝颜甚黑，厅上凭案以待。须臾，神德入，两眼俱赤。至阶前，梁宝后云："赵神德，天上即无云，闪电何以无准则？"答云："向者入门来，案后唯见一挺墨。"宝又云："官里料朱砂，半眼供一国。"又答云："磨公小拇指，涂得太社北。"宝更无以对，愧谢遣之。出《启颜录》	唐初，梁宝好嘲戏。尝至贝州，有赵仲德，甚能嘲。即令召之。宝颜甚黑，凭案以待。仲德入，两眼俱赤。宝云："天上即无云，闪电何以无准则？"答曰："向我入门来，案后惟见一锭墨。"又云："官里科朱砂，半眼共一国。"又答云："磨公小拇指，涂得大社北。"宝无以对。	唐初，梁宝好嘲戏。曾因公行至贝州，憩客馆中，闲问贝州佐史云："此州有赵神德，甚能嘲。"即令召之。宝颜甚黑，厅上凭案以待。须臾，神德入，两眼俱赤。至阶前，宝即云："赵神德，天下即无云，闪电何以无准则？"答曰："向者入门来，案后唯见一挺墨。"宝又云："官里料朱砂，半眼供一国。"又答曰："磨公小拇指，涂得太社北。"宝更无以对，愧谢遣之。

笔者按：此则内容最早见于《太平广记》，《类说》和《广滑稽》中有载。三个版本中的内容虽大体意思相同，但所用之语言都不尽相同，《太平广记》和《广滑稽》中用语更为接近。

【校注】

[1] 出自《太平广记》卷二百五十四《嘲诮》（二）中名为《赵神德》。参见（宋）李昉等编《太平广记》第六册，第1973页。

[2] 出自《类说》卷之十四中名为《黑面赤眼相嘲》。参见（宋）曾慥《类说》，第956~957页。

［3］　出自《广滑稽》卷之二十二中名为《赵神德》。参见（明）陈禹谟《广滑稽》（《四库全书存目丛书》，子部，第二五一册），第695页。

【类型分析】

赵神德以"向者入门来，案后唯见一挺墨"应对梁宝"赵神德，天上即无云，闪电何以无准则"的戏语，以"磨公小拇指，涂得太社北"应对"官里料朱砂，半眼供一国"对其"两眼俱赤"的嘲弄。属于使用对仗类型。

第121则 箭不着垛

出处	《太平广记》[1]	《类说》[2]	《古今事文类聚前集》[3]	《古今合璧事类备要前集》[4]	《山堂肆考》[5]	《广滑稽》[6]	《捧腹编》[7]	《御定佩文韵府》[8]	《御定月令辑要》[9]
内容	唐宋国公萧瑀不解射，九月九日赐射，瑀箭俱不着垛，一无所获。欧阳询咏之曰："急风吹缓箭，弱手驭强弓。欲高翻复下，应西还更东。十回俱着地，两手并擎空。借问谁为此？乃应是宋公！" 出《启颜录》	唐宋国公萧瑀不能射，太宗赐射，俱不着垛。欧阳询作诗嘲曰："急风吹缓箭，弱手驭强弓。欲高番覆下。应西还更东。十回俱着地，两手并擎空。借问谁为此？多应是宋公！"	唐宋国公萧瑀不能射，太宗赐射，俱不着垛。欧阳询作诗嘲曰："急风吹缓箭，弱手驭强弓。欲高番覆下，应西还更东。十回俱着地，两手并擎空。借问谁为此？多应是宋公！"后帝见此诗，谓萧瑀曰："此乃四十字《章疏》也。"由是与询有隙。《启颜录》	诗集缓箭强弓 唐宋国公萧瑀不能射，太宗赐射，俱不着垛。欧阳询作诗嘲曰："急风吹缓箭，弱手驭强弓。欲高番覆下，应西还更东。十回俱着地，两手并擎空。借问谁为此？多应是宋公！" 后帝见此诗，谓萧瑀曰："此乃四十字《章疏》也。"由是与询有隙。《启颜录》	《启颜录》：唐宋国公萧瑀不能射，太宗赐射，俱不着垛。欧阳询作诗嘲之曰："急风吹缓箭，弱臂驭强弓。欲高翻复下，应西还更东。十回俱着地，两手并擎空。借问谁为此？多应是宋公！"后帝见此诗，谓瑀曰："此乃四十字《章疏》也。"由是瑀与询有隙。	唐宋国公萧瑀不解射，九月九日赐射，瑀箭俱不着垛，一无所获。欧阳询咏之曰："急风吹缓箭，弱手驭强弓。欲高翻复下，应西还更东。十回俱着地，两手并擎空。借问谁为此？乃应是宋公！"	唐宋国公萧瑀不解射，九月九日赐射，瑀箭俱不着垛[10]，一无所获。欧阳询咏之曰："急风吹缓箭，弱手驭强弓。欲高翻复下，应西还更东。十回俱着地，两手并擎空。借问谁为此？乃应是宋公！"	缓箭《启颜录》宋公萧瑀不解射，九日赐射，瑀箭俱不着垛。欧阳询咏之曰："急风吹缓箭，弱手驭强弓。"	赐射《启颜录》：唐宗国公萧瑀不解射，九月九日赐射，瑀箭俱不着垛，一无所获。欧阳询咏之曰："急风吹缓箭，弱手驭强弓。欲高翻复下，应西还更东。十回俱着地，两手并擎空。借问谁为此？乃应是宋公！"

　　笔者按：此则内容最早见于《太平广记》,《类说》《古今事文类聚前集》《古今合璧事类备要前集》《山堂肆考》《广滑稽》《捧腹编》《御定佩文韵府》和《御定月令辑要》中有载。从文中的内容可以看出，内容中凡是出现"九月九日赐射"的，则其抄录的源头是《太平广记》版本；内容中凡是出现"太宗赐射"的，则其抄录的源头是《类说》版本。到明清之时，流传的版本基本上都源自《太平广记》。

【校注】

[1]　出自《太平广记》卷二百五十四《嘲诮》（二）中名为《欧阳询》。参见（宋）李昉等编《太平广记》第六册，第 1974 页。

[2]　出自《类说》卷之十四中名为《射不着垛》。参见（宋）曾慥《类说》，第 953~954 页。

[3]　出自《古今事文类聚前集》卷四十二《伎艺部》中名为《作诗嘲射》。参见（宋）祝穆《古今事文类聚前集》（《景印文渊阁四库全书》第九二五册），台湾商务印书馆，1986，第 695 页。

[4]　出自《古今合璧事类备要前集》卷五十七《技术门》之《习射》中。参见（宋）谢维新《古今合璧事类备要前集》（《景印文渊阁四库全书》第九三九册），台湾商务印书馆，1986，第 464 页。

[5]　出自《山堂肆考》卷一百六十八《技艺》之《习射》中名为《俱不着垛》。参见（明）彭大翼《山堂肆考》（《景印文渊阁四库全书》第九七七册），第 396 页。

[6]　出自《广滑稽》卷之二十二中名为《应是宋公》。参见（明）陈禹谟《广滑稽》（《四库全书存目丛书》，子部，第二五一册），第 695 页。

[7]　出自《捧腹编》卷六中名为《应是宋公》。参见（明）许自昌《捧腹编》（《续修四库全书》，子部，第一二七三册），第 136 页。

[8]　出自《御定佩文韵府》卷七十六之二去声《十七霰》（韵二）之《箭》中。参见（清）张玉书、陈廷敬等奉敕撰《御定佩文韵府》（《景印文渊阁四库全书》第一零二四册），第 46 页。

[9]　出自《御定月令辑要》卷十六《九月令》之《初九日》中。参见（清）李光地等奉敕撰《御定月令辑要》（《景印文渊阁四库全书》第四六七册），台湾商务印书馆，1986，第489页。

[10]　在"垜"字行的正上方有小字注："不解射罪行状"。

【类型分析】

欧阳询作"急风吹缓箭，弱手驭强弓。欲高繁复下，应西还更东。十回俱着地，两手并擎空。借问谁为此？乃应是宋公"嘲弄"唐宋国公萧瑀不解射"。属于吟咏诗句类型。

第122则　咏犯夜者[1]

　　唐有人姓崔，饮酒归，犯夜，被武侯执缚。五更初，犹未解。长安令刘行敏，鼓声动向朝，至街首逢之，始与解缚。因咏之曰："崔生犯夜行，武侯正严更。幞头拳下落，高髻掌中擎[2]。杖迹胸前出，绳文腕后生。愁人不惜夜，随意晓参横。"

　　笔者按：此则内容仅见《太平广记》。

【校注】

[1]　出自《太平广记》卷二百五十四《嘲诮》（二）中名为《刘行敏》（之一）。
　　　参见（宋）李昉等编《太平广记》第六册，第1975页。

[2]　中华书局本《太平广记》后有注："'擎'字原空阙，据明钞本补。"

【类型分析】

　　唐长安令刘行敏用"崔生犯夜行，武侯正严更。幞头拳下落，高髻掌中擎。杖迹胸前出，绳文腕后生。愁人不惜夜，随意晓参横"的诗句，描述因饮酒而犯夜的崔生的情况。属于吟咏诗句类型。

第 123 则　咏杨文瓘[1]

武陵公杨文瓘，任户部侍郎，以能饮，令宴蕃客浑王，遂错与延陀儿宴。行敏咏曰："武陵敬爱客，终宴不知疲。遣共浑王饮，错宴延陀儿。始被鸿胪识，终蒙御史知。精神既如此，长叹伤何为？"

笔者按：此则内容仅见《太平广记》。

【校注】

[1]　出自《太平广记》卷二百五十四《嘲诮》（二）中名为《刘行敏》（之二）。参见（宋）李昉等编《太平广记》第六册，第 1975 页。

【类型分析】

刘行敏用"武陵敬爱客，终宴不知疲。遣共浑王饮，错宴延陀儿。始被鸿胪识，终蒙御史知。精神既如此，长叹伤何为"的诗句，诉说武陵公杨文瓘"错宴延陀儿"之事。属于吟咏诗句类型。

第124则　咏三黑面

出处	《太平广记》[1]	《类说》[2]	《广滑稽》[3]	《捧腹编》[4]
内容	李叔慎、贺兰僧伽面甚黑，杜善贤为长安令，亦黑。行敏咏之曰："叔慎骑乌马，僧伽把漆弓。唤取长安令，共猎北山熊。" 出《启颜录》	唐李叔慎、贺兰僧伽面甚黑，杜善贤为长安令，亦黑。刘行敏咏之曰："叔慎骑黑马，僧伽挽漆弓。唤取长安令，共猎北山熊。"	唐李时慎、贺兰僧伽面甚黑，杜善言为长安令，亦黑。崔行敏咏之曰："时慎骑乌马，僧伽把漆弓。唤取长安令，共猎北山熊。"	唐李时慎、贺兰僧伽面甚黑，杜善言为长安令，亦黑。崔行敏咏之曰："时慎骑乌马，僧伽把漆弓。唤取长安令，共猎北山熊。"

　　笔者按：此则内容最早见于《太平广记》，《类说》《广滑稽》和《捧腹编》中有载。几个版本所载内容几同，《类说》中在姓名前加了朝代"唐"，《太平广记》中没有，推测《广滑稽》和《捧腹编》引用的原始版本是《类说》本，但《广滑稽》和《捧腹编》中，人的姓名是"李时慎"，与《太平广记》和《类说》中的姓名"李叔慎"又有一字之差，不知是所据版本的原因，还是当时抄写者的笔误。《捧腹编》沿用《广滑稽》中的名字，可见其成书时所据版本应该是《广滑稽》。

【校注】

[1]　出自《太平广记》卷二百五十四《嘲诮》（二）中名为《刘行敏》（之三）。参见（宋）李昉等编《太平广记》第六册，第1975页。

[2]　出自《类说》卷之十四中名为《咏黑》。参见（宋）曾慥《类说》，第

957 页。

[3]　出自《广滑稽》卷之二十二中名为《乌马漆弓》。参见（明）陈禹谟《广滑稽》（《四库全书存目丛书》，子部，第二五一册），第 695 页。

[4]　出自《捧腹编》卷六中名为《乌马漆弓》。参见（明）许自昌《捧腹编》（《续修四库全书》，子部，第一二七三册），第 136~137 页。

【类型分析】

刘行敏用"叔慎骑乌马，僧伽把漆弓。唤取长安令，共猎北山熊"的诗句，描述李叔慎、贺兰僧伽和杜善贤三个面黑之人。属于吟咏诗句类型。

第125则　咏不得阶[1]

唐许子儒旧任奉礼郎。永徽中，造国子学，子儒经祀，当设有阶级，后不得阶。窦防咏之曰："不能专习礼，虚心强觅阶。一年辞爵弁，半岁履麻鞋。瓦恶频蒙攇_{音国}，墙虚屡被权_{音初皆反}。映树便侧睡，过匮即放乖。岁暮良功毕，言是越朋侪。今日纶言降，方知愚计喁_{音口怀反}。"_{出《启颜录》}

笔者按：此则内容仅见《太平广记》。

【校注】

[1]　出自《太平广记》卷二百五十四《嘲诮》（二）中名为《窦防》。参见（宋）李昉等编《太平广记》第六册，第1975~1976页。

【类型分析】

窦防用"不能专习礼，虚心强觅阶。一年辞爵弁，半岁履麻鞋。瓦恶频蒙攇，墙虚屡被权。映树便侧睡，过匮即放乖。岁暮良功毕，言是越朋侪。今日纶言降，方知愚计喁"的诗句，描述许子儒不设"阶级"之事。属于吟咏诗句类型。

第 126 则　甘王嘲姓

出处	《太平广记》[1]	《广滑稽》[2]	《玉芝堂谈荟》[3]
内容	唐甘洽与王仙客友善，因以姓相嘲。洽曰："王，计[4]尔应姓田。为你面拨獭，抽却你两边。"仙客应声曰"甘，计你应姓丹。为你头不曲，回脚向上安。" 出《启颜录》	唐甘洽与王仙客友善，因以姓相嘲。洽曰："王，计尔应姓'田'。为你面泼獭，抽却你两边。"仙客应声曰"甘，计你应姓'丹'。为你头不曲，回脚向上安。"	唐甘洽与王仙客友善，因以姓相嘲。洽曰："王，计尔应姓田。为尔面拨獭，抽却你两边。"仙客曰："甘，计尔应姓丹。为伊头不曲，回脚向上安。"

笔者按：此则内容最早见于《太平广记》,《广滑稽》和《玉芝堂谈荟》中有载。

【校注】

[1]　出自《太平广记》卷二百五十五《嘲诮》（三）中名为《甘洽》。参见（宋）李昉等编《太平广记》第六册，第 1988 页。

[2]　出自《广滑稽》卷之二十二中名为《姓田姓丹》。参见（明）陈禹谟《广滑稽》(《四库全书存目丛书》，子部，第二五一册)，第 695 页。

[3]　出自《玉芝堂谈荟》中名为《拆字谑语》中。参见（明）徐应秋《玉芝堂谈荟》(《景印文渊阁四库全书》第八八三册)，第 222 页。

[4]　"计"字，中华书局本《太平广记》写法是"计"；四库本《太平广记》写法是"讣"。

【类型分析】

王仙客以"甘，计你应姓丹，为你头不曲，回脚向上安"的嘲语反嘲甘洽以"王，计尔应姓田，为你面拨獭，抽却你两边"之嘲语对其的戏谑。属于字形类型。

第127则　云中郡翻

出处	《太平广记》[1]	《广滑稽》[2]
内容	唐京城有僧，性甚机悟，病足，有人于路中见，嘲之曰："法师是'云中郡'。"僧曰："与君先不相知，何因辱贫道作'契繗秃'？"其人诈之曰："'云中郡'言法师高远，何为是辱？"僧曰："'云中郡'是'天州'，翻为'偷毡'，是'毛贼'，'毛贼'翻为'墨槽'，傍边有'曲录铁'，翻为'契繗秃'。何事过，相骂邪？"前人于是愧伏。出《启颜录》	唐京城有僧，性甚机悟，病足。有人于路中见，嘲之曰："法师是'云中郡'。"僧曰："与君先不相知，何因辱贫道作'契繗秃'？"其人诈之曰："'云中郡'言法师高远，何为是辱？"僧曰："'云中郡'是'天州'，翻为'偷毡'，是'毛贼'，'毛贼'翻为'墨槽'，傍边有'曲录铁'，翻为'契繗秃'。何事过，相骂邪？"前人于是愧伏。

笔者按：此则内容最早见于《太平广记》，《广滑稽》中有载。

【校注】

[1]　出自《太平广记》卷二百五十五《嘲诮》（三）中名为《契繗秃》。参见（宋）李昉等编《太平广记》第六册，第1988页。

[2]　出自《广滑稽》卷之二十二中名为《契繗秃》。参见（明）陈禹谟《广滑稽》（《四库全书存目丛书》，子部，第二五一册），第695页。

【类型分析】

路人以"'云中郡'是'天州'，翻为'偷毡'，是'毛贼'，'毛贼'翻为'墨槽'，傍边有'曲录铁'"而反切为"契繗秃"，戏弄"病足"的京城僧人。夸奖的话语中暗藏反切，而被反切字的意思是对僧人身份特征的戏嘲。属于注音类型。

第 128 则 书处甚疾

出处	《太平广记》[1]	《广滑稽》[2]	《旧小说》[3]
内容	唐安陵人善嘲，邑令至者，无不为隐语嘲之。有令，口无一齿，常畏见嘲。初至，谓邑吏："我闻安陵太[4]喜嘲弄，汝等不得复踵前也！"初上，判三道，佐史抱案在后曰："明府书处甚疾！"其人不觉为嘲，乃谓称己之善，遂甚信之。居数月，佐史仇人告之："言'明府书处甚疾'者，其人嘲明府。"令曰："何为是言？"曰："'书处甚疾'者，是'奔墨'；'奔墨'者，翻为'北门'；'北门'是'缺后'，'缺后'者，翻为'口穴'，此嘲弄'无齿'也。"令始悟，鞭佐史而解之。出《启颜录》	唐安陵人善嘲，邑令至者，无不为隐语嘲之。有令，口无一齿，常畏见嘲。初至，谓邑吏："我闻安陵太喜嘲弄，汝等不得复踵前也！"初上，判三道，佐史抱案在后曰："明府书处甚疾！"其人不觉谓嘲，乃谓称己[5]之善，遂甚信之。居数月，佐史仇人告之："言'明府书处甚疾'者，其人嘲明府。"令曰："何为是言？"曰："'书处甚疾'者，是'奔墨'，'奔墨'者，翻为'北门'，'北门'是'缺后'，'缺后'者翻为'口穴'，此嘲弄'无齿'也。"令始悟，鞭佐史而解之。	唐安陵人善嘲，邑令至者，无不为隐语嘲之。有令，口无一齿，常畏见嘲。初至，谓邑吏："我闻安陵大喜嘲弄，汝等不得复踵前也！"初上，判三道，佐史抱案在后曰："明府书处甚疾！"其人不觉为嘲，乃谓称己之善，遂甚信之。居数月，佐史仇人告曰："言'明府书处甚疾'者，其人嘲明府。"令曰："何为是言？"曰："'书处甚疾'者，是'奔墨'，'奔墨'翻为'北门'，'北门'是'缺后'，'缺后'者，翻为'口穴'，此嘲弄'无齿'也。"令始悟，鞭佐史而解之。

笔者按：此则内容最早见于《太平广记》,《广滑稽》和《旧小说》中有载。

【校注】

[1]　出自《太平广记》卷二百五十五《嘲诮》（三）中名为《安陵佐史》。参见（宋）李昉等编《太平广记》第六册，第 1989 页。

[2]　出自《广滑稽》卷之二十二中名为《书处甚疾》。参见（明）陈禹谟《广

滑稽》(《四库全书存目丛书》，子部，第二五一册)，第 695~696 页。

［3］　出自《旧小说》乙集（五）中名为《安陵佐史》。参见吴曾祺《旧小说》
第七册，第 688 页。

［4］　"太"字，中华书局本《太平广记》为"太"；四库本《太平广
记》为"大"。

［5］　《广滑稽》收录的《启颜录》中，"已"和"己"，都会写成"巳"。

【类型分析】

　　"佐史仇人"告知"常畏见嘲"的"邑令"："'书处甚疾'者，是'奔墨'，'奔墨'者，翻为'北门'，'北门'是'缺后'，'缺后'者翻为'口穴'"，是"嘲弄'无齿'"。夸赞的话语中暗藏反切，而被反切字的意思是对身体特征的戏嘲。属于注音类型。

第 *129* 则　抱一嘲客[1]

　　唐封抱一任栎阳尉，有客过之，既短，又患眼及鼻塞。抱一用《千字文》语作嘲之，诗曰："面作天地玄，鼻有雁门紫。既无左达承，何劳罔谈彼？"出《启颜录》

　　笔者按：此则内容仅见《太平广记》。

【校注】

[1]　出自《太平广记》卷二百五十六《嘲诮》（四）中名为《封抱一》。参见（宋）李昉等编《太平广记》第六册，第 1994 页。

【类型分析】

　　隐藏的最后的一个字，才是化用《千字文》所要表达的真实意思："面黄、鼻塞、无明、彼短"，以"左达承明"的"明"和"雁门紫塞"的"塞"，嘲"患眼及鼻塞"。属于化用诗句类型。

第 130 则　有苜蓿气

出处	《太平广记》[1]	《广滑稽》[2]
内容	山东人来京，主人每为煮菜，皆不为美[3]。常忆榆叶，自煮之。主人即戏云："闻山东人煮车毂汁下食，为有榆气。"答曰："闻京师人煮驴轴下食，虚实?"主人问云："此有何意?"云："为有苜蓿气。"主人大惭。出《启颜录》	山东人来京，主人每为煮菜，皆不为羹。常取榆叶，自煮之。主人即戏云："闻山东人煮车毂汁下食，为有榆气。"答曰："闻京师人煮驴轴下食，虚实?"主人问曰："此有何意?"云："为有苜蓿气。"主人大惭。

笔者按：此则内容最早见于《太平广记》，《广滑稽》中有载。

【校注】

[1]　出自《太平广记》卷二百五十七《嘲诮》（五）中名为《山东人》。参见（宋）李昉等编《太平广记》第六册，第 2001 页。

[2]　出自《广滑稽》卷之二十二中名为《为有苜蓿气》。参见（明）陈禹谟《广滑稽》（《四库全书存目丛书》，子部，第二五一册），第 696 页。

[3]　中华书局本《太平广记》"美"后有注："'美'原作'羹'，据明钞本改。"四库本《太平广记》是"羹"。

【类型分析】

山东人以"煮驴轴下食"之语暗指京师人喜食苜蓿的生活习性，以应对京师人以"山东人煮车毂汁下食"暗指山东人喜食榆叶的嘲弄。借用植物的某个作用来比人。属于生活用语类型。

第131则　互嘲患疾

出处	《太平广记》[1]	《广滑稽》[2]	《捧腹编》[3]
内容	一人患眼侧睛及翳，一人患齆鼻，俱以《千字文》作诗相咏。齆鼻人先咏侧眼人云："眼能日月盈，为有陈根委。"患眼人续下句："不别似兰斯，都由雁门紫。"出《启颜录》	一人患眼侧睛及医[4]，一人患齆鼻，俱以《千字文》作诗相咏。齆鼻人先咏侧眼人云："眼能日月盈_睒[5]，为有陈根委_医。"患眼人续下句："不必似兰斯_鼻，都由雁门紫_涕。"	一人患眼侧睛及翳，一人患齆鼻，俱以《千字文》作诗相咏。齆鼻人先咏侧眼人，云："眼能日月盈_睒[6]，为有陈根委_翳。"患眼人续下句："不识似兰斯_鼻，都由雁门紫_涕。"

笔者按：此则内容最早见于《太平广记》，《广滑稽》和《捧腹编》中有载。

【校注】

[1]　出自《太平广记》卷二百五十七《嘲诮》（五）中名为《患目鼻人》。参见（宋）李昉等编《太平广记》第六册，第2007页。

[2]　出自《广滑稽》卷之二十二中名为《相嘲眼鼻》。参见（明）陈禹谟《广滑稽》（《四库全书存目丛书》，子部，第二五一册），第696页。

[3]　出自《捧腹编》卷六中名为《相嘲眼鼻》。参见（明）许自昌《捧腹编》（《续修四库全书》，子部，第一二七三册），第137页。

[4]　"医"，此处通"翳"。"眼翳""眼部疾病"之意。

[5]　"睒"，谐音"眼"。以小字的形式附在诗的第一句之后，在这之后的每一句诗后都附有一个小字，是每句诗隐藏的语底。

[6]　以小字注的形式附在诗的每句之后，是每句诗隐藏的谜底。

【类型分析】

患齉鼻的人有意隐去《千字文》中的"昃"和"翳"嘲患眼病的人，患眼病的人有意隐去《千字文》中"馨"和"塞"嘲齉鼻人。属于化用诗句类型。

第 132 则　咏伛偻人

出处	《太平广记》[1]	《珩璜新论》[2]	《古今说海》[3]	《说郛》[4]	《御定佩文韵府》[5]	《御定骈字类编》[6]
内容	有人患腰曲伛偻，常低头而行。傍人咏之曰："拄杖欲似乃，播筊便似及。逆风荡雨行，面干顶额湿。着衣床上坐，肚缓脊皮急。城门尔许高，故自匍匐入。"出《启颜录》	俗所谓"日许"者，"尔许"也。声之讹也，《启颜录·咏伛人》云："城门尔许高，故自匍匐入。"	俗所谓"日许"者，"尔许"也。声之讹也。《启颜录·咏短人》云："城门尔许高，故自匍匐入。"	俗所谓"日许"者，"尔许"也。声之讹也。《启颜录·咏短人》云："城门尔许高，故自匍匐入。"	日许孔平仲《杂记》：俗所谓"日许"者，"尔许"也。《启颜录·咏短人》云："城门尔许高，故自匍匐入。"	日许孔平仲《杂记》：俗所谓"日许"者，"尔许"也。《启颜录·咏短人》云："城门尔许高，故自匍匐入。"

笔者按：此则内容最早见于《太平广记》，《珩璜新论》《古今说海》《说郛》《御定佩文韵府》和《御定骈字类编》中有载。只有《太平广记》中记载了全诗的内容，其余各版本都旨在解释词语"日许"。

【校注】

[1]　出自《太平广记》卷二百五十七《嘲诮》（五）中名为《伛人》。参见（宋）李昉等编《太平广记》第六册，第 2007 页。

[2]　出自《珩璜新论》中。参见（宋）孔平仲《珩璜新论》（《景印文渊阁四库

全书》第八六三册），台湾商务印书馆，1986，第 137 页。《珩璜新论》在《景印文渊阁四库全书》中不分卷，而此处引用，在《丛书集成初编》中是位于其卷四中。

[３] 　出自《古今说海》卷九十七《说略》（十三）宋孔平仲《孔氏杂说》中。参见（明）陆楫《古今说海》（《景印文渊阁四库全书》第八八五册），台湾商务印书馆，1986，第 616 页。

[４] 　出自《说郛》卷十三中名为《日许》。参见（明）陶宗仪等编《说郛三种》第三册，第 650 页。

[５] 　出自《御定佩文韵府》卷三十六之三上声《六语》（韵三）之《许》中。参见（清）张玉书、陈廷敬等奉敕撰《御定佩文韵府》（《景印文渊阁四库全书》第一零一八册），第 398 页。

[６] 　出自《御定骈字类编》卷六《天地》（门六）之《日》中。参见（清）吴士玉、沈宗敬等奉敕撰《御定骈字类编》（《景印文渊阁四库全书》第九九四册），第 188 页。

【类型分析】

用"拄杖欲似乃，播笏便似及。逆风荡雨行，面干顶额湿。着衣床上坐，肚缓脊皮急。城门尔许高，故自匍匐入"的诗句，描述"腰曲伛偻，常低头而行"之人。属于吟咏诗句类型。

第 133 则　　眼皮沾视

出处	《太平广记》[1]	《广滑稽》[2]	《旧小说》[3]
内容	唐京城中，有妇人姓田，年老，口无齿，与男娶同坊人张氏女。张因节日盛馔，召田母饮啖，及相送出，主人母云："惭愧！无所啖嚼，遣亲家母空口来、空口去！"如此者数矣，田终不悟！归语夫曰："张家母唤[4]我，大有饮食，临别即云：'惭愧！亲家母空口来、空口去！'"不知何也？"夫曰："此是弄君无齿，张家母面上有疮瘢，眼下皮急，极沾视[5]，若更有此语，可报云'只是眼下急'。"田私记之。居数日，张复召田，临起，复云："惭愧！空口来、空口去！"田母乃熟视主人母眼良久，忘却"眼下急"，直云："是眼皮沾视。"合家大笑。出《启颜录》	唐京城中有妇人，姓田，年老，口无齿，与男娶同坊人张氏女。张因节日盛馔，召田母饮啖，及相送出，主人母云："惭愧！无所啖嚼，遣亲家母空口来、空口去。"如此者数矣，田终不悟，归语夫曰："张家母请我，大有饮食，别即云'惭愧！亲家母空口来、空口去！'不知何也？"夫曰："此是弄君无齿，张家母面上有疮瘢，眼下皮急，极沾视，若更有此语，可报云'只是眼下急'。"田私记之。居数日，张复召田，临起复云："惭愧！空口来、空口去！"田母乃熟视主人母眼良久，忘却"眼下急"，直云："是眼皮沾视。"合家大笑。出《启颜录》。	唐京城中，有妇人姓田，年老，口无齿，与男娶同坊人张氏女。张因节日盛馔，召田母饮啖，及相送出，主人母云："惭愧！无所啖嚼，遣亲家母空口来、空口去。"如此者数矣，田终不悟，归语夫曰："张家母去，我大有饮食，临别即云'惭愧！亲家母空口来、空口去！'不知何也？"夫曰："此是弄君无齿，张家母面上有疮瘢，眼下皮急，极沾视，若更有此语，可报云'只是眼下急'。"田私记之。居数日，张复召田，临起复云："惭愧！空口来、空口去！"田母乃熟视主人母眼良久，忘却"眼下急"，直云："是眼皮沾视。"合家大笑。

笔者按：此则内容最早见于《太平广记》，《广滑稽》和《旧小说》中有载。

【校注】

[1]　出自《太平广记》卷二百五十七《嘲诮》（五）中名为《田媪》。参见（宋）李昉等编《太平广记》第六册，第 2007 页。

［2］　出自《广滑稽》卷之二十二中名为《眼皮沾眂》。参见（明）陈禹谟《广
　　　　滑稽》（《四库全书存目丛书》，子部，第二五一册），第 696 页。

［3］　出自《旧小说》乙集（五）中名为《田媪》。参见吴曾祺《旧小说》第七
　　　　册，第 687~688 页。

［4］　中华书局本《太平广记》后有小号字体注：“‘唤’原作‘去’，据明钞本
　　　　改。”四库本《太平广记》是“延”。

［5］　“眂”，音“屎”，特指“眼屎”。

【类型分析】

　　唐京城田氏不记得其夫所教“只是眼下急”，以“眼皮沾眂”回答其亲
家母田妇人“亲家母空口来、空口去”的嘲弄，口语气息比较浓厚。属于
生活用语类型。

第 134 则　　天地杂诗

出处	《太平广记》[1]	《海录碎事》[2]	《类说》[3]
内容	高敖曹常为《杂诗》（三首）云："塚子地握槊，星宿天围棋。开坛瓮张口，卷席床剥皮。"	高敖曹诗曰："塚子地握槊，星宿天围棋。"《启颜录》	高敖曹诗曰："塚子地握槊，星宿天围棋。开门屋张口，卷席床剥皮。"

笔者按：此则内容最早见于《太平广记》,《海录碎事》和《类说》中有载。

【校注】

[1]　出自《太平广记》卷二百五十八《嗤鄙》（一）中名为《高敖曹》（之一）。参见（宋）李昉等编《太平广记》第六册，第2009页。

[2]　出自《海录碎事》卷一中名为《天围棋》。参见（宋）叶庭珪《海录碎事》（《景印文渊阁四库全书》第九二一册），台湾商务印书馆，1986，第14页。

[3]　出自《类说》卷之十四中名为《敖曹诗》（之一）。参见（宋）曾慥《类说》，第956页。

【类型分析】

高敖曹用"塚子地握槊，星宿天围棋。开坛瓮张口，卷席床剥皮"的诗句，描述日常的生活场景。属于吟咏诗句类型。

第 135 则　　泪眼相送[1]

又,"相送重相送,相送至桥头。培堆两眼泪,难按满胸愁。"

笔者按:高敖曹的《杂诗》三首中,第一首和第三首《类说》中均有载,然此则内容仅见于《太平广记》。

【校注】

[1]　　出自《太平广记》卷二百五十八《嗤鄙》(一)中名为《高敖曹》(之二)。

参见(宋)李昉等编《太平广记》第六册,第2009页。

【类型分析】

高敖曹用"相送重相送,相送至桥头。培堆两眼泪,难按满胸愁"的诗句,嘲弄依依不舍、不忍分别之人。属于吟咏诗句类型。

第 136 则　桃瓠墙河

出处	《太平广记》[1]	《类说》[2]
内容	又，"桃生毛弹子，瓠长棒槌儿。墙歇壁亚肚，河冻水生皮。"出《启颜录》	"桃生毛弹子，瓠长棒搥儿。墙歇壁凹肚，河冻水生肌。"

笔者按：此则内容最早见于《太平广记》，《类说》中有载。

【校注】

[1]　出自《太平广记》卷二百五十八《嗤鄙》（一）中名为《高敖曹》（之三）。参见（宋）李昉等编《太平广记》第六册，第 2009 页。

[2]　出自《类说》卷之十四中名为《敖曹诗》（之二）。参见（宋）曾慥《类说》，第 956 页。

【类型分析】

高敖曹用"桃生毛弹子，瓠长棒槌儿。墙歇壁亚肚，河冻水生皮"的诗句描述冬季的生活场景。属于吟咏诗句类型。

第 137 则　安屈五指

出处	《太平广记》[1]	《广滑稽》[2]	《捧腹编》[3]
内容	唐逸士殷安，冀州信都人。谓薛黄门曰："自古圣贤，数不过五人。伏羲八卦，穷天地之旨，一也。"乃屈一指。"神农植百谷，济万人之命，二也。"乃屈二指。"周公制礼作乐，百代常行，三也。"乃屈三指。"孔子前知无穷，却知无极，拔乎其萃，出乎其类，四也。"乃屈四指。"自此之后，无屈得指者。"良久，乃曰："并我，五也。"遂屈五指。而疏籍卿相，男征谏曰："卿相尊重，大人稍敬之。"安曰："汝亦堪为宰相。"征曰："小子何敢！"安曰："汝肥头大面，不识今古，嚲徒江切食无意智，不作宰相而何？"其轻物也，皆此类。[5]	唐逸士殷安谓薛黄门曰："自古圣贤，数不过五人。伏羲八［卦］[4]，穷天地之旨，一也。"乃屈一指。"神农植百谷，济万人之命，二也。"乃屈二指。"周公制礼作乐，百代常行，三也。"乃屈三指。"孔子前知无穷，却知无极，四也。"乃屈四指。"自此以后，无屈得指者。"良久，乃曰："并我，五也。"遂屈五指。而疏籍卿相，男征谏曰："卿相尊重，大人稍敬之。"安曰："汝亦堪为宰相。"征曰："小子何敢！"安曰："汝肥头大面，不识今古，嚲[6]食无意智，不作宰相而何？"	唐逸士殷安谓薛黄门曰："自古圣贤，数不过五人。伏羲八卦，穷天地之旨，一也。"乃屈一指。"神农植百谷，济万人命，二也。"乃屈二指。"周公制礼作乐，百代常行，三也。"乃屈三指。"孔子前知无穷，却知无极，四也。"乃屈四指。"自此以后，无屈得指者。"良久，乃曰："并我，五也。"遂屈五指。

笔者按：此则内容最早见于《太平广记》，《广滑稽》和《捧腹编》中有载。

【校注】

[1]　出自《太平广记》卷二百六十《嗤鄙》（三）中名为《殷安》。参见（宋）李昉等编《太平广记》第六册，第 2027 页。

[2]　出自《广滑稽》卷之二十二中名为《屈五指》。参见（明）陈禹谟《广滑稽》（《四库全书存目丛书》，子部，第二五一册），第 696~697 页。

［3］　出自《捧腹编》卷六中名为《屈五指》。参见（明）许自昌《捧腹编》（《续修四库全书》，子部，第一二七三册），第137页。

［4］　原文为"封"字，根据语意，应该是"卦"字才通，故改。

［5］　此则笔者所用中华书局1999年出版的《太平广记》中未标明出处，四库本的《太平广记》中标明的出处是"阙"。但在《启颜录》已经亡佚的情况下，后世的《广滑稽》和《捧腹编》中均明确注明此则是"出自《启颜录》"，且，王利器《历代笑话集》中也明确指出此则是从"明谈恺刻《太平广记》"中辑出，说明此则出自《启颜录》。故录。

［6］　在"噇"所在行的边栏与正文的空白处有"噇"，其后有小字注"徒江切"。

【类型分析】

逸士殷安将自己与作"八卦，穷天地之旨"的伏羲，"植百谷，济万人之命"的神农，"制礼作乐，百代常行"的周公，"前知无穷，却知无极"的孔子并肩并列为"自古圣贤"的五人之一。殷安将自己拔高到与圣贤等同等的地位，即是可笑之极。属于生活用语类型。

第 138 则　方相侄儿

出处	《太平广记》[1]	《天中记》[2]	《广滑稽》[3]	《捧腹编》[4]
内容	唐有姓房人，好矜门地，但有姓房为官，必认云"亲属"。知识疾其如此，乃谓之曰："丰邑公相丰邑坊在上都，是凶肆[5]，是君何亲？"曰："是[6]姓某乙再从伯父。"人大笑曰："君即是方相侄儿，只堪吓鬼。" 出《启颜录》	唐有姓房人，好矜门地，但有姓房为官，必认云"新属"。知识亲疾其如此，乃谓之曰："丰邑公相丰邑坊在上都，是肆出方相，是君何亲？"曰："是某乙再伯父。"人大笑曰："君既是方相侄儿，只堪吓鬼。" 《启颜录》	缺。	唐有姓方人，好矜门第，但有姓方为官，必认云"亲"。知人[7]戏谓之曰："丰邑公相，是君何亲？"曰："是某乙再伯父。"人大笑曰："君即是方相侄儿，只堪吓鬼。"

　　笔者按：此则内容最早见于《太平广记》,《天中记》和《捧腹编》中有载。(明）浮白斋主人述《雅谑》中的《方相侄》[(明）浮白斋主人述《雅谑》，明末刊本]基本同《启颜录》中的《方相侄子》(见《附图表 2》第 138 则），是在其基础上加工而成。

【校注】

[1]　出自《太平广记》卷二百六十《嗤鄙》(三)中名为《姓房（"房"字，中华书局本《太平广记》是"房"字；四库本《太平广记》是"方"字）人》。参见（宋）李昉等编《太平广记》第六册，第 2027 页。

[2]　出自《天中记》卷二十九《嗤鄙》中名为《矜门地》。参见（明）陈耀文《天中记》(《景印文渊阁四库全书》第九六六册），第 364~365 页。

［3］　出自《广滑稽》卷之二十二中名为《乙再伯父》。笔者所使用的《广滑稽》的版本中"原缺第三叶"［（明）陈禹谟《广滑稽》（《四库全书存目丛书》，子部，第二五一册），第689页］，故缺《乙再伯父》的内容。

［4］　出自《捧腹编》卷六中名为《乙再伯父》。参见（明）许自昌《捧腹编》（《续修四库全书》，子部，第一二七三册），第134页。

［5］　四库本《太平广记》在此后还有注："出方相也。"

［6］　中华书局本《太平广记》后有小号字体注："'是'下原有'姓'字，据明钞本删。"四库本《太平广记》无。

［7］　在此行的上方有小字注"丰邑坊在上都，是肆，出方相。"

【类型分析】

"好矜门地"的姓房人，将丰邑公相认作"亲属"，惹得旁人"只堪吓鬼"的笑谑。属于生活用语类型。

第 139 则　煮簀为笋

出处	《类说》[1]	《韵府群玉》[2]
内容	汉人适吴，吴人设笋。问："何物？"曰："竹也。"归煮其簀，不熟，曰："吴人轫辖[3]，欺我如此。"	煮簀 汉人适吴，吴人设笋。问："何物？"曰："竹也。"归煮其床簀，不熟，曰："吴人轫辖，欺我如此。"《启颜录》

　　笔者按：此则内容最早见于《类说》，《韵府群玉》中有载。此则内容的原始出处，应是从邯郸淳《笑林》或陆机《笑林》中摘录，第 140 则《羊踏菜园》是从邯郸淳《笑林》中摘录，《煮簀为笋》和《羊踏菜园》紧邻，说明他们出自同一本书的可能性比较大，故由此则排除上则受陆机《笑林》影响的可能，故《启颜录》是受邯郸淳《笑林》的影响。

【校注】

[1]　出自《类说》卷之十四中名为《煮簀为笋》。参见（宋）曾慥《类说》，第955 页。

[2]　出自《韵府群玉》卷十九《十一陌》之《簀》中。参见（元）阴劲弦、阴复春《韵府群玉》（《景印文渊阁四库全书》第九五一册），第 733 页。

[3]　轫辖：车的轨道。因"诡"与"轨"谐音，借指欺诳。

【类型分析】

　　汉人不懂吴人招待其食用的笋是竹的一个成长阶段，不同于其加工品之一的簀。属于不识事物类型。

第140则 羊踏菜园

出处	《类说》[1]	《山谷外集诗注》[2]	《锦绣万花谷前集》[3]	《韵府群玉》[4]	《山堂肆考》[5]	《御定渊鉴类函》[6]
内容	有人尝食蔬茹，忽食羊肉，梦五脏神曰：“羊踏破菜园。”	上丁分膰一饱饭，藏神梦诉羊蹴蔬。《启颜录》云：“有人常食蔬，忽食羊肉。梦五藏神曰：‘羊踏破菜园。’”	有人常食蔬茹，忽食羊肉。梦五脏神曰：“羊踏破菜园。”《启颜录》	羊踏菜园有人常食蔬，忽食羊。梦五脏神曰：“羊踏破菜园。”《启颜录》	唐侯白《启颜录》：有人常食蔬茹，忽食羊肉。梦五脏神曰：“羊踏破菜园。”	蹋破菜园《启颜录》曰：“有人常食蔬茹，忽食羊肉。梦五藏神曰：‘羊蹋破菜园矣。’”
出处	《御定佩文韵府》[7]	《御定佩文韵府》[8]	《御定佩文韵府》[9]	《御定分类字锦》[10]	《御定骈字类编》[11]	《御定骈字类编》[12]
内容	菜园《启颜录》：有人常食蔬，忽食羊。梦五脏神曰：“羊踏破菜园。”	蹴蔬羊陆游诗“肠枯那有蹴蔬羊”。按：《启颜录》：有人常食菜，忽食羊。梦五脏神曰：“羊踏破菜园。”	羊踏《启颜录》：有人常食蔬，忽食羊。梦五脏神曰：“羊踏破菜园。”	蹴蔬陆游《闭户诗》：肠枯那有蹴蔬，羊。按：《启颜录》：有人常食蔬茹，忽食羊肉。梦五脏神曰：“羊蹋破菜园矣。”	菜园《启颜录》：有人常食蔬，忽食羊。梦五脏神曰：“羊踏破菜园。”	羊踏《启颜录》：有人常食蔬，忽食羊。梦五脏神曰：“羊踏破菜园。”

笔者按：此则内容最早见于《山谷外集诗注》，《类说》《锦绣万花谷前集》《韵府群玉》《山堂肆考》《御定渊鉴类函》《御定佩文韵府》《御定分类字锦》《御定骈字类编》中有载。

【校注】

［1］ 出自《山谷外集诗注》卷五之《戏赠彦深》中。参见（宋）黄庭坚撰，史容注《山谷外集诗注》（《景印文渊阁四库全书》第一一一四册），台湾商务印书馆，1986，第308页。

［2］ 出自《类说》卷之十四中名为《羊踏破菜园》。参见（宋）曾慥《类说》，第955~956页。

［3］ 出自《锦绣万花谷前集》卷三十六之《蔬菜》中名为《羊踏破菜园》。参见《锦绣万花谷前集》（《景印文渊阁四库全书》第九二四册），第461页。

［4］ 出自《韵府群玉》卷四《十三元》之《园》中。参见（元）阴劲弦、阴复春：《韵府群玉》（《景印文渊阁四库全书》，第九五一册），第135页。

［5］ 出自《山堂肆考》卷一百十六《性行》之《俭约》中名为《食肉梦神》。参见（明）彭大翼《山堂肆考》（《景印文渊阁四库全书》第九七六册），第298页。

［6］ 出自《御定渊鉴类函》卷四百三十六《兽部》（八）之羊（三）中。参见（清）张英、王士祯等奉敕撰《御定渊鉴类函》（《景印文渊阁四库全书》第九九三册），第598页。

［7］ 出《御定佩文韵府》卷十三之一上平声《十三元》（韵一）之《园》中自。参见（清）张玉书、陈廷敬等奉敕撰《御定佩文韵府》（《景印文渊阁四库全书》第一零一三册），第319~320页。

［8］ 出自《御定佩文韵府》卷二十二之十三下平声《七阳》（韵十三）之《羊》中。参见（清）张玉书、陈廷敬等奉敕撰《御定佩文韵府》（《景印文渊阁四库全书》第一零一五册），第782页。

［9］ 出自《御定佩文韵府》卷一百四之二入声《十五合》（韵二）之《踏》中。参见（清）张玉书、陈廷敬等奉敕撰《御定佩文韵府》（《景印文渊阁四库全书》第一零二八册），第561页。

［10］ 出自《御定分类字锦》卷五十八《鸟兽》之《羊》（第三十二）中。参见（清）何焯、陈鹏年等奉敕撰《御定分类字锦》（《景印文渊阁四库全书》

第一零零七册），第 626 页。

［11］ 出自《御定骈字类编》卷一百七十八《草木》（门三）之《菜》中。参见
（清）吴士玉、沈宗敬等奉敕撰《御定骈字类编》（《景印文渊阁四库全书》
第一零零二册），第 76 页。

［12］ 出自《御定骈字类编》卷二百一十七《鸟兽》（门十四）之《羊》中。参见
（清）吴士玉、沈宗敬等奉敕撰《御定骈字类编》（《景印文渊阁四库全书》
第一零零三册），第 645 页。

【类型分析】

　　人经常吃素，忽然吃了羊肉，梦见五脏神对他说"羊踏破菜园"。将生活中吃羊肉与梦中五脏神所说的"羊踏破菜园"直接联系而引发的笑话。将梦中的事情与现实中发生的事情等同。属于虚幻等同现实类型。

第 141 则　命臣大言

出处	《类说》[1]	《古今事录》[2]
内容	汉武帝置酒，命群臣："为大言，小者饮酒。"公孙丞相曰："臣弘，骄而猛，又刚毅。交牙出吻声又大，号呼万里噭一代。"余四公不能对。东方朔请代大对："一（日），臣坐不得起，仰迫于天地之间，愁不得长。二（日），臣趹越九州岛，间不容趾，并吞天下，欲枯四海。三（日）[3]，天下不足以受臣坐，四海不足以受臣唾，臣噎不缘食，出居天外卧。"上曰："大哉！弘言最小，当饮。"	《启颜录》：汉武帝置酒玉台，与群臣为大言小言者饮一杯。公孙丞相曰："臣弘，骄而猛，又刚毅。交牙出吻声又大，号呼万里噭一代。"东方朔前曰："臣请代四公。一（日），臣坐不得起，俯不得仰，迫于天地之间，愁不得长。二（日），臣越九州，间不容止，并包天下，余于四海。三（日），欲为大衣，恐不能起，用天为表，用地为里，装以浮云，缘以四海，以日月明，往往而在。四（日），天下不足以受臣坐，四海不足以受臣唾，臣俯噎不得食，出若天外卧。"上曰："大哉！"赐朔牛一头，酒一石。

笔者按：此则内容最早见于《类说》,《古今事录》中有载,《古今事录》中更详。

【校注】

[1]　出自《类说》卷之十四中名为《命群臣为大言》。参见（宋）曾慥《类说》，第 961~962 页。

[2]　出自《古今事录》。

[3]　《类说》中书写是"〼三"，从曾慥一般不对人物对话进行精简的原则和前后文语意来推，此处应为"三"字，"四"字衍。"日"字，在《类说》中为"曰"字，笔者根据东方朔话语中所述的递进关系，改"曰"为"日"。

【类型分析】

东方朔以"一日……出居天外卧"的"大言"，胜过公孙弘"大言"，使公孙弘"饮酒"。与生活中实际场景完全不符的话语。属于生活用语类型。

附录1　敦煌卷子 S.610《启颜录》原图及由图可考的两个问题

说明：

以下各图的来源有：《英藏敦煌文献》(汉文佛经以外部分) 第二册[1]中收录的敦煌卷子 S.610 的影印件[2]、《敦煌宝藏》第五册[3]中收录的敦煌卷子 S.610 的影印件和《英国国家图书馆藏敦煌遗书》第 10 册[4]中收录的斯 00610 号 1《启颜录（ 辩捷、论难)》的影印件：16~1 至 16~15。为方便查看，笔者在每行下面加标行数。

1　中国社会科学院历史研究所等合编《英藏敦煌文献》(汉文佛经以外部分) 第二册，四川人民出版社，1990。

2　《英藏敦煌文献》中将 S.610 分为十三个部分：S.610/1_13，在 S.610/13 中的前半部分是《启颜录》，后半部分是《杂集时用要字壹阡叁伯言（ 二仪——音乐部)》。

3　黄永武主编《敦煌宝藏》第五册，台湾新文丰出版公司，1986。

4　方广锠、〔 英 〕吴芳思主编《英国国家图书馆藏敦煌遗书》第 10 册，广西师范大学出版社，2011。

25, 24, 23, 22, 21, 20, 19, 18, 17, 16, 15, 14, 13, 12, 11, 10, 9, 8, 7, 6, 5, 4, 3, 2, 1

50, 49, 48, 47, 46, 45, 44, 43, 42, 41, 40, 39, 38, 37, 36, 35, 34, 33, 32, 31, 30, 29, 28, 27, 26

75, 74, 73, 72, 71, 70, 69, 68, 67, 66, 65, 64, 63, 62, 61, 60, 59, 58, 57, 56, 55, 54, 53, 52, 51

100, 99, 98, 97, 96, 95, 94, 93, 92, 91, 90, 89, 88, 87, 86, 85, 84, 83, 82, 81, 80, 79, 78, 77, 76

125, 124, 123, 122, 121, 120, 119, 118, 117, 116, 115, 114, 113, 112, 111, 110, 109, 108, 107, 106, 105, 104, 103, 102, 101

150, 149, 148, 147, 146, 145, 144, 143, 142, 141, 140, 139, 138, 137, 136, 135, 134, 133, 132, 131, 130, 129, 128, 127, 126

175, 174, 173, 172, 171, 170, 169, 168, 167, 166, 165, 164, 163, 162, 161, 160, 159, 158, 157, 156, 155, 154, 153, 152, 151

200, 199, 198, 197, 196, 195, 194, 193, 192, 191, 190, 189, 188, 187, 186, 185, 184, 183, 182, 181, 180, 179, 178, 177, 176

225, 224, 223, 222, 221, 220, 219, 218, 217, 216, 215, 214, 213, 212, 211, 210, 209, 208, 207, 206, 205, 204, 203, 202, 201

250, 249, 248, 247, 246, 245, 244, 243, 242, 241, 240, 239, 238, 237, 236, 235, 234, 233, 232, 231, 230, 229, 228, 227, 226

275, 274, 273, 272, 271, 270, 269, 268, 267, 266, 265, 264, 263, 262, 261, 260, 259, 258, 257, 256, 255, 254, 253, 252, 251

300, 299, 298, 297, 296, 295, 294, 293, 292, 291, 290, 289, 288, 287, 286, 285, 284, 283, 282, 281, 280, 279, 278, 277, 276

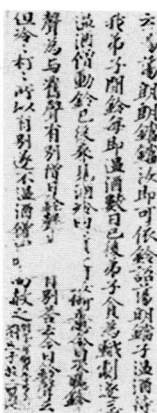

305, 304, 303, 302, 301

由上图可考的两个问题分别如下。

（1）敦煌卷子 S.610《启颜录》的总行数和每行字数问题

关于敦煌卷子 S.610《启颜录》共多少行的问题，《谈敦煌卷子 S.610〈启颜录〉》中认为《启颜录》三百一十七行"[1]；《〈太平广记〉析疑——看了〈古典小说论评〉以后》中认为"这一份原由李唐刘丘子于开元十一年捌月五日抄成的'卷子本'启颜录，从其第一行开头标题'启颜录'起，到最末一行小字注文所有的'刘丘子于二舅（家）'合计实为三百零二行"[2]；《敦煌写本〈启颜录〉笺注（选）》中认为"全卷共 327 行"，如[3]；《敦煌小说研究》中认为是"共三零五行"[4]。

由上图可知：S.610《启颜录》共计三百零五行。

关于每行的字数问题，《敦煌写本〈启颜录〉笺注（选）》中认为是"行约 20 余字"[5]；《谈敦煌卷子 S.610〈启颜录〉》中对字数进一步细化："行 23~25 字"（或"行二十三至二十五字"）[6]，《敦煌小说研究》[7]（其同作者的《敦煌小说及其

1　张鸿勋：《谈敦煌本〈启颜录〉》，《学林漫录》，1985 年第 11 期。

2　陈祚龙：《敦煌学散策新集》，台北新文丰出版公司，1989，第 433 页。

3　董志翘：《敦煌写本〈启颜录〉笺注（选）》，《西南民族大学学报》（人文社会科学版）2012 年第 3 期。

4　王昊：《敦煌小说研究》，中国社会科学院研究生院博士学位论文，2003。

5　董志翘：《敦煌写本〈启颜录〉笺注（选）》，《西南民族大学学报》（人文社会科学版）2012 年第 3 期。

6　柳存仁等《庆祝潘石禅先生九秩华诞敦煌学特刊》，文津出版社，1996，第 133 页。参见张鸿勋《敦煌俗文学研究》，甘肃教育出版社，2002，第 360 页。

7　王昊：《敦煌小说研究》，中国社会科学院研究生院博士学位论文，2003。

叙事艺术》中是"行23至25字不等"[1]）亦持同样观点；《〈太平广记〉析疑——看了〈古典小说论评〉以后》中认为"每行正文作大字（其字数最多者，也并不过三十字），注文作小字（且经分为两行接写）"[2]。

据上图来看，除其未写满的行以外，每行最少的是20个字，如第12行、第39行；每行最多的是28个字，如第116行（如果算上重复字符的话，有29个字符的，如第130行）。故严格来说，敦煌卷子S.610《启颜录》每行（仅指写满的行而言）的字数应为20~28个字（或29个字符）不等。

（2）敦煌卷子S.610《启颜录》中的误衍、脱落和重复的问题

《谈敦煌卷子S.610〈启颜录〉》中云："全篇除首行篇题下误衍'辨捷'二字，第24行补漏抄的'得云'二字，第58行旁加倒乙号'✓'外，再无任何漏、添、改等情况"[3]。

然据上图可知：

卷中误衍的地方还有：第110至111行误衍"君是何人番官曰"七个字；第138行误衍一"神"字（因诗句的字数是固定的七个字，而"歆飨"二字是连用，故衍）；第165行误衍"后漕店上人竟取将去"九个字；第169行误衍"每食常遣仓曹哺饭"8个字；第171至第172行误衍"若报道未可罢又责云汝欲胀煞依复令与杖一顿"20个字；第185至第186行误衍"之直空手还家其妻问之具以此报妻语云何物鞍桥"21个字。

卷中脱落的字，多以比正文小点的字体出现在其本应所在位置的右（或右上）侧，如：第24行脱"得云"二字（"得云"两个小字位于"无"的右侧，即"𣲗"）；第104行脱"员"字（"员"字位于"外"的右上侧，即"𣲗"）；第138行脱"奴"字（"奴"字位于"合"的右上侧，墨迹很淡，但依稀能够辨认，即"𣲗"）；第270行脱"白"字（"白"字在"向"的右侧，即"𣲗"）。

关于卷中的删除记号，有用"✕"表示的，如：在第65行"惊"的上方，有个删除记号"✕"，即"𣲗"。笔者认为：此字上方虽有删除符号，但仍然选

1　王昊：《敦煌小说及其叙事艺术》，安徽人民出版社，2005，第49页。

2　陈祚龙：《敦煌学散策新集》，台北新文丰出版公司，1989，第433页。

3　张鸿勋：《敦煌俗文学研究》，甘肃教育出版社，2002，第365页。

择不取消。原因如下：首先，"惊"字可以突出小儿论难后的效果；其次，"惊"后以繁体形式书写为"難"的，乃是"叹"字，说这个字为"叹"字，是有根据的：（1）S.610中很多字的书写，似其形近之字，如"祝"（卷中写为"呪"）、"愿"（卷中写为"顛"）等；（2）其他文中也有将"惊叹"写为"惊难"的，如《太平广记》卷二百四十二《李睍》中："（李逢年）独言曰：'李札之妹，门地若斯，虽曾适人，年幼且美，家又富贵，何幸如之！'言再三，忽惊难曰：'李睍过矣……'""惊叹"即写为"惊难"，故此字为"叹"字，而"叹"字一般不独用，且其与"惊"字相连，"惊"字上方的"笑"字与"欢"字相连，相连的两个字，要么一起取消，要么都不取消。所以，"惊"字不能删除。

第209行的"果"字上有删除记号"✗"，即"🈂"，故第209行的"果"字删除，第208行的"果"字保留。

第242行的第二个"脚"后有删除记号，即"🈂"，此处仅需要一个"脚"字，第二个"脚"字删。

有用三点作为删除记号的，如第183行的"之"的右侧有个三点的删除记号"🈂"，即"🈂"，故"之"删去不录。

关于卷中的互换记号，一般位于需要互换位置的两字的右侧中间，用"✓"表示，如：第六行中"物"和"何"的右侧中间有"✓"，即"🈂"；第88行中"劳"和"以"右侧中间有"✓"，即"🈂"；第132行中"餘"与"抃"的右侧中间有"✓"，即"🈂"。

关于重复记号，一般用"ㄑ"表示，有单字重复的，如：第18行"脚"字下有"ㄑ"；第61行"團"字下有"ㄑ"；第68行和第92行"随"字下有"ㄑ"；第85行"陈"字下有"ㄑ"；第111行"番"字下有"ㄑ"；第122行"村"字下有"ㄑ"；第130行"母"字下有"ㄑ"；第182行"市"字下有"ㄑ"；第196行"🈂"字下有"ㄑ"；第274行"村"字下有"ㄑ"；第289行"食"字下有"ㄑ"。

有双字重复的，表示在相连的两字之后重复一次，如：第76行"徐"字和"陵"字下各有"ㄑ"；第88行"思"字和"道"字下各有"ㄑ"；第119行"柳"字和"真"字下各有"ㄑ"；第130行"其"字和"子"字下各有"ㄑ"；第135行

“师”字和“婆”字下各有“ヽ”；第194行“一”字和“颗”字下各有“ヽ”。

有三字重复的，表示在相连的三字之后重复一次，如：第257行的“此”“二”“人”后，各有一个重复记号“此ヽ”“二ヽ”“人ヽ”，即“此ヽ二ヽ人ヽ”，其意思是，在后面重复“此二人”。

有两个特殊的地方分别如下：

第一个是第150行的“子”字下有重复记号“ヽ”，但“孙”字下没有，然根据与后面“长住屋里坐萌萌”（“萌”字下有重复记号“ヽ”）七字相对应的语法习惯逆推：“孙”字下也应该有重复记号，即应该是“子子孙孙”。

第二个是第301行的“荡荡朗朗铛铛”表示铃声的六个字，均未用重复记号，然第305行的亦是表示铃声的几个字中，“但”字下没有重复记号，而“冷”字和“朾”字下各有一个重复记号“ヽ”。

关于此点，黄征的解释是“‘荡荡朗朗铛铛’原卷如此，盖抄手误将重文号作字抄也。此当抄为‘荡ヽ朗ヽ铛ヽ’，表示‘荡朗铛’三字应各重一次，亦即应录作：‘荡朗铛！荡朗铛！’此即由下文‘汝即可依铃语荡朗铛子，温酒待我’可以推见。”把后面“但”后的文本解释为：“今日铃声云‘但ヽ冷ヽ朾ヽ！’原卷‘但’下脱重文号，而‘冷’、‘朾’下的重文号也被抄手写出字来。‘朾’就是‘打’的古本字。”因此这几句应作：“今日铃声云‘但冷朾！但冷朾！’意即‘只冷吃！只冷吃！’‘打’是唐宋俗语词，义为‘吃’、‘喝’”[1]。

潘灵芝有另外的解读，认为铃声不同之处在于“从‘荡荡朗朗铛铛’，变为‘但冷冷朾朾’，音调变暗哑了”。认为“酒是出家人必戒的，老僧为了坚持转经反而要喝酒，还让小和尚在寺庙里温酒，虽然不多，但也是破戒”“不过他对机灵贪玩的徒弟也很宽容。这无疑是世俗化了的佛教，僧人更多是一个职业，而不是神圣的弘法者，他们和普通人一样各有性情和糗事。因为叙述的笔调很简洁，充满了生活气息，没有刻意丑化僧人，似乎司空见惯。”[2]敦煌僧人饮酒的确实属正常，这是由其特殊地域特点决定的。

1　黄征：《敦煌语文丛说》（香港敦煌吐鲁番研究中心丛刊之六），第504页。

2　潘灵芝：《论敦煌本〈启颜录〉中关于佛教的笑话》，《东南大学学报》（哲学社会科学版）2008年第2期。

附录 2 《启颜录》各则内容最早出处表

说明：

笔者对《启颜录》各则内容最早出现的版本进行整理，形成此表。

"★"表示其左方所对应的内容的最早出处是其上方所对应的书。

"√"表示其上方所对应的书中也收录的有其左方所对应的内容。

《启颜录》		最早出处		
则数	名称	敦煌卷子 S.610	《太平广记》	《类说》
1	《佛常骑牛》	★	√	
2	《总有几斤》	★	√	
3	《无是无非》	★	√	
4	《天本姓也》	★	√	
5	《冠者几人》	★	√	
6	《佛是日儿》	★		
7	《秃不敌卢》	★	√	√
8	《截鼻补眼》	★	√	
9	《师公之义》	★		
10	《陵对寒暑》	★		
11	《徐陵年几》	★		
12	《思道辩陵》	★	√	
13	《毗舍阇鬼》	★	√	
14	《久服无效》	★	√	
15	《漂堕鬼国》	★	√	

续表

	《启颜录》		最早出处	
16	《马价贵贱》	★	√	
17	《问一知二》	★	√	
18	《作官几番》	★		
19	《见斧忘妻》	★		
20	《厅边觅虱》	★		
21	《买奴变婢》	★		
22	《痴戴瓮帽》	★		
23	《书生咏羊》	★		
24	《穿冰和饭》	★		
25	《乌豆不识》	★		
26	《仓曹哺饭》	★		
27	《煮着嘴馄》	★		
28	《阿家宜儿》	★		
29	《鞍桥下颔》	★		
30	《痴汉送枣》	★		
31	《青奴通马》	★		
32	《之才嘲王》	★	√	
33	《嘲卢元明》	★	√	
34	《马王互嘲》	★	√	
35	《无耳有面》	★	√	
36	《破皮不韵》	★		
37	《嘲酒酸淡》	★	√	
38	《嘲竹语墙》	★	√	√
39	《须多鼻大》	★		
40	《唯声不同》	★		
41	《吹勃逻回》	★		
42	《就胡眼看》	★		
43	《香馄毒蜜》	★		
44	《铃声有别》	★		
45	《始皇议苑》		★	
46	《二世漆城》		★	
47	《酿具同罪》		★	
48	《非使狗国》		★	
49	《使不肖王》		★	
50	《水土使然》		★	

续表

	《启颜录》		最早出处	
51	《韶梦周孔》		★	
52	《裔辩孙权》		★	
53	《署潞涿君》		★	
54	《无犬为蜀》		★	
55	《子前字父》		★	
56	《所出同耳》		★	
57	《梧桐待凤》		★	
58	《谁当卿卿》		★	
59	《夫子家禽》		★	
60	《漱石枕流》		★	
61	《顽民苗裔》		★	
62	《何敌羊酪》		★	
63	《凤起鸟集》		★	
64	《驴宁胜马》		★	
65	《短尾为刁》		★	
66	《戏尊者名》		★	
67	《年老卿少》		★	
68	《米中石发》		★	
69	《无琴可典》		★	
70	《更作一个》		★	√
71	《胜璞一倍》		★	
72	《臣头无用》		★	
73	《回何敢死》		★	√
74	《是六斤半》		★	
75	《愿君避道》		★	
76	《头中深水》		★	
77	《此是阿历》		★	
78	《是胡燕窠》		★	
79	《此是犊子》		★	
80	《见青草湖》		★	
81	《醉胡服孝》		★	
82	《好狗吠声》		★	
83	《负枷无妇》		★	
84	《天使其然》		★	
85	《为甚入坑》		★	

续表

	《启颜录》	最早出处	
86	《无救须败》	★	
87	《腊月蛇咬》	★	
88	《臀尔许大》	★	√
89	《头毛未生》	★	√
90	《砥柱作语》	★	
91	《唯问刀子》	★	
92	《弘义不绰》	★	
93	《安置蛊毒》	★	
94	《玄同戏恪》	★	
95	《必复其始》	★	
96	《苟利社稷》	★	
97	《后妃之德》	★	√
98	《何敢望回》	★	
99	《木桶幪秃》	★	
100	《因何尤箭》	★	
101	《不畏萧机》	★	
102	《侏儒郎中》	★	
103	《都有功德》	★	
104	《兄作鸡鸣》	★	
105	《将却幞头》	★	
106	《千文乞社》	★	
107	《帽底可知》	★	
108	《明嘲热客》	★	
109	《鞭拍祎背》	★	
110	《亦有丹朱》	★	
111	《钦嘲巨明》	★	
112	《傍河牵船》	★	√
113	《两猪一槽》	★	
114	《神锥神槌》	★	
115	《嫌织锦迟》	★	
116	《思道言拜》	★	
117	《不林下立》	★	
118	《难为卿君》	★	
119	《问讯刘二》	★	
120	《神德戏宝》	★	√

续表

	《启颜录》		最早出处	
121	《箭不着垛》		★	√
122	《咏犯夜者》		★	
123	《咏杨文瓘》		★	
124	《咏三黑面》		★	√
125	《咏不得阶》		★	
126	《甘王嘲姓》		★	
127	《云中郡翻》		★	
128	《书处甚疾》		★	
129	《抱一嘲客》		★	
130	《有苗蓓气》		★	
131	《互嘲患疾》		★	
132	《咏伛偻人》		★	
133	《眼皮沾视》		★	
134	《天地杂诗》		★	√
135	《泪眼相送》		★	
136	《桃瓠墙河》		★	√
137	《安屈五指》		★	
138	《方相侄儿》		★	
139	《煮簧为笋》			★
140	《羊踏菜园》			★
141	《命臣大言》			★

　　由上表可知：敦煌卷子 S.610、《太平广记》和《类说》对《启颜录》内容的收录，有异也有同，由此可推：后世流传的《启颜录》内容上具有一致性，直接推翻《直斋书录解题》和《文献通考》中"未必是此书"[1]的说法，即从隋唐时期流传到宋元时期的《启颜录》等同一文本流传。

---

1 （宋）陈振孙撰，徐小蛮、顾美华点校《直斋书录解题》，第 340 页。

附录 3 《〈启颜录〉各则内容版本源流及其类型分析》与其他整理本中对《启颜录》的分则和命名对照表

说明：

笔者将《〈启颜录〉各则内容版本源流及其类型分析》与其他整理本中对《启颜录》各种内容的分则和命名进行对照，整理成下表。笔者选取的其他整理本有：《历代笑话集》[1] 对《启颜录》的辑录和整理、《中华谐谑十大奇书》之（二）《启颜录》（简称为"奇（二）本"）[2]、辑注本《启颜录》[3]、《中华野史》中收录的《启颜录》[4] 和《〈启颜录〉笺注》[5]。

关于分则的标注形式：《历代笑话集》《中华野史》中收录的《启颜录》和《奇》（二）本[6] 没有分则，辑注本《启颜录》用阿拉伯数字对其进行标注，《〈启颜录〉笺注》用阿拉伯数字外加标"."进行标注。笔者尊重原书的编排体例，以原书的标注和命名录入。

"×"代表其所对应上方的书中未收录其左方的那则内容。

1　王利器：《历代笑话集》，古典文学出版社，1956，第 9~43 页。

2　老根编《启颜录》（《中华谐谑十大奇书》第二部），中国戏剧出版社，1999。

3　曹林娣、李泉辑注《启颜录》，上海古籍出版社，1990。

4　陈尚君整理《启颜录》，见车吉心总主编《中华野史》，泰山出版社，2000，第 889~899 页。

5　旧题（隋）侯白撰，董志翘笺注《〈启颜录〉笺注》，中华书局，2014。

6　奇（二）本是《中华谐谑十大奇书》第二部《启颜录》的简称。

《〈启颜录〉各则内容版本源流及其类型分析》	《历代笑话集》和《奇》（二）本	辑注本《启颜录》	《中华野史》	《〈启颜录〉笺注》
第1则《佛常骑牛》	《论难》类	1《北齐高祖设聚会》	《论难》类	1.《北齐高祖设聚会》
第2则《总有几斤》				
第3则《无是无非》		2《高祖尝作内道场》		2.《高祖尝作内道场》
第4则《天本姓也》		3《儒生会讲》		3.《儒生会讲》
第5则《冠者几人》	《论难》类	4《论孔子弟子》	《论难》类	4.《论孔子弟子》
第6则《佛是日儿》		5《佛是日儿》		5.《佛是日儿》
第7则《秃不敌卢》		6《卢嘉言》		6.《卢嘉言》
第8则《截鼻补眼》		7《赵小儿》		7.《赵小儿》
第9则《师公之义》	《辩捷》类	8《徐之才》	《辩捷》类	8.《徐之才》
第10则《陵对寒暑》		9《徐陵聘魏》		9.《徐陵》
第11则《徐陵年几》				
第12则《思道辩陵》				
第13则《毗舍阇鬼》		10《薛道衡》		10.《薛道衡》
第14则《久服无效》		11《罗刹鬼国》		11.《罗刹鬼国》
第15则《漂堕鬼国》				
第16则《马价贵贱》		12《傍卧放气》		12.《傍卧放气》
第17则《问一知二》	《侯白捷辩》	13《侯白捷辩》		13.《侯白捷辩》

续表

《〈启颜录〉各则内容版本源流及其类型分析》	《历代笑话集》和《奇》(二)本	辑注本《启颜录》	《中华野史》	《〈启颜录〉笺注》
第18则《作官几番》	《昏忘》类	14《王德》	《昏忘》类	14.《王德健忘》
第19则《见斧忘妻》		15《一人多忘》		15.《鄠县一人多忘》
第20则《厅边觅虱》	《昏忘》类	16《柳真》	《昏忘》类	16.《柳真善忘》
第21则《买奴变婢》		17《董子尚村》		17.《董子尚村并痴》
第22则《痴戴瓮帽》		18《瓮帽》		18.《瓮帽》
第23则《书生咏羊》		19《一书生》		19.《梁时一书生》
第24则《穿冰和饭》		20《同州人》		20.《同州人》
第25则《乌豆不识》		21《痴人》		21.《隋时一痴人》
第26则《仓曹哺饭》		22《陈长沙王叔坚》		22.《陈长沙王叔坚》
第27则《煮着嘴馅》		23《隋郑元昌》		23.《隋郑元昌》
第28则《阿家宜儿》		24《河东下里风俗》		24.《河东下里风俗》
第29则《鞍桥下颔》		25《将钱绢向市》		25.《驴鞍桥》
第30则《痴汉送枣》		26《虢州录事》		26.《虢州录事》
第31则《青奴通马》		27《常青奴》		27.《常青奴》
第32则《之才嘲王》	《徐之才》	28《王卢》	《嘲诮》类	28.《徐王》
第33则《嘲卢元明》		29《徐卢》		29.《徐卢》

续表

《〈启颜录〉各则内容版本源流及其类型分析》	《历代笑话集》和《奇》（二）本	辑注本《启颜录》	《中华野史》	《〈启颜录〉笺注》
第 34 则《马王互嘲》		30《马王》		30.《马王》
第 35 则《无耳有面》		31《绵绢割两耳》		31.《绵绢割两耳》
第 36 则《破皮不韵》		32《张荣》		32.《张荣》
第 37 则《嘲酒酸淡》		33《酒肆》		33.《酒肆》
第 38 则《嘲竹语墙》		34《裴略》		34.《裴略》
第 39 则《须多鼻大》	《嘲诮》类	35《贾元逊》	《嘲诮》类	35.《贾元逊》
第 40 则《唯声不同》		36《侯白尝出京城》		36.《侯白出京》
第 41 则《吹勃逻回》		37《侯白过村》		37.《侯白过村》
第 42 则《就胡眼看》		38《此是九尾胡》		38.《瑞物》
第 43 则《香馅毒蜜》		39《忆馅吃》		39.《吃馅蜜》
第 44 则《铃声有别》		40《铃语》		40.《铃语》
第 45 则《始皇议苑》	《优旃》	41《优旃》:《麋鹿御寇》《漆城之阴》	《优旃》	41.《优旃》
第 46 则《二世漆城》				
第 47 则《酿具同罪》	×	42《简雍》	《简雍》	42.《简雍》
第 48 则《非使狗国》	×	43《晏婴》:《使狗国者入狗门》、《晏子对以橘》	《晏婴》	43.《晏婴》
第 49 则《使不肖王》	×			
第 50 则《水土使然》	×			
第 51 则《韶梦周孔》	《边韶》	44《边韶》	《边韶》	44.《边韶》

《〈启颜录〉各则内容版本源流及其类型分析》	《历代笑话集》和《奇》（二）本	辑注本《启颜录》	《中华野史》	《〈启颜录〉笺注》
第 52 则《裔辩孙权》	×	45《张裔》	《张裔》	45.《张裔》
第 53 则《署潞涿君》	×	46《张裕》	《张裕》	46.《张裕》
第 54 则《无犬为蜀》	×	47《薛综》	《薛综》	47.《薛综》
第 55 则《子前字父》	×	48《诸葛恪》:《韩文晃》《马矢、鸡卵》	《诸葛恪》	48.《诸葛恪》
第 56 则《所出同耳》	×			
第 57 则《梧桐待凤》	×	49《费祎》	《费祎》	49.《费祎》
第 58 则《谁当卿卿》	×	50《王戎妻》	《王戎妻》	50.《王戎妻》
第 59 则《夫子家禽》	×	51《杨修》	《杨修》	51.《杨修》
第 60 则《漱石枕流》	×	52《孙子荆》	《孙子荆》	52.《孙子荆》
第 61 则《顽民苗裔》	×	53《蔡洪》	《蔡洪》	53.《蔡洪》
第 62 则《何敌羊酪》	×	54《陆机》:《千里莼羹》《陆潘对答》	《陆机》	54.《陆机》
第 63 则《风起鸟集》	×			
第 64 则《驴宁胜马》	《诸葛恢》	55《诸葛恢》	《诸葛恢》	55.《诸葛恢》
第 65 则《短尾为刁》	《韩博》	56《韩博》	《韩博》	56.《韩博》
第 66 则《戏尊者名》	《王绚》	57《王绚》	《王绚》	57.《王绚》
第 67 则《年老卿少》	《年老少卿》	58《孙绍》	《孙绍》	58.《孙绍》
第 68 则《米中石发》	《魏市人》	59《魏市人》	《魏市人》	59.《魏市人》

续表

《〈启颜录〉各则内容版本源流及其类型分析》	《历代笑话集》和《奇》（二）本	辑注本《启颜录》	《中华野史》	《〈启颜录〉笺注》
第69则《无琴可典》	《王元景》/《典琴》	60《王元景》	《王元景》	60.《王元景》
第70则《更作一个》	《煎饼谜》/《乘大家热铛》	61《石动筩》:《乘大家热铛》《胜伊一倍》《齐文宣帝》	《石动筒》	61.《石动筩》
第71则《胜璞一倍》	《胜伊一倍》			
第72则《臣头无用》	×			
第73则《回何敢死》	《子在回何敢死》	62《侯白》:《子在回何敢死》、《应是六斤半》、《遭见贤尊》、《素白剧谈》、《此是阿历》、《此是犊子》、《真所谓孝乎》、《当作号号》	《侯白》	62.《侯白》
第74则《是六斤半》	《应是六斤半》			
第75则《愿君避道》	《遭见贤尊》			
第76则《头中深水》	×			
第77则《此是阿历》	《此是阿历》			
第78则《是胡燕窠》	《此是犊子》			
第79则《此是犊子》				
第80则《见青草湖》	《真所谓孝乎》			
第81则《醉胡服孝》				
第82则《好狗吠声》	《当作号号》			
第83则《负枷无妇》	《枷中坐》	63《刘焯》	《刘焯》	63.《刘焯》
第84则《天使其然》	《岂是车拔伤》	64《山东人》	《山东人》	64.《山东人》

《〈启颜录〉各则内容版本源流及其类型分析》	《历代笑话集》和《奇》（二）本	辑注本《启颜录》	《中华野史》	《〈启颜录〉笺注》
第85则《为甚入坑》	《腊月何处有蛇咬》	65《吃人》	《吃人》	65.《口吃人》
第86则《无救须败》				
第87则《腊月蛇咬》				
第88则《臀尔许大》	《嘲臀》	66《李勣》	《李勣》	66.《李勣》
第89则《头毛未生》	《高坐诵诗》	67《李荣》	《李荣》	67.《李荣》
第90则《砥柱作语》	《令狐德棻》	68《令狐德棻》	《令狐德棻》	68.《令狐德棻》
第91则《唯问刀子》	《崔行功》	69《崔行功》	《崔行功》	69.《崔行功》
第92则《弘义不绰》	《边仁表》	70《边仁表》	《边仁表》	70.《边仁表》
第93则《安置蛊毒》	×	71《长孙玄同》：《蛊毒人》《短人行》《必复其始》《苟利社稷》	《长孙玄同》	71.《长孙玄同》
第94则《玄同戏恪》	《短人行》			
第95则《必复其始》	《必复其始》			
第96则《苟利社稷》	《狗利社稷》			
第97则《后妃之德》	《卷耳后妃之德》	72《松寿》	《松寿》	72.《松寿》
第98则《何敢望回》	《何敢望回》	73《何敢望回》	《封抱一》	73.《何敢望回》
第99则《木桶幪秃》	《木桶为幪秃》	74《邓玄挺》：《木桶为幪秃》《因何尤箭》《此树不畏萧机》《侏儒郎中》	《邓玄挺》	74.《邓玄挺》
第100则《因何尤箭》	《因何尤箭》			
第101则《不畏萧机》	×			
第102则《侏儒郎中》	《侏儒郎中》			

《〈启颜录〉各则内容版本源流及其类型分析》	《历代笑话集》和《奇》（二）本	辑注本《启颜录》	《中华野史》	《〈启颜录〉笺注》
第103则《都有功德》	《窦晓》	75《窦晓》	《窦晓》	75.《窦晓》
第104则《兄作鸡鸣》	《作鸡鸣》	76《杜延业》	《杜延业》	76.《杜延业》
第105则《将却幞头》	《将却幞头》	77《路励行》	《路励行》	77.《路励行》
第106则《千文乞社》	《千字文语乞社》	78《千字文语乞社》	《千字文语乞社》	78.《千字文语乞社》
第107则《帽底可知》	《山东佐史》	79《山东佐史》	《山东佐史》	79.《山东佐史》
第108则《明嘲热客》	《程季明》	80《程季明》	《程季明》	80.《程季明》
第109则《鞭拍祎背》	《诸葛恪》	81《诸葛恪》	《诸葛恪》	81.《诸葛恪》
第110则《亦有丹朱》				
第111则《钦嘲巨明》	《繁钦》	82《繁钦》	《繁钦》	82.《繁钦》
第112则《傍河牵船》	《刘道真》	83《刘道真》	《刘道真》	83.《刘道真》
第113则《两猪一槽》				
第114则《神锥神槌》	《祖士言》	84《祖士言》	《祖士言》	84.《祖士言》
第115则《嫌织锦迟》	《卢思道》	85《卢思道》	《卢思道》	85.《卢思道》
第116则《思道言拜》				
第117则《不林下立》				
第118则《难为卿君》				
第119则《问讯刘二》	《李悟》	86《李悟》	《李悟》	86.《李悟》
第120则《神德鸡宝》	《赵神德》	87《赵神德》	《赵神德》	87.《赵神德》

《〈启颜录〉各则内容版本源流及其类型分析》	《历代笑话集》和《奇》（二）本	辑注本《启颜录》	《中华野史》	《〈启颜录〉笺注》
第 121 则《箭不着垛》	《射不着垛》	88《欧阳询》	《欧阳询》	88.《欧阳询》
第 122 则《咏犯夜者》	《刘行敏》	89《刘行敏》	《刘行敏》	89.《刘行敏》
第 123 则《咏杨文瓘》				
第 124 则《咏三黑面》				
第 125 则《咏不得阶》	《窦昉》	90《窦昉》	《窦昉》	90.《窦昉》
第 126 则《甘王嘲姓》	《甘洽》	91《甘洽》	《甘洽》	91.《甘洽》
第 127 则《云中郡翻》	《契絘秃》	92《契絘秃》	《契絘秃》	92.《契絘秃》
第 128 则《书处甚疾》	《安陵佐史》	93《安陵佐史》	《安陵佐史》	93.《安陵佐史》
第 129 则《抱一嘲客》	《封抱一》	94《封抱一》	《封抱一》	94.《封抱一》
第 130 则《有苴蓿气》	《山东人》	95《为有苜蓿气》	《山东人》	95.《苜蓿气》
第 131 则《互嘲患疾》	《患目鼻人》	96《患目鼻人》	《患目鼻人》	96.《患目鼻人》
第 132 则《咏伛偻人》	《伛人》	97《伛人》	《伛人》	97.《伛人》
第 133 则《眼皮沾视》	《田媪》	98《田媪》	《田媪》	98.《田媪》
第 134 则《天地杂诗》	《高敖曹》	99《高敖曹》	《高敖曹》	99.《高敖曹》
第 135 则《泪眼相送》				
第 136 则《桃瓠墙河》				
第 137 则《安屈五指》	《殷安》	101《殷安》	《殷安》	100.《殷安》
第 138 则《方相侄儿》	《姓房人》	100《姓房人》	《姓房人》	101.《姓房人》

《〈启颜录〉各则内容版本源流及其类型分析》	《历代笑话集》和《奇》（二）本	辑注本《启颜录》	《中华野史》	《〈启颜录〉笺注》
第 139 则 《煮簀为笋》	《煮簀为笋》	102 《煮簀为笋》	《煮簀为笋》	102. 《煮簀为笋》
第 140 则 《羊踏菜园》	《羊踏破菜园》	103 《羊踏破菜园》	《羊踏破菜园》	103. 《羊踏破菜园》
第 141 则 《命臣大言》	《命群臣为大言》	104 《命群臣为大言》	《命群臣为大言》	104. 《命群臣为大言》

参考文献

古籍（基本以《景印文渊阁四库全书》的经史子集分类为据）

经部（以作品首字拼音排序）

1. 《〈礼记〉正义》（《十三经注疏》本），李学勤主编，《十三经注疏》整理委员会整理，北京大学出版社，1999。
2. 《〈礼记〉注疏》（四库备要本），（汉）郑玄注，（唐）陆德明音义，孔颖达疏，中华书局，1989。
3. 《〈孟子〉注疏》，（汉）赵岐注，（宋）孙奭疏，廖名春、刘佑平整理，钱逊审定，北京大学出版社，2000。
4. 《〈说文解字〉注》，（汉）许慎撰，（清）段玉裁注，中华书局，2013。
5. 《〈周礼〉注疏》（四库备要本），（汉）郑玄注，（唐）陆德明音义，贾公彦疏，中华书局，1989。
6. 《春秋左传注》，杨伯峻编著，中华书局，1990。
7. 《古音骈字续编》（《景印文渊阁四库全书》第二二八册），（清）庄履丰、庄鼎铉，台湾商务印书馆，1986。
8. 《隶辨》，（清）顾蔼吉编撰，中华书局，1986。
9. 《释名疏证补》，（汉）刘熙撰，（清）毕沅疏证，王先谦补，中华书局，2008。
10. 《孝经注》（四库备要本），中华书局，1998。

11. 《御定康熙字典》(《景印文渊阁四库全书》第二二九～二三一册),(清)张
　　玉书、陈廷敬等奉敕撰,台湾商务印书馆,1986。

12. 《字汇》,(明)梅膺祚,清嘉庆庚申五年经纶堂刻本,1800。

史部（以作品首字拼音排序）

1. 《北齐书》,(唐)李百药,中华书局,1972。

2. 《北史》,(唐)李延寿撰,中华书局,1974。

3. 《陈书》,(唐)姚思廉撰,中华书局,1972。

4. 《敦煌县志》(中国方志丛书本),(清)苏履吉修,曾诚纂,成文出版社,
　　1970。

5. 《敦煌遗书总目索引》,王重民编,商务印书馆,1962。

6. 《汉书》,(汉)班固撰,(唐)颜师古注,中华书局,1962。

7. 《河南通志》(《景印文渊阁四库全书》第五三五～五三八册),(清)孙灏等编
　　纂,台湾商务印书馆,1986。

8. 《后汉书》,(南朝·宋)范晔撰,(唐)李贤等注,中华书局,1965。

9. 《晋书》,(唐)房玄龄等撰,中华书局,1974。

10. 《旧唐书》,(后晋)刘昫等撰,中华书局,1975。

11. 《南史》,(唐)李延寿撰,中华书局,1975。

12. 《三国志》,(晋)陈寿撰,(南朝·宋)裴松之注,陈乃乾校点,中华书局,
　　1959。

13. 《陕西通志》(《景印文渊阁四库全书》第五五一～五五六册),(清)刘于义
　　等监修,沈青崖等编纂,台湾商务印书馆,1986。

14. 《史记》,(汉)司马迁,中华书局,1959。

15. 《水经注》(《景印文渊阁四库全书》第五七三册),(后魏)郦道元,台湾商
　　务印书馆,1986。

16. 《四库全书总目提要》,(清)纪昀总纂,河北人民出版社,2000。

17. 《宋史》,(元)脱脱等,中华书局,1977。

18. 《宋书》,(南朝·梁)沈约撰,中华书局,1974。

19. 《隋书》,(唐)魏征、令狐德棻等撰,中华书局,1973。

20. 《唐大诏令集》，（宋）宋敏求，商务印书馆，1959。

21. 《唐会要》，（宋）王溥，中华书局，1955。

22. 《通典》，（唐）杜佑撰、文锦、王永兴、刘俊文、徐庭云、谢方点校，中华书局，1988。

23. 《通志》，（宋）郑樵，中华书局，1987。

24. 《通志二十略》，（宋）郑樵，中华书局，1995。

25. 《魏书》，（北朝·北齐）魏收撰，中华书局，1974。

26. 《文献通考》，（元）马端临，中华书局，1986。

27. 《吴兴备志》（《景印文渊阁四库全书》第四九四册）（明）董斯张，台湾商务印书馆，1986。

28. 《新唐书》，（宋）欧阳修、宋祁撰，中华书局，1975。

29. 《御定月令辑要》（《景印文渊阁四库全书》第四六七册），（清）李光地等奉敕撰，台湾商务印书馆，1986。

30. 《直斋书录解题》，（宋）陈振孙撰，徐小蛮、顾美华点校，上海古籍出版社，1987。

31. 《中国文言小说总目提要》，宁稼雨撰，齐鲁书社，1996。

32. 《资治通鉴》，（宋）司马光，中华书局，1956。

子部（以作品首字拼音排序）

1. 《〈百喻经〉译注》，周绍良译注，北京图书馆出版社，2006。

2. 《〈博物志〉校证》，（晋）张华撰，范宁校证，中华书局，1980。

3. 《〈法苑珠林〉校注》，（唐）释道世撰，周叔迦、苏晋仁校注，中华书局，2003。

4. 《〈管子〉校注》，旧题（周）管仲著，（唐）房玄龄注，黎翔凤撰，梁运华整理，中华书局，2004。

5. 《〈淮南子〉校释》，（汉）刘安撰，张双棣校释，北京大学出版社，1997。

6. 《〈金楼子〉校笺》，（南朝·梁）萧绎撰，许逸民校笺，中华书局，2011。

7. 《〈启颜录〉笺注》，旧题（隋）侯白撰，董志翘笺注，中华书局，2014。

8. 《〈世说新语〉校笺》，（南朝·宋）刘义庆撰，徐震堮校笺，中华书局，1984。

9. 《〈晏子春秋〉集释》，吴则虞，中华书局，1982。

10. 《〈庄子〉集释》，庄周著，郭庆藩撰，王孝鱼点校，中华书局，1961。

11. 《艾子后语》，（明）陆灼，明刻本。

12. 《百喻经》（《大正新修大藏经》，第四册），台湾佛陀教育基金会，1991。

13. 《稗史》，（元）仇远，清刻本。

14. 《本草纲目》（《景印文渊阁四库全书》第七七二～七七四册），（明）李时珍，台湾商务印书馆，1986。

15. 《宾退录》（《景印文渊阁四库全书》第八五三册），（宋）赵与时，台湾商务印书馆，1986。

16. 《册府元龟》，（宋）王钦若等编撰，中华书局，1960。

17. 《册府元龟》，（宋）王钦若等编撰，周勋初等校订，凤凰出版社，2006。

18. 《朝野佥载》，（唐）张鷟，中华书局，1979。

19. 《成唯识论别抄》（《大正新修大藏经》第四十八册）台湾佛陀教育基金会，1991。

20. 《池北偶谈》（《景印文渊阁四库全书》第八七零册），（清）王士祯，台湾商务印书馆，1986。

21. 《大唐新语》，（唐）刘肃著，中华书局，1984。

22. 《敦煌宝藏》，黄永武主编，台湾新文丰出版公司，1986。

23. 《敦煌变文选注》（增订本），项楚，中华书局，2006。

24. 《敦煌变文选注》，项楚，巴蜀书社，1990。

25. 《敦煌小说合集》，张涌泉主编审订，窦怀永、张涌泉汇辑校注，浙江文艺出版社，2010。

26. 《法华经演义》（《大正新修大藏经》第三十三册），台湾佛陀教育基金会，1991。

27. 《拊掌录》（《丛书集成初编》本），商务印书馆，1939。

28. 《绀珠集》（《景印文渊阁四库全书》第八七二册），台湾商务印书馆，1986。

29. 《古今合璧事类备要前集》（《景印文渊阁四库全书》第九三九册），（宋）谢维新，台湾商务印书馆，1986。

30. 《古今合璧事类备要续集》（《景印文渊阁四库全书》第九四零册），（宋）谢维新，台湾商务印书馆，1986。

31. 《古今事文类聚别集》（《景印文渊阁四库全书》第九二七册），（宋）祝穆，台湾商务印书馆，1986。

32. 《古今事文类聚前集》（《景印文渊阁四库全书》第九二五册），（宋）祝穆，台湾商务印书馆，1986。

33. 《古今事文类聚续集》（《景印文渊阁四库全书》第九二七册），（宋）祝穆，台湾商务印书馆，1986。

34. 《古今说海》（《景印文渊阁四库全书》第八八五～八八六册），（明）陆楫，台湾商务印书馆，1986。

35. 《古今谭概》，（明）冯梦龙编著，栾保群校注，中华书局，2007。

36. 《古今笑》，（明）冯梦龙，河北人民出版社，1985。

37. 《古今笑史》，（明）冯梦龙纂，刘英民、赵同璧、周宝中选注，花山文艺出版社，1985。

38. 《古谣谚》，（清）杜文澜辑，周绍良校点，中华书局，1958。

39. 《广博物志》（《景印文渊阁四库全书》第九八零～九八一册），（明）董斯张，台湾商务印书馆，1986。

40. 《广滑稽》（《四库全书存目丛书》，子部，第二五一册），（明）陈禹谟，齐鲁书社，1995。

41. 《广笑府》（《冯梦龙全集》本），（明）冯梦龙，凤凰出版社，2007。

42. 《广笑府》，（明）冯梦龙，中央书店，1935。

43. 《归田琐记》，（清）梁章钜，中华书局，1981。

44. 《海录碎事》（《景印文渊阁四库全书》第九二一册），（宋）叶庭珪，台湾商务印书馆，1986。

45. 《珩璜新论》（《景印文渊阁四库全书》第八六三册），（宋）孔平仲，台湾商务印书馆，1986。

46. 《籍川笑林》，（宋）佚名，明刻本。

47. 《解颐赘语》（《寄园寄所寄》本），清康熙丙子本。

48. 《解愠编》,（明）乐天大笑生,明嘉靖刻本。

49. 《金瓶梅词话》,兰陵笑笑生,人民文学出版社,2000。

50. 《锦绣万花谷前集》(《景印文渊阁四库全书》第九二四册),台湾商务印书馆,1986。

51. 《精选雅笑》,（明）豫章醉月子辑,明刻本。

52. 《旧小说》,吴曾祺,商务印书馆,1914。

53. 《俱舍论疏》(《大正新修大藏经》第五十三册),台湾佛陀教育基金会,1991。

54. 《开颜集》,（宋）周文玘,明刻本。

55. 《看山阁闲笔》,（清）黄图珌,清刻本。

56. 《考古编》(《景印文渊阁四库全书》第八五二册),（宋）程大昌,台湾商务印书馆,1986。

57. 《类说》(《景印文渊阁四库全书》第八七三册),（宋）曾慥,台湾商务印书馆,1986。

58. 《类说》,（宋）曾慥,文学古籍刊行社,1955。

59. 《六帖补》(《景印文渊阁四库全书》第九四八册),（宋）杨伯岩,台湾商务印书馆,1986。

60. 《露书》,（明）姚旅,明刻本。

61. 《露书》,（明）姚旅著,刘彦捷点校,福建人民出版社,2008。

62. 《洛阳缙绅旧闻记》(《五代史书汇编》之肆),（宋）张齐贤撰,俞钢校点,杭州出版社,2004。

63. 《绿牡丹》,（明）吴炳,华夏出版社,2013。

64. 《明清笑话集六种》,张亚新、程小铭校注,中州古籍出版社,2012。

65. 《明清笑话四种》,（明）赵南星、冯梦龙、（清）陈高谟、石成金著,周启明校订,人民文学出版社,1958。

66. 《能改斋漫录》(《丛书集成初编》本),（宋）吴曾,商务印书馆,1935。

67. 《能改斋漫录》(《景印文渊阁四库全书》第八五零册),（宋）吴曾,台湾商务印书馆,1986。

68. 《能改斋漫录》，（宋）吴曾，上海古籍出版社，1960。

69. 《裴启语林》，（晋）裴启撰、周楞伽辑注，文化艺术出版社，1988。

70. 《捧腹编》（《续修四库全书》，子部，第一二七三册），（明）许自昌，上海古籍出版社，1996。

71. 《齐东野语》，（宋）周密撰，中华书局，1983。

72. 《启颜录》（《中华谐谑十大奇书》第二部），老根编，中国戏剧出版社，1999。

73. 《启颜录》，曹林娣、李泉辑注，上海古籍出版社，1990。

74. 《容斋四笔》，（宋）洪迈，明刻本。

75. 《容斋随笔》（《景印文渊阁四库全书》第八五一册），（宋）洪迈，台湾商务印书馆，1986。

76. 《山堂肆考》（《景印文渊阁四库全书》第九七四～九七八册），（明）彭大翼，台湾商务印书馆，1986。

77. 《山中一夕话》，清刻本。

78. 《石林燕语》（《景印文渊阁四库全书》第八六三册），（宋）叶梦得撰，宇文绍奕考异，台湾商务印书馆，1986。

79. 《石林燕语》，（宋）叶梦得撰，宇文绍奕考异，侯忠义点校，中华书局，1984。

80. 《时尚笑谈》，明刻本。

81. 《时兴笑话》，明末青藜阁本。

82. 《事林广记》，元刻本。

83. 《说郛》（《景印文渊阁四库全书》第八七六～八八二册），（明）陶宗仪编，台湾商务印书馆，1986。

84. 《说郛三种》，（明）陶宗仪等编，上海古籍出版社，1988。

85. 《四分律行事钞批》（《大正新修大藏经》第四十二册），台湾佛陀教育基金会，1991。

86. 《苏氏演义（外三种）》，（唐）苏鹗、（五代）马缟、（唐）李匡文、（唐）李涪撰，吴企明点校，中华书局，2012。

87. 《太平广记》(《景印文渊阁四库全书》第一零四三～一零四六册)，(宋) 李昉等编，台湾商务印书馆，1986。

88. 《太平广记》，(宋) 李昉等编，中华书局，1961。

89. 《谈言》，(明) 江盈科，明刻本。

90. 《唐摭言》，(五代) 王定保，中华书局，1959。

91. 《天中记》(《景印文渊阁四库全书》第九六五～九六七册)，(明) 陈耀文，台湾商务印书馆，1986。

92. 《天中记》，(明) 陈耀文，清听雨山房本。

93. 《调谑编》，(明) 王世贞，明燕石斋刻本。

94. 《万姓统谱》(《景印文渊阁四库全书》第八五二册)，(明) 凌迪知撰，台湾商务印书馆，1986。

95. 《五杂俎》，(明) 谢肇淛，明万历四十四年潘氏如韦轩刻本。

96. 《嘻谈初录》，(清) 小石道人，清光绪甲申本。

97. 《嘻谈续录》，(清) 小石道人，清光绪甲申本。

98. 《笑倒》，(清) 陈皋谟，清康熙戊戌本。

99. 《笑得好》，(清) 石成金，清乾隆四年本。

100. 《笑典》，(清) 铁舟寄庸撰，清刻本。

101. 《笑府》，(明) 冯梦龙，日本藤井孙兵卫刻本。

102. 《笑林》，(明) 浮白主人选，明刻本。

103. 《笑笑录》，(清) 独逸窝退士，新文化书社，1935。

104. 《笑赞》，(明) 赵南星，明刻本。

105. 《谐语》，(明) 郭子章，明万历戊申本。

106. 《新镌笑林广记》(明清善本小说丛刊初编本)，台北天一出版社，1985。

107. 《新镌笑林广记》，(清) 游戏主人撰，清乾隆刻本。

108. 《新笑林广记》，(清) 吴趼人著，卢叔度辑注，广东人民出版社，1981。

109. 《续百川学海》，(明) 吴永辑，明刻本。

110. 《雪涛谐史》，(明) 江盈科，明刻本。

111. 《谑浪》，(明) 郁履行辑，明万历刻本。

112. 《雅谑》，（明）浮白斋主人述，明刻本。

113. 《一笑》，（清）俞樾，清光绪刻本。

114. 《殷芸小说》，（南朝·梁）殷芸编纂，周楞伽辑注，上海古籍出版社，1984。

115. 《英藏敦煌社会历史文献释录》，郝春文编著，社会科学文献出版社，2003。

116. 《英藏敦煌文献》（汉文佛经以外部分），中国社会科学院历史研究所等合编，四川人民出版社，1990。

117. 《英国国家图书馆藏敦煌遗书》，（中）方广锠、（英）吴芳思主编，广西师范大学出版社，2011。

118. 《应谐录》，（明）刘元卿，明刻本。

119. 《迁仙别记》（《古今谭概》本），（明）张夷令辑，中华书局，2007。

120. 《玉函山房辑佚书续编三种》，（清）王仁俊辑，上海古籍出版社，1989。

121. 《玉芝堂谈荟》（《景印文渊阁四库全书》第八八三册），（明）徐应秋，台湾商务印书馆，1986。

122. 《御定分类字锦》（《景印文渊阁四库全书》第一零零五~一零零七册），（清）何焯、陈鹏年等奉敕撰，台湾商务印书馆，1986。

123. 《御定佩文韵府》（《景印文渊阁四库全书》（清）张玉书、陈廷敬等奉敕撰，第一零一一~一零二八册），台湾商务印书馆，1986。

124. 《御定佩文斋广群芳谱》（《景印文渊阁四库全书》第八四五~八四七册），（清）汪灏、张逸少等奉敕撰，台湾商务印书馆，1986。

125. 《御定骈字类编》（《景印文渊阁四库全书》第九九四~一零零四册），（清）吴士玉、沈宗敬等奉敕撰，台湾商务印书馆，1986。

126. 《御定渊鉴类函》（《景印文渊阁四库全书》（清）张英、王士禛等奉敕撰，第九八二~九九三册），台湾商务印书馆，1986。

127. 《御定韵府拾遗》（《景印文渊阁四库全书》第一零二九~一零三零册），台湾商务印书馆，1986。

128. 《韵府群玉》（《景印文渊阁四库全书》第九五一册），（元）阴劲弦、阴复春，台湾商务印书馆，1986。

129. 《杂譬喻经译注（四种）》，孙昌武、李赓扬译注，中华书局，2008。

130. 《厄林》（《景印文渊阁四库全书》第八五八册），（明）周婴，台湾商务印书馆，1986。

集部（以作品首字拼音排序）

1. 《〈玉川子诗集〉注》，（唐）卢仝著，（清）孙之骒撰，清刻《晴川八识》本。

2. 《后山诗注》（《景印文渊阁四库全书》第一一一四册），（宋）陈师道撰，任渊注，商务印书馆，1986。

3. 《江盈科集》，（明）江盈科著，黄仁生辑校，岳麓书社，1997。

4. 《历代诗话》（《景印文渊阁四库全书》第一四八三册），（清）吴景旭，台湾商务印书馆，1986。

5. 《林和靖诗集》，（宋）林逋，浙江古籍出版社，1986。

6. 《明诗综》（《景印文渊阁四库全书》第一四六零册），台湾商务印书馆，1986。

7. 《全闽诗话》（《景印文渊阁四库全书》第一四八六册），（清）郑方坤，台湾商务印书馆，1986。

8. 《山谷内集诗注》（《景印文渊阁四库全书》第一一一四册），（宋）黄庭坚撰，任渊注，台湾商务印书馆，1986。

9. 《山谷外集诗注》（《景印文渊阁四库全书》第一一一四册），（宋）黄庭坚撰，史容注，台湾商务印书馆，1986。

10. 《诗话总龟》（《景印文渊阁四库全书》第一四七八册），（宋）阮阅，台湾商务印书馆，1986。

11. 《四六标准》（《景印文渊阁四库全书》第一一七七册），（宋）李刘，台湾商务印书馆，1986。

12. 《唐诗鼓吹》（《景印文渊阁四库全书》第一三六五册），（金）元好问编选，（元）郝天挺注，台湾商务印书馆，1986。

13. 《唐音癸签》（《景印文渊阁四库全书》第一四八二册），（明）胡震亨撰，台湾商务印书馆，1986。

14. 《文赋集释》，陆机著，张少康集释，人民文学出版社，2002。

15. 《轩渠录》，（宋）吕居仁，清顺治刻本。

16. 《玉川子诗集》,（唐）卢仝,四部丛刊景旧钞本。

17. 《增订〈文心雕龙〉校注》,杨明照校注拾遗,黄叔琳注,李祥补注,中华书局,2000。

18. 《醉翁谈录》,（宋）罗烨,古典文学出版社,1957。

今人著述、论文集（以作品首字拼音排序）

1. 《〈干禄字书〉字类研究》,刘中富,齐鲁书社,2004。

2. 《茶酒文化卷》(《中国文化杂说九》),黎莹等主编,北京燕山出版社,1997。

3. 《道教神话》,陈群雄编著,新华出版社,1990。

4. 《道教小词典》,钟肇鹏主编,上海辞书出版社,2001。

5. 《敦煌丛刊初集》,黄永武,台湾新文丰出版公司,1985。

6. 《敦煌赋校注》,伏俊琏,甘肃人民出版社,1993。

7. 《敦煌古代衣食住行》,胡同庆、王义芝编,甘肃人民美术出版社,2013。

8. 《敦煌蒙书研究》,郑阿财、朱凤玉,甘肃教育出版社,2002。

9. 《敦煌俗文学研究》,张鸿勋,甘肃教育出版社,2002。

10. 《敦煌俗字典》,黄征,上海教育出版社,2005。

11. 《敦煌文献论丛》,张涌泉,上海古籍出版社,2011。

12. 《敦煌文献名物研究》,杜朝晖,中华书局,2011。

13. 《敦煌小说及其叙事艺术》,王昊,安徽人民出版社,2005。

14. 《敦煌学散策新集》,陈祚龙,台湾新文丰出版公司,1989。

15. 《敦煌学十八讲》,荣新江,北京大学出版社,2001。

16. 《敦煌语文丛说》(香港敦煌吐鲁番研究中心丛刊之六),黄征,台湾新文丰出版公司,1997。

17. 《高级笑话》,流沙河等著,四川文艺出版社,1995。

18. 《古代笑话选译》,本生选译,江苏人民出版社,1980。

19. 《古汉字结构变化研究》,张素凤,中华书局,2008。

20. 《甲骨文字典》,徐中舒主编,四川辞书出版社,1998。

21. 《简牍帛书字典》,陈建贡、徐敏,上海书画出版社,1991。

22. 《简明民间文艺学教程》，叶春生，湖南文艺出版社，1987。

23. 《狂言选》，周作人译，中国对外翻译出版公司，2001。

24. 《历代避讳字汇典》，王彦坤编，中州古籍出版社，1997。

25. 《历代笑话集》，王利器，古典文学出版社，1956。

26. 《历代笑话集续编》，王贞珉、王利器辑，春风文艺出版社，1985。

27. 《六朝唐五代石刻俗字研究》，欧昌俊、李海霞，巴蜀书社，2004。

28. 《鲁迅全集》，鲁迅，人民文学出版社，2005。

29. 《罗振玉学术论著集》，罗振玉，上海古籍出版社，2013。

30. 《民间笑话》，福建人民出版社，福建人民出版社，1958。

31. 《庆祝潘石禅先生九秩华诞敦煌学特刊》，柳存仁等著，文津出版社，1996。

32. 《日本狂言选》，申非译，人民文学出版社，1980。

33. 《日本狂言选》，周启明译，人民文学出版社，1955。

34. 《日本民间故事选》，[日] 关敬吾，金道权、朴敬植、耿金声等译，中国民间文艺出版社，1982。

35. 《日本谣曲狂言选》，申非译，人民文学出版社，1985。

36. 《日语幽默笑话精华》，凌蓉主编，华东师范大学出版社，2008。

37. 《三礼通论》，钱玄，南京师范大学出版社，1996。

38. 《史讳举例》，陈垣，中华书局，1962。

39. 《世界民间故事分类学》，[美] 汤普森，上海文艺出版社，1991。

40. 《唐代酒令艺术》，王昆吾，知识出版社，1995。

41. 《唐代小说史话》，程毅中，文化艺术出版社，1990。

42. 《唐代幽默文学论》，李锦著，陕西人民出版社，2006。

43. 《听故事学韩语》，李民主编，尹敬爱、[韩] 安硕柱副主编，林从纲主审，大连理工大学出版社，2007。

44. 《现代笑话》，南子仲、吕仪选编，中国民间文艺出版社，1985。

45. 《相声》，蒋慧明编著，中国文联出版社，2008。

46. 《相声的表演》，侯宝林著，上海文艺出版社，1959。

47. 《相声溯源》（增订本），侯宝林、薛宝琨、汪景寿、李万鹏，中华书局，2011。

48. 《相声溯源》，侯宝林、薛宝琨、汪景寿、李万鹏，人民文学出版社，1982。

49. 《相声艺术的奥秘》，刘梓钰，百花文艺出版社，1990。

50. 《相声艺术论》，汪景寿、藤田香著，北京大学出版社，1992。

51. 《笑的艺术》，薛宝琨，百花文艺出版社，1984。

52. 《笑话》，舌尔，浙江人民出版社，1980。

53. 《笑话里外观》，余德泉，四川人民出版社，1988。

54. 《笑话——人间的喜剧艺术》，段宝林，北京大学出版社，1991。

55. 《笑话新编》，邹敏文、梁冠群，江西人民出版社，1980。

56. 《笑话选粹与鉴赏》，张鹄、唐牛编著，湖南文艺出版社，1997。

57. 《优语集》，任二北编著，上海文艺出版社，1981。

58. 《中国的相声》，薛宝坤著，方成插图，人民出版社，1985。

59. 《中国古代的字典》，刘叶秋，中华书局，1963。

60. 《中国古代民间故事类型研究》（上、中、下），祁连休，河北教育出版社，2007。

61. 《中国古代民间故事长编》，顾希佳编，浙江大学出版社，2012。

62. 《中国古代笑话选注》，王利器、王贞珉选注，北京出版社，1984。

63. 《中国民间故事类型》,（德）艾伯华著，王燕生、周祖生译，刘魁立审校，商务印书馆，1999。

64. 《中国民间故事类型索引》，丁乃通，中国民间文艺出版社，1986。

65. 《中国民间故事史》，刘守华，商务印书馆，2012。

66. 《中国民间文学概要》，段宝林，北京大学出版社，2009。

67. 《中国民居与民俗》，王军云编，中国华侨出版社，2007。

68. 《中国俗文学史》，郑振铎，花山文艺出版社，1998。

69. 《中国文学家大辞典（唐五代卷）》，周祖譔主编，中华书局，1992。

70. 《中国相声史》，王决、汪景寿、藤田香，北京燕山出版社，1995。

71. 《中华野史》，车吉心总主编，泰山出版社，2000。

72. 《中外幽默小品选》，王玮等选编，江苏人民出版社，1983。

73. 《转型期的敦煌学》，刘进宝、高田时雄主编，上海古籍出版社，2007。

论文（以姓名首字拼音排序）

硕博论文

1. 毕彩霞:《〈新唐书·艺文志〉著录小说集解》,华中师范大学硕士学位论文, 2006。

2. 段锐力:《邯郸淳研究》,东北师范大学硕士学位论文,2004。

3. 李锦:《唐代幽默文学研究》,陕西师范大学博士学位论文,2006。

4. 刘春燕:《新疆民间故事研究》,四川大学博士学位论文,2013。

5. 马培洁:《〈启颜录〉与中古时期的笑话集》,西北师范大学硕士学位论文, 2009。

6. 苏品文:《六朝笑话文学研究》,台湾高雄师范大学硕士学位论文,2011。

7. 孙冰:《明代笑话文本解读》,华中师范大学硕士学位论文,2012。

8. 唐淑丽:《晚明笑话集中的"笑话诗"研究》,浙江师范大学硕士学位论文, 2009。

9. 王昊:《敦煌小说研究》,中国社会科学院研究生院博士学位论文,2003。

10. 王丽惠:《隋唐时代笑话书之研究》,台湾云林科技大学硕士学位论文, 2012。

11. 吴少平:《晚明笑话研究》,南京师范大学硕士学位论文,2006。

12. 严燕汝:《敦煌本〈老子〉俗字研究》,南京师范大学硕士学位论文,2012。

13. 朱瑶:《〈启颜录〉研究》,四川大学硕士学位论文,2008。

期刊论文、会议论文

1. 曹林娣:《〈启颜录〉及其遗文》,《苏州大学学报》(哲学社会科学版)1989年第2、3期合刊。

2. 陈昌全:《关于〈砥柱铭〉真伪的笔迹学鉴定》,《文物鉴定与鉴赏》2010年第8期。

3. 陈相、王薇婷:《俄语笑话中的"笑点"分析》,《山西大同大学学报》(社会科学版)2007年第1期。

4. 陈学志、王庆中:《笑话与幽默》,《应用心理研究》2005年第26期。

5.　陈增颖:《幽默与哀伤谘商》,《咨商与辅导》2002 年第 199 期。

6.　鼎吉:《幽默态度量表》,《咨商与辅导》2006 年第 247 期。

7.　董志广、成其圣:《略论魏晋时期的嘲戏之风》,《云南师范大学学报》(哲学社会科学版)1990 年第 3 期。

8.　董志翘:《敦煌写本〈启颜录〉笺注(选)》,《西南民族大学学报(人文社会科学版)》2012 年第 3 期。

9.　董志翘:《辑注本〈启颜录〉词语注释商兑》,《南京师范大学文学院学报》2006 年第 1 期。

10.　董志翘:《辑注本〈启颜录〉商补》,《2006 年海峡两岸古典文献学国际学术会议论文集》,上海古籍出版社,2006。

11.　段宝林:《二十世纪的笑话研究》,《广西梧州师范高等专科学校学报》2001 年第 4 期。

12.　段宝林:《试论民间笑话的美学价值和结构方式》,《北京大学学报(哲学社会科学版)》1984 年第 4 期。

13.　冯广艺:《论话语权》,《福建师范大学学报(哲学社会科学版)》2008 年第 4 期。

14.　伏俊连:《敦煌本〈丑妇赋〉的审美价值和文化意蕴》,《社科纵横》1994 第 1 期。

15.　伏俊琏:《敦煌本《〈丑妇赋〉与丑妇文学》,《敦煌研究》2001 年第 2 期。

16.　高国藩:《古敦煌民间游戏》,《学林漫录》1988 年第 12 期。

17.　管秋雄:《幽默训练模式之建立与分析研究》,《中州学报》2004 年第 20 期。

18.　管秋雄:《幽默与幽默感的涵意及其在谘商中的应用》,《辅导季刊》2011 年第 47 卷 2 期。

19.　郭娟玉:《〈启颜录〉初探》,《大陆杂志》1997 年第 94 卷第 4 期。

20.　黄树钦:《"谈笑风生"话健康》,《台湾内膜异位症妇女协会会刊》2010 年第 17 卷 5 期。

21.　黄文萍等:《提升护理人员服务礼仪执行之正确性》,《长庚护理》2012 年第 23 卷 2 期。

22. 黄征:《辑注本〈启颜录〉匡补》,《俗语言研究》1995 年第 2 期。

23. 雷汉卿:《禅籍"驴胃""驴胄""驴肘"辨》,《宗教学研究》2008 年第 4 期。

24. 李嗣涔:《与信息场对话》,《佛学与科学》2002 年第 3 卷 2 期。

25. 梁庚辰等:《"台湾地区华人情绪刺激常模资料"专辑序言》,《中华心理学刊》2013 年第 55 卷 4 期。

26. 刘淑娟:《另类治疗－幽默治疗在长期照护之运用》,《长期照护杂志》2004 年第 8 卷 2 期。

27. 刘淑娟:《幽默治疗》,《台湾医学》2004 年第 8 卷 2 期。

28. 马培洁:《〈启颜录〉版本流传考述》,《图书馆理论与实践》2010 年第 11 期。

29. 马培洁:《雅俗文化的两相对照——〈世说新语〉与〈启颜录〉》,《民族文学研究》2011 年第 6 期。

30. 莫勇波:《论话语权的政治意涵》,《中共中央党校学报》2008 年第 4 期。

31. 穆萨:《回族维吾尔族机智人物故事中笑话的美学价值》,《西北第二民族学院学报(哲学社会科学版)》1996 年第 4 期。

32. 穆向阳:《笑点研究》,《科教文汇(上旬刊)》2013 年第 3 期。

33. 南邨:《古代笑话美学撷谈》,《喀什师范学院学报》1989 年第 3 期。

34. 潘灵芝:《论敦煌本〈启颜录〉中关于佛教的笑话》,《东南大学学报(哲学社会科学版)》2008 年第 2 期。

35. 潘重规:《敦煌卷子俗写文字之整理与发展》,《敦煌学》1991 年第 17 期。

36. 邱发忠:《幽默理解的多重语义激发、好笑反应对创造力的影响:以右脑激发为中介变项》,《中华心理卫生学刊》2010 年第 23 卷 2 期。

37. 邱发忠等《幽默创造训练之课程设计暨实徵效果评估》,《教育心理学报》2003 年第 34 卷 2 期。

38. 邱天助:《幽默研究的困境:一个社会心理学的观点》,《应用心理研究》2005 年第 27 期。

39. 邱智仁等:《外语学习园区之英语口说焦虑》,《虎尾科技大学学报》2010 年第 29 卷 1 期。

40. 申相星、李芳:《中国敦煌话本小说与韩国古代小说的比较研究》,《中外比较文学与比较文化（国际）研讨会论文集》，《世界文化》编辑部，2004。

41. 苏雅静等：《笑话的逆溯推论历程：以眼动资料为证》，《中华心理学刊》2014年第 56 卷 1 期。

42. 汤智君：《滑稽与幽默：〈滑稽列传〉的作意与价值初探》，《联大学报》2010年第 7 卷 2 期。

43. 田雨泽：《反切浅论》，《内蒙古师大学报》（哲学社会科学版）1986 年第 1 期。

44. 王国良：《敦煌本〈启颜录〉考论》，《第五届唐代文化学术研讨会论文集》，中正大学中国文学系、历史学系，2001。

45. 王虎：《〈启颜录〉中"豆"字考》，《中国语文》2014 年第 1 期。

46. 王敬敏：《从明清笑话看笑话的文体和功能》，《现代语文（文学研究版）》2007 年第 2 期。

47. 王庆中：《幽默的研究问题》，《应用心理研究》2005 年第 26 期。

48. 吴静宜等《国中小学版幽默理解与幽默创造能力测验之编制》，《应用心理研究》2007 年第 35 期。

49. 吴俐雯：《〈古今谭概〉书名及版本考辨》，《耕莘学报》2012 年第 10 期。

50. 吴俐雯：《〈解愠编〉中的"读书人"》，《耕莘学报》2010 年第 8 期。

51. 吴俐雯：《〈李卓吾先生评点四书笑〉中的"塾师"》，《耕莘学报》2009 年第 6 期。

52. 吴俐雯：《〈听子〉角色形象塑造及文化意涵探析》，《耕莘学报》2014 年第 12 期。

53. 项楚：《从印度走进中国——敦煌变文中的帝释》，《四川大学学报》（哲学社会科学版）2008 年第 1 期。

54. 项楚：《敦煌本〈孝子传〉补校》，《敦煌研究》1985 年第 3 期。

55. 项楚：《敦煌变文语辞札记》，《四川大学学报》（哲学社会科学版）1981 年第 2 期。

56. 项楚：《论〈庄子〉对苏轼艺术思想的影响》，《四川大学学报》（哲学社会科学版）1979 年第 3 期。

57. 项楚：《唐代的白话诗派》，《江西社会科学》，2004 年第 2 期。

58. 项楚:《王梵志的一组佛教哲理诗（校释与评论）》,《敦煌研究》, 1988 年第 1 期。

59. 项楚:《王梵志诗论》,《浙江与敦煌学》, 浙江古籍出版社, 2004。

60. 小林博臣:《敦煌文学口语资料——〈启颜录〉敦煌卷子本考察》,《中国研究》 1958 年第 6 期。

61. 徐芝君等《千万别笑, 不然您的态度会从看笑话中泄露: 贬抑类幽默感知态度调整理论之验证》,《应用心理研究》2005 年第 26 期。

62. 许峻豪等《图像幽默理解历程与双路径幽默理解模式》,《应用心理研究》 2005 年第 26 期。

63. 严嘉枫等《智能障碍者情绪问题分析与辅导: 以轻度智能障碍个案为例》, 《身心障碍研究季刊》2004 年第 2 卷 2 期。

64. 杨成忠:《试论民间笑话的审美意义》,《青海师范大学民族师范学院学报》 2009 年第 1 期。

65. 杨立行:《幽默的心智历程研究: 认知取向之回应与展望》,《应用心理研究》 2005 年第 27 期。

66. 于恺骏:《幽默的妙用一箩筐》,《中兴工程》2012 年第 116 期。

67. 詹昭能:《笑话≠幽默: 研究问题意识与文化脉络问题》,《应用心理研究》 2005 年第 27 期。

68. 张国祚:《关于"话语权"的几点思考》,《求是》2009 年第 9 期。

69. 张鸿勋:《谈敦煌本〈启颜录〉》,《学林漫录》1985 年第 11 期。

70. 张继红:《浅论〈启颜录〉》,《齐鲁学刊》1991 年第 6 期。

71. 张涌泉、窦怀永:《敦煌小说整理研究百年: 回顾与思考》,《文学遗产》2010 年第 1 期。

72. 郑琼茹、罗逸文:《英文补救教学网站之设计与建置》,《工程科技与教育学刊》2012 年第 9 卷 3 期。

73. 朱凤玉:《三教论衡与唐代争奇文学》,《敦煌研究》2012 年第 5 期。

74. 朱瑶:《〈启颜录〉成书考》,《四川大学学报》（哲学社会科学版）2011 年第 2 期。

75. 朱瑶:《〈启颜录〉成书考》,四川大学中国俗文化研究所《第三届中国俗文化国际学术研讨会暨项楚教授七十华诞学术讨论会论文集》,四川大学中国俗文化研究所,2009。

图书在版编目（CIP）数据

《启颜录》研究. 下卷,《启颜录》各则内容版本源
流及其类型分析 / 刘昶著. -- 北京：社会科学文献出
版社, 2020.9

　　ISBN 978-7-5201-6976-9

　　Ⅰ. ①启…　Ⅱ. ①刘…　Ⅲ. ①笑话-文学研究-中国
-古代　Ⅳ. ①I207.7

　　中国版本图书馆CIP数据核字（2020）第133251号

·《启颜录》研究（全二卷）·
《启颜录》各则内容版本源流及其类型分析

著　　者 / 刘　昶

出 版 人 / 谢寿光
组稿编辑 / 宋月华
责任编辑 / 孙美子

出　　版 / 社会科学文献出版社·人文分社（010）59367215
　　　　　　地址：北京市北三环中路甲29号院华龙大厦　邮编：100029
　　　　　　网址：www.ssap.com.cn
发　　行 / 市场营销中心（010）59367081　59367083
印　　装 / 三河市龙林印务有限公司

规　　格 / 开　本：787mm×1092mm　1/16
　　　　　　本卷印张：18.75　本卷字数：238千字
版　　次 / 2020年9月第1版　2020年9月第1次印刷
书　　号 / ISBN 978-7-5201-6976-9
定　　价 / 298.00元（全二卷）